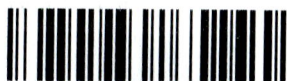

70 YEARS

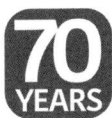

NEW CHINA EXCELLENT LITERARY WORKS LIBRARY

1949–2019

新中国70年
优秀文学作品文库

中篇小说卷
NOVELLAS

梁鸿鹰 / 主编

3

第三卷
1985–1986

中国言实出版社

本卷目录

（1985—1986）

小鲍庄

——

王安忆

引子

七天七夜的雨，天都下黑了。洪水从鲍山顶上轰轰然地直泻下来，一时间，天地又白了。

鲍山底的小鲍庄的人，眼见得山那边，白茫茫地来了一排雾气，拔腿便跑。七天的雨早把地下暄了，一脚下去，直陷到腿肚子，跑不赢了。那白茫茫排山倒海般地过来了，一堵墙似的，墙头溅着水花。

茅顶泥底的房子趴了，根深叶茂的大树倒了，玩意儿似的。

孩子不哭了，娘们不叫了，鸡不飞，狗不跳，天不黑，地不白，全没声了。

天没了，地没了。鸦雀无声。

不晓得过了多久，像是一眨眼那么短，又像是一世纪那么长，一根树浮出来，划开了天和地。树横漂在水面上，盘着一条长虫。

小鲍庄的祖上是做官的，龙庭派他治水。用了九百九十九天时间，九千九百九十九个人工，筑起了一道鲍家坝，围住九万九千九百九十九亩好地，倒是安乐了一阵。不料，有一年，一连下了七七四十九天的雨，大水淹过坝顶，直泻下来，浇了满满一洼水。那坝子修得太坚牢，连个去处也没有，成了个大湖。

直过了三年，湖底才干。小鲍庄的这位先人被黜了官。念他往日的辛勤，龙庭开恩免了死罪。他自觉对不住百姓，痛悔不已，扪心自省又实在不知除了筑坝以外还有什么别的做法，一无奈何。他便带了妻子儿女，到了鲍家坝下最洼的地点安家落户，以此赎罪。从此便在这里繁衍开了，成了一个几百口子的庄子。

这里地洼，苇子倒长得旺。这儿一片，那儿一片，弄不好，就飞出蝗虫，飞得天黑日暗。最惧怕的还是水，唯一可做的抵挡便是修坝。一铲一铲的泥垒上去，眼见那坝高而且稳当，心理上也有依傍。天长日久，那坝宽大了许多，后人便叫作鲍山，而被鲍山环围的那一大片地，人们则叫作湖。因此别处都说"下地做活"，此地却说"下湖做活"。山不高，可是地洼，山把地围得紧。那鲍山把山里边和山外边的地方隔远了。

这已是传说了，后人当作古来听，再当作古讲与后人，倒也一代传一代地传了下来，并且生出好些枝节。比如：这位祖先是大禹的后代，于是，一整个鲍家都成了大禹的后人。又比如：这位祖先虽是大禹的后代，却不得大禹之精神——娶妻三天便出门治水，后来三次经过家门却不进家。妻生子，禹在门外听见儿子哭声都不进门。而这位祖先则在筑坝的同时，生了三子一女。由于心不虔诚，过后便让他见了颜色。自然，这就是野史了，不足为信，听听而已。

一

鲍彦山家里的，在床上哼唧，要生了。队长家的大狗子跑到湖里把鲍彦山喊回来。鲍彦山两只胳膊背在身后，夹了一杆锄子，不慌不忙地朝家走。不碍事，这是第七胎了，好比老母鸡下个蛋，不碍事，他心想。早生三个月便好了，这一季口粮全有了，他又想。不过这是做不得主的事，再说是差三个月，又不是三天，三个钟点，没处懊恼的。他想开了。

他家门口已经蹲了几个老头。还没落地，哼得也不紧。他把锄子往墙上一靠，也蹲下了。

"小麦出得还好？"鲍二爷问。

"就那样。"鲍彦山回答。

屋里传来呱呱的哭声，他老三家里的推门出来，嚷了一声："是个小子！"

"小子好。"鲍二爷说。

"就那样。"鲍彦山回答。

"你不进来瞅瞅？"他老三家里的叫她大伯子。

鲍彦山耸了耸肩上的袄，站起身进屋了。一会儿，又出来了。

"咋样？"鲍二爷问。

"就那样。"鲍彦山回答。

"起个啥名？"

鲍彦山略微思索了一下："大号叫个鲍仁平，小名就叫个捞渣。"

"捞渣？！"

"捞渣。这是最末了的了，本来没提防有他哩。"鲍彦山惭愧似的笑了一声。

"叫是叫得响，捞渣！"鲍二爷点头道。

他老三家里的又出来了，冲着鲍彦山说："我大哥，你不能叫我大嫂吃芋干面坐月子。"说完不等回答，风风火火地走了，又风风火火地来了，手里端着一窬小麦面，进了屋。

"家里没小麦面了？"鲍二爷问。

鲍彦山嘿嘿一笑："没事，这娘们吃草都能变妈妈。"此地，把奶叫作了妈妈。

大狗子背了一箕草从东头跑来："社会子死了！"

东头一座小草屋里，传出鲍五爷哼哼唧唧的哭声，挤了一屋老娘们，唏唏溜溜地抹眼泪甩鼻子。

"你这个老不死的，你咋老不死啊！你咋老活着，活个没完，活个没头。你个老绝户活着有个啥趣儿啊！"鲍五爷咒着自个儿。

他唯一的孙子直挺挺地躺着，一张脸蜡黄。上年就得了干痨，一个劲儿地吐血，硬是把血呕干死的。

"早起喝了一碗稀饭，还叫我，'爷爷，扶我起来坐坐'。没提防，就死了哩！"

鲍五爷跺着脚。

老娘们抽搭着。

队长挤了进来，蹲在鲍五爷身边开口了：

"你老别忒难受了，你老成不了绝户，这庄上，和社会子一辈的，'仁'字辈的，都是你的孙儿。"

"就是。"

"就是啊！"周围的人无不点头。

"小鲍庄谁家锅里有，就少不了你老碗里的。"

"我这不成吃百家饭的了吗！"鲍五爷又伤心。

"你老咋尽往低处想哇，敬重老人，这可不是天理常伦嘛！"

鲍五爷的哭声低了。

"现在是社会主义，新社会了。就算倒退一百年来说，咱庄上，你老见过哪个老的，没人养饿死冻死的！"

"就是。"

"就是啊！"

鲍五爷抑住啼哭："我是说，我的命咋这么狠，老娘们，儿子，孙子，全叫我攥走了……"

"你老别这么说，生死不由人。"队长规劝道。鲍五爷这才渐渐地缓和了下来。

二

鲍山那边，有个小冯庄，庄上有个大闺女，叫小慧子。六〇年，跟着她大往北边要饭，一去去了二三年。回来时，她大没了，却多了个二岁的小小子，说是路边上拾来的。她就叫他拾来，他就叫她大姑。于是，渐渐地，一庄子人都改口叫大姑了。大姑一辈子没嫁人，守着拾来过。大姑疼拾来，疼亲儿似的。拾来吃稠的，大姑喝稀的；拾来穿新的，大姑穿补的。只见大姑对拾来翻过一次脸，倒也不是为什么大事。拾来不知从哪翻出个货郎鼓，坐在门口摇着耍，大姑劈手夺过去，给了他一耳巴子。多少好东西叫拾来糟蹋了，大姑也不心疼，也不知这货郎鼓是金打的，还是银打的。倒是有些蹊跷。还有一桩蹊跷事。有一天，几个媳妇姊妹坐在一堆晒太阳纳鞋底，拾来走过来，一头钻进大姑怀里，伸手就掀她的褂子前襟。大姑脸变了，推开拾来，站起身拾了板凳就朝家走，留下拾来呆站着。媳妇们逗拾来：

"想吃妈妈？找你娘去，这是你姑啊！"

拾来撇撇嘴，要哭又没哭。

渐渐地，庄上传出一个怪话，说的什么怪话，从不叫大姑听见，倒是常常有人去问拾来：

"拾来，你大姑那货郎鼓找来让我耍耍可管？"

"拾来，你大姑的妈妈你吃过吗？"

"拾来，你大姑……"

拾来虽小，却晓得问的不是好话，倒不回去向大姑学嘴，只是一味地沉默。问的人便越发觉着蹊跷，越发地要问。

拾来阴沉沉地看着他，然后一声不作地走了。于是，人们更加觉着这一大一小共同保守着一个什么秘密。而拾来则变得孤寂起来，尽力躲着人，和一切人疏远着，只与他大姑接近。

就这样，大姑带着拾来过。到如今，大姑老了，没人上门提亲了；拾来大了，长得又高又大，堂堂一条汉子，干活拿九分五的工了。住的还是大姑她大盖的那间小屋，快趴到地底下去了，拾来要弯下腰才能进门。屋里黑洞洞的，一眼两块砖大的窗，冬天塞团草，夏天把草投了。灶底下是张案板，案板边上是一张床，床板上一领凉席，凉席上一个枕头一条被。拾来大了，一头睡不下了，大姑缝了个布口袋，塞进麦穰，又做了个枕头。一人一头睡。大姑抱着拾来的脚丫子睡，拾来的脚丫子一直伸到大姑暖暖的怀里，心里才觉着踏实，不一会儿就睡过去了。

初春的夜里，拾来觉着有点燥热，忽然睡不着了。一双脚搁在大姑的怀里，暖暖的，软软的。他轻轻地动了一下脚指头，脚指头碰到了一个更加柔软的地方，他头皮麻了一下，不敢再动了。他听见了自己的心跳。风吹进窗洞，窗洞里的草"嗞啦啦"轻响了一下。他试探着又动了一下脚，想离那柔软远一些，不料他的脚在那柔软暖和中陷得更深了。拾来这才发现，他的脚是在一个温暖的峡谷里。这双脚已经在这峡谷里沉睡了十五年了。他感觉到那峡谷最底层，最深处，有一颗心在跳动。风吹进窗洞，轻轻地响了一声。

第二天早起，拾来眼皮子耷拉着喝稀饭，不吭一声。大姑问他：

"怎么啦？哪儿不好过？"

他不说话。

大姑去摸他的脑门。

他一扭头，让开了。

中午，大姑烧开了锅，才见他扛了个凉床架子回来了。问他从哪扛来的，他不吱声，闷着头，扯绳子网床。

夜里，他自个儿睡在凉床上，枕着枕头，裹着一床破棉絮，缩成了一团，直到下半夜才慢慢伸展开来。他梦见自己的一双脚又搁进了温和的峡谷里，岂不知大姑把棉被给他盖上，自己和衣蜷了一宿。

三

鲍仁文缠定了老革命鲍彦荣，要了解他的生平，以著成一部长篇小说。题目已经起定，就叫作《鲍山儿女英雄传》。老革命这一生尽管有过几日峥嵘岁月：跟着陈毅的队伍打了好几个战役，可谓是九死一生，眼下每月还从民政局领取几元津贴，可他极不善于总结自己，也一无自我荣耀的欲望。他最关心的是一家六七张口，如何填得满。见了鲍仁文成天拿了个本本问那早已作了古的事，而且问了一遍又一遍，心下早已烦了。想起身而去，又经不住鲍仁文烟卷的笼络。十分的折磨。

"我大爷，打孟良崮时，你们班长牺牲了，你老自觉代替班长，领着战士冲锋。当时你老心里怎么想的？"鲍仁文问道。

"屁也没想。"鲍彦荣回答道。

"你老再回忆回忆，当时究竟怎么想的？"鲍仁文掩饰住失望的表情，问道。

鲍彦荣深深地吸着烟卷："没得工夫想。脑袋都叫打昏了，没什么想头。"

"那主动担起班长的职责，英勇杀敌的动机是什么？"鲍仁文换了一种方式问。

"动机？"鲍彦荣听不明白了。

"就是你老当时究竟是为什么，才这样勇敢！是因为对反动派的仇恨，还是为了家乡人民的解放……"鲍仁文启发着。

"哦，动机。"他好像懂了，"没什么动机，杀红了眼。打完仗下来，看到狗，我都要踢一脚，踢得它嗷嗷的。我平日里杀只鸡都下不了手，你大知道我。"

"这是一个细节。"鲍仁文往本子上写了几个字。

"大文子，你赔了这么多工夫，还搭上烟卷，是要干啥哩？"他动了恻隐之心，关切地问道。

"我要写小说。"鲍仁文回答他。

"小说？"

"就是写书。"

"是民政局让你写的？"

"不是。"

"是公社要你写的？"

"不是。"

"那是给谁写的呢？"

问到了文学的目的，鲍仁文作难了。这是历代多少大文豪争辩不清的问题，他小小的鲍仁文作何回答。他只草草地说了一句："我自己想写呢！"

"写成书能得钱吗？"老革命锲而不舍地问道。

"没得钱。'文化大革命'了，稿费取消了。"鲍仁文耐着性子解释道。

"那你图啥？"又回到了"文学的日的"的问题上。

鲍仁文不再回答，只是微笑了一下，笑得有点忧郁。停了一会儿，他又问：

"我大爷，你老再说说涟水战役可好？"

鲍彦荣沉默了一会儿，从兜里摸出烟袋。

"你老吸这个。"鲍仁文递上烟卷。

"我还是吸这个过瘾。"鲍彦荣执意不接受烟卷，他忽然觉着自己在小辈面前做得有点不体面。

鲍仁文只得自己点了一支吸起来。

烟雾缭绕着一盏油灯，一点火光跳跃着，把人的影子投在墙上，鬼似的乱扭着。

影子在霉湿的墙上扭着，忽而缩小，忽而扩张起来，包围住整间屋子。人坐在影子底下，渺小得很。

"我要写一本书。"他心想。他在县中念了二年，晓得苏联有个高尔基，没上过一天学堂，结果成了大作家；他有一本《创业史》，听说那作家是在乡里的；他有一本《林海雪原》，听说那作家是个行伍出身，不识几个字的……古今中外，无穷的事实证明，作家是任何人都能做得的，只要勤奋。"勤奋出天才"，他写在自家床上。

他没日没夜地写着，写在中学里没用完的练习本上，写了有几厚本了。他大他娘要给他说媳妇，他也拒绝了。先著书，后成家，这也是他的座右铭，记在了心里。

人家叫他"文疯子"，这里有着几重的意思。一是他的名字叫仁文；二是他这个疯子是文的，而不像鲍秉德家里的，是武的，耍起疯来几个男人也弄不了她；三是这"文疯子"的"文"里还有着一层"文章"的意思。

面对大家善意的讥讽，他不动声色，心里想着他记在本子上的又一句话："鹰有时飞得比鸡低，而鸡永远也飞不到鹰那么高。"

四

牛棚里，孤老头子鲍秉义坐在凉床上，唱花鼓戏：

关老爷门口字两行，古人又留下劝人方。这一字出马一杆枪，二字上横短来下横长。三字立起来像川字，四字好比四堵墙……

老革命鲍彦荣目不转睛地看着他，听得出神。

鲍彦山家老大建设子替他喂牛，铡齐的麦穰子填进槽，唰啦啦地响。

鲍秉义打小跟一个戏班子唱戏，卖过嘴，叫族里人瞧不起。老了，回来了。孤身一人去，孤身一人回。问他在外成过家吗？他微微一摇头。有多事的人，给他说过几回寡妇，他还是微微一摇头。

后来，传出一个怪话，说他在戏班子里，和那挂头牌的女角儿相好了，那女戏子又把他甩了。还有个怪话，说他对东头鲍彦川家里的有点意思。鲍彦川死了有四年了，他家里的拖了四个孩子，再嫁也是难。只不过，都是一族里的，论起辈分来，鲍彦川家里的该叫鲍秉义叔，是想也不敢想的。

如今，他单身一人，就让他喂牛，住在牛棚，他有落脚处了，牛也有照应了。

虽瞧不起他干的那行当，可大人小孩都爱听他唱，都叫他作唱古的。一段曲儿能唱遍上下五千年的英雄豪杰：

> 一字出马一杆枪，韩信领兵去见霸王。
> 霸王逼在乌江死，韩信死在厉未央。
> 写个二字两条龙，王母娘娘显神通。
> 花果高山摆下阵，水帘洞里捉妖精。
> 写一个三字三条街，陈世美求官未回来。
> 家里撇下他的妻，怀抱琵琶又上长街。
> ……

一把坠子吱吱嘎嘎地拉着过门。

五

捞渣满地乱爬了。小脸儿黄巴巴的，一根头毛也没有，小鬼似的。就是笑起来的模样好，眼睛弯弯的，小嘴弯弯的，亲热人，恬静人。大人们说他看上去"仁义"。

他没得什么吃，只有他娘的奶。他娘像头老牛——他大说的，吃什么都能变成妈妈。开始是吃红芋，后来红芋也不能吃净的了，要掺红芋秧子。

他大哥建设子过年十九了，还没说上媳妇。媒人还没进门，就吓回去了。黑洞洞的三间屋，给水泡松了，眼看着就要瘫成一堆烂泥。屋里两块床板，两床棉花套子破成渔网了。

这天，门前来了个打莲花落子要饭的，一个十一二岁的小丫头，尖尖的下巴颏，圆圆的一对眼睛。他大姐抱着捞渣站在门前玩，那小妮子站定了，打响莲花落子。滴溜溜地打了一转，才开口唱道：

"这大嫂，实在好，抱小孩，也不闹……"

他大姐还没过门呢，涨红了脸，唾了一声，进屋去了。他娘却乐了，觉着这妮子鬼得喜人，从大锅里舀了一瓢稀饭给她喝。她不喝，倒在一个大瓷碗里，说要端给她娘喝。

"你娘在哪里？"他娘问。

"在庄东头大柳树底下，有病了。"小丫头说着走了。

他娘一顿饭吃得不踏实，心里七上八下的，像是搁进了一桩事。吃罢饭，她把锅擦下，又盛了一满碗稀饭，抓了两张煎饼，往庄东头去了。

庄东头大柳树是小鲍庄最高的地方，那年夏天，下了九天九夜的雨，一整个庄子，全淹在水里，只露出大柳树的梢，一丛子草似的，停了几十只老鼠。

柳树下果然靠了个病病歪歪的女人，蜡黄的脸皮。小妮子偎在她身边自己给自己梳小辫。干巴巴猴儿似的人儿，倒有两条乌黑油亮的大辫子。鲍彦山家里的往这娘俩身边一蹲，摸摸丫头的辫子，说：

"早年，我也有这么一头好头毛。那时，只扎一根独辫子，这么长一段红头绳。"她将手指伸成一扎。

后半晌，有人看见鲍彦山家里的，带着外乡人模样的娘俩，往家去了。过了二日，那女人脸色滋润了一些，走了。小闺女留下了。每日里，跟着捞渣那十二岁的小哥文化子下湖割猪菜，回到家就抱着捞渣在门前玩，唱小调儿，嗓门又尖又脆，听着喜人，惹得那些二流子似的小伙站在门前不走了：

"小翠子，唱个'十二月'！"

鲍彦山家里的便从门里蹦出来，先把二流子们骂退了，再骂小翠子：

"甭唱了，没脸没皮的，唱什么！"说急了，还在她身上拍两下。渐渐地，小翠子便不唱了。嗓门也像暗了似的，哑哑的，连说话都懒得说了。她唱，她不唱，捞渣总和气气地对着她笑，笑得她也只好笑了。

人人喜欢捞渣，独独鲍五爷见了他就来气。为的是捞渣落地的时候，正是他的社会子咽气。于是他便认定他的社会子是叫捞渣抓了替身。如今他被队里"五保"起来了，心中却是很不乐意听说这"五保"两个字。"五保户"在人们心目中，就算是"绝户"的代名词了。鲍五爷脾气倔，见不得自己成了大伙的累赘，总到队里争活儿干。队里便给了他些烂草烂绳头，让他搓绳。于是，他每日里就坐在磨房的墙根下，晒着太阳搓绳。

磨房里人不断。小驴蹄子嘚嘚打着地；石磨轱辘辘地压着石盘；推磨的娘们尖起嗓子吆喝驴；面，沙沙地从筛子上洒下箩。他听着总觉得心窝里暖烘烘的，不那么寂寥了。

小翠子背着捞渣，一手挎着篮子，一手牵着小叫驴，来磨面了。

小叫驴套上了套，戴了眼罩，捞渣被放下了地，坐在太阳下抓石子玩，就在鲍五爷脚边上。鲍五爷斜起眼瞅他，轻轻骂了声："鬼！"

"鬼"听见了，伸出手拍了一下鲍五爷的大毛窝，笑了。

鲍五爷心里头咯噔一下子，觉得那笑模样实在像他社会子，鼻子一酸，叫道：

"你这个鬼哦！"

小叫驴嘚嘚地围着磨盘转，小翠子轻轻吆喝着："吁，吁。"

六

鲍秉德家里的又闹了，爬树上梁的，把锅都砸了。几个大男人拉住她，被她拖了几丈远。最后把她四脚朝天翻倒在地，才捆住了。她龇牙咧嘴地吼着，没人声了。

鲍秉德抱着脑袋蹲着。鲍彦山家里的端了一碗稠得能挑上筷子的芋干子稀饭，夹了两张煎饼，给他送去。他不吃，说心里堵得慌。众人们也没得法子，只能陪他叹气。

鲍秉德家里的疯了有八九年了。她娘家是鲍山那边十里铺的人家，做姑娘时如花似玉。都说鲍秉德交了桃花运，娶了十里铺的一枝花。不料这娘们中看却不中用。来的头年怀了一胎，生下是个死孩子，第二年又是一胎，还是个死孩子，怀了有三四胎，胎胎是死的。暗地里就有人说怪话：兴许是做姑娘时不规矩来着。生下第五个死孩子时，疯了。疯了以后，那怪话才没有了。说疯子的怪话就太不厚道了。

刚疯的那阵子，曾经有人劝过鲍秉德，把她离了，再娶一个。鲍秉德一口回绝："我不能这么不仁不义。一日夫妻百日恩，到这份儿上了，我不能不仁不义。"他说不出过多的道理，只是口口声声的"不能不仁不义"。后来，"文疯子"写了一个广播稿，题名大约是"阶级感情深似海"，还是"阶级情义比海深"之类的，投给了公社广播站，给广播了一下。后来，他又往县广播站投，就没投中。不过，鲍仁文的名声还是出去了，知道小鲍庄有了个舞文弄墨的。鲍秉德的名声也出去了。这下子，就是他想离也离不成了。就这么凑合过吧，只是鲍秉德一日比一日话少，成了个哑巴。他心底深处，很奇怪的，暗暗的，总有点恨着鲍仁文。好像，他给自己的事情做了包办，后来却又撒手不管，很不负责。而鲍仁文，隐隐地，也有些畏着鲍秉德，似乎觉着自己欠了他些什么。总之，有些尴尬起来。

鲍秉德家里的在地上乱挣着，一会儿，地上就被她歪了一个坑，浮土一蓬一蓬地扬起来。这疯子虽说是武的，却不伤别人，只打她男人，打孙子似的揍。鲍秉德是不怕她揍的，这么捆起来只是为了怕她伤了自己。有一年腊月里，她一股劲跑到湖里跳了大沟，鲍秉德忘了自己不会水，也跟着跳了下去，让人一起救了上来。

鲍秉德闷着头，不由滴下一滴泪来。他遮掩着大声咳了几声，吐出几口痰，把那滴泪盖住了。

"你也别太愁了。"鲍二爷劝他，"啥事都有个头，你又没做过缺德事，凭什么这样难为你。"

"我家里的她娘家，有个疯子，疯得蹊跷，好得也蹊跷。"鲍彦山说，"不知怎么就疯了，疯了有十几年，爬树上梁的。后来，他奶奶死了，棺材一落地，他这边立马就好了。醒过来了哩，就好比做了一场梦。问他是怎么啦！他什么也不知道，这十多年就像是睡过来似的。"

"真是的吗？"大家都问他，连鲍秉德也抬起眼睛，好像看到了一丝希望。

"现在都有两个儿子，好好的，清冷得很。"

"这是胡八扯的。"远远地，蹲着鲍仁文，"说正道的，该送我七奶去城里疯人院。"

"那是不成的。"大家一起反对。

"那么些疯子都关在一起，不打成一堆，撕碎了才怪。"

"听人说，那就像坐大狱似的。"

"大夫都拿着带钉的棍哩！"

"这不是病！"

鲍秉德自己是不用再说什么了，只是恨恨地盯着了鲍仁文。

鲍仁文长叹一声，立起身，走了。傍晚的太阳，落在地沿上，把他的影子拉得细溜溜长，孤孤单单地斜过去了。

七

拾来和他大姑分床睡了。到了夏天，他便把凉床抬出去，在大槐树下睡。等到秋凉了，外面睡不住人了，他把凉床子扛进屋的时候，他大姑猛然发现拾来长成了一条汉子，屋子越发的小了。

拾来越发的孤独了，唯一可接近的大姑，这会儿他却疏远起来，比对平常人还要疏远得厉害。一天没有三句话，吃饭只听得喝稀饭响。吃罢饭，对坐着，连喝稀饭的响都没了，只觉得又腻味又不自在，只得早早上了床睡去。夜里听见大姑的磨牙声，打鼾声，睡也睡不踏实。到后来，他见了大姑就要躲，怕似的，又像是恨似的。自己也琢磨不透，只觉得心窝里烦躁得慌。

早起，他大姑和他商议，把猪卖了。

"卖就是了。"他没好气地说，像有一肚子火似的。

"卖了猪，扯几丈布，给你缝个新被窝。"大姑说。

"扯就是了。"

"买个凉床子。"

"买就是了。"

"那凉床，冯大家虽然没说要，可话里那音，总是急着要使的意思。"

"还就是了。"他就好像吃了枪子儿似的，绷着脸，埋着头。

"你向队长告个假，上街一趟。"

"不管。"他一口回绝。

"咋不管？"

"不管就是不管。"他硬邦邦地说。自己也不晓得为啥不管，故意要找别扭。

"你不去我去。"大姑也气了。她也弄不明白，这些日子咋侍弄不好这个侄儿了。

大姑换了一身衣裳，借了一挂平车，把猪捆了，推起就走。她迎着早晨的太阳走去了，蓝白花的褂子裹着她健壮的身子，肩膀头圆滚滚的，轻轻快快地上了路。

拾来眼睁睁看着他大姑上了路，心中又十分的后悔起来。一整天，他心里都不安生，不时抬头看看日头，再往大路上眺一眼。大路上走着一挂平车，却不是他大姑，是个大男人，推着一平车的红芋。

直到收工，他大姑还没回来。拾来烧开了锅，溜上馍，蹲在家门口等着。不晓得怎么回事，这会儿，他想起了他大姑的种种好处。他心里那一团无名火溶成了一片热腾腾的东西，像水似的荡漾开来，流遍了他的全身。他想着，该对他大姑好。

上弦月升起来了，碧空上细弯弯的一勾，却把个大地照得明晃晃，白花花。

他心里忽然不安起来，会不会出什么事了？都什么时候啦？他浑身一激灵，站起身，来不及锁门，就往庄头走。迎面过来几个割猪菜的小孩，背上的草箕子比人高，小山似的。走到跟前，让开了道，看着拾来过去，看稀罕似的。拾来总叫人觉得稀罕。而面对这么些探究的眼光，拾来更与人接近不了了。他成天价虎着个脸，叫人见了害怕，岂不知他心里是害怕人的。

白花花的一条大路，弯弯曲曲盘过一道坝子，没了。

坝子上翻过来一只黑虫，顺着白花花的路爬了过来，越来越大了。定睛一看，是一挂平车哩！

拾来一拍大腿，三步并两步地迎上去。果然见他大姑推着一挂平车，平车上是凉床，凉床底下一只篮子，篮子里，有布，有二斤肉，还有一盒卷烟。拾来眼窝热了一下：她见我吸烟了？

拾来捡了一个烟嘴，拾掇了一个烟袋，背着人吸呢。

他跑上去，接过大姑的车把子，迈开大步，把大姑甩下了二丈远。他的两张大脚片子踩在白花花的大路上，轻轻巧巧地走着。车轱辘"吱咕吱咕"转着。路边一只小虫"嚯嚯"地唱，秫秫"唰唰"地在拔节儿。月亮婆婆把什么都照得明明晃晃，清清白白。拾来心里一片空明，又平静又欢愉。他不明白，事情咋会变得那么好，叫人觉得，活着是一桩多大的美事，受了多大的恩德。

八

小翠子长个儿了。细溜溜的身子，穿了她大姐的紫花布褂子，直拖到膝盖上。烧锅，刷碗，割猪菜割得比谁都多。人喜欢她，她也喜欢人。就是不和建设子说话，建设子也不理她。两人不能搁一个桌上吃饭。有时见了面，隔老远眼皮子就耷拉下来了，像是几百年的仇人似的。鲍彦山家里的倒喜欢，说这才稳重，稳重好。她对小翠样样满意，就是有一桩搁在心里老放不下，这丫头子太聪明了。她时常想起第一次看见小翠的情景：滴溜溜地打着莲花落子，小嘴一张："这大嫂，实在好，抱小孩，也不闹！"太鬼了！其实，她最怕的也就是当时她最爱的。看看建设子那么蔫，几棍子打不出一个响。这丫头子能乖乖地跟他过吗？鲍彦山家里的心中没有一点数。因此，有时候，她难免觉得自己要吃亏。逢到这种念头上来，她就拼命地使唤小翠子，似乎是要在鸡飞蛋打之前把本给捞回来。

"翠，喂猪了！"

"翠，把你哥的衣裳拿河里洗了！"

"死妮子，水缸见底了。"

小翠给使唤得滴溜溜转。她眼睛里的笑模样一天比一天少，变得十分严肃，下巴颏越发的尖，两条乌黑的大辫也有点见黄。有人看见她在庄东头大柳树下哭过，不出声，抹抹眼泪，赶紧地又走家了。看见的人自然要叹息，可是大家都晓得，比起别庄上的童养媳，小翠可说是享福了，不挨打，给吃饱。小鲍庄的童养媳是最好做的了，方圆几百里都知晓，这庄的人最仁义，可惜是太穷了。

有了小翠这一把割猪菜的好手，文化子下了晚学，再不必急急忙忙地下湖了。他深感得着了小翠的好处，嘴甜得很，赶着小翠叫"翠姐"。他叫一声，小翠的脸就红一下。文化子不愧是文化人，读着书，晓得男女平等的道理，有着很先进的民主思想，见他娘吆喝小翠吆喝得紧了，他常常会挺身而出："我去担水。"

他担着桶去了，小翠撵着喊他放下。他不干，飞快地跑，小翠便飞快地追。这么跑着追着到了井沿上，他抢什么似的把桶放了下去，桶脱钩了，漂在水上。傻眼了。

"你看你，慌啥？"小翠说他。

"都是叫你赶的。"文化说她。

"看你咋办？"小翠说。

"这有啥难的！"文化弯下腰去，伸下扁担去钩，扁担绳晃悠晃悠。

"看你能的！"小翠撇撇嘴，弯下腰去夺扁担。

"我能行。"文化不放手。

"给我。"

"不给。"

两人趴在井沿上，水上漂着一只桶，一根扁担钩晃悠晃悠。井底映着两个人影，一个小翠，一个文化。扁担钩子钩着了桶，却没吊起来，倒把水搅花了，花了一阵，又平了。小翠和文化又出来了，看电影似的。

"你看你那样儿！"小翠说文化。

"我看你还怪俊哩，翠姐！"文化嘻着脸说小翠。

"呸！"小翠唾了他一下。

"怎么，我说错了？"

"错了。"

"你丑吗？"

"不是这个错。"

"那又怎么错了？"文化子纳闷。

"就是错，就是错！"小翠点着他鼻子说，那活泼泼的样子又回来了一点。文化子又傻了眼，不吭气了。

桶，捞上来了，水打满了。两桶水搁中间，文化在后，小翠在前。文化把扁担搁上肩，弯着腰，半蹲着，等着小翠上肩。刚要上肩，小翠又直起腰回过头问道：

"你多大，我多大？"

"你属牛，我属鼠。"文化立即回答。

"那么你咋叫我姐？"

文化一愣。

"可不是你错了！"小翠直起腰，扁担上了肩，刷溜溜地就走，把文化拽得一趔趄。

扁担悠着。水在桶里悠着，悠到桶边上，又回来了。

九

捞渣歪歪扭扭地能走了，话也能说不老少了。正吃晚饭，鲍五爷拄着拐来了。鲍彦山招呼他：

"五爷，来吃。"

捞渣学嘴："来七（吃）。"

鲍五爷装没听见，不理会他，在门槛上坐下来，看蚂蚁搬家。

"吃过了吗？"鲍彦山紧问着。

"吃过了。"鲍五爷回答。

"咋吃的？"

"煎饼，稀饭，咸菜。"

"你老要懒得烧锅了，就过来。咱家人多锅大，多一人少一人见不着。"鲍彦山家里的说。

"我能烧。"鲍五爷回答。闷着头看地。天黑了，看不见蚂蚁了，一只蚱蜢蹦跶过去。

什么东西碰了他的嘴，定睛一看，捞渣什么时候到了跟前，小手里攥着一块煎饼，捏成了团，直送到他嘴边。他看看捞渣，捞渣朝他笑着，一脸厚道相。他心里又是咯噔一下，扭过了脸去。

月亮升起了，眼前豁亮了许多。

鲍五爷掉回头，捞渣正坐在他脚边抓土玩，稀稀的黄头毛底下露出了头皮。鲍五爷伸出手在那头皮上胡噜了一下，心想："我咋像是在哪见过这鬼哩。"

前边牛棚里在唱古，坠子吱吱嘎嘎地传得老远：

> 写一个五字无底洞，薛仁贵跨海又去征东。
> 征东招够人共马，回马枪挑凤凰城。
> 写一六字变化开，我配姣娥女裙钗。
> 带领三千人共马，才把唐王我主救出来。
> ……

十

在一千里外的北京，正进行着一场江山属于谁的斗争。

一千里外的上海，整好了装，等着发枪了。

十一

里外三新的新被窝，软软和和地裹着拾来。拾来钻在被窝里，舒服得心里发虚，有点不实在。翻来覆去，不知怎么舒服才好，反倒睡不踏实了。

月光照进堵了一半的窗洞，落在大姑的床上。大姑盖着一床旧棉被，薄得像纸，硬得也像纸。

大姑是真疼自己，拾来想。这世上不会再有像大姑这样疼自己的人了。是媳妇也不能这样，是娘也不能这样，是姊妹更不能这样。拾来这辈子没娘，没姊妹，还没媳妇，他不知娘、媳妇、姊妹的疼是啥味道，他只觉得大姑的疼是天底下最最好，最最好的了。

是大姑给铺的被，身下垫一层，身上盖一层，腿后跟还折了一道，紧紧地裹住了脚。脚一暖，浑身都暖了，俗话说："寒从脚底来。"好多日子，脚没这么暖和过了。可是，这暖和又和那暖和不一样。拾来想起那温暖的峪谷。那柔软的暖和是非常特别地包围着他的脚。

月光移到了大姑的脸上，那脸庞近二年丰腴了起来，只是眼角的皱纹很密。

大姑好像微微地哆嗦了一下，拾来赶紧闭上了眼，等他再睁眼时，大姑已经掉过身去，脸朝里了。月光移到了她的身上，洼下去而又凸起来的地方。

过了几日，有一天，大姑对拾来说：

"拾来，你过年就十八了吧！"

"嗯哪！"拾来生硬地回答。天一亮，他夜里的那些柔情便全退潮似的退去了，不晓得退到什么地方，找也找不见了。

"也该说媳妇了。"她停了一下。

拾来不吭声，心跳了。

"二奶她娘家高庄有个闺女，比你长一岁。啥都好，就是小时出花，脸上落了疤。"她又停了一下。

拾来不吭声，心跳得凶，气都喘不过来了。

"她不嫌咱家穷，愿意跟你过。你要是愿意，明天就上高庄去一下。我让冯大家二小子进城捎了两斤果子。"她停住不再说了。她听见拾来的喘气声，像牛一样。

只听得"砰"的一声，碗碎了。拾来站起身跑了，带倒了案板，带倒了板凳，咸菜碟子掉了，臭豆子撒了一地。

大姑怔怔地望着一地的碗渣子。进来一只鸡，啄着臭豆子。啄啄，又丢下；啄啄，又丢下。

拾来出去一天，直到夜半才回来，三星都偏西了。大姑坐在床沿，没睡，等他。

他一进门，拉开被子，蒙上头就睡倒了。

"拾来。"大姑叫他。

他不动弹。

"拾来，"大姑脸对着窗洞，一字一句地说，"我给你置一副货郎挑子，你走吧！"

小鲍庄

993

他不动弹。

"你成人了，自己过去吧。我不能养你一辈子，你也不能守我一辈子。"

他不动弹，只觉得从头到脚都凉了，就像掉进了冰窟。

一个风和日暖的早晨，拾来挑着一副货郎挑子，上路了。上路前，大姑不知从哪摸出一个货郎鼓，她用手抹了抹鼓面，轻轻摇了一下。"叮咚"，货郎鼓响了一下，响得还脆。她看看鼓，又看看拾来，张张嘴，要说什么，又没说。然后把鼓交给了拾来。拾来接过鼓看了看，恍恍惚惚记着小时玩过，为了玩它还挨了一耳巴子。这是他从小长成人，第一次挨耳巴子，就一次，也记得住了。他随手把货郎鼓往货架上一插，径直走了，没有回头。货郎挑子在他宽厚的肩上晃悠着，货郎鼓清清脆脆地响着：

"叮咚，叮咚，叮咚，叮咚。"

大姑听着那鼓声一步一步远远地去了，眼泪直流了下来。

十二

早几天就听说，县上要来个作家，来此地采访治水的事。

这几天又听说，那作家日后就到了，住宿都安排妥了，住县一招。

鲍仁文要去见见那作家。早几天，就把他这些年写的文章拾掇出来，看了几遍，改了几遍。这几天，又重新抄了一遍，整整齐齐地摞在一起，用他娘糊的鞋靠子贴上光溜溜的画报纸，做了个精装的封面，封面上用墨笔写了两个立体的美术字——作品。直弄到夜半。他只眯盹了一小会儿，天就亮了。他起床洗了脸，刷了牙，又用他娘的破梳子沾了点清水梳梳头，穿上他的蓝卡其学生装，夹着"作品"出发了。

他娘撵了他有半里地，要他捎上半篮鸡蛋上街卖了。他装没听见，大步流星地走出了庄子。

太阳很好，把风都暖热了。半个多月没下雨，大路上的浮土有半脚深了。大车过去，平车过去，自行车过去，人走过去，把个浮土踢起来，扬了个半天，遮黄了太阳。

他感到燥热，走过大方家井沿上，向个提水的老头讨了半瓢水喝，再接着赶路。

路，向前蜿蜒，看不到头，难得遇见个人。远远地，看见个小黑点。走着走着，渐渐大了，大了，大了，显出人形了，辨清男女了，认出眉眼了。到了跟前，过去了，前边只有一条白生生的路，蜿蜒到看不见的远处去了。太阳到了头顶，踩着自己的影子走。

他觉得困顿，像是睡着了。"作品"的封面滑溜溜的，老往下打滑，他把它搂搂好，向前走。

这是他的宝贝，他的心肝，他的所有的一切，一切的所有。他为它熬了多少夜，熬了多少灯油。他累极了，困极了，难极了，写不出一个字却又非要不停地写下去，写下去，这时候，他便会困惑起来：

"这么苦究竟是为啥？究竟图的啥？会有个什么结果呢？"于是他会一下子委顿下来，心里充满了虚无的情绪。这种心情冲击得最强烈的一次，他竟把他写了九个晚上还没写完的一篇小说撕了。然而，等那一阵狂暴过去之后，他望着一地的碎纸片，落寞地哭了。这时，他特别想往什么上面偎靠一下，温暖一下，安慰一下自己这颗破碎而孤寂的心。他觉得自己苦得很，苦得很。他蜷缩着，自己偎依自己，慢慢地平静下来，又重新摊开一张纸，拿起笔。除此以外，他不明白还有什么能给自己安慰和偎靠的。只有这么写着，他才能够希望着什么，妄想着什么。

路，无穷无尽地延伸着，这是一条寂静的路。他又觉着渴，却再不能遇上一口井了。

日头偏过正午，他走上了刘庄的地，前边就是县城了。有人担着空挑子往回走，是从街上下来的。

城里很安静。街中央馆子里，一地的鸡骨鱼刺，一个围着稀脏的围裙的娘们，正往外扫，招来了两条狗。剃头店里只有一个师傅靠在剃头椅子上打呼噜。一只猪大摇大摆地从百货店走出来。

他走过邮局，走进招待所。他心中忽然有些紧张。他努力回想着"作品"中最叫自己满意激动的段落，语句，想给自己增添一点信心和勇气。然而，却怎么也想不起来，那些绞尽脑汁写下来的章句全消失得无影无踪。他发觉，自己过去的半生的价值，和今后半生的价值，马上就要得到一个裁决。他有些腿软，几乎要掉过头走去了。

传达室的老头在打盹，口水流在衣襟上。一个女人低着头织毛线。没人理会他。

"大姐。"他犹豫了一下，还是叫了。

"大姐"皱着眉头抬起脸，不太耐烦的样子。

"大姐，这里住的可有一位作家？"

小鲍庄

995

"什么'坐'家，'站'家，不知道！"她回答。

"就是从外面来的，写文章，写书的。"

"叫什么名儿？"

"不知道。"

"男的女的？"

"不知道。"

她低下头继续织毛线，不再搭理他。

他又恳切地叫了一声"大姐"，没有回应。无奈，只好罢了。他站在招待所门口，思忖了一会儿，掉过身往县委走去。他有个中学里的老同学，在县委宣传部打字。

很顺利地找到了那老同学，她也还认得他。而当他向她打听作家时，她却茫然了好一阵，然后才想起带他去找一位王科长打听。王科长皱皱眉头，抬起手，抖一抖手腕，把袖子抖下去，露出亮晶晶的坦克链表带，然后才去抚摸锃亮的分头：

"听说过这么一件事，不清楚，不清楚，听说过。"

"你去问问张科长嘛！"那老同学微微撒娇地扯扯他的袖管。

原来这位王科长只是个干事，"科长"不过叫叫听听而已。等找着了张科长，真相才大白。是有这么回事，曾经是要来个作家。可是后来不来了。也许是这里治水的事情不够典型吧，犯不着曲里拐弯地到此地来。于是，便不来了。

鲍仁文寂寞地走在大街上，心中不知是喜还是悲。倒像是放下了一块石头，觉得轻了，又觉得空了。他慢慢地走着，觉出了饿，口袋里有一卷夹了大葱的煎饼，他打算出了城就吃它。走过邮局，他站在报栏前看一会儿报纸。他注意到一张报纸的下角有一块目录，是省里一个文艺刊物的目录。何不向他投一稿试试呢？他忽然想到。不由激动起来，血液向上涌去，脸红了。他镇定了一会儿，默记下那刊物的地址。然后，走进邮局，在角落里坐下，翻开他的作品。

他把"作品"放在桌沿底下看，没有人瞅见。邮局里没有人，只有一个老头，在缝一只包裹。那老头像是个先生，文质彬彬的样子，戴了一副框架发黄的眼镜，笨手笨脚地拿着一管大针，一针一针缝合着包裹。包裹是寄往青海的——鲍仁文偷看了一眼。

鲍仁文挑了一篇小说，又挑了一篇散文，想想，再挑了一篇小说，卷在一起。

柜台里的人问他："是什么东西？"

"稿子。"他迟疑了一下，脸红了。

"什么？"那人不明白。

"稿子。"他说，脸又白了，好像在做一桩极见不得人的勾当似的。

那人把稿子往秤上一扔，过了秤，然后又拿起来往一个大筐里一扔。鲍仁文瞅在眼里，怪心疼的。就好像自己亲手养大的孩子要出远门游历去了。

从邮局出来，他心里却又一片恬静。太阳落了，黄黄地照着路边的土墙。有人进了馆子，传出划拳声。猪，哼着。广播里在播放一支快活的曲子。

他算着那稿子的路程，什么时候可以到省城了。他从这一刻起，就在等待了。

他从此便有了理由等待，有了东西可希望了。

他觉着很幸福，不由跟着广播哼了一句，没合上调，哼得难听，赶紧住了嘴。

晚霞在他身后的天空上变幻着。他看不见晚霞，只觉着了那绚烂的光。

十三

大姑耳朵跟前，老有一只货郎鼓在响着：

叮咚，叮咚，叮咚，叮咚。

十四

太阳落到地边上，割猪菜的孩子都往家走了。小翠和文化来得晚，草箕子里还差点儿才满。

"文化子，你每日价，在学校，一早晨，一白天，忙的啥呀？"小翠子问道。

"上课呗。语文、算术、地理、历史、自然……学习就是了。"文化告诉她。

"学啥哩？我看你啥也不懂，桶掉井里也钩不起来，割猪菜割得多笨！"小翠子讥笑文化。只有在湖里，对着文化子，她才敢撒野。

"哼，我懂的，你不懂的，多着呢！"文化子不服气，他在学校里尽得两分，只有在小翠跟前，才有得显摆。

"你说说看！"小翠斜着眼瞅瞅他。

"你知道，人是打哪儿来的？"文化问。

小翠扑哧笑了："娘肚子里生出来的呗！我当你知道什么哩。在学校里就学了这个？躲滑罢了。"

文化微微一笑，不与她斗嘴，继续深入问道："娘是打哪儿来的？你会说娘是姥姥肚里生出来的。姥姥打哪来的？姥姥的姥姥打哪来的？"

小翠果然被问住了，扑闪着大眼睛，不吱声了。

"告诉你吧，人是猴子变的。"文化压低声音，极其神秘地说道。

小翠轻轻地惊呼了一声。

"你看，猴和人像吧？活像！"

"那，猴又是什么变的呢？"小翠怔怔地问。

"猴子，是鱼变的。"文化犹豫了一下，最终还是很肯定地说出来了。

"咋是鱼变的？"小翠困惑极了，鱼和人可是一点也不像。

"你知道吧，这地球上……"

"地球？啥球？"

文化打了个格愣，感到和小翠说话十分困难，由此领会到了进行启蒙教育的必要性："就是咱们住的这地。"文化用脚跺跺地，又伸出胳膊画了个圈。

小翠转头看看周围，大地笼罩在苍茫的暮色里。

"这地上，最早，最早，最早，最早，什么也没有，只有水，只有水。"

"哦！"小翠抬起眼睛，望着渐渐暗下去的天，出着神。

"只有水，只有水。"

"那可不就像闹水的时候。"小翠轻轻地说。

"你们那地方也闹水？"文化问。

"差不多年年闹。我小时候，刚满周岁那一年，闹得可凶。听俺娘说，没天没地了，只有水。"

"你能记得？"

"我记得……有一条长虫。"小翠怔怔地说。暮色越来越浓，她的眼睛在暮色里闪亮着，像两颗星星。

"走家吧。"文化有点害怕。

"割满了就走。"小翠子垂下眼睛割了一棵富富苗。

文化低下头，割了一棵七七芽："走家吧！"

"你割不满没事，我割不满可不管。"小翠忽然气了。

"瞧你说的，我娘就这么偏心吗？"文化有点难堪。

"你娘偏心，天底下没有比你娘更偏心的娘了。"

"你咋胡说哩！"文化也有点气了。

"咋是胡说？你娘为啥叫你念书，不叫你哥念书？"小翠回过头，一双黑黑的眼睛看定了他。

文化说不出话了，半天才结结巴巴地说："我哥人老实哩。"

"谁稀罕他老实。"小翠子提起草箕子，跨过两条芋头趟，又蹲下了。

"老实人靠得住。"文化又结结巴巴地说了一句。

小翠不理他，手脚麻利地割着猪菜。她眼尖，哪儿有猪菜都逃不过她的眼。她的手快，眼到了、手也到了。过了一会儿，小翠说话了。

"文化，你往后给我讲讲，你们上的学吧。"

"管。"文化说，又加了一句，"那还不管。"

小翠说："我不会亏待你，我唱曲儿给你听。"

"唱个'十二月'。"文化子立马说。他是从那些二流子嘴里听说有个"十二月"，也不知"十二月"究竟是什么，想得心里痒痒的。

小翠子稍停了会儿，唱了一句：

"正月里来本是个新年。"

她调门起得很高，声音细细的，尖尖的，颤颤的。文化觉着，小草抖索了一下。四下，毕静。

"喜欢笑那哈万象更新。牵挂个美少年，知心人难见，相思对谁言……"她哀哀怨怨地唱着，并不懂一字一句里的意思，听大人唱，她也唱，唱熟了，便觉出那一股凄戚很对她心思。

她凄凄戚戚地唱着，文化子凄凄戚戚地听着。

十五

捞渣会给鲍五爷送煎饼了。这偏老头才怪，谁送他饭食，他都不要，似乎一吃人家饭，他便真成绝户了。可是捞渣给送去，他便为难了。看看那张小脸，不收就觉着不过意。

捞渣会拉呱了，见鲍五爷一个人孤得慌，晓得同他问长问短地解闷。

"吃过了吗？"他问鲍五爷。

"吃过了，你哪？"鲍五爷搭理他。

"吃过了。"

"吃的啥饭食？"鲍五爷问他。

"吃的面条子。"

"不孬。"

"你吃的啥？"他问鲍五爷。

"煎饼，稀饭，臭豆子。"鲍五爷一字一句地回答，毫不含糊。

"蛐蛐儿。"他拿给鲍五爷看。

"是蛐蛐儿。"五爷点头。

"是男的，是女的。"

五爷笑了："这鬼。蛐蛐儿咋说男女，要说公的，母的。"

"是公的，是母的？"

五爷自己默了一会儿神，感叹道："要论起来，说男女也没错，也是个性灵。"

"把它放了吧！"捞渣忽然抬头说。

"放就放吧。"五爷说。

一老一小看着那蛐蛐儿一蹦，蹦没影了。

捞渣和鲍仁远家二小子说"斗老将"。鲍五爷帮着捞渣将杨树叶子，捋了满满一大鞋壳，一小鞋壳。鲍五爷捋一只鞋，捞渣捋一只鞋，一捋捋两天。捋出来的杨树叶梗子，黑得油亮，比麻还韧。鲍仁远家二小子的杨树叶梗子捋得嫩，拉不过捞渣。斗一个，断一个，斗一个，断一个。急眼了，越急越断。捞渣就把自己的换给了二小子。然后，二小子便翻本了，斗一个，赢一个，斗一个，赢一个。捞渣输惨了，可他不急不躁，依然是喜眉喜眼的。鲍五爷在边上瞅了这半响，等二小子走了，他问捞渣：

"捞渣哎，你咋把你的'老将'全换给二小子了？"

"我看他要哭了。"捞渣说。

"你输了不难受吗？"

"难受。"

"那你还换给他？"

"我看他要哭了。"捞渣又说。

鲍五爷不问了，看看捞渣，在他稀稀拉拉的黄头毛上胡噜了一下，叹了一口气。

停了一会儿，自语似的说：

"你也该让他，论起来，你是他叔哩。"

十六

大姑老听得见一只货郎鼓响：

叮咚，叮咚，叮咚，叮咚。

十七

鲍仁文每天收工都要往庄东大路上走两步，看有没有送信的来。大前天迎到一回，有两封信，一封是鲍彦海家大小子打金华部队上来的；一封是鲍二爷家的，打关外来的，鲍二爷家里的是那年他闯关东从关外带来的。昨天又迎到一次送信的，却没有信，送信的只是打这里路过，往大刘庄去的。

今天他又往大路上走去，远远地听见有什么在响：叮咚，叮咚，像是一只货郎鼓，渐渐地才看见过来一个人，是个走路的，担着货郎挑，慢慢地近了。

他背后是太阳，红通通地停在大路的尽头，他走在大路上，货郎鼓叮咚叮咚响着。

"兄弟，你见没见有骑车子的往这边来？"鲍仁文大声问道。

"没有。"卖货的回答。走近过来了，剃得雪青的头皮，黑黝黝的脸膛子，宽肩大膀，嘴唇上的胡子却还没硬，软软地趴着。

"大哥，前面的庄子叫什么名？"他问道。

"小鲍庄。"鲍仁文回答他，慢慢转过身往回走。

"哦，这就是小鲍庄。"小伙子说，和鲍仁文齐着肩走，货郎鼓叮咚叮咚地响。

"怎么，你知道小鲍庄？"鲍仁文瞅瞅他。

"咋不知道？小鲍庄的名声可响哩。都知道这庄上人缘好，仁义。"小伙子说。

"哦。"鲍仁文不再问了。

小伙子东张西望着，早有几个小媳妇听见货郎鼓声音，探出头来了。

"大兄弟，你停一停，让我挑个顶针儿。"有人喊。

回头一看，见是个四十多岁的女人从台子上走下来。她黄白的皮肤，头发在脑后随随便便窝了个纂，耳朵边上散落下几绺头发。身上穿的褂子破得可以，好像就前后披了块布，闪闪忽忽，飘飘荡荡，结实的身躯时隐时现着。她走到货郎挑子跟前，低下头，在匣子里挑顶针儿，手腕圆圆的。垂下的眼睑上长着密密长长的眼毛，是个毛呼眼。

"收工啦，大文子？"她招呼鲍仁文。

"买针啊，二婶子？"他招呼鲍彦川家里的。

又来了几个媳妇儿，要买针头线脑的。鲍彦川家里的，挑个顶针儿挑个没完了。

"他二婶，你再挑也挑不出金的银的来。"鲍彦山家里的说她。

"我就是买根针，也要挑个可心的。"她回答，耐心地挑着。"大兄弟，打哪儿来的？"鲍彦山家里的问他。

"打山那边来的。"

"家里有父母吗？"

"没了。"小伙子瓮声瓮气地说。

"有兄弟姐妹吗？"

"没。"

"呀，是个苦命的孩子。"鲍彦山家里的抬起头看他，看他宽鼻大眼，生得厚道，不由怜惜起来。

鲍彦川家里的正试着一个顶针儿，试戒指似的。这会儿回过头来问：

"你叫个啥名儿？"

"拾来。"他说。他发现这女人的声音好听，低低的，厚厚的，听起来就好像一股温吞吞的河从心上淌过去。

她终于挑好了，把一个两分的分币递到货郎手里，温呼呼的，有点儿潮。

一群媳妇姊妹围着他，都抬头看他，看得他背上冒冷汗，不自在得很。

"咦唏！"娘们同情地叹息着。

拾来脑门上开始冒汗，虽说别扭，可心里却暖和和的。自打走出冯井，他第一次露出了笑脸儿。

那么些媳妇姊妹的手在他匣子里翻江倒海地翻腾，他一点不生气，蹲下来，拔出烟袋。烟荷包里却挖不出烟了。忽然，"啪"的一声响，一样软乎乎的东西掉在他手上，一个烟荷包。抬头一看，那买顶针儿的二婶正看着他，说了声："吸吧！"转身走了。一件破大褂子挂在身上，飘飘忽忽地上了台子，闪进一扇门里。

这天夜里，拾来宿在牛棚，和唱古的鲍秉义挤一床。晚上，牛棚里照例挤了一屋人，听他唱古：

> 写一个七字把腿跷，关老爷手提偃月刀。
>
> 我问老爷哪儿去，霸王桥上去逮曹操。
>
> 写一个八字两边排，八仙随后过海来。

兰采和撕掉阴阵板，四海龙王又糟糕。

……

十八

鲍彦山家里的很纳闷：小翠可不是天天在眼皮底下转，怎么猛地一下，开始长身子了。那身板不再是竹竿子似的直溜到底，不知什么时候圆了，结实了，胸脯子满满的，小腿肚子鼓了起来，尖下巴颏子圆了。女大十八变，变俊了，水灵了。

多少人同她说："该给孩子圆房了。"

她同男人商量："该给孩子圆房了。"

建设子已经二十四，该圆房了。

小翠子觉出了不对劲。她娘待她和气多了，那天失手打了个碗，也没说她，只叫她扫干净碗碴子，别让捞渣扎了脚，便完事了。文化子却又远着她，不再与她说长道短的了。建设子白天黑夜地收拾里屋，往地上垫土，往墙上抹石灰。而庄上那些大嫂大婶们，都对着她挤鼻弄眼的，诡计得很。

小翠子把捞渣从屋里拽出来，带到井沿上，问他：

"捞渣，翠姐待你好不好？"

"比亲姐还好。"捞渣说。

"那你为啥骗翠姐？"

"我没骗。"

"你骗了。"小翠激将他。

"没骗，真没骗！"捞渣急了。

"好，你不骗我，那你告诉我，这几天，我娘和我大商量啥了？家里要办什么事了吗？"

"俺大哥要娶媳妇了。"捞渣说。

小翠子只觉得头脑子"轰"的一声，炸了似的。她定定神，夸奖捞渣："说实话才是好孩子，你回家吧。"

"你上哪儿，翠姐？"捞渣问。

"我站一会儿。"她说，又改口道，"我上二婶家去借个鞋样子。"

捞渣走了，没走远，站在树影里瞅着小翠，他是个有心眼儿的孩子。

小翠一会儿回转身，慢慢地朝东头走去，越走越快，捞渣撵不上了。

她跑到庄东头大柳树前，一头歪倒在树底下，抱着树号啕大哭起来，一边哭一边嚷，嚷一句话：

"我才十六岁，我才十六岁！"

哭声几乎把全庄的人都招来了，捞渣早已跑去报了信，鲍彦山和他家里的一起跑来了，要把小翠拖回家去。小翠死抱着柳树干不松手，号着：

"我才十六岁，我才十六岁！"

旁边的人都忍不住滴下泪来，特别是刚过门的小媳妇们，更是触景生情，哭成泪人儿了。

鲍彦山家里的流着泪劝小翠："咱娘俩一起过了这么些年，有什么话儿不好说，要你这么伤心？"

小翠往树身上撞着头，声泪俱下："我才十六岁，我才十六岁！"

"娘也不瞒你了，娘是想着要给你们圆房了，建设子过年就二十五了……"鲍彦山家里的哭得比小翠还凶，又伤心又忍不住觉得委屈，眼泪像小溪似的流了个满脸。

"我才十六岁，我才十六岁！"小翠号累了，抽抽搭搭地说着。

"建设子虽说生得笨，心眼是好的。丫头，你跟他过，亏不了你的。"

"我才十六岁……"

"你是老大媳妇，这个家就是你当了。丫头，你就不想想娘的心了吗？"

小翠只是摇头，一个字也说不出来，手却牢牢地抱住树干，拖也拖不开。直到鲍彦山当着众人面，宣布圆房再缓二年，她的手才从柳树干上松开了。

事情过去了。小翠子的下巴颏子又削了下去，而身子上圆起来的地方却不再平复下去。她眼睛里的神情越来越严肃，连个笑丝儿也没了。她娘对她又抠起来了，文化子却有点讨好她，见她扫地，就来夺她的扫帚。而她呢，却对文化子结下了仇，把扫帚"啪"地朝地上一扔，转身就走。

终于有一天，文化子在井沿上截住了她：

"小翠，你咋啦，我怎么你了？"

"你没怎么我！"

"那你�怄啥？"

"恄你没怎么我。"小翠恶作剧地笑笑，担起扁担要走。

文化子按住扁担，不让她起："你把话说明白。"

"我的话再明白不过了。"

"我咋听不明白？"

"你没长耳朵，你没长人心。"

"你咋骂人！"

"就骂你，没心没肝没肺没肚肠！"她一猛劲，担起了水桶。

文化子没防备，跌了个四脚朝天，恼了。

小翠子却笑了起来，"咯咯咯咯"，清脆的笑声把树上的鸟儿都惊飞了。打那以来，她是第一次笑。

文化子就不好再恼了。

十九

早起，鲍秉德家里的忽然清清冷冷地说道：

"也苦了你了。"

鲍秉德心窝里一热，鼻子一酸，不由落下了泪来。

他家里的也落泪了："我拖了你半辈子了，也该到头了。"

鲍秉德一听这话不吉祥，赶紧喝住了她："什么到头不到头的，一日夫妻百日恩，咱们这一辈子好歹都守在一起了。"

她不言声，抹了一把泪，便起身去喂猪。猪食烧得稠稠的，搅得匀匀的。鲍秉德好久没见她这么利索过了。头发梳平了，光溜溜地在脑后窝了个纂，海昌蓝的褂子很可体。鲍秉德不由看呆了。他想起她做姑娘的时候：他提着两包果子去相亲，一上台子就看见一个小姊妹坐在门口纳底。她看看他，他也看看她。她脸庞像一轮满月，额头上一排牙子齐崭崭地盖到眉毛上头，细细的眉，细细的眼，眼梢微微挑了挑。他看呆了，她忽然脸红了，站起身进了偏屋，只见一条大粗辫子在他脸面前扫了过去。他想起她做新娘子那天：大辫子窝成一个硕大的纂，小山似勾坠得脑袋往后仰，乌黑的头发里埋着一截红头绳，大红袄儿，脸儿像一朵桃花。她端坐在那里，任人怎么闹她只不言声，也不笑，也不恼。鲍秉德只盼着闹房的快走，快走……他想她刚有喜的那阵子：她想吃酸，他跑到山那边去找杏子。每天夜里，他都要趴在她肚子上听听动静，他听得清清冷冷，有一颗心跳，扑通扑通的。他记得他做了个梦：她生了，下了一个大蛋，再仔细瞅瞅，不是蛋，是个大地瓜。后来，生了个死孩子。他揍过她，关着门揍。她一声不哼，任他拳打脚踹，也不哭，也不叫。揍过了，也不和他怄气，照样的，他要咋，她就咋。他揍过了，也心疼，也后悔，可是急了，便什么都忘了，外人是一点儿也看不出来。渐渐地，她的圆脸变长脸了，红颜色褪去了。后来有一天，鲍秉德收工回家，见地没扫，锅没烧，一地的碎碗碴子。正要发火，却见他家里的坐在小凳上拔自己的头发玩儿，一边拔，一边朝他乐……

"上工去吧！"她叫醒了他。他这才听见上工的锣在敲：当当当，当，当。他抹了把眼睛，站起身走了。

在湖里平地，鲍二爷和他挨着趟。他告诉鲍二爷：

"她的病见好哩！今天早起清清冷冷地说话哩！"

"她咋说？"鲍二爷问。

鲍秉德一五一十地把那些话都说了。不料鲍二爷变了脸，锨把子拍了一下地：

"不对啊，秉德！"

"咋了？"鲍秉德头皮一麻，心里咯噔的一下。今儿早起，他心里隐隐的，也有点觉着不对劲，只是说不上来。

"我说老七，你还是回去守着她的好。"鲍二爷说。

"她今早清冷得很哩，比往常都要清冷。"他说，心里"怦怦"地乱跳。

"就是这清冷不对啊，她糊涂着倒不怕。"鲍二爷跺跺脚。

众人都围拢过来，纷纷劝鲍秉德回家去守着她。鲍秉德额头上沁出了冷汗，提起铁锨走了。

他快快地抄着大步往庄里跑。平整过的土地一大片，一大片，看不到边。远远的地方有一丛绿树，那就是小鲍庄。他快快地跑着，跑了半天也跑不近。四下里静静的，隐隐传来说笑声。太阳高了，烤得背上发烫。好像有鸟叫。风贴着地过来了，把裤腿灌满了。

他跑进了庄子，庄子里静静的，见不到人。像是有个小孩担着水穿过杨树林子走过来，再一细瞅，又没了。他跑得喘不过气来了，稍稍放慢了脚步，心想：不会有什么事了。这一庄子都静得睡着了似的，能有什么事？一只狗在喉咙里吼着跑过来，几只鸡悠闲地散着步，啄着土坷垃。太阳，明晃晃地照着。

他吐出一口气，有点笑话自己疑神疑鬼。这会儿，再跑回湖里去，也不值得了。他掮起铁锨，慢慢地上了台了。

有一只烟囱冒烟了，不是他家的。

他家的门闩着。他推了推，推不动。里面扛上了。他拍着门，叫："哎——"

他叫她"哎"，她也叫他"哎"。不能像别人那样，叫"孩他大"，"孩他娘"。没个孩子，连个叫头也没了。

她不应声。

他又叫："哎——"

还不应声。

他急了，砰砰地拍着门，脚上来踹了几下，铁锨头拍掉了。招来一群小孩和老娘们，一起打门，一起叫。门硬是叫顶开了。进了门，鲍秉德扑通一下坐倒在地上了，只看见一件海昌蓝褂子在眼前晃悠，地上一把踢翻的板凳。他家里的，悬在梁上。

众人七手八脚地把她放了下来，放平在地上。她居然还有气，没勒对地方。鲍秉德上前一把搂住她放声大哭起来，屋里顿时唏嘘一片。

捞渣早已往湖里去喊人了。不一会儿，呼啦啦来了一大下子人。鲍仁文拖开鲍秉德，上来就做人工呼吸，是那年在中学里上生理卫生课时学的。队长那边就招呼人，整好了凉床，把人抬起就走。

"钱！"鲍秉德绝望地叫道，"我兜里半个钱也没啊！"

"队里给你齐。"队长回头对他嚷。

"大伙儿给你齐。"众人对他嚷。他这才踉踉跄跄地跟着跑去了。

两天以后，鲍秉德用挂平车，把他家里的推回来了。他家里的坐在平车上，啃一颗青桃，三岁毛娃似的。像是什么事也不记得了，什么事也不曾有过似的。

二十

耕读老师来动员捞渣上学了。捞渣七岁了，该上学了。

可是文化子已经在公社上中学了。一家供不起两个学生。他大说：要就是捞渣上，要就是文化上。

要早二年，就好办了，文化子巴不得不上学呢！可如今不同了，文化子不知咋的开了窍，一下子学进去了。从班上最后一名蹿到第一名。小鲍庄只有三名考上公社中学的，他就占了一名。他读书上劲多了。家里没得粮票给他带去吃食堂，他就每天来回跑，二十里路哩，中午带一卷煎饼，泡着茶吃。苦死了。

捞渣也想读书。庄上在学校的孩子，脖子上都有一条红围脖，这就叫他羡慕。他虽然还不知晓这红围脖是啥意思，可他知道是叫人学好的。那天二小子的红围脖叫老师要回去了，因为他和人打仗，把人门牙敲掉了。可见，做了坏事是不能得的，反过来，就是做好事才能得红围脖了。

他大说，还是让捞渣读吧，文化子能写个信记个账就管了，回来做活也算是个大半劳力。文化子不干了，又哭又闹还不吃饭，捞渣便说："让我二哥念吧，我不念了。"

文化子这才收了眼泪，下湖去给捞渣逮了一只叫天子，小翠用秫秫秸编了个小笼子。捞渣玩了小半天，就把它给放了。"它自个儿在笼子里，太孤独了。"他说。他大摸摸捞渣的头，叹着气："好孩子，过年大一定叫你念。"

捞渣不念书了，成天下湖割猪菜，和着一班小孩子。小孩子都围他，欢喜和他在一起。谁走得慢，捞渣一定等他。谁割少了，不敢回家，捞渣一定把自己的匀给他。谁们打架了，捞渣一定不让打起来。跟着捞渣，大人都放心。这孩子仁义呢，大家都说。

捞渣能割猪菜了，鲍五爷却连绳头都搓不动了，成天价只能坐在墙根底下晒太阳，一直晒到中午，懒懒起来走回家烧锅。捞渣就不让他走了：

"来俺家吃吧！"

鲍五爷也不推了。吃长了，他大就逗捞渣："你老叫五爷来家吃，俺家粮食不够吃了，咋办？"

捞渣认认真真地回答："我少吃一张煎饼，少喝一碗稀饭。可管？"

他大这才笑出来，摸摸老儿子的脑袋。

这天，嫁到山那边的大闺女带着孩子回来了。捞渣就到鲍五爷那里去借一宿，和鲍五爷脚对脚地挤一床。鲍五爷偎着捞渣小猫似的身子，说：

"捞渣，五爷的被窝叫你焐热了。"

"五爷，我每天给你焐被窝。"捞渣说。

鲍五爷偎着捞渣暖暖和和的小身子，心窝里滚烫滚烫的，话也多了：

"捞渣，你来和五爷睡，你大答应吧？"

"我大最依我了。"捞渣说。

"你娘答应吧？"

"我娘也依我。"

"他们要说我这老头子啰嗦哩。"

"不会哩。"

"我老不死，自己都活烦了。"

"好日子都在后头哩，"捞渣开导五爷，"二小子每天上学，他说老师说的，好日子都在后头哩！'四人帮'打倒了，立马有好日子哩！"

"捞渣，你想不想上学？"

"想。"捞渣说，然后又说，"不想。"

鲍五爷看出他是想的："你们学费要几块钱呢？"

"不老少，二块多哩。"

"五爷给你付了吧。"

"不能，五爷，你的钱是大伙儿的……"

这一句话提醒了鲍五爷："是的，我吃的是百家饭，我是个老绝户噢！"

"五爷，你咋是绝户呢！咱都叫你爷爷哩。"捞渣说。

"鬼吔，你的嘴好乖哟！"鲍五爷说，过了一会儿又说，"捞渣，你有点像我那社会子哩。"

捞渣没应声，睡着了。

"眉眼像，脾性也像。"鲍五爷说。

捞渣睡得安静，连丝鼻息声都没有。窗洞叫堵上了，屋里黑得伸出手不见五指。

"和社会子一样，都仁义。从不和人吵嘴磨牙……"鲍五爷对着黑暗拉着呱。

墙根有一只虫曜曜地叫着。

二十一

牛棚里在唱古：

> 写一个九字挂金钩，七狼八虎窜幽州。
>
> 就数十字写得全，刘邦去也没回还。

二十二

拾来走了两日，又回来了。他把货郎鼓插在腰里，没让它响。他走到他头回停下来卖货的那台子下，对着台子上喊：

"二婶！"

喊了两声，二婶出来了，穿了一件半旧的褂子，不露肉了。两手黄澄澄的大秫秫面：

"大兄弟，咋又回来了！"

"我上回把二婶的烟荷包带走，忘还来了。"拾来从兜里掏出烟荷包，朝她举了举。

"这还值得送回来吗？给你了，不要了。"二婶说。她低低的，哑哑的，又带点甜味儿的声音叫人心里十分舒坦，像喝了一口热茶。

"哪能。"拾来说着走上台子来了，把那烟荷包朝二婶跟前递过去。

"不要了呢！"二婶说，举着两手黄澄澄的面，朝后退着。

"哪能。"拾来朝他走去。

她只能要了，可是两手的面，怎么好拿？她便侧过身子："替我搁兜里吧！"

拾来把手伸进她斜开的兜，兜里暖暖和和的。他的手停了一下才抽出来，手上带着她的体温。

"进来坐坐，喝碗茶吧！"她说。

"不了，走了。"他说，脚却不动窝。

"坐坐歇歇吧。"她说。

"走了。"他却不走。

"进来坐坐嘛！"她伸出肩膀头子扛了他一下，他顺势进了屋。

屋子不小，有三间。可是空荡荡的，没什么东西。地上爬着两个小孩，一个三岁模样，一个四岁模样。门前架了张鏊子。二婶接着和面，拾来坐在板凳上吸烟。

"这是老几？"拾来问。

"老三老四。"二婶回答。

"怪喜人的。"

"烦人呗。"

他们一句去一句来地拉呱。不知咋的，他在这个二婶跟前，觉着很自在，很舒坦。他觉着这二婶虽说是第二次见面，却好像老早就认得了似的。

"他大做活还没收工？"他问。

"他大做鬼去了，死了！"她回答。

"哦。"他愣了。过了一会儿，慢慢地说："二婶也是个苦命人啊！"

"苦惯了。大兄弟，你能帮着烧把火吗？"

"能。"拾来忙不迭地站起来，挪到鏊子跟前去，点了火。

"大兄弟。"二婶叫道。

"嗯哪！"拾来答应道。

"你打山那边来，那边是分地了吗？"

"都吵吵呢，嗷嗷叫。怕是快了。"

"分了地，就够俺娘几个苦的了。"二婶叹气。

"大伙儿会帮忙的，这庄上的人情特好。"拾来安慰她。

"一分地，劳力就是粮，劳力就是钱，谁知道会是咋样哩。"

"都是一个庄一个姓，大家锅里有，不会少你几张碗的。"拾来说。

"你这个大兄弟嘴怪会说哩。"二婶笑了。

"我嘴最笨了，我说的是实情。"拾来红了脸。

"你说的是实情。"二婶瞅了他一眼，小声说，像是说给自己听的。

面和好了。二婶搬了张小板凳坐到鏊子前，伸手将面团在鏊子上轻轻一抹。嗞啦啦的一阵轻烟腾起。拾来忽然心里一咯噔，他咋在这轻烟里看见了大姑的脸。

一只竹劈子将那煎饼一挑，二婶的脸又清澄起来："别走了，在这儿吃吧。"

"不了。"拾来嗫嚅着，二婶没听见，将面团子在鏊子上一抹，抹得溜溜圆，再一挑。拾来看着二婶的手：手腕圆圆的，手指肚鼓鼓的，手背的皮有点起皱，却结结实实的。他见过最多的是媳妇姊妹的手，每日里有多少双媳妇姊妹的手在他眼皮子底下翻腾，挑来拣去。可他却从没觉得有哪双手像这双那样，看着心里就自在，就舒坦，就亲近，就……怎么说呢，心里就暖暖和和的。他像是在哪里见过这么双手，要不，咋这样眼熟呢！

"你也是个苦命的，"二婶抹着面团子，悠悠地说，"往后路过这里了，就进来喝碗茶，吃顿饭，歇歇脚，就算是个落脚的地方吧！"

拾来鼻子酸酸的，不说话。

"有洗的涮的，就搁下。一人在外苦，不容易。"

"二婶！"拾来抬起头喊了一声，眼睛里满满的都是泪。

二十三

这天夜里，大姑耳朵边没听见货郎鼓响。一夜睡得安恬。

二十四

地分到户了。不论文化子怎么哭怎么闹，他大都不让他念书了。文化子急得没法，找鲍仁文来说情。鲍仁文对他大说：

"我叔，你眼光得放长远点。分地了，要多收粮食，就看个人本事了。让文化子上学，学点科学，种田才能种好哩，单凭死力总不行。"

鲍彦山只是吸烟，不搭话。

鲍仁文又翻报纸念给他听：某某地方一个高中生养长毛兔成了万元户；某某地方一个大学生种水稻，也挣了不老少……听得鲍彦山眼珠子都弹起来了，可话一回到文化身上，他便又泰然下来。似乎文化子与那些人是一无联系的。任凭鲍仁文深入浅出地解释，他亦是不动。说：

"远水救不了近火啊，大文子！你不知晓。"

"还是多读书好哇！"鲍仁文不放弃努力。文化子在一边抽抽搭搭的，要放弃也放弃不得。

鲍彦山斜过眼瞅瞅鲍仁文，不吱声。其实，鲍仁文来做这个说客是最不合适的了。他自己本身就是一个极有力的反证，证明着读书无用，反要坏事。时时提醒着人们不要步他的后尘，万万别把自己的孩子们弄成这样：赔了功夫赔了钱，弄了一肚子酸文假醋，不中看、不中用，真正是个"文疯子"。

没有任何办法了。文化子晓得哭也是没用，便也不哭了，省些力气吧。倒是小翠背地里说他：

"就这样算了？"

"算了。"文化子垂头丧气地说。

"甩！"小翠子鄙夷地说了一个字。

文化子脸涨红了。在此地，无能，窝囊，饭桶，狗熊，用一个"甩"字就全包了。一个男人最坏的品质怕就是"甩"了，一个男人"甩"，那还怎么做人？还怎么叫人瞧得起？文化子动动嘴唇，没说什么，站起来要走。小翠子上前一把拽住他的袖子：

"你把我唱的曲儿还给我。"

"这怎么还！"文化子朝她翻翻眼。

"你唱还给我，唱个'十二月'！"小翠揉了他一下。

"我不会唱。"

"不会唱也得唱。"

文化子愣了一会儿，晓得是犟不过小翠的，他总也犟不过小翠，犟不过心里还乐滋滋的，真不知见了什么鬼！"那我唱个别的。"他请求。

"也管。"小翠通融了。

文化子苦着脸想了想，又说："唱个革命歌曲。"

"唱吧！"

文化子沉吟了一会儿，咳了几声，清清嗓子，开口了："一条大河波浪宽——"他唱了一句便停下来，偷眼瞅瞅小翠，看看她的反应，他怕她笑。

她没笑，看着他，微微张着嘴，倒有些吃惊似的。

"风吹稻花香两岸，我家就在岸上住——"文化子一边唱一边偷看她，她默着神，像在想什么。

"听惯了艄公的号——"文化子唱得鼓起了喉咙，只好认输，"实在是吊不上去了。"

小翠子像醒过来似的抬起眼睛看看他，轻轻地说："这个曲儿怪好听的。"

文化得意起来，雪了耻似的。

文化子不读书的消息一传开，那耕读老师便闻讯而来，动员捞渣上学。不得已，他向鲍彦山兜出了心底话：

"说实在的吧！我这个耕读老师做了这些年，至今也没转正。您让捞渣上学，也是给我脸面。这第一期的学费，我替捞渣交了吧！"

鲍彦山看看老师，终于点头了。不过学费没让老师交，他说："真让他念书了，我就得供他学费，万不能让你老师掏腰包。"

他是说话算话的，一口气交了学费，还花了六毛七分钱，给捞渣买个新书包。鲍五爷在拾来的货郎挑子上拣了支花杆铅笔，给放在书包里了。

捞渣上学了，做小学生了。第一学期，就得了个"三好学生"的奖状。

小翠把捞渣的奖状拿在手里，颠来倒去地看个不停，看完了便问文化子：

"你念这些年咋没带回过一张花纸来家？"

文化子不屑地看了一眼奖状："这不算什么。"

"啥才算什么？"小翠回他一嘴。

他俩时常这么一句去一句来地拌嘴，鲍彦山家里的都看在眼里了，慢慢地看出了些个意思，夜里，在枕头上，和男人商量：

"小翠十七了，该给他们圆房了。"

可是就在这时候，小翠忽然不见了。割完最后一垄麦子，小翠说：

"你们先回家，我去沟里涮涮毛巾。"然后就再没回来。

二十五

现今文艺刊物多起来了，天南海北，总有几十种。鲍仁文往四面八方都寄了稿，那一厚本"作品"已经拆开寄完了。寄出去一份，他就增加一份期待。

他的生活里充满了期待，没有空隙去干别的了。他和他老娘那三亩四分地里，苗比别人少，草比别人多，都种不过二婶的地。真不知他是中了什么邪魔了。他娘甚至跑到二十里地外，三里堡的土地庙去烧了一炷香。那土地庙早已被毁了，她就把香插在庙前边的大树上。这个庙的菩萨灵，她认为。

他那在县委宣传部打字的老同学给他个消息，省里要开一个笔会。笔会，就是许多作家聚在一起，谈谈，玩玩，以文会友的意思。笔会先在省城开，然后就要到这鲍山去玩玩。这些年旅游风盛，稍有点来历的地方都叫拿出来作胜地了。鲍庄要说起也算有点来历的，据说，那上边还有个什么脚印儿，是那位鲍家的先人巡察治水情况时留下的。还有一个洞，洞里有石桌石椅，是那位先人坐镇指挥时用的。据说，那里也要设置旅游点了，当然，眼下只有一座小房子，里面有卖茶的。荒荒的，野野的，作家们就是要看这野味，亭台楼阁，绮山绣水看惯了，要换换口味。

于是，这批作家便要来游一下鲍山。

于是，省里早早就通知了县里，要县里早早做好准备。县文联——现在县里都有文联了——计划着请这些作家们和本县的文学青年见见面，座谈座谈，讲讲话，指导指导，以繁荣基层文学创作。海报贴出去了，要听讲座要见面的，得买票。不到两天，票就全卖出去了。现今的文学青年也是非常多的。

那老同学也代鲍仁文买了一张票。鲍仁文早早地就在盼望这一天了。长这么大，读了这么多小说，这么的热爱文学，可他却从来没见过一个作家。这实在是太不公道了。

他早早地就在盼这一天了。眼看着这幸福的一天之前的那些不幸福的日子，一日一日熬了过去。那老同学却托人带话来说：讲座见面会取消了。作家们不来鲍山了。因为有的要到西双版纳开笔会，有的要到九寨沟开笔会，还有的要到西藏参观访问，剩下二三个虽没别处的笔会邀请，却也没了兴致，终于没能成行，早早地分散到各地去开笔会了。近来的笔会是非常多的。比起那西双版纳、九寨沟、西藏，这鲍山又野得很不够了。

于是，他又只能继续往各地刊物寄稿子，继续期待着，继续什么也期待不着。

每日里，他在自家那三亩四分地里做活儿，脑子里就像在开锅，种种事情涌上心头，种种滋味充斥在心里。想想年龄是偌大，著书是偌渺茫，没有业，也没有家，这么一日一日过去，实在令人惧怕得很。那一日复一日的单调平凡的生活后面，究竟掩隐着什么？前头的希望究竟什么时候才能到达？他又恨不能马上跨过五年八年，看看那前景是如何锦绣，或者如何黯淡，也好早早死了心。因此，他望着那毒辣辣的日头，就有些为难起来，究竟要它过去的快还是慢呢？

和他的地挨边儿的是鲍彦川家里的地。她每日里带着十一岁的大儿子在地里做活，不兴歇歇的。天不亮来了，天黑了还不归。吃饭也不回去，她八岁的闺女提着个篮子给送来，就在地里把张煎饼卷巴卷巴，吃了，喝几瓢凉水。然后再接着干。

"一个人管吗，二婶？"他每日都要招呼她一声。

"管。"她回答。她就是说不管，也不见得有人来帮她忙。这地一到手，人就像疯了似的，恨不能睡在地里，谁也顾不上谁了。这阵子，真是谁也顾不上谁了。

不过，每隔三五日，鲍仁文就看见有个膀大腰圆的外乡小伙子在二婶家地里做活。看看不像是雇工，二婶待他像自家兄弟，他待二婶也不外。他干活肯下力得很，一点不掺假。再说，这年头，又上哪儿去请雇工。就算有雇工，二婶也未必请得起。

那小伙子最多有二十岁，憨憨厚厚的。要来总是晌午后来，一干干到天黑。有一次，他直起腰左右看了看，正好看到鲍仁文，便龇着牙笑了一下，牙白得耀眼。鲍仁文认出了，就是那天挑货郎挑的弟们。

小伙子和二婶不外得很。有一次，见他给二婶翻眼皮，二婶眼里进了颗沙了；有一次，见二婶帮他挑手上的刺儿。二婶吸烟，小伙子帮她点火；小伙子吸烟，二婶帮他点火。他叫她"二婶"，她叫他"大兄弟"，孩子们叫他"叔"。瞅不透他们是什么关系。瞅着只觉得怪有趣儿的。

日子过得那么平淡，难挨，看看他俩，倒也解解闷。

二十六

这天，那小伙子正给二婶锄地，却呼啦啦地跑来了一伙子人，为首的正是鲍彦山。他抢起扁担，一家伙把那小伙子掀翻在地上了。接着，一伙人就拥上来，连打带踢，那小伙子抱着头在地上乱滚。

二婶担着一挑水走到地边，来不及搁下桶就朝这边奔过来了。桶翻了，水涓涓地流着。

二婶跑着跑着，绊倒了，爬起来再跑，一边叫道："要打打我，要打打我。"

她跑到跟前，就去拖鲍彦山，鲍彦山给了她一脚："连你一起打。"

她被踢得蹲了一下，又站直了，跑上几步，扑倒在鲍彦山脚边，抱住鲍彦山的膝盖："大哥，你饶了他小命一条吧！"

鲍彦山不由放下了扁担，瞅了一眼弟妹，叹了一口气，骂道："你这不要脸的娘们，还有脸给他说情！"说罢，就一使劲甩脱了她。

二婶翻转身，索性抱住了那小伙子，不管不顾地嚷："是我偷了他汉子，没他的事！是我偷了他汉子，没他的事！"

一阵更加激烈的拳脚交加。二婶和那小伙子紧紧抱成一团，再不作声了。任他们怎么踢，怎么打，怎么骂，只是不作声。

打累了，终于歇了手，在他身上踹了一脚，说道："下次再叫我瞅见你往这庄上跑，没你好果子吃。"

他们抱成一团，一动不动，像死过去了似的。人走了，半晌过后，才动了起来。

小伙子哇的一声哭了："二婶，我干了缺德事，败了你家的门风。你揍我吧！"

"这不怪你。"二婶整了整衣衫。眼里没有一滴眼泪，干干的。

"我带累了你，二婶。"

"是我带累了你，拾来。"

"我这就走，再不敢来了。"

"你要走，就走吧。"二婶幽怨地看着他。

他爬起来，要走，却又蹲倒了，脑袋垂在了裤裆里。

"你咋不走？"二婶问他。

"我走了，这地你自己咋锄得完。"拾来说。

"我能锄。"

"那，我走了。"他回过头，犹犹豫豫地对二婶说。

"慢，你的货郎挑子叫他们砸散了，你拿什么去做买卖？"

"我能拾掇。"

两人不再说话，低着头。过了一会儿，二婶慢悠悠地说："我说，拾来。"

"我听着哩。"

"我说，你要不嫌我年岁大，不嫌我孩子多，不嫌我穷，你，你就不走了！"二婶说罢，猛地扭过脸去了。

拾来却抬起了脸，眼睛里流露出欣喜的光芒，他感激涕零地叫了声：

"二婶！"

"你别叫我二婶了。"

"管。"

"你叫我，孩他娘。"

"管。"

二婶慢慢地转过脸，望着拾来，泪糊糊地笑了。拾来也憨憨地笑了。两张鼻青眼肿的脸，就这么泪眼婆娑地相对着，傻笑着。

拾来留下了，却不敢叫本家兄弟们看见。可是这怎么瞒得过人！鲍彦川的本家兄弟到处寻着拾来。

拾来去找队长。现在分地了，没队了，也就没队长了，队长叫作村长了。村长不如队长能管事。他说他管不了鲍家兄弟，他心里也是不想管，这事儿不能管。这是小鲍庄百把年来头一桩丑事，真正是动了众怒。

拾来是个五尺高的汉子，不是一只烟袋一只鞋，不能藏着掖着。早晚叫他们瞅见了，便跑不了一顿饱打。拾来叫他们打急了，撒腿就跑。二婶在后边大声地叫：

"往乡里跑，往乡里跑！"

一句话提醒了拾来，拾来抱住脑袋，掉转身子就往乡里跑。一气跑了七八里地。到了乡里，才算有了公断：照婚姻法第几第几条，寡妇再嫁是合法的，男方到女方入赘也是合法的。从此，拾来在小鲍庄有个合法的身份，不用躲着人了。

可是，倒插门的女婿难免叫人瞧不起，连三岁小孩都敢在头上动土。干干净净的鲍姓里，忽然夹进一个冯姓，并且据说这个冯姓也不那么地道，纯净，是硬续上的，来路十分不明。叫众人难以认可。一篓瓜里夹进了葫芦，叫人怎么看得顺眼。再加上拾来和二婶的年龄，总给人落下话把。好在，拾来从小是在这种好奇又鄙夷的目光中长大，这对他不新鲜了。而他漂落了这几年，终于有了个归宿。他一点儿没觉着二婶对他有什么不合适的，他想不出他怎么去和一个大闺女过日子。和着一个小姊妹过日子，那也叫过日子吗？二婶对他，是娘，媳妇，姊妹，全有了。拾来心满意足，胖了，像是又高了一截子，壮壮实实，地里的活全包了。

二十七

今天晚上和明天白天天气预报：

今天晚上，阴有雨，雨量小到中等，局部地区有大到暴雨。预计明天，仍有中到大雨。希望有关部门及时做好防汛工作……

县里成立了防汛指挥部。

乡里成立了防汛指挥部。

村里也成立了防汛指挥部。

二十八

雨下个不停，坐在门槛上，就能洗脚了。西边洼处有几处房子，已经塌了。

县长下来看了一回。

乡长下来看了两回。

村长满村跑，拉了一批人上山搭帐篷，帐篷是县里发下来的。

这天，天亮了一些，云薄了一些，雨下得消沉了一些，心都想着，这一回大概挨过去了。不料，正吃晌饭，却听鲍山西边轰隆隆地响，像打雷，又不像打雷。打雷是一阵一阵地轰隆，而这是不间断地，轰轰地连成一片，连成一团。"跑吧！"人们放下碗就跑，往山东面跑。今年春上，乡里集工修了一条石子路，跑得动了。不会像往年那样，一脚插进稀泥，拔不起来了。啪啪啪地，跑得赢水了。

鲍秉德家里的，早不糊涂，晚不糊涂，就在水来了这一会儿，糊涂了，蓬着头乱跑。鲍秉德越撵她，她越跑，朝着水来的方向跑，撒开腿，跑得风快，怎么也撵不上。最后撵上了，又制不住她了。来了几个男人，抓住她，才把她捆住，架到鲍秉德背上。她在他背上挣着，咬他的肩膀，咬出了血。他咬紧牙关，不松手，一步一步往东山上跑。

鲍彦山一家子跑上了石子路，回头一点人头，少了个捞渣。

"捞渣！"鲍彦山家里的直起嗓门喊。

文化子想起来了："捞渣给鲍五爷送煎饼去，人或在他家了。"

"他大，你回去找找吧！"鲍彦山家里的说。

水已经浸到大腿根了。

鲍彦山往回走了两步，见人就问："见捞渣了吗？"

有人说："没见。"

有人说："见了，和鲍五爷走在一起呢！"

（侧栏）
新中国70年优秀文学作品文库

中篇小说卷

鲍彦山心里略略放下了一些，还是不停地问后来的人："见捞渣了吗？"

有人说："没见。"

有人说："见了，搀着鲍五爷走哩！"

水越涨越高，齐腰了。鲍彦山望着大水，心想："这会儿，要不跑出来，也没人了。"

后面的人跑上来："咋还不跑！"

"找捞渣哩！"

"他早过去了，拖着鲍五爷跑哩！"

鲍彦山终于下了决心，掉回头，顺着石子路往山上跑了。

鲍秉德家里的折腾得更厉害了，拼命往下挣，往水里挣。鲍秉德有点支不住了。

"你不活了吗？"他大叫道。

她居然把绳子挣断了，两只手抱住她男人的头，往后扳。

"狗娘养的！"鲍秉德绝望地号。他脚下在打滑了，他的重心在失去。他拼命要站稳。他知道，只要松一点劲儿，两个人就都完了。水已经到胸口了。

她终于放开了男人的头，鲍秉德稍稍可以喘口气。可还没来得及喘气，她忽然猛地朝后一翻，鲍秉德一个趔趄，不由松了手。疯女人连头都没露一下，没了。

一片水，哪有个人啊！

水搀着人，踩着石子路往山上跑。有了这一条石子路，跑得赢水了。跑到山上，回头往下一看，哪还有个庄子啊，成汪洋大海了。看得见谁家一只木盆在水上漂，像一只鞋壳似的。

村长点着人头，除了疯子，都齐了，独独少鲍五爷和捞渣。

"捞渣——"他喊。

"捞渣——"鲍彦山家里的踩着脚喊。

鲍彦山到处问："你不是说见他和鲍五爷了吗？"

"没见，我没说见啊！"回说。

鲍彦山急眼了，到处问："你不是说见了吗？说他牵着鲍五爷！"

都说没见，而鲍彦山也再想不起究竟是谁说见了的。也难怪，兵荒马乱的，瞅不真，听不真也是有的。

鲍彦山家里的跳着脚要下山去找，几个娘们拽住她不放："去不得，水火无情哪！"

"捞渣，我的儿啊！"鲍彦山家里的只得哭了，哭得娘们都陪着掉泪。

"别号了！"村长嚷她们，皱紧了眉头。自打分了地，他队长改作了村长，就难得有场合让他出头了，"还嫌水少？会水的男人，都跟我来。"

他带着十来个会水的男人，砍了几棵杂树，扎了几条筏子，提着下山去了。

筏子在水上漂着，漂进了小鲍庄。哪里还有个庄子啊！什么也没了，只有一片水了。一眼望过去，望不到边。水上漂着木板，鞋壳子。

"捞渣——"他们直起嗓子喊，声音飘开了，无遮无挡的，往四下里一下子散了，自己都听不见了。

"鲍五爷——"他们喊着，没有声，好比一根针落到了水里，连个水花也激不起来。

筏子在水上乱漂着，没了方向。这是哪儿和哪儿哩？心下一点数都没有。

筏子在水上打转，一只鸟贴着水面飞去了，鲍山矮了许多。

"那是啥！"有人叫。

"那可不是个人？"

前边白茫茫的地方，有一丛乱草，草上趴着个人影。

几条筏子一齐划过去。划到跟前，才看清，那是庄东最高的大柳树的树梢梢，上面趴着的是鲍五爷。鲍五爷手指着树下，喃喃地说："捞渣，捞渣！"

树下是水，水边是鲍山，鲍山阴沉着。

男人们脱去衣服，一个接一个跳下了水。一个猛子扎下去，再上来，空着手，吸一口气，再下去……足足有一个时辰。最后，拾来一个猛子下去了好久，上来，来不及说话，大口喘着气，又下去，又是好久，上来了，手里抱着个东西，游到近处才看见，是捞渣。筏子上的人七手八脚把拾来拽了上来，把捞渣放平，捞渣早已没气了，眼睛闭着，嘴角却翘着，像是还在笑。再回头一看，鲍五爷趴在筏子上早咽气了。

筏子比上来时多了一老一小，都是不会说话的。筏子慢慢地划出庄子，十来个水淋淋的男人抬着筏子刚一露头，人们就呼啦地围上了。

一老一小静静地躺在筏子上，脸上的表情都十分安详，睡着了似的。那老的眉眼舒展开了，打社会子死，庄上人没再见过他这么舒眉展眼的模样。那小的亦是非常恬静，比活着时脸上还多了点红晕。

鲍彦山家里的瞪着眼，一字不出。大家围着她，劝她哭，哭出来就好了。

村长向人讲述怎么先见到鲍五爷，而后又下水去找捞渣。

拾来结结巴巴地向大家讲述："我一摸，软软的。再一摸，摸到一只小手。

我心里一麻，去拽，拽不动，两只手搂着树身，搂得紧……"

人们感叹着："捞渣要自己先卜树，死不了的。"

"捞渣要自己先跑，跑得赢的。"

"那可不是？小孩儿腿快，我家二小子跑在我们头里哩！"

"捞渣是为了鲍五爷死的哩！"

"这孩子……"

打过孟良崮的鲍彦荣忽然颤颤地伸出大拇指："孩子是好样儿的！"

"我的儿啊——"鲍彦山家里的这才哭出了声，在场的无不落泪。

捞渣恬静地合着眼，睡在山头上，山下是一片汪洋。鲍秉德蹲在地上，对着白茫茫的一片水，唔唔地哭着。

天渐渐暗了，大人小孩都默着，守着一堆饼干、煎饼、面包，是县里撑着船送来的，连小孩都没动手去抓一块。

天暗了，水却亮了。

二十九

这次大水闹得凶，是一百年来没遇到过的大水。可是全县最洼的小鲍庄只死了一个疯子，一个老人和一个孩子。这孩子本可以不死，是为了救那老人。

水下去了，要办丧事了。大伙儿商议着，不能像发送孩子那样发送捞渣。捞渣人虽小，行的是大仁义，好歹得用一副板子送他。万不能像一般死孩子那样，用条席子卷巴卷巴。

男人们去买板子了，女人们上街扯布。蓝的卡，做一身学生制服，鱼肚白色的确良，缝个衬里褂子。还买了双白球鞋。捞渣打下地没穿过一件整褂子，都是拾他哥哥们穿破穿烂的。要好好地送他，才心安。

全庄的人都去送他了，连别的庄上，都有人跑来送他。都听说小鲍庄有个小孩为了个孤老头子，死了。都听说小鲍庄出了个仁义孩子。送葬的队伍，足有二百多人，二百多个大人，送一个孩子上路。小鲍庄是个重仁重义的庄子，祖祖辈辈，不敬富，不畏势，就是敬重个仁义。鲍庄的大人，送一个孩子上路了。

小鲍庄只留下了孩子们，小孩是不许跟棺材走的，大人们都去送葬了。

女人们互相拉扯着，唔唔地哭，风把哭声带了很远很远。男人们沉着脸，村长领着头，全是彦字辈的抬棺，抬一个仁字辈的娃娃。

刚退水的地，沉默着，默不作声地舔着送葬人的脚，送葬队伍歪下了一长串脚印。

送葬的队伍一直走到大沟边。坑，挖好了，棺材，落下了，村长捧了头一捧土。九十岁的老人都来捧土了："好孩子哪！"他哭着，"为了个老绝户死了，死得不值啊！"他跺着脚哭。

风吹过大沟边的小树林子，树林子沙啦啦地响。一满沟的水，碧清碧清，把那送葬的队伍映在水上，微微地动。土，越捧越高，越捧越高，堆成了一座新坟。坟映在清凌凌的水面上，微微地动。

他大在坟上拍了两下，哑着嗓子说：

"孩子，大委屈你了，没让你吃过一顿好茶饭！"

刚止住的哭声又起来了，大沟的水哭皱了，荡起了微波。把那坟影子摇得晃晃的。

天阴阴的，要下似的，却没有下。鲍山肃穆地立着，环起了一个哀恸的世界。

这一天，小鲍庄没有揭锅，家家的烟囱都没有冒烟。人们不忍听他娘的哭声，远远地躲到牛棚里，默默地坐了一墙根，吸着烟袋。唱古的颤巍巍地拉起了坠子：

> 十字上面搁一撇念作千字，
> 千里那哈又送京娘。
> 有九字往里拐念力字，
> 力大无穷有燕张。
> 有人字一出头念入字，任堂辉结拜杨天郎……

鲍二爷轻轻问老革命：

"鲍秉德家里的找到没有？"

老革命目不转睛地看着唱古的，轻轻说："没有。"

"这就怪了。"

"大沟都下去摸过了。"他盯着唱古的回答。

"这娘们……兴许……怪了……"鲍二爷摇头。

老革命一字不落地听着：

> 有五字添一个单人还念伍，

新中国 70 年优秀文学作品文库

中篇小说卷

伍子胥打马又过长江。

有四字添一横念西字，

西凉年年反朝纲。

……

三十

鲍仁文把拾来和二婶的故事，写了一篇文学色彩很浓的广播稿，寄给了广播站。题目叫作《崇高的爱情》。他写拾来不嫌二婶年纪大，孩子多，二婶则不嫌拾来没根底，没地又没房。由于有了崇高的爱情，他们便结为伴侣。白日辛勤地劳动，夜里在灯下制订"致富计划"。等等，等等。不出一星期，就广播了，引起了极大的轰动。有人从十几里外来小鲍庄，为了看一眼拾来和二婶。可是，这并没有改变拾来在小鲍庄的地位，人们还是叫他"倒插门"的。

和他家地连边的还有鲍仁远家。他光天化日之下，犁去二婶两犁地，拾来也不敢作声。因此二婶没有男人时没受过欺负，这会儿有了男人，倒任人欺负了。而没有男人的二婶不是个省油灯，到处敢和人争和人吵，和人理论理论，现如今有了男人倒不敢了，像有了什么短处似的。她总觉得自己这个男人不是明门正道的，自己心里先亏了三分理，便再也嚷不出去了。可不管怎么说，还是有个男人好啊，不论是明道还是暗道。有个男人，心里踏实多了，过日子有个帮手，到底不那么累人了。她从心底里是感激拾来的。可是她又隐隐地觉着，自己也是收容了拾米。所以，她使唤拾来起来，那话里总难免有一种不客气的味道：

"拾来，水缸见底了！"

拾来便去挑水。

"拾来，烧锅！"

拾来便烧锅。

"拾来，锅溢了。"

拾来便不烧。

"拾来，猪跑了。"

"我正吃饭哩！"拾来说。

"你不能吃着撵着吗？"

于是拾来便卷巴一张煎饼跑去了，嘴里"啰啰"地叫着。

拾来也习惯了，任她使唤。使唤不怕，就怕她嘟囔。有时候，拾来任务完成得不那么圆满，她就会嘟囔个没完。拾来虽说是个倒插门的，毕竟也是个男人，也有脾气，发作起来也是不得了的，于是就要闹。不过，他们闹起来和别人不一样。他们插着门闹，压着声儿闹，打死了也不叫唤。闹完了，打完了，开了门，又像没事人一样了。夜里，两口子还是恩恩爱爱，该干啥还干啥。

拾来隐隐有点不满足的是，这个家他做不了主。这个家是二婶的家，有什么事，人家从不找他，而是直接去找二婶。其实，就是来找他，他也会去问二婶的，可人们连这个过场都不记着要走一走。而二婶呢？也常常忘记和他打商量。比如，小三子上学的事。其实，她要来问他，他也会让三小子上学的，她的孩子就是他的孩子，他能亏待得了吗？可是二婶问都不来问他，好像他不是这家的男人似的。他心里自然有点不自在。心里不自在吧，又不好说出来，憋又憋不住，就在别的事上露出了脸色：

"稀饭咋这么稀，是涮锅水吗？"

"我多放了半瓢水，你凑合喝吧，老爷！"二婶说。

"干一天活，喝这个管吗？雇的短工也得管饱饭！"拾来放下锅，搁重了一点，"砰"的一声响。

"你走街串巷卖货的时候，能喝上这个就不错了哩。"二婶撇撇嘴说。

打人不打脸，揭人不揭短，这话说到了拾来的短处，也是痛处，他干脆把碗摔了。

二婶也会摔碗，摔得比他响，"乒乓"的，当然，没忘了先关门。

打一次，闹一次，当时不觉得什么。可一次一次多了，总归要留下一点什么。一点一点地积了起来，自然是个事儿。虽然不大吧，可搁在心里也是个疙瘩，怪不畅快的。不过，过日子嘛，不畅快原来就比畅快多，没什么大不了的，也能过下去。不如人家的有，可人家不如的也有。就是这么回事。

广播稿在乡里广播了不久，又在县广播站广播了。拾来和二婶觉得怪腆的，可毕竟有点得意。成了名人了，便也觉得不该闹。想不闹就能不闹了吗？也不能。他们只能把门关得更严，声音压得更低。

鲍仁文听到县广播站广播了，便激动得了不得。要知道，被县广播站选中稿子，这在他的文学生涯中，是一个制高点。他自己都不晓得怎么来的一个印象，就是县广播站广播过的稿子都要在县文联办的一份名叫《文苑》的刊物上发表。他沉住气等着县文联给他寄到有他稿子的《文苑》。等了半个多月，也不见动静，又不好意思问上门去，只好作罢。他又想着再加工成一篇小说，给省里的刊物寄走了。接下来，就又是无穷无尽的等待。至于拾来和二婶在屋里打架，他就不负责了。

三十一

捞渣死后，文化子叫他娘数落得够呛。样样事情，他娘都要拿捞渣来对照他。

而他自己也奇怪起来，怎么相对着自己每一处缺点，捞渣都有一处优点。而他的缺点又那么多，一动弹就露出了马脚。于是，便不时提醒起他娘对捞渣的怀念，数落之后便是哭，哭起来就没个完了。

"文化子，给娘捶捶背。"他娘叫道。

"我在喂猪哩。"他说。

他娘便哭了："捞渣要在，不用我说，他就给我捶了。捞渣在，我一进门，他就递洗脸水过来了，不要我动弹了。捞渣，你咋走得那么早哩……"

哭得人心里酸酸的，烦烦的。文化子憋得慌。他心里也难受，难受的不仅仅是弟弟死了。当然，弟弟死了，他也难受得像心里剜去一块肉似的。这个弟弟好，虽然比他小许多，却处处让他。要不为让他，也能早一年读书，多挣两"三好学生"的奖状来家了。可是，难过归难过，死的死了，活着的还得过日子哩。因此，活着的人就不免要多想想活着的人，活着的事。

他想小翠子。自打小翠子走了，他才渐渐明白过来，小翠子是喜欢自己的，而自己也是喜欢小翠子的。并且，小翠子对他的希望，也一日一日地明了起来了。文化子变闷了，比他哥还闷。小翠子走，他哥也难过，难过的是媳妇没了。他哥二十六了，想媳妇呢。而他文化子难过的不是媳妇，她不是他的媳妇。哥哥还没媳妇，他不敢想媳妇。所以，他又盼着他哥快娶媳妇，但是，最好不是小翠子，一定别是小翠子，可千万别是小翠子。哦，小翠子，可千万别回来。可是他又耐不住地想小翠子回来。下湖去，他想着，小翠子跑过来，推了他一个脸朝天；井沿上，他想着，小翠子蹦出来，按住他的扁担："还我的'十二月'！"他想起他"还"她的那支歌儿，叫她一下子就唱会了，一丝音儿都不跑。"你该是上学念书的。"文化子叹了一口气。他发现小翠子对他的希望其实也是她自己的希望。她真该去上学的。而如今，连他自己都没得学上了，还谈什么小翠子呢！

他想学校，想看书了。他常常跑到鲍仁文那里去，借书看，和他拉呱。他自己也觉得出奇，如今和谁都不大能拉得来，却和鲍仁文能拉。

"文哥，你不能老一个人这样过下去吧！"他说。

"我不能像众人那样过下去。"鲍仁文回答。答得莫名其妙，可文化子全懂。

"你不觉得苦？"

"苦倒不怕，只要有盼头。"

"你有盼头吗？"

"想就有，不想就没有。"鲍仁文极其微妙地笑了一下，可文化子全领悟了。

"怎么过不是过一辈子呀，是不是，文哥？"

"只要自己觉得有滋味。"

"各人有各人的过法，是不是，文哥？"

"别看别人怎么过，只管自己，就行。"

"也别管别人怎么看咱们过，只管自己过的，就行。"

他俩像参禅似的，能拉一夜。每次从鲍仁文那破得不成样的屋子里出来，文化子便觉得心里敞亮了一点。

有一天夜里，他从鲍仁文家回来，走到家门口，忽然从黑影地里闪出一个人，站在了他的跟前，一双乌溜溜的眼睛看牢了他。是小翠！他险些儿叫出了声，小翠一把将他的嘴捂住，拖住他，跑到了家后。小翠的手滚烫滚烫，他拽住再不松开了。

两人跑下台子，钻进秫秫地，这才站定。小翠回过头，看着文化，文化也看着小翠。小翠的脸盘子瘦了一圈，眼睛更大了，黑洞洞的，深不见底。月光将秫秫叶的影子投在她脸上，影子摇晃着，她的脸一明一暗，像在梦里似的。

"你跑哪儿去了？"文化子想去摸摸她的脸，却不敢，倒被这个念头弄得哆嗦起来了。

小翠子不回答，只是看定了他。

文化子不由害怕起来了，推推她："你咋又回来了？"

"为你回来的。"小翠子说，眼泪直流了下来，很大很大的泪珠儿，打在秫秫叶儿上，"啪啪"地响。

这下轮到文化子不说话了。

"你不要我回来？"小翠哀怨地问。

"我正想着找你去。"

小翠子一把抱住了文化子的脖子，文化子这才敢抱住她。月亮悄悄地看着他们，看了一会儿，挪了一点儿，再看一会儿，再挪一点儿。下露水了。秫秫在拔节，"唰唰"地轻响着。一只秋虫在"嚯嚯"地唱。秫秫叶子摇晃着，把影

新中国70年优秀文学作品文库

中篇小说卷

1026

子晃到小翠身上，又晃到文化子身上。露水凉凉的，甜甜的。

"翠，别走了。要走，我们一起走。"

"我回来，就是来讨你这句话的。你这么说，我就不怕了。"

"我也不怕，翠。"文化子喃喃地说。

"我就要你这句话，文化。"小翠喃喃地说。

"我想你想得好苦。"文化子哭了。

"我想你想得好苦。"小翠哭得更伤心了。

"我都想你来骂我，打我。"

"贱骨头！"小翠破涕而笑了。笑了一声，又哭了。

两人轻轻地笑着，又轻轻地哭着。月亮悄悄地看着他们，秫秫叶儿悄悄地拍打着他们。

三十二

鲍秉德结婚了。娶的是十里铺的一个麻脸大姊妹，虽是麻脸，人长得粗笨，可还是大闺女的好啊！是鲍彦山家里的给做的媒，一说便成了。立马定好了日子，说娶就娶过来了。虽然那疯子才死了不过三个月，但大伙儿都谅解：这男女两头都不能等了。三亩四分地躺在那里了，天天要人侍弄，家里没个做饭的不成。再说，鲍秉德年已过四十，等着抱儿子哩。

庄上有头有脸的，鲍秉德全请，还请了鲍仁文。可是鲍仁文却推托有事，没去。他坐在他那小破屋里，听到鲍秉德家里传过来的划拳喊令声，心中十分怅惘，像是失落了什么。他觉着，有些寂寥。一盏孤灯伴着个孤魂，自己不明白自己究竟在活的个什么。

那边像是更喧哗了，许是在闹房。又静了下来，大约新娘子在唱小曲儿了。静了一阵，又闹起来，大约是唱毕了。鲍仁文屏着气听那边的动静，没提防门开了，进来了一个文化子，把他结结实实地吓了一跳。

"看新娘子了？"鲍仁文问他。

"瞅了一眼。"文化子说。

"咋样？"

"一脸的坑。"文化子坐在床沿上，翻着书。

鲍仁文脑袋枕着胳膊，躺在床上，望着黑洞洞的梁。

"俺娘又在哭，想捞渣了。捞渣去年这个时候，和俺娘坐一条板凳掰大秫秫

小
鲍
庄

棒哩。"

"捞渣是个好样儿的，连鲍彦荣这个功臣都敬着他几分。"鲍仁文说。

"文哥，你不能把捞渣的事写个文章吗？"

"写捞渣？"鲍仁文坐了起来。

"捞渣不是为自己死的，是为鲍五爷死的，有写头哩！"

"可不是，可以写个报告文学。"鲍仁文自言自语道。

"俺这弟弟够苦的，才过了九个年，还没做人呢！就没了。"

"他人虽然小，做的是大德行。"

"俺娘一哭就叨叨，没给他吃过一顿好茶饭。今年能收得多，能吃饱肚了，他又不在了。"

鲍仁文下了地，脚在床下边摸着鞋。他完全被激动了起来，浑身充满了一种幸福的战栗。"灵感来了。"他说，"是灵感来了。"他肯定。赶紧地摸笔、摸纸，把文化子完全忘了，撇在一边。

他不理会文化子，文化子也不理会他，脱了鞋，上了床，枕着胳膊躺倒了，和鲍仁文换了地方。他望着黑洞洞的梁。

小翠子今天晚上不知会不会来了，庄上这么大的动静，人来人往走马灯似的，到三更也消停不了。小翠子在十里地以外的柳家子给人做短工，说一得闲就过来。让文化子每天晚上，月到中天了，就到家后台子上去望望。他们约好，咬着牙等，等建设子娶上了媳妇，小翠回来，和文化子成亲。她虽然和建设子一没结婚，二没登记，可全庄的人，所有的人都认定她是建设子的媳妇了。而文化子，则是她的小叔子。所以，她必须等建设子成了家才能露面。

鲍彦山家里的，为建设子的事愁得不能行。她明白，建设子说不上媳妇的重要原因，是家里没房子。那三间破泥屋，经这么一场百年不遇的水一泡，又趴下去了一截，屋顶天天往下掉土坷垃，不定什么时候就全趴下了，把一家几口人全埋在了里面。她和男人筹划着，收了秋，把粮食除了留种，全卖了，盖房子。可是没粮食吃什么呢？这又是要发愁的事。两口子，每天夜里在枕头上烙饼，翻来翻去，翻到鸡叫天亮。

文化子望着屋梁，那屋梁上头像是有个黑不见底的大洞，望着望着，文化子觉着自己好像陷进了那大洞。

那边静下来了，有人打门前走过，说话的声音碰地响：

"麻脸倒不怕，能生养就行。"

"看她那粗腰大腚，能生一窝哩！"

"奶奶的，清泠。"

脚步沓沓地敲着泥地，远去了。

月到中天了。

三十三

二婶家大小子有十六了，长成个大个儿，黑黑的脸膛子，不笑。去年，还叫拾来"叔"，今年不叫了。拾来叫他，他也爱理不理的。二婶什么事都跟他商量，就更不和拾来商量了。拾来常常窝气，实在气不过了，他便把那散了架的货郎挑找出来拾掇拾掇，看见了货郎鼓。他拿在手里轻轻一摇：

"叮咚，叮咚。"

货郎鼓的声音生脆生脆。拾来愣愣着，像是想起了什么，最后又什么也没想起。他把货郎鼓往腰里一插，挑起货挑子走了。也没跟二婶打个招呼。二婶烧好了锅，等拾来吃饭，等等不来，等等不来。庄前庄后找了一遍，人说，没见拾来，倒见有个货郎，打大路上走过去，那模样确是有点像拾来。她赶紧跑回家找那散了架的挑子，一找没找到，她便明白了。

"我怕你不回来？贱样！"她撇撇嘴，自己盛碗稀饭，抓张煎饼吃了，把锅刷了睡了。一夜没睡踏实，一有个风吹草动，她就要竖起耳朵听听，是不是有人敲门。没人敲门。

第二天早起，她该干啥还干啥。第二天也这么过了。到了第四天，她有些沉不住气，夜没合眼，围着被坐在床上，吸着烟愣一宿。天亮了，她换了件海昌蓝的半新褂子，决定去找拾来了。

"我娘，你去找啥？找个熊！"大小子粗鲁地对她说。

"我去找你大！你个没良心的杂种！"她乱骂着，大小子不敢作声了。她还骂："要没他，你早死了，不饿死也得累死。他是你大。别看他大不了你多少岁，也是你大。你敢不叫他大，你看着……"二婶骂着，不由有点心酸。她想起拾来刨地的模样，光着脊梁骨，背上的汗珠子亮晶晶的，把裤腰都滚湿了。

拾来挑着货郎挑走在大路上，大路白生生的，翻过了前边的坝子，不见了。他忽然想起了一个月亮夜，这路白花花的，坝子上翻过来一只甲虫，慢慢地近了，近了，是一架平车，一个穿着蓝白花夹袄的女人拉着平车，车上有个凉床架子，一个篮子，篮子里有布，有棉絮，有果子，还有一盒烟卷。他心乱跳着，眼窝里热乎乎的，像有什么东西流了出来，他抬起手摸了一把。庄子里静悄悄的，只有老人和孩子。他走到他家的草屋跟前，那草屋几乎全陷到地底下去了，地面上只剩个烂屋顶了。前前后后的倒有了好些青砖到顶的房子。

门上没锁，虚掩着，推门推不动，再使劲，门倒了。屋子里空空的，一地的碎麦穰穰子。阳光从窗洞里透进来，卷着几缕灰。屋里只有一眼灶，两个床，一个板床，一个凉床。他站着，头快碰上屋梁了。门口拥着几个小孩儿，愣着眼看他。

"这屋的人呢？"他问小孩儿。

"走了。"小孩儿回答。

"走哪儿了？"

小孩儿面面相觑，一个大点儿的说："上北边了。"

拾来站了一会儿，走了出来，把门装好，掩上，回过身来。

阳光扎着他眼疼，睁不开。太阳晃眼。

拾来挑着货郎挑走在大路上，走过一片一片的地，这是两个，那是三个，在做活。他想着二婶的那地。他想着那地被太阳晒得烫脚，烫到心里去的滋味儿；想着那地腥苦腥苦的气味儿；想着那地种什么收什么，一点儿骗不得，也一点儿不骗人的诚实劲儿；想着二婶刨地时，那破褂子飘飘忽忽的，时隐时现着一双柔软结实的妈妈。他懒懒地走在大路上，货郎鼓无精打采地响：

"叮——咚，叮——咚。"

进了庄子，有个媳妇儿来挑花线，有个姊妹来拣纽子……各式各样的手在匣子里翻腾着。他瞅着那些个手，心里闷闷的。好歹等他们挑够了，买了，或是不买了。他整理了一下挑子。上了肩。直起腰，刚迈步，又站住了，离他十来步的地方，站着个娘们，脸上又是土，又是汗，成花的了。手掐着腰，恨恨地瞅着他。

"二，二，"他又改口道，"孩、孩他娘。"

"孩他娘死了！被她男人甩了，上吊了，投河了，一头撞在鲍山上撞死了！"

"哪，哪能。"拾来赔着笑脸，心里却像喝了一碗滚烫的茶，舒坦极了。

"她男人找着黄花大姊妹了！找着穿高跟鞋儿，烫狮子头的洋妞了！找着住楼的小姐了！"

"哪，哪能！"拾来走近去，抬起手，碰了碰二婶的肩膀，被二婶一巴掌打掉了。

"她男人死了，她守寡了，她改嫁了，嫁山那边去了！"

"哪，哪能。"拾来把打回来的那只手放到脑袋上，挠着脑袋。

“生了一大嘟噜孩子，有男的，有女的，有长的，有短的，有方的，有圆的……”

二婶自己也笑了，赶紧又掩住。

拾来朝前走了两步。

“你走哪去！”二婶嚷道。

“回家呀！”他回答。

“哪是你的家？你还记得家？”

拾来不敢动了，站在那里。

“你是死了吗？还不动弹，你想死在野地喂狗了？”

拾来这才敢走动，跟在她后边。他心里就像放下了一块石头，他问自己：究竟有啥事呢？什么事也没有，啥事也没有。他回答自己。他越走越轻快，不由走到了二婶头里。

太阳照着土地，风吹着大柳树，柳枝子飘拂来飘拂去，一只雀子唱着。货郎鼓“叮咚叮咚”地响。他走着走着一回头，见二婶在抹眼泪，他又傻了：

“你，这是干啥呢？”

“你这个没良心的！”二婶哽咽着骂。

“我去去就来家了。”

“我不找你，你来家？”

“不找也来家。”

“说瞎话。”

“要是瞎话天打五雷轰！”拾来赌咒发誓。他望着二婶泪糊糊的毛呼眼，鼻子也酸了。

两口子相跟着回了庄，天已到晌午了。二婶开了锁进了屋，一边吆喝拾来：

“烧锅！”

拾来还没坐到锅跟前，她又嚷：

“水缸见底了，还不挑水去，这么没眼色的。”

于是，拾来又站起来去挑水。

三十四

鲍秉德不明白自己咋会有这么多话的。天黑，他脑袋一挨上枕头，就开始对着新媳妇叨叨，叨叨个没完。他告诉她小鲍庄的来历：鲍家祖上做过官，莫看如今贫寒，却是有根底的。他告诉她自己家那些啰啰嗦嗦的事：自己过去的那女人，那女人怎么变疯了，又怎么想上吊没死成，后来发大水时，又怎么摔下去，淹死了，至今连根头毛都没找着。

媳妇总是静静地听着，黑里见不着她脸上的麻子，什么也看不见，只觉着她的脸贴着他的脸，眼睛眨巴着，半天眨巴一下，半天眨巴一下。他知道，她醒着，在听他说呢！

鲍秉德原以为自己是不好说话的哩。他常常一连几天不说一个字，猛一开口，把自己都吓了一跳。如今这么说个没完，连自己都觉着烦人了。可不会是这几年的话全憋在肚里了。说也奇怪，人一说话就像是活过来似的。他像是活过来了。回想那几年，都不知道自己在活个什么劲。他就是觉得自己说的太多了，怕人烦。

她的脸贴着他的脸，半天一眨巴眼，半天一眨巴眼。她醒着，在听他说哩。

她肚里已经有了，不知为啥，他不用趴到她肚子上去听，也晓得一定是个活跳跳的孩子。他这么断定。他觉得这个娘们就是专给他生孩子过日子的，就是个不折不扣的娘们，家里的。搂着这样的娘们睡，睡得踏实，睡得实在。

可是，有时候，他坐在板凳上，脚泡在脚盆里，吸着烟袋，看着她忙活。看着看着，不由得会看到一个苗苗条条的背影，一条大辫子在背上跳着，长虫似的。他的心，就会像刀剜似的一疼。他觉得那疯子是有意跳下水，给这个媳妇儿让路的，也是给他让路的。唉，要是找着她的尸体，埋在地头，也好时常看看，捧捧土，拔拔草，心里的难受也好有个地方发落。可她不知躲哪儿去了，连根头毛也找不见了，连把土也不让他捧，草也不让他拔，连个地头也不占他的，连个难受也不给他。是放他过去，也是叫他放她过去。

鲍秉德心里酸酸的难受。可是天一黑，一搂着那娘们，话又来了。耳根子隐隐地好像家后秫秫地里有人唱小曲，声音细细的，风吹似的。再凝神一听，又没了。

三十五

鲍仁文熬了几宿，写成了捞渣的报告文学。这回，他发了狠，一连抄了四、五、六、七份，发通知似的发给了好几处：省里的，地区的，县文化馆的；刊物，报纸；青年报，少年报……

收过了秋，粮食进了屋，囤了起来。过年了，鲍秉德家里的肚子挺得老高，快生了。

庄前庄后连连响着鞭炮，起屋上梁哩！

这一天，大路上来了一辆吉普车。进庄就问鲍仁文家住在哪里，然后就一径找了过来。

鲍仁文正在地里做活，见一辆吉普车老远地来了。车停了，下来两个人，朝他走来了，是朝他走过来的，踩着刚出头的麦苗。他站直了腰，用手搭起凉棚望着，心里"怦怦"地跳起来了。他看得出这两个人不是乡里人，其中一个甚至不是此地人。他们是来做什么的？太阳照着眼，眼睁不开。那两个人从太阳照眼的地方走来了。

那两个人一步一步走来了。

两个人一步一步走来了。

两人一步一步走到了跟前，问道：

"你是鲍仁文同志吗？"

"是的。"他说，声音有些打颤。

"这是地区《晓星报》的记者老胡同志。"那个像此地人的人指着那个不像此地人的人说，"我是县文化馆的，我姓王。"

老胡同志早已伸出手，握住了他的手。老胡同志戴了副眼镜，嫩相得很，不敢判断他的年龄。城里人的年龄不好说。他热情地摇摇鲍仁文的手，拉他在地头上坐下，好像是他家的地头似的。

他果真是为捞渣的报告文学而来的。他们收到稿子，先是看了一遍，压起来了。后来，过了年，临近三月份了。三月份是礼貌月。领导上要他们好好地抓一个典型，以配合五讲四美的宣传。于是他们又想起了这篇报告文学，重新找出来看了一下，传阅了一下，都觉得事迹是可以的。就是，怎么说呢？文章还要润色，并且要更加充实加强捞渣几年如一日照顾"五保户"这一情节。要知道，如今老人问题，简直是个世界性的社会问题。所以就派老胡同志来和鲍仁文同志合作，一起完成这篇报告文学。事情很紧急，今天，鲍仁文就要跟他们进城去。要力争在三月以前完成，让老胡同志带着稿子回报社发排，三月一日见报。

鲍仁文听他说着这一切，就好像坠入了五重云雾中。"我不是在做梦吧？"他问自己。"我可不是在做梦吧！"他又问自己。他觉着头晕，觉着身子软软的无力，连微笑也微笑不动了。他看着老胡同志那张嫩生生的脸，听不见他在说什么，就好像放电影出了故障，只有人影没有声音似的。老王同志递过烟卷，他糊里糊涂地接过来，居然让老胡同志点的火，连声谢谢也没说。

最后，老胡同志站起来，拍拍屁股上的土，说："就这样。"

鲍仁文也站起来，拍拍屁股上的土，说："好，就这样了。"

"我们现在就走吧！"

"好，走吧。"鲍仁文跟着说。恍恍惚惚地，不知要走到哪里去。走出麦地，上了吉普车，一股子臭汽油的味，叫他清冷起来：老胡同志是要上捞渣家去瞅瞅，和他父母拉拉。

鲍彦山家里的在烧锅，见来了两个陌生人，有些着慌，忙不迭地站起来。老王同志说：

"这是地区《晓星报》的记者，专来采访你家鲍仁平的事迹，要写文章报道哩！"

他娘还是惶惑。

"这是县上、地区上的干部，来问问你家捞渣的事，要写文章表扬哩！"鲍仁文解释说。

她便懂了，释然了："屋里坐，屋里坐！"

屋里漆漆黑，一个粮食囤子占了三分之一的地方。老胡似有些吃惊地左右看看，没有说话。有人到湖里把鲍彦山喊来了。

"这是鲍仁平的父亲。"鲍仁文介绍。

两人一齐上前，一人握住了一只手，使劲摇着。鲍彦山惶惑地看着他们，好容易把手解脱出来：

"坐，坐吧！"

各就各位坐下以后，老胡同志扶了扶眼镜，低沉地问道：

"鲍仁平是从几岁开始照料'五保户'鲍五爷的？"

"打小就跟鲍五爷亲呢。会说话就会邀鲍五爷吃饭；会走路，就会去给鲍五爷送煎饼。"

"他为什么会对鲍五爷这么好呢？"

"他俩有缘分。鲍五爷不理人，倔，就理捞渣，和捞渣亲。"

"鲍仁平生前记不记日记？"

"日记？"

"捞渣活着时每天写不写文章？"鲍仁文解释道，无形中他成了翻译。

"自打他上学，每天放过学，割过猪菜，吃过饭，就趴在桌上写作业。写个不停，冬天手冻麻了，还写；夏天，蚊子咬疯了，还写。叫他，捞渣，明天再写吧！他说：明天还有明天的作业哩！"

"他写的东西还在吗？"

"和他的书包一起烧了。"

"烧了？"老胡同志很吃惊。

"此地的风俗：少年鬼，他的东西不兴留家里，统统都烧，烧不了的就埋了，扔了。"鲍仁文解释。

"哦。"老胡同志轻轻地吸了一口气。

"这孩子命苦，没吃过一顿好茶饭。"他大唏嘘起来，眼泪啪啪地落在了地上。

他咳了一声，吐了两口痰，用脚搓搓，搓去了。

老胡同志不再说话，过了半晌，轻轻地说："走吧。"

鲍仁文带他们到大柳树下去看看。老胡同志仰起头望望那树梢，想象着当时那鲍五爷是怎么趴在那树上的。又低头看看树干，想象着捞渣又是怎么抱住这树干死的。老胡摸摸那粗糙的树身，不说话。

鲍仁文又带他们到大沟边捞渣的坟上去看了看。坟上长了一些青青的草，在和风里微微摇摆着。一只雪白的小羊羔在啃那嫩草，一个小孩在大沟里洗脚，瞪大眼睛严肃地瞅着他们。

"小孩，过来。有话问你。"老王喊他。

他跑上来，牵起小羊羔，转头就跑了。一边跑一边回头看。

"乡里小孩没见过世面。"鲍仁文代他抱歉道。

老王摇摇头，笑了："我想问问他，鲍仁平的事。"

老胡一直没说话，站在捞渣的坟前。

坟上的草青青嫩嫩的，随着和风微微摇摆。

三十六

鲍秉德家里的生了，生得毫不费难。人到湖里喊鲍秉德，他忙不迭地往家跑。

刚到门口，还没搁下锄子，里面就"嗷"的一声，下地了。是个大胖闺女。

不是小子，鲍秉德也不泄气。闺女小子，他都要，一样的金贵。梦里都做过几回了，有人喊他大。

不过两个月，他家里的又怀上了。乡里来动员计划生育，要他女人去流产，去结扎。他嘴里答应着，第二天就把他家里的送回了娘家。留得青山在，不怕没柴烧。

他一个人从她娘家十里堡走回来，想想要乐，想想要乐。没想到一个人都活到这份上了，眼瞅着没什么指望了，不料，山回路转，又行了。他走到大沟边上，走过了捞渣的坟。风吹过坟头，青草沙沙地响。他腿一软，蹲下了，他想起了那疯女人。他望着小小的坟，坟下黑黝黝的大沟水，不由生出一个奇怪的念头：

"没准是捞渣把她给拽走了哩，他见我日子过不下去了，拉我一把哩。"

他又望望坟，坟上的草在月光下发亮。

"都说这孩子懂事。这么小，就这么仁义。"

他看看大沟，水，在月光下闪闪发亮。

"这孩子也真奇，仁义得出奇。和鲍五爷的缘分也出奇，这是个小怪孩。"

他抓起一把土，拍在坟头上：

"好孩子，你保佑你七爷生个你这样的好儿子吧！"

他把土拍结实了。又停了一会儿，走了。

庄里噼里啪啦的鞭炮响，起屋上梁哩。

大沟对面，树影地里，有两个人，在说话：

"你家收这么多粮食，还不盖屋？"

"我大说先还账哩！这么些年咱家欠队上的账不少，大说，做人要讲个信义，借了账不能不还。"

"那房子，什么时候盖呢？"

"收了麦，卖了粮食，就盖屋。"

"你家咋不去做生意？光死种粮食。也种点别的，上街卖去。"

"我大说了，最要紧的是粮食。有了粮食，什么也不怕了。再说——"

"再说什么？"

"我大说，咱是本分人，不是生意人。"

"做生意怎么啦？"

"那得会坑人，心要狠才管。"

"一街都是做生意的，一街都是狼了。"

"我不是这个意思。"

一颗石子扔进了大沟，荡起一个水花，水花一圈一圈地荡开了。

"生气了？"

"生什么气？我是怕为了盖房子，把你饿毁了。我知道你是个大肚汉。"

"满地里青的黄的，什么不能吃？灰灰菜，妈妈菜。"

"吃得你生浮肿病。我大是生浮肿病死的。"

"不能。我娘说是把粮食都卖了，总还要留一点儿。"

"这才对了。"

风吹过树林子，一大沟的水微微荡起波纹，闪闪地亮。

"你在想什么，翠？"

"我想，以后来，我带馍馍给你吃。"

三十七

鲍仁文跟着老胡，在县一招住了三天。说是合作，其实就是鲍仁文提供材料，老胡执笔。写完之后，再让鲍仁文看一遍，看有哪些地方失真，不符合事实的。鲍仁文指出后，老胡就改去。弄了两天，鲍仁文只动了嘴，却没有动笔，心里是很不过瘾的。

而这三天与老胡的接触，却使他打破了一些对记者的神秘感。他没料到记者也是和他一样的人，要吃饭，要睡觉，睡觉还打呼，打得如雷贯耳，害得他两宿没睡踏实。而且他晓得了老胡比他要小三四岁，插过队，然后自学成才，进了报社。他有时请鲍仁文喝酒，喝多了就发牢骚，抱怨自己没有文凭，如何地吃不开。房子挤，工资低，奖金制尚在争取之中，等等，等等。鲍仁文只是不明白，从事这么崇高的事业的人，怎么会有这么多俗事的困扰。而有了这许多繁杂俗事的打扰，还怎么能够对人类的灵魂开展工作！

当他从县城往家走的时候，心里充满了一种失落的感觉。不过，等他进了小鲍庄，面对着人们完全改变了的尊敬的目光时，那失落感又消失了，内心渐渐地充实起来。一周以后，《晓星报》上头条登出了文章：《鲍山下的小英雄》。他的名字赫然地用铅字印在了题目下边。老胡后边。他对着那报纸，心跳得厉害，像要从嗓眼里蹦出来了。镇定了一会儿，他开始看文章，心跳渐渐缓了下来，正常了。文章里没有一句是他写的。他慢慢地平静下来，又从头看了一遍。这一遍，他发现有几句话一定是出自于他最早的原稿。比如："死亡面前，他把生留给他人，把死留给了自己。"这句话在原稿上，他记得就有的。当他看到第五六遍的时候，他从字里行间看到了自己的劳动。他确确实实地认可了，这是老胡的文章，也是他鲍仁文的文章。他的文章终于用铅字印出来了，他的名字，终于用铅字印出来了。这铅字，便是一种认可，一种肯定。他的名字不再是无足轻重的。他的存在像是更加确定，更加切实了。如果说他原本对自己是否存在还有一些怀疑，一些犹豫，一些不敢肯定，那么这会儿，是完完全全放心了。

文化子把这文章念给他大他娘听，不料他大他娘脸上却淡淡的，好像在听一个别人家的故事似的。那些激动人心的话，对他大他娘作用不大似的。文章里的捞渣，离他们像是远了，生分了。只是当文章提到鲍彦山的名字时，鲍彦山抬起头问了一声：

"提我了？"

"提你了，你是捞渣的大嘛！"

"提我干啥，怪没趣儿的。"

"你是捞渣的大嘛！"

他便不再吱声。

文章里还提了许多人，比如组织救人的村长，捞起捞渣的拾来，他们都让文化子或别的读过书的孩子念了好几遍。

这文章激动了许多人的心，有人给鲍庄小学写信，有人给捞渣他大他娘写信，也有人给小鲍庄全体乡亲写信。清明那天鲍庄小学全体师生，来给捞渣扫墓。照此地规矩，在坟头上压了块土坷垃。然后献上一只花圈，用野花野草扎的。五颜六色的，在阳光下，灿烂得很。

过了两个月，收毕麦子。小鲍庄又来了一辆吉普车，下来三个人。一个是县文化馆的老王，一个是个小妞，穿着连衣裙，另一个是个男的，有四十来岁。他们一起步入了鲍彦山的家。这是从省里来的省报记者。省里决定，要大力宣传捞渣。

鲍彦山比上回镇定多了，握过手，请客人坐下。然后把捞渣牺牲的前后经过讲了一遍。不免要伤心，掉眼泪。

"鲍仁平生前最尊敬的是哪一位英雄人物？"那女的问道。

鲍彦山有点不大明白，可究竟不好意思叫人再三地解释。便点点头，想了一会儿说："捞渣对大人孩子都很尊敬的，见了老人总问好：'吃过了吗？'和小孩儿呢，从不打架磨牙。"

那女的便在笔记本上唰唰地记了一阵，又问："他这样做，是受了谁的影响呢？"

鲍彦山又想了一会儿："我和他娘打小就对他说：'见了人要说话，要招呼，比你年长的人，万不可不理会。比你小的呢，要让着，这才是好孩子。'咱这庄上哩，自古是讲究仁义，一家有事大家帮，方圆几十里都知道。这孩子，就是受了这个影响。"

那女的又在笔记本上唰唰地记了一阵。又抬头问道："他照顾鲍五爷，是不是学校安排的任务？"

"不是。他就是对鲍五爷好。他俩有缘分呢！说实在的，鲍五爷也对他好，两好才能合一好呢！"鲍彦山说。

那男的开口了："鲍仁平生前用过的书包，能让我们看看吗？"

"全烧了。"鲍彦山说，"此地的规矩，少年鬼的东西不留家，统统烧的烧，埋的埋。"

"他有没有照片呢？"他又问道。

"没有，他没照过照片。"

"哦。"那男的好像吸了一口气。

"这孩子命苦，没吃过一餐好茶饭。"鲍彦山眼圈又红了，指指屋里的粮食囤，"能吃饱了，他又不在了。"他哽咽起来，再也说不下去。

"我们再去找拾来同志谈谈。"他们站起身来，告辞了。

鲍彦山站在门口，目送他们走去，心里凄然地想：捞渣这孩子，活着虽不咋的，可死了，有这么些人来问他，也算是有了福分。心下不觉安慰了一些。

他倚着门站着，好像听见一阵货郎鼓的响："叮咚、叮咚、叮咚、叮咚！"展目望望，前边村道上，走着一个挑货郎挑的老头。

三十八

拾来正烧锅。见有省里的干部来找，二婶便推起拾来，自己烧了。拾来就吸着烟，和省里的干部说话。

"那天，是你下水去捞上了鲍仁平，是吗？"那男的问。

"大家都下水了，有的捞上来烂鞋壳子，有的捞上来烂棉花套子。最后，我才把捞渣捞上来。"拾来诚实地说。

"你是怎么摸到他的呢？"那男的问。

"我闭着眼一个猛子扎下去……"他正说着，二婶端来了几碗茶，一人一碗，也给拾来端了一碗，拾来赶紧去接。

二婶让开了，放在案板上："别烫着了。"

拾来感激地看了她一眼，接着说："我一个猛子扎下去，手碰到了大柳树，我扶着树干沿着树身摸下去，碰到了一只小手。我的气已经吐完了，浮上来吸了一口，再扎下去，就把他拖上来了。拖不动，他手抱着树，抱得死紧。"

"哦。"那男的吐了一口气，那女的不停地往本子上记。

"他是为鲍五爷死的。"拾来说。

那两人很感动地看看拾来，尤其是那小妞，眼睛里水汪汪，亮晶晶，像是要哭了，拾来被她看得脸上有点发热，低下了头。

"我们再到村长那儿去。是他组织救人的，是吗？"那男的问拾来。

"是他，一听说少了人，立马带我们下山了。"

"他家住在哪里？"

"他家就住在村东，高台子上，有一排……"

"孩他大，你陪二位同志跑一趟不完了。"二婶发话了。

拾来看看二婶，二婶也正看他。他便站起身陪他们去。

不久，省报上登了一大块文章，题目是：《幼苗新风——记舍己为人小英雄鲍仁平》。文章写得很长，很详细，还配了一幅画。大家传着看下来，都说很像捞渣的。文章里提到了拾来，并且进行了一番描写，说他是：纯朴憨厚，身体强壮，几次下水，终于救上了鲍仁平，可是鲍仁平已经在他怀里永远地闭上了眼睛。还把拾来和二婶的事提了一下，说他不嫌二婶穷，把二婶的孩子当自己孩子待。这是作为英雄成长的背景来写的。甚至也提到老革命鲍彦荣。介绍了一番他的光荣历史。说，小英雄从小生长在这么一个地方，前辈们为人民不怕牺牲的精神，无疑对他起了潜移默化的影响作用。

这一段，鲍彦荣找人念了一遍，琢磨了好久，不由唤起了他早已沉睡的荣誉感。有那么一二天，他寻着鲍仁文，想和他拉拉。可是鲍仁文已经不得闲了，他正在抓紧写一个更长、更富有文学性的作品，他决定写一本小英雄的传记。

文章发表后不久，便有邻庄、邻乡，甚至邻县的小学生，排着队，抬着花圈，来到捞渣的墓上，过队日，凭吊小英雄，向小英雄宣誓。各式各样的花圈盖住了坟上的青青草，渐渐地，堆得高了，把小小的坟也盖住了。远远望过去，只看见一个花包子。像绿海上的一个花岛似的，被太阳照出了五光十色。

这时，省里出版社来了一个作家和一个编辑，为了编辑出版一本《小英雄的故事》。

鲍仁文终于这么贴近地看见了一位作家。

作家是个小矮个子，瘦瘦的，四十岁上下的年纪，抽烟抽得厉害。好像有着极严重的气管炎，坐在那里不说话，也听到他喉咙里咕噜咕噜地响。他看了鲍仁文写的草稿，决定和鲍仁文一起来搞这本《小英雄的故事》。在这"传记"的基础上搞，这"传记"确实收集了小英雄的大量生平材料。他们一起对小英雄的亲人进行了反复采访，然后，又去找拾来。

拾来不在，二婶在。鲍仁文就向作家介绍："这是拾来家里的。"

"拾来家里的，你上湖里去喊一下拾来吧！"鲍仁文对她说。

拾来家里的便去了。

鲍仁文对作家说："此地叫妻子都叫：家里的。我这么叫给你听，是好让你知道此地的风俗习惯。"作家笑笑。

拾来回到家，先和作家们招呼，然后对家里的吆喝一声："烧茶！"

于是，家里的便去灶前蹲下，引火烧锅。

拾来便向作家们叙述他捞小英雄的过程："我一个猛子扎下去，没有。再一个猛子扎下去，也没有。后来，我想，鲍五爷趴在大柳树上，捞渣准保不能离大柳树远。就挨着树又扎下去，手摸着了树。这是庄东头的树，咱们小鲍庄最高的树。那回，水淹得只剩树梢了。你想，还能有别的了吗？"

作家点头，往本子上记。

"我扶着树干，沿着树干摸下去，碰到了一只小手，冰凉……"他讲述着，渐渐被自己的叙述感动，声音也昂扬起来。这时，二婶端上茶来了。

如今，二婶要敬着拾来三分了，庄上人都要敬着拾来三分了。拾来自己都觉得不同于往日了，走路腰也直溜了一些，步子迈得很大，开始和大伙儿打拢了。

"拾来，今晌午，作家在你家吃晌饭了？"有人找拾来拉呱。

"没有。他们上乡里去吃了。"

"你咋不留作家吃呢？"

"留啦。他们才客气。城里人才客气。"拾来说。

"拾来，你咋不回老家瞅瞅？"

"太远了，不回了。"

"老家还有人吗？"

"就我一人哩。"拾来声音放低了，有些伤感。

过几天，有人给拾来捎了个话：庄口走过一个老货郎，见鲍庄的人就打听拾来，问他成亲过后好不好？有没有娃娃？鲍庄人给他还说得过去吗？那人一一回答了他。临了，那老货郎让他捎信给拾来，他大姑在北边过得不错，有吃有穿的。问他："不去看看拾来吗？"老头犹犹豫豫地说："不了。"

这天夜里，拾来做了一个梦，梦里有一只货郎鼓，老在耳边响："叮咚，叮咚，叮咚！"

三十九

这天，县上来了一部吉普车，车子停在鲍彦山家门口。车上走下县委书记，一把握住鲍彦山的手，告诉他："鲍仁平被省团委评为少年英雄了，光荣啊！"

鲍彦山愣愣着，枯树根似的手被县委书记温暖柔软的手包裹着。他不明白，少年英雄究竟意味着什么，只明白被县委书记这般器重是不可多得的。心中激动，一时上什么也说不出来。

县委书记挽着英雄父亲，走进英雄的家，沉默了，半天才说出一句话："苦了你们。"

"现在不苦了，粮食有了。"鲍彦山指指粮食囤子，"就是捞渣他，不在了。"

"粮食够吃吗？"县委书记摸摸粮食囤。

鲍彦山家里的忽然插了进来："咱们商议着把粮食卖了，盖房子哩。"

县委书记抬起头，环顾着黑洞洞的房屋，说："这房子不能住了。"

"没有房子，大孩子二十七了，还说不上媳妇儿。"她抹了一把眼泪。

县委书记望着黑洞洞的房子，说了一句："粮食万万不能卖。"然后紧紧地握了一下鲍彦山的手，走了。

第二天，村长来告诉鲍彦山，县里批给了他家木材，水泥，砖瓦，给他家盖房子呢。

又过了几天，村长告诉鲍彦山，乡里农机厂派给建设子一个名额，让他转吃商品粮了。

正是捞渣死了一周年，县里决定：迁坟。

县里的小学抬着花圈来了，乡里的小学抬着花圈来了，鲍庄的小学抬着花圈来了。

捞渣的棺材从大沟边起出来，迁到了小鲍庄的正中——场上。填了十几步台阶，砌了一个又高又大的墓，垒上砖，水泥抹上缝，竖起一块高高的石碑，碑上写着：永垂不朽。

现在，鲍庄最高的不再是庄东的大柳树，而是这块碑了。碑，矗立着，后面是青幽幽的鲍山。

队鼓敲起来了，队号吹得嘹亮，县委书记讲了话，献上了第一只花圈……

鲍彦山和他家里的痴愣愣地坐着，想哭又不敢哭。事先，不少人交代过他们："这场合，再哭就不大好了。"

捞渣的墓迁到小鲍庄正中来了，又大又高，像一座房子。砖砌的，水泥抹了缝，再不会长出杂草来了，也不会有羊羔子来啃草吃了。

四十

鲍彦山家的新屋上梁了，封顶了。开了大大的窗，粉白墙，洋灰地，敞敞亮亮的四大间屋。

建设子在农机厂上班了。上门提亲的不断，现在轮到他挑人家了。

建设子结婚的那天，小翠子回来了。她进门就在她大她娘脚边跪下，磕了一个响头。不等她大她娘返过神来，爬起来拿了扁担水桶就去挑水，一趟一趟，把两口大缸都挑满了，满得溢到缸沿上了，还挑。文化子叫她别挑了，她还往井沿上跑，文化子去攥她，攥到井沿上。她正把桶放了下去，文化子夺桶，桶落到了井里，两人便趴在井沿上钩桶。

"笨死了！"小翠说他。

"怎么怪我？"文化子很委屈。

"就怪你，就怪你！"小翠对他撒野。

"怪我什么呢？"文化子越发的委屈。

"怪你不是老大是老二。"

"是老大咋了？是老二又咋了？"

"要是老大，我生成是……用得着费这么大周折？"小翠眼圈红了。

文化子眼圈也红了。

两人眼泪都落了下来，啪啪地落在井里，井里横漂着一只桶。

村里开路，把原先的村路拓宽，压平，铺石子。来的人和车一日比一日多，没条路不方便。开路，要开掉拾来家一垄菜地，拾来和他家里的，爽爽快快地答应了，连赔偿也不愿收。拾来说："我要收了这钱，我的人，就没了。"

县里要在捞渣墓后盖纪念馆，收集遗物时犯了难。小英雄生前用过的穿过的，所有的东西都烧了。后来二小子发现，他家茅房泥墙上，有着捞渣写的字，写的是自己的名字——鲍仁平。

问他，确实是小英雄写的吧？他说：

"没错。那天，我和捞渣一起拉屎，各人写各人的名字玩哩！"

当然，边上还有二小子写的字：鲍兆和。

可那泥墙一碰就烂，起不了。只能放那儿了。

尾声

捞渣的墓，高高地坐落在小鲍庄的中央，台阶儿干干净净的。不用村长安排，自然有人去扫。他大，他娘，他哥，他嫂自然不必说了。还有鲍仁文，鲍秉德，拾来，也隔三岔五地去扫。只是要求村长买一把公用的扫帚，用自家扫地的扫帚扫坟头，总不大吉利。

太阳照在那碑上，白生生的，耀眼得很。

碑后面是一片新起的瓦房，青砖到顶，瓦房后面是鲍山，青幽幽的，蒙在雾里似的，像是很远，又像是很近。

还是尾声

鲍秉义拉着坠子，曲儿唱到了终了：

> 有二字添一竖念千字，
> 秦甘罗十二岁做了宰相。
> 有一字添一竖带一勾念丁字，
> 丁郎又刻苦孝敬他的娘。
> 一二三四五六七八九十，
> 十九八七六五四三二一，
> 珍珠倒卷帘那么一小段。

鲍彦荣听着，像是走了神，像是想起了什么。他想着自个儿的那些好样儿的年月：班长死了，他吼了一声："跟我来！"打得只剩两个半人了。那个只剩半拉胳膊半拉腿的战友，现如今也不知在哪里了。

床板上还抱着腿坐了一个人，一个老头，罗锅腰，一脸皱皮，是打很远的北边来的一个老货郎，在这里借宿。他坐在墙角里，听着古，两只眼却盯着坐在门槛上的拾来。

拾来觉出有人看他，朝墙角里瞅瞅，看见了一双老眼。他瞅了一眼，又瞅了一眼，心下奇怪，觉着有点熟。再瞅了一眼，就挪不开了。两双眼睛远远地对视着。

一把坠子吱吱嘎嘎地拉着。

原载《中国作家》1985 年第 2 期

中国作家协会 1985—1986 年全国优秀中篇小说

你别无选择

刘索拉

一

李鸣已经不止一次想过退学这件事了。

有才能，有气质，富于乐感。这是一位老师对他的评语。可他就是想退学。

上午来上课的讲师精神饱满，滔滔不绝，黑板上画满了音符。所有的人都神志紧张，生怕听漏掉一句。这位女讲师还有一手厉害的招数就是突然提问。如果你走神了，她准会突然说："李鸣，你回答一下。"

李鸣站起来。

"请你说一下，这道题的十七度三重对位怎么做？"

"……"

"你没听讲，好，马力你说吧。"

于是李鸣站着，等马力结巴着回答完了，在一片莫名其妙的肃静中，李鸣带着满脸的歉意坐下了。他仔细注意过女讲师的眼睛，她边讲课边不停地注意每个人的表情。一旦出现了走神的人，她无一漏网地会叫你站起来而坐不下去。

有时李鸣真想走走神，可有点儿怕她。所有的讲师教授中，他最怕她。他只有在听她的课和做她布置的习题时才认真点儿。因为他在做习题时时常会想起她那对眼睛。结果，他这门功课学得最扎实。马力也是。他旷所有人的课，可唯独这门课他不敢不来。

自从李鸣打定主意退学后，他索性常躲在宿舍里画画，或者拿上速写本在课堂上画几位先生的面孔。画面孔这事很有趣，每位先生的面孔都有好多"事情"。画了这位的一二三四，再凭想象填上五六七八。不到几天，每位先生都画遍了，唯独没画上女讲师。然后，他开始画同学。同学的脸远没先生的生动，全那么年轻，光光的，连五六七八都想象不出来。最后他想出办法，只用单线画一张脸两个鼻孔，就贴在教室学术讨论专栏上，让大家互相猜吧。

马力干的事更没意思，他总是爱把所有买的书籍都登上书号，还认真地画上个马力私人藏书的印章，像学校图书馆一样还附着借书卡。为了这件事，他每天得花上两个钟头，他不停地购买书籍，还打了个书柜，一个写字台，把琴房布置得像过家家。可每次上课他都睡觉，他有这样的本事，拿着讲义好像在读，头一动不动，竟然一会儿就能鼾声大作。

宿舍里夜晚十二点以前是没有人回来的。全在琴房里用功。等十二点过后，大家陆陆续续回到宿舍，就开始了一天最轻松的时间。可马力一到这时早已进入梦乡。他不喜欢熬夜，即使屋里人喊破天，他还是照睡不误。李鸣老觉得会突然睡死掉，所以在十二点钟以后老把他推醒。

"马力！马力！"

马力腾地一下坐起，眼睛还没睁开。李鸣松了口气，扔下他和别人聊天去了。

"今天的题你做完了吗？"

"没有。太多了。"

"见鬼了，留那么多作业要了咱们老命了。"

"又要期中考试了。"

"十三门。"

"我已经得了腱鞘炎。"同屋的小个子把手一伸，垂下手背，手背上鼓出一个大包。

马力对什么都无动于衷，他从不开口，除了他的本科——作曲得八十分，别的科目都是"中"。

李鸣跑到王教授那儿请教关于退学问题的头天晚上，突然发生了地震。全宿舍楼的人都跑出站在操场上。有人穿着裤衩，有人披着毛巾被。女生们躲在一个黑角落里叽叽喳喳，生怕被男生看见，可又生怕人家不知道她们在这里。据说声乐系有两个女生到现在还在宿舍里找合适的衣服，说是死也要个体面。站在操场上的人都等再震一下，可站了半天，什么事也没发生。后来才知道，根本没地震，不知是谁看见窗外红光一闪，就高喊了一声地震，于是大家都跑了出来。

第二天，李鸣就到王教授那儿向他请教是否可以退学。王教授是全院公认的"神经病"，他精通几国语言，搞了几百项发明，涉及十几门学问，一口气兼了无数个部门的职称。他给五线谱多加了一根线，把钢琴键重新排了一次队，把每个音都用开平方证实了。这种发明把所有人都能气疯。李鸣最崇拜的就算王教授了。尽管听不懂他说的话，也还是爱听。

"嗯。"

"我不学了。我得承认我不是这份材料。"

"嗯。"

"就这样，我得退学。"

"嗯。"

"别人以为自己是什么就是什么，我以为我不行。"

"嗯。"

"也许我干别的更合适。"

"嗯。"

"我去打报告。"

"嗯。"

李鸣站起来，王教授也站起来：

"你老老实实学习去吧，傻瓜。你别无选择，只有作曲。"

二

现在唯一的事情就只好是做题。无数道习题，不做也得做。李鸣只做上两分钟，就想去上厕所或者喝水。更多的时候是找旁边235琴房管弦系的女孩站在236琴房门口聊天。边聊天那女孩边让弓子和琴弦发出种种噪音，气得236琴房的石白猛砸钢琴。

和石白，李鸣永远也处不好。一道和声题要做六遍，得出六种结果。他已经把一本"和声学"学了七年，可他的和声用在作曲上听起来像大便干燥。但在课上老师要是讲错了半个字，他都能引经据典地反驳一气。

"不对，老师。在275页上是这样说的……"他站起来说。

这时同班的女生就会咳嗽，打喷嚏。

"我不愿和你们这些人在一起。"石白对所有的人说。他不参加任何活动，碰上人家在那儿"撞拐"，他就站在一旁拉小提琴。他学了十五年琴，可还走调。

"你得像个作曲家！"他对小个子说，"作曲家要有风度，比方说吧……"

连个儿都没长全的小个子只能缩缩肩膀从他的眼皮下溜走。要是玩起"撞拐"来，小个子还老占大家上风。

石白对"撞拐"这事气得嘴唇直哆嗦。他在一首自作的钢琴曲谱旁边注上"这首乐曲表达了人生的最高理想境界"。这结果就是使一个作曲系的女生写了同样长短的一首钢琴曲来描写石白，一连串不均等节奏和不谐和音。这曲子在全系演奏，所有人都听得出来它说的是什么。

李鸣住的宿舍是一间房子四个人。屋子里有发的存衣柜、写字台和钢琴，还有马力自己打的家具，弄得宿舍里不能同时站四个人。原来石白和他们一个宿舍，后来石白申请到理论系睡觉去了，因为理论系的人到了夜里两点谈话的内容仍是引经据典。这使他觉得脱了俗。于是指挥系的聂风搬进李鸣宿舍，他以一种与作曲系迥然不同的风度出现在这间屋里，头发烫成蓬松的花卷，衬衣雪白，胸脯笔挺。随着他的到来，女孩子就来了。本来四个人已站不下的屋子，现在要装八个人不止。一到晚上，全宿舍的人自动撤出，供聂风指挥女孩子们的重奏小组用。从此，晚上十二点以后回到宿舍，大家都能闻见女孩子们留下的满屋香气。

隔壁的四个全是作曲系的。戴齐钢琴弹得出众，人长得修长苍白，作品中流露出肖邦的气质，可女孩们爱管他叫"妹妹"。留了大鸟窝式长发的森森，头发永远不肯趴在头上，就像他这个人一样。他不洗衣裳不洗澡，有次钢琴课上把钢琴老师熏得憋气五分钟。那是个和蔼的教授老太太，终于她命令森森脱下衣服，光着膀子离开琴房。一个星期后，管邮件的女生收到一个给森森的包裹，当众让他打开一看，是那件脱给老太太的衬衣，已经洗得干干净净，连扣子也钉上了。有个女生当场说，为这事，如果全世界只剩下森森一个男人，她也不会理他。森森当场反驳说，如果全世界只剩下他和她，他就干脆自杀。

三

李鸣一人躲在宿舍里，不打算再去琴房了，他宁可睡在被窝里看小说，也不愿到琴房去听满楼道的轰鸣。琴房发出的噪音有时比机器噪音还可怕。即使你躲在宿舍里，它们照样还能传过来，搅得你六神无主。刚入学的时候，也不知是哪位用功的大师每天早晨四点起来在操场上吹小号，像起床号似的，害得所有人神经错乱。李鸣甚至有几个星期夜晚即使在梦中仍听见小号声。先是女生打开窗户破口大骂，然后是管弦乐的男生把窗户打开，拿着自己的乐器一齐向楼下操场示威，让全体乐器发出巨大的声响，盖住了那小号。第二天，小号手就不再起床了。可又出现了一个勤奋的钢琴手，他每天早晨五点开始练琴，弹琴和弦连接时从来不解决，老是让旋律在"7"音上停止，搞得人更别扭。终于有位教授（那时教授还没搬进新居，也住在大楼道里）忍不住了，在弹琴人又停止在"7"音上时，他探出脑袋冲着那琴房大吼了一声"i—"，把"7"解决了。所有人的感觉才算一块石头落了地。

李鸣把不去琴房看成神仙过的日子，他躺在被子里拿着一本小说。

"喂，哥们儿，借琴练练。"森森推开门，大摇大摆走到钢琴那儿，打开琴盖就弹。

"你没琴房？"

"没空。我要改主科。"

"少出声。"

"知道。"

可是森森不仅没少出声，而且他的作品里几乎就没有一个和弦是协和的，一大群不协和和弦发出巨大的音响和强烈的不规律节奏，震得李鸣把头埋在被子里，屁股撅起来冲天，趴了足有半小时，最后终于把头从被子里伸出来：

"行行好吧。"

"最后四小节，最后四小节。"

"我已经神经错乱了。"

"因为我在所有的九和弦上又叠了一个七和弦。"

"为什么？"

"妈的力度。"森森得意扬扬。他说完就用力地砸他的和弦，一会儿在最高音区，一会儿在最低音区，一会儿在中音区，不停地砸键盘，似乎无止无休了。李鸣看着他的背影，想拿个什么东西照他脑后来一下，他就不会这么吵人了。

"妈的力度。"森森砸出一个和弦，"还不够。我发现有调性的旋律远远不如无调性的张力大。"

"你的张力就够大了，我已经变成乌龟了。"

森森看着被子里的李鸣大笑："你干吗要睡觉？"

"我讨厌你们。"

"你小子少不谈正业。"

"你把十二个音同时按下去非说那是个和弦，那算什么务正？"

1050

"我讨厌三和弦。"

"可你总不能让所有的人听了你的作品都神经分裂吧？"

"我不想，可他们要分裂我也没办法。但我的作品一定得有力度。不是先生说的那种力度，是我自己的力度，我自己的风格。"说完他又砸出一串和弦。

李鸣了解森森，他想干什么谁也阻挡不了。不像孟野。孟野的才气不在森森之下，可一天到晚让女朋友缠住不放。经常莫名其妙地失踪好几天。有几次都是面临考试时失踪的。孟野也长得太出众了点儿，浓密的黑发和卷曲的胡子，脉脉含情的眼睛老给人一种错觉，由此惹得女生们合影时总爱拉上他，被他女朋友发觉免不了要闹个天翻地覆。有一次那姑娘追到学校把孟野大骂了一顿，然后哭着跑到街上，半夜不归，害得作曲系女生全体出动去叫她。她坐在电线杆子底下，扭动着肩膀，死活不肯回去。最后还是李鸣叫马力戴上保卫组的红袖章，走过去问："同志，你是哪儿的？"她才一下子从地上站起，跟着大家回去了。

"你这讨厌鬼。"李鸣对森森骂道。森森砸完最后一节和弦，晃着肩膀走了。他一开门，从外面传来一声震天的巨响，那是管弦系在排练孟野作品中的一个高潮。

每次作曲系的汇报演出，都能在院里引起不小的骚动。教十个作曲系的主科教授只有两位，一位是大谈风纪问题的贾教授，一位是才思敏捷的金教授。贾教授平时不苟言笑，假如他冲你笑一下，准会把你吓一跳。他的生活似乎只有一件事情就是讲学。他从不作曲，就像他从不穿新衣服，偶尔做出来的曲调也平庸无奇，就像他即使穿上件新衣服也还是深蓝涤卡中山装一样。但所有人都得承认他的教学能力，循序渐进，严谨有条，无一人可比。但在有些作曲系学生眼里，贾教授除了严谨的教学和埋头研究古典音乐之外，剩下的时间就是全力以赴攻击金教授。金教授太不注意"风纪"，一把年纪的人总爱穿灯芯绒猎装，劳动布的工裤，有时甚至还散发出一股法国香水的味道。以前他在上大课时总爱放一把花生米在讲台上，说几句就往嘴里扔一颗。自从他无意中扔进一颗粉笔头之后，就再也没看见他吃过花生米了。

金教授在讲课时，几乎不会慷慨陈词，老是懒洋洋地弹着钢琴。如果你体会不到他手下的暗示，你就永远也不明白他讲的是什么。随便几个音符的动机他都能随意弹成各种风格的作品，但他懒得讲，有时自己一弹起来，就谁也不理了。马力是贾教授的学生，有次破天荒跑到金教授班上听课，结果什么也没听懂，打了个长长的呵欠。金教授腾地从琴凳上站起来，冲马力鞠了个躬，笑着说："祝您健康。"然后又坐下去弹起琴来。从此马力就不爱在贾教授班上听课了。

每次作曲系学生汇报会，实际也是这二位教授的成就较量。自从金教授的学生在一次汇报会上演出了几首无调性的小调后，贾教授大动肝火，随即要给全体作曲系学生讲一次关于文艺要走什么方向的问题。开会的事情是让李鸣去通知的，李鸣本来连学也要退的，更不愿开什么会，于是，在黑板上写了一个通知，即某日某时团支部与学生会组织游园，请届时参加，等等。于是害得贾教授在教室里等了学生一下午，又无法与团支部学生抗争。

为了弥补这次会议，贾教授呼吁全体作曲系教员要开展对学生从生活到学习的一切正统教育，不仅作品分析课绝不能沾二十世纪作品的边儿，连文学作品讲座也取消了卡夫卡。同时，体育课的剑术多加了一套，可能是为了逻辑思维，长跑距离又加了三圈，为了消耗过剩的精力。搞得男生们脸色蜡黄，女生们唉声叹气，系里有名的"懵懂"——因为她能连着睡三天不起床，中间只起来两次吃饭，两次上厕所——自从贾教授的体育运动开展后，躺在床上大叫"我宁可去劳改！"

李鸣先撕了一本作业，然后去找王教授。

"没劲，没劲。"他边说边在纸上画小人。

"你为什么不学学孟野？你听过亨德米特的《宇宙的谐和》吗？"

李鸣走回去把作业本又拼起来了。

孟野这疯子，门门功课都是五分，可就是不照规章办事。他的作品里充满了疯狂的想法，一种永远渴望超越自身的永不满足的追求。音程的不协和状态连本系的同学都难接受。可金教授还是喜欢他。

"孟野的结构感好，分寸把握好。"金教授对"懵懂"说，"所以他可以这么写，你不行。"

"懵懂"正想模仿孟野，也写个现代化作品。

孟野一说起自己的作品来就滔滔不绝，得意非常。长手指挥上挥下，好像他正在指挥一个乐队。有时他的作品让弦乐的音响笔直地穿过人们的思维，然后让铜管像炸弹似的炸开，打击乐像浓烟一样剧烈地滚动。这可以使乐队和听众都手舞足蹈。而李鸣却不考虑乐队和听众对自己作品的看法，他只想着写完了就算解放了。

"这地方和声是不是这样？"圆号手问。

"什么和声？"李鸣在自己谱子上根本找不到圆号手吹的是哪儿，他早走神了，"随你便吧，管它呢。"

于是圆号手和长号手吹的不在一个和弦里，演奏完了，竟有人说李鸣也搞现代派。

"你们把握不住就不要这样写，"金教授说，"孟野的基本功好。"

孟野用手指勾住大提琴的弦，猛然拨出几个单音，然后把弦推进去、拉出来；又用手掌猛拍几下琴板，突然从喉咙里发出一种非人的喊叫。森森大叫："妈的力度！"然后把两只手全按在钢琴键上，李鸣捂着耳朵钻进被窝。

楼道里充满了孟野像狼一样的嚎叫。

宇宙的谐和。疯了。李鸣想。

四

李鸣觉得董客这人，踏实得叫人难受。可因为孟野和森森太疯，他只好去找董客聊天，但在董客眼里，李鸣也是不正常，他竟然放着现成的大学不愿上。

"请坐，please。"董客彬彬有礼地让李鸣。好像他身后有一张沙发。

李鸣坐在床上。董客端上一小杯咖啡。他这人很讲究，尽管脚臭味经常在教室里散发。咖啡杯是深棕色的，谁也弄不清它到底有多卫生，李鸣闭着眼把咖啡吞下去。

"西方现代化哲学的思维是非客观与主观形式的相交。"董客老爱说这种驴唇不对马嘴的话，他一张嘴就让人后悔来找他，"和声变体功能对位的转换法则应用于……"

李鸣想站起来，他觉得自己走进一个大骗局里了。

"人生的世故在于自己的演变，不要学那些愚昧的狂人，你必须为自己准备一块海绵，恐怕你老婆也愿意你是个硕士。"

李鸣站起来就走。董客为他打开门：

"Please。"

关于创作方向问题的会议到底还是开了。贾教授特地请来团支部书记和学生会主席。这个专题讨论会要每星期开一次。这使学生每星期失去一个晚上做习题，所以大多数人都拿着作业来讨论。照例是先让贾教授讲两小时的话，讲的是什么谁也不知道。下面的笔在唰唰响，教室的秩序极好。可紧接着团支书作了一个提议，建议开始自由发言，并请贾教授回去休息由他来主持会议。贾教授只好摆摆手，坐到后面墙角处去了。团支书是管弦系的乐队队长，他说的第一个问题是关于在排练时作曲系男生冲乐队女生挤眼睛的问题。

"这样就会分散她们的注意力，不去看指挥。"

作曲系的男生大来情绪。

"谁呀？"

"让我去当指挥不就解决问题了？"

"什么？"

"你们管弦系女生压根就不想好好给我们排练。"

"我的竖琴手说反正是不协和和弦，怎么弹都是对的。她就从来不照谱子弹。"

"管弦系的小姐呀，难伺候。"

"还要我们怎么样？"

"娶过来？"

"你？"

贾教授已经坐不住了。

董客突然说了一句：

"人生像沉沦的音符永远不知道它的底细与音值。"

大家一齐回头冲他看，但谁也不知道他要说什么。

"假如，"董客接着说下去，"三和弦的共振是消失在时空里只引起一个微妙的和谐幻想，假如你松开踏板你就找不到中断的思维与音程延续像生命断裂，假如开平方你得出了一系列错误的音程平方根并以主观的形象使平方根无止境地演化，试想序列音乐中的逻辑是否可以把你的生命延续到理性机械化阶段与你日常思维产生抗衡与缓解并产生新的并非高度的高度并且你永远忘却了死亡与生存的逻辑还保持了幻想把思维牢牢困在一个无限与有限的机合中你永远也要追求并弄清你并且弄不清与追不到的还是要追求与弄清……"

贾教授大喊一声："好了！"他的长手臂向前伸出来，有点儿哆嗦，"你们的讨论就到这儿。"他走到讲台前，眼神变得游移不定。他提出一道思考题：试想二十世纪以来搞现代派作曲的人物有哪个是革命的？

大家谁也没说话。等散了会，森森大声在楼道里唱了一声："勋——伯——格！"贾教授回头看了一眼。他又喊了一声"勋伯格"然后手舞足蹈地大叫："I cannot remember everything！ I must have been unonscious of the time！"

"全疯了。"马力嘟哝着。

"干吗他们要缠住创作方式问题争执不休？"

"这事还是挺有意思。"

"真的？"

"全部意义就是拖延时间。"

"最好是不想。"

"你说到底有什么意思？"

"你真想抽烟？"

"想戒戒不掉。"

"愁什么？写不出教书。"

"噗……"

"他们干吗要缠住创作方式问题争执不休？"

"还不明白？不干这个还干什么？"

五

戴齐的钢琴确实弹得太好了。他可以不像别人那样，每天必练两小时琴，一学期参加两次钢琴考试。可他并不能因此轻松，即使不练琴，各门功课的作业堆在桌上，好像永远也做不完。他把作业放在左边，做完的放在右边，还没等左边的都到右边去，右边的已经又变成了左边的。为此他经常看聂风带着管弦系女孩子排四重奏，更喜欢把自己写的协奏曲拿去和小提琴手姑娘们协奏一番。他喜欢凑到姑娘堆里，因为在男生那儿他老占不了上风。

"你不灵，小个子，像个小爬虫似的。"他在食堂里和小个子开玩笑。食堂是最开心的地方，男女生凑在一桌上吃饭，是该出风头的时候。小个子一下急了："有能耐出去！操场上见！"戴齐一下子不作声，低头吃起饭来。

他的气质不适合和男生交往。他苍白、清秀、修长的手指可以和女性的手指媲美，鼻梁挺直，端正的嘴唇说起话来快得像个女人。只要一下课，他必得走到钢琴前弹奏一段什么，假如是弹他自己的作品，肯定会使人赞叹不已，而假如他弹个什么名作，则就会蹦出个女生和他较量。这也是作曲系的女生，外号叫"猫"。因为只要她不愿做习题就像猫一样喵喵叫。"猫"和戴齐的较量是古典音乐和爵士音乐的较量。"猫"把戴齐从琴凳上挤下来，把他刚弹过的曲子改成爵士，一开始弹，"懵懂"就从座位上蹦起来，边跳边笑。只有在听爵士的时候她不想睡觉。

这个班上有三个女生，已经把全班搅得不亦乐乎。为此，后面几届的作曲班就再也没招进女生。主要是贾教授大为头疼。风纪、风化，都被这三个女生搅了。"猫"是个娇滴滴女孩，动不动就能当着所有人咧开嘴大哭，哭起来像个幼儿园的孩子一样肆无忌惮。这使老师也拿她没办法。遇到她做不好的习题，她把肩膀一扭，冲老师傻呵呵地咧嘴一笑，老师就放她过关了。"懵懂"一天到晚只想睡觉。她能很快弄懂老师讲的，又能很快把它们忘掉，她当天听，就得当天做题，还得当天给老师改，否则过了几天，她就会否认这道题是自己做的。你再告诉她对错都是白搭，她早忘了准则。

一次，"懵懂"去上金教授的个别课。整整两小时，金教授在改她的作品，她一句话没听进去。下了课她走出课堂，冲着等在外面的"猫"说："今天金教授洒了那么多香水。"说完就回去睡觉了。"猫"夹着谱子走进教室，金教授又埋头修改她的作品，"猫"把头凑过去闻了闻金教授身上的香水，正好教授一抬头，吓得"猫"冲着教授"喵"的一声。"你这里写得好，音响丰满。"金教授一本正经地说。"当然，那是森森帮我写的。"过后"猫"对李鸣说。

第三个女生是女生中的楷模，由此得了个"时间"的封号。她精确非常，每天早晨六点铃声一响，腾地就从床上坐起来，中午和晚上无论那两个人说什么她都能马上入睡。"这家伙简直是机器！""猫"对"懵懂"说。"嘘！她能听见。""她早睡着了。""你们在骂我。""时间"嘟哝了一声。

她认真做所有课程的笔记，连开一次班会也要掏出本来。没有一门功课她不认真。作曲系的学生通常是同时开十门课，她则是连运动会也要拿个名次。本来这样的女生是不会使贾教授后悔的，但当同时有两个男生追求"时间"，并且"时间"全不拒绝时，贾教授的气真是不打一处来。

入学一年后，天下大乱。晚上八点钟，李鸣找"时间"谈话，九点钟董客就挤进来把"时间"叫走了。十点钟"时间"回到琴房开始用功。十一点钟，查夜的保卫组来了，勒令所有人都回宿舍睡觉，只见"猫"噌地一下从琴房蹿出来，咔嗒一声，把琴房锁了。等保卫组走后，又打开锁溜了进去，那里面坐着森森。

至于孟野因为和"懵懂"跳了一场舞，被人拍了照拿回家去，招惹出的麻烦已经使人啼笑皆非。

贾教授几乎对这个班的学生感到绝望。但他不能表示出无能，他得管，可又一点儿办法没有。他既说不出办法，又觉得绝望，这使他的脸变得乌黑。他的衣服穿得更破，到后来两个裤腿已经不一样长了。可还是一点儿办法也没想出来。

六

石白对这些人与贾教授无形的对抗又气又恼。他凭直觉认为贾教授是无所不知的圣人。并且他学了七年的和声学，假如在作品中去打破它，不是存心和自己过不去？巴赫的赋格他从来没背下来过，即使考试时他也总不得已地照谱子弹，为此被减了很多分。但那是圣经中的圣经，是不可企及的，既然不可企及，就不要多想。人家已经干过了不可企及的事，你就不要想再去干什么新的了，你再干也是白费，也超不过巴赫。超不过巴赫你就成不了大师，成不了大师你就超不过巴赫。超不过巴赫你就只有惭愧，你只有惭愧但不能超过巴赫。石白觉得自己对这些问题理解得比森森孟野透彻得多。争执是无聊的，所谓"创新"也毫无意义。你认为的创新不过是西方玩儿剩下的东西，玩儿剩下的再玩儿就未免太可笑，玩儿没玩儿过的又玩儿不出来，不如去背巴赫，反正模仿巴赫不会受到方向性抨击。

石白是个心跳本不剧烈但每天去追求剧烈心跳的天才。谁都说他呆，但他对音乐的任何一本理论书都狂热地崇拜。他对音乐的狂热似乎全球无一人可比，他从不迈出琴房去做无意义的聊天，但他每门成绩都勉强得"良+"或"良-"。他既不参加班会也不参加任何活动，更不去无目的地游山玩水，即便看完一场电影，坐在食堂里，他也要神情严肃地和你讨论电影的主题展开、时代背景、作家生辰、演员技巧。他在这方面的知识少得可怜，但说起来又字字铿锵有力。那股认真劲只能使人毛骨悚然。

他除了音乐书，别的什么书也不看，但每部作品前又要加上文学语言注释。李鸣每次看到他那么苍白消瘦地追求狂热，都禁不住要可怜他。

那次钢琴考试他又得了四分，大概又是因为背不下巴赫。他大为恼火，问李鸣为什么他得了四分而李鸣不常练琴却能得五分？这问题让"懵懂"帮着解答了。在下一次钢琴考试前，她带着他去逛了四个美术馆，看了十个当代最新画展。第二天他满怀激情与信心走进钢琴考场，结果又得了个四分。为这事，他发誓再不与"懵懂"打交道。

小个子对他的行为大为诧异："你怎么能这样？"他们那时是在去"采风"的路上，搜集民歌并游览名胜。

"别管我。"石白只是看着自己的游览图，把上面的名胜用笔圈起来，每走到一个地方，不管刮风下雨，掏出照相机就照，甚至连光圈距离都不调。

"难道不是名胜，再好看的风景也不照了？"小个子怒气冲冲，他没带相机，指望着和石白一起照相。

"别废话，你懂个屁。"石白嚓的一声按动快门，然后用笔在游览图的某一个圈上又打了一个对钩。

"你简直是胡闹。"小个子嘟嘟哝哝，"这个人真怪，天下第一白痴。"

"你才是白痴，只知道浪费胶卷。"

小个子气得直跺脚。当游艇在一个著名的河上开时，石白根本无兴致和大家说笑。河两边的名胜与讲解员的滔滔不绝，使他无暇顾及天空和脚下，只是抬眼看看岸边，又低头写下讲解员的话，然后匆匆看一眼游览图上的圈，打个对钩。

为此，有个叫莉莉的小提琴手爱上了他。说他从身上能闻到一股神圣的气味。并且据说石白长得有点儿像聂耳，不过可能比聂耳要高十几厘米。

莉莉长得像个运动员，肩宽腰细，两腿细长笔直。整天穿着一双回力鞋，没有什么事她不敢干。她常常夜里十二点钟从学院的高围墙上翻下来，偷偷溜回宿舍，或者晚上在阳台上只穿着胸罩短裤练习体操。那个阳台设在女生宿舍与琴房之间，因此总有男生要路过。每当男生走来，她就用浴巾围住身体，只露出个瘦瘦的肩膀和长长的细腿，站在那儿一动不动。到了夏天，她的裙子短得不能再短，有时在琴房就索性只穿胸罩和短裤练琴。

她和石白的相识也是从这儿开始的。那是个炎热的夏天中午，莉莉正穿着她的"三点式"练琴，没锁门，门突然被石白推开了。石白和莉莉是一个琴房的，他是来取谱子，结果被吓了一大跳，连忙退了出去。莉莉想他反正不会再回来，就接着拉琴，没想到石白又把门推开，恭敬地说了声"对不起"，然后飞快地缩回脑袋把门关上，气得莉莉冲着门连踢了两脚，大骂："傻瓜蛋！"

事后只要一提此事，石白就推推眼镜，连连给她鞠躬。

自从他们成了朋友，莉莉总是说："陪我出去玩儿玩儿吧。"

"我没时间，真的。"石白央求她，"我快考试了。"

石白不愿去陪莉莉，但愿意让莉莉陪着他，可又不许莉莉出声。搞得莉莉觉得很窝囊。有一次，他让莉莉给他试奏他的小提琴曲，莉莉为了让他在视觉上也满意，特意穿着演出服，一身黑色的长裙和高跟鞋来为他试奏。搞得石白只顾看她站在那儿边拉琴边摇头晃脑地自我表现，根本没听清楚自己的作品。石白一肚子气恼，把眼睛捂住。

"为什么不看着我？"莉莉问。

"你为什么要穿这么一身衣服试奏？为什么要穿这么高的鞋子？"石白喊

起来。

"这又碍你什么事？"

"碍了！碍了！我听不见我的作品！"

莉莉把高跟鞋一甩，就甩到石白眼前的钢琴键上。然后光着脚哭着跑到操场去了。

"跟他吹了！""懵懂"愤愤不平地看着莉莉，她穿着拖地长裙光着脚站在风里，眼睛都哭肿了。

此后莉莉就把琴房里的所有家当都搬到戴齐的琴房里去了。

七

又要考试了。贾教授当众公布了考试时间、科目，又是十门。一下课，马力就嘟哝了一句"×"，从此身上老带着一盒清凉油。

所有人桌上的谱子又高出了一尺。每个人的体重都在下降。脸色由白变成青。早晨的出操成了下地狱，连孟野也停止了洗冷水浴。早晨六点钟，"时间"腾地从床上蹦起，跳到地上，飞快地跑到琴房，然后到天黑也没见出来。"猫"一睁眼，先伸手在钢琴上按了一个"A"音，以校正自己的耳朵，然后大声唱视唱练耳的习题。"懵懂"为了让自己醒过来，闭着眼就把录音机打开了，跟着迪斯科的节奏穿好衣服、洗好脸，可却无论如何不能使习题也跟着节奏走。

全校的学生都在准备考试，琴房里一片嘈杂声，气得作曲系的学生骂声乐系是叫驴，是一群只长膘不长脑子的家伙，而声乐系骂作曲系是发育不全的影子。作曲系学生为了躲开噪声，就找了个僻静的大课堂，作为复习基地，一到晚上大家就躲在这儿。可是不知是谁，在这课堂的黑板上贴了个大大的功能圈。T—S—D。这个功能圈大得足以使全体同学恐惧。李鸣想把它撕了，可小个子拦住不让。小个子跳上讲台，告诉大家，牢记功能圈，你就能创做出世界上最最伟大的作品，世界上最最伟大的作品就离不开这个功能圈。结果谁也不敢把它撕下来，只好天天对着它准备考试。

"当然，你们不要把考试看得过分严重，成绩好坏是小事，重要的是你们掌握了没有。你们在复习上要有所偏重，你的体育再好，也进不了体育学院。"贾教授说。

"可是，体育不达标准，要补考，什么时候及格了，才能通过。你永远不及格，就永远要补考。"体育教员说。

"不懂得文艺理论你算什么艺术家？从第一章背到第二十三章。"

"四十位哲学家的生平及主要观点与十位自然科学哲学家的主要科学成就及基本哲学思想，这就是我们的考试内容。"

"背下所有不规则动词。"

"连夤字都不认识，你们还算什么大学生？有字当什么讲？"

……

晚上，阳台上又多了几个穿"三点式"的姑娘，都在练剑术和拳术。

"背剑术比背谱子还难。"

"难多了。"

"我刚发现我是进了体育学院。"

"不，是北大文科。"

"经济学院。"

"气——贯——丹——田。"

阳台下传来嗒嗒的脚步声和呼哧呼哧的喘息。

"八千米的长跑，跑死他们。""猫"探头看着下面围着楼绕圈子的男生。

"喂，有字是什么意思？"一个男生抬起头冲她喊。

"喵。""猫"尖叫一声把身子缩回去。

"他们太累了。"金教授温和地说。

"可我们作曲系历来就是很累的，否则还叫什么作曲系？英国皇家音乐学院今年根本没有作曲系本科生，就是因为太累。"贾教授骄傲地说。

"那一定要考了？"金教授无可奈何地问。

"一定要考。而且还要严格。"贾教授从眼镜后面盯着金教授。

金教授召集了他的全体学生上大课。"要看你们的真本事了。不要用钢琴，当场写出一首三部结构的作品，关于动机的展开，你们要去多分析诸如肖邦舒曼之类的作品，不要走远了，不要照你们平时的方式写，尤其是你们！"他指指孟野和森森，"至于和声——"

"功能圈。""懵懂"接了一句。

"功能圈？"金教授问。

"功能圈。""猫"说。

"噢，对，功能圈吧。"

八

真的考试来了，恐慌也就变成了平静。一声不响的平静。所有的人都懒得多说一句话，低着头匆匆地走路，脑子飞快地转动。

"噢！什么时候完呀？""猫"在快进考场前伸了个懒腰。

石白赶快捂住耳朵，转过身去。

视唱练耳的考试被一个音乐系的男高音搅了。听写已经考了两小时，和弦都听完了，只剩下最后一条长长的有临时离调的三声部复调，这道题占分最多。这是全体考生最最紧张的时候。可这时，隔壁声乐系教室的门打开了，放出来一个刚考完语文的男高音。他痛痛快快地唱了一句很高很高的"妈——"。这下，作曲系教室里就有好几个人耳朵随着这声"妈"走调了。再也想不起刚才教师在琴上弹的是什么调，再也想不起标准音。甚至有人把这声"妈"也算成了最高声部。

大家希望有哪科教员突然病倒或者是家里着火什么的。结果有个语文教员真让车撞了，但语文考试并没停止，而且换了个更厉害的监考官。为了缓和气氛学校决定拖延考试期，把每科考试的间隔再拉长一点，可这么越拖延，大家越紧张。越紧张，就越希望考试索性快点来临，哪怕在一天里全考完，全不及格也行。准备复习用的小卡片上写满了各科的复习题，已经背得串了行。"懵懂"在艺术理论考卷上写道："冇：没有。"

小个子手上的腱鞘炎鼓包又大了。他弹琴的时候总让人以为他手背上有个核桃。他一边弹一边吸冷气，一边弹一边骂娘。终于到了钢琴考试那天，他飞快地弹完肖邦的左手练习曲，这曲子正是那只有腱鞘炎的手当主力。弹完以后，他趴在琴上就不起来了。等考官哄他退场时，他一出门就跑到声乐系的视唱练耳考场外，大声唱了一个"妈——"。

李鸣在民族戏曲考场上，刚摇头晃脑地唱完："李白斗酒……酒中仙……"没等老师点头，他就匆匆跑到操场上，冲着体育老师大叫："来吧，八千米！"于是气喘吁吁地围着楼绕圈子。体育老师还算好说话，天天拿着跑表和剑等在操场上，任何人只要有时间就可随时参加考试。

终于只剩作曲考试一关了。还有一天的时间，可全体作曲系的人都不再去琴房，躺在床上一声不出。只有石白终于跳起来，跑进琴房，砰地关上门，开始分析作品。

"谁能让这整个一天都变成黑夜？"李鸣在被窝里问。

"能。"马力爬起来，把一床毯子用钉子钉在窗户上。

"哎呀，天永远不亮就好了。"小个子高兴地叫。

可第二天早晨铃声一响，所有人都迅速跳下床，连早饭都顾不上吃，就跑进琴房，几乎毫无头绪地在那儿分析作品。等考试的铃声一响，"猫"的牙齿已经发出嗒嗒的颤音。"懵懂"过来把她搂在怀里，贾教授见了很奇怪，"她发烧了吗？"

"我也发烧了。""懵懂"的牙也抖起来。

空白的五线纸一拿在手上，李鸣觉得精力集中得全分散了，怎么也不能思考。有张纸上写着五个动机，你可以任意挑一个发展成一首三部结构的作品。他把每一个动机全发展了，可看每一个都不顺眼。他想谨慎行事，可耳朵里全是拥挤的噪音，无论哪个和声都听起来不顺耳。任何一个和弦都可能是错的，谁知道对的标准是什么？他硬着头皮挑了一个动机写下去，写着写着就进了一个混沌的圈套。一个反功能的圈套。他不顾一切地想把功能扭过来，但脑子里却是一团糟。功能圈。功能圈。他想。有人开始抽烟了。他急得直想上厕所。关键在于不知道对错，根本不知道对错。写着写着，他脑袋里开始出现了一个长音，一个总是不变音高，高得不能再高的长音。这长音抹掉了他一系列的构思，他赶也赶不走，抽烟的人越来越多。他把它横着写了八遍，竖着又写了八遍。抽烟的人咳嗽起来。突然，他在一瞬间看透了什么他妈的对错。根本无所谓对错，反正你永远也无法让贾教授说对，这样一想，他就心花怒放，浑身轻松，跑到厕所里痛痛快快地撒了一泡尿。

考试一直进行到晚上八点钟，大家才陆陆续续交了卷。这一天除了上厕所、吃饭，谁也没出考场，更不许把作品带出去，以防用琴校对。好歹算是结束了，尤其是谱面写得漂亮的，看着还很得意。

贾教授站在那儿收谱子。一边收谱子，一边通知要走的人："明天八点准时还到这儿来。"

"干什么？"

"再考一次。"

九

第二天的考试内容是歌曲作曲。"懵懂"一拿到歌词，就失去了全部勇气。那上面写着："青山绿水小村庄，革命精神大发扬，条条渠水绕山间，金光大道直向前。"并且有好几段。她不知道这到底算是民谣还是诗词，到底用大调还是用小调，到底写成民歌还是宣传歌曲或艺术歌曲。而且还要求配上钢琴伴奏。她看着歌词先发了两个小时的呆，然后写了十种方案，全都难听得要了人的命。

"这是什么东西呀？"一直到晚上，她还拿着那十种方案发呆，"这是个什么破东西呀？！"

"别叫，怎么啦？"马力走过来。

"这十首歌是谁写的？"

"这不是你写的吗？"

"我一辈子也不可能写出这样的破玩意儿。"

"不是你写的是谁写的？"

"我不可能写出这首歌词。不是我。"

"为什么？"

"噢，我写不出来，写不出来！"

"哎呀，女的就是不行，啧啧。"石白不耐烦地跺着脚。

这时考场上已经没几个人了。连贾教授都困得不得不回去睡觉了。临走时他留下话，不写完不许出这屋子，但时间不限。

"你这首写得挺好，把这儿改成这样就行。"马力看看"懵懂"的谱子。

"为什么？"

"告诉你这么改你就这么改。"

"为什么？"

已经夜里十点钟了，一股凉意从窗外扑来。"懵懂"向马力要了一根烟。

"我不明白为什么要这么改？"

她把烟点着，看着那十种方案发呆。石白已经走到钢琴旁弹起来了，苍白的脸显得更瘦削，看上去虚弱不堪。"懵懂"冲他大叫："别弹琴！别弹琴！"

石白瞪了她一眼。

"懵懂"凑过去看他的谱子，除了歌词，那上面还标着各种石白的文字注解，使谱子看上去像篇带音符的散文："优美如歌，好像看到一缕青烟从村庄飘起……啊，祖国的山河多么壮丽……如醉如痴、意志坚定地……"

"你写作文哪？！""懵懂"冲他大喊了一句。

石白瞪了她一眼，把耳朵堵上了。

"懵懂"用双手在钢琴上使劲一按。然后又跑到马力那儿叫起来："我为什么要那么改？"

"你干脆回去睡觉吧。"

"为什么？"

马力把自己的谱子写好了，把兜里的烟全掏出来留给"懵懂"。

"懵懂"并不抽烟，她把烟一根接一根地点燃。看着它们一根一根地消耗，然后闭着眼睛把十种方案每种抽出一句凑成一首歌，配上钢琴伴奏。那是首哪句和哪句都没关系，横竖全没关系的曲子。她毫不客气地让人声跨了三个八度，精心设计了一个谁弹起来都会痛苦不堪的钢琴伴奏。第二天早晨五点钟，她把谱子交给石白，石白还坐在钢琴旁，研究自己的文字注解是否有光彩。然后她把铅笔、橡皮、尺子和余下的谱纸统统从窗户中扔出去了。

这是个空气清新的早晨，阳光已经柔和地照在她那张发青的脸上，她想让自己精神起来，可就是不行。她使劲揉眼睛，按太阳穴，太阳穴两边就像有两个铅砣在夹击她。她觉得满脑子都是那十种方案赶也赶不走，并且随便一凑就又是一首蹩脚的旋律。她只好开始跑步，想把它们甩开。但没跑几步，她就睡着了。一下子跪在地上，然后就趴在那儿进入梦乡，直到天又重新黑下来，作曲系课堂里传来放得很响的迪斯科音乐。

＋

作曲系课堂迪斯科放得山响。全体同学都凑在这里庆祝考试结束。森森醉醺醺地凑到李鸣面前，说他最近又发现了一个新的音响，名字叫"原始张力第四型"。

"原始张力第四型？"

"就是把所有可能的有力度的音型都叠在一起，分成四十八个声部，还可以变成复调。"森森说得唾沫星乱飞，指手画脚，直立的头发直抖。李鸣边喝着啤酒边说："你行行好，让我把这首迪斯科听完。""猫"突然跳过来，抓住森森的后脖领子，把他抓到跳舞的行列里去了。

"这算什么音乐？这算什么音乐？"小个子有点儿坐立不安。

"你说的是森森还是迪斯科？"

小个子没回答，咕嘟咕嘟地喝啤酒。

森森像个原始人一样扭动着身躯。孟野边跳边找机会倒立。他们谁也不跟着拍子，有时比拍子快，有时慢，有时让脚步老和音乐差半拍。他们疯狂地扭动，旁若无人，气喘吁吁，汗流满面。突然，"懵懂"在他俩中间出现了，她一出现，全场都喝起彩来，因为她把自己打扮得像个非洲土著，精确地踏着节奏，使三人的舞姿一下就融成一体了。

"嘿！"聂风和管弦系的男生女生突然闯进来。"乌拉！"作曲系的人眼睛一亮。管弦系的女孩子一个个光彩夺目，每人手里还拿着一份作曲系写的谱子。"你们的谱子太难啦。""我再也不拉了。""真见鬼了。""可是真带劲！"她们把谱子纷纷扔在地上，然后她们围着它们跳起舞来。管弦系的男生拿着铜管，聂风手一挥，突然，一个震天动地的和弦使全屋的人都痛苦不堪。当这声音结束时，长号手抱歉地对森森说："对不起，我们没吹出你要的力度来。""猫"跳过来，冲着森森喊道："你写的东西都像臭狗屎！我一辈子也没听过这么讨厌的音响，简直讨厌透了！要是你变成一把琴弦，我一定把它折断！"森森边跳边说："何必，何必！"然后冲着地上的谱子哈哈大笑。孟野正躺在地上，把谱子往自己的身上盖。

小个子还在咕嘟咕嘟喝啤酒。

"你可喝得太多了。"李鸣提醒他。

"你最好别管我。"

"你这个糊涂虫。"

"你这个懒虫。"

"好，你喝吧。"李鸣又给他拿来一瓶啤酒。

孟野自从躺在谱子下面后再没动，外面的世界已经和他无关了，谁要是翻动一下谱纸，他就会骂一声："滚，臭猪！"于是谁也不理他了。他闭起眼睛听着震天响的迪斯科，跳舞的人把尘土都踢起来了，楼板也随着节奏抖动。他突然感到一阵烦躁，他必须去看看女朋友了。

她比他大两岁，是个神经质并患有歇斯底里症的女人。也许是由于这种特殊的素质，她擅长文学写作，在一所文科大学里上学。不知是他们谁更崇拜谁，使他俩一见如故，然后就发誓"白头到老"。她喜欢戏剧性，什么事都想追求戏剧化。比如她看了部爱情片，在电影院哭一场还不够，出电影院门后还要耸着肩模仿片里的女主角走路，而且整整一天都要陶醉在女主角的气氛里。那时你要是和她搭一句话，保你背过气去。

"你饿吗？"孟野问她。

"为什么？为什么？！"她肩膀一耸，眉毛挑起来，眼睛露出绝望的神色。

孟野只好在心里背总谱。

假如在孟野的音乐会上，她必得四处周旋，出人头地，像收入场券的招待员一样忙个不停。假如在同学聚会时，她必得满口成语地滔滔不绝，使作曲系的学生深恨自己没文化。假如她笑，她必得大睁着眼睛，不会使眼睛也随着肌肉抽动而小下来。假如她坐着，只要不是在上课，她必得把两腿扭向一边，使身体侧卧倾斜，显出线条来。

总之，她是个非凡的女性，是个女才子。能从诗经一直背到郭沫若，而且还在背下去。她不能容忍孟野轻易地和"懵懂"跳了舞，拍了照，和那么一个头脑简单的东西。

"你爱她？"

"不。"

"你爱她。"

"没有。"

"你爱她！"

"我不是。"

"世界如此黑暗，人是如此轻薄，你爱她你不承认，卑鄙，卑鄙，卑鄙，卑鄙！"

她把照片用剪子剪碎，扔进马桶里冲了。

她喜欢用剪子这个工具，它可以把任何东西在一会儿时间就毁掉。自己看不上的手稿、男性的情书、新做的连衣裙、还没冲出来的胶卷……

每次一看到她哆嗦着用亮闪闪剪子咔嚓咔嚓地破坏这一切时，孟野就想晕过去。剪着剪着，她已经从气愤变成一种专心致志的工作，最后看看一堆碎片，她就得意起来了。孟野一想到说不定哪天他也会出现被一刀一剪刀地剪成这样，一想到剪他时她脸上可能会出现的表情，他真想晕过去。

"远岸收残雨，雨残稍觉江天暮。拾翠汀洲人寂静，立双双鸥鹭。"那次他俩一起旅游，她紧紧挽着他的手臂，把头靠在他肩上，"刚断肠，惹得离情苦……"她抬眼看看孟野，孟野眼神迷茫地看着远处。"此去何时见也？襟袖上，空惹啼痕……"她又看看孟野，孟野仍望着远处。"我们结婚吧。"她冲着孟野的耳朵轻轻地说。

"你说什么？"孟野好像吓了一跳。

"你真没听见？"

"真没听见。"孟野一脸诚实。

"那你在想什么？"

"我在想我最近的作品已经不能使我满意了，在下部作品里我得抛弃那种手法。"

"啊？你原来在想这些？你原来爱音乐胜于爱我，我恨你的音乐！恨你的音乐！"她用手撕着书包。

又有人在揭谱纸。

"孟野在想那位——文学家？"

"音乐，音乐，再大点儿声。"

"这音乐永远也不要停。"

"音乐——音乐——音乐——"

"再喝吧。"

"音乐——音乐——音乐——"

"干杯！"

"音乐——音乐——音乐——"

十一

自从李鸣躲进宿舍不打算再去琴房，他给自己找了很多理由。其中最大的理由是他觉得自己生了病，病症之一是身体太健康，神经太健全。这使他只能躲在宿舍里躺着。在宿舍里没人会使他想起他的神经太健全，没人会使他想起乐谱与疯狂的竞争，没人会使他想起关于有调性与无调性、三和弦与空五度的争执。在宿舍他可以什么都忘掉，忘掉功能的走向，忘掉作品分析时的错误，忘掉乐器配置法，忘掉九度三重对位引起的神经错乱。什么都忘掉了，可就是忘不了马力。马力在那次考试后，回家探亲让塌方的窑洞给砸死了。

"小力子！"他娘一定这么叫。

"我的儿！"他爹一定哭得像个稻草人。可是他什么也不会听见，早就变成一团血肉，甚至直接就变成了一堆黄土。马力，马力，一声不吭，站在那儿像个黑塔的马力，可就是不爱吭声，像个空五度在一个极沉闷的音区撞了一下就再没发展下去。他的床和铺盖原封不动地放在这儿，似乎生怕人把他忘掉。没人来搬它们，这样李鸣就只有想着马力。想马力不用考虑和声，不用考虑结构，你可以无休无止地想下去，没人会说你对错，说你该不该终止。这比去教室面对那个大功能圈要好受得多。

功能圈已经被人正式用镜框挂在了墙上，挂在黑板的正上方。功能圈是在一块雪白的的确良上画的。用黑漆涂的 TSD 三个大的符号上又涂了一层金粉。

每个字有人头大小。正上方是 T，左面是 D，右面是 S。这三个符号用一个极圆的圆圈连起来，金粉在阳光下晃人眼睛。镜框是黑色的，玻璃被小个子擦得锃亮，能把全班人在上课时的动作都反映下来，结果全班人都不敢抬头看它，也不敢在课上轻举妄动。只有在回答问题时才敢冲它翻翻眼睛。

"我觉得有一天它得活过来。"戴齐飞快地说，"早知道这样我就转到钢琴系去了。"

"行了，小个子，你有劲头不如给贾教授洗衣服。"

当时小个子正站在讲台桌上卖劲地用一块棉纸在镜框上擦，边擦边呵气。自从马力死后，他就和这个镜框交上朋友了。

"它不妨碍你们任何人。"他眯起一只眼，踮起脚，歪着头观看那玻璃。

"它都跟你说什么了？"

"说得多了。你们这些俗人懂个屁。"

"懵懂"把嘴里的口香糖用手指一下弹到镜框玻璃上，小个子吓了一跳。

"谁干的？"

"孟野。"

小个子回头看看。

"'懵懂'，你别老把罪过往孟野身上栽，什么事情都会有报应。"

"狗屁。""懵懂"又往嘴里塞进一块巧克力。

"别装疯卖傻了，你他妈给我下来。"李鸣冲小个子说，"你去擦宿舍的玻璃吧。"

李鸣是宿舍长，管着小个子。小个子只好从讲台桌上跳下来。

"我看擦擦功能圈比擦玻璃有价值，人生所负原则众多，生命的代价在于注意事项的严密周到。"董客突然慢慢地说。

没注意到的原则太多了，李鸣要是仔细想起来就会糊涂。做和声题时你想着三十个和弦，等作曲时你就得想着三百个。你从第一个音开始唱起，中途转了八次调，到了最后一个音，你已经走调得一塌糊涂，你必定没脸再活下去。还有那首长得不能再长的二胡曲，没完没了地发展，像胡思乱想一样让背的人摸不着头脑，可你还得背，还得硬说它写作有规律。再没规律的东西教授也能说它有规律，只要他们认为是好的。如果他们知道李鸣是怎么想马力的，如果他们认为李鸣那些关于马力的想法有发表价值，他们也一定能划出结构来。

小个子继承了马力的事业，不仅把自己的书全盖上了图章写上书号、填上借书卡，而且把一生该注意的准则都写在一张张卡片上。

"你应该背背常用食品营养表。"李鸣告诉他。

"为什么？"

"我担心你这些准则过几天都得变。"

李鸣确实担心这些准则要变。所以他想永远这么躺着，哪怕躺到毕业，躺到老，躺到死。他可以这么舒服地躺着，不管门外发生了什么变化，不管森森与贾教授的争执，不管孟野与女友的纠纷，不管董客拐弯抹角要说什么，不管石白对所有人的敌视。他不理解小个子怎么不能分辨出那些准则从第一次出现时就已经走了样，反复出现后已经面目全非，也许到最后出现时，到了大家都不需要它们时，它们才可能回到本来面目。但是他又担心他们永远不会需要它们。

十二

一天，"懵懂"一进钢琴课教室，就抱怨说手疼。

"你要这样用力度。"教钢琴的教授老太太挥手就打了她一拳，她身子一晃倒在钢琴上，撞得钢琴轰轰响。

"我知道要这样。"她冲老太太比画着。

"你不知道，要这样。"老太太打了她一拳，"而不是这样。"又打了她一拳，"假如你不是这样而是这样，"她又打了她一拳，"你就手疼。"

"懵懂"坐下弹起来。"可是我还手疼。"

"你的手指简直像面条。你要像打篮球那样跑呀跑呀，跑呀跑呀，然后三步上篮儿，嘻，就这样，"老太太飞快地在键盘上弹奏，"到了这儿，你就要这样用力，就像打人一拳，不是这样打，而是这样打。"她转过身又打了她一拳，"懂了吗？"

"懂了，是这样打。""懵懂"打了老太太一拳。

"对，就是这样！现在你可以弹了。"

"干吗非要练琴呢？"晚上"懵懂"委屈地问"时间"。

"作曲家嘛。"

"干吗不能拿跑步代替练琴？"

"作曲家嘛。"

"干吗不能拿跑步代替音乐？"

"作曲家嘛。"

"干吗不能拿跑步代替作曲？"

"嗯？""时间"正埋头抄一份总谱。

"好。""懵懂"一下把录音机打开，震天的摇滚乐突然充满宿舍。"时间"的动作一下变得有节奏起来。她边抄边有节奏地点着头，抄错了，就有节奏地用刀片刮着谱纸，又在一个强拍上吹去了纸屑。这一切使"懵懂"高兴得发狂，在纸上画满了跳舞的小猫，把这种纸贴了一墙。突然，她把灯关掉，头发披散开，用手电打亮自己的下巴，冲着门口，一动不动。这时"猫"夹着谱子一推门，看见这情景，"喵"的一声撒腿就跑。"懵懂"追出去："回来，不吓你了。""我晚上会做噩梦的。"她还是跑个不停，上身不动，跑得飞快。眼看她一拐弯就进了森森的琴房。

"懵懂"没办法，只好转身推开孟野琴房的门。孟野正匆匆把谱子拿到钢琴上，可是钢琴处的光线太暗。钢琴上有一个小台灯，孟野想拉开台灯，才发觉没插插头。他想插插头，才发觉插座板在写字台上，正插着写字台上的台灯插头。他想拉过插座板，才发觉写字台的台灯电线太短。他只好把写字台上的台灯插头拔了，把插座板从写字台拉到钢琴上，插上钢琴上的台灯插头，开始在钢琴上弹刚才的总谱。"懵懂"凑过去，看着总谱，一会儿模仿小号，一会儿模仿小提琴地乱唱，唱着唱着，她突然大叫："绝了！绝了！"然后大声模仿乐队的效果，孟野也越弹越兴奋，手上弹着嘴里还唱着另一声部，"懵懂"手舞足蹈起来。

"轰！"音乐突然停止了。孟野匆匆又把钢琴上的台灯插头拔掉，把插座板拉到写字台上，把写字台上的台灯插头插上，开始继续写谱子。

"懵懂"双手在钢琴上一砸："你懂礼貌不懂？"

孟野连忙把写字台上的台灯插头拔了，把插座板拉到钢琴上，把钢琴上的台灯插头插上。他坐在钢琴旁，斜眼看着"懵懂"："你真讨厌。"

她笑起来。

"你真讨厌透了。"

她笑得更厉害。

"真讨厌讨厌讨厌透了。"

"懵懂"笑得脸直抽筋，她用手揉着脸："哎哟——哎哟——"

"你笑什么？"

"谢谢你夸我。哎哟——哎哟——噢——"

"我说你讨厌。"

"你说我可爱。"

"你是个混蛋。"

"我没说嫁给你。"

"我想让你现在马上出去。"

"我没时间留在这儿。"

"我想让你留在这儿。"

"试试看吧。"

等"懵懂"回到宿舍，"猫"正冲着墙上所有的猫跳舞。

十三

贾教授是个不屈不挠、刻苦不倦的人。因为他一辈子兢兢业业地研究音乐，而几乎无一创新，他尤为恨那些自命不凡没完没了地搞创新的家伙。因为他在四十岁时才找到了一个年轻的妻子，他尤为恨那些二十岁就开始谈恋爱的"小流氓"。他表面上很学究气，是个不拘小节、不修边幅的学者，内心却常因为别人的一点儿小事或流言蜚语气得发抖，因此他活得很紧张，心情老是烦躁。在他看来，金教授什么都不懂，只会作曲，是个肤浅的家伙，而无论国内国外的作曲家会议又老是邀请金教授，这更是肤浅之举。当二十世纪的作曲技术冲击着古典音乐时，他正年轻，还没来得及反应过来，就有人告诉他，那些鬼东西不屑一顾。他在自己的金字塔中研究了大半生，毫不怀疑任何与他不同的研究都是堕落。他庆幸没人否定过他，没有人战胜过他，没有人对他提出过疑问，即使是金教授也没有对他形成巨大的威胁。但，老了老了，突然蹦出这么几个学生，他们偏偏要在课堂上提出无数的问题来使你措手不及，他们偏偏要违反几百年的古老常规，而去研究那些早已过时并被否定甚至遭唾弃的二十世纪现代技法，这使他不仅担心自己的金字塔，而且担心全国、全世界都必堕落无余了。当在某国举行的国际青年作曲家比赛的通知送到他手上时，他皱起眉头，心事重重地找金教授商量。

"你有什么具体想法？"他指着通知。

"主要看学生们，让他们自愿报名参加，由我们把关把最好的作品送出去。"

"什么算是最好的作品呢？"

"当然从各方面来看。"

"难道那些鬼哭狼嚎、歇斯底里、毫无美学可言的东西也可以参加评选吗？"

"歇斯底里这词不能乱用，那是妇科病的专用词。"

"为什么不能搞一些美好的作品，比如有着明确的旋律线，严格的声部进行，完整的曲式构思，充分显示我们教学的成就？要么，就鼓励他们学习柏辽兹，写出充满激情的作品来，但决不许学现代派。"

"柏辽兹？好吧，让他们写出十一部柏辽兹的交响乐来。这也不愧为壮举了。"

"你对柏辽兹有意见？"

"没有。"

"你真的认为要随他们的意写？"

"嗯。"

"你能对音乐的前途负责吗？"

"嗯？"

"你能对音乐的前途负责吗？"

"要么放弃比赛，要么让世界知道他们。"

"无聊。"贾教授站起身来要走，"你不知道你的想法有多无聊。"

比赛的事情在班会上正式公布。贾教授一字一板地公布了比赛日期、程序、要求，等等。全班人屏住呼吸连眼睛也不肯眨一下。等最后一个字从贾教授嘴里吐出来，课堂上轰的一下像放出一窝苍蝇。石白啪地拍了一下大腿，然后手捧住下巴开始沉思。戴齐看着他，叫了一声"嗬——"然后扑哧笑出声来。石白没理他，仍在那儿沉思，腿也有节奏地抖着，森森和孟野越说声音越大，突然发出一声大笑。李鸣"嘘——"的一声，使全场安静了一秒钟。当发现"嘘"者是李鸣，孟野就反过来"嘘"他。

"嘘——"李鸣也不让步。

"嘘——"戴齐跟着起哄。

"嘘——""猫"和"懵懂"也加入进来。

"喷喷喷喷喷喷喷！""时间"无可奈何地冲着他们。

石白又啪地拍了一下桌子，瞪了所有人一眼。这一拍把贾教授倒吓了一跳，贾教授气哼哼地瞪着石白，又看着其他人。这一拍倒使全场安静下来。贾教授从这种现象中更证实了他以前的想法：这帮人是干不出好事来的，他们是一批无可救药的人。

"怎么回事？"他瞪着石白，石白吓得端坐不动。

"你们使我很失望，很痛心，你们太没教养，你们平时的作品就证实了这点。你们分不清好坏，你们不知道准则，你们没长脑子，你们无知无识，你们……"贾教授把一肚子怒气撒出来一半，咽下去一半，接着讲参加比赛的重要意义以及他个人所希望大家遵守的法则。

十四

"出了什么事？"所有的人都围在系办公室门口向里观望。马力的母亲坐在办公桌旁不停地抹眼泪，马力的父亲两只手平放在膝盖上，坐立不安地咳嗽。小个子两眼肿得像烂桃似的从人群中挤出办公室。他径直走到教室，爬上讲台，把功能圈擦了又擦。在宿舍里，马力的铺盖已经捆好只等着人来扛走了。李鸣用锤子叮叮当当地把马力的书箱钉死，他敲进最后一个钉子时松了口气，才突然意识到马力确实不在了。

董客推门进来："我打扰吗？"

"不。"李鸣让他坐，"我不明白，你搞的是什么名堂？"

"你是指什么？"

"你要参加比赛的作品。"

"命运命运。"

"怎么？"

"我准备给贾教授的是一部古典作品，而请金教授过目的是序列音乐，评委主席喜欢印象派我已经准备好了，全部乐队的大抒情我在一部浪漫派的作品中已经充分发挥了。"

"哪部是你的个人特点？"

"个人特点一文不值。"

"你要的是什么？"

"获奖。"

"可决定发奖的不在这儿。"

"但决定谁去参加比赛的在这儿。"

"你想把你的所有风格的作品都送出去？"

"可能。你为什么不写？"

"我不感兴趣。看马力这个书箱多大。"

"获了奖你就获得了一切，哪怕人生充满重压……"

"别说了，我不感兴趣。"

"其实那不是一切也只不过是一半儿。"董客有点儿尴尬。

李鸣没有理他，继续在箱子上涂上马力的名字。

董客的各种风格作品在全院到处排练，充满了各个角落，已经成为作曲系的众矢之的。因为管弦系的骨干都被他拉走，私下签了"合同"，要保证他的作品排练时间之余才能给别人排练。大家不明白他是用了什么诀窍使乐队对他心悦诚服。他还教会乐队首席一套话："古希腊柏拉图的美学在当今的作品中得到反映的为数甚少，我们在追求各种形式的至善至美。"

这套话专用在有人来阻止他们无休无止地排练董客作品的时候。比如有一次石白抱着自己的总谱和分谱，前脚刚跨进排练厅，嘴还没来得及张开，乐队首席已经把这套话大声说了三遍，弄得石白不知是该把自己的谱子扔了还是也给董客充当一名小提琴手更合适。

可是有一次"时间"把自己的谱子拿给乐队时，首席刚要说那套话，被"时间"一声冷笑给压回去了："这么搞太庸俗了吧？再说这些作品……啧啧啧。"

董客一夜未眠，连夜又写了一部新的。这是一部混合了各种风格的作品，让所有的人在短短十五分钟里就能够跨越几个时代体验各种人的情绪。这部作品一拿给乐队，就把乐队整得满脸鼻子眼睛乱爬。

"你难道不知道你要参加的是国际比赛而不是大杂烩？你为什么不看看别人怎么写作？你为什么拿乐队试奏当儿戏？""时间"问。

"别人？他们太固执而不知所云。是国际比赛我知道。但你不知道谁会买下这些作品谁是这些作品的主人谁会拥有比你更大的权力来掌握这些作品的命运我不知道你更不知道你知道吗？"

"你真是俗气得不可救药。""时间"看也不看他一眼。

董客突然变得坐立不安起来。那天天气闷热，他不停地抹去脸上的汗污，大口大口喘着粗气。眼睛里很快就充满了泪水，又很快变成汗水滴下来。他直盯盯地望着"时间"。"你看看，看看吧，看看它们！"他把一沓沓总谱扔到地上，"我费了多少心血，花了多少夜晚，我是在玩儿吗？难道它们一钱不值？全是破烂？全是小市民、商人的玩意儿？不值得他们演奏？这儿，全是艺术艺术！全是高尚的心灵！全是超脱尘世包含无限的音响！从没有人去演奏、欣赏，甚至是指责它们，连我自己也不知道它们是什么声音。你不知道它们的价值，连我自己也不知道它们的价值，不知道，没把握，这能怪我吗？"

总谱堆在地上，多得令人吃惊。却没人知道它们，的的确确没有人知道它们。"我也有很多总谱我不知道声响。""时间"跪下来把它们捡起来。

"谁让你们写那么难的作品？活该！"圆号手边吃饭边说。那时大家凑在食堂里。

"演奏起来吃力不讨好。"一个乐队队员插话。

"我的手拉得快抽筋了，可台下的人像木瓜一样坐着。"莉莉说。

"台下的人百分之八十是傻瓜蛋，你别理他们，他们是要让广播员给解说完了才会恍然大悟的那种人。"聂风手一挥。

"可你不觉得演奏作曲系的作品不如演奏贝多芬？贝多芬有唱片供参考，可他们的作品你根本摸不着头脑，不知道他们想的是什么，等你好不容易弄明白了，台下的人却一辈子也弄不明白。"乐队首席说。

"我愿意演奏新作品。其实世界名曲指挥好更不容易。不过，看着台下坐满了白痴一样的脸可真不舒服。"这时候，食堂里的立体声音箱中播放出拉赫玛尼诺夫的第二钢琴协奏曲，聂风情不自禁地动起来："像这种通俗易懂的东西，来得多轻松。"他的手臂轻轻划动着。

为此，董客采取了最科学的方法，就是连一分钟也不让乐队停止给他的作品排练。他从家里要来一笔钱，每顿饭都请乐队大吃一顿，还用火车托运来一筐筐新鲜水果，买了橘子汁、糖果、糕点，使乐队在排练中提神。这样乐队只好把别人的作品搁在一边来给董客排练。

"你真是疯了，何苦这么破费？"

董客不理别人的劝说，最后把自己的录音机和手表全卖了。

"你太缺德了，这样别人也得学你的样子。"

董客毫不理会。乐队的人疯狂地给他排练，各种风格的作品搞得他们晕头转向，好不容易排完一遍，大家刚想停下来喘喘气，就听董客说："不行，重来。""重来？！""你们根本没拉出音乐的本质。"首席无可奈何地架起弓子："本质是什么？""本质，本质。比如这首贯穿理性的序列作品是哲学思维的根结。哲学是什么？大地是什么？人类是什么？"首席被问得毛骨悚然。决不敢再问下去。

自从董客开创了这种自费排练的方法，作曲系人人效仿。这样一来，离学校最近的一家委托商店就开始买卖兴隆了。

李鸣让董客和他一起把马力的箱子抬到桌子上，然后他钻进被窝，只露出个脑袋。

"你干吗老在被子里思索？是在追求孤独？"董客自作聪明地问。

"我不愿意去琴房。"

"超脱？"

"我累。"李鸣把身子往被子里又拱了拱。

"如果我再写一部关于死亡与永恒主题的交响诗你看如何？"

"为什么？"

"给马力。"

"马力不需要。"

"为什么？"

"马力真的不需要死亡与永恒主题的交响诗。"

"他真的让窑洞塌方压死了？"

李鸣没说话，又往被子里缩了缩。

"为什么不写个交响诗纪念他？"

"你饶了他吧，他不需要。"

"你不信任我？"

"我不是不信任你。什么死亡与永恒，对马力有什么用？如果有用，你为什么不写一部关于你自己的音乐是如何包罗万象、如何至高无上的交响诗来让全世界知道呢？"

"我想写，可是没用，没用。"

"不过你别灰心，还是能有用。"

"真的马力不需要死亡与永恒主题的交响诗？"

十五

比赛的事情公布后，森森一直在自己的作品中徘徊。他对自己最近追求的和声效果不太满意，但又没想出更好的。他甚至难以容忍自己的音响。

他除了音乐对什么都漠不关心。包括自己的饮食起居。如果说他留长发，那是他忘记了剃头。常常忘记吃饭，又使他两腮消瘦。他衣冠不整，但举止洒脱。苍白的脸上有一双聪明的黑眼睛，明朗开阔的额头与他整个五官构成一副很自信的面孔。他唯一遗憾自己的就是手指短了点儿。

这是个遗传学上的错误。他是个天才的大音乐家，却长着十根短手指。他知道这无法补救，因此常常看着"猫"的修长而秀丽的手指在钢琴上流动出神。但更多的出神是因为钢琴上滚动出来那些谐和美妙的音响使他越来越纯粹地感到他自身需要的不是这种音响。他需要的是比这更遥远更神秘更超越世俗但更粗野更自然的音响。他在探索这种音响。他挖掘了所有现代流派现代作品，但写出来的只是那些流派的翻版。

这种探索不断折磨他。有没有一种真正属于他自己的音响？他自己的追求在哪儿？他自己的力度在哪儿？从谐和到不谐和，从不谐和又返回谐和，几百年来，音乐家们都在忙什么？音乐的上帝在哪儿？巴托克找到了匈牙利人的灵魂，但在贾教授的课上巴托克永远超不过贝多芬。匈牙利人的灵魂是巴托克找到的，但也许匈牙利人更懂得贝多芬。这是最让森森悲哀的事。森森要找自己民族的灵魂，但自己民族的人也会说森森不如贝多芬。贝多芬，贝多芬，他的力度征服了世界，在地球上竖起了一座可怕的大峰，靠着顽固与年岁，罩住了所有后来者的光彩。

那天，孟野在森森的琴房，悠长地哼着一首古老简单的调子。森森问孟野："你感到没感到这里面的力度？"孟野把大提琴拿过来，深深地拉动琴弓，这首古老简单的曲调骤然变得无比哀伤。森森觉得呼吸都急促了，他拿起小提琴用双弦拉出几个刺耳的和弦，又拉出一连串民间打击乐的节奏。他想和孟野合力去体验那种原始的生存与神秘。他明显地感到他与孟野有一种共同但又不同的追求。他比孟野更重视力度，而孟野比他更深陷于一种原始的悲哀中。孟野就像一个魔影一样老是和大地纠缠不清。尽管他让心灵高高地趴在天上，可还是老和大地无限悲哀地纠缠不清。而森森想表现的是人。是人的什么？他其实说不清，也许是哪块肌肉的抽动？

他喜欢"猫"。"猫"能把他从那种混浊的探索中拉出来，使他得到片刻的休息。"猫"手底下能生出各种动听简单的音乐，听到这种音乐他甚至想放弃任何探索。世界上有那么简单动人的声音，要那些艰涩难懂的音响干什么用？就像这个不爱动脑子的女孩子一本正经地弹着小品，单纯、年轻，修长的手指使他相形见绌。他坐在这儿彻头彻尾是个动荡不安混沌不堪的怪物。所以他不能爱她。可是他又真想爱。

就在森森为自己的种种追求苦恼时，小个子有一天突然对他说："我求你别摘那个功能圈。"

"为什么？"森森觉得离奇古怪。

"因为我要走了。"

"我并没有要摘它的意思。"

"那我就放心了。"

"你上哪儿？"

"出国。"

"干什么去？"

"去找找看。我在这儿什么也找不到。"

"怎么可能呢？"

小个子低下头，由于老用水擦功能圈把手指都泡白了，像干了好多家务的主妇一样粗糙。森森突然感到这种举动有种神圣的所在。他开始尊重小个子了。

"你一个人走吗？"

"嗯。"

"谁照顾你？"

"走到哪儿都会有女人。"

森森苦笑了一下："如果你什么也找不到呢？"

"我就不找了。"小个子坦白地说。

小个子对他说的这些使他又感到一种震动。他更觉得有许多事情得做，尽管贝多芬矗立在这儿。也许贝多芬压根没见过用方块表达文字的人。音乐的上帝在哪儿？他自己的力度在哪儿？真正属于他的音响在哪儿？也许他一辈子也不会忘记小个子抠着泡白了的手指对他说的话："去找找看。"

十六

戴齐把自己关进琴房已经三天了。他想酝酿一个充满他内心渴望的作品，但始终写了上句没了下句，每想一个音符都像抠肠扒肚一样吃力。他想得多写得少。直到崇拜他的莉莉听得连连打哈欠，他才深深感到歉意。他从没见过这么忠实的听众。

莉莉自从到戴齐琴房之后，经常和戴齐合作协奏曲。她相信戴齐完全有才能写出世界第一流的优美作品，有时她听着戴齐的钢琴小品就感到像浸在纯净的空气和水中一样。但自从戴齐想投入比赛后，戴齐却什么像样的句子都没写出来。莉莉天天坐在那里听，失望之余又觉得筋疲力尽。但她仍旧坚持坐在那里，在戴齐需要时就拿起提琴。她替戴齐买饭打水，照顾得无微不至，可戴齐还是老重复着一个很美的乐句。

"这不是很好吗？为什么不进行下去？"莉莉奇怪地问。

"进行不下去。"戴齐哭丧着脸，又弹了一遍这个乐句。

"我已经可以倒着唱它了。"莉莉疲倦地打个哈欠。

戴齐把这句倒着弹了一遍,然后茫然地在琴键上摸索。

"真奇怪。"莉莉坐在椅子上伸直长腿,"怎么这么难?"

"我已经死了。"

"什么?"

"我已经死了。"戴齐指指脑袋,"全僵死了。不能动了。"

"你是不是觉得冷?"莉莉摸摸戴齐的头。

"可能吧,反正在作曲史上这个人已经没了。"

"你这是神经失常,你的头是温的,"莉莉使劲摇着戴齐的脑袋,"你别装蒜了,你必须写出第二句来。"

戴齐在琴上又倒着弹了一遍那个乐句:"这就是第二句。"

"扯淡!"莉莉大叫一声。

戴齐哀伤地弹起一首德彪西的曲子。聂风推门而入。

"怎么样?进展如何,肖邦?"聂风一进门就带来一股活力。

戴齐摇摇头,接着弹他的德彪西。

"他说他已经死了。"莉莉说。

"我看他真死了。"聂风的手在琴上给戴齐捣乱,"你要是真死了,我会想你的,不过你死了我还挺高兴的。"

戴齐仍旧弹他的德彪西。

"你得相信你自己,肖邦。"聂风大声说。

戴齐全力以赴弹那串儿固定低音。

"我给你指挥,保你满意。"聂风冲着戴齐耳朵喊。

戴齐的手指飞快地在琴键上滚动,吵得莉莉心烦意乱。"别弹了!别弹了!你这个神经病!"她大叫。

两只手全飞快地弹奏琴键,像一群苍蝇一样讨厌。莉莉捂住耳朵。但很快她就松开手,仔细去倾听,那滚动出来的旋律注入了戴齐的灵魂。戴齐的全身充满了活力,他手上飞快地弹奏,脚下飞快地换着踏板,这些动作加上那些穿透一切的音响,使他从头到脚都仿佛浸透了透明的音符。

"我去钢琴系。"戴齐轻轻弹下最后一组和弦。

戴齐真的去了钢琴系。他的演奏即使在钢琴系也出类拔萃,因为他全身充满了乐感。在舞台上,他端坐在三角钢琴前,灯光打出他的脸侧部的秀美轮廓,他的手无论是表现力与外形都令人惊叹。"简直就是肖邦。"大家说。戴齐也觉得自己是肖邦再世。

"你算个什么？"莉莉问。

戴齐从三角钢琴前抬起头。他们正在排练，莉莉指着空旷黑暗的观众席："你真想让他们觉得你是肖邦？"

戴齐得意地看了一眼台下。

"其实你狗屁都不是。"

"谁说的？"

"我说的。你不是钢琴王子。"

"那是什么？"

"一个逃犯。神经病院里逃出来的逃犯。"莉莉笑起来，"人家都说你们作曲系全是神经错乱。"

"我现在不是了。"

"更是。"

"为什么？"

"你应该继续来你的神经错乱，因为你本来就是。"

"我不愿意。"

"所以你更是神经错乱，是个胆小的神经错乱。"莉莉用弓子拉出一声怪叫。

"噢，你别管我的事！"戴齐把耳朵堵上。

十七

小个子擦功能圈比以前次数多了十倍，另外还拼命打扫宿舍和马力的床铺。马力的铺盖卷还没有被拿走，他就把它们又打开铺好了。他把马力的床完全照老样子铺来铺去，甚至在睡觉前还要帮马力铺好被窝，起床后再把它们叠起来。他把宿舍的窗户擦得几乎像没玻璃一样，把地板擦得像打了一层蜡。然后在上面又垫上一层报纸，生怕别人的鞋印会把它们踩脏。这使李鸣烦得不得了，因为地板反而显得更脏更乱。李鸣好不容易劝小个子把报纸取消了，可这样一来，小个子就不停地擦地板，害得李鸣连脚都不敢沾地，也就更不愿起床了。

"来，吃块糖吧。"小个子把巧克力糖盒端到李鸣面前，笑着看李鸣。李鸣看着小个子，伸手取了一块巧克力。

"你别，"他把巧克力塞进嘴里，带着央求的口气说，"别再擦地板了。"

"我想擦。"小个子固执地说。

"你每天擦五十次地板有什么意义？"

"意义就在这儿。"小个子咽下一块糖，"你不是宿舍长吗？你不愿意让宿舍是最干净的？"

"可我没法下地。"

"反正你也不需要下地。"

"可我要上厕所。"

"你买把夜壶就行了。"小个子狡猾地笑着。

"你这个小混蛋。"李鸣探出身子揪住他脖领，"你真是个混蛋。"

"这儿离厕所太近。如果擦不干净地板，屋子里就老有一股厕所味儿，你不觉得？"小个子认真地说，"我想把这一块地板擦成新的，就不会有厕所味儿了。还有门、窗，如果我把它们擦得永远再沾不上灰就好了。那你们住在这儿多安逸。"

"你不是也住在这儿？"

"我？我住不长了。"小个子神秘地看着马力的床，"我要走了。"

李鸣吃惊地看着小个子："你去哪儿？"

"我要出国了。"小个子小声说。

"出国留学？"

"嗯。可也说不定。"

"那你要离开我们了？"

"嗯。我不太愿意。可是你瞧，马力老也不回来，该不该去找找？"小个子笑起来。

"你别胡说了。出国是好事。"

"怎么见得？"

"当然是好事。"

"你想知道我为什么老擦功能圈吗？"

"你说吧。"

"哼！"小个子眯起眼睛看着马力的床一笑，进入一种自我状态。

李鸣知道他不会说什么，也就不再问了。李鸣看着宿舍的玻璃窗、地板、马力的床铺。连书桌和椅子、钢琴都是小个子擦干净的。好像他感兴趣的只有擦洗东西。也许他出国后就不再擦洗什么了。也许他还会长高、长胖、长成男人模样。

"你猜我想什么？"小个子问李鸣。没等他回答就说："我想为什么你们不让我擦功能圈。"

"你说为什么？"

"不知道。可是我爱那个镜框。"

"你可以把它带走。"

"不，我带不走。你不知道，我带不走，也许还会再带回一个来。"小个子笑起来。

"我希望你带回一个姑娘而不是一个功能圈。"

"谁知道呢？"小个子笑着。

小个子临走时，在桌子上留下张纸条，没让任何人去送他。李鸣一点儿也不觉得小个子真的走了。马力的床还铺在那儿，好像晚上还是有人把它们打开，早晨又把它们叠好。窗户的玻璃还是一尘不染，教室里的功能圈黑白分明地端挂在黑板正上方，所有的地方都有小个子的痕迹。李鸣打了很多开水等小个子晚上从琴房回来之后好洗脸洗脚。早晨，开水被聂风倒走了一大半。直到李鸣看着擦得锃亮的地板上人们来回走动的脚印越来越多，才感到小个子是真的走了。

十八

全体作曲系参加比赛的作品在礼堂进行公演，由专家鉴定，决定送谁的作品出去。莉莉死拉活拽才把戴齐从琴房揪出来让他去听。李鸣破例从床上爬起来坐在最后一排最边上的一个角落。音乐会正常进行，有的作品充满激情但思绪混乱，有的作品逻辑严谨但平淡无味。倒是董客的几种风格的作品引起大家注意。但他毕竟照顾不周，每部作品都有些地方能让人感到天才作曲家的手忙脚乱。随后是森森的五重奏。这部作品给人带来了远古的质朴和神秘感，生命在自然中显出无限的活力与力量。好像一道道质朴粗犷的旋律在重峦叠嶂中穿行扭动、膨胀。李鸣听着听着突然产生一种向前伸手抓住琴弦的欲望。一种想让肌肉紧张的欲望。他龇牙咧嘴地发出无声的傻笑。

当森森的作品演奏完，全场竟无一人鼓掌。所有的人都不想说话，只想抓住什么揍一顿。森森被人们包围住，正要尝受那些激动的拳头袭击，孟野的大提琴协奏曲响起来了。

弦乐队像一群昏天黑地扑过来的幽灵一样语无伦次地呻吟着。大提琴突然悲哀地反复唱起一句古老的歌谣。这句歌谣质朴得无与伦比，哀伤得如泣如诉。

把刚才人们听森森作品引起的激动全扭成了一种歪七扭八的痛苦。好像大提琴这个魔鬼正紧抱着泥土翻来滚去，把听众搅得神志不安。"懵懂"哭了起来了。李鸣想哭可哭不出来，一个劲张大嘴呵气。森森走到孟野坐的地方，掐住孟野的脖子，孟野看了他一眼，死命握住森森的手腕。

全体乐队情绪高涨，铜管劈天盖地地铺下来，把所有高山巨石所有参天古树一齐推倒让它们滚落，而那魔鬼似的大提琴仿佛是在这大地的毁灭中挣扎，挣扎出来又不停地给万物唱那首质朴的古老曲调。

"噢！——"演奏会结束了。台上台下的学生叫成一片。有人把森森举到台上打算再扔到台下去，有人想把孟野一弓子捅死。谱纸被抛得满天飞。"猫"飞奔到台上，飞快地吻了森森一下，随后就被大家扔到台下去了。

只有戴齐没有上台，他离开礼堂，跑进琴房，拿起肖邦的谱子飞快地往教学楼跑，越跑越快。他爬上教学楼的最高层，冲着操场大叫起来，然后把肖邦的谱子拼命扔向操场，正好砸在莉莉的头上。莉莉一看是本肖邦曲集，就抱着头坐在地上不起来了。

演奏会的当天晚上，孟野不见踪影。

十九

演奏会大大震动了贾教授。董客毕竟走得太远，作得又过于聪明，但他还是有一部作品接近海顿。至于森森和孟野，那简直不像话，纯粹在蹂躏音乐，是音乐世界的大破坏者。

森森和孟野。这两个学生的名字是两个危险，是神圣的世界的污点。贾教授一想起那两部作品就怒不可遏。竟然会有那种音响！在堂堂的音乐学府。

他们想表达什么？

贾教授想在全院会议上说说这件事，有必要让全国人也知道知道。这是非同小可的事，竟然出现了这种音乐。你能说什么？法西斯、杀人犯。这两种词全用不上，贾教授绞尽脑汁想批评这两部作品。

"你想改变自己的风格？"贾教授对石白在上课时提出的要求感到诧异，"为什么？"

石白推推眼镜："这次演奏会就证实了我的风格已经过时了，森森孟野的作品更受欢迎。"

"他们不过用二十世纪一些过时的手法再加上他们自己想的一些鬼花招，而

你
别
无
选
择

1083

你可是承袭了十七世纪以来最古典最正统的作曲技法。”

石白摇摇头：“光把和声题做好是不够的。”

“当然，但你是怎么想的呢？”

“和他们竞争。”

“争什么？”

“作曲技法。”

“如果我不同意呢？”

“恐怕他们这样做是对的。作曲家的创作不应局限。”

贾教授皱了皱眉：“你学和声几年了？”

“七年了。”

“真的？”

“真的。七年了，没有长进。”

“不，很好。你学了七年和声，你认为你学好了吗？”

“不，没有。”

“问题就在这儿。你学了七年和声，尚且不够，还谈什么别的呢？”

“但……”

“当然我不强迫你，你想没想过他们这样做的危险性？”

“危险？”

“他们那样做是很危险的。”

“为什么？”

“那是种法西斯的音乐。”

“？”

“可他们却沉浸在那种荒谬反动的狂热里，那种虚荣心！”

“我也激动。”

“法西斯是什么？就是杀人犯。杀人犯的音乐。充满疯狂，充满罪恶，充满黑暗，充满对时代的否定。”

石白忙把这些话写在五线谱上。

“我说得不会错。石白，你要听我的话，你现在搞的绝不比他们差，而且比他们要高明得多。你要成为一个真正的音乐家，一个神圣的、有教养的、规规矩矩的音乐家。你还要向他们这种做法挑战！”

“？！”

“你要写文章批评他们，好让他们改过来。”

"可是……"

"你不能袒护错误。"

"可是……"

"你这是帮助同学。"

"可是……"

"杀人犯音乐。"

石白急忙回去绞尽脑汁写了篇文章把贾教授的原话抄上去。那文章在校刊上发表后，引起了全院的轰动，但却无一人响应石白，反而在下面冲着石白开起火来。石白一看形势不对，就使出浑身解数替自己辩解，他有口说不清，本来是贾教授的原话却又自己重复了一遍，本来是自己想的反倒说成是贾教授的。一怒之下，他去砸贾教授家里的门，可教授夫人说贾教授没时间接见任何人。他觉得自己是一头扎在一个无底深渊里了，笨重的头朝下旋转，即使是掉下去溅起一个巨大的蘑菇云来也无人问津。

二十

石白的批评文章在关键时刻发挥了作用。在评选委员会考虑送出国参加比赛的作品中撤销了孟野的作品。因为"法西斯音乐"这个说法不可不信也不可全信，于是保留了森森的作品。董客也算如愿以偿，他的几部各种风格的作品全部被送了出去，照贾教授的意思是"用以来证实我们的教学"。但孟野的作品被撤销也不能全怪石白，孟野在音乐会当天失踪，而后院方就收到了一封控告信，写信人是孟野的妻子。

孟野已经迫于女朋友爱情的压力和她偷偷结了婚，但他拒绝把音乐的位置和妻子颠倒过来。音乐就是音乐。没有音乐他就不存在，没妻子他照样存在。这是他的想法，女作家写了五篇短文申明女性的重要地位仍没有把孟野的想法给颠倒过来。在妻子写控告信之前，他已经练习倒着走和她散步，这样可以少听几句"空惹啼痕"之类的诗词。结果有一天他无意中漏出一句："有人说我的音乐中缺少升华。""谁说的？""懵懂。"孟野这句话刚一落地，女作家就伤心地尖叫了一声，拿起一把剪刀向他冲过来。他们是住在妻子父母家，房间很小，孟野无处躲闪，只能紧贴墙角站着。

"又是她又是她！"

"我是在说音乐。"

"又是她又是她！"她的剪刀直冲着他的腮帮子。孟野破天荒地用手抓住她一只手，使劲向她背后扭，直到剪刀掉在地上。她全身不停地抽动："你就这样对待我吗？"

孟野松开手："你要怎么样？"

她的泪水像快干涸了的小瀑布一样淌下来。她的头发披散着，手指痉挛。她扑通一声跪在地上，眼巴巴看着孟野，孟野一下受了大感动，忙也跪下抱住她的头："对不起，我是在说音乐。"哪知她的手在地上摸索起来，终于摸到了那把剪刀，而且一下把孟野的衣服剪成了一面旗子。

孟野"噢"的一声跳起来，他想抡起拳头揍她一顿，可又怕把她打死。只得恶狠狠地脱下那件变成旗子的外衣扔到她面前，拔腿就往外跑。

她一下扑上去拽住他的腿轻轻地哭泣。

孟野不知如何是好，他走回来，弯下腰，把她从地上搂起，伤感地吻着她的肩膀。她神志恍惚，哭得凄凄凉凉，令人可怜，更显得骨瘦如柴。孟野一把将她抱到床上，想用爱抚使她平静下来。"别哭，别哭。"这使他陡然想起在乐队里他也是用这种口气对大提琴手说："Piano，Piano！"那时大提琴手就会心领神会地使演奏弱下来，全体乐队就会沉浸在一种宁静的气氛中。"别哭，别哭，别哭，别哭。"

她可能累了，把头靠在他胳膊上安静了一会儿。突然她凑到他耳边说："再不要提。""不提了。"孟野闭着眼睛。"不要提你们班！""不提。""不要提你们学校。""不提！""不要提你们的音乐。""不提。""不要提音乐。"孟野睁开眼睛。"不要提音乐！"孟野站起来。"不要提音乐！"

"你想让我变成什么？"

"变成我的。"

孟野一动不动地站在那儿。

她大睁着两眼，每一字都加重了语气："我能为你牺牲一切，我什么都可以不要，学位，名誉，我都不在乎。我只求和你在一起，什么人都不见，什么都不想，只有你，只有你在我眼前。如果你需要我现在放弃学习，做你的主妇，我马上就可以退学；如果你需要我和你一起逃走，逃到荒无人烟的地方去，我马上就收拾东西。"

"逃走？为什么要逃走？"

"因为我爱你，我需要你，而你需要你的音乐。"

"逃走就可以忘掉音乐了？"

"逃到没有音乐的地方去。"

"没有没有音乐的地方。"

她痛苦绝望地捂着脸，自言自语地说："为什么没有没有音乐的地方？为什么没地方可逃？"

孟野走过去吻着她的头发："因为我选择了音乐。"

"要是我让你改变呢？"她抬眼望他。

"谁也没法改变。"

"但你又选择了我。"她的眼睛露出决断的神色。

孟野惊恐地向后退了一步，然后拔腿就跑出门。

在孟野妻子给学院写来的控告信中，列举了大量事实足以使孟野被开除学籍。首先，他违反了校方规定而私自结婚，这是规定中绝不允许的。再者，他不仅非法结婚，还在学校与别的女生闹作风问题，比如跳舞、拍照，甚至在一起游泳，等等。作为妻子，她要求学院严厉惩办孟野这种破坏校规的学生，以端正校风。作为妻子，为了维护学风，她宁可牺牲丈夫，牺牲自己的前途，与丈夫一同流放边疆。

二十一

戴齐的那个优美的乐句有了新发展。这使他欣喜若狂。他钻进琴房，一张谱纸一张谱纸地写下去。越写乐思越多，越写越觉得自己整个都铸在里面了。莉莉坐在旁边看着他，只见他嘴角微微抽动，手指不停地在桌子上敲打。他的头发垂在前额，形容憔悴，他更不爱说话，还把莉莉撵出琴房，说等写好了再让她听。于是莉莉完全不知道他在写什么，只看到他每天进出琴房时，两眼都闪着一种病态的光芒。

戴齐的钢琴协奏曲是由聂风指挥的。第一次排练时，钢琴手被谱子上的临时升降号和无调性的主题搞得莫名其妙，完全找不着感觉。乐队更是怨气冲天。刚试奏一遍，乐队就开始跺脚、唉声叹气、叽叽喳喳怨个不停。

"安静，安静！"聂风对乐队说，"这是一首很美的曲子。是给聪明人演奏的作品。我想你们应该知道怎么办。"他用指挥棍敲敲谱台，"好，从头开始。"他手一挥。

弦乐队安静而悠长地引出了钢琴的主题。这主题像诗而不像歌，无调而有情。它是用一种极弱极轻柔的力度演奏出来的。莉莉坐在弦乐队中刚听完一乐段就被深深打动了。这时，竖琴突然蹩脚地蹦出几个音来。聂风一打手势，乐队全体停下来。

"竖琴要像流水，要像流水。"聂风说，"好，开始。"聂风手一挥。竖琴像流水一般洒下来。伴着梦一样的弦乐队，钢琴骤然清晰悦耳，一串流畅委婉的无调性旋律在人耳边伸延。莉莉边拉琴边把脸上的泪水往胳膊上蹭。乐队越来越沉浸在一种肖邦般优美与典雅但具有典型的现代气质的热情中。

当戴齐这部作品在学院正式公演时，有人感动得前仰后合，有人百思不得其解。但他拒绝报幕员在演出前对作品作文字解释的要求。演出后他也一句话不说。于是理论系的学生只好就"竖琴要像流水"这一指挥家的启示去请教聂风。

"竖琴就是竖琴。怎么能是流水呢？竖琴就是竖琴。"聂风手一挥。

孟野没有按妻子的意思被流放。学校对他从宽处理，劝他中途退学。他草草收拾完行装，到森森琴房去告别，门没有推开，也许森森正在里面创造新的音响。孟野不再敲门，路过"懵懂"琴房时，他犹豫了一下，就径直走过去了。他一下楼来到操场，就开始倒退着走路，尽量让整个校园慢慢和自己拉开距离。有人说这个学校就像一座旧工厂。新的礼堂正在建设，到处堆着砖瓦、木料，还有一座现代化的教学楼刚刚动工，推土机把旧平房推成一片废墟，机器的轰鸣和敲打声整天跟音乐捣乱。他在这里已经待了四年半，再有半年就正式毕业了。现在他只得作为一名肄业学生离开这里。刚入学时校门不是冲这个方向开，而是在相反的方向。他来到传达室，那儿坐着看门的老头。

"我走了。"孟野把背包扔在椅子上，坐在火炉边。

"分哪儿啦？"老头热情地问。

"回去。"

"分回去啦？"老头喝了口茶。

孟野没说话，拿起当天的报纸。

"你们这就毕业啦？"老头又喝了一口茶。

孟野冲他笑了一下。

"你看快不快，转眼你们已经毕业了。"

"晚上不再来敲您的门了。"

"可不，该给他们开门了。"老头指着刚出去的两个学生。他们很年轻，刚入学不久，走起路来像要跳高似的。

孟野仿佛一下看到几年前的自己，接到录取通知书那天，满脸通红在地上倒立了五次，然后莫名其妙地跟着公共汽车跑了两站地才停下来。那天有几个像他那样的幸运儿呢？今天又有几个像他这样的倒霉鬼？这也许是结局？也许说不上结局？他想起在假期里曾爬上峨眉山看到佛光下有一层深蓝的云雾，从那时起，他就从没对自己失去过信心。他是生来就注定要创造音乐的，把他这一生的好与坏、幸与不幸都加在一起，再减掉，恐怕就只剩下音乐了。没有没有音乐的地方。他拿起背包走出传达室。看门老头看了看闹钟，伸手按了下电铃。顿时全校各个角落里都充满了铃声。

二十二

新年到了，"猫"提前几天就买了各种五光十色的糖果。"懵懂"把教室从这头到那头都装上彩灯。"时间"带着几个男生去街上跑来跑去采购食品和礼品。

这个冬天来得很早，十一月份就开始下雪了，因此到了年底冷风刺骨，窗户被风刮得砰砰响。所有宿舍都糊上了窗户缝，只有教室的玻璃没有封上，一夜就落上一层风沙。功能圈的镜框不再那么亮了。不知是怎么搞的，镜框向一边倾斜下来。所有人都装没看见，觉得总会有小个子去把它扶正。可小个子没来扶，所有人就只好装没看见。镜框就这么在冷风中倾斜地摇曳。

乘新年之机，大家都想高兴一下，吃过晚饭，作曲系管弦系就要一起在教室开联欢会。教室被布置得灯红酒绿。为了扮成圣诞老人，一个管弦系小伙子闯进李鸣宿舍，非要把马力的红被面拆下来作外衣，被李鸣一拳打了个趔趄。李鸣堵住门，不让任何人到他的宿舍来捣乱，连聂风也不让进门。他把钢琴推到门后，又把书桌顶上。他把马力的被窝铺好，用棉花纸擦了擦地板，然后自己钻进被窝。

在教室，联欢会开得热闹非常。莉莉和"猫"、"懵懂"和"时间"四人表演了"双簧"。演的是一个小伙子向姑娘表白爱情遭到了拒绝，绝望之余自杀了。全场被这个古老的故事逗得哈哈大笑。藏在"时间"后面的"懵懂"在扯"时间"的假头发时把她脸上的胡子也扯掉了。吹圆号的胖子和吹黑管的瘦子表演莫索尔斯基的《两个犹太人》时，胖子边吹圆号边在脚下跳着天鹅湖，瘦子则哆哆嗦嗦地满地找烟头，然后吃掉了一张结婚证书。乐队首席让啤酒像喷泉一样从他嘴里冒出来，谁也不知道他是真喝多了还是在变戏法，酒流了一地，他一跟头又摔在上面。这时，圣诞老人拿着无数礼品出场了，所有的人都乱成一团去抢礼品。

你
别
无
选
择

"噢！"

"我要那个！"

"别挤。"

"扔过来！"

"你这个笨蛋！这儿！"

"别挤！别挤！"

"懵懂"被推了一个跟头，随后腿又被人踩了一脚。戴齐一下绊倒了，摔在她身上，紧跟着后面几个人都摔倒了。压在最下面的"懵懂""噢"的一声哭起来。

"呜——""猫"一看见她哭，也跟着哭。

"呜——"森森也起哄。

"呜——"

"呜——"

全教室里的人都"呜呜"起来，好像变成了一种很大的乐趣。管弦系的女孩用琴拉出"呜呜"的声音，圆号和长号也"呜呜"起来，"呜呜"声越来越大，震耳欲聋，致使好几个人真的哭起来。"懵懂"已经哭得伤心至极，好像她的腿断了一样。最后还是圣诞老人用小号尖叫了一声，把这"呜"声骤然中止了。

"我要吃蛋糕。""猫"说。

"我也要吃蛋糕。"莉莉说。

聂风端来了一个他去定做的大蛋糕，奶油上用巧克力挤出几个字：T、S、D。

"懵懂"一看见这个蛋糕就尖叫起来。大家不约而同地往黑板上方看。那个镜框在冷风中摇啊摇，"懵懂"跑过去就想把它摘下来。

"别动。"森森止住她。

"全是它，全是它干的。"

"别动！"森森抓住她的胳膊。

"全是它，全是它干的。""懵懂"扭着胳膊。

"别去动它！"

"你别管！全是它，全是它干的，全是它干的！""懵懂"挣开森森的手，咬牙切齿地冲"镜框"跑去，爬上讲台桌，伸手去揪那个"镜框"。

森森在下面一下把讲台桌撤了。"懵懂"从讲台桌上滚下来。她躺在地上，泪流满面。森森扶着她肩膀一个劲儿说："对不起对不起。为了小个子你别摘它。

对不起对不起。""懵懂"捂住眼睛，让眼泪从指缝里流出来。

二十三

又是一个夏季，作曲系这班学生的毕业典礼快开始了。森森在国际作曲比赛中获奖的事恰在毕业典礼前公布。当那张布告一贴上墙，作曲系全体师生无论在干什么，都跳起来了。连李鸣也从被窝里钻出来，跑到森森琴房打了森森一顿。森森简直不相信这是发生在自己身上的事，他想揪住李鸣问个明白，可李鸣打完他就大笑着溜走了。森森的手心出了一层冷汗，他狠狠揪了揪自己的前额头发，对着在镜子里龇牙咧嘴的脸使劲打了一拳。然后捂着发疼的脸跑出来看布告。等他发现这是事实时，他就跑进琴房，把门锁上了。

李鸣为了森森的作品获奖之事从被窝里钻出来后，就再不打算钻进去了。他把马力的铺盖重新捆好，整整齐齐地和马力的书箱摆在一起。明天就会有人来取它们，这次是真的。但李鸣仍不放心，还是写了个条子在上面："请你爱护它们。"李鸣坐在马力床上，想起马力最后一次在宿舍的情景。那是假期的前一天，晚上不到九点，马力就钻进被窝。李鸣想叫他起来打扑克，他死活不肯出来。"你放了假有的是时间睡觉。"李鸣隔着被子打他，他还是死活不肯出来。床下放着的全是他要带走的书，从西洋音乐史一直到梅兰芳京剧曲谱。李鸣怀疑他带这么多书回去是否看得完。"你想在这儿把觉睡够，回家去看书？"马力没理他，鼾声大作。李鸣站起来，走到钢琴旁，想用琴声吵醒马力，可脚下又被绊了一下。他低头一看，是马力的另一个书包，那里面又是书，全是精装的总谱和音乐辞典。李鸣把那书包拎起来，一下放在马力身上，然后把所有马力的书包都堆在他身上。现在想起来，李鸣真后悔。那天晚上，李鸣拿书活埋了马力。可马力却是让黄土压死的。但李鸣还是觉得对不起马力。要是他不把书放在马力身上多好。要是他把马力从被窝里叫出来多好。马力，马力。他干吗老睡觉？死亡可不管你醒过多长时间，它叫你接着睡，你就得接着睡。它叫你消失你就得消失，它叫你腐烂你就得腐烂。马力，马力，你干吗老睡觉呢？毕业典礼就要开始了，毕业典礼一结束，大家就各奔东西。李鸣急于想去的就是教室。他想在典礼前去摘下那个功能圈。这是他唯一想带走的东西。他走到教室，新年拉的红纸条还留在那儿。功能圈的镜框还是歪斜着。他登上讲台桌，伸手去取那镜框，突然小个子的话在他耳边响起来："不，我带不走。"李鸣的手缩回来。他想了想，随后把镜框摆正，掏出手绢擦了擦，跳下讲台桌。

毕业典礼开始时，森森还在琴房里。楼道里空无一人。这个充满噪音的楼道突然静下来，使空气加了分量。森森戴着耳机，好像已经被自己的音响包围了半个世纪了。他越听思路越混乱，越听心情越沉重。一股凉气从他脚下慢慢向上蔓延。他想起孟野；想起"懵懂"冲着功能圈为孟野大哭；想起小个子到处给人暗示；想起李鸣从来不出被窝……所有的人在他眼前掠过，像他的重奏那种粗犷的音响一样搅扰他。他把抽屉打开，用手无目的地翻来翻去。还有一支香烟，可火柴已经没了。有半张总谱纸躺在里面，还够起草一道复调题。他把整个抽屉都抽出来，发现最里面有一盘五年都不曾听过的磁带，封面上写着：《莫扎特朱庇特 C 大调交响乐》。他下意识地关上了自己的音乐，把这盘磁带放进录音机。登时，一种清新而健全、充满了阳光的音响深深地笼罩了他。他感到从未有过的解脱。仿佛置身于一个纯净的圣地，空气中所有混浊不堪的杂物都荡然无存。他欣喜若狂，打开窗户看看清净如玉的天空，伸手去感觉大自然的气流。突然，他哭了。

原载《人民文学》1985 年第 3 期
中国作家协会 1985—1986 年全国优秀中篇小说

秋天的愤怒

张　炜

一

初秋的暮色中，一对年轻的夫妇坐在一棵很老很老的柳树下，男的在吸烟，女的提起水罐往一个粗瓷碗里倒水。他们都三十四五岁。男的摘下斗笠，露出了又短又黑的头发。他长了一副英俊的脸庞，很宽的额头，很挺的鼻子；眼睛深陷，可是大而明亮；眼角和前额上有几道深深的皱纹。单从这几条皱纹上看，也许他的年龄更大一些。他一定是个高个子，因为支在地上的两条腿显得很长。他身边的女人穿了一件很薄很薄的、粉红色的衣服。她此刻端起碗来，像个小猫一样轻轻地吮吸着水，还不时用黑黑的眼睛瞟一下男人。比起他来，她显得那么娇小。她搬弄水罐时不得不挪动一下两只脚，她的身子已经有些笨重了。这时她问道：

"李芒，你就爱皱眉头。你心里又活动什么了？"

李芒淡淡地笑了笑，算是回答。他把烟灰磕到裸露着的粗大的树根上。他手中摆弄着的是一个足有拳头大小的梨木烟斗，用得久了，它的颜色黑中透红。这个烟斗好像不该是他使用似的。

大柳树的四周是一片黄烟棵。烟叶儿在徐缓的风中微微掀动，像一群待飞的大鸟活动着它们的翅膀。暮色映着这片烟田，烟叶儿闪着红色、紫色。烟田这时倒有些像玫瑰园。烟田也很漂亮啊！它的气味又辛辣又清香，和田野傍晚时分飘起的水汽掺和到一起，很好闻。风有时大起来，烟叶就晃动得厉害一些。一片厚重的叶儿在风中笨模笨样地扭动，说明它很健壮。这片烟田的烟棵一般高，都很健壮。老柳树立在烟田中间，静静地低垂下它巨大的树冠。它好像在俯视这些烟棵，俯视这片守候了几十年的田野。

"你看看吧小织，你看看！"李芒用烟斗指着树桩根部的一个窟窿，有些吃惊地说。

小织费力地伏下身子，望着那枯朽的洞洞。原来木头当心又有很大一片枯死了，用不了多久整个根部就会枯透。她张开很小的、布满了茧子的手掌量了量，说："没枯的那面只有三指宽了。"

"它快死了。"

小织仍旧伏着望那个树洞。她说："也不一定。你看见河边上那棵老树了吗，也枯成这样。不过它靠半边儿树皮又活了好几年呢！"

"它快死了。"李芒像没听到她在说什么一样，又说了一遍，一边戴上斗笠。

他站直身子，把斗笠往上推一下，看着眼前的这片烟田。那双有些深陷的，但是十分漂亮的眼睛里，这会儿闪射着明亮的光彩。他的目光在烟垄上移动，鼻孔一下下翕动着……这样看了一会儿，他又给烟斗装满了烟末。他吸得十分香甜。当他握烟斗的手有一次抹到嘴巴上时，一股辛辣味儿使他吐了起来。两只手上涂满了烟叶的绿汁，一层层绿汁干在手掌上，竟成了一个个小粉块儿。他咬住烟斗，用力地搓着，拍打着手掌。

一股绿色的粉末儿混合到他喷出的白色烟气里……这一天做得可真不少，他和小织从天蒙蒙亮蹲到烟垄里，掰着烟冒杈，直做到这个时候，没顾上吸烟。大梨木烟斗装在口袋里，他弯下身子做活时老要硌他的腰。最后一把冒杈儿抛到地垄上了，他才长长地舒一口气，坐到老柳树下。欠的烟都要补上，他开始用力地、惬意地吸那个大梨木烟斗了。

小织在柳树下收拾了一下她的头发，提上水罐说："今夜咱们就赶回去吧。"

"一定赶回去！"

李芒的语气非常坚定。他说着，瞥了一眼西方的天色。太阳就要沉下去了……老柳树上死去的干枝条不断地落下来，撒在他们的头上。李芒把这些细小的枝条折碎了，抛在树根部的那个大窟窿里。多粗的树，他和小织两人才合抱得过来。树皮乌黑，裂开了无数的纹路，看上去就像鳞一样。风吹过来，枝丫发出一种苍老的、微弱的声音。

本来他们守在玉德爷爷的身边，守了好多天。

玉德是小织的爷爷，一连几天昏迷在医院的床上。守在床边的除了他们小两口，还有小织的父亲肖万昌。一家人围在床边，谁也不说话，只静静地看着床上的玉德爷爷。

一个午夜里，玉德爷爷突然从床上醒过来了。老人转脸看看四周，又看看儿子、孙女和孙女婿，雪白的胡子就愤怒地抖动起来。他问：

"一家子人都来了？"

大家不解地对视着。还没来得及答话，老人又吼了：

"谁在家照管烟田？那些烟杈子，一夜能蹿二寸长！一家子人还守在这里！……"

"爷爷……"李芒叫着。

"还守在这里！"老人只冲着他一个人吼叫了。

李芒声音怯怯地说："天明、天明了，我和小织就赶回去做活……"

"这就给我回去！快走！"玉德爷爷的眼睛死盯住李芒的脸，一动不动。

李芒犹豫了一会儿，终于扯起小织的手，站了起来。他们往门口走去……肖万昌在他们背后喊道："腊子要是回来了，让他赶紧来看爷爷！"他们没有回头，一直走出门去了。

腊子是小织的弟弟，原来在龙口电厂上班，现正跟人合伙贩鱼，有时几个星期不回家。眼下正是捕鱼的旺季，他能回来吗？李芒知道，肖万昌是喊给玉德爷爷听的……

晚风渐渐平息了。原野上无限宁静。最后一束霞光也暗淡下来，天要黑了。一只乌鸦飞到老柳树上，又飞走了。

老柳树死去的干枝条还在往下撒落。

"弄不好，它挨不过这个秋天去……"李芒抬头看一眼老树密密的枝丫。

小织不作声。她正想床上喘息的爷爷。她挽着男人的胳膊说："走吧，快走吧……"

两个人正要挪动步子，烟田的小土埂子上匆匆忙忙地走来了一个人。小织抬头望了一眼，接着就怔住了！她惊讶地喊了起来……

那不是爸爸肖万昌吗？他怎么回来了？怎么没有守在玉德爷爷身边？

二

玉德爷爷死了。

四十多年前，有一个壮年汉子分到了一块土地，就在地的当中植了一棵柳树。他很早听说柳木埋在土里耐烂，心想多少年之后，他要用这棵柳树为自己做一具棺材。中国农民之怪异在他身上得到了多么有趣的表现：一个壮年汉子，首先想到的竟是自己的最后归宿。

今天这个汉子倒下了，他的柳树却还在他的田里喘息。

如今实行火葬，不能够携带着一棵大树离开人间了，他就把它留给了儿孙们。

有意思的是，树木栽在自己田里，后来土地入社，风风雨雨几十年，这棵树竟然也长起来了。再后来，土地实行承包了，这棵树就在儿子和孙女婿两块承包地之间了。老人做主，硬让儿子和孙女婿两家联合经营这片土地。这样，那棵大柳树又在土地的中间了。

悲哀的气氛笼罩了这片土地，笼罩了两个家庭。玉德爷爷八十五岁了，他走得不算匆忙。可是他对于这两个不同的家庭是太重要了。无论是昨天还是今天，他都给后辈人的生活增添了极其重要的东西，成了他们的生活中不可或缺的人物。他虽然病得时间很长了，但他的过世还是让儿孙们感到突然和惊愕……

三天后的一个夜晚，李芒和小织久久地坐在灶间里，没有一丝睡意。李芒一直吸烟，三天来的大半时间他就这样坐在灶间的一个草墩上。他不说话，有时眉头轻轻皱一下。第二天的上午，曾经有人哑着嗓子在窗外喊他："李芒，别忘了去烟地掰杈子啊……"李芒听出是岳父肖万昌的声音，一声也没有吭……桌上的台灯闪着微绿的光，正照在一本翻开的诗集上。李芒走过去，合上那本小书，然后又重新坐下来吸他的烟斗。小织轻声喊道："李芒！"

李芒就像没有听见一样。

"你心里又活动什么了，李芒？"小织紧挨着他坐下，把头靠在他粗壮的胳膊上，黑黑的眼睛望着台灯后面那片暗影眨动着。

李芒沉着地磕着烟斗。他说："小织，我这几天老想一个心事，就是跟你爸分开干——我们自己种自己的烟田吧。"

小织并不感到惊讶。她轻轻地咬着嘴唇，低下头去。

李芒的大手抚摸着她的头发。这头发真柔和、滑润啊！他又按了按她的圆圆的、软软的肩膀。突然他觉出这肩膀在颤，于是就扳起了她的脸来看——她的眼睛有些红，已经流泪了，泪珠挂在眼睫毛上。

"爷爷刚去世，你就……这样！"小织难过地责备男人。

"爷爷去世了，咱才能这样。"李芒执拗地说了一句。

"这样爸爸不难过吗？"

"肖万昌不会难过。他会有新帮手的——他是村支书，做了这么多年的干部，还愁找不到搭伙的人吗？"李芒自信地摇摇头，"不会难过的。爷爷一过世，你看有多少人趁这机会往他家送东西！乡政府的，还有县上的干部，都来了。我还替爷爷难过呢……"

小织不吱声了。

"我琢磨，咱和肖万昌的联合是到了头了。"李芒站起来，在屋子里踱了一步。

"是和爸爸联合……"小织纠正他。

"随便叫什么吧……我是说，我得当面和他谈开。"

"一点也不能凑合了吗？"

"一点也不能了。"

"非分开不可吗？"

"非分开不可！"

"……"

小织站起来，往前走了一步，似乎要去抓男人的胳膊，但她的手抖了一下，在离他胳膊很近的地方停住了……她欲言又止，有些伤心地坐下来。停了会儿她说：

"我知道，你嫌和他在一块儿吃亏……"

没等她说完，李芒就愤怒地看了她一眼。他盯着她，嘴巴有些颤抖。他把那双黑黑的胳膊按在她的肩膀上，身子弓得很低，脸都快要碰在她的脸上了。他像在仔细地端详着她："小织，你真是这样看我吗？真的吗？"

"啊啊，啊！啊……"小织又激动又慌乱地抱住了他的胳膊。她连连摇着头，说："不，不！我不过是说气话啊……李芒，你知道我心里明白你——你当然是为了别的才要和他分开；为了别的，另一些要紧事儿，不过我也说不清……"

李芒有些感激地望着自己的妻子。他望着黑漆漆的窗外，喃喃地说：

"连我自己也说不清。我不过是越来越觉得要和他分开，非分开不可；好像有个声音老在我心底喊：分开吧！分开吧！……你看看，就是这样……"

小织低声说："我能明白。"

"你想的我都能明白。"停了一会儿她又说。

李芒的目光仍然在望着窗外。夜已经深了，星星很亮，整个村子都很静。几声不安的鸟鸣从原野上传来，可以听出那是十分孤寂的声音。也可以想见它们在模糊的夜色里一荡一荡地飞着，像被什么可怕的东西追逐着一样，禁不住要呼喊起来……李芒又想到了他那片可爱的烟田，再有不久烟叶儿就要变得厚实了，接着烟田的活儿要变得更累了。像每年的这时候一样，一天的绝大部分时间都要花在田里了，割烟、上烟吊子、看护烟叶子……他也想到了那棵老柳树，想到它根部那个枯朽的洞，心里沉甸甸的。他盯着夜空说："和肖万昌分开吧。这是早晚要做的事。我下了决心了。"

"可是，"小织仰起脸说，"村里人会怎么说？他们不会说咱是过河拆桥吧？……"

"他为咱搭过桥吗？任别人说去。"

小织喘息着："可他到底还是爸爸啊！李芒，我求求你，再忍耐些，还是一块儿种下去吧……"

李芒捧起她的脸看着，替她擦去泪花说："睡吧小织，不说这个了，看看，这让你多难过。我就先不跟他谈开。不过分开干是一定的。跟他谈开很容易，说服你倒不容易。我得等你下了决心再跟他谈。好吧，睡觉吧。"

他们睡觉去了。

三

"我想这个小家伙生下来，模样一定会像你。"小织坐在烟垄上，吃着一个发青的苹果说。

李芒笑着问："为什么就一定会像我？"

"村里人说，女的怕男的，生下的孩子就像男的……"她吃完一个苹果，把果核儿投到很远的地方。

李芒笑起来："没有道理，没有道理。再说你从来就不怕我啊！"

"可我发觉有时候不知不觉就跟着你走下去了，哪怕前边是泥湾、是坑……这真怪哩，你知道这挺怪。我常想这些，李芒。在南山的时候，在东北的林子里，我就这样寻思过。"

小织说着，慢慢严肃起来。她的嘴唇那么小巧地抿着，有几个小小的棱角显得很清楚。她脸部的皮肤很细腻，李芒对这点儿从来就很自豪。

他的目光从她的脸上移开，也慢慢严肃起来。她的话当然让他想到好多事情。都是些严肃的事情啊！他从来不愿想这些事情，想它们太累。他和眼前这个可爱的妻子曾经手挽手地涉过芦青河，往西，穿过密林，不为人知地走了几百里，又折向南，入山。他们在山里生活，还曾经有过一个孩子，但不幸流产了。现在小织怀着的是他们的第二个孩子……入山是被迫的。后来他们在山里待不下去了，又回到胶东西北部小平原上，是秘密地回来的，只停留了一夜，便从龙口港坐船，去了东北。那是一种流浪生活。今天想这种生活，也有一种心理上的疲惫感。李芒怕自己奇怪的思路就这样想下去，这时故意把脸仰起来，看这片烟田了。

这片使他一直牵肠挂肚的烟叶，长得不错。烟叶都很肥、很醇。他不信有谁搞烟田的本事如今能超过他，这片烟田简直可以拿到国际上去较量一下了。他是全村里第一个做起黄烟专业户来的，做得很美，也很苦。肥厚的烟叶在风中扭动，撩拨人心。庄稼人经不起它的撩拨，有人身上终于燥热起来，要把这片烟田铲除掉。他们扛着铁锹跑过来，嘴里骂着："奶奶的！……"后来不知怎么就被阻止了，想铲除烟田的人翻着白眼，坐到他们自己的地上去了。李芒当时觉得很伤心，也觉得很有趣。他这时看着这烟田，奇怪的思路就又转到这上边了。幸好这会儿岳父肖万昌从田埂上走来了，肩上扛着半块黄豆饼，李芒的目光移到了他的身上。

肖万昌热汗涔涔地走过来，放了豆饼坐下，用一块雪白的手绢擦脸。擦过了脸，他掏出一包果脯递给了女儿。

李芒看了看他，没有说什么。

小织吃着，一边对付起那块豆饼来。她用一块石头把它砸成两半，观察着新茬上的颜色。

肖万昌五十岁的样子，并不显老。他在这个村子做了三十多年干部，经他的手做成的大小事情数不清，因而他很自信。他坐在那里，那表情就很自信。他穿了件深蓝色的衬衫，衬衫下部又很利落地扎在一条灰裤子里，显得干练、富有生气。衬衫的小口袋上卡了一支钢笔，手腕上，则是一块锈了壳子，但牌子很过硬的手表。头发花白了，发式与一般人不同，是乡下人望而生畏的背头，并且梳理得一丝不乱。然而他并未因这穿戴和发式惹人反感，相反，看上去，他像是深沉稳重的、可以信任的。他跟人说话时，并不看着对方，而是望着旁边的什么，好像他对自己所说的话也并不十分在意，只是高兴了，随便谈一点而已。在任何时候，他的目光都不咄咄逼人。这会儿，他专心地卷好一支喇叭烟，仔细地研究着他新做成的这支烟，跟李芒说话了：

"你看看这种饼行不行？这种饼追肥用比花生饼好多了。我跟乡里榨油厂讲妥，如果相中了，就跟他们订下三年合同。这半块饼是样品……"

他的声音淡淡的，讲的却是大事情：跟一家榨油厂订一个买饼的三年合同！

"饼很好，李芒，你看……"小织递过去一块。

李芒看也不看那饼。他看着脚下的土，也用淡淡的语气说道："老柳树下面枯了一个窟窿，它快死了……"

"如果相中了，就跟他们订个三年合同。"肖万昌吸着烟，又说了一句。

李芒掏出他那个硕大的烟斗，放在手里摆弄着说："老柳树正好长在地界上。它的那边是你的地，这一边是我们的地。"

肖万昌的目光这会儿迅速地从一旁收到李芒的脸上。

李芒也看了他一眼说："我是说，这豆饼合同先不要订了罢！"

"怎么？"

"看看形势怎么发展吧。"

肖万昌笑了："形势？哼哼，形势不会变的，专业户还要大发展哩！我忘了告诉你：县里通知我去参加专业户代表会呢！明天我去开会。"

李芒摇摇头："我不是指这个'形势'。"

"那什么'形势'？"

李芒朝小织苦笑了一下，玩笑似的随口答道："国际形势。"

肖万昌的神色有些茫然，但马上又恢复了那种淡然的表情。他一时弄不明白的东西也不想去明白它，这时有些疲倦地站起来，拍打了一下裤子上的尘土说："我要去队部开会了。烟垄还要耘一遍，隔一垄耘一垄……"

他刚要走，一个老头子急匆匆地跑进来，原来是"老獾头"。他喘着粗气把肖万昌拦住了："哎呀呀，肖书记，找你半天啊……我是来求个情的，先莫派小儿子出民工了，你知道剩下我们俩老的和闺女，快忙秋了，老婆子又有病……"

老獾头说一句一哈气，脖子上松弛的皮肉一动一动。

肖万昌就像没有看见他面前还有什么别的人一样，仍然神色淡淡地望着一个烟棵说："烟垄还要耘一遍，隔一垄耘一垄……"他说着就绕开老头子往前走去了。老獾头略一停，然后也跟上他出了烟田。

李芒看着他们的背影，沉默着。

小织说："李芒，刚才你差一点就跟爸爸挑明了。"

李芒笑了笑："就差那么'一点儿'了。"

"你可先不要急着挑明啊，你答应过我！"小织极其认真地说。

李芒点点头："放心吧，没有和你商量好，我不会正式和他分开的。"

小织有些欣慰地看了他一眼。

李芒望着天边的一块云彩，突然想起了一个要紧事儿。他说："忘了跟他要来通知看看，通知上正式让谁去开会？等会儿我去要来看看。"

小织责备说："你也太认真了。谁去不一样？"

"如果是通知我的，为什么他要去？以前就出过这种事儿。"李芒看着烟田，一字一顿地说道，"我也要寻机会出去开会。出头露面的事不能让他一个人全占了！……"

小织长长地舒了一口气。她又用那双柔和的眼睛看李芒了。她发现李芒的衣服又被汗水浸湿了，后背那块儿有些泛黄。她想回家后该给他换洗了。她一动不动地盯着他那两道眉毛，嘴唇轻轻动了动。她终于又问：

"李芒，咱真要和他分开吗？"

李芒点点头。

"我老想，咱是不是对过去的事情记得太深了……是吧？"她有些胆怯地问。

李芒摇摇头，又点点头："我才不会忘记过去的事情哩！可我也不全是为了过去的事情……反正，原因好多，好多好多，我自己也有些讲不清了。我只是觉得……"

他说到这儿顿住了。小织问下去："觉得怎么？"

"觉得到底也没法儿凑合！……"

小织叹息着。她像恳求似的，语气极其柔和地说："李芒，过去的事情已经随着过去一块儿埋进土里了。不是吗？你太倔强！太倔强！……"

"才没有埋进土里呢！你只要留神看一看，就知道还没有埋。咱不能自己骗自己……"李芒执拗地说。他两道犀利的目光一碰到小织的脸上，又立刻变得柔和了。他说："小织，我有好多话要跟你说，又好像什么都用不着说。你的话让我想起了好多事情，好多好多，都是些我不愿去想的事儿！"……

四

十九年前，他们曾经手挽手地涉过芦青河；往西，穿过密林，不为人知地走了几百里；又折向南，入山。

在大山里面，李芒找到了他的一个朋友。朋友以介绍副业师傅为名，把他和她介绍到了一个又小又穷的山村里。这么年轻的两个师傅，山民们看了很惊奇，也很喜欢。可就是没有住的地方：这是二十岁左右的一对子，给他们太窄巴的地方不行。他们一年，也许是两年的时间，就会添出一口来。后来有人想起有幢房子闹过鬼，倒是又空闲又宽敞。

李芒问："怎么个闹法？"

村领导说："房子三间。最东边一间盛了干草，'大跃进'那年里面吊死一个人，以后常年锁着。到了半夜的时候，锁着的门就响，锁、铁环子，都咔嚓嚓响……"

"就是咔嚓嚓响吗？"

"就是这么响。"

"没出来过什么东西么？"

村领导摇摇头："没有。"

"那就住在那里吧。"李芒这样说。他想，只是咔嚓嚓响，危害不着他们的生活。这使他想起自己村里那个老寡妇：每到夜深的时候就哭，开始人们听了都害怕，后来也就不怕了……

他们把用来居住的正间和西间认真地裱糊了一番。在土炕的围墙上，还贴了粉红花纸。这一天他们一生也不会忘记的。他们忘不了那么疲乏地走了几百里路，路的两旁那么荒凉，颜色单调，山的岩石是铁样的青灰色。他们躲闪着行人，躲闪着田野里的歌声。他们好不容易翻过了最后的一座山，接近了朋友，接近了他们将要落脚的这个山村。于是世界的颜色开始变换了，变为嫩绿和浅黄，变为石竹花的那种红色，又变为土炕围墙上的那种透着暖意的粉红色了。

天色将晚，粉红色被霞光映成了大红色。小织的脸也红了。

她穿了件学生蓝制服。这衣服剪裁得特别合身。头发黑亮而柔软，用橡皮筋在脑后扎成两个弯弯的毛刷刷。此刻，这两个毛刷刷安静地垂着，末梢儿往里曲着，像小猫那两只永远握不紧的拳头。她安详而羞涩地坐在炕沿上，手里掐弄着她的淡黄色的小手帕，脸像被染过了一样，脸上有一层非常细小、非常规整、又淡又匀的白绒毛。这使她显得很稚嫩。她刚刚才十九岁。十九岁的姑娘就跟上一个男子跑出来了，她多有激情啊！此刻，她把一切都压抑在心底，不动声色，微微抿着嘴角。红红的嘴唇，下唇翻得略重一些，显得有些顽皮。她不看站在屋子里的李芒，她看到的只是环绕她的一片粉红色。她很自信地等待着，她什么都能等得到：幸福、焦虑、喜悦、烦闷、惆怅。一个有过这种等待的人才知道她此时的心绪是多么美好、多么丰富而奇特。她实在是一个勇敢的人，在周围的一片凝固的空气里，在一个板着没有血色的面孔的世界里，她不是表现了可嘉的勇气么？这勇气谁给的她也不知道，大概是站在一边的这个好棒的小伙子吧。

这个小伙子可不简单。可这个小伙子的爷爷是地主。

当时他没有上高中的权利。上高中的学生都是贫农和下中农推荐的。这个小伙子从小长得挺拔，像个运动员似的。人们以为他特别需要在农村里锻炼和改造，就让他扛麦包、抬大筐什么的。抬来扛去，他并没有弯腰缩背，也没有长成一个短粗胖子。他悄悄藏起了对这种劳动的厌烦和焦躁，质朴可爱。第三年，上高中可以推荐和考试相结合了，他幸运地上了学。

他做了学校运动员，穿着漂亮的运动衫。有一次他在一个运动会的比赛场上推铅球，铅球落下时，有个特别灵巧的女学生激动不安地走过去插了个小铁旗子。女学生插下的这个小铁旗子再也没有谁超过，她很自豪。

后来他们一同毕业回村了。她穿了件洗得发白的黄军衣，也背了个同样颜色的挎包。他看到她常常想：这样的姑娘真不多见啊！

再后来他们就好起来了……

天色越来越暗淡了，霞光一束束从窗上收走。小织还是默默地坐在炕沿上。她突然说：

"李芒，咱走了多远，怎么一点也不累？"

李芒说："我刚才还累，现在不累了。"

"半夜的时候，等着闹鬼吧。"小织说。

李芒不答话。他找了个红色的粉笔，在那个锁起的门上画了一个大大的×。他说："把这个鬼枪毙了吧！"

小织笑了，笑得没有声音。

停了会儿她说："今夜就睡在这儿吗？"

"可不是就睡在这里呗。"李芒咬了咬嘴唇。

小织流出了泪花。她说："可是，可是……"

李芒想安慰他的新娘子，可是找不到合适的话。

小织一个人哭着，哭过之后更美丽了。她像个小孩子那样大仰着脸儿看他。他看到了她那齐整整的一溜儿眼睫毛。她说："李芒，你不知道我有多么害怕……"

"谁不害怕？我也害怕，可是……"

李芒鼓励着她。他这声音若断若续，表现了他那颤颤的幸福的心情。

天黑了。他们点起了一根蜡烛。

"这个大山里的村子我以前想也没想过……啊啊……闹鬼的屋子……啊啊……小织！你睡着了吗？啊！啊……"

五

　　他们现在需要熟悉一下这一座座的大山了。以前他们对山很陌生。山嘛，石头嘛，树木和绿草长在缝隙里。他们现在登在山的半腰上，有些惊恐地看着那一块块凸出的怪石，那一道道幽黑深邃的沟壑。阳光在山上攀缘着，做着各种奇怪的脸色。它看着石英石，目光立刻放出了光彩；山林密不透风，闪着一片墨绿的、诱人的颜色，它望着山林的叶子，显出很神秘的样子；一块块铁色的巨石从稀薄的土层里探露出来，满身粘着点点银白色，它看到那些点子就惊讶地睁大了眼睛。银白的斑点闪射出锐利的光箭，太阳眯起眼睛了；红秆儿草在石头脚下、在大树的身旁扭动着腰身，漂亮吗？它吸引了两个登山的人。它的叶儿也开始变红了，尖儿红得最厉害。登山的人捏住它的叶子，像是揪住了山里姑娘的裙子。啊啊，它是山里姑娘呀！他们不断结识着山上的一切，也不断地告别它们。他们终于和阳光一起，攀到了山顶上。

　　原来周围都是山。

　　一片淡灰色的雾，还有一片微蓝色的雾，浮在了一架架山的尖顶上。模模糊糊的峰刃，模模糊糊的树林。鸟鸣在草丛里、在山涧里、在树丫里、在一片雾气里。它们彼此呼应，彼此安慰。它们也不明白山，不明白它们赖以生存的山是属于谁的。可是它们一声声叫着。他们觉得山影就如同它们的叫声那般纷乱，又好似在这叫声里一层层漾开去，山峦像水的波涌一样啊！原来世上有这么多的山，原来阳光常常被山遮住。他们甜蜜地安睡过的那个小村庄就在山的脚下，那么小、那么稚嫩孱弱，此刻也在安睡着。它可怜巴巴的，他们都有点可怜这个小村庄了，在心里为它鸣不平。

　　他们觉得，山下这个不起眼的小山村可是不平凡的。他们就是刚刚从它温柔的怀抱里走出来，身上还带有它的体温。他们觉得那些永生难忘的巨大幸福就是它给予的，并亲眼看到朝霞从村子里升起，染红了他们的窗棂，又染红了他们自己。希望洒在一条条肮脏窄巴的街道上，谁说人间无希望。人们啊！请回忆你的那种时刻，回忆朝霞染红窗棂的时刻，回忆幸福，回忆生活，回忆昨天的震颤和那仅有的一丝忧虑。小山村，小山村，避难所，避难所。邻居的一只母鸡咯咯叫着，围墙上探出的果枝上挂两个鲜红的苹果。生活就从这里开始吗？生活能从这里开始吗？他们依偎着，问自己，也问这间闹鬼的屋子。

　　他们攀登得有些累，就坐在了一块大石头上。李芒脱下鞋子，倒出里面的一颗小石子。他说:"以后就得在这山沟里爬了,爬来爬去。"

小织说:"有人背着枪追我们,再宽的路咱跑起来也累;爬在山上,藏在山上,山上真好啊!"

"山上真好!"

"你说我爸爸他们会找到山里来吗?"

"谁知道呢。让他们进山就迷路才好哩!"

小织笑了。

李芒也笑了,是一种冷笑。他一想起小织的爸爸就冷笑起来……此时此刻,他是个胜利者。他的敌手是无比强大的,强大到全村里没人能够战胜,可是他却似乎是胜利了。他好像早就预料到了这个结局,并且用这个结局鼓励着自己。"一个狠家伙!……"他冷笑着在心里骂了一句。他想,这会儿那个家伙不知在做些什么呢,会气得跳起来吗?生活老要让他做个倒霉鬼,他偏不做,拼力挣脱着,最后……他现在是坐在一座大山之巅了,和心爱的人一起眺望着、俯视着。

他说:"咱们以后得想法为山里人做些事情。"

"做好多好多事情——咱一辈子住在大山里……"

"我就怕做不好。我们能帮他们做什么?他们还以为咱两全是些手艺人,会做好多事情呢!"李芒为难地绞拧起眉头。他望着小织,发现她正安详地看着前方,那神情可爱极了。他立刻又后悔起来。他觉得不该说刚才那些丧气的话——小织对山里生活正充满了希望呢!他于是说:"从头开始吧!什么手艺都是人学的!难就难吧,也会挺有意思。"

小织不说话,只看着李芒。她觉得他的肩膀很宽、很健美;好粗壮的胳膊啊,这个家伙长了这么吓人的胳膊。她一点也不怀疑他会做成好多事情。她觉得十分自豪。

李芒说:"除了为山里人做事情,我还要读点书。也许我也能写一本书,你信吧?你点头了,嘿嘿,你什么都信。真的,我也许会写出一本书来……还有咱们那间闹鬼的屋子,我要好好整整它,用泥和石板垒个书架子,屋前边再栽上些花……"

"李芒!……"小织听到这里,激动得再也听不下去了。她吻着李芒,又把头埋在他的胸脯上喘息着。她仰起脸看着李芒说:"做什么我都和你在一块儿,咱们会过得挺好的……不过,在这儿住得久了我会想家——你可不要误解啊,我不是想我爸。我想的是熟人、庄稼、海滩,还想芦青河。我想咱们那块好地方……"

李芒不吱声了。他也在想自己出生的地方。在那片土地上，爷爷死了，父亲死了，母亲也死了。母亲曾经告诉过他：爷爷攒了一大笔钱，让年纪老大的父亲到青岛去念洋书。几年洋书念下来，父亲也就不愿回来了。幸亏后来得了肺病，父亲怕死在外边，就带着几驮子书回到河边来，从此再也没有离开，直到死了，葬在祖坟地里……李芒现在没有一个亲人了，可是他和小织一样，也深深眷恋着那个地方。到底凭什么要剥夺他们生活在那儿的权利呢？他的几辈人不是都生在那儿，最后又埋在了那儿吗？李芒紧紧地握着拳头，一声不吭。

他想起了他和小织的同学、好朋友袁光。袁光三岁那年，父亲成了"反革命"，从城里领着袁光和姐姐回乡下来了。袁光上初中时父亲死了，袁光一滴泪水也没有掉。为什么要哭他呢？不就是因为他的缘故，袁光才受尽了歧视，也许连高中也不能上呢！后来初中毕业，袁光真的回家下田了。他在全校学习是最好的，他对那些能够继续升学的同学羡慕死了。他和李芒一块儿到海滩上挖渠、修树、种花生，结下了很深的友谊。李芒后来上了高中，就再也没有见到他。毕业第二年上，李芒过河去找袁光，找到了一个衣衫褴褛、面黄肌瘦的小老头模样的袁光。他的生活李芒完全想象得出来。他已经二十七八岁了，还没有娶上媳妇……最后一次见他是在河边的一块土豆地里，他担了两个大粪桶，右眼不知怎么肿胀得睁不开了，只睁着一只眼睛跟李芒说话……

如今袁光在做些什么呢？

"给袁光写封信吧……"小织突然咕哝了一句。

李芒惊奇地看了她一眼：她怎么知道我心里在想袁光呢？他感激地握着她的一双手，摇摇头说："不，不能写。不能让河边的人知道我们现在在哪里……"

有一只漂亮的山鸡站在不远处的一块石头上啼叫。李芒惊喜地指给小织看，小织刚转过头去，它就飞走了……李芒却发现了它站立过的石头是雪白的、荧光闪亮的！他赶忙奔了过去。

他记起县城的楼房上、墙皮上就粘满了这种闪亮的白石子！一个念头在他的脑际飞快闪过：可不可以满山找来这样的石块儿，碾成小碎块块卖给城里人盖楼房呢？

"小织！"他一下子站起来，喊了她一声。

六

李芒这天果然起早去跟肖万昌要开会的通知看了。肖万昌正耐心地照着镜子刮脸，头也不转地说："通知就在桌子上，你看吧……"

通知上果真只写了肖万昌一个人的名字。

李芒说："这是专业户代表会，怎么只有你一个人的名呢？我可是最早做黄烟专业户的。你开会时捎一句话给发通知的人，告诉他们不要故意漏掉我李芒的名字！"

脖子上的毛发很难对付，肖万昌这会儿刮得特别细心。他一下一下刮着，刮完了又用心地抚摸了一会儿，转着脸庞照着镜子。他揩着刀片说："我一准把话捎到就是了。"

李芒转身走出了肖万昌的屋子。

他想尽快离开这里。他觉得站在屋里和肖万昌说话的时候，正有一双沉沉的目光在一旁望着。走出门来，后背上好像还负着这双目光。走着走着，他猛然回头去寻找，后边什么也没有。他心里明白：这双眼睛是看不见的，这是玉德爷爷的一双眼睛啊！

他很清楚地察觉到，玉德爷爷那双衰老的、有些混浊的眼睛此刻已经愤怒了。老人分明在责备这个孙女婿，恶狠狠地盯着他。那双目光分明在怒斥说：忘恩负义的东西！我刚闭了眼，你就要和我儿子分开干，你是个败家子！……李芒步子沉重地踏上了田埂，又望见了那棵老柳树。他痛苦地闭了闭眼睛。他在心里呼喊着："玉德爷爷啊！我李芒今生不会忘了您的恩德，小织也会永远记着您……如果我们有什么地方违背了您的意愿，那也是实在没有办法的事。我们请求您老人家原谅，我们是您的孩子……"

前边不远的烟垄里，小织正在做活。那翠绿的烟棵间，她的粉红衣服一闪一闪的。李芒大着步子走过去，默默地站在一边看着。她并没有发现李芒，只顾着掰着冒杈。肥嫩的冒杈怎么也掰不完，烟棵长得越壮，冒杈子越难对付。她的小巴掌握到冒杈上，就像攥住了一个小麻雀似的。小麻雀紧紧地伏到烟秆上，她就灵巧地一扭把它给扭下来了。绿色的汁水染了她的手背，她擦汗水的时候，额头就沾满了绿色。当她又一次抬头擦汗时，发现了李芒站在一边，就有些羞涩地笑了一笑。她问：

"犟汉子，到底看了通知吗？"

李芒点点头。他蹲下来，用两手捂着额头，一声也不吭。小织推了他一下，他也没有抬头。

"跟爸爸吵了吗？"

他摇摇头。

"你病了吗？"

李芒还是摇头。停了一会儿，他咕哝说："小织，我们把那棵老柳树伐了吧！"

小织惊愕地望着他。

"我一看见它，就想起玉德爷爷。好像他就是玉德爷爷似的，蹲在田里，喘着粗气……咱老得在它的监视下做活儿……"李芒有些急促地说。

小织慢慢地搓扭着手掌，望了一眼老柳树。她说："想着爷爷也好！想着玉德爷爷，你就不会硬跟爸爸闹着分开了。"

李芒昂起头望着她说："一定要分开。这是早晚的事情。"

"你真是个犟汉！咱和爸爸联合了这几年，不是挺好的吗？你呀！"

"挺好？肖万昌在烟田里腰也不弯一下，他让儿子腊子贩鱼挣钱去，这么大一片烟田，全靠玉德爷爷和我们两个！……"李芒的胸脯一起一伏，一双愤怒的眼睛紧盯着小织。他大声嚷起来："这是欺侮人！压榨人！……"

小织的眼睛涌出泪花来，也迎着他嚷道："可他是支书啊！他要为村里忙别的事情……我们家买化肥、柴油，卖烟叶这些事，不都是亏了他吗？李芒，你该想想这些！……"

"我全想过，一样一样全想过。你以为我要和他分手，光是因为他不做活吗？因为害怕吃亏吗？不是！你也知道不是！要下决心分手，就得打谱不做这个专业户，狠下心做个穷光蛋！这个鬼联合本来就不该有。我早跟你说过，分开是注定了的。我心底老喊：分开吧，快分开吧！……看看，你多么不理解我啊！"

李芒很痛苦地摇着头，又蹲下了。

小织有些委屈地看着他，再也不作声了。

他们一边有人粗粗地喘着气，抬头一望，原来早有一个人抱着膀子站在那儿，嘻嘻笑着。

他叫荒荒，是村里的一条"光棍儿"。这时他嬉笑着问："小两口打架了？"他的一双眼睛诡秘地闪动着，松弛的皮肉在嘴角划出两个大弧。

"有事情吗，荒荒？"李芒问。

荒荒把身上发黑的汗背心扯一扯说："怎么没有事情？来就有事情。我是做代表来了。"

"什么代表？"

"群众代表。"

“到底干什么啊？”李芒不解了。

荒荒挠一挠蓬乱的头发，所答非所问地说：“如今这个世道嘛，有本事的人都发家了。发家嘛，咱不眼馋，谁叫人家有本事呢！不过，哼哼，发了横财、黑心财的，从理论上讲也不算好事情……”

李芒用心地听着，还是抓不住他的“要义”，只是觉得“从理论上讲”几个字用得可笑。

荒荒说了一会儿，见对方并未明了，就咳了一声说：“干脆直着说吧！我是代表大伙儿跟你来谈判的！”

李芒不解地看看他，又看看小织。

荒荒说：“今年的化肥分来不少，可是摊到各家各户就那么一点点。后来才知道肖万昌书记给你们自己留了一手儿。俺是来跟你商量一下，借几百斤先用一用。”

李芒有些吃惊：“荒荒，这许是误传吧？我们哪有那么多化肥？”

小织也不解地望着荒荒。

荒荒哈哈大笑：“是呀，这么多东西放在自己家多显眼！得找一个好地方，再封起来，哼，这样儿——明白了吧？”荒荒用手做成抹泥板的样子，在空中抹了一下。

李芒站了起来。

荒荒像公鸡一样将头伸到李芒跟前，又奇怪地摇了一下说：“怎么，不知道？真不知道你就跟上我去看看！嘿嘿，其实你心里早明白，你们是一家子人……”

李芒不耐烦地摆手打断他的话，跟上他走了。

在一座孤零零的老屋子跟前聚集了一帮子人。老屋子是一个老寡妇的。老寡妇死了，这屋子就一直闲置着，如今重新砌了门，挂了一把很大的锁……荒荒得意地朝人们挤着眼，说：“总算把‘驸马’请来了！”

“驸马”两个字深深地刺疼了李芒。还没等他说什么，人群就哄笑起来。他们主动给李芒和荒荒闪开一条通道。

荒荒大摇大摆地走在通道上，头颅高昂，像个将军一样。他走到门口，用手敲了敲那把大锁说：“看见了吧？我跟你说的那些好东西都在这里边了……”

李芒端详着这座老屋。他透过缝隙往里看着，虽然黑洞洞的什么也看不见，但他想肖万昌完全做得出这种事情。他此刻明白为什么这么多人聚在这里了。

荒荒笑眯眯地对李芒说：“看见了吧？有人手里握的铁钎子有多长！有这东

西撬门最好使，不过要糟蹋一个锁扣子，不符合节约的方针……"

人群又笑了。大家很欣赏荒荒的幽默。

"所以说，还是请你回家取个钥匙来。钥匙这东西，又不伤和气，又不伤锁扣……"荒荒说着话，扳着手指头，极力显得有条理。

李芒很快打断他的话，面向大家说："这是肖万昌一个人干的事，我真的不知道。要撬门，我赞成，我手里没有钥匙。"

人们互相对看着。

李芒对荒荒催促说："撬吧！"

七

"我们要和他分开的事，也许他早就有预料。"李芒从大队部回来后，这样对小织说。

小织问："为什么？"

"他这个人机灵得很，早就嗅出味儿来了，知道终有一天我会跟他分开。他偷偷积下那么多化肥，从来没跟我们说。今年秋天的化肥多么紧，他一个人就积下那么多。其实三分之一就足够他用的，他就这么个贪婪性儿，不知道这是在积民怨！大伙儿要给他撬门……"

"撬了吗？"

"没有。他们怕肖万昌，知道他开会去了，就来找我，到时候就说是我同意了的。谁知我赞成他们撬门，他们反倒害怕了……"

小织长长地舒了一口气。

"荒荒当着大家的面管我叫'驸马'，说明群众早把他看成土皇帝了。你不让我跟他分开，就是说还要我给他当'驸马'！从大队部回来的路上我就想：一定把他们喊的话告诉你……"

李芒有些冲动地望着他的妻子，声音颤颤地说着。

小织抬头望着大片的烟田，咬着嘴唇。她说："我知道你还会说什么。你说出来的、没说出来的，我全能明白。我知道他和咱不是一路的人，可我常想，咱和他积了这么多年的怨气，过去了的就让它过去吧！咱现在的日子不是已经过得挺好了吗？烟田的肥料不用咱操心，烟叶从来都是卖高价钱，这些不全都靠他吗？将来孩子生下来，他能没有姥爷吗？李芒！你是太偏了啊，你想得太多了、太细了！你就不会忍着点……"

李芒的目光长久地停留在她笨重的身子上。他说:"是啊,比起那几年到处流浪来,现在怎么能说是过得不好? 我们有了这么大一片地,又成了全县有名的专业户。可这是和当年把我们逼跑的那个人联合的,是这样成了专业户的! 你不觉得这种好日子里面也掺和了好多屈辱吗?"

肖万昌开会回来,很快知道了老屋门前闹的这场事。他让民兵连长请来那些人,和他们一块儿站到老屋门前,微笑着问:"你们说这里面有多少化肥?"

大家感到莫名其妙,没人作答。

荒荒见肖万昌用眼盯他,就往人身后挤了挤。

肖万昌说:"荒荒,你来估估,我看你是好眼力。"

民兵连长在一边笑着。

荒荒见肖万昌很和蔼,就朝身边的人扮个鬼脸,说:"少说也有一千斤!"

"多说呢?"

"两千斤!"

肖万昌笑了。他把手按到荒荒的肩膀上说:"你还是没有估准——你估得太少! 我这里面存有化肥两吨,整整四千斤!"他说着,不知从哪儿取出一支粉笔头儿,回身在铁门上写了:内存化肥两吨。

人群里发出吸气声。

肖万昌又说:"话不说不明,我今天就是跟大家说明一下情况的。不错,这里面的化肥有上级分配的一份儿,那是保证重点专业户的,比大家也多不了多少,也不过几百斤。其他的就是我自己找门路买来的了,与分配的化肥没有关系。有人说我偷着藏下来,一个'偷'字把我这个党支书说得挺窝囊。化肥又不是抢来的,不过是借这么一块地方放一放,偷着藏? 用不着吧!"

没人吱一声。民兵连长还在笑。

肖万昌停了一瞬,又接着说:"要搞化肥,这我支持! 开动脑筋,前门后门(说实话,我这些化肥不少就是走后门来的),都不妨搞搞看,都到了什么时候了,还像小孩子一样事事找保姆! 我可做不了这么多人的'保姆'。我听说有人带铁钎子搞化肥来了——这个法子可使不得。撬门破锁犯法哩! 我在这里劝大家一句:犯法的事还是不做的好! ……"

肖万昌说完,开朗地大笑起来,满脸堆上了和善的皱纹。

荒荒用眼睛瞟着肖万昌,重新挤到人群里去了。

"赶空儿我还要给大家传达一下会议上的精神哩……"肖万昌卷好一支喇叭

烟吸着，眯起了眼睛，"会上，张县长接见了全县的专业户代表，一个一个鼓励，拉着手问还有什么困难？大家都笑着说没有困难。我们是老朋友了，'文革'那年他在我家藏过好几个月，我可从来不和他客气！我说：'我自己倒是没有困难！俺村里还有个荒荒，快四十了没有娶上媳妇，裤子后腔上老是破个洞，你管不管？'……"

他大笑起来。

有的人跟着笑起来；但更多的人却陷入了长久的沉默……

肖万昌离开大队部，到他的承包田里来了。他见李芒和小织在耘烟垄，就要过小织的耘锄耘起来。他左右开弓，耘地的姿势很好看，但总也不能和李芒耘得一样快。他只好耘窄窄的一溜儿，一边耘一边和李芒说话："我看今年的烟长得比去年要好！一张烟叶子就是一块钱的人民币……开会时见到烟厂的王会计，我跟他讲，秋后收烟可要瞪起眼睛来！……"

李芒打断他的话说："今年的烟劲道大。这从烟叶那些黄疤上看得出来。有人爱吸便宜烟，就得小心呛嘴巴！"

肖万昌摇摇头："嘿嘿，这地方的人什么烟没吸过？劲道越大越好，呛不着。劲道大过瘾哩！"

"长期过烟瘾，嘴巴里该生口疮了！"李芒又说。

"口疮又算个什么！"

"不能吸烟了。"

"照吸就是。"

"小心烂嘴巴。"

肖万昌停了耘锄，看着一旁坐着的小织，"哼哼"地笑起来。只有将牙齿咬在一起才能发出这种笑声。小织低着头，声音非常轻微地叫了一声："爸……"

"什么事？"肖万昌很警觉地睁大了眼睛。

"你看别人的烟棵又黄又小，可不该扣留他们的化肥。榨油厂也不卖豆饼给他们了，说要等着和你订合同。天这么旱，要浇地就得自己出柴油，他们也没有柴油。听说荒荒的烟叶旱得打蔫了……谁都指靠着烟田过日子，你该为他们想一想办法，你办法总是多的……"

小织这样说着，眼睛却一直盯在李芒身上。

肖万昌听完女儿的话，长长地叹了一口气。他皱了皱眉头，然后重新低头耘起烟田来，自语般地说道："我为这个村子奔忙三十多年了。我现在该为自己家里做点事情了……"这样说着，心里却在苦笑。是啊，三十多年！这期间有多少坎儿，政治运动，家族矛盾，村仇械斗，无数的难题交织在一块儿，他每次都在风口浪尖上。但他很快就老练了。四十岁以后，他遇到事情就从来没有惊慌失措过。整个村庄仿佛就是一个巨大的轮子，他认为它需要旋转一下了，就伸出手指轻轻一拨。平时他总是大背着手，他特别愿哼古戏里诸葛亮的那句唱词："我本是……散淡的人哪！"

耘锄的一个尖齿刺进烟秸里去了。他"哼哼"地笑着，把尖齿儿慢慢退出来……

八

刮了一夜大风。

这种风是让人厌恶的。很多烟叶儿给刮折了，没有刮折的也扭向一边，像一个人为抵挡风沙的袭击把手臂蒙在头上一样。所有的人家都到烟田里捡拾折下的烟叶，集中到一处去晾晒，准备将来有机会再把这些不成熟的劣叶子卖出去。这种风每年秋天都有，今年刮得早了点，损失也就不大。如果在烟叶收获的前几天，烟叶儿上足了"烟"，刮起大风来，不但会刮折烟叶，还会刮走烟叶上的"烟"！

风中掺了雨，所以人们活动在烟田里，衣服都湿透了。

李芒和小织很早就到田里了。他们把折掉的烟叶抱到老柳树下，堆了很高的一垛……老柳树被风雨抽打了一夜，大清早还在呻吟。它的叶子不断飘落下来，枝条也从身上脱落着。它的裂缝经了雨水，干朽的木头胀起来，发出老人干咳似的声音。有一块干树皮被水汽滋润得脱离了树干，掉在李芒的肩膀上。李芒吸着他的大烟斗，端详着这块老树皮，觉得它像一块炮弹皮一样。

小织有滋有味地吃着刚刚变红的山楂，一把一把从衣兜里掏出来。李芒看看她手里的山楂，口水就要流出来。可她偏偏要把山楂送到他的脸前……她吃着山楂，抬头四下里张望着。四周的烟田中，都有人影在活动。远处被雾气罩住，什么也看不清，只听得见那一声声咳嗽和叹气声，还有那奇奇怪怪的、听不清词儿的村里人的歌唱。烟农们对风的恶作剧说不上是高兴是悲哀，因为每年都有这样的风，吹折了这么多的叶子，像要代替他们辛劳的手去收获似的。雾海静静的，没有什么波涌；多少人在这早雾里钻烟垄、在田埂上奔跑。雾气漫开了多远呢？在辽阔的芦青河两岸，在整个的海滩平原上，都蒙上了这么迷迷茫茫的一层么？这雾气将烟草的气味、牛羊的鸣叫、村里人的呼喊和咒骂、芦青河的奔流声、海潮的轰响以及泥土细微的声息都融合在一起了……小织的目光从远处收回来，又落在自己的烟垄上。她看着看着，目光就凝住了！

她发现整整两座屋基那么大的一片土地上，烟棵儿都倒伏着。她惊呼了一声，扯着李芒的手奔了过去。

原来是一片烟棵被人砍倒了！不成熟的、稚嫩的烟秸被齐齐斩断，断口处渗出清清的水珠，像泪滴一样……

"谁的心这么狠啊！多么坏啊……"小织心痛地用手抚着砍倒的烟棵。

李芒默默地吸着烟斗。

"怎么办啊，李芒，多好的烟叶……"小织蹲了下来。

李芒还是一动不动地吸烟。

他透过袅袅烟雾，好像看到了一张瘦削、黝黑、又愤怒又丑陋的烟农的脸。这张脸又熟悉又陌生，上面沾满了发黑的烟汁。那人握了把镰刀，穿过他自己那一片又黄又瘦的烟田，来到了一片黑乌乌的好烟棵跟前，咬了咬牙关，恶狠狠地砍伐起来。他砍得好惬意，好解恨，直到砍了好大的一片，他有些疲累时，这才跺一跺脚，往地上吐一口唾沫离开了……

李芒从地上扶起小织，抚去她头发上的几颗水珠说："我们回到老柳树那儿吧……"

小织不动，只是盯着地上的烟棵。

这时有两个人吱吱喝喝地走过来了，原来正是肖万昌和民兵连长。肖万昌大概早已发现了这个情况，特意找了人来的。肖万昌的头发还像往日一样，梳理得一丝不乱；他今天穿了件深棕色衬衫，仍旧扎在半新的灰制服裤里。他说话的声音很大，但并不激动，脸上还带有淡淡的笑意。他对民兵连长说："破破这个案子吧，待会儿你请海边派出所的人也来。你协助他们……"

民兵连长心不在焉地看了李芒和小织一眼，笑了笑。

李芒默默地吸着他的烟斗，和小织一块儿离开了。他的大黑烟斗不离嘴巴，也不怎么说话，只在磕烟斗的时候深深地看一眼小织……

三天内没有什么消息。

邻地的人远远地向这边张望，可是像怕沾了什么晦气似的，并不到近前来看。腊子回家来了，他听说了这个事，骑着他的轻骑到烟田里来了。他穿着紫格子衣服，戴了墨色眼镜，将轻骑开得很快，到了烟田里却猛地刹车。他并未下来，摘下眼镜望了望被砍倒的烟棵，骂了一句什么，就离开了……海边派出所的一个胖子也来了一趟，他将两手卡在腰上，掀起了后衣襟，使所有见过他的人，都同时看到了贴在他后屁股上的小皮套子枪。烟农们开始伸舌头了，吸冷气了，发出"咝咝"的声音。

第六天上，半下午时分，肖万昌、胖子、民兵连长和荒荒四人到田里来了。他们后边不远，跟上来一些小伙子、妇女和娃娃，邻近地里人见了，知道案子破了，也放下手里的活计走过来。李芒和小织也走到那片砍倒的烟棵前。

海边派出所的胖子看着地上的烟棵，不时掏出一个小本子记上两笔。肖万昌卷好两支喇叭烟，分给民兵连长一支。荒荒想抽烟了，从衣服的里层摸索出一个又短又小的竹子烟斗，用两根手指夹着吸起来。

"用什么工具作的案？"胖子问。

"告诉多少遍也记不住，用老镰！"荒荒有些不耐烦。

把镰刀叫成"老镰"，惹得四周的人一阵大笑。

"什么用意呢——为什么砍？"胖子又问。

"什么用意，没什么用意，砍他娘的就是！"

荒荒说着，把小竹烟斗放在鞋底上磕起来。他的鞋子很怪：底子约莫一寸厚；帮子上缝了各种颜色的补丁，圆乎乎像个大彩球。大家又笑了。可能是笑鞋子。

肖万昌在一旁不慌不忙地说开了："唉唉，庄稼人就是没有法制观念！你恨我，可以指出我的错误，怎么能破坏农作物呢？犯了法，谁也没有办法……"

荒荒听了，用小烟斗指着肖万昌说："不用说了，我知道你，你他妈的最不是东西。老寡妇让你这伙人气死了，又占人家老屋藏东西……"

他的话刚停，民兵连长就笑眯眯地凑近他，用烟头儿往他手心里一触。荒荒毫无准备，疼得跳了起来。

派出所的胖子正低头记着什么，一抬头见荒荒在跳，就迅速地从皮包里摸出了一副手铐，跑上去卡住了荒荒的两只手。

大家都不笑了。

胖子手里捻动着一杆紫红色的圆珠笔，两眼盯住荒荒的眉心说："拘留你！"荒荒的眉心上有一块疤，大家都看到了。

李芒把一切都看在眼里，这时走上前去问荒荒："荒荒，真是你砍的吗？"

荒荒摇头大笑。

"荒荒！别让人讹了你……"李芒喊着，愤怒地推开了那个笑眯眯的民兵连长：他笑着抱了荒荒的胳膊，正用指甲掐荒荒的肉呢。

荒荒仍旧大笑："哈哈，'驸马'，这回抓了我你该高兴了吧？留下你自己发财吧！哈哈……"

荒荒被押走了。人群先是随着荒荒移动着，最后又散开在田野上……

李芒蹲在砍倒的烟棵旁，默默地吸烟。吸了没有几口，他突然站了起来，"噗"的一声抛了烟斗。

"李芒！……"小织喊了一声，紧紧地抓住了他的胳膊。

李芒望着远去的人群，慢慢蹲下来。不知过了多长时间，他才拾起烟斗，和小织默默地走回家去了。

李芒仰躺在炕上，不说一句话，目光一动不动地看着天花板。

小织用手试了试他的额头，说："李芒，你病了吗？"

李芒摇摇头。

小织坐在他的身边，看着他。

"小织，"李芒望了望她的脸，"从明天开始，由我们替荒荒掰冒杈、耘烟田吧。"

"也怪可怜人的。不过他也太坏了，砍了咱那么大一片烟……"小织说。

李芒看着天花板："他没有办法，我们有时也没有办法嘛！他算被逼到数上了。他要报复，就用上了那把镰刀……想想吧，小织，他穷得没有第二双鞋子，一点点指望就全在烟田上了。可他没有肥料，也没有水。什么权力全在肖万昌他们手里。招工、分红、参军、出夫……娶媳妇有时也得受他们干涉，荒荒的媳妇不是肖万昌给搅散了吗？他什么办法也没有，只好用镰刀撒撒气……我眼看着荒荒被抓走了，恨不得去把他夺回来！我心里明白：荒荒是因为砍了我们的烟棵才被抓的！我们倒和肖万昌搅在了一块儿！让大伙儿去恨我们吧！没人再会瞧得起我们……"

李芒激动起来，从炕上跳了下来。

小织呆呆地望着他。

"我们被逼得无家可归，到处流浪才学到了一点过日子的本事，学会了种烟的技术！可我们只有技术，没有肥料，没有水，没有公平合理收购烟叶的地方。没有这些你怎么能富起来！咱就这么和肖万昌联合了，成了全县最有名的黄烟专业户！……多大的屈辱啊！多少人在烟田里急得团团转，我们倒心安理得地做起专业户！小织，我们对不起乡亲们，对不起荒荒！也对不起我们自己！"

李芒愤怒地挥动着拳头，在屋里走着。他连连说着："不能再忍了！不能这样下去了！赶紧让这种鬼联合散伙，立刻就应该去告诉他！"他的脸膛变成紫红色，全身颤抖，碰倒了凳子，就要迈出屋门。

小织紧紧地抱住了他的胳膊。她叫着："李芒！李芒！"

"我们在和什么鬼人联合！我们这个不干不净的专业户啊……"李芒几乎要吼叫起来。

小织有些害怕，她抽搐起来……她从他的衣兜里摸出那个大烟斗，给他装了烟，塞到了他的手里。"李芒！"她叫着，"冷静一下吧，李芒！你答应过我，要等我同意了那天才……才正式和他分开。这样，你今天这样怒冲冲的，会把事情弄坏……啊，李芒！你听见了么？李芒！啊啊，李芒……"

李芒握烟斗的手颤抖着，颤抖着，终于慢慢举起来，将它送到嘴巴上了……

九

小织的手指也不知是怎么长成的，又细又圆，那么光润，那么软！用它拿苹果、搬凳子、捏钢笔……它触摸过的东西都变得比原来美好了。李芒曾经不眨眼地看它弹拨过一个琴：它按在丝弦上，黄色的丝弦弯下来，它也弯下来；丝弦颤动着，它也颤动着。当它在丝弦上揉动时，指尖就微微发红了，像害羞似的；它用力弹了一下弦，弦要激动地跳起来，它却异常机敏、有几分顽皮地先一步从弦上跳开了。指甲又硬又亮，闪着荧光，像十枚小小的铜片。小铜片打在弦上，当然是金属的声音。几道丝弦，有粗有细，它不冷淡任何一根弦，去抚摸，去揉动。它的温柔全在弦的身上了，丝弦叙述着各种感触，委婉的语气也像是模仿着它。有时它全从弦上移开，与弦相距一寸，像是默默地对视，又像是在轻轻地喘息。这安静的几秒钟里，空气凝住了。它重新按在弦上时，是几根手指轮换地触摸，显得小心翼翼，像是怕惊醒了对方的熟睡，又像是蹑手蹑脚地行走。丝弦终于没有被惊醒，熟睡过去，发出轻微而均匀的鼾声。于是它离去了，指尖勾起，恋恋不舍地从弦上移开……

一个男子这样细致地研究一个姑娘的手，他自己也感到有些难为情。可是没有办法，这双眼睛特别执拗。李芒有时故意把脸转向一边，但眼睛却仍要去寻找那双手。

那双手曾捏紧了一个做标记用的小铁旗子，插在一个铅球砸出的印痕上。那个铅球就是李芒掷出去的，她惊羡地看了他一眼。他也同时看清了她是肖万昌的女儿，于是深深地吃了一惊。

他当时看到的是一个娴静的姑娘。她穿了件洗得发白的黄军衣，一条学生蓝制服裤。与上衣不同，这是笔挺的、使下肢显得特别修长的新裤子。衣服特别合身，恰好衬托出她的丰满与娇小。她的脸色很红，猛然一看还以为她正害羞呢。像一株秀美的香椿树，挺拔地长在屋前的空地上，并没有因为水肥充足就痴憨地疯长起来。它矜持得很呢，将雨露闪烁在叶子上；叶梗儿发红，像永远披了霞光。她的确使人想起这样的一株香椿树。

毕业了，她和他都回村了。她依然常常穿着那身泛白的军衣。那个年代军衣时髦得很，她开始是赶这个时髦的；后来谁都发现军衣使她更加漂亮了，她实在需要这样的一件衣服……肖万昌安排女儿做了大队广播员。她可以不下田，这就招来了村里人暗暗的怨恨。可是她的甜润的声音慢慢使人喜欢起来，人们都在心里问：有这样一个广播员有什么不好？年轻人很寂寞，从学校回到田野很寂寞。李芒和小织每天要参加夜校，他们就在这时组织了一个文艺宣传队。

排练节目时，李芒常常看小织弹琴。

宣传队要到造田工地上演出，工地上的先进人物，无一例外地都要编进节目里。只有李芒和小织两个人是高中生，节目也就靠他们编了。他们常常编到深夜，一点也不累。他们编了快板、数来宝，自己先要说一遍。李芒能将数来宝最末一段的最末一句罗列上七八个形容词而后押韵，这使小织觉得新奇而痛快。她腼腆、内向，极度兴奋时往往垂下眼睑，摆弄她那支铝杆儿镀金笔。她那两只柔软的、可爱的、未被粗重的东西磨损过的手掌不时去翻动一下纸页，李芒把她弄乱的纸页再理整齐。他总是微微含笑，表现了一个男子的沉着和自信。他和她很少说话，因为有些更细微的东西，有些还嫌模糊的感觉，语言反而说不清。他们两人都自觉地在一种氛围里大致沉默着。夜色真美好，月亮姗姗来迟了。窗外不安分的鸟儿叫一声，风懒懒地摇动着树梢。他们疲倦时走出屋来，伸一伸腰，踩一踩湿漉漉的青草。小织脑后那两个弯弯的毛刷刷在月色里显得特别可笑，揪一下多好，可是没人敢揪。它就那么骄傲地摇摆、颤动吧！它就那么高高地翘着吧！暂时没有人理睬，没有人去过问……这里是一所学校，就处在村子的西北角上，离村子有半里之遥。校舍在一片稀疏的树林里，夜晚有一个老人在睡觉。此刻老人早就睡着了。

他们走出屋子时，听到的是校舍四周各种奇奇怪怪的夜之声息。虫鸣、蛇走、刺猬咳嗽，一只大乌鸦在远处落下。村子里狗吠了，小孩子在哭泣，有位老人悲伤地号啕，这声音真正打破了一片静寂，使月色也变得凄凉了……他们这时候就默默地望向那黑魆魆的村子，猜测着，忧虑着，用目光询问：又是谁家的老人遭到了不幸？在这样的夜晚里，在这样的月色里，什么事情都会发生啊……

老人的哭声越来越大了，狗吠得更急了。他们终于听出是那个老寡妇在哭。两个人都长叹起来……老寡妇只守着一个傻女过活。傻女疯起来的时候就满街乱跑，老寡妇就不吃不喝地跟上她。有一回老寡妇追傻女追到一片蓖麻林里，出来的时候也变傻了：抓扯着自己的头发嚷叫着，说治保主任在蓖麻林里糟蹋傻女了，不一会儿又说是民兵连长。她说的那个治保主任死了快两年了，这显然是疯话。大家寻到蓖麻林里，什么也没有看到，都说老寡妇是疯了……

她从那开始就常常抓着自己的头发哭喊了。

两个年轻人站在惨白的月色里，觉得一阵阵发冷……

李芒说："我记得傻女上小学时一点也不傻。她是后来才傻的……"小织回忆着，点点头："大概是十四五岁时……"

两个人不再说话，往前走着。李芒走着走着突然站住了，眼望着远处的树影说："有一回傻女在巷子口遇到我，笑着，一点也看不出傻来。这样站了一会儿，她突然尖声大叫起来，用手去扯自己的头发，转身就跑了。我正发怔，觉得后面有什么人，回头一看，见民兵连长在我身后站着！原来傻女是看见他了……"

小织惊讶地望着李芒。

"你看，傻女见了民兵连长就疯！……"

宣传队排练时，村里的好多人都要迎着琴声赶来观望。民兵连长也背着枪赶来了，他还兼任着治保主任。他笑眯眯地看着好多人伏在明亮的窗前往里张望，第二天就禁止了"随随便便看排练"。他一个人来，有时也陪伴支书肖万昌。当肖万昌不来的时候，他就找一个角落坐下，长久地盯着小织。肖万昌如果来到这里，总是显得十分庄重。他不声不响地坐下，先点燃一支烟。有一个漂亮的女儿活动在这里，他显得十分得意。在这里，他的脸上流露得最多的神情，就是一个支书的威严和一个父亲的慈爱。偶尔他也站起来，问一下文艺节目中的某个问题，那时人们就会知道，支书关心的主要是政治，他要在政治上把关的。这时候民兵连长坐在他的背后，微笑着，不时地递给支书一支烟或是小声地解释几句什么。支书点着头，显出十分满意的样子。民兵连长跟支书说完话，就专心地研究几个女演员了。他看得最多的是小织，但偶尔也警觉地扫一眼李芒。

有一次民兵连长一个人来了。他站到小织的身后看她弹琴，突然脸上消失了微笑。小织只顾弹着，当她黑亮的、柔软的头发落到琴上时，她就甩一甩头。

她想不到他站得那么近，有几根发丝碰了他的脸。他的脸有些灰黄，有着三十多岁的人不该有的深皱。他有些惊讶地张开了嘴巴，露出了被烟草染黑的牙齿，发出一声很难听到的呵气声。他伸手搓了一下脸，嫌热似的退开一步说："小织会弹！"……临走时他对小织说："明天，不一定排练了，李芒要去队部开个会。"

"开什么会？"小织冷冷地问。

"他是'可以教育好的子女'，不开会还行？这是治保会的制度。"

从此，李芒就常常被叫到民兵连部开会了。这里集中了二三十个年轻人，民兵连长和他们对坐着，一个人吸烟微笑。他说："先学习'老三篇'吧，待会儿再谈。"他有时也请肖万昌来讲讲话。肖万昌常讲的就是："重在政治表现。到底是不是可以教育好，就看你们自己了。唉？"他走后民兵连长就发挥起来，有时扳着手指告诉他们哪个国才是"第三世界"。他讲累了就直眼瞅着一个女青年，嘴里又发出不易听见的呵气声。李芒在一边暗暗想：民兵连长的腮帮上，就短那么狠狠的一拳头！

他从民兵连部出来，再晚也要到学校那儿看一看。这种带有侮辱意味的会，使他沮丧极了。好比一个急需新鲜空气的人被强迫关进一间发霉的屋子里一样，一经解放，就马上奔到旷敞的原野了。他急于听一听那儿的歌声，那儿的欢笑。

那儿有歌声吗？

太晚了，没有歌声了。只有一个人在树下等他归来，这就是小织。

十

她在等待一个不幸的人，因而常常显得急躁和焦虑。她的性格就是这样的温柔多情，这样的容易体贴别人。她的眼睛特别看不得苦难，却偏偏生在一个有很多苦难的时代里。如果她不是肖万昌的女儿，不是这方土地上一个权威人物的骨肉，她很可能在等待别人的时候就遭到了罪恶的袭击。她站在那儿，比起身旁粗大的梧桐树来，越发显得弱小了。月亮出来后，照着她的旧军衣，照着她亭亭的身姿。她周身无时无刻不散发出一种青春的、让人爱恋的气息。秋天了，她已经在衣服里边加了一件秋衫，她对气候变化特别敏感。劳动还没有去磨损她，她躲在一个安静的角落里闪动着好看的睫毛，有些惊讶。她慢慢就不会惊讶了，慢慢就看到她等待着的这个人有多么不幸，以后的夜晚会变得多么凄冷。

李芒多么感激她啊。每当他从民兵连部出来，踏上通往学校的小路时，他就急于看到那个站在树下的身影了。排练的时候，他又被渐渐地溶解在歌声里了。李芒后来发觉大家唱歌的时候，常常要寻空儿看他一眼，那目光里多少掺杂了一些同情和怜悯。这就使他特别受不了。他有时故意放高了声音歌唱，每一个动作也用力一些，来向伙伴们证明，他是多么不在乎去开那个会。可是这样一来他的动作常常就变得过于夸张了、不自然了。小织禁不住要问他："李芒，你的手，就是表现打锤子的动作，还要扬那么高吗？"李芒的脸马上红起来了……

后来，小织在父亲面前为李芒求情，请他不要再让李芒去开那种倒霉的会了。肖万昌吸着烟，好长时间没有说话，只是不时地看一眼女儿。他说："你可得跟李芒离远一些。他是什么人你该知道，你好像对他不错……"小织的脸红了。她想说点什么，可父亲的眼睛一动不动地盯着她："你自己揣摩吧。你不是个笨孩子，我知道你不会自己去毁自己……"肖万昌的语气严厉起来。她抬头看了看，见他的脸色不知什么时候变得铁青。小织有些吃惊。她想争辩什么，但她什么话也说不出，只噙着泪水离开了。

李芒仍旧要去开会，民兵连长仍旧来看排练。当李芒缓缓地离开宣传队，朝着大队部走去的时候，小织总要呆呆地目送他远去。小织想他那沉重的步履，是被难以负起的重压拖累的。

李芒越来越消瘦，嗓子也常常嘶哑。他决心离开宣传队，跟小织告别说："小织！……你不知道，不知道我一次次被叫走时，我想些什么……我想起了我小时候戴的那条红领巾，鲜红鲜红的……我也是党的孩子啊……可是……"李芒说着，眼里涌出了泪水……

小织紧紧地握住了他的手，摇动着说："我明白！我知道！李芒……"

小织决心要让李芒留在宣传队里，留在这个暂时用歌声编织起篱笆的小花园里，无论如何也要让他留下！宣传队的伙伴们无数次地安慰他、劝阻他，紧紧地拥抱起他来……

李芒后来终于留下来了，所有的伙伴都高兴得不知怎么才好，大家兴奋极了。

这天晚上，他们没有排练以往的节目，而是各自选择了自己喜欢的歌子，不停地唱起来。多么痛快！多么舒畅！就好像欢迎一个从远方归来的好朋友似的，大家围着李芒，眼睛里闪着比往日更明亮的光泽。也巧得很，这晚上李芒和小织的同学袁光从河西找他们玩来了！这使李芒和小织十分高兴。三个同学见面了，彼此都激动起来。袁光白天在生产队里劳动，只有夜晚才有时间出来玩。他大概很久没有经过这样热闹的场面了，看着大家唱歌，满脸通红，鼻尖上渗出了愉快的小汗珠。袁光的头发又长又乱，这使他自己都有点不好意思了。后来他小声告诉说：他要早些赶回去了，因为他出来时找治保会请过假……他说这话时，见李芒垂下了头，也就闭上了嘴巴，站起身来。

李芒和小织去送袁光了。

一天的星星。他们踏上海滩，穿行在稀疏的小树林里。他们默默地穿行在稀疏的小树林里。一天的星星。友谊分别记在三个人的心底，他们仰脸看那星星。夜露有时洒在他们的眼睛里……袁光踏上了芦青河的小桥，向两个好朋友无声地笑了。

袁光走了，月亮升起来了。他们又踏着月光穿行在稀疏的小树林里……白白的沙子在脚下嚓嚓响着，无数的叶片在四周闪动着绿色。小织的泛白的军衣上沾着露滴，她的两个毛刷刷辫也沾上露滴了。她的前面几尺远的地方，走着高高细细的李芒。在这月色苍茫的大海滩上，她跟上李芒往前走去，就像跟在了一位兄长的身后，心里那么温煦和安逸。她很羡慕李芒那挺拔的、青春勃发的身姿，也羡慕他那透着男性的力度、男性的自信的宽厚的臂膀。她呼唤他："李芒！你走那么快，你走的真快呀……"

她的声音慢慢弱下来，"真快呀"三个字几乎要听不清了。李芒于是就放慢了脚步。他像是极不习惯于这种行走的速度似的，只得走走停停。小织简直就不像赶路了，她的步子十分缓慢，一双大大的眼睛四下里观望着。后来，她就倚着一棵青杨树站住了。李芒也走回到树下来。他听见了她的均匀的呼吸，看了看她那个很严肃的样子，觉得她多么好、又多么可笑啊。李芒没有吱声。

"李芒，我不会老待在宣传队里的……"小织说。

李芒不解地看了她一眼。

"你想想，我爸爸会让我待在村里吗？不用多久，他就会把我弄到哪个工厂、机关里去了……"小织轻声说。

"他一定会。"李芒说。

"我就那样走了吗？"

"可不是就那样走了！"

"就那样离开宣传队了吗？"

"可不是就那样……离开了！"李芒的声音变得很粗重。

小织垂下了头，两个小毛刷刷往上仰着、微微颤着。李芒看了看它，心中有些闷热。他又把目光移向黄蒙蒙的前方了……小织仰起脸来问："你喜欢一个人待在这片海滩上吗？"

李芒笑着："你喜欢一个人待在海滩上。"

小织又问："你喜欢有一个人和你一块儿待在海滩上吗？"

李芒笑着："你喜欢有个人和你一块儿站着。"

"你把铅球推那么远……什么胳膊！"小织笑眯眯地看着他。

他有些冲动地猛击了一下青杨树。青杨树周身震动，几滴露水落下来，有只鸟儿也飞了。他大口地呼吸着，他觉得身上很燥。这个夜晚明亮、安静，没有一点儿风。远处的林木高高簇起，月色下看去像一道山崖。他此刻倒真想让前边有座起伏的山岭，他们一起攀登上去。他看看小织：她就站在身边，那么娇小的一个姑娘。她是依偎在这棵大树上了，用那个很小的小巴掌抚摸着光滑冰凉的树皮。她比他小那么多，他看她需要低下头来呢。他抿了抿嘴角，轻轻地咳了一声。他想唱一支歌儿，他突然觉得大海滩上的林木、沙土、夜飞的鸟儿、小蚂蚱、飘飘落下的叶片、溅起的露水……一切的一切，都融化在他要唱的这支歌里了。没有什么痛苦了，没有什么焦虑了，没有什么不安了。眼前的树木仿佛退远了，又慢慢消逝在远方，化作一片朦胧的月色。大海滩像被一层雪粉轻轻覆盖，反射出淡淡的光来；大海滩毛茸茸的，粉丹丹的，热烘烘的。大海滩像个红眼儿白毛的小兔子了！你想去捕捉它，把它举在手上。哦哦，一天的星星！星星用热切的眼睛望着海滩上的一切，眨着，又睁得老大，雪亮亮的眼睛啊。星星眼里的世界会是这样的吧：只有一个温柔的大海滩，只有一棵大树，只有两个人。两个人隔着一棵树。红眼睛的小兔子，小兔子伸出通红的小舌头去舔闪着露珠的树叶儿。它喝足了水，就睡着了。它的鼾声那么轻微、均匀。它紧紧依偎着一棵高大的青杨树……李芒的心噗噗地跳起来，他把手压到了身后去，轻声呼唤："小织！小织你一声也不吭……你睡着了么？小织……"

"我没有睡着。李芒，李芒……"

"我们离开青杨树吧，我们往前走吧！"

他们走去了。微微的风吹起来了，吹来一种淡淡的香味。慢慢地，林木更稀疏了，开阔的草地袒露出来了。月光在平展展的草的尖叶上滚动跳荡，小野菊特别显眼。离开草叶一寸高的地方好像有什么在飞速流动，看得人眼睛发花。他们仔细看了看，看出是闪亮的甜草叶儿在风中扫动，月光在上面走来又走去，真像是流动着什么！李芒说："小织，你看，我好像第一次发现这个地方似的……多好的一片小草原！"小织重复着他的话："多好的一片小草原！"……踏在了小草原上，野菊的香味变得扑鼻了。他们在这片开阔的草地上坐下来了。

小织小心地捏了捏李芒支在地上的一只胳膊说："像铁一样……"李芒就用这只胳膊把她揽到身边说："像铁一样……"小织呼吸的声音又粗又急，发出一种哭泣似的声音，挣脱着，奋力挣脱。因为"像铁一样"，她终于挣脱不掉，于是就把头伏到他的宽厚的胸脯上了。他试图将她的头扶起来，可是怎么也不能。他抱着她，唯一的担心就是怕她笑自己那颗咚咚乱跳的心。他终于可以去攥她脑后的两个毛刷刷了，小心翼翼地伸出手去。他发觉她的头发很滑，很滑很滑的。他声音颤颤地说："一切的一切，什么，所有的什么东西，我都不怕了……小织，啊啊！小织……我听不见你喘气了。哦哦，你真要睡过去了……小织，你没有睡过去啊，你的眼睛睁这么大。你看见什么了？你知道吗？你听见吗？我什么都不怕了……我想告诉你的就是这个。小织，啊啊！我又听不见你喘气了。哦哦，哦……小织！"

小织的头埋在他的胸脯上。她闭着眼睛，一片黑色没有边缘。她什么也感觉不到了，似乎也听不到李芒在说些什么。一股热流从她的心房流出来，涌遍了全身。她觉得她是伏在一片黑色的、温暖的波涛上了，正随着海的浪涌漂去了。海浪抚摸着她，把她的毛刷刷辫拆开了，把她黑色的头发溶化进水流里去。远处的浪涛巨雷般轰响，震动着她的心，她勇敢地向着那雷鸣泳去。阳光在黑色的波涌上闪耀，金色的水珠跳荡起来。一片大海变绿了，翠绿翠绿，波涛也在平息，渐渐地，大海又像绿丝绒那样光滑了，细小的皱褶活动着，变幻着。她在这绿丝绒上惬意地、尽情地舒展，她玩得都有些眩晕了！……突然她又听到雷鸣似的浪涛在轰响了，她好奇地将头埋下去、埋下去。她听得更清晰了："轰——隆！轰——隆！……"她用手去抚摸，后来，她的手就被更大的一双手给捉住了……

李芒捉着她的手，一动不动地握着。他昂起头来，默默地注视着前方。

那还是茫茫的月色，还是丛林，黑魆魆的丛林……小织问："李芒，你怎么了？你在想什么呀？"

李芒喃喃地说："我在想我自己、想傻女和袁光……"

小织沉默了。停了不知多长时间，小织才轻声问："我们该回去了吧？"

李芒点点头："该回去了！"

十一

严寒来到了。芦青河又结了白色的冰层。后来冰层加厚，过河不一定走小桥了，可以大摇大摆地从冰上踏过，一些来不及收获的蒲苇就冻在冰里半截，寒风又把它们从冰面上斩为两段。

每年最寒冷的时候，学大寨总要掀起一个高潮。为了造田，"跟荒滩要粮"，需要砍掉大海滩上一片片林木，然后将白沙子下面丈把深的黑泥翻上来：这叫"大翻"。大翻是当时最苦的活儿了，人们要翻一个冬春，脚上一直穿着生猪皮包裹茅草做成的鞋子。几乎每年都有人在大翻中受伤，不是塌下的土块砸坏了腰腿，就是被锹镐碰了哪儿；也有人被崩下的冻土块埋住，永远不再活过来……这年的"大翻队"又成立了，李芒理所当然地被招到大翻队里。

他的手掌很快就挤出几个血泡。后来血泡没有了，磨出了一层铁样的老皮。他从来没有被碰伤过，一双灵活的眼睛警觉得很，总是一次次化险为夷。民兵连长做了"大翻总指挥"，他捎着枪，将一个琥珀色烟嘴咬在嘴角上，在丈把深的泥沟岸上笑眯眯地走着，见了沟下的李芒，就蹲下来欣赏一会儿。

李芒默默地瞥他一眼，咬了咬牙关。

民兵连长笑着："喂！伙计，上来喝口水吧？"

他明明知道李芒上不来：只有统一休息时才放下长木梯让大家爬上来，平时大小便也都在下边了，要喝水，也是随便找个水洼子伏上去……他是逗着李芒玩儿。

这天晚上，民兵连长又来宣传队里看排练了。他就站在一边看小织弹琴，有时还眯起眼睛倾听。有一次他被一阵特别委婉的琴声引得睁开了眼睛，接着就紧紧地咬住了烟嘴。他看到小织一边弹琴，一边看着李芒，那目光热烈中透出无限的柔情！他的烟嘴越咬越紧，后来就是这么硬咬着走出屋去……

第二早上，李芒很早就来到大翻工地上。工地上没有人，李芒正想找个背风的泥堆歇一会儿，突然从泥堆后面跑出一个老婆婆来。原来是老寡妇，她正从翻开的泥沙中寻找铲断的树根，准备做烧柴……李芒就帮她找起来，一会儿就弄了一大捆。

老寡妇坐在柴捆上，像是一时不想走了，眼神僵直地望着他。望了一会儿，她竟然朝着他的脸伸出手来。李芒的心咚咚跳着，但没有逃开，而是往前走了一步。她终于能够摸到他的脸了，就一下一下地抚摸起来。李芒看着她的有了笑意的眼睛，看着她的头发，不知怎么想起了傻女和蓖麻林。一个念头越来越强烈，他突然想起要弄明白蓖麻林里的秘密！他像自语似的，喃喃地说道："蓖麻林……蓖麻林……"

老寡妇的手像被什么烫了似的，从李芒的脸上倏地抽回来，大声呼喊起死去的治保主任和民兵连长的小名来，竟然呼个不停……人慢慢多了，围了上来。

李芒和老寡妇被围在中间。他十分后悔，不该提蓖麻林……老寡妇喊着，比画着，突然向外冲过去。大家一看，原来民兵连长就站在人群后面，不知怎么就被她发现了。民兵连长跳着，慌慌张张地跑着，躲闪着追上来的老寡妇……

大家喝起彩来，一边大笑，一边给老寡妇加油……

上工的时候，民兵连长阴着脸，一直蹲在李芒的那一段沟岸上。他徐徐地吐着烟雾，看着下面的李芒整得满脸泥浆……看了一会儿，他突然"咯喽"一声将烟嘴咬住了。他笑着对李芒说："你到东边那条沟里翻去，你的个子高。"说完就让人放了木梯。

李芒踏上岸来。他端详了一会儿东边这条沟，立即惊得怔住了！

这是一条特别狭深的沟，往下看黑森森的。沟的一边已经弯曲了。弯曲来自巨大的挤压力：离边沿一米多远处，已隐约可辨一条断裂痕了。不难判断，这条冻土沟在一二小时内，也许更早一些，就会坍塌掉！如果不是他发觉了，那么用不了多一会儿就会被活活埋掉！他深深地吸了一口冷气，仰面望了望蓝蓝的天空……

这一天，小织刚踏进家门，肖万昌就用冷冷的目光盯住她。这样过了有五分钟，小织觉得自己的手有些颤。父亲淡淡地说了一句："说说你和李芒的事吧。"小织猛地抬起头来，咬了咬嘴唇。"说说吧！"他的声音突然变得又粗又硬。小织还是不吱声。肖万昌等待了一会儿，声音又软下来："你不说我也知道。我就你这么一个闺女，你是父亲的心尖肉……我交个底给你吧：你要找上李芒，除非日头从西边出来！你自己思量去吧！"他说着，终于火气又涌上来，最后几个字是从牙缝里一个一个挤出来的。小织还是第一回见到父亲激动成这样，她又一次感到了惊讶，但更多的是气愤。一种受辱的感觉从心底泛起，她有好多话，但她一个字也没有说，转身跑出了屋去……

李芒更频繁地被叫去开会了。

宣传队很快就被迫解散了。但小织仍像过去一样，站在树下默默地等他归来。李芒从民兵连部出来，总是急急地奔向学校。他是奔向一束阳光去了……在路边的这棵树下，他们谈了那么多。当李芒告诉了她冻土沟的事情时，她惊恐得好长时间没有说出话来……

不知从什么时候起，人们听不到老寡妇的哭声了。后来才知道是傻女突然失踪，老寡妇病倒了。不久，她就死了。

她死的那天晚上，老屋门前围了很多的人。不懂事的孩子哈哈笑着，打闹着。邻居的几个老婆婆偷偷地在角落里烧纸，弓着腰在地上划着什么。她们的背影使几个围看的妇女哭起来，哭声越来越大，后来男人们也哭起来了。

哭声惊天动地！李芒和小织睁着泪眼，惊讶地看着。他们从来没有见过这么多的人一块儿泣哭……

他们再也看不下去，从老屋门前离开了。李芒反反复复地想着不久前在大翻工地上，老寡妇追逐民兵连长的事；想起傻女见到民兵连长时的那一声尖叫……他走着走着突然站住了。

他说："民兵连长一准跟傻女的事有关……蓖麻林，老寡妇喊的蓖麻林不是疯话！"

"那治保主任呢？他死了好几年了！"

"……"李芒答不上来。他说："老寡妇死了，蓖麻林里的秘密也给带走了。要找到傻女就好了。这一家子人惨极了，等于被推到了那条冻土沟里……"

"傻女不知道还活着没有？她一个人跑到哪儿去了？"小织哀叹着，嗓子哽住了。

李芒说："我有时真不知道这一辈子怎么活到底。肯定很难，到处都是那条冻土沟。我有时想：真不如像傻女一样跑走，跑得没有影儿，跑到天边上去！傻女一点也不傻呀！"

小织用她小小的巴掌握起李芒的手，轻轻地摩擦着。她小声呼唤着："李芒！……"

李芒望着天上的星星，又低下头来看小织那滑润的头发……他说："那天晚上坐在草地上，你记得我说过一句话吗？我说过'我今后什么也不怕了'，这是真的。我到现在也这样想。可是，你能跟着我吗？这样我也把你领到那条沟边上了，这不是更惨吗？……"

"李芒！李芒！……"小织连声叫喊着，用手掩住了他的嘴巴……

他们一起向前走去……

在小路边上，多了一截干朽的木桩，立在那儿，黑森森的怪吓人。当李芒和小织试着走近它时，它的顶部突然闪亮了一个红点儿——原来是一个人默默地站在那儿吸烟！小织惊叫了一声，攥住李芒的手就跑。他们跑开一段路之后站住了，听着身后的声音：那个人在咳嗽。

第二天晚上，李芒又被叫去开会了。当他走出民兵连部，走到那棵树下、走到小织身边时，突然从一旁的树丛里蹦出三个持枪的人来。还没容李芒和小织叫出声来，就有两个大白布套子分别把他们套住了。一个人呼喊着："抓流氓抓流氓！小地主崽儿要流氓！哦号！……"

李芒马上听出是民兵连长的声音。他极力想撑破这个袋子，可是怎么也不能。他在袋子中闻到一股香味儿，接着用手摸到了一截粉丝。他终于明白了自己是被装在一个装龙口粉丝用的大帆布包里！他们可真会想坏点子啊！……民兵连长又喊开了："绳子缠上，绳子缠上！"话音刚落，李芒觉得有五六道绳子勒上布袋，并渐渐勒紧，有一条绳子正勒过他的咽喉，他感到一阵窒息，脑海中立刻闪过那条即将坍塌的冻土沟的影子……他呼叫着，奋力挣扎，尽量让绳子的位置离开咽喉远一点。他同时也听到小织反抗的声音，听到民兵连长的嬉笑："嘿嘿，小织呀，莫害怕，我是你大哥，大哥把你抱回家去……哎哟，有一百斤？……"小织怒斥着、叫骂着，但这声音和民兵连长的嬉笑掺在一起，渐渐远了……

李芒被几个民兵轮换扛到了一个地方，接着被抛到了一个又深又硬的坑里。他的头被重重地磕了一下，立即昏了过去。

醒来时，他身上的套子已经被解开了。原来他被抛在了一个废弃不用的水泥氨水库里！一股残存的氨味儿直刺他的脑门，身前身后、墙壁上，留着一些唾液和血痕，这里不知关过多少人呢！……小木门响着，接着民兵连长和肖万昌走了进来。李芒盯着这两个人，一声不吭。

肖万昌的头发有些乱，满脸倦意。他吸着烟，咳了几声。

李芒突然想起了那个夜晚小路边上的半截朽木桩，想起了那几声咳嗽。这咳的声音是一样的。

"……看来治安工作真要抓一抓喽。咹？"肖万昌在和民兵连长说话。

民兵连长笑眯眯地指了指李芒："这不捕获了么？"

李芒冷笑着："你们比法西斯还有办法。可你们扼杀不了我们的爱情！"

肖万昌由于气闷而喘息起来，用手指着李芒说："你算个什么东西！你这个小地主崽子大白天做梦！你挠痒挠到我头上来了……好，好，你等着吧！"他骂着，咳着，身子摇晃得很厉害。停了一会儿，他的火气才消下来，对民兵连长交代了几句，急匆匆地离开了。

送走肖万昌，民兵连长就转了回来。他一进门就狞笑着嚷："芒兄弟口福不浅啊，我就没有这口福。你这回就是死了也值了。肖支书到底有钱，把个闺女养这么白嫩……"

没容他住口，李芒就给了他的下颌骨那儿一拳。这一拳打得没有节制，使民兵连长的头先往一旁猛地一甩，接着整个身子也倒下来……

小织一直躺在玉德爷爷的怀里。

她从被裹绑着送回家来以后，一直没有流泪。她听着父亲的斥骂，紧紧地咬着嘴唇。她第一次知道父亲也会这样凶狠地骂人。肖万昌在屋里暴跳着，大嚷大叫："你要和他好得成，除非把我杀了！你干脆死了这条心，我早跟你说过！……李芒那小子也活得不耐烦，看我这回怎么把他送到公安局里去！臭流氓！"

玉德爷爷抱紧孙女，一边怒喝着儿子："出去！你给我出去！没完了？"……肖万昌走了，他还是紧紧地抱着孙女。

玉德爷爷就是这样把她抱大的。小织的母亲死得早，玉德爷爷就老是把小织带在身边了。今天的小织已经完全是个大姑娘了，他抱起她来还像过去一样妥帖自然。小织没有流泪，他却用粗粗的手掌擦了几下她的眼睛。肖万昌出去之后，他哈着气对小织说：

"孩子哟哟！咱可不能跟李家结亲！你还小，不醒事，你不知道，过去河边上这些地全是他们李家的。我这胳膊，看见这块疤了吧？就是李家的狗咬的……"

玉德爷爷挽起了衣袖，让孙女看他胳膊上的疤。

小织摇着头说："爷爷，李芒的爷爷、父亲不是全死了吗？他不是个孤儿吗？"

"不能跟李家结亲……"玉德爷爷摇着头。

"爷爷，李芒不是个好孩子吗？你不是也夸过他吗？"

玉德爷爷点着头："那倒是。"

"爷爷！"小织从老人的怀里挣脱出来，执拗地说，"我就和李芒好了，他到哪儿我跟到哪儿，我一辈子都和他在一块儿了。硬把我们分开，我会活不下去！……"

老人摇着头，叹着气，重新把小织紧紧地抱在怀里。

"爷爷，我们快去救出李芒吧！他们要把他送到公安局，现在不知怎么折磨他呢，那个民兵连长比狼还狠！……爷爷！"

玉德爷爷默不作声，一双深陷的眼睛望着漆黑的窗户。

起风了，街上的树木发出尖利的叫声。小织恳求着爷爷，这时突然从老人怀里跳下来说："你听啊爷爷！你听！他们在抽他，打他，他在喊——你听啊！你的心比石头还硬……"

老人打开窗户，倾听着。还是只有风声。

"爷爷！快走啊爷爷……"小织摇晃着他。

玉德爷爷的胡子抖了抖，沉着嗓子喝了一声："织子！"……小织坐了下来。老人轻轻地关了窗户，又从屋角找来一根铁钎，掖在了宽大的衣襟下边，然后靠在椅背上睡着了。

刚过午夜，玉德爷爷就醒来了。他扯上孙女的手往外走去。他们撬开了氨水库的小木门。李芒已经被打昏几次了，搀出门来，当看清了来的是玉德爷爷的时候，立刻给老人跪下了。

李芒决定连夜逃走。当小织告诉要和他一块儿离开这里时，他的一汪泪水再也忍不住了！没法儿跟谁告别，没法儿跟老爷爷告别！他们抹去了泪花，转过几条村巷，就隐没在一片夜色里了。

在村边上，他们久久地呆立着。

整个村落死死地沉睡着，只偶尔有狗吠一声。天空有淡淡的云，星星忽闪忽隐。冷风从不远的海上吹来，吹起了他们的衣角。

他们踏上了河桥。过河，入林，开始了不为人知的逃亡。他们要走几百里，再折向南，入山。

十二

李芒怎么也弄不明白这几句话："用小树叶遮住眼睛，然后，不发一言。"他吸着大烟斗，一双手在诗集上摩挲着，显出很有兴味的样子。直接的、表面的意思他是明白的，他只是害怕还有什么寓意、什么象征，等等。他知道那些诗人的狡猾，知道诗人就是些善于埋藏东西的人。他吸着烟，看着这一行一行的、印得很规矩的文字，常常感到一阵阵惊讶。他品着烟，咀嚼着诗行，总能从里边掘出什么新鲜东西来。在南山和东北的时候，他试着写过一些东西，都写得很糟。但他也养成了读东西的兴趣。他每逢在生活中遇到难题，每逢激动起来，就习惯于翻开一本诗集、一本书。这能使他平静下来。更奇怪的是有时这书也能给他一些新奇的想法，使他这样做而不那样做。

小织伏在一边的缝纫机上做针线，她有些黄瘦了。这主要是因为她到了一个特别时期，她坐在那儿真有些笨呢！也可能李芒的执拗使她吃了些苦头，她几天来老要劝阻、说服她的丈夫。

这个家已经是很温暖、很幸福的了。几乎不缺任何东西，电视、录音机、电冰箱……什么都有。特别安慰着她、使她自豪的是，他们家比别的家多了一个大书架子，这当然是因为有李芒的缘故。此刻的李芒坐在桌子旁，一声不吭地读他的书，慢吞吞地吐着烟。橘黄色的台灯光圈罩在他的身上，他屈起身子，一条腿放到了椅子上。这个家真是很安逸了呢……自从和父亲联合做了专业户以后，一切似乎都很顺利。父亲做了好多别人没有力量做的事情，比如黄烟的收购、追肥、浇水，有他也就有了诸多的方便。如果他们这个联合的黄烟专业户破裂了，那么在她和李芒这方面，肯定立即就会招来好多不便。也许他们再也不可能有这样安逸的日子了。他们需要为烟田去苦苦奔波了，也许最终还需要去经受失败的打击……

她很担心。她寻思事情从来就比李芒缜密。她担心的是经济上的损失；但最担心的，似乎还不是这些。她不赞成和父亲决裂，还有别的原因。到底因为些什么，她自己也讲不清，比如，因为他是父亲，等等。她自己也讲不清。她只是觉得处在她这样位置上的人，今天有责任去阻止丈夫……有时候，面对一个慷慨陈词或者咄咄逼人的李芒，她也有些胆怯了。她又开始担心另一些事情：我错了吗？是我在害李芒、害这个家吗？

"用小树叶遮住眼睛，然后，不发一言。"李芒握着大烟斗，咕哝着离开了桌子。

"不发一言。"李芒走过来，看着小织说。

小织把连在针上的线剪断，抬头微笑着看他。

"荒荒抓走已经三天了。"李芒突然说道。

小织眨着她黑亮的眼睛，好像说：三天了吗？

"三天了，也没有什么动静。"

小织点点头。

"大伙把荒荒忘了。"

"大家都在忙烟田，顾不上他了。"

"他算个什么。光棍汉，不一定什么时候就死了。"

小织咬了咬嘴唇。

"所以就把他抓起来！用铐子铐住！"

"他们会打他吗？"小织担心地问。

"不打他太便宜了。他也很壮，打得皮开肉绽也没事。"

"那些人多狠呵……"小织难过地望了望窗外。

"最狠的还要算你爸爸，他抓荒荒不用自己动手。"

小织垂下了头。

"看看那个民兵连长吧！老是笑眯眯地把人往那条又深又窄的冻土沟里推……他如今还是跟在你爸爸身后。"

"爸爸跟他是不一样的……"小织说。

"怎么能一样呢？像一个大扁瓜：肖万昌是瓢，民兵连长是皮……"

小织的脸不知怎么有些红了。她说："……你真会比喻。"

"反正这样说你就明白了……我就是这个意思。"

"不过荒荒也真的犯法了……"

"是啊。把一个人硬往山涧里逼，他掉下去了，怨谁呢？是他自己一脚踩空了！"

小织不说话了。

"荒荒为化肥的事情来找咱，他说是'做代表来了'。他不知道他砍烟田，也是做代表来了！"

小织有些不解地看了李芒一眼。

"他代表了好多人的一种情绪！"

"你是说大家都仇视……他？！"

"是仇视。"

"仇视……"

"能不仇视他吗？他把人往狠里治，又叫人说不出什么。好多法儿都是使绝了的。像集体办那些工副业，篷布厂、小橡胶厂，都承包给他身边那几个人了。承包额定那么低，谁承包谁发大财！这些人就得供养他，是他让他们发财的，这些工厂简直成了肖万昌几个人的'钱柜子'了……像这样的事有多少！谁心里都明白，都有一笔账，可不敢说。荒荒是个不知深浅的人，就站出来动了镰刀，结果给逮起来了……"

小织吸了一口冷气。

"他给逮起来了，"李芒继续说着，在屋里踱着步子，"倒没有人出来说话了。他们都弯下腰，钻到烟垄里去做活了……'用小树叶遮住眼睛，然后，不发一言'！……"李芒说着激动起来，使劲地搓起了手掌。他感叹着，突然坐在了小织的身边，握起了小织的手，有些急促地叫着：

"小织！……"

小织仰脸倾听着。

"我……唉！我有好多好多的话、好多好多的想法要跟你说。可这都是一眨眼的工夫涌出来的一些念头，又说不清。也不光是为了说服你，你用不着拿这种眼神看着我；我是要急着告诉你一些想法……我闲下来时就想好多事情，好多好多。我在想我们的日子、我自己的日子，想我们从河边到南山、到东北、再到河边这一段弯弯扭扭的路。我想人有时候也真是奇怪：转了一圈儿又回来了！……离开河边时，我们是穷光蛋；回到河边后，我们成了全县有名的专业户，有了这点儿家当，有了个暖烘烘的小家庭。离开河边时，我刚刚从那条黑森森的冻土沟里爬出来，后脊梁上还有民兵连长用烟头触上的痕子。再回到河边后，我身上的皮脱了几层，烟疤也快长得没有了……"

李芒说着，眼睛里慢慢闪射出了冷峻的光芒。他痛苦地摇着头，慢慢松开了妻子的小手掌。

"我帮荒荒去掰冒权了，我不歇气地做了一天，比在自己的地里卖力气多了。也怪，我倒觉得荒荒的地才是自己的地，用力地做呀，汗水把全身衣服都湿透了！更怪的是，我还有一种赎罪的滋味儿……"

小织惊诧地看了丈夫一眼。

"真有这种滋味儿……从荒荒的地里出来，我第一眼看到的就是那棵老柳树！它一动不动，我没看见一个树叶在飘动。我又想到了玉德爷爷……树的那一边儿是肖万昌的地，这一边儿是我们的责任田，老柳树的根就扎在这两块地里。老柳树的根一准很长很长了，就像又粗又长的缝衣线一样，硬是把两片地缝到一起去了，缝得好牢绷。我闭上眼睛想这树根的模样儿，我差不多看到它穿在土里的样子。很多条根，上上下下、长长短短地扎在土里；可是这些根开始变了颜色，慢慢松脱、抓不住泥土了……我是说，这些'缝衣线'快要断开了。它一准要断开。我从荒荒地里出来时，第一眼看到老柳树时就想了这些……"

"缝衣线断开了，缝在一起的布就要裂开了……"小织喃喃地说。

"世上没有不断的缝衣线，没有……"李芒看了妻子一眼，转身到桌子跟前吸烟去了。他转动着那个大烟斗，又自语似的咕哝道："'用小树叶遮住眼睛，然后，不发一言'！"……

十三

腊子贩鱼挣了一笔好钱。他驾着轻骑跑回家来，想好好松闲一番，肖万昌那张不露声色的脸上有了明显的笑容，他一连两天没有出门，和他的小腊子一块儿玩。

他很喜欢小腊子。吃饭的时候，他常引诱小腊子喝上一盅酒，并亲自为之斟酒：两个手指捏住精巧的小酒壶，在空中扬一道弧线，那细细的酒流儿跌到杯子里，正好刚刚满平！这个手艺是他几十年的工夫练出来的，就在这个四尺长、三尺宽的小方桌上，他和县长、公社书记、派出所所长、场长、厂长、银行会计、退休干部、经理、警察、矿长、捕捞员、船老大、养蜂人、工程师、说古书的、省里来的巡视员、要饭的、武装部的、码头客运班长、要把戏的、税务员、县委组织部长以及部长的亲家、烧砖专业户……和各式各样人物喝过酒。他没有老婆了，可是他就会做一手好菜。烧鲅鱼、海参汤、焖海狗鳝、鲍鱼，这是海味儿。他还能采来田埂上、沟渠里、野地里的小蓟、马齿苋、灰菜、苦苦菜、地瓜叶、榆树钱、洋槐花。或放进开水里烫一烫用佐料拌成凉菜；或做成饭团、饼馅、包子馅。吃的人都很高兴，都留下了深刻的印象，赞不绝口。喝的酒也很杂，红、白颜色的，黄色的，黑色的；茅台喝完了，空瓶儿用来盛酱油；如果是很便宜的瓜干酒，他一定在里面泡上橘子皮、何首乌、枸杞豆、沙参，等等，做成药酒。药酒无价……他真正为之牵肠挂肚的人，实在只有腊子一个。在雨天里，如果他一个人睡在炕上，听着外面渐渐沥沥的雨声，有着说不出的孤寂感。他想象着腊子在雨天的夜晚里会做些什么：此刻他大概躺在渔铺里，身上盖着一块帆布睡着了吧？但愿不是跑在通往南山的路上，轻骑和身上都溅满了稀泥浆……他有时也会想起小织。想起她的时候，他就极力去想些别的，来赶跑她的影子。因为她的背后，总是有着另一个影子！老婆子死去之后，这座屋就显得空荡荡的了。后来这屋子又改建了，添了耳房，造了厨房和卫生间，地面上改为水磨石地板；去年，天花板又改为泡沫压塑的。他去城里张县长家串门之后，回来又在门前的水泥台基上放了一个棕垫子。一切很好，开始好起来了。腊子住在耳房里，录音机的声音被他放得很大，不断发出一种"嗡咚嗡咚"的声音。有时录音机里放出女人的尖叫声，他这时就会站在门口，吸上一支喇叭烟，用手梳理一下光滑的背头。腊子在女人的尖叫声里弓着腰走出来，斜叼着一支烟，看也不看父亲，到耳房与正房之间的夹道里去了。那里有他的金鱼缸，缸里漂着水草、水葫芦。有时民兵连长也钻到耳房里，腊子出来时，他就跟在后面，手里提着什么，两个人显得很繁忙的样子……肖万昌很惬意，他这时候总是感到充实而满足。这时候也才明白：腊子活活像他，太像他了！这才是他喜欢的主要原因呢！

几年来，肖万昌已经学会了放松自己。他无论在外面多么紧张，脚一踏上这座房子的台阶，立刻就会舒一口气。他脱去外衣，在椅子上或是沙发上坐下来，开始慢悠悠地吸烟、呷热茶了。有时他叼着烟，拿着水杯就走出屋子来，给院子里的几盆花松松土，施施肥。花肥不是什么鸡蛋壳子、豆渣渣之类，而是装在塑料袋子里的一些灰色粉末，袋子上的彩色商标十分漂亮。他做着活儿，有时轻轻地咳一声。院子里很静，没有人来找他。村里人都知道支书有个习惯，特别厌恶有人上门来找，他办事情，要求到大队部里说去……邻村的一些支部书记有时来这里拜访他。他们的穿着常常使他觉得可笑。他笑他们不下雨也穿上长筒胶靴，并且将裤脚掖进筒子里去。他知道墨黑锃亮的胶皮子对他们产生了吸引力。他笑他们戴一个黄帽子，这么不伦不类。黄帽子早时兴过了，他们就不知道。他们之中有人披着衣服，这衣服一定是新的，并且掐着腰走进门，用两个胳膊的拐肘将衣服撑起来——他特别笑这个姿势。他们留下来吃饭，喊着说：“大鱼！大肉！老肖啊，就看你舍不舍得了！”肖万昌微笑着，不置可否。他挽着衣袖，到厨房里去了。他们很快就跟进去，看他做饭。他端出一盆活着的小泥鳅，一块很大的鲜嫩豆腐。他把它们一块儿放进锅里，让一群泥鳅在锅底的水中尽情游戏——他们看傻了眼，互相瞅着、伸着舌头。肖万昌在灶里放了一把火，锅里的小泥鳅乱窜起来。水的边缘上冒白汽了，泥鳅往锅底里聚拢、散开，然后疯狂地扭动，一会儿就全扎进那块豆腐里了……豆腐炖熟了，切成片片，每个片片上都有灰点儿，那是小泥鳅的横断面儿！肖万昌烧了一个很漂亮的汤菜！他说：“这叫泥鳅拱豆腐！”……他可瞧不起这些客人。他见过大世面。他到省城里开过会，跟大干部们握过手，同桌吃过饭。他什么没有见过？他们有说不出的崇拜他，有什么事情也愿意跟他谈。他说：“唔唔，我可当不了这么多村的书记啊……”他吸着烟，轻轻地咳。他们觉得他咳的声音也很有讲究……

眼下，这座屋子里只有他和小腊子，他有说不出的高兴。做了几十年的村干部，养成了吃狗肉的习惯。这几年没有狗了，他也暂时把它的滋味忘却了。有一天他突然想起那个美味来，竟然是火烧火燎地急躁起来。民兵连长从邻村弄来一条叫“大花”的肥狗，他就养到了院子里。今天，他要和腊子一块儿享受这个美味了。他十分愉快。

宰狗是个难题。肖万昌决定亲自动手，可是小腊子偏要“过过瘾”。大花在院里待了几天，已经和肖万昌有些熟了，它开始用舌头舔新主人的手了。肖万昌常常取一块馒头抛起来，看着它跳起来用嘴巴接住。它的胖胖的前爪又白又圆，很笨的样子。肖万昌有一次试着按它几下，觉得热乎乎的、软绵绵的；它友好而愉快地抬动着，故意送到他的面前来让他按。他却在它上面磕下一截儿红色的烟火，大花哭叫着蹦开了，站在远远的地方看着他……今儿早上，腊子决心将大花乱棍击死。他看过一个武打片，很赏识上面一个黑汉的棍术。他将棍子立在身侧，先朝大花推一下手掌，然后就舞将起来。大花原认为腊子是要跟它游戏，高兴地叫着，将两腿按到地上，跃动、展扑，有时腾空而起，从腊子的耳畔蹿过，顺便咬一下腊子的胳膊。但它并不真咬，只是轻轻一含，给他留下一个可笑的、杏子大小的湿印子。它得到的是愉快，一展技艺的愉快。它的勇敢和敏捷第一次让这所院落的主人知晓，两个人暗暗吃惊……可是腊子一棍子击中了它的后腿，那么狠、那么痛，它尖叫一声，跛着腿跳开了，哭叫着，迷惑地看着小腊子和那条又粗又长的棍子。它终于明白了这里面暗藏杀机！

小腊子呼叫着，它却再也不回来了。肖万昌站在一边吸烟，这时责备地看了儿子一眼。他把烟蒂踩灭，然后高高扬起右手喊道："大花！"他微笑着，和蔼、亲切，像有什么事情要恳求大花。他呼唤着："来呀！来呀！好大花！……"大花还在冤屈地哭着。它仇恨地望着腊子，有些警惕地弓着身子，慢慢向肖万昌走来……肖万昌用手抚摸着它的头颅，给它擦去眼角的一点眼屎，又刮了一下它那黑亮可笑的鼻子……他的右手插进衣兜里，一丝丝地掏出一条尼龙绳。大花看到了绳子，警告地"呜——"了一声。肖万昌立刻抖索着绳子，在它眼前晃来晃去，嘴里接着也哼起来："割上了二尺，红头绳呀，给我大花扎起来呀，哎咳咳——"他哼着，慢慢给大花捆扎起来。捆了腿，捆了脖子，捆了腰。大花舔着他的手。他到后来把大花推倒了，恶狠狠地喊了一声："小腊子，动手吧！"……

中午时分，狗肉就熟了。

肖万昌和小腊子坐在院子里的一个石桌旁，将酒斟好。父亲在喝酒之前微笑着看了一会儿儿子。儿子伸手去取他的杯子，正在这时，有人敲门。

这是最令人讨厌的事情！肖万昌恼怒地看了一眼院门。他端坐了一刻，并没有动。门板继续响，很有节奏，力度适当，不像是村里人，也不像是邻村的支书们。他拍打了一下手掌，去开门了。

进来的是李芒。

肖万昌像是高兴极了，请李芒快吃狗肉。蒜泥！葱片！酱盅！小腊子！大家全在一块儿了！中午的太阳被大梧桐遮住了！李芒说已经吃过饭了，他摇摇头，又摇摇头，坐到石桌一侧的一个大草墩子上。

李芒当然是有事情来的。可是他看着这对父子吃狗肉，竟然暗暗惊讶起来，一时也忘了说他的事情了。

肖万昌和腊子吃起来了。肖万昌将腿、臀部分计给儿子。他专吃蹄子、肋骨和脖根、脑袋。一条很细的脖骨，他横着端起来，像吹口琴一样放在嘴上，咬着、吮着、轻轻移动；骨节处一个个凸起，他像对待不同的音阶一样，不断停顿、停顿、细细地吸、磨，用牙齿揉动，又突然迅速地推开，滑到另一个骨节上；由粗到细地来一遍，再由细到粗地来一遍；有时这条软软的骨头在嘴里滑动，有时是一下一下跳跃；剩下脖根的一块红肉，却丝毫未动，由于整条脖骨的肉都快光了，它就显得特别肥硕诱人了。这时候，也是最后了，它终于被塞进嘴巴里：轻轻地旋转，旋转，拉出来就是光洁的一条净骨了！……狗的脑壳肉被他用两个手指剥光了，露出白圆的骨头。他笑眯眯地把它往石桌上方推一推，然后取过一个早就备好的方铁块儿，"啪"地敲开了。他把开裂的脑骨捧起来，又用三根指头捏住一转，像欣赏一个裂嘴的石榴。他先取一块里面的东西品了一下，然后迎着太阳细细地看着，两眼放出尖尖的、有些骇人的光亮。他立刻把它放到石桌上，用手去抠、去抹、去摇晃震荡，到了他认为可以吃了的时候，他就把嘴对在了上面，接着眼睛也眯了起来。这样低着头约有三四分钟，才将两手伸出来捧住那个光光的骨壳儿，慢慢地仰起、仰起，轻轻地转动他的头颅。最后狗的脑壳放到了石桌上，终于是空空的了。脑壳儿很像一个被取了仁儿的核桃，那些很曲折很细微的沟沟道道由于被取走了核儿而变得光洁起来。他盯了一眼空脑壳儿，拿起酒杯一饮而尽。

李芒看着他吃东西，真是惊讶。他第一次见肖万昌吃一个动物。

肖万昌揩着手，把身子转向李芒。李芒也记起了他要来做些什么，这时就说：

"我是来和你商量个事情的。"

"唔唔。"肖万昌又用心卷他的烟了。

"烟田太忙了，我和小织做不完。小织也不应该做那么多了。腊子和你要到烟田里做活。"

"我的公事太多，这个你知道。腊子过去在电厂里上班，他恋着贩鱼才回来的，你只当着他还在电厂就是了。"

"你的公事多，不过你也别忘了，你还和另一户人家联合承包了一块烟田呢！"

肖万昌点点头："我和我闺女家承包的。"

李芒把腿叉开，一下下磕着烟灰说："你闺女单立门户了。她现在过得也很富裕，用不着给谁去做长工。他们松闲了，只要高兴，大白天还可以躺在沙发上看电视。这个你还不明白么？"

肖万昌看了腊子一眼，像自语般地回答说："明白了。"

十四

荒荒离开了他的土地，他的土地并没有荒芜。冒杈被及时掰掉，肥水也上得很足。这片烟苗由瘦小泛黄变为肥胖油绿了。每天的一大早，都有一个人在田里弯腰忙着，露水把他的周身都打湿了。人们都站在田埂上向这方张望，满脸的迷惑……没有人明白这是为什么：荒荒砍了这个人的烟棵，这个人反过来倒要替荒荒做活！

肖万昌扛着锄头来到大柳树下，四下里张望着。当他看到李芒在荒荒的田里做活时，嘴里发出了"咦"的一声。他放下锄头，就到荒荒的地里去了。

这是个很清明的早晨。太阳就要出来了，东方一片橘红。河边上度过了一个水汽充盈的夜晚，所有的烟棵上都挂满了晶莹的露珠。露珠上映着早霞的颜色，有的甩进土里，有的甩到种烟人的身上。李芒的眼睫上、眉毛上，都落着露珠。他那么专心地看着烟棵，每个烟叶根部冒出的小杈子，都逃不过他的眼睛。肖万昌就站在烟垄的另一边，李芒却没有留意。肖万昌在一声不吭地端详着他。

李芒的前额上有几道深深的皱纹，两颊却还像十八九岁的小伙子那样放着光泽。他的眼角上，如果仔细些看，也会看出几条皱褶。也许有什么可怕的智谋藏在那双深陷的眼底！这双眼睛总是闪着沉着的、机警的光芒。那几条皱纹表明了他的成熟、老练。他的手，指头长而有力，巴掌是阔大的、结实的；每一个关节都那么灵活、有力量。这双手向烟杈子伸去时，又稳又轻，指顶儿颤也不颤，似乎是慢条斯理地伸了过去，只轻轻地一抹，那肥胖的杈子就折到泥土上去了。他的脚轻易不动一下，除了非迈出不可，它总是坚实地踏在地上。地上留下的脚印又深又大，有一个青蛙跌进去，蹦了两下才跃出来。整个的他都显出一种自信、忍耐、不轻易冲动的和非常执拗的个性。他的沉默使人感觉到他的矜持和傲慢、他的男子汉的庄重和深厚。一个人站在五六米以内来注视他，像被什么看不见的射线击中一般，肉体的某一部分会微微震颤，引起一种无可名状的威慑感……

肖万昌看着他，几乎是在这一瞬间修正完成了原有的设想。他一直在这个归来的大汉（他内心里很少想到这是自己的女婿）身上试探着、寻找着什么东西。他觉得这个大汉归来之后，变得陌生了。很清楚，他不那么容易制服了（实际上他从来也未被真正地制服过）。但肖万昌决不退却，就像老虎生来就是肉食动物一样，他生来就是要制服别人的。他在寻找时机，寻找角度。也许是他自己太犹豫了、太软弱了，他倒越来越感觉到了对方的凌厉的攻势、咄咄逼人的锋芒。他仍在犹豫，仍在彷徨，他曾经彻夜不眠。他表面上却不动声色。他像一头巨兽雄踞在一座山岭上一样，在这片土地上从容而得意地生息了几十年。他微笑着，梳理着一丝不乱的背头，心中却在盘算，是否迎击过去，迅速地咬住对方的咽喉，厮扭到一起？他仍在犹豫，仍在彷徨。他似乎感到那种硬性厮扭有多么危险……这会儿他端详着李芒，一个信念更加坚定了。

他喊了李芒一声。

李芒抬起头来，看了一眼肖万昌，然后舒展了一下身子。他取出大烟斗，见对方亮出一块卷烟纸，就顺手捏过去一撮烟末。

两个人吸着烟。

肖万昌头也不抬地说："芒子！我老在找个机会，跟你好好说些事情……"

引起李芒注意的，只有"芒子"两个字。他仰头看了看肖万昌，发觉"岳父大人"的眼睛那么慈祥。他不言语，长长地吸一口烟。

"我有很多话跟你、跟织子说。说什么呢？直截了当讲吧：说说我们这一大家子人……你可能打断我的话：说这是两家子。不错，两家子，户口本子上这么写着。可是我在心里始终是看成一家子的……"

肖万昌眯了眯眼，顿住了话头。睁大眼睛重新盯着李芒，提高了声音说："这里我要解释一下'始终'两个字——从什么时候'始终'了呢？从你和织子结婚那天起吗？不！那样说是骗人喽。那时候我恨你，恨到骨头。我'左'得厉害，那个时代就是这样！我能不恨你吗？……可是从你和织子打东北回来、特别是联合承包烟田以后，我确实是把你们当成家里人了……"

李芒大约觉得烟的味道很好，微微含笑，轻轻地咂着。

"想想吧，本是一家子人，其中你两个却逃到东北去了！我当然后悔不迭。我的岁数也这么大了，我的老伴早过世了，我盼个安定日子、团圆家庭。老父亲也刚刚过世了。老人家心里也这么想的，所以他才做着主，把我们两家子的地合到一块儿种。如果我有什么薄情的地方，我也对不住老人！我也常常盘算烟田的事情，是盘算卖个好价钱，想法子让它水足肥足。我从来不算计你吃亏我吃亏！我倒是常想：芒子不容易啊！芒子照管这么大一片烟田！有时你的话

伤了我 (比如你说什么'不做长工'、要开会通知看……)，我就想：芒子年轻哩！火气旺哩！芒子做活累得心焦！……我想得心里发热。就是这样！这样！嗯！……"

肖万昌被烟呛住了，大咳起来。他用手捶打胸部，使劲地弓着腰。

李芒收起了烟斗。他蹲在离肖万昌很近的地方，把手捏在下巴上，说："你到底是个大度的人。"

肖万昌叹息着摇摇头："唉唉，上了年纪的人了。"

"我没上年纪。我这个人记仇。"

肖万昌脸上的肌肉动了一下。

"我老记着过去的事情。"

"我说过嘛，那个时代！"

李芒摇摇头。他拧起了眉毛，用尖利利的眼睛盯住肖万昌。他突然问："傻女到底是怎么傻的？还有蓖麻林里的事，你当时真的一点也不知道吗？"

肖万昌一愣，大声接应："我怎么知道！你问到哪里去了？"

李芒用更大的声音说道："你是支书！你管辖的这个村里出了家破人亡的事，你有责任！"

肖万昌磨动着牙齿，痛苦地摇着头。

李芒又说："傻女不能白疯，老寡妇死了也合不上眼！这个事没有完结，全村人都会记着傻女……傻女还会找到！"

肖万昌一声不吭。

李芒大口呼吸着，又问："我再问你，废氨水库墙壁上那些血印子是怎么来的？里面关过多少人？你一个农村支书有什么权关这些人？"

肖万昌抖着手掌，仍在摇头。

李芒站了起来，用手指着脚下的泥土说："我还要问你，荒荒和民兵连长哪个该抓？今天你总该清楚民兵连长了，为什么还要大家白白养着他？还有集体办那些工副业，承包额为什么那么低？……我早就要寻机会问问你，看看你怎么回答。如果有时间我还会记得更多。"

肖万昌苦笑着，痛苦不堪的样子。

李芒重新蹲下吸他的大烟斗了。他盯着脚下的泥土，自语般地咕哝道："我是个记仇的人。我不光记着那个'时代'，我还记着一些人……"

肖万昌茫然地站起身来，重新咳嗽起来。他四下里张望着，突然惊呼道："咦！荒荒……放回来了！"

十五

李芒惊异地站起来。他看到荒荒了！

荒荒顺着一条田埂，跌跌撞撞地走过来。他几乎没有抬头，只顾低头走着。直到走近自己的地边上，他才抬起头来，他一眼就看到了肖万昌和李芒，立刻停住了脚步。这样呆立了足有二三分钟，这才缓缓地走到田里来。

"荒荒！"李芒呼喊着他。

他像是没有听见一样，老远就冲着肖万昌笑起来："嘿嘿，嘿嘿嘿……"他笑着，站到了两个人之间，把手插到了蓬乱的头发里。他有些结巴地叫着："肖、肖书记！李芒、李芒兄弟！嘿嘿嘿……"

"放回来了？"肖万昌问。

荒荒点点头："宽大回来了……"

"年纪轻轻，要务正。今后可要吸取教训，老实守法……唵？"

"那可是对……荒荒不敢了！"荒荒说。

李芒端详着他，一直没有吱声。这时问了句："他们打你了吧？"

"打？打我？……"荒荒看一眼肖万昌，又看一眼李芒，反复看着，很像摇头。

"打人了么？"肖万昌声音粗粗地问道。

荒荒连连摆手："没有没有！没打没打！主要是'触及灵魂'——这里！"他说着，用手一捅脑壳。

肖万昌满意地看着荒荒，说一声"嗯"，深深地瞥了一眼旁边的李芒，走出了荒荒的烟田……

李芒久久地盯着肖万昌的背影。他发觉这个往日总是挺得很直的后背，今天仿佛是驼下去一些，有什么沉重的东西压在了上面……他把目光转向荒荒。他心中正暗暗惊讶：这个荒荒变得那么规矩！这个荒荒一下子失去了挥镰大汉的雄姿！他点了点头，没有说什么。他绝不相信那个胖子会轻松地让这个人出来。

荒荒说："芒兄弟，你不知道，咱可见了些世面。"

"什么世面？"

"海边所里的人都有小盒子枪……我也要来玩了玩，一扳机子，'啪、啪、啪！'……"

这真是谎话。李芒老想笑。

"还有'电棍'。朝你一指，你就倒！朝什么一指，什么都倒！……"

"朝大烟囱一指，它也倒么？"李芒插了一句。

"也会倒。"荒荒坚定不移地说道。

李芒苦笑着，低下了头，停了一瞬，他突然抬起头说：

"荒荒！做人得讲点骨气，得给咱庄里人长脸。你哩？我听人讲，那些人揍你，你给人家磕了头！……"

荒荒的大眼虎生生地瞪圆了，大叫着："胡扯！他们揍我，我给了他们一脚！那么多人揪我的头发，打耳光子，我没吭一声！哼！……"

李芒想：到底说实话了。他轻轻捋了一下荒荒的裤管，看到一条条血印子从大腿处爬下来……他的手颤抖了。荒荒想挣脱他，但后来索性蹲下来。他对李芒小声说："这都是外伤。内伤你看得见？我全身的骨头都疼……你可不要告诉肖书记！民兵连长好几次去所里，说是想我了，去看看我，一凑近了就用烟头触我的皮肉！……嗬咦，你千万莫跟别人说：他们告诉我，外人知道了打人的事，就再抓我进去！千万莫说啊！你知道了，那可是你自己用手扒拉裤子看见的……"

李芒沉默了。他装了又满又实的一锅烟末，慢慢地吸着。

这时候荒荒突然发现了地上掰掉的烟冒权，立刻用警惕的眼睛盯着李芒。

"你，你在我烟田里做活么？这可是我的烟田！"

李芒点点头。

"可我还回来啊！我回来了！"

荒荒大声喊着，跺着脚。李芒一愣，接着说："还能让烟田荒了吗？我是闲着没事来替你做做。你回来，就接着做吧……"

荒荒的身子摇晃了一下，呆呆地站在了那儿……

李芒又要说什么，突然发现有一个老头儿背着一大卷东西站在田埂上向这边张望。老人也许刚刚看清了李芒，就走了过来。李芒赶忙站了起来。

老人走近了，李芒看出是老獾头。

"有什么事吗，老伯？"李芒上前扶了老人一下。

老獾头一动不动地直眼看着李芒，使劲地抿着满是深皱的嘴角……这样看了一会儿，老人长叹一声说："唉唉，唉！老天不长眼哪！肖支书不开恩，我那个小子最后还是出夫去了。才干了几天，就不小心砍伤了脚。走时我嘱咐他：不要挂家不要挂家。他不听，干着活也走神……唉唉，我去看看他，送些干粮。

芒子啊，得到这信的时候，也正好挨到我浇地了。我跟管机器的讲好了，我回来就交柴油。我求你跟肖书记讲讲，批个柴油条子给我……"

李芒点着头："你放心吧老伯！我替你交柴油！"

"好孩子啊！心软的孩子……"老獾头擦着鼻子，又转向一旁的荒荒说，"芒子肯帮忙了！唉唉，庄稼人哪里弄柴油去……我得去跟我儿子说：你做活要专心，家里有芒子帮忙哩！"

老獾头擦着鼻子，再三感谢，往大路上走去了。

荒荒一直在原地呆站着。

李芒指指他掰着的杈子说："荒荒，你回来了，你就接着做吧！我要回自己的烟田去了，你有事情，就喊我好了。"

"芒兄弟……"

"有事么？"

"芒兄弟……"

李芒不解地望着他。

荒荒上前半步，嗫嚅说："你这个人……不是'驸马'！"

李芒心中立刻涌起一股滚烫的热流，但他没有作声。他只是低着头，默默地走出了荒荒的土地。

小织在老柳树下歇息着等他。

老柳树下，落了那么多的干枯枝条。它已经毫无生气，一树叶片，都开始枯黄。枝丫一条条皱着皮肤，没有绿气了，没有活动的力量了，只是垂着。风从树上吹过，老柳树并不搭言，像一个老人甘于寂寞地蹲在屋角上，打发着并不多了的时光。有一只小麻雀落在树丫上，开始吵叫着、蹦跳着，后来便悄悄飞开了，连头也不回。螳螂从高高的树桩上爬下来，有些灰溜溜的样子；它在干硬的泥土上徘徊了一会儿，便昂首阔步地向绿野里奔去了……

"李芒，我老远就听到了你和爸爸大声说什么。我听不清，又怕你两个打起来……"小织有些焦急地对走来的李芒说。

"打不起来。"李芒用手收拢一些干树条子坐了，轻松地说，"他哪是对手。他自己清清楚楚，他才不愿打架呢。十几年前就不是这样了，那时候他的筋骨还硬，你得远远躲着……"

小织难过地垂下头来说："李芒，我知道他不是很好的人。可我想他这么大年纪了，你说话的口气还是让我难过。我真有点不知怎么才好了……就该这样下去吗？我真不知道……"

"你去看看荒荒腿上的伤就知道了！你去听听老獾头哀求什么吧！听听看看你就知道了。他这么大年纪了，可是牙上还有尖尖，还会撕咬人！你看看荒荒的腿！……有时我就想，他怎么会这个样儿？他从什么时候变成了这个样儿？想来想去也想不通。再想一想，也就更复杂了，什么我都说不清了！……"

李芒沉思着，发出一阵阵的叹息。

小织抬头远望着，看着荒荒弓着腰在他田里做活了。她看到的是一个蓬头垢面的荒荒、一个一瘸一拐的身影。她"啧啧"了两声，也叹起气来。

李芒说："马上和肖万昌分开，这已经是不能犹豫的事情了。前天我看到他和小腊子吃狗肉，心里就是这样想的。咱们一丝一毫也不能有什么别的指望，人哪能靠忍耐过日子，我看他吃狗肉时就是这么想的。"

"他吃狗肉又怎么了？"小织有些不解地问。

"我也说不出怎样。反正我当时看着，就这样想了。我觉得这是一个又馋又贪、有大心计的人。跟他相处不能分一点心，不能不警觉，更不能软骨头，你要是往后退，他会一丝一丝往上顶，像滑过来一样，没声没响地就逼到你跟前来了，又快又猛地突然就伸出手来，直冲着你的喉咙！那时候你再想办法挣脱吧，你会觉得给什么缠住了身子，滚动也不行，呼叫也不行，求饶也不行，什么都晚了……他的经验也真多，还都是结结实实的，所以他没有失败过。我暗地里做过一个总结。我跟他交手刚开始的时候，就是十几年前那会儿，我好比被困在一个有野物的大山里了。我又要对付他，又要对付狼虫虎豹，他们全是一伙儿。后来他把一条条长腿爪儿（就像海蜇生那东西！）伸出来缚住了我的身子，我就拼命挣脱，到底没等被消化完就逃开了……后来我们从东北回来了，不知不觉他的长腿爪儿又缚到我们身上了。可是今天我们是在平地上了，没有那么多狼虫虎豹了；这也容易松劲儿，失了警惕性儿。你知道那长腿爪儿里会分泌出一种液汁来，无声无响地把你给麻醉了，你就再也逃不掉！你就得活活被消化了！……现在，这长腿爪儿还搭在我们身上，已经开始分泌液汁了。我的总结就是这样。我们怎样逃到南山？怎样逃到东北？怎样跟他联合的？我从头至尾地想了一遍。我想这不该忘记，这应该来一个总结。从老寡妇、再到袁光、到荒荒、到老獾头、到你我……这要好好去想，反反复复地想，想得再苦也要去想，去总结。要咬紧牙关，挺着，站稳，保住那么一股劲儿，一步也不往后退！……"

李芒说得很慢、很沉着。但他的声音却是极有力量。小织不眨眼地看着她的芒，脸色一会儿红，一会儿又苍白起来。她的嘴角有些颤抖了，一双小手掌激动地在身上抹着。她抬头望着远方，她的眼睛迷蒙了……

十六

石头的美丽，并没有多少人像他和她感觉那么深刻。

白石头、绿石头、红石头、花石头……五色斑斓，绚丽迷人。真不知道这一架架的大山上，还生出了这么新奇的东西！李芒和小织把它们背回了村子里，放在了他们那个无比温暖的、闹鬼的屋子里。他们堆积着希望，堆积得实在太多，就和村里人一起，将它们碾成了各种各样的小块块。

村里人看着这些彩色的小石块儿就笑。他们不信会有谁买这种东西，虽然它们着实好看。但他们喜欢这两个年轻的副业师傅，也信服他们。

李芒把各种石子装在小布袋里，作为样品，带上去县城碰运气了。临离开山村的时候，小织和山民们在村口上给他送别，看着他慢慢走远了，消失在山坳里……李芒心里兴奋得很，也不安得很。他真高兴啊，这种石头或许会改变山里人的命运、改变他和小织的命运呢！他最担心的是根本就没有人要这种石头，白白欢喜一场——那样，他只好和小织重新去流浪了；他还担心小织一个人会害怕，那毕竟是个闹鬼的屋子啊！……

到了城里，他宿在马车店里。亮天后，他跑了几个建筑工地，都见到了这种石头，有的散放着，有的装在包里。李芒可高兴了！他想有人要这种石头是确定无疑的了，剩下的问题就是赶紧找到买主……他问了那么多人，最后有人笑吟吟地买了他一小袋，说是拿回去商量一下，让他等候消息。他在马车店里忐忑不安地睡了一夜，第二天赶紧去听消息。结果是对方提出买几百吨！价钱怎么样？他不知道。他去问了一下工地上的人，才知道价钱也不错。他问那人是什么单位？人家告诉他是"龙口玻璃厂"，买这种石头用来造高级酒杯！……李芒兴冲冲地往回返了。

从此，山民们从田里回来，就忙着碾石头了。李芒还是到各处去推销。碾的白石头、绿石头、红石头，堆成了一个个彩色的小山。早晨，露水把这些小山染洗得多么鲜亮！呵，多漂亮啊，多迷人啊。李芒用白粉子在石碾屋的外墙上写了：石粉厂。

山民们终于有了点钱。村子里也终于有人站出来批判这是"资本主义"。但钱是好东西，刚刚有一点，大家还没有喜欢够，就不睬是什么主义，继续让石碾子撒欢……大家也感激两个师傅，给他们白馍馍吃，给他们送去辣椒、松蘑菇、鲜黄花菜，等等。他们实在不敢收下这些东西！他们感激山民们还来不及呢——山民们给了他们这样温暖的一个小窝儿。

他们幸福极了。结合的幸福，创造的幸福，助人的幸福，全汇聚在一起了。他们几乎被这种巨大的幸福给压倒了，啊啊，幸福一下子来得也太多了……小织对李芒说："李芒，啊，李芒！我们一辈子就住在这个闹鬼的屋子里吧！我们还要什么？什么都有了，啊！李芒！你说话啊李芒！……"李芒点点头，但目光只望着一个方向出神。小织推了推他，他才转过脸来……他嘴唇颤抖着："小织！我在想我这个人太坏、太卑劣，我多么爱你，像你爱我一样！可我有时候倒生出这样的念头：和你结婚是对肖万昌的报复！这念头多么可恶……"小织怔怔地望着李芒，接着眼里流下了两行泪水。她哭着，没有一点声息，停了一会儿，又谅解地握住了李芒的手……李芒沉默着，又接着喃喃地说："我真想玉德爷爷啊，想他们，也想芦青河……"说到玉德爷爷，两个人再不作声了。

这个夜晚，屋子里第一次闹起鬼来：锁着的那个房门响起来，锁扣儿咔嚓嚓地响！两个人不由得想起了多少年前吊死在里面的那个人，害怕了，头发也像要竖起来。他们不由得偎在了一起，紧紧靠着炕角的墙壁……时钟嗒嗒走着，门扣儿咔嚓嚓响。正是夜半，风刮着窗纸，破了的窗洞上，泻进黄色的、冰凉的月光。他们偎着，偎着，出了一身汗水。就这样停了一会儿，李芒突然跳下炕去，不顾小织的阻拦，用一根铁棍撬开了那个房门！他们用灯照亮了这间屋子，满是乱草、废弃不用的农具等。李芒用铁棍打着，用力挥舞，像个武士一般，大声呼喊着。终于有几个野物（山猫等）跳腾起来，从窗洞上蹿了出去。这就是闹了多少年的那个鬼了！两个人舒了一口气，相视而笑了……

有一天李芒从县城回来，脸色就沉下来，一直不愿说话。小织叫着，摇晃着他的肩膀，他也不回答……他就这样坐在那儿，夜深了也不想睡觉。小织说："李芒！有什么事情你瞒了我！你听到什么了吗？你遇到熟人了吗？"李芒低着头，沉吟道："我好像遇见了傻女……"

"真的？！"小织欢叫出来。

"在一个小河汊上，她披头散发，用手捞青苔……我喊了她一声，她肩膀一抖，爬起来就跑。我看那身影很像。我追呀追呀，她绕着山根跑，一会儿就没了影儿。我在心里祷告：傻女活着，傻女还会回来……"

小织用手捧住了脸，抽泣起来。

"你还想着袁光吗？"

"袁光又怎么了？"小织几乎要跳起来了。

"他自杀了……跳了芦青河……"

小织摇着李芒的手："袁光？！……"

李芒点点头。

小织"啊"了一声，一下子跌坐在了炕上……李芒讲述着，声音十分低缓，而且常常要莫名其妙地中断下来。

……袁光读初中的时候，就是全班的"老头儿"。他快要三十岁了，可还没有媳妇。没有谁会嫁给一个"反革命"的儿子。袁光负责给全村的厕所掏粪，但他放下粪勺的时候，总是用香皂把身上洗干净，换上唯一的一件没有补丁的衣服。有一次，一个媒人从袁光家里出来，正碰上一个村干部，他对媒人说："贫农的孩子还没全娶上媳妇哩，你穷忙活什么！……"后来就没有一个媒人到袁光家。袁光见了本村姑娘投来的新奇的、怜悯的目光，就有些畏缩地转过脸去。后来他就总是穿着那件又臭又破、沾了不少粪汁的衣服了，拖拖拉拉地在街上走着。他的姐姐每逢这时候就喊他回家。他回家后，她就关严了院门，伏在炕沿上尽情地哭一场……

姐姐三十多岁了还没有出嫁。她细高身材，洁白的皮肤，一双美丽的、抑郁的眼睛，很清高的样子。她虽然比袁光大不了几岁，可她觉得对袁光负有母亲般的责任……村支书的一个侄子刚刚十八九岁，竟然趁在场院看电影的机会，对她小声咕哝了一句令人惊愕的下流话。第二天就有人替支书侄子提媒来了，说："跟了吧！跟了吧！他又不嫌你大，不嫌你这样那样……他叔又是支书……"媒人走了，她冷静地理了一下鬓角的头发，一动不动地盯着窗外的一片浮云。

几天之后，姐姐突然对袁光说："我要去找南村的'三叉'了！"

"三叉"是一个四十多岁的男人，腰有毛病，小时候玩雷管只剩下了三根手指，就落下了"三叉"这个外号。他娶不上媳妇，他父母几年前就说要为儿子"换亲"：谁家有闺女给"三叉"，就把"三叉"的妹妹给那家做媳妇。一年前他们曾来袁光家提过换亲的事，被袁光斥退了……这会儿袁光盯着姐姐的眼睛，知道她是下了决心了。他知道怎么也拗不过姐姐，不过他还是发誓：宁可死去，也不让姐姐跟"三叉"！

姐姐没说什么。她把家里的瓷碗一个一个擦得锃亮，又洗过了所有的衣服被子，把碎布片和破棉絮小心地捆好……一切做过之后，她就失踪了。袁光跟治保会请了假，然后就四处寻找。找到"三叉"的家里，"三叉"两手按着腰出来说："没有没有，不信你来家里看！"果然里边没有姐姐，但袁光却看到了一个长着一对杏眼的姑娘，正赤着脚站在灶间里捣蒜，见到袁光时走了神，一撮蒜泥从石臼里溅出来……

五天之后，姐姐突然出现在家里。她像所有出了嫁的姑娘一样，拐肘上挂了个红包袱。她说："我早是'三叉'的人了。那天是'三叉'把我藏起来了，我让他这么做的……"袁光磨动着牙齿，没有说话，这样停了有五六分钟，他突然向着姐姐跪倒了。姐姐说："准备你的终身大事吧！原先跟'三叉'家讲好的，什么时候喊，她什么时候来……"

袁光要积点钱结婚了。家里有一头母猪，可当时母猪不准随便宰杀或买卖。焦急之下，袁光就在一个夜晚，偷偷地把它杀掉了。可他没法儿让猪一声不叫，它的一声尖叫惊动了民兵，接着他就被喊到大队部了。身背一串子弹袋子、手里握一把上了油的刺刀的支书侄子围着他转着，不时鼻子里发出一声："哼！"……支书来了，粗着嗓子说："这不是阶级敌人破坏'大养其猪'又是什么！"几个人合计了一下，当即决定：批斗！批斗之后让他披上亲手剥下的那张母猪皮，到"三叉"那个村游街去，要自己敲锣！支书宣布完了决定又瞥侄子一眼，盯在袁光脸上说："不识抬举的东西！"

袁光不同意到"三叉"村里游街——他怕那个捣蒜的姑娘看见，更怕姐姐见了心碎啊！他苦苦地哀求，最后都跪了下来："让我到别处游吧，游一年也行，只是不到那个村……"支书冷笑着："单让你去那个村游！"……袁光不再作声。他闭了一会儿眼睛，然后站起来，站得笔直，一字一字说："好吧，我，去游！"……

他去游了，游了整整一天，喊哑了嗓子……回来时，他没有再进自己的家门，而是迎着血红的晚霞走向田野，走向了他的芦青河！……

李芒讲完了，抬起头看着小织。他发现小织的泪水已经不流了。她愤恨地望向窗外，紧紧地咬着嘴唇。"又一个人，给推到了那条冻土沟里！"李芒自语道。

"袁光，我总以为回家的时候还要一起玩、一起唱歌……我们那天晚上送他时你还记得吗？……"小织像对着窗外的什么人说话一样，并没有回头……

这个夜晚，起了大风。风声吹得人心里发瘆，他们怎么也无法睡去……风慢慢怒吼起来。

风怒吼着。李芒轻手轻脚地穿好衣服。他把一个什么东西掖进了腰里，就小心地出了屋门……遍地月光，风妄图把地上的月光掠起来。他四下里张望着，出了街巷，一个人往北走去。风真大啊，简直就不像秋风，寒冷直扎到他的心里去。他咬着牙关往前走去，尽量不让身子打战。他听到了什么波涛声，低头一看，脚下就是芦青河堤。他来到家乡的小平原了，他顺着河堤奔跑起来，当见到小木桥的时候，就小心翼翼地踩了上去……

　　他摸到了自己的村边上。他的第一个想法就是看看傻女回来了没有——他想她也会像他这样，趁一个夜晚回家来吧！他寻找着，终于又看到熟悉的街巷，找到了那个老屋。大概是看过了大山吧，这个房门看起来这么矮小！他低着头进了屋子，四下里看着：炕上只有一半破草席子，空空的，什么也没有。他有些失望地要走出门去。突然发现门后边藏着一个人，正用力地侧着身子站在那儿，这时候狞笑起来，缓缓地转过身来：民兵连长！"嘻嘻，我就是在等你……好哇！"说着，他从身后亮出一支枪来。李芒全身的怒火都燃烧起来，奋力一脚踢掉了他的枪，顺手又给了他脸上狠狠的一拳！民兵连长被击倒在地上，恐怖地看着李芒；突然，他又笑了。李芒正有些迷惑，民兵连长就地滚了一下，往巷口上跑去……李芒追赶着，拼力追上去。就要赶上了的时候，巷口上蹿出一个人来，挡住了李芒！

　　这个人又粗又高，轻轻地咳嗽着。李芒揉了揉眼睛，认出是肖万昌！肖万昌嗓音压得很低说：

　　"回来了么？"

　　"回来了。"

　　"嗯。"肖万昌背着手，慢慢凑近了。

　　李芒逼视着他问："傻女哪去了？袁光怎么死的？"

　　"傻女不知哪去了。袁光？我不认识这个人。"

　　"哼！肖万昌，我今天就是跟你讨还这两个人的！你必须打开那个废氨水库让我看看！……"

　　肖万昌"哼哼"地笑着，转到了李芒的背后。突然他将手指摸到了李芒的咽喉上，用力一勒！一阵火辣辣的疼痛，一阵窒息！李芒挣脱着，然后反手扭住他肥胖的身子。两个身子缠到一起，在地上滚动着。李芒感到肖万昌的手指老要抠进他的肋骨里，这手指像钢钩一般有力。他的坚韧的皮肤终于被抠破，这手指又抠向肋骨间的肌肉。李芒几次要昏迷过去，但他硬挺着、硬挺着。好不容易才翻到肖万昌的身子上边，可那两根手指还扎在他的肌肉里。鲜血流进地上的沙土里，沙土变为稀泥巴。他忍着疼举起拳头，狠狠击在肖万昌的太阳穴上！拳头立刻疼得像要裂开，原来肖万昌在太阳穴和脑门上包了一层铜皮！肖万昌冷笑起来，用膝去顶他的肚子。这提醒了李芒！他立刻左右开弓挥起老拳，照着对方的肚子、肋骨、两腿，频频击去。肖万昌滚动、躲闪，不愧有些招数。但最后还是大口喘息了。他滚到墙根，两手插进了衣服里。李芒警觉地站住了，他清楚地看到了肖万昌的两眼突然间放出了两道杀气！正在他犹豫的时候，肖万昌已经亮出了刀子，并且马上就往前逼近了。李芒又看见了那条又深又窄的冻土沟了，不过他并没有颤抖，而是敏捷地跳了过去。肖万昌的刀子在他脖子的咽喉处缠绕，已经擦破了皮。李芒猛然间记起了什么，从自己的腰里抽出了远行防身的一截铁棍：铁棍横着飞舞，打飞了刀子，打在了肖万昌的头上！他连连呐喊，锐不可当，愤怒四溅，想着袁光的眼睛，盯着肖万昌这双阴险的眼睛，最后狠狠地一棍！肖万昌倒下了，脑袋碎了，眼睛翻着死去了！……李芒扔了铁棍，惊呼着：

"小织，我杀死了肖万昌！我杀死了你爸爸！……"

"小织，我杀人了啊……"

"小织，你在哪里啊……"

"小织！小织！小织……"

他呼喊着，终于有人回应了：

"李芒！我在这里！你怎么了？你怎么了？你做梦了吗？"是他的小织的声音。他同时也突然明白过来，他是做了一个噩梦。他有些丧气地坐了起来，两手抱住了膝盖。过了好长时间，他才喃喃地说："小织，我梦见杀死了你爸爸！"……

噩梦是不祥的。一天的下午，小织在街口上发现了一个收酒瓶子的人很面熟。那个人穿了一件雨衣，脸被帽子遮去大半，老是远远地注视小织。小织终于认出那个人是民兵连长身边的一个民兵！她的胸口扑扑地跳起来，立即跑去找李芒了……李芒明白这里是再也住不下去了。必须马上逃开！他对小织说："走！今晚就走！"

李芒去找了他的朋友，又跟村里人交代了石粉厂的事情，暗示了他可能要出趟远门。他跟小织一边收拾东西一边盘算到哪里去。后来他想到好多人都到东北当"盲流"去了，于是一咬牙关，决定就到东北去！……小织收拾着东西，泪水怎么也忍不住。她想，她今生也不会忘掉山民们，忘不掉这个给了他们希望的小山村，更忘不掉这个闹鬼的屋子！……再见了！南山！再见了！闹鬼的小屋！

他们离家、离芦青河越来越远了！

十七

东北是一片辽阔、宽容的土地。李芒和小织在这里遇到那么多从家乡逃出来的汉子。他们之中，有的做了挖煤的，有的钻进深林里伐木，有的跟当地人一起种参。"盲流"之多，说明了苦难之多。人们从不同的方向汇聚到这块陌生的大地上寻找生存的希望来了。这里也并非就没有苦难，只是旷阔的疆域很快就将它溶解、稀释了罢了。人们在这生疏的、粗犷的、无比辽远又无比野性的山岭和丛林、荒地间，奋力开拓着新的生活。这里也有最著名的城市，像哈尔滨、长春、齐齐哈尔、吉林，等等，大半不是"盲流"们流连的地方。他们的好运气不在这里。他们从龙口、烟台等水路而来，或沿铁路走一个弧线，然后直插北疆。旅顺白玉山上的高塔，市内的中苏友好纪念铜塔；哈尔滨的松花江，美丽的太阳岛、长春宽阔的斯大林大街……他们往往来不及瞥一眼，就匆匆上路了。他们和一部分当地人一起去翻黑土地，撬岩石块，甚至将腿上缠裹了皮条子去挖参娃。能使用的工具都使用过了，或长或短，或轻或重，用它来敲击那扇幸福之门……

李芒和小织倒是吃尽了苦头。李芒在鹤岗煤矿挖过煤，一次冒顶把他赶离了这个行当。后来他又试着刷线布、种植向日葵、亚麻和甜菜，试着采松子、猎貂獭。他先后到过五大连池，到过张广才岭和老爷岭……一场大病差点儿使他没有走出老爷岭。小织哀求他说："李芒！我们往南走吧……"她只知道他们的家乡在南边。李芒听从了她的劝告，到了吉林，到了通化，到了长白山。最后，李芒在一个叫"露水河林场"的附近，跟一位关东老大爷学种黄烟了。

关东老大爷叫"莫合"，李芒永远也无法搞明白这名字的含义，问他为什么叫"莫合"？他吸着一个大黑烟斗说："就是'莫合'嘛！"……莫合老爷爷种了一辈子烟，有无数的绝技。他用小刀子，可以割出比别人多两片的顶叶烟；他的烟田，绝少出现黄叶病和烂秸病；无论什么时候看他的烟棵，都是齐齐的一般高。特别令人羡慕的，是他能在烟田种出各种味道的烟叶：酒味儿、糖味儿、果子味儿的……

李芒和小织像服侍亲爷爷一样服侍他，他也把身上的本事全拿出来……夜晚，李芒就和小织读书。他们找来各种各样的书来读，有时一直读到拂晓。这种生活充实而安定，他们又感到幸福从闹鬼的屋子跑到这边的大山里了。有时小织对李芒说："我们还缺什么？什么也不缺了……李芒，你不觉得幸福吗？……"

李芒找来一沓子纸，没事的时候就写起来。他对小织说："我在南山的时候跟你说什么了来？我说我要写一本书！现在，我就试着写那书了……我要写傻女，写袁光……"

小织说："袁光不在了。傻女也不知道怎么样了……"

"她会活着。我总想有一天她会回到芦青河边上……从那一回遇到捞青苔的姑娘以后，我老要做傻女回来的梦。我出门的时候从来没有忘记打听傻女。我还记得老寡妇在大翻工地上用手摸我脸的情景，我一想起来就忍不住要流泪。老人的话没人信了，大伙儿都说她是疯了。她大概是把傻女的事情托付给我了。我一定找到傻女！我一定弄清蓖麻林里发生了什么事！就是傻女不在了，我也不会泄气。千年的枯树还会发芽呢，是谁逼疯了两个人？说不定突然就有什么兆头生出来，让人一清二白的呢！……"

李芒说这些的时候，小织定神地望着他。她在心里说：啊啊！这就是男人哪！这就是丈夫哪！我的男人，我的丈夫！……

李芒跟莫合爷爷学种烟，也学会了吸烟。老爷爷吸烟的技术才叫高呢，他能将烟品出几十种味儿来，底叶、中叶、顶叶儿，他一吸就知道；就是同一片叶子，叶尖和叶根、叶边和叶梗的味道他也分得出来。他还能将烟秸上的一截儿烟骨（烟骨的味道是极香的，可惜没劲道！）配上几片顶烟，做成又香又醇的"混子烟"；能将底烟、顶烟、辣嘴的蛤蟆烟按比例配好，做成奇怪滋味的"大全烟"；马粪施肥的烟、豆饼施肥的烟、草木灰施肥的烟以及施了化肥、人粪、芝麻饼、棉籽、死猫烂狗、兔羊粪的，都要分开放，以免"混味儿"。李芒和小织常要暗暗发笑：那是多么细微的分类！那能有不同的味儿吗？想是这样想，但他们总是极其尊重莫合爷爷的意见和经验，其中包括一些明显的谬误和纯属个人怪癖的东西……

这样不知不觉中时光在飞快流逝。李芒写成了一大本子东西，小织看了，觉得十分失望：他完全没有写东西的才华，尽管他已经读了那么多书。李芒也看着不顺眼起来，后来干脆一个人偷偷把它烧成了一块灰，埋到了喂草木灰的烟棵下。

中秋的时候，陆续收烟了。他们将烟叶割上一截儿烟骨，用绳子编成一排一排（这叫"烟吊儿"），挂到木架子上晒干、过露水。被露水洗过几场的烟叶又黄又红，味道也醇厚了……这时候的活儿特别忙，常常要挑灯割烟、上烟吊儿。三个人就在烟田里坐着干活儿，头顶上是一片星星。莫合爷爷讲着老山里的故事，讲着长白山上的天池，天池里爬出的水妖……露水简直就像一场小雨，半夜活儿做下来，衣服几乎能拧出水来！……

烟叶收完时，李芒要去吉林。在路上，他遇到了一个芦青河边上的老乡。一路下来，李芒才知道他的家乡有很多变化。开始包田了，日子可以过得很红火……这勾起了他的乡思。他回来后，怎么也睡不着了。他在想救了他一条性命的玉德爷爷，想那片土地，想海滩平原上的熟人了！被日常生活暂时淹没了的乡思像喷泉一样喷发着，又像烈焰一样燎着他的胸扉！他当晚就决定：回老家去！他先一个人回老家去看一看！……

李芒一个人回到芦青河边的村子里了。村里人像看到了一位天外来客一样，惊奇得了不得。玉德爷爷像怕他重新跑掉一样，紧紧握住他的胳膊，老泪不停地流着，接着又号啕大哭起来。他说："我的孩子啊！你可回来了！可回来了……我想小织子、想你啊，我这几年老要做你俩的梦……"肖万昌见到李芒似乎并不惊奇，他的第一句话就是：

"你把我闺女给弄到哪儿去了？"……

玉德爷爷让李芒快些领小织子回来，说再要不回来，他想孙女也想死了。肖万昌说："回来看看可以，住下来不走可不行。我没有这样的女婿！再说，他和小织的户口也销掉了，上边有规定，回来的'盲流'一律不给落户……"玉德爷爷一听急了，跺着脚说："你这心比石头还硬！生米做成了熟饭，再说又这么多年了，你还不要他们！"肖万昌说："就是我要他们，也落不下户！"

玉德爷爷还要说什么，李芒对他说："爷爷，我不是回来给谁做女婿来的，我是回自己的老家来的。我马上回去搬小织，来看您老人家，然后就待候着您，不走了！……"

玉德爷爷感动得不知如何是好。他伸手拍打着李芒，嘴里咕哝着："孩子啊，落叶归根，吵架归吵架，还是一家子人，还是得回家，啊？……"

李芒回东北的前一天，玉德爷爷又求儿子，让两个孩子回来落户，肖万昌还是不依。玉德爷爷骂着："冤家，还要我给你下跪吗？"说着，"扑通"一声给儿子肖万昌跪倒了……肖万昌惊慌地扶起老人，一声也不吭了……

李芒返回东北了。他要和小织回到芦青河边了！

怎么跟莫合爷爷告别呢？怎么和这个搭在林中空地上的茅草屋告别呢？怎么和这个亲手绑扎起来的烟架子告别呢？

人生活在这个世界上，就得忍受着一次又一次的告别，就得经历那最终的告别……

莫合爷爷不言不语地和两个年轻人分手了。他们临走给老人蒸了一大锅面饼，洗净了他所有的衣服鞋袜。老人送给他们的，就是那个大黑烟斗……

他们回到老家，很快就分到了一块土地。不久，他们就种出了方圆几十里最棒的烟田。玉德爷爷再也不愿离开他们了，成天在田里帮他们打冒杈、整烟地垄子。

一天晚上，老人突然提出说："万昌的地和这块界临，怎么不合起来种烟呢？一家人还分来分去吗？"

李芒坚决地摇头说："不！爷爷，不能合！"

"什么不能！你知道为合这地，我跟儿子费了多少口舌。'家不和，外人欺'，孩子，一家子做片大烟田多美气！我从年轻时就盼着自家有这么大的一片地啊……"老人说得很严厉，也很动感情。

李芒还是摇着头。他有多少话要跟老人说啊。但他相信什么都说不清楚。他只是预感到跟肖万昌的真正合作是不可能的，也是没有前途的……他摇着头。

老爷爷火了！他骂着："小冤家！还得我给你两个跪下吗？你和万昌还能再吵么？一家子人还能再分开么？……"老人气得全身都颤抖了。小织赶紧扶住了他，说："爷爷！爷爷决定吧，我们都听爷爷的！"……

十八

小织几乎一夜未眠。李芒在大柳树下的那一番话，几乎使她不安了一天。夜里，她恍恍惚惚的，一会儿在海滩的那片小草原上，一会儿又在南山；一会儿在闹鬼的屋子里，一会儿又在满是血迹的废氨水库里。她一闭上眼睛，就好像看到荒荒在抢一把镰刀，莫合爷爷捏着他的大烟斗，傻女一把一把揪着自己的头发，老獾头在儿子身旁跪着包脚；好像看到了五彩颜色的石子，五大连池，甜菜地，老爷岭；看到山民们喜悦的脸色，那个收酒瓶子的人，肖万昌和民兵连长相互接火抽烟……她好不容易才睡过去，又忽然听到袁光的姐姐在窗外喊她：

"小织！小织！……"

"啊，我们在这里！在这里！袁光，袁光！……"

小织猛然从炕上爬起来，就要奔下去开门。李芒拦住了她说："怎么了小织？你怎么了？"

"袁光和姐姐一块儿来了，就站在窗外，你快给他们去开门啊！原来袁光没有死，他是和姐姐一块儿逃走了啊……袁光！……"

小织呼叫着。李芒费力地解释她这是幻觉，她才安静下来……这时候天已拂晓，李芒穿好了衣服说：

"我要替老獾头交柴油去，原来讲好了的。"

小织说："替他多交一些，交两次的油吧，好吗？"

李芒正要走出门去，这时听了她的话，就站住了脚步。他久久地、深情地望着她……

霞光映红了窗子时，李芒从外面回来了。他带回了一张报纸，递给小织说："你看看第二版上，有新闻！……"

小织接过来一看，原来是肖万昌上报了！这是一个记者在专业户代表会上的采访，上面还配有一幅大照片：肖万昌正微笑着站在麦克风前讲话。文章说肖万昌是发家致富的带头人，是海滩小平原上新时期的先进人物，是新生产力的代表者。文章中还举出一系列数字，说他第一个成为黄烟专业户，第一个与人联合承包；尔后，收入多少现金，带动了多少人做了专业户，多少人有了电视机、录音机、洗衣机……

李芒说："他哪次运动都上报纸广播，如今又赶了这个浪头！因为他踩在别人的头顶上，所以从远处看，第一眼看到的就是他。他反过来，又正好可以用这张报去吓唬老百姓，使他更能舒舒服服地踩下去。这个事实有多么残酷！"

小织看着报纸上的父亲笑微微的样子说："明明是我们先种了黄烟的，可他……"

"就是这种倒霉的联合使他钻了空子！小织，想想吧，咱是嫉恨他出名吗？是嫌自己风头出小了吗？当然不是！我们难过的是被他逼得到处流浪（还有更多的人被他这样的人逼迫、践踏！），在流浪中学了一点点本事，一点手艺，倒被他反过来给利用了！他利用这个欺骗人！只要有他当道，村里人就别想真富起来，他应该受罚，可他没有！他继续作威作福。咱跟他的这种联合，真是耻辱！真是犯罪！"

李芒的脸涨得赤红，直眼盯着小织。

小织一丝丝地把那张报纸折好，放到桌子上。她伸手到他的衣兜里取出那个大烟斗，装满了烟，塞到他的手上……她低声地、像是规劝而不像埋怨："李芒！看看你自己吧，看看你这个爱发火的样子……"

李芒吸着烟，长长地叹了一口气说："日子过久了，都是这么一年年过下来的，慢慢就迟钝了。世上的人差不多都习惯于跟坏东西平安相处。就这么忍耐着啊，忍耐着，一天天地挨。小织，你看看，咱不是这么一天天地挨吗？挨也苦，不挨也苦，犹豫来犹豫去的……还记得那条又深又窄的冻土沟么？远远地躲着它，就是躲不开。它藏在黑影里，出现在你眼前，逼着你往里走。最好的办法是把那条沟填成平地、铺成路……肖万昌这样的人，说到底是村里的灾星。可有人还把他们当成这里的顶梁柱！只要有他们，河边人的日子就没有奔头！……"

小织说："从爷爷过世后，我的心就没有安下来过。我想得和你一样苦啊，李芒！我知道：再要不分开，你也把自己折磨出病来了……你的每一句话我都记住了，我都在想。这几天，我又常常想起袁光。有时候半夜里，你睡去了，我一个人坐起来看……我想咱家里该有一个客人，该有袁光。他死得真惨。他在河边上来回走动的时候会想些什么？……"

"他一定是想到这个世界上一点让人恋的地方也没有了。"李芒握着大烟斗，又在屋子中间走动起来，"他还那么年轻，人活在世上能受到的屈辱差不多他都受到了。瞻前顾后，他可能想不出路来。他死得一定很痛苦，他本来会游泳……"

"他是不是缚了什么东西，缚住了自己的脚跳进去的？"小织惊讶地叫起来。

"很可能是。你知道他的水性多好。"李芒在桌前坐下来，随手翻动了一下那本诗集，"'用小树叶遮住眼睛，然后，不发一言'……我在莫合爷爷的小茅屋里写那本书，就琢磨过他怎样跳河……我为了合情理，把他这样的人都写成了孤儿。其实现在想想完全用不着！他们有父母，可父母自身也难保。没有敢保护他们的，他们这类人（当然包括我！）是这世上真正的'孤儿'……我这样写道：'那些人面兽心的恶人，已经从一般的政治偏见堕落为无聊时的任意捉弄、残酷欺凌！我不知道这些孤儿们是用什么方式活过来的，今天又怎样了？我甚至想走遍祖国大地，用个小本子记录下他们所有的生活……'"

李芒说着说着又激动起来了。小织温煦的目光看了看他，他才慢慢平静下来。停了会儿，他用平和的语气说：

"我这个人爱冲动。不过我要跟肖万昌决裂，这却是反反复复想过了的……"

"你能保证这回就不是冲动吗？"

"不是冲动，是实实在在的愤怒。"

"好多困难和麻烦，也都想过了吗？"

"想过了。"

小织一双闪着热情和光彩的眼睛久久地望着李芒，然后说了句：

"那么，今天就和他裂开吧！……"

……

李芒和小织走到了霞光映照的田野上。他们是来寻找肖万昌的，刚刚从他锁起的大门前走过来……田野上没有肖万昌。他们就来到了自己的田里，准备做着活等他。他们来到田里，首先就发现了一个奇怪的事情：老柳树死了！

本来这也在预料之中，但没想到它恰恰会在今天死去。它的最后一片绿叶也干枯了，折断的枝丫落了一地；根部的大窟窿朽得更深了，树桩在风中摇动时，它就发出"吱嘎嘎"的声音。它不定什么时候就倒下了。如今它是停止喘息了。

李芒和小织默默地看着老柳树，去抚摸它干硬的糙皮……

半下午时分，肖万昌在田埂上出现了。

李芒和小织把他喊到了老柳树下。李芒的第一句话就是："我们已经找了你快一天了。我们是要去告诉你：咱们把土地分开吧，就从今天开始分开！"

肖万昌淡淡地"唔"了一声，他用手梳理了一下背头，又看了一眼死去的老柳树，问小织说：

"你也同意了吗？"

小织点点头。

"那就分开吧。嗯，这样也好。做长辈的也不能老为你们操心啊。嗯，也好！……"肖万昌蹲在树下说。

李芒冷冷地看着他。

"不过一家人硬是分开，也不是什么好事情！我还是有些不放心的地方，比如给烟田上肥上水、烟叶收购这些事，有好多麻烦哩！还有，你们也毕竟和别人有些不同，我指的是李芒的出身，不怕人家挑毛病么？"肖万昌说这话时，眼睛紧盯住地上的一块石头，几乎是一个字一个字吐出来的，发音很重。

李芒笑笑说："你会在这些地方用用功夫。这是威胁。你有什么本事就做去，威胁我们可不怕。开始会苦得很，村里大多数人种烟不是也很苦吗？我们会咬着牙关挺过去。无论如何，不准备再凑合下去了……"

"我也早看出你有这个打算。你自己也说过，你是个记仇的人。不过我今天可要警告你：你复仇算错了日子！"肖万昌说着，突然像个老熊一样，威严地从树下站了起来。

李芒也站起来。他说道："你害怕记仇，你当然喜欢别人一下子把什么都全忘掉，你好从头把事情再做一遍，你这不是算错了日子吗？"

"我有过过失。可是账也算不到我身上，那时候就是那么个时代，我不那样也没有办法！……"肖万昌的声音不知怎么又低缓下来。

李芒高高的身躯摇了一下，站到了肖万昌的跟前。他的头略低一下，盯着对方皱纹密密的脸看了一瞬。他的像铁钩似的大手指抚摸着自己满是胡楂的下巴，嘴里轻轻"哼"了一声。他把目光收回来，看了一眼他的妻子，然后掏出大烟斗吹了两下，点上烟末吸起来。他吐出浓浓的一口烟雾，这才说道："我可琢磨过你这个人。你是个老农村干部了，你已经不是农民。你留了背头，到现在还知道把裤子压上一条线。你是个沉得住气的人，从来不发火喊叫。你一辈子养成了你那套对付人的法儿。不过，你到底还算个笨人，算个俗气人。我心里有数，你这样的人更容易走到残忍的路上去。你就很残忍。你喜欢看着别人趴在地上挣扎。你说就那么个时代，就得那样对待我们；那我问你：荒荒和老獾头他们呢？老寡妇呢？他们祖宗三代可都是贫农！你同样要欺压他们，看他们挣扎！很清楚，你总是在寻找那些没力气的人下手。哪个时代里都有你这样的人，你这样的人就靠这个过活儿！……"

肖万昌的脸色终于涨红起来。他有些恐惧地看了看李芒的两只大手，扭过身子说："你等着吧，你等着。我不在这里听你这一套了……"他瞥了一眼远处的人们，就要昂着身子走开。

李芒挡住他说："你急个什么？今天这是干什么？这是一个联合要分开！我还没有说完！"他的两眼闪射着尖利利、虎生生的光，一只大手握着大烟斗，在胸前活动着。肖万昌退回一步，终于站住了。

"李芒！"小织在一旁喊了一声。

李芒吸起烟来。他继续以沉稳的语气说下去："你可不是个简单的人。你见过世面，知道深浅，要办成一件大事也很省力。比如抓荒荒，你连一句话也不用说，就有人替你做。我说过你是个沉得住气的人。你交往了不少有权有势的人，可是你也能和要饭的人坐下喝酒！你沉得住气，有时眼光也不短。不过我比你还沉得住气，我看得透你。这就好比两人斗拳，你忒厉害，可我比你还厉害。我就决定和你分开了。"

李芒不慌不忙地说完，然后就专心地吸他的大烟斗了。

肖万昌终于从对方的沉稳受到启示。他也卷了支喇叭烟吸上，用手梳理着背头。他盯着死去的老柳树，苦笑了一下……

接下去，肖万昌再也没有吱声。

小织蹲在一旁，不知什么时候哭了。她一句话也不说，只是含着热泪，钦敬地看着她的愤怒的丈夫。

十九

肖万昌走了。小织和李芒还站在他们的田里……这时李芒对小织说:"小织,你先回家去吧,你先走吧,我要一个人走一走。我太激动了,啊!小织……"小织点了点头。

李芒沿着田埂往西走去了。晚霞映红了他的面庞。

一片美丽的暮色笼罩了深秋的田野。一望无际的烟叶儿在晚风里、在橘红的光色里摇摆着。这海滩平原整个儿都像在燃烧,火苗儿不停地燎着、跳跃着。烟叶儿的背面泛着微微的银白色,在一片红光中闪烁不停,很像剧烈的火焰中爆出的白亮的光点。烟农们就在这原野上活动着,有的蹲在一个地方不动,有的三五成群聚在一块儿。他们像是挑着柴火到处点燃的人,又像是凑近了火堆取暖、吸着烟玩耍的人。这景色延伸到远方、再远方,消失在太阳的底下。这很像登了高山上,看山下浓密无边的丛林,也很像面对着平平的大湖瀚海。统一的,没有边际的,引人沉思;思绪可以随着它延伸再延伸,直到水天交融、天壤接合的地方才缓缓郁郁地折回来。暮气慢慢有了,不知是从天空上垂下来的,还是从泥土里升腾出来的,反正是低低地挂在树梢上,成一绺,成一片,沉默着,各种各样的声音都开始收缩溶解,又渐渐细碎成一些屑末,在傍晚的田野上飞荡着。一株株老树伫立在田埂路边上,像白发的老人遥望着收获的田野、呼唤着忘归的儿子;鸟雀一群群落到它的身上,又跳跳跃跃地离开,扑到泥土上,像是它撒出的一把把种子。一条黄黑色的狗飞一般在田间小路上奔跑,又突然地立住,从烟棵间露出那神气的头颅;当它重新走去时,步子又变得那么迟缓、懒散。它有时低着头嗅一嗅泥土,后来就一直嗅着走下去了,只翘着那个卷起来的、像绒球儿一样的漂亮尾巴了……

李芒一直向西走去,最后在不知不觉中踏上了芦青河堤。哦哦,芦青河无声无息地流着,有时就是这样的默默无闻。如果不是这高大的河堤,不是堤岸这浓匝匝的林带,人们简直就会把它忽略掉。到了水旺的季节,河水已经涨到了堤腰,近岸那些芦苇蒲草只露个梢头了。又平又宽的水面上,几乎没有了波纹。它就这样安静地伏在土地上,美丽而温顺。李芒禁不住脱下衣服来,用一根柳条束好,跳入了水中。晒了一天的河水简直不像秋水,暖暖的,滑滑的,他两手合并伸出,像条鱼一样向前滑去。舒畅极了,他荡起无数的波纹!这样游了一会儿,他又抡开胳膊大幅度击水游动,全身觉得热乎乎的,痛快得很。

大约很久没有跳进这河水里了，他心里有一种说不出的感觉。河是某种分界线，河的那一岸，就是外乡；河的这一岸，好像就是真正的家乡了。他从童年起学会了跨越这条河，无数次地踏响了河上的小木桥。小木桥是柳木做的，木板的边缘上生满了青苔。老远的就可以听到它在呻吟——当浪头拍击它的时候，当行人踩着它的时候。一年又一年，不知多少人从它身上踏过来踏过去。两岸的人背负的重量太大了，它的腰弹动着，原想尽力地挺起来，但最终还是弯下来。它屏住呼吸坚持着，坚持着，像不可折服的样子。行人走过去了，它才直起腰来喘一口气，接着便是呻吟、便是叹气……堤岸上的林木在风中响着，有时像一种奇怪的琴声，有时像童年的欢笑。劲风中，它的叶子和细小的枝丫都指向一个方向，树干却是一根根直立着。秋天，它的颜色变得墨绿了，深沉了，和河水浑然一色了。接上去的冬天，它也就严肃起来了，不苟言笑；残酷的北风强迫它发言，它就发出一种尖利的、不叫人喜欢的啸叫。堤岸的长长的斜坡上，那么多青草。草棵都结了种子，准备繁殖了。草棵的根部新生出嫩绿的长叶来，像细长的麦叶或者那种柔韧的蓑衣草。看上去它极柔软。秋天用严霜迎接冬天，严霜也就洗红了这秋草。到了合适的季节，当你在河上展望堤坝的时候，你注意的，首先不是林木、不是蒲苇，也不是那些散开着的星星点点的花儿，而是嫣红的草棵！它不像红叶树那样红，不像枫，不像石榴花和美人蕉花的颜色；它是暗红、有些紫的那种红；更要紧的是，它的红叶儿能爽爽地披散下来，你看着它的薄薄的、湿润的红叶儿，老想去抚摸一下。在那肃气正浓的季节里，正有一种你自己都不易察觉的同情心在搏动，这时恰好转移到这艳色的小草上了……李芒尽情地击水，不时仰起头呼吸着水面上清鲜润湿的空气。啊啊，在这个秋天里，在这个忙得直不起腰、被某种东西压得缓不过气来的秋天，他终于迎来了这个下午，迎来了这个傍晚。多少年来，他从未觉得这样轻松。他要好好亲近一下这河水、这田野。他觉得他能看到很远很远的地方，无论暮色有多么浓重。

太阳落下去了。太阳在整个一个白天里都使河水闪着亮、放出光辉，使田埂和小路上的沙粒都清晰可辨，使烟秸上爬着的绿虫暴露在一片光斑里……现在它故意让大地陷入一种朦胧里。灰蒙蒙的颜色里，从土地里生出的稼禾和林木，看上去都黑簇簇的。一片连着一片的烟棵也模糊了，绿色的那一边完全淹没在渐浓的夜色里，就像一张纸浸到了黑色的水里，天空的星星不知不觉地密起来，像一些小灯在偷偷地点燃……李芒不知不觉地走到了海滩的丛林里，是河边的一条黑泥路把他领到这里来的。地上的草棵绊着他的脚，他感觉到已经有露珠儿溅出来。前面是黑漆漆的灌木丛、马尾蒿，是夜间才出来活动的小动物的咕咕声：它们召唤他了，问候他了。他笑了，舒活地伸了一个懒腰。他向着一片夜色高声大笑起来："哈哈哈！哈哈哈哈……"笑声在沙滩上飞去，飞得很远很远；在很远的地方，又隐隐约约传来同样的笑声。李芒自己都感觉得出他笑得有多响亮，这声音真正发自一个强健的、成熟的、有火气与胆量的男性。他相信在这笑声里，大海滩上的鬼蜮（传说中这里可有这东西！）会退走或伏下，任何想算计他、加害于他的东西都会逃遁。他笑得太坦荡、太豪迈了。

他已经很久没有这样轻松悠闲地来大海滩上了，尤其是没有一个人走上夜间的丛林。这片给了他的童年无限欢乐的丛林，辽远深邃，带着一点儿神秘。除了临海的一面，他从没有摸到它两端的边缘。这林子大半是稀稀拉拉的，可密的地方，又几乎插不进脚去，远远望着只是黑乎乎一片，像从天边压过来的一大团乌云；这林子大多是细矮的杂树棵子，可有时你又会碰到一片齐整而挺拔的杨树、柏树或者橡树。李芒记得这些粗大的树木给他的深刻难忘的印象，给他的惊喜与愉悦。那还是有些闷热的季节（夏天吗？秋天吗？），当他背着一捆大大的刺蓬菜走在沙滩上，流着汗水，突然遇到这么一片有着广阔阴凉的大树林时，他几乎要欢叫起来……他倚在菜捆上歇息了，斜着他的童年的明亮的眼睛，看大杨树那淡绿的、光滑的树皮。树皮上的各种痕迹纹路引起他各种的幻觉和想象。它们有的最像眼睛，而且是很漂亮的眼睛；它瞪得很大、很单纯热情，对他充满了友情。它们有的像一把镰刀，刀面儿很窄，刃儿很薄；他总想它是多锋利的一把刀，而且一定是无锈无裂纹无豁牙的好刀子。它们也有的像一个大大的惊叹号或者问号。每逢看到这里，他就全身一振，更加睁大了眼睛。树木有意无意地询问人间的秘密，并且又肯定地来一个叹号，像是自信地预言了什么，判定了什么……他有些迷惑，也感到有趣，懒懒地掮起草捆重新走去。他要穿越大杨树林。他故意低着头，不看那眼睛、那镰刀、那费解的叹号与问号。可是他要跨出这片林子的时候，忍不住又要抬头再望一眼——他看了林边的最后一棵树，他在树干上看到了一个醒目的句号！他想：句号，划在林子的边上。他笑了……童年真有趣！

风全息了。大海滩上真暗：这是失去一个太阳，又暂时没有一个月亮的缘故。黑暗、静谧、温暖，是最适合一个人默默地倾听的时候了。你不必声响，只需使用你的听觉器官。这样沉默一会儿，必定会发觉一些细小的、轻微的响动，还会听到更远处的、在夜幕的另一面传来的声音。这些细碎的响动是一丝丝地放大了的、清晰了的。如果你开始去想象，就会仿佛看到：在那些黑影子覆盖下的树隙里、沙窝里、荆棵子里，正有各种不同的生灵睁圆了眼睛窥探着，然后伸出它们的可贵的小前爪，试探般地踩到有些温热的沙土上；接着，它轻松地转动几下头颅，灵活地拂动几下尾巴，整个身子向前倾斜、再倾斜，直到重心完全移动到前爪上时，才一个猛跃，奔驰而去了……东南西北都有野物在喘息、在交谈、在追逐，最后它们总是把争夺吵闹的声音弄得很大……天空被忽略了：多少明亮的星星！多少上帝的眼睛！天空没有乌云，苍穹的颜色却不是蓝的，也不是黑的；这时候的天空最难判定颜色，它有点紫，也有点蓝，当然也有点黑。白天的天空被说成是蓝蓝的，其实它多少有点绿、有点灰。真正的蓝天只在月光明媚的夜晚！纯洁的月光驱赶了一切芜杂、一切似是而非的东西，只让苍穹保持了它可爱的蓝色！哦哦，星光闪烁，多明净的天幕啊，多让人沉思遐想的夜晚啊！

李芒迈着他的坚实而沉稳的步子走在大海滩上，他微微含笑地看着身边黑乎乎的灌木和草棵。四周都是这莽莽苍苍的一片，看不到一条小路在分割它、在标划它的界限。这是真正的旷畅渺远、无所收束；只有这里的夜晚才使李芒胸襟开阔，身心振奋。他真想去拥抱这片海滩、这个夜晚。他的脑海里涌现出各种各样的想法，他怎么也没法儿抑制住自己的激动。这激动里面有些说得清，有些说不清。仿佛一个人精疲力竭地攀登一座高山、踏上了峰巅时的感觉，又仿佛一个人奋力地横渡一条宽河、胜利在望时的感觉。他绝对没法儿使自己待在一间屋子里，他必须使自己到一个广大的世界里去，好像那里才无拘无束，他的思绪才可以尽意飞翔。黑色将一切都染成一个颜色，淳朴而厚重，绿的叶子、白的沙土、棕色的树干，都化为一种凝重的色彩了。偶尔有鸟雀在陌生的远处鸣叫一声，显得平淡微弱，也很快散开在黑夜里了。海潮的声音没有尽头，总是平平的、没有曲折的调子，仿佛是这海滩上特有的夜歌。这里的一切都使人感到安逸而兴奋，生活中间的恐惧在一瞬间退到夜幕的背后去了，剩下的是一个人显露个性的勇气，是一种跃跃欲试的心绪。每个人都可以面向一片茫茫夜色倾吐心曲，都可以沉湎，可以幻想，可以憧憬，可以狂想。世界比原来设想的要大，力量比已经证明的要多。无休止地安慰自己，鼓励自己，娇惯自己，自己相信他是属于这片温暖的夜色了……

李芒回过身去，倾听自己村庄的声音。看不见什么痕迹，但可以听到人们生活的声息。他想一定是有人在烟田里摸黑做什么，这儿的人常常半夜了还要守着他的烟棵。有人跟自己的狗和猪说话，后来跟锅灶、跟锨柄也说，再后来跟烟棵也说。跟烟棵说话时一边掰着冒杈，就像跟娃娃说话时一边梳理他的头发一样。说啊说啊，无休无止，这就组成了村庄的声音、生活的声音。他自然地想起了小织，想他的妻子会一个人默默地走回家去，牛起炉子，做一顿香甜的饭菜放在那儿等他回去。她不会急得出来喊他，她知道他该松弛一下了。她会在等他的时候把窗子擦净，把书架擦净。她再没有那么多忧虑了，她已经忧虑过了，她现在更多的是喜悦，是轻松。她以前好像不是一个主妇似的，她从今晚起要做一个主妇了。她比过去更能感到她要做母亲。她虽然早已有了母亲的温柔，母亲的贤良，可她做母亲的精神上的准备却未必充分。她能使儿子降生在一片真正属于她自己的土地上吗？能吗？忐忑不安，忧心忡忡，患了一种少妇病……李芒仿佛看到小织在微笑，于是他自己也笑了。这时他突然想去看看那片小草原了：嘿，小草原！

可惜看不清路径，这很难找到那片可以入诗入画的小草原。就在他有些忧虑的时候，他发现那个月亮已经在贴着一片林梢往上攀缘了。他的心像被一把欢快的小锤子敲击了一下，兴奋地跳动着。他找那片小草原去了……大海滩慢慢笼罩在一片熟悉的月光里了，沙粒慢慢又看得清了，树叶儿又变绿了。眼前的一切都在迅速地展开着层次，或退远，或凑近；或者是从草丛里挺出一枝野菊在微笑，或者是小径旁的枯树在愁戚。大鸟儿"嘎嘎嘎"地叫着，在它的声音里，好像一切又开始从沉睡中缓缓地睁开了眼睛。一丛丛的洋槐、小叶杨、沙枣棵、紫穗槐、橡墩子……在它们的背后，那片小草原在月光里打着哈欠。李芒奔跑着，举起了两只臂膀，有力地挥动着……他卧倒在这片柔软的草地上了。这真是一片神奇的草地，在最寒冷的时候，这里也有温暖。阳光有时只照耀着这人间一隅，使人暖洋洋的。草尖上散发着熏人的香气。他躺在上面，竟然睡了过去！他发出了均匀的鼾声。

醒来时，月亮已经升得老高了。李芒觉得睡了一个好觉，解除了一个秋天的疲乏。他伸展着腰身，活动着腿脚，准备回家了……已快到中秋节了，月亮很亮。他身旁的树叶上，露滴闪着银白的光，叶子背面的毛茸茸也看得清。有一个蝈蝈在树丫上爬着，爬到顶端，身子奇怪地一跌，就折向另一个枝丫了……会鸣叫的东西都大声地鸣叫，一阵微风吹起来了。李芒从这风中马上就嗅到了烟叶儿的香气！啊，烟田再上最后一遍水，就该着收割了。到了中秋节的时候，家家都在压得弯弯的烟架旁摆上酒桌儿。他有些沉醉地仰起脸来，又一次仰望着布满星星的天空。多美好的天空啊，多美好的原野！多美好的树木、烟棵、小蝈蝈！多美好的夜露、沙子、绿色的树叶儿！多美好的小路径、河堤、木桥！多美好的虫鸣、鸟鸣、村庄的声音！多美好的乡亲、姑娘、小孩子！多美好的小织和小织正孕育着的孩子……一切都需要温暖、亲近和守护，一切都需要和他们在一起。

"李芒，你再勇敢一些、年轻一些、强壮一些吧！"

他在心里对自己喊道。

二十

李芒与他的岳父肖万昌分开了烟田，这事马上就家喻户晓了。

当李芒和小织走上田埂的时候，很多人都用迷惑不解的目光端详他们。李芒不作声，只吸着他的大烟斗，一下一下地做着活儿。

另一边肖万昌的田里，很快就有了小腊子。李芒见了，心里有些痛快。他想：小腊子啊，你学学种烟吧，这是庄稼人该会的本事；你一支接一支地吸烟，就该知道烟叶是怎么长出来的；轻骑车你已经玩得很熟了，自己家的烟田倒没有踩上几个脚印。小织常把水果什么的抛给弟弟，小腊子每一次都接得很准……荒荒有时候从地里走过来，跟李芒说上一会儿话。李芒常要手把手地教他做活儿，告诉他耘土时锄子该离烟根多远、耘多么深；旱地怎么耘、湿土怎么耘；施肥后怎么耘、什么时间耘、烟叶儿受病了怎么耘——荒荒又高兴又惊奇地拍着膝盖说："芒兄弟，怪不得你的烟长这么好，光是耘地就有这么多讲究！"他笑着，挠着头。停了一会儿，他突然又严肃起来了，问：

"芒兄弟！听人说吸烟多了会长癌那玩意儿，怎么咱这儿的没有一个得的？"

李芒苦笑着摇摇头，真不知道怎么回答。他说："荒荒！咱正讲种烟，你又扯到那上边了……"他接着又给荒荒讲割烟顶：怎样选割烟刀，为什么刀子要一头尖一头偏；几个叶片割顶好，什么时辰割适宜……荒荒哈哈大笑说："有一手！有一手！……"这时小织正在离他们十几步远的地方做活，荒荒瞥了一眼，低声对李芒说："你媳妇……真俊哪！"……

这天上午李芒正浇烟，可是浇了不到一半的时候，突然水就从放水道上退回去了！李芒焦急地去找了开机器的人，那人说："还能总给你一家子用水么？天这么旱！"

"可你也得给我浇完哪！"

"给你浇完别人就浇不完了！"

"我不是交足了柴油吗？"

开机器的人戴了一顶黄帽子，这时把帽子可笑地抒到了后脑壳上，掐着腰说："你以为有钱、有柴油就有了一切吗？"

李芒立刻陷入了迷茫，不解地问道："有了新规定吗？"

那人嘻嘻笑着，斜叼上一支烟说：

"如果贫下中农不要你那几个臭钱呢？"

李芒琢磨着"臭钱"这两个字，不由得笑了。他很可怜眼前这个人。他打趣地问道：

"贫下中农不要'臭钱'，要不要浇水的规定呀？"

"再'规定'，也得先满足贫下中农，咹！"

他的一个"咹"字，使李芒觉得特别可笑。那一个字，那一种语气，相当于说："就是这样子！""你看着办吧！"或者是："你能把我怎么的？""你有本事，你就试试看！"真是以一当十、当百，"咹"字是个好东西。李芒知道他是跟肖万昌学的。这样想着的时候，那人又说话了：

"真他妈的怪事，革命这些年，又让地主富农兴盛起来了！"

他一边说一边转身走开了，摇头晃脑的。

李芒真想追上去狠揍他一顿。李芒看了看他那个细细的脖颈，心想用手卡住一拧是再合适不过的了，该好好问问他谁是地主，谁是富农？……但看到他那个瘦干干的样子，想起他家里那个寒酸样子（没有媳妇，只有半截席子）也就作罢了。

可这会儿邻地里的荒荒斜穿着田埂拦住了开机器的人。他大概也听到几句这边的争执，这时喊着："二秃子（那人头上有一块秃斑）！你凭什么给芒兄弟关了机器！狗仗人势……"

二秃子直着脖子说："多管闲事！"

"我他妈的就要管！我他妈的今个是'做代表'来了……"

二秃子乜斜着他说："怎么，腔上的伤长好了么？"

这下子大大地损伤了荒荒的自尊心，他弯腰就搬起一块大土疙瘩……二秃子奔跑起来，但大土疙瘩还是砸在了他的屁股上……

李芒怕耽搁了烟田浇水（这最后的一次水是多么重要！），到外村出高价雇来一台抽水机。可是抽水机正要往机井上放的时候，民兵连长嘴里咬着一个琥珀色烟嘴出现了，身边还跟着两个持枪的民兵。他笑眯眯地对李芒说：

"这是不允许的。"

"闲置的机井为什么不准用？"李芒愤怒地盯着他说。

"水源是统一的。你抽了水，别的井水还旺吗？"

他身边的两个民兵微笑着，点着头。

李芒直觉得一对拳头热得发痒。他掏出了大黑烟斗，慢慢地吸起来，一边端详着面前这三个人。

这时候有几个正在地里忙活的人围了上来，明白了什么事之后，讪笑着走开了，一边走一边说："人家就是有钱，能雇来一台机器！可好日子也不能都让一个人过了呀……"

李芒全听清了。他觉得心上有些发冷。

"有机器也转不动喽，没有老丈人做靠山喽！嘻嘻……"

几个人议论着往前走去，铁锹碰得叮当响。李芒盯着他们的背影，咬了咬牙关，徐徐地吐出一大口烟……他站出来，磕了磕烟斗，一句话也没说，就走开了。

民兵连长几个人惊愕地对看着。

李芒一个人径直往镇上走去。他没有告诉小织，他觉得有些话已经完全没有必要在烟田里说了。他要去找镇委。

一位三十岁左右的姓梁的书记热情地接待了他，并且用本子记下了他的每一句话。梁书记送他出来时说："我们对那里的情况已经了解了一些，放心地做你的专业户吧，有些东西，我指那些充满希望的事业，是不可逆转的！"这个梁书记热情、干练，少有的文静，这引起了李芒的极大兴趣。他和这个书记分手时，才知道他是前两年从政的一位师范学院毕业生，刚接任镇上书记三天。

当天下午，梁书记就骑了一辆摩托车来了。他兴致勃勃地看了李芒和小织的家，他们的烟田，然后神情肃穆地望了望西边的天色，推上车子找肖万昌去了。

肖万昌在几秒钟内就弄明白了对方为何而来，然后笑着说：

"梁书记！你可能不知道，李芒是我的女婿。我不好过分地偏爱他，为了工作，有时就难免委屈他一点……"

谁知这个梁书记用手利落地一挥打断了他的话，很和气地说："镇委也了解一些你的情况，这个以后再谈、专门谈。我现在要跟你说的是：不要利用群众的一些不健康的东西，比如农民意识，平均主义，政治偏见，等等，去损伤李芒同志。你和李芒有矛盾、怨恨——这是明摆着的事。但你是村的支书，要执行有关农村政策。你必须马上去亲自解除对李芒的一些刁难，毫不犹豫地给他供水……"

肖万昌有些不知所措。但他很快又微笑起来。他大概在笑这个新书记的"学生腔"吧。

梁书记另有什么事情，又简单谈了几句，就急匆匆地跨上摩托走了……

中午时分，李芒和小织正在家里吃饭，二秃子就在窗外喊："李芒，给你浇地了！还浇不浇了？哎？……"

……直到深夜，烟田才浇完。李芒和小织很疲乏地回到了家里。可是李芒不愿休息，一个人在桌前坐下，吸着烟斗，翻弄着一本诗集。小织说："李芒！快休息吧，烟田也浇了，我爸爸他们不是让步了吗？"李芒像没有听见。他认真地看起来，微皱着眉头。就这样看了一会儿，他抬头望了一眼小织，随手打开了电视机，这时候当然没有什么节目，他又随手关上了……他在屋里走动着，一手握着烟斗，一手伸在衣服下面。小织问："李芒！你不舒服吗？你怎么了？"李芒摇摇头："没。我不过感到很累，非常非常累……我心里很累。我睡不着。你快休息吧……"

小织用温柔的眼睛望着他。这双美丽的眼睛常在这样的时刻安慰着他、温暖着他，也询问着他。

他终于坐下来，和小织坐在一起说："你不知道，从烟田往回走的这段路上，我突然后悔起来，我想起了莫合爷爷。我后悔不该离开他。我真想那段日子……"

"别这样说！不能说后悔……李芒！"小织叫着他。

"肖万昌他们再刁难、迫害我们，我都不怕。可是，二秃子，还有村里那些人的话，让我受不了。他们多少年前就受肖万昌的捉弄、欺骗，到现在还过得那么苦！我们不是为了和他们在一块儿才和肖万昌决裂的吗？断了我们的水源，硬要把一地好烟棵给旱死！这就是肖万昌使出的第一个毒招。村里那些人呢，倒糊里糊涂跟着起哄、感到快意！……我好像从来没有这样失望过、这样难受过。真的，关到氨水库里那会儿也没有。从烟田回来时，我觉得两条腿那么沉……"

小织默默地听着，紧紧地握住了李芒的大手。她低下头来，发现这双大手不知什么时候已经裂开了两道口子，虽已愈合，却留下了硬硬的疤痕；两个手掌都被铁皮样的硬茧壳包住，十个指头的骨节都已经变形，由于烟汁的长期浸染，这双手已经是永远也脱不去的黧色了……她心里一酸，两眼涌满了泪水。她害怕眼泪淌到这双手上，赶紧偷偷地抹去了……她抬头盯着他的眼睛说：

"李芒！我全都能理解你现在的心情。可我觉得你太急躁了，总想着什么都应该再好一些。是啊，他们真让人不高兴。可是我们只要这么做下去，他们会变的。我们真心希望他们好起来，他们会慢慢看到我们的心……李芒！我也完全相信你，我们一定会比现在更富裕、更好！我们大家都会好起来！李芒！啊！李芒，你听见了吗？是这样吗？……"

李芒激动地说："小织！你真好。我不该说那么多丧气的话。你多么好啊，小织！……"

二十一

中秋节到了。烟田开始收获了。海滩小平原几天来就喜气洋洋的。这里的人们极其重视这个节日，从来就把这个日子看得很重。大家把酒桌搬到院子里，在月亮的照耀下喝酒。虽然大家不怎么抬头看那月亮，可是皎洁的月光使所有人都高兴一些。

喝过了酒，大家四处凑着玩。荒荒带领了好多人来李芒家看彩色电视。李芒和小织不知怎样才好，倒水、拿烟、抓瓜子和糖果。他两人高兴极了。乡亲们有的坐在沙发上，有的坐在木椅上、折叠椅上。荒荒用力地在沙发上颤动着身子说："嘿嘿！这东西好！……"

人们走了之后，李芒和小织要花费好长时间打扫烟蒂和瓜子皮……可他们心里兴冲冲的。这是一个真正的节日！往常，人们总把他们当成肖万昌的一家子，多少有些敬畏，很少来看电视。他们现在高兴极了！他们真感谢荒荒！……

过了节日，人们就动手搭晒烟叶的架子了。

人们搭了各种各样的架子，各自根据自己的设想、自己的美学观点……搭烟架子可有大讲究！李芒每看到一个不成功的架子就停下来，帮他们重新搭一种架子——这是他在莫合爷爷那儿学到的：先立两根大柱，柱间搁一道"大梁"，然后在大梁两侧立些细木条框架，最后在立柱的根部绑几根撑木。这样的架子，烟吊子可长可短，只要活动一下撑木就行；烟吊子可疏可密，可根据阳光、露水的大小加以移动；来了风雨，可以将烟吊子并到大梁两侧，从大梁上搭几条苇席。真是方便极了！巧妙极了！……人们学会了搭这种架子，都很敬佩李芒。老獾头伸着拇指说："芒子是个'金孩儿'呀！"他跟最好的后生才叫"金孩儿"！

荒荒因为太笨，不得不请李芒从头至尾帮他做。他们正做的时候，民兵连长领着两个持枪民兵溜达过来了。因为没有人理他们，他们就立在一旁吸烟，互相之间交谈。这个说："哼哼，架子搭得再好有什么用？来了贼，哼哼……"另一个说："今年可不比往年，贼可多！……"民兵连长嘻嘻地接上说："咱们是负责治安保卫的，不过咱们只为贫下中农做保卫……"一边的两个民兵大笑起来，一边笑，一边用眼瞟着李芒。

这显然是一种威胁。话的表面意思是不给李芒这样的人保卫丰收果实，实际上却在暗示他的烟叶有可能遭到抢劫！……李芒用力地刹着架上的绳子，冷笑着看了他们一眼，对荒荒说："我今年准备一根铁棍子，哪个贼不怕碎脑壳，就来好了！"

荒荒一直仇恨地盯着民兵连长，对李芒的话并没有听到耳朵里去。

烟厂里每年在中秋节前后都要下来看看烟叶的收获情况，挨门挨户地登记一下，做一下烟叶的估产和预购。这一天，烟厂的王会计领着两个工作人员，由肖万昌陪伴着，一块一块烟田看过了，做了登记。到太阳落山时，他们也没有来李芒的烟田。李芒问了一下，他们早已走了。除了他的烟田未看之外，还有少数几家的，也没有看。荒荒又急又恨地来找李芒，骂着肖万昌和王会计。李芒安慰着他，说等到了正式收购时再看他们怎么办？如果烟厂不要，我们可以约同一些人去和采购站订合同，去镇上集市自销……荒荒这才安下心来，回到自己田里割烟叶去了。

烟田里最繁忙，也是最愉快的日子来到了！人们白天晚上都在烟田里收获烟叶。夜晚，田野上有一堆一堆的火焰，那是割烟的人用来煮东西吃、用来照明的。他们在闪闪跳跳的橘红色火焰下挥着割烟刀，特别来劲儿。烟叶长得真棒，又肥又大的叶子铺到地上，像铺床的绿布单，老要引逗种烟人躺到上面去……李芒和小织割着烟，身上被露水打湿了。他们觉得这是坐在长白山下的烟田里，这是坐在莫合爷爷的身边。李芒有滋有味地吸他的大烟斗，一边做活一边和小织说话。他们有时仰脸看天：可不要在这时候下雨呀！还好，天空没有一丝云彩，到处都是星星……

肖万昌的烟田里也亮着火，可坐在火边的人不是肖万昌自己，也不是小腊子了，而是村里的另两个人：老獾头和他的姑娘！李芒看到了，走过去问了一下，才知道他们和肖万昌开始联合了。这父女两人似乎十分高兴，女儿笑眯眯地说："芒哥，和万昌联合好哩！"李芒问："怎么好法？"她说："不要操别的心，只要用力做就行了！"她的父亲点着头、咳嗽着："是啊！是啊！庄稼人不能惜力啊！吭吭！吭吭！……"李芒默默地走开了。

李芒和小织割着烟，不时地望一眼邻地里的火堆……李芒说："你听见老獾头咳嗽吗？"

小织点点头。

"他一夜里就这么咳嗽……"

小织说："他有七十岁了吧？"

"大概有了。"李芒停了手里的割烟刀，又吸起烟来。他低下头来说："我看他都捏不住刀子了，刀子直打颤。我担心哪一下刀子会割了他的手。那把刀子倒是锋快！不知怎么，我盯着他的刀子，想起了一个捡破烂的老头儿……"李芒慢慢地划着火柴，点上熄灭了的烟斗，"老头儿也有七十多岁，一只眼睛瞎了，穿着一条破棉裤，用一根火麻绳吊着。他靠捡破烂、白菜帮过活……我看了后，就忘不掉。我难过得要命，老想他的儿子哪去了？他没有儿子吗？谁来帮帮他才好……"

"老獾头儿子的脚好了吗？什么时候出夫回来就好了。"小织说。

李芒望着远处一簇簇的火焰，自语般地说："一个联合刚刚垮了，又一个联合开始了。聪明人不是可以从这里面看出好多东西吗？……"

小织沉思着。突然她激动地握住了李芒的手，低声说："芒！他（她）在动！啊啊，在动……"

小织的脸通红通红……李芒终于明白过来！他的脸也变得绯红了。他有些口吃地说："这真是……啊，嗯，很不安分的……一个、一个毛小子！啊啊！……"李芒站起来，兴奋异常地走动着。

"再有不久，我们就有孩子了！"

"我要把他抱到烟田上来，首先让他认识烟叶儿。我要让他识字：土地，责任田，割烟……"

"他会有福。但愿他别受我们这些折磨……"小织幸福地喘息着。

"一定不会！我们在他刚懂事时就要告诉他：这一辈子，直到永远永远，决不跟那些坏东西妥协！决不！要把他也培养成一个倔汉子，告诉他：决不！决不！……"李芒叉开长腿站在小织的面前，盯着她的眼睛说道。他握烟斗的手已经颤抖起来了。

"决不！决不！"小织重复着。

两人重新坐下来割烟。李芒说："只要村子还掌握在肖万昌和民兵连长他们手里，这里的人就别想过上好日子。他们已经有了很多经验、很多办法。我们不能只是防守，我们还要大胆地攻一攻。我们忍啊忍啊，已经忍到了一个好时候！……我从镇上的梁书记身上，就生出一些新指望来……"

"你准备怎么办呢？"

李芒沉思了半晌说："我老是忘不掉那片蓖麻林。我越来越觉得老寡妇生前一下一下摸我的脸，那是把傻女的事托付给我了……我准备做两件事：一是登报找傻女；二是把村里的事情写成一份材料，当面交给县长；不，当面交给法院和……"

……

夜晚，当大家把最后的一个烟吊子挂到架子上时，都舒心地伸个懒腰，到李芒家里看彩电来了……李芒和大家一块儿吸烟，一块儿议论着烟田、化肥、浇水，议论着烟叶的收购，议论着民兵连长和他身边背枪的人，议论那个壁上有血迹的废氨水库，也议论承包出去的集体小工厂（这实际上是肖万昌他们的钱柜子！）……

当电视上接连播放广告的时候，大家都打起哈欠来。李芒已经读过一次他写的材料，经过了两次修改，这会儿就从头读起来。大家每听到肖万昌三个字，就再也不言语，只是互相盯视着，吸着烟。

这份材料没法写得更短。因为要使人们明白一个人，就不得不简单追溯他的历史。有很多事例。有欺压，有凌辱，有血泪。材料指出，这里的权力掌握在一个愚昧、狡猾、早已蜕化变质却又似乎总有道理的人的手里；这里的权力已经相当集中，并且更为严重的是，它阻挠农民的解放，毁坏农民的幸福，已成为农村的新的桎梏！……

李芒读得非常激动，声音越来越高。材料在列举了大量事实之后，以简短的一句话结束：

我检举肖万昌。

烟农们不吱一声，只屏住了呼吸听着。

二十二

人们不完全理解那句话的意义，可是有人从此就常常学说那句话了。他们说着，还打趣地哈哈笑着。

肖万昌极为恼火。

一个早上，肖万昌正背着手往大队部走去，路上遇到一群孩子在滚打玻璃球儿玩，就站在一旁看起来。孩子们并没有发现他站在那儿，玩得很用心。

他们将玻璃球瞄准了弹击，每逢击中了，就痛快地大喊一声："'我检举肖万昌'！"……肖万昌听着，一下一下地梳理着背头，最后终于忍耐不住，抓住一个小孩子的胳膊就是一抡！小孩子哭起来，旁边的轰一声散去……肖万昌一动不动地盯着抓到手里的孩子，看着他号哭。这孩子哭着哭着突然止住了声音，只是迎着他的目光看过来，紧紧地咬着牙齿。肖万昌竟然觉得不能与他对视，手腕一松，让他跑开了……

这一天大雾。

肖万昌要送小腊子去龙口电厂重新上班了。小腊子玩够了轻骑，也挣了一笔钱，再也不愿做鱼贩子了。但他旷工已经多半年，怕这样去会遇到麻烦，就让爸爸和他一起去。他相信爸爸走到哪里，都是一路绿灯的……他估计得不错。

从电厂回来，肖万昌觉得雾气愈发变浓了。走在田野上，看不见活动的人影，只听见嘈杂的人声。他径直往自己的田里走去，他要催促老獾头父女两人早些编完烟吊子。

一团团的浓雾，像白烟一样在土埂上流动。肖万昌跺着脚，震动着地皮。他一路迈着大步走下来，觉得这两腿真是有力量。他想这全是得益于一种安定的、优越的乡间生活了。没人更多地体味到他那个院子里的好处。他从心里可怜那些城里的中下层干部：过一种清清淡淡、规规矩矩的生活，而且神经老是紧张着！而自己呢？自己就是一个轮子的主人：让它转就转，不让它转，它就纹丝不动……正这样想着，突然听到雾气里传来一种声音：

"我……检举肖……万昌！……"

这是一种苍老、浑浊，又有些嘶哑的声音。它在雾气里鸣响着，震动着，像是从苍穹里传播下来的一样。

肖万昌打了个寒战。

他咬着牙，蹑手蹑脚地向前走去。他决心要找到这个藏在雾气里呼叫的人，他要看看这个人！

雾气从眼前慢慢退去……他终于看到了一个老头子半蹲半跪地伏在潮湿的泥土上。这个人满头白发，眯着一双长长的眼睛；他的前额上，无数的深皱中，夹着一条发亮的伤疤——他正是老獾头。他的身边堆了小山似的烟叶，一双手像两把黑色的铁钩子，正紧紧地钩住了未完成的一个烟吊子，每编上一束烟叶，他嘴里就这么呼叫一声……

就在肖万昌向自己的烟田里走去时，李芒已经乘车出了县城，又沿着河堤向自己的村庄走来。

他在东方冒红的时候就乘车进城了。在那个大办公室里，他郑重地把一份反复修改核实的材料交给了他们。当时他很激动，所以现在走在河堤上，他已经记不清楚在当时都说了些什么话。他只记得那个人几乎和梁书记同样的年轻。临别时，那个人用一种奇怪的眼神看着他，然后伸出手来挠了挠头发……

河道里传来一阵阵的水声。雾气遮住了水流、蒲苇，遮住了一片嫩绿，遮住了河边上壮观的秋色。一切都被雾气搞得单调了，没有生气了。可是这水声，这哗哗的水声，又告诉人们这雾气里，这脚下，正有一条奔流不停的大河。

李芒此刻多想好好看一眼这条河！他还是第一遭从上游的河堤上走下来这么远……家乡的河啊，家乡的一股水流，一股绿色透明的液体！你滋润了海滩小平原，你使一地的庄稼油绿油绿；你不断洗去尘埃，洗去血迹，使小平原美丽而整洁。李芒和小织是踏过你的小桥逃向远方的，傻女大概也是从你的小桥上跑走的；还有老獾头出夫的儿子，一些乡亲们，也都是踏弯了小桥，走到更远更远的地方去的；至于李芒的好朋友袁光，是永远地睡在你的怀抱里了……

李芒走着，终于又听到不远处传来的田野里的声音了。他一下子就分辨出这是人们在烟田里劳动的声音。"噗噗"，那是人们在刨烟秸子；"吱吱"，那是烟吊子压着烟架发出的声响；"哧哧"，那是烟刀削烟骨；"咚咚"，那是刀子碰撞着割烟垫板……还有呼喊声，叫骂声，男男女女的嬉笑声。李芒听着听着，突然想到了小织：一个娇小而美丽的、略显臃肿却依然机敏的女子，一个非常非常可爱的少妇，正温和地、羞涩地、不亢不卑又略有矜持地走在刨过烟根的疏松的土地上……他不走了，只是伫立在高高的河堤上，久久地张望着传来一片声响的那个方向。

那里是白雾，一片片、一团团的白雾。

他慢慢地掏出了大黑烟斗，先是轻轻一吹，然后装满了烟末，点上吸起来。他在心里说："她是我那个对手的女儿，真漂亮！她能跟了我过日子，可真不容易啊……她什么时候也不会离开我，并且马上会生出一个小孩儿。我早说过：和她在一起就什么也不怕了。现在看这是一点也不错。过日子真难，有时老要哭出来；可是只要想想她，一切又都不算什么了！我一定好好去爱护她。我永远爱她，嗯。我一定永远爱她，嗯……"

他长长地吸了一口，把烟末磕掉。

蓝袍先生

———

陈忠实

　　我的启蒙老师徐慎行先生，年过花甲，早已告退，回归故里，住在乡下。他前年秋末来找我，多年不见，想不到他的身体还这样硬朗。

　　他住在源上的杨徐村，距我居住的小河川道的村子，少说也有二十里远，既不通汽车，也不能骑自行车。他步行二十余里坡路，远远地跑来，我的第一反应是要我帮他什么事情。他接过我递给他的茶水和卷烟，坐稳之后，首先说明他没有什么事，只是找我闲聊。他确实只是闲聊。整整一个下午过去，天色将暮时，他顶着一只细草帽又告辞了。他说他在三个多月前埋葬了老伴，过了百日，算是守完了节，心里实在孤寂得受不了，才突然想到来找我聊聊的。我信了他的话。老伴初逝，女儿出嫁，男娃顶班在县城小学教体育，屋里就剩下他一个人，怎能不感到孤独和寂寞！我心里也有一缕悲怜的气氛了。

　　腊月里，入冬以来的头一场好雪，覆盖了源坡和河川，解了冬旱，大雪封锁了道路，跑小生意的农民挂起秤杆，蒙住被子睡觉了。大雪初霁的中午，奇冷奇冷，徐慎行先生又走进我的院子，令我惊叹不已。他的身上和胳膊肘上，膝头和屁股上，粘着融雪的水痕和泥巴，两只棉鞋灌满了雪粒，湿溜溜的了，可以肯定，他在坡路上跌翻过不知多少回，又是孤独和寂寞得受不了了吗？

　　"我有一件事，要跟你商量。"

　　徐慎行先生呷了一口茶，就直截了当地开了口。他的脸上泛出红光，许是跋涉艰难累得冒汗的原因，而眼里却泛出一缕羞怯的神色，与六十岁人的气色很不协调。他终于告诉我，说是别人给他介绍下一个五十多岁的老婆，他已见过一面，颇以为合宜，可是两个女儿和儿子均是一口腔反对，没法说服他们。他自己当然不好直接与儿女商议，只好托亲友给儿女做解释。他的大女儿嫁到小河川道的周村，与我的住处相距不远，人也认识，于是就想让我去给他做大女儿的解释工作。

我不假思索，一口应承下来。

第二年春天，草木发芽了，一直没有见他的面，不知他的婚事进展如何，我倒有点惦念不下。我和他的大女儿以及女婿都是熟人，话可以敞开说，我说了许多条该办的好处，譬如徐老先生的吃饭穿衣问题，生病服药问题，家务料理问题，统都解决了，对于儿女们，倒是少了许多负担。又解释了儿女们最为担心的一个问题：老汉退职薪金的使用，会不会被那个老婆子揽光卡死了？终于使他们夫妇点了头，表示不再出面干涉，我也算是给启蒙老师尽了一点心。我随之就担心他的二女儿和儿子的思想通了没有？据说主要阻力在二女子身上，她不出面，却纵容唆使弟弟出面闹事……

徐慎行先生来了，时在河川和坡塬上的桃花开得正艳的阳春三月。他一来，我从他的眼里流露出来的羞怯神色就猜出了结果。

"我想忙前把这事办了。"他说，"到时候，你能抽空来坐坐。"

我很乐意地接受了老师的邀请。

他坐下喝茶，抽烟，说那个老婆的脾气和身世。从他的语气里可以听出来，他是很满意的，说到她的人样，她的长相，他说能看出她年轻时很俊……

我实在想不到，夏收之后，他第四次来到我家的时候，又是一脸颓唐的神色，先唉叹了三声，说那件事最后告吹了！

我很惊诧，忙问他，到底哪儿出了差错？谁又从中坏事了？

"谁也没有坏事，也没有啥差错——"他淡淡地说，"是我不办了！"

"为——啥？"我不得其解。

"唉——"他摇摇头，叹息着，不抬头，"我事到临头，又……"

既然他觉得不好开口，我也就不再强人之难，于是就聊起闲话。他轻轻摇着扇子，眯着眼，扯起他三十多年教书生涯中的往事，一阵阵唉叹，一阵阵动情……

我送他走之后，心里很不好受，感到压抑，一种被铁箍死死地封锁着的压抑，使人几乎透不过气来，而他却在那道无形的铁箍下生活了几十年，至今不能解脱……

读耕传家

南塬上的村庄，不论是千二八百户的大村，抑或是三二十家的小庄，村巷整齐，街道规矩，家家户户的街门沿街巷开设，坐北一律坐北，朝南一律朝南，这一家的东山墙紧紧贴着那一家的西山墙，而自家的西山墙又紧挨着另一家的东山墙，拥拥挤挤，不留间隙。俗话说，亲戚要好结远乡，邻居要好高打墙。家家户户在自家的庄院里筑起黄土围墙，以防鸡刨狗窜引起纠纷和口角。院墙临街的中间开门，门上很讲究修一座漂亮的门楼。

那儿的农民十分注重修饰门楼。日子富裕的人家修建砖木门楼，多数人家则是土木门楼。无力修建门楼的人家，就只好在土围墙上凿开一个圆洞，安一个荆条编织的篱笆门，防贼亦挡狗，生人进入任何一个村庄，沿着街巷走过去，一眼溜过两边高高矮矮的各姿各势的门楼，大致就可以划出各家的家庭成分了。不过，这是解放初期的旧话。现在，门楼的规模和姿势，已经与土改时定的那个成分关系不大了；如果按着旧的习惯去猜度，准会闹出牛头不对马嘴的笑话来。

门楼正中，一般都要挂门匾，门匾上镌刻四个大字。这四个大字的选择，实际是这个门楼里的庄稼主人的立家宣言。解放后，庄稼人心劲高涨，对门楼上的门匾的选择，免不了受时风的影响：土地改革时，好多人喜欢用"发展生产""发家致富"；合作化时又时兴"共同富裕""康庄大道"；三年困难时期又流行起"自力更生""勤俭持家"；及至"四清"和"文革"运动接连不断的十余年中，诸如"红日高照""万寿无疆""斗争为纲""真学大寨"等政治口号，确实风靡一时。

解放前门楼题匾的内容，可就单调得多了。凡是能修建得起砖木门楼或稍微像样的土木门楼的殷实人家，题匾上的立家宣言，十之八九都选用"耕读传家"四字，其用意是显而易见的。我们杨徐村，在南塬上的稠如星海的乡村里，只算个中小型村庄，二百多户农家中，门楼修葺得最阔气的是大财东杨龟年家的。水磨青砖、雕梁画栋、飞檐翘角，俨然一座富丽堂皇的四角亭子。门楼下蹲着两只青石雄狮，墙上刻着飞禽走兽。门楼正中，在象征着吉祥永久的鹤鹿图像中，刻下四个篆体"耕读传家"的题字，与团团祥云相谐调。杨龟年的大儿子在咸宁县政府做官员，家里有百余亩河川水浇地，整整两槽高骡大马，真是有耕有读，宣言与实际相一致。其余那些虽然也能修得起土木门楼的殷实户，也东施效颦地题下"耕读传家"的门匾，却大都是有耕无读，名实不符，甚至一家老少尽是些目不识丁的粗笨庄稼汉子。但作为立家宣言，自然主要是照亮后世，无读书人的缺憾，必当由后辈人来弥补。

杨徐村另一户能修得起砖木门楼而且名副其实的"耕读传家"的人家，当推我家了。

我爷爷徐敬儒，对"耕读"精神的尊崇，甚至比杨龟年家还要纯粹。杨龟年的大儿子在县府供职，主要是为官而不从读了，二儿子从军要枪杆子而鲜动笔杆子了；家里的庄稼全靠长工和短工播种和收割而无须杨龟年动手抬脚。我爷爷徐敬儒，那才是"耕读"精神的忠诚信徒和真正的实践者。

我爷爷徐敬儒，人称徐老先生，是清帝的最末一茬秀才，因为科举制度的废止而不能中举高升，就在杨徐村坐馆执教，直到鬓发霜染，仍然健坐学馆，也不知出于什么的思想影响，我爷爷把门楼上那副"耕读传家"的题匾挖掉了，换上一副"读耕传家"的题匾，把"耕"和"读"的位置做了调换。字是我爷爷亲笔写的，方方正正，骨架棱铮，一笔不苟，真柳字体，再由我父亲一笔一画凿刻下来。我父亲初看时，还以为我爷爷笔下失误，问时，爷爷一拂袖子，瞪了爸爸一眼，没有回答。我父亲不敢再问，却明白了是有意调换而不属笔误，该当慢慢地去体味，低下头小心翼翼地凿刻起来。

更有一件蹊跷的事。我爷爷垂老之时，对我父亲兄弟三人做了严格分工，一人继承他坐学馆，体现"读"；二人做务庄稼，体现躬耕；世世代代，以法累推。这样的分工，兄弟三人还勉强接受得了，临到爷爷咽气时，又留下严格的家训，可以归纳为"三要三不要"的遗嘱。其训示曰：教书的只做学问，不要求官为宦；务农的要亲身躬耕，不要雇工代劳；只要保住现有家产不失，不要置地盖房买骡马。

兄弟三个瞪大眼睛，你瞅瞅我，我瞪瞪你，不知所措了。他们三个正当成年，早就想着齐心合力一展宏图，在杨徐村与杨龟年家争一争高低。近几年间，杨家兵强马壮，置田盖房，百业兴旺，已成为方圆十里八村新兴的富户。眼看着杨家小河涨水似的暴发起来，兄弟三人对父亲拘拘谨谨的治家方针早已多所不满，又不敢说，想不到老先生活着时限制他们的手脚，临走前还要把他们死死地捆绑在这点小家业上。老先生似乎早已揣摸算计到三个儿子的心数儿，怕自己走后儿孙们有恃无恐，干脆一句话说死：不遵从父训者，孽种也！不许给他上坟烧纸。兄弟三人只好委曲隐忍，不理解的也要执行，遵循老先生的遗训，耕田的亲身躬耕垄亩，坐馆的潜心静气研读圣贤诗书。村里人把我爷爷这种古怪的治家训诫编成顺口溜："房要小，地要少，养个黄牛慢慢搞。"当作笑话流传。

嗬呀！到得杨徐村一解放，杨龟年家要枪杆子的老二死在解放军的枪口之下；当县官的老大囚在人民的监牢当中；家里的深宅大院，高骡子大马以及水地旱田全部分给杨徐村的贫雇农了。我至今也忘不了那个晚上的情景，我爸兄弟三个，捧着我爷的神匣，磕头作揖，又哭又笑，简直跟疯癫了一样。夜静以后，兄弟三个又跑到村后的祖坟里，趴在我爷的坟堆上，啃啊！扒啊！恨不得掘开坟墓，把留下"三要三不要"遗训的先知先觉的老祖宗的尸骨抱在怀里亲一百次！该怎样感激老祖宗——比诸葛孔明还要神明的老祖宗啊！亏得他早已看破红尘，留下严格的治家遗训，使得儿孙后辈免遭杨家的横祸！我们家订为上中农成分，虽然不是工作组依靠的对象，却也不在被打击被孤立的剥削阶级的圈子里，这已经是万幸了！

我爷爷瞑目前五年，已经选定我父亲做他的接班人，去杨徐村的私塾坐馆执教。据说，老先生在长期的观察中，觉得我伯父工于心计，善于谋划，带一股商人的气数。二伯父脾气拗偏，合当是一介武夫。我父亲自幼聪灵智慧，既不像伯父那么诡，也不像二伯父那样偏，深得老先生钟爱器重，加之对我父亲的面相也满意（用我爷的话说，天庭饱满，眉高眼大，肤色滋润），于是就在他年过花甲之后，由我父亲坐上了私塾里那把黑色的令人敬慕的太师椅子。

我依稀记得，爷爷死后，父亲脱下了蓝色长袍，换上了一件藏青色布袍，一来表示给爷爷的亡灵守志守节服孝，二来标志着他已过而立之年，该当脱下青年时期的蓝色长袍了。我的印象十分深刻，爷爷死后，父亲似乎一下子变成了另一个人，那眉骨愈加隆起，像横亘在眼睛上方的一道高崖，眼神也散净了灵光宝气，纯粹变成一副冷峻威严的神气。在学堂里，他不苟言笑，在那张四方抽屉桌前，正襟危坐，腰部挺直，从早到晚，也不见疲倦，咳嗽一声，足以使那些调皮捣蛋的学生吓一大跳。来去学堂的路上，走过半截村巷，抬头挺胸，目不斜视，从不主动与任何人打招呼。别人和他搭话问候时，他只点一下头，脚不停步，就走过去了。回到家中，除了和两位伯父说话以外，与俩伯母和七八个侄儿侄女，从不搭话。除了两位伯父，没有不怵他的。父亲从学堂放学回来，一进街门，咳嗽一声，屋里院里，顿然变得鸦雀无声，侄儿侄女们停止了嬉闹，伯母和母亲烧锅拉风箱的声音也变得低匀了。我和堂兄堂弟们要是打仗吵架，一不小心，父亲站在当面时，无须动手动脚，他只用眼一瞅，我们就都不敢出声了。他倒是从来不动手打孩子，可也从来不对任何人表示哪怕是少许的亲昵，我似乎比堂哥堂弟们更怵着父亲。

我现在唯一能解释父亲这种性格变化的原因，是爷爷死后父亲在这个十五六口人的大家庭里的地位的变化。爷爷死时，意外地打破了长子主事的传统法则，把全部家事委于父亲来统领。据说爷爷怕伯父太诡而远伤乡邻近挫兄弟，怕二伯父脾气暴烈而招惹家祸，于是就由排行最末的父亲统领这个家庭。他要领导两个哥哥和两个嫂嫂，要处理三兄弟三妯娌以及九个侄儿侄女和亲生儿子的种种矛盾，要处理这个家庭与远远近近几十家新老亲戚的关系，要处理与杨徐村二百多户同姓和异姓的乡邻的关系，真是太复杂了！我当时尚不能体味父亲的种种难场，只觉得他的脸上，笑颜永远消失了。

尽管父亲在这个家庭里严以律己——母亲、姐姐、弟弟以及我，宽以待人——伯父、伯母以及堂兄堂妹，家庭里的摩擦总不会间断，只是没有公开闹到分家的程度。大伯本来对父亲统领家事就觉得有失面子，再加上三条遗嘱死死捆住了他的手足，终日憋气。他的大儿子已经长大，意欲送到西安去学生意，因为父亲坚持遗训而不能成行，有气无处发泄，就哄唆直杠子二伯发难。父亲一切都看得明白，只是隐忍，不予理睬二伯的恶火，大伯也就无法了。

这样下去，终非久远之计，父亲不能眼看着这个以礼仪之风在全村享有最高乡誉的家庭，在自己手中闹出分崩离析的结局，令杨徐村人耻笑。他断然决定，从学堂里告退回家，统领家事。他自己在学堂执教，一心难为二用，顾了学堂顾不了家，顾了家庭又怕贻误人家子弟的学业。更重要的是，在他一天三晌坐在学堂里的时候，家里和地里，给大伯留下了毫无顾忌地唆弄是非的太大的时空环境。这样，在我刚刚交上十八岁的时候，父亲就把我推到他坐过的那把黑色的太师椅上了。

蓝袍先生

父亲选定我做他的替身去坐馆执教，其实不是临时的举措，在他统领家事以前，爷爷还活着的时候，就有意培养我作为这个"读耕"人家的"读"的继承人了。只是因为家庭内部变化的缘故，才过早地把我推到学馆里去。

我有一个姐姐，已经出嫁了。一个弟弟，脾气颇像二伯，小小年纪就显出偏拗的天性，做教书先生的人选，显然不大合适，"人情不够练达嘛"！父亲再无选择的余地，尽管我也是差强人意，也没有办法了。如果说父亲也暗藏着一份私心，此即一例：大伯父的二儿子灵聪过人，然而父亲还是选就了我。

读书练字，自不必说了，对我是双倍地严格。尤其是父亲有了告退的想法之后，对我就愈加严厉了。那柳木削成的木板，开始抽打我的手心，原因不过是我把一个字的某一画写得离失了柳体，或是背书时仅仅停碛了几秒钟。最重要的是，对我进行心理和行为的训练，目标是一个未来的先生的楷模。"为人师表！"这是他每一次训导我时的第一句话。

"为人师表——"父亲说，"坐要端正，威严自生。"

我就挺起胸，撑直腰杆，两膝并拢。这样做确实不难，难的是坚持不住。两个大字没有写完，我的腰部就酸酸的了，两膝也就分开了，猛不防，那柳木板子就拍到我的腰上和腿上，我立即坐直。几次打得我几乎从椅子上翻跌下去，回头一看，父亲毫不心疼地瞅着我。

"为人师表——"父亲说，"走有个走势。走路要稳，不急不慢。头扬得高了显得骄横，低垂则萎靡不振。两目平视，左顾右盼显得轻佻……"

我开始注意自己走路的姿势。

"为人师表——"父亲说，"说话要恰如其分，言之成理。说话要顾及上下左右，不能只图嘴头畅快。出得自己口，要入得旁人耳……"

所有这些训导，对于我这样一个刚刚十七八岁的人来说，虽然很艰难，毕竟可以经过日渐长久的磨练，逐步长进。最使我不能接受的，是父亲对我婚姻选择的武断和粗暴。

对于异性的严格禁忌，从我穿上浑裆裤时就开始了。岂止是"男女授受不亲"，父亲压根儿不许我和村里任何女孩子在一块玩耍，不许我听那些大人们在一起闲时说的男女间的酸故事。可是，在我刚刚十八岁的时候，父亲突然决定给我完婚了。他认为必须在儿子走进学堂之前做完此事，然后才能放心地让我去坐馆。一个没有妻室的人进入神圣的学堂，在他看来就潜伏着某种危险。

父亲给我娶回来多丑的一个媳妇呀！

婚后半个月，我不仅没有动过她一指头，连一句话也懒得跟她说，除了晚上必须进厢房睡觉以外，白天我连进屋的兴趣都没有。我却不敢有任何不满的表示，父母之命啊！

父亲还是看出了我的心意，有一天，把我单独叫进他住的上屋，神色庄严。

"你近日好像心里不爽？"

"没有。爸。"

"我能看出来。有啥心事，你说。"

"爸，没有。"

"那我就说了——你对内人不满意，嫌其丑相，是不是？"

"……不。"

我一直未敢抬头，眼泪已经忍不住了。

"这是我专意儿给你择下的内人。"父亲说。我没有想到。他说："男儿立志，必先过得美人关，女色比洪水猛兽凶恶，且不说商纣王因妲己亡国，也不说唐王因贵妃乱朝，一个要成学业的人，耽于女色，溺于淫乐，终究难成大器……"

我惊讶地抬起头，看了父亲一眼，那严峻的眉棱下面，却是满眼的赤诚，坦率的诚意，使我竟然觉是自己太不懂事了。大丈夫立国安家成学业，怎能贪恋女色！我长到十八岁，从来没有听过怎样对待婚娶的道理，父亲今天第一次坦诚地对我训导，我悟出人生的道理了。

父亲当即转过头，示意母亲，母亲从柜子里取出一件蓝袍，交给我，叫我换上了。我穿上那件由母亲亲手缝的蓝洋布长袍，顿然觉得心里咯噔一声，沉重起来，似乎一下子长大成人了！服装对于人，不仅是御寒的外在之物。穿起蓝袍以后，抬足举步都有一种异样的庄重的感觉了。

父亲领着我走出上房的里间，站在外间里。靠墙的方桌上，敬着徐家祖宗的牌位，爷爷徐敬儒生前留下一张半身照，嵌镶在一只楠木镜框里，摆在桌子的正中间。父亲亲手点燃大红漆蜡，插上紫香，鞠躬作揖之后，跪伏三拜，然后站在神桌一侧，朗声道："进香——"

我走前两步，站在神桌前头，从香筒里抽出五根紫香，轻轻地捋一捋整齐，在燃烧着的蜡烛上点燃，小心翼翼地插进香炉，抖索的手还是把两支弄断了。重插之后，我垂首恭候。

"拜——"父亲拖长声喊。

我抱起双拳，作揖。

"叩首——"

我跪在祖宗神牌前，磕了三个响头，就抬起头，等待父亲发令。

父亲从腰里掏出一片折叠着的白纸，展开，就领着我向祖宗起誓：

"不孝孙慎行，跪匍先祖灵前。矢志修业，不遗余力。不慕虚名，不求浮财，不耽淫乐。只敬圣贤，唯求通达，修身养性，光耀祖宗，乞先祖护佑……"

父亲念一句，我复诵一句，及至完毕。我呆呆地站在灵桌前，诚惶诚恐，不知现在该站还是该走开？父亲紧紧盯着我，说：

"明天，你去坐馆执教！"

由我代替父亲坐馆的仪式是在文庙里举行的。时值冬至节气。一间独屋的庙台上，端坐着中国文化的先祖孔老先生的泥塑彩像。屋梁上的蛛网和地上的老鼠屎被打扫干净了。文庙内外，被私塾的学生和热心的庄稼人围塞得水泄不通。杨徐村最重要的最体面的人物杨龟年，穿着棉袍，拄着拐杖，由学堂的执事杨步明搀扶着走进文庙来了，众人抖抖地让开一条路。

我站在父亲旁边，身上很不自在，心里却潜入一股暗暗的优越来。这儿——文庙，孔老先生的圣像前，排站着杨徐村所有的头面人物，我也站在这里了，门外的雪地上，挤着那些粗笨的却又是热心的庄稼人，他们在打扫了房屋以后，临到正式开场祭祀的时候，全都自觉地退到门外去了。

杨步明主持祭祀，首先发蜡，然后焚香，接着在杨步明拿腔捏调的诵唱中，屋里屋外的所有参与祭奠的村民，无论长幼尊卑，一律跪倒了。油炸的面点、干果，在杨步明的诵唱中摆到孔老先生面前。整个文庙里，烛光闪闪，紫香弥漫，乐鼓奏鸣，腾起一种神圣、庄严、肃穆的气氛。

执事杨步明把一条红绸递给杨龟年，由杨徐村最高统治者给我的父亲披红，奖掖他光荣引退。杨龟年双手捏着红绸，搭上父亲的右肩，斜穿过胸部和背部在左边腋下系住。我一看，父亲连忙跪伏下去，深深地磕拜再三，站起身来的时光，竟然激动得热泪盈眶。这个冷峻的人，竟然流泪了。他硬是咬着腮巴骨，不让眼泪溢出眼眶。我是第一次看见父亲流泪。往昔里，我既看不到父亲一丝笑颜，也看不到一滴泪花。那泪眼里呈现出从未见过的动人之处，令人敬服，又令人同情。这个严厉的父亲，从来也不会使人产生对他的同情和怜悯；他的脸色和眼神中永远呈现着强硬和威严，只能使人敬畏，而不容任何人产生怜悯。现在，他的脸上像彤云密布的天空扯开一道缝儿，露出了一绺蓝天，泻下来一道弱柔动人的阳光。

父亲简短地说了几句真诚的答谢之辞，执事杨步明代表所有就读的孩子的家长向父亲致谢，并对我的上任多所鼓励。杨龟年没有讲话，只是点点头，算是最高的赏赐了。

奠祭活动一结束，我随着父亲走出文庙，刚一出门，那些老庄稼人就把父亲围住了，拉他的袖子，拍他的后背，摸抚那条耀眼的红绸，说着听不清的感恩戴德的话。我站在旁边，同样接受着老庄稼汉们诚心实意的鼓励的话，心里很激动，由爷爷和父亲在杨徐村坐馆所树立起来的精神和道义上的高峰，比杨家的权势和财产要雄伟得多！我从今日开始，将接替父亲走进那个学馆，成为一个为老少所瞩目的先生了！

那把黑色的座椅，那张黑色的四方抽屉桌子，能否坐得稳？一直到将来再交给我的尚未成形的某一个后代，大约至少要二十多年吧？二十多年里不出差错，不给徐家抹黑，不给杨家留下话柄，不落到被众人撵出学堂，何其容易！要得到一个善终的结局，就必得像父亲那样……

乡村的私塾学堂也放寒假，每年农历的冬至节气就是下学日，祭过老祖宗孔老先生之后，就放假了。

过罢正月十五，私塾又开学了。我穿上蓝布长袍，第一次去坐馆，心里怎么也稳实不下来。走出我家那幢雕刻着"读耕传家"字样的门楼，似乎这村巷一夜之间变得十分陌生了，街巷里那些大大小小的树木，一搂抱粗的古槐，端直的白杨，夏天结出像蒜薹一样的长荚的楸树，现在好像都在瞅着我，看我这个十八岁的先生会不会像先生那样走路！那些拥拥挤挤的一家一户的门楼里，有人在窥视我的可笑的走路的姿势吧？唔呀！从我家的街门口到学堂去，要走到街心十字，再拐进南巷，距离不近哩！不管怎样，我已经走出街门了，没有再退回去的余地了，只有朝前走。这时候，像面对一个十分面熟而又确实读不出字音的生字时顺手掀开字典，我想到了父亲走路的姿势。我多少次看见父亲来去学堂时走在村巷里的身姿，而他训导我的如何走路的条文倒模糊了。

我抬起头，像父亲那样，既不仰高，也不低垂，两目平视，梗直脖根，决不左顾右盼，努力做到不紧不慢，朝前走过去。

"行娃……唔……徐先生……"杨五叔笑容可掬地和我打招呼，发觉自己不该在今天还叫我的小名，立即改口，脸上现出失误的歉疚的神色，"你坐馆去呀？"

"噢！对。"我立即站住，对他热诚的问话表示诚意的回答，站下以后，却又不知再该说什么了。我立即意识到，不该停下脚步，应该像父亲那样，对任何人的纯粹出于礼节性的见面问候之辞，只需点一下头，照直走过去，才是最得体的办法……我立即转身走了。

走进学堂的黑漆大门了，三间敞通的瓦房里，学生们已经把教室打扫得干干净净，摆满了学生自己从家里搬来的方桌和条凳，排列整齐，桌子四周围坐着年龄差别很大的学生，在哇喇哇喇背书。今日以前的七八年里，我一直坐在这个学堂的左前排的第一张桌子上，离安在窗户跟前的父亲的那张教桌只隔一个甬道。这个位置是父亲给我选定的，从第一天进入这学堂接受父亲的启蒙，直到我今天将坐在窗前教桌的位置上，一直没有变动过，我打第一天就明白，父亲要把我置于他的视力首先所能扫瞄到的无遮蔽地带……现在，那个位置坐上新进入学堂的启蒙生了。

除了新添的几个启蒙生，教室里坐着的全是那些春节以前和我同窗的本村的熟人、同伴、同学，有的个子比我长得还高还壮实，我今天看见他们，心里却怯了。我完全知道他们和我父亲捣蛋的故伎，尤其是杨马娃和徐拴拴两人，念书笨得跟猪差不多，却尽有鬼点子捣蛋。我一进门就瞅见他俩的诡秘的脸相，倒有点怯场了，那些不怀好意的脸相！

我立即走向那张四方教桌，偏不注意那几个扮着怪相的脸。我在父亲坐过的那把直背黑漆木椅上坐下来，腰似乎自然地挺直了，父亲就是这样挺着身坐。我回忆父亲的工作程序，坐下，先把桌上的四宝摆整齐，抹干净桌子，再掀开书本，或者在砚台里磨墨。一当听到教室里有异常的响动，就转过头来，睃巡一遍，待整个学堂里恢复正常的气氛，再低头看书或者练习写字。

父亲一般是先读书的，后晌上学时才写字，我也应该这样做，只是今天例外，读书是难得专注的，写字肯定对稳定情绪更好些。我在父亲用过的石砚台上滴上水，三只指头捏着墨锭，缓缓地研磨。磨墨也该像个先生磨墨的姿势，不能像下边那些学生乱磨，最好的姿势当然只有父亲磨墨的姿势了。

墨磨好了。桌子角上压着一沓打好了格子的空影格纸，那是学生们递上来的，等待我在那些空格里写上正楷字，他们再领回去，铺在仿纸下照描。我取下一张空格纸，从铜笔帽里拔出毛笔，蘸了墨，刚写下一个字，忽然听到耳边一声叫：

"行娃哥——"

我的心一扑腾，立即侧转过头去，看见本族里七伯的小儿子正站在当面，耍猴似的朝我笑着："给我题个影格儿。"

教室里腾起一片笑声。唔！应该说学堂。

笑声里，我的脸有点发热，有点窘迫，也有点紧张。学童入学堂以后，应该一律称先生，怎能按照乡村里的辈分儿叫哥呢！可他是才入学的启蒙生，也许不懂，也许是忘记了入学前父母应有的教导吧！我就只好说："你放下，去吧！"他回到位置上去了，笑声消失了。

我又转过头写字，刚写下两字，又一个声音在我耳边响起：

"蓝袍先生——"

我的脑子里轰然一声爆响，耳朵里传来学堂里恣意放肆的哄笑的声浪。我转过头，看见一张傻乎乎愣笑着的脸，这是村子里一个半傻的大孩子。他的嘴角吊着涎水，一只手在背后抓挠着屁股，得意地傻笑着，和我几乎一般高的个子，溜肩吊臂，像是一个不合卯窍的屋架，松松垮垮。这个老学生，念了七八年了字认不下二百，算盘打不到"三归"，只是家底厚，又是他爸唯一的顶门立户的根，就这么在学堂里泡着。这个傻瓜蛋儿，打破他的脑袋，也不会给我起下这样一个雅号的，我立即追问："谁叫你这么称呼我？"

教室里的笑声戛然而止，静默中潜伏着许多期待。

"他……他不叫我说他的名字。"傻子说。

"你说——他是谁？"我冷眼追问。

"我不敢说——他打我！"傻瓜怕了。

"我先打你！看你说不说！"我说。

我从桌上摸过板子，那块被父亲的手攥得把柄溜光的柳木板子，攥到我的手里了，心里微微忐忑了一下，我就毫不退让地说："伸出手来！"

傻子脸色立时大变，眼里掠过惊恐的阴影，把双手藏到背后去了。

我从他的背后拉过一只左手，抽了一板子，傻子当下就弯下腰去，用右手护住左手号啕起来："马娃子，×你妈！你教我把人家叫'蓝袍先生'，让我挨打……呜呜呜呜呜……"

我立即站起，一下子瞅住杨马娃，这个暗中专门出鬼点子捣乱的"坏头头"。不压住这个杨马娃，我日后就难得在这张椅子上坐安稳。我命令："杨马娃，到前头来！"

杨马娃虎不失威，晃一下脑袋，走到前头来了。他个子虽不高，年岁不小了，也是个老学生。他应付差事似的朝我草草鞠了一躬，就站住了。

"是你给他教唆的吗？"我斥问。

"没有。"他平静地回答，早有准备。

"就是你！"傻子瞪着眼，"你说……"

"谁能作证呢？"杨马娃不慌不急。

"……"傻子急迫地瞪着眼。

"不要作证的人！"我早已不能忍耐这种恶作剧还在继续往下演，"伸出手——"

杨马娃伸出手来。他的眼里滑过一缕冤枉的莫可奈何的神色，既不看我，也不看任何人，漫不经心地瞅着对面的墙壁。

我抽一下板子，那只手往下闪了一下，又自动闪上来，没有躲避，也听不到挨打者的呻吟。我又抽下一板子，那只手依然照直伸着，我有点气，本想经过教训他解气，想不到越打越气了。那只伸到我跟前的手，似乎是一只橡皮手，听不到挨打者的呻吟，更听不到求饶声了，我突然觉得那手在向我示威，甚至蔑视我。教室里很静，听不到一丝声响。我感到了两方的对峙在继续，我不能有丝毫的动摇，不然就会被压倒，难得起来。我也不吭气，谁也不看，只看着那只要击中的手。我记得父亲打板子的时候就是这样，从来不看被打者的脸，更不听他们的呻吟和求饶，只是打够要打的数字。我抽下五板子了……

傻子突然跪倒在地，抱住我的板子，哭喊说："先……先先先生！马娃叫我叫你'蓝袍先生'，我说你要打手的，他说不会，你和俺俩都是在一块念下书的，不会打手的。他就叫我跟你耍玩，叫'蓝袍先生'……我往后再不……"

我似乎觉得胳膊有点沉，抬不起来了，再一想，如果马娃一直不开口，我能一直打下去吗？倒是借傻瓜求情的机会，正好下台，不失威风也不失体面。

傻瓜先爬起来，深深地鞠了一躬，跑下去了，杨马娃则不慌不忙，文质彬彬地鞠了躬，慢慢走回到座位上去了。

我重新坐好，提起毛笔，题写那张未写完的影格儿，手却在抖。我第一次执板打人，心里却没有享受打人的畅快，反倒添加了一缕说不清的滋味……

萌动的邪念

无论如何，对杨马娃的一顿板子，彻底划开了我和同伴、同学之间的界线，那些心存侥幸企图开我的玩笑的人，那些想试试新上任的先生的脾气软硬的人，全都得出了自己应该得到的结论，学堂里的秩序按照父亲过去的模式继续下来了。

杨马娃退学了。挨打的当天后晌，他就没有再来上学，扛着镢头跟他爸上坡挖地去了。迅速地从村子各个角落反馈到我耳朵里的反应，却是绝对的一边倒。没有任何人同情杨马娃，听说连他爸也骂他不知深浅。执事杨步明当天下午跑到学校，给我撑腰："打得好！念了几年书，连个礼性儿也不懂，没有一点规矩！不打的话，明日该翻天了！"他故意用大声说话，让那些坐在学堂里的娃娃都听见。不光执事杨步明，几乎所有送子入学的庄稼人，在我来去的街巷里，一律支持我动板子的举动。不过，我心里明白，不尊师长的越轨行动是不会有人同情的，所以并不觉得意外。

对杨马娃的退学，我也不觉得遗憾。按照我爷爷在这个学堂里开创的独特的教程（后来又经过了我父亲的补充），启蒙生从一二三四五开始识字，然后学《百家姓》，中年级学《七言杂志》，大约三年时间。附加的课程是珠算，先学加减，后学《九归》。三年时间里，那些穷庄稼汉的后代，学会了日常生活惯用的杂字，会打一手算盘，就走出学堂跟他们的父兄做庄稼去了，或者到西安某个铺店、作坊当相公（学徒）去了。留下为数不多的一些富裕户的子弟，接着就开《论语》，步步深造。这一套教程，从爷爷创立，颇受庄稼人欢迎，可以说贫富皆宜，有普及也有提高，照顾了"面"又保证了"点"。杨马娃早该退学去做庄稼或当相公去了，只是牛得矮小，父母疼其体力不支，就叫他在学堂多混几年……迟早是要走的。

两月过去了，没有发生什么意外，秩序正常，执事杨步明对我父亲几次夸赞："栽培有方！"父亲自然很欣慰。我的自我感觉也甚好。我从村中走过去时，可以踏出缓急有致的脚步了，再不紧张了。我在教桌前端直坐一晌，看书或授课，不再觉得腰酸腿困了。人说，我活脱就是二十年前我爸的原样儿！连脾气也跟我爸一模一样了。

我也意识到我的脾性儿变了。我小时爱笑，妈说我长了一副笑面菩萨的脸儿，而且一笑脸颊上就有两个酒窝，我爸为我的爱笑没少训过我，说我长了一副没棱角的脸，尤其讨厌我脸上的那两个倒霉的酒窝……现在，我改掉爱笑的毛病了，酒窝自然也就极少出现了。我面对一伙性格各异的学生，没有威慑的力量是不行的，父亲说绝不能跟学生嘻嘻哈哈，笑了就失掉威势了。另一个不便说出口的原因，我自打媳妇一娶进门，就笑不出来了。

她是坐着轿子来的，在伴娘的搀扶下走进厢房，我一把揭开她的盖脸的红布，狂跳着的心一下子沉下去了，再也跳不起来了。我实在无法预料，父亲会给我娶回来这样一个媳妇。当然，父亲那种奇特的理论，我不敢顶撞，想想我现在在杨徐村的地位，想到徐家三代人在杨徐村所树立的威望，我觉得心里十分沉重，我不能给祖先丢脸，更不能耽于女色而使徐家的门楼上的"读耕"精神毁断于我手，这个女人的位置和比重一下子给划开了。

我从学堂放学回家，她就怯怯地招呼我："先生，用饭。"她从来也不敢正眉正眼地看我的眼睛。当我发觉她在注视我的时候，我一回头，她立即把眼光避开了。她不会撒娇，只会烧火、洗锅、刷碗、缝衣、做鞋。我不说话，她也不说话，大约是怕说得不合适。我见了她就没有话说了，所以小厢房里总是静悄悄的。

配偶的不甚称心和夫妻感情的不甚融洽，为新承担的教书工作的热情和兴味所冲淡，我觉得十分喜欢教学。这一方面的如愿与另一方面的不如愿掺和着，我就这么过，也没有感觉到活不下去，生活虽显得古板，却也平静。

我的平静的心境突然被打破了！

这天放学时，天下着雨，大雨点子在院子的积水上打出一片白花花的水泡。大学生们不顾雨大路滑，缩着脖子跑出学堂去了，院子里响起一阵杂乱的扑哧扑哧的脚步声，只有几个小娃娃躲在门口的房檐下，不敢出去。我站起来，舒展一下腰身，走到房檐下，劝那几个小娃娃再等一会儿，雨住了再走。这时候，一个穿着旗袍的女人走进学堂院子来了，撑起的红纸雨伞遮住了她的头脸。我却早已认出，这是杨龟年的二儿媳妇。我反身走回学堂，在椅子上坐下。

这个女人走到学堂门口，她的儿子已经扑到她的膝前，抱住了她的腰。她一面摸着孩子的头，笑容可掬地说："把这把伞给你先生送去，你跟娘打一把伞行了。"

我立即从椅子上站起，推辞，要她和孩子一人打一把伞，我到雨住了再走。她的儿子把伞放到桌子上，跳出门，她牵着他的手，转身走了，在院子的泥水里，小心地挑选可以下脚的地方，走出院子去了。剩下的三五个小娃娃，大约估计到他们的父母不会送洋伞或草帽来，就冒雨跑了。

学堂里静下来，剩我一个人，看着桌子上那把红色油漆纸伞。我拿起伞掂掂，却嗅到一股淡淡的香味，那是脂粉一类东西的诱人的气息。我坐在椅子上，眼前浮现着两只水汪汪的眼睛，如果不是这样近距离地看见她的眼睛，我真不知道世界上有这样好看的眼睛。她穿一件紫红旗袍，披着卷发，细皮嫩肉，不过二十四五岁，旗袍紧紧包裹着丰腴的胸脯和臀部。我突然奇怪地想，如果我有这样好看的一个女人，难道真的就会荒废学业了？

雨小了，蒙蒙的雨雾从浓密的树梢笼罩下来，院子里昏暗了。我最后看了那把红伞一眼，终于没有用它，锁上门，走回家去。

大约过了十天，或者半月，她牵着孩子的手走进学堂来了。站在我的教桌前，斥说儿子想逃学，她把他亲手牵来了。我让她的儿子归座。她却不走，从腰间摸出一块纸，摊开在我眼前的桌子上，问："徐先生，这个字怎样念？"

我一抬头，发觉她并没有瞅字，而是瞅着我的眼睛，那眼里有一种令人动心的神色。我忙回答了那个字的读音，就把脸避开了。她笑笑，说声"劳驾"就走出门去了。

从这以后，每当我从杨龟年家门楼前走过的时候，就忍不住扭头瞥一眼那深宅大院了。往昔里，我和父亲一样，是不屑于瞅一眼这角亭式的阔绰的门楼的。瞥一眼，其实什么也没有看到。这一天，终于在门口撞见她了。我向她点一下头，就走过去了，她却又叫了一声："徐先生——"我停住脚，转过身。

"孩子肚子疼，后晌不能上学了。"

"那好。让娃儿在家养息。"

"缺下课……"

"娃儿病好了，我给补。"

"真麻烦你了！"

"不客气。"

我回到家中，那两只水汪汪的眼睛在我眼前忽闪飘浮；我在学堂，那两只眼睛又在字行间闪眨……

这天晚上，我回到家，看见父亲脸色不悦，从地里犁地回来，把犁杖重重地磕摔在台阶上。他回到家中，已经和大伯二伯一样亲身躬耕了。是累得心生烦躁了吗？

直到夜深人静，大伯二伯和堂兄弟们都睡定了，父亲终于把我叫进上房里屋，关了门，压住声儿，严厉得怕人："你和那个臭婊子有啥好说的？嗯？"

我像当头挨了一砖，眼前都黑了，说："她给孩子请假……"

"我不要你回话！"父亲站起来，可怕的鹰一般的眼睛，"我只想给你说一句，那个婊子再找你搭话，你甭理识！那是妖精，鬼魅！你自己该自重些！"

我低下头，简直无地自容，好像我已经和那个女人真有过什么苟且之事，其实不过就是说了二三次话，都是说的关于她的孩子念书的事，每一次也都是那么简单的几句。我想分辩，解释，不光是父亲盛怒之下，难于容纳，而是我自己感到有口难张，羞于启齿了。

"走吧！"父亲负气地一摆手。

我不知是怎样从父亲住的上房里屋回到自己的厢房的。躺下之后，怎么也睡不着，心里烧躁憋闷，脑袋嗡嗡响。

这个女人，是杨龟年的二儿子在河南娶下的小老婆，因为战事吃紧，送回老家来了。杨龟年压根儿不知道儿子在外已经娶下小婆娘，气得吹胡子瞪眼，无奈那女人引着一个可爱的小孙孙，毕竟是杨家的后代，才收容下来，心里却见不得这个操着异乡口音的女人。那个经明媒正娶的大婆娘对于这个妹妹，更是恨入牙根了。这个女人在杨家，没有援助也没有同情，活得没滋没味儿，村里人说她夜夜都偷着哭哩！村里人不明底细，纷纷传说，杨龟年的二儿子从河南送回来的洋婆娘，是抢霸的一位良家女子；有的却说得截然相反，说她原本是开封府里一家妓院的窑姐儿，云云。

无论父亲的态度怎样生硬，叫人难以忍受，但冷静之后，我就不能不暗暗慑服父亲那洞察细微的眼睛，我虽然没有和那个洋婆娘有任何拉拉扯扯的事，可从心里反省，那双水汪汪的眼睛确实弄得我有点神不守舍。如果不是父亲警告，长此下去，即使不会发展到做出什么有损门风的丑事，也极其危险，任何一点半句风言浪语都可能毁了我，毁了父亲，毁了徐家几代人守节持仪所建树起来的家风……父亲直接砸向我脑门的这一砖头是狠的，也是及时的。

我的心在收缩，被那个洋女人搅起的一缕纷乱的云霓，消散了。我再也不理睬那个被父亲骂作妖精鬼魅的女人，甚至连村中一切年龄尚轻的女人也都一概不予搭理。我不能让桃色亵渎徐家贞节的门楼……

杨徐村解放了，人民政府给杨徐村派来三位先生，真是令我大开眼界。他们穿四个兜的短褂，戴着八角制帽，废止了我的教程，给学生发下西北军政委员会编的课本，设语文和算术课，另开音乐、体育和图画，其中一位年轻的女先生，教孩子唱歌，张着嘴唱呀唱，令我目瞪口呆。

我自动辞职了。没有办法，我不会算术，连那些阿拉伯字也没见过；语文科的新课本，虽然是浅显通俗的白话文，我却教不了。我离开了那个祖孙三代执教的学堂，让位给那三位新派来的新先生了，跟父亲去种地。我的蓝袍脱下来了，做务庄稼穿它太不方便啰！

半年后，一天后晌，我和父亲在村西的官道边的田地里翻耕靠茬地，乡政府的通讯员送来一张通知，要我到城南的师范学校去进修。去不去？敢去不敢去？该去不该去？我拿不定主意，不知该怎么办。父亲也拿不定主意，自从那三位新先生进入杨徐村，父亲不止一次地讥诮说："蹦蹦跳跳，行走唱唱喝喝，男女不分，见谁都想搭话，啥好先生的样子！"现在他明白，师范学校培养出来的先生肯定都是那个样子，我将来也可能就是那个样子，他拿不定主意了。为此事，他专门走访了一回县教育科，回来后就拍了板：去！

临行的前一晚，我坐在父母住的上房里屋里，悉心听取父亲的临行教诲，怎样和先生说话，该当如何与同窗相处，远离家乡，一切都需自己检点。母亲又接着叮嘱生活上的琐屑事，忌食生冷食物，加减衣服要注意。我的那位媳妇呆呆地站在一旁，惶惶不安的样子，一直没有插嘴，这时问了一句："我该给先生准备哪件衣服出门？"

我一愣。这是一个暂时被父母连同我自己都忽略了的事，该穿短褂呢，还是长袍？我想了想，没有主意。看看母亲，母亲又瞅瞅父亲，看来也是不知该穿哪样才合适。父亲正在桌上磨墨，沉思一下，抬起头来，对我说："穿蓝袍。"

我有点疑惑："爸，我看咱村来的那三个新先生，都没穿长袍。解放了，不兴穿长袍了。"

"解放了，没听说不准穿袍子！"父亲讥诮地说，"你看那三位洋先生，穿个短褂儿，又那么短！前裆后臀无遮无盖，有失大雅。为人师表，成何体统！"

结论定局了，穿蓝色长袍，我的媳妇就退出去，准备我明日的行装去了。

父亲已经磨好墨，拔开毛笔帽儿，在砚台盖儿上再三地顺着毛笔尖，然后猛然悬起手腕，在一张硬纸上写下两字：慎独。等得墨迹干涸，交到我手上，严厉而又含蕴不露地瞅着我。我双手接住那父亲题示的嘱咐，夹在那只折叠小皮夹里，装在贴身的内衣口袋里，表示一定要在远离父亲的陌生的环境里，一切都谨慎行事，尤其是独自一人，不在父亲的视觉之内的地方……

第二天晨曦中，我背着行装，上路了。走出村子好远的时候，我一回头，隐约看见村口的大路边，兀然站着父亲的高大的身影，因为背向从东山泛出的晨光，他像一截黑幢幢的古塔峭然不动……

我转过身走了，心里忐忑不安，脚步也有点慌匆，等待我的那个世界会是什么样子呢？我无法具体想象……无论如何，这次出门，成了我一生中的第一次重大的转折……

我不会说话，也不会走路了

当我站在教室的前头，班主任把我介绍给全班同学的时候，我简直都要窘死了。

班主任王先生领我走进插着"速成二班"的木牌的教室的时候，整个教室里腾起一阵笑声，笑的声浪几乎把我掀倒了。我立即低下头，这个见面礼太令人难堪了。班主任挥挥手，缓声和悦地劝止大家，不要笑，然后简要地向大家介绍我的名字，年龄，希望大家和我互相帮助，搞好学习。我低着头，对班主任也不满了，面对一个生人，这些人这样狂笑乱说，太没礼仪了呀！你做先生的不予严厉训导，只是淡淡地劝止，像什么话？在你介绍的时候，教室四处仍在嘀嘀咕咕议论，这像什么话？什么教学秩序？太松懈了！

班主任介绍完毕，一位男学生站起来，表示欢迎我加入这个集体，他大约是班长。他也是随随便便的样子："欢迎徐慎行同学到我们班学习，为速成二班争光，为祖国的教育事业贡献力量！归结一句话：我代表全班同学，欢迎……蓝袍先生！"教室里立即腾起一阵喧闹的声浪，鼓掌声和笑声搅和在一起，乱极了！

我听到班主任王先生也在笑。我不能容忍他的笑，他毕竟是先生。他笑毕说："同学们不要笑，也不要给新同学乱起绰号……"

我现在才明白大家嬉笑的原因了，笑我的蓝布长袍和头顶的礼帽。我一下子意识到我和所有同学的差异，男生女生一律穿制服或便衫，头顶八角制帽，女生留齐脖短发或双辫儿。在杨徐村，那三位新先生的装束成为众人稀奇和议论的话题，成为我父亲讥诮的怪物。在师范学校速成二班的教室里，我的装束却成为老古董怪物了！好在班主任此时指给我一个空位子，我立即从讲台上走下去，逃脱这个被众人嬉笑着的尴尬地方。我走到座位跟前，那个位子上坐着一个女生，她朝我笑笑，表示欢迎与我同桌。我的心里猛地一跳，这女生长得太漂亮了，又是一双水汪汪的眼睛。我不敢多看一眼，脑子里立即反射出杨龟年二儿子从河南遣返回杨徐村的那个洋婆娘来，立即反射出我的父亲的警告：妖精！鬼魅！关于这个同桌女生，这个妖精鬼魅，却成了对我一生影响深重的人，我后头再说和她的纠葛吧！

我不看她，在自己的座位上坐下了。从书袋里取出学习用具，放在桌子抽斗里。这时，我的头皮一凉，礼帽被谁摘掉了。

我临行前刚刚剃过头，光光净净的秃头一定很难看，教室里又响起此起彼落的笑声。欺人不欺帽！我生气了，愤恨地扭过头，寻找恶作剧的人，我甚至不惜要撕破面皮，给他个对不起了，哪有这样开玩笑的？我没有找到帽子，却看见一张张开心的笑脸全都瞅着我的旁边。我一回头，看见礼帽正戴在她——我的同桌的头顶，装模作样地向大家扮着鬼脸。

我不知所从了。那顶黑呢礼帽扣在她的头顶，底下露出一排长长的黑发，似乎不觉滑稽，倒使她显得十分好看了。我聚集在心里的火气发不出来了，也不好意思从她头上动手取过来。正在我犹豫的短暂一刻里，不知后排谁从她的头顶揭去了，戴在自己的头上。之后，我的礼帽就被许多手抢来夺去，轮换戴在男生和女生的头顶。我无法忍受这样的侮辱，生气地端坐在凳子上，负气地不予理睬了。

她大约终于感觉到自己的行为有点过分，离开座位，从教室的一角里抢到帽子，从背后过来，扣到我的头上，说声"对不起"，就坐下了。

我一动不动，也没看她，以无言表示我的气怒。太没教养了！一个大姑娘，刚与人见第一面，就把别人的帽子抢过去，戴到头上，像什么话？疯张野教！

还有使人难堪的事，吃饭要赶到饭堂去，端上饭碗，拿着筷子排队，依次到窗口去打饭。我站在队列里，心里很别扭。前头已经打了饭的学生，因为没有餐厅，一堆一伙蹲在院子里，一边吃饭一边说笑，女学生也夹在一堆，张着填满饭菜的嘴巴笑。我很不舒服，这些经过两年速成进修的男生女生，很快都要为人师表了，却是这样不拘礼仪。我在家时，父亲自幼就训诫我关于吃饭的规矩，等上辈人坐下后，自己才能坐；等别人都拿起筷子后，自己才能提筷；

等别人动手在菜盘里夹过头一次菜后，自己才能夹；吃饭时不能伸出舌头，嘴也不能张得太大，嚼时不能有响声；更不能在填着饭菜时张口说话。现在，瞧这些将来的先生们吃饭时的模样吧！张着嘴笑的，脸颊上撑起一个疙瘩的，满院子里是一片吃喝咀嚼的唧唧嚓嚓的声音，完全像乡间庄稼人在村巷里的"老碗会"，没有一点先生应有的斯文。

我打了饭，捧着碗，怎么也蹲不下去，就索性端回教室里来。走过一排排教室，我听见背后有压抑的嘻嘻的笑声，猛一回头，看见屁股后头尾随着一串同学，在模仿我走路的姿势，挺着腰，仰着头，迈着可笑的八字步……他们轰然大笑。我真没办法，我觉得他们粗野无礼，他们却觉得我好笑，处处拿我开心哩！我回到教室，气得食欲也没有了。

我至今忘记不了我在师范学校集体宿舍里度过的第一个夜晚。

这种集体宿舍，我第一次见到。一排房子，两边开窗，钉成两排木板通铺，中间留一条走道，楼上又有一层。每个人把自己的褥子折成窄窄的一绺，挤挤拥拥铺满了床铺。我在我们班的辖区里铺上了铺盖被褥。天气虽是深秋季节，却不见冷，一个个小伙子，脱得只穿一条裤衩，在走道上擦洗，光着身子把脏水倒到室外的渗水井里。

我心里更觉别扭，坐在床铺上，看着一个个男性特征暴露无遗的身体，很替他们难为情。我自懂事以后，就没有在外边过夜。即使夏天，父亲也不许穿短袖和短裤，连布袜布鞋也要穿戴整齐，不许不能暴露的肌肉露出来。现在，看着这么多赤裸裸的男性肌体，我更觉得难于当面脱下衣服，解开裤带了。

我悄然脱衣，迅速钻入被筒，却无法入睡，嬉笑吵闹声像戳乱了麻雀窝，好多人逞能说笑，引逗大伙发笑。

熄灯铃响过，马灯被宿舍舍长一口吹灭，宿舍里静下来。

一个细小沙哑的却是清晰的声音在宿舍里传播，像人们在夜静时听到的国外电台的播音——

"南山里有座古寺院，住着一个老和尚和一个小和尚，老和尚领着小和尚，终日念经诵道，修身养性，一心要修行成仙。小和尚原是老和尚拾来的被人遗弃了的一个孤儿，无家无根，在老和尚膝前长大了。老和尚对他十分钟爱，管教也非常严格，每逢正月十五古寺的香火祭日，就把小和尚推到后殿，锁起来，不许他看见进香的女人，以免诱惑。小和尚长到二十岁，还没见过异性，十分纯真。老和尚非常得意自己培养出一个心灵纯净的真人，绝不会被世俗的情欲所侵染。

"为了试验这个小和尚的纯洁性儿，老和尚领他下山来，走进了繁华热闹的西安东大街。

"老和尚突然发现，小和尚不见了，一回头，小和尚站在十字路边，呆呆地盯着一个漂亮女子出神，口角的涎水吊到胸膛上。老和尚一见，气得脸都扭歪了，急步走上去，又不好当着大街上的人发作，就狠狠地说：'那是魔鬼！'

"小和尚傻乎乎地笑着：'魔鬼多可爱呀！我要一个魔鬼……'"

宿舍里，楼上楼下腾起一片压抑着的笑声。我的心里一悸，似乎那个说故事的人，是专门影射我的编撰。那个沙哑的声音还在继续——

"老和尚领着小和尚回到寺院，狠狠教训了三天三夜，说那个魔鬼如何可恶，可憎。小和尚不知心里如何，嘴头上表示憎恶那个魔鬼了。老和尚平气之后，就想到自己教育方法上的缺点，只采取隔离的方法不行，应该让小和尚在女人窝儿里锻炼出铁石心肠来。

"老和尚在进香之日，让小和尚和自己一样盘腿坐在祭坛两边，合手闭目。为了试探小和尚看见进香的女人是否春心浮动，他在小和尚的腿上平放了一只鼓。为了避免小和尚的疑心，他给自己的腿上也放了一面鼓。

"进香的女人络绎不绝，老和尚微微启动眼皮，看见小和尚两眼闭得紧紧的，自己就合上眼。不一会儿，老和尚听到对面'咚'的一声鼓响，心里一震，暗自骂道：'这小子春心动了！算我白费了训诫的功夫！'睁眼看时，那小和尚的眼还是闭得严严的，嘴角流出涎水来了。正气恨间，又连续听到两声鼓响……

"进香完毕，游人走尽。老和尚追问：'什么东西敲鼓？'小和尚低头不语，羞惭难当，不好说话。

"小和尚十分佩服师父练成了真功，始终未听到鼓响，就跪下请罪。请罪之后，还不见老和尚起来，他就献殷勤，去搬老和尚腿上的鼓。不料——鼓的那一面，被戳了个大窟窿……"

突然爆发的笑声，终于招来了值勤教师的禁斥。

我的脸上热臊臊的，这些没有教养的人，将来要做为人师表的教员，却在宿舍里讲这样下流的故事，太粗野了！我总疑心故事的说者，是在影射我，不，简直是侮辱我的人格！

我很苦闷，孤单。我走路，有人在背后模仿，讥笑；我说话，有人模仿，取笑；我简直无所适从，连说话也不知该怎样说了，路也不会走了。我最头疼的是音乐课和体育课。我一张口唱歌，大家就笑，说我的声音是"撒"音，连音乐老师都笑。体育课更难受，我穿着长袍接受体育老师的篮球训练时，体育老师先笑得直不起腰来……每逢上这两门课，我就请病假。

漫长的一月过去了，我没有快乐，也没有温暖，一切习性全乱了套，为了躲避众人的讥笑，我整天待在教室里不出门，以避免外班的学生的讥诮的眼光。我失去学习下去的信心了，想想两年时间，真是难得磨到底。我终于下决心退学，回家当农夫务庄稼去。

早晨一进教室，我看到后墙壁的黑板前，围着好多同学在观看。这块黑板是"生活园地"，登载本班的好人好事的宣传阵地，大约有什么消息了。我走到跟前一看，在"新同学简介"栏内，写着一段取笑我的话。因为这个速成班的学生，参差不齐，不断地有从各方介绍来的学员插入，所以这儿开了一方"新同学介绍栏"。有人把介绍我的文字作了修改，变成这样：

> 徐慎行，字孔五十六。男性，二十三岁。籍贯：山东孔府。人称蓝袍先生，实乃孔家店的遗少……

整个教室里的同学都咧着大嘴朝我笑。

我不好发作，走出教室，向班主任请了病假，回来收拾了书籍用具，就向班长说一声请过病假的话，回到宿舍。

我捆了行李，在校园里静寂下来的时候，背起行装，从后门走出去。匆匆走过学校所在的山门镇的街巷，就沿着小河的低矮的河堤向东走去。我像抖搂了满背的芒刺，终于从那些讨厌的讥诮的眼睛的包围中逃脱了。说真的，他们看不惯我，我还看不惯他们哪！他们容不下我，我心里也容不下他们那些粗野少教的行为！

走着走着，我听到背后有人呼叫我的名字，而且是一个女人的声音。我一回头，就惊奇地站住了，我的同桌田芳正气喘吁吁地奔上来。

"你……为啥要走？"她奔过来，站住，双手叉腰，气喘不迭，水汪汪的眼睛里，气愤、惊讶以及素有的柔情，"嗯？偷跑了？"

"我不想进修了。"我心死而气平。

"那不行，你得回去跟班主任说一声。"她放下一只手，另一只手还叉在腰里，"连纪律性儿都没有！"

"你是什么人？"我不在乎，"管我？"

"我是班干部！"她理直气壮。

蓝
袍
先
生

1195

我才记起，她是班里的宣传委员。我不屑地笑笑说："我要回家务庄稼去了！"

"国家刚解放，到处缺乏人民教员。"她说，"政府到处搜集有点文化的青年，集中培训，也满足不了乡村学校的需要。你倒好……当逃兵！"

我想，既然国家这样需要我，你们为什么欺侮我？我依然瞅着远处，执意要走。

"共产党毛主席领导我们闹革命，翻身了，解放了，自由了！大伙在一块学习，多高兴！"她在给我宣传，"咱们班的同学，都是些穷人家的孩子，要不是解放，能这么自由吗？你怎么能回去呢？"

这些大道理，早听惯了，然而由她一泻而出，却不是说教，有真情在。她见我还不回头，就从我的背上扯被子，说："我从山门镇看病回来，看见你从街东头走出去了，我就撵你。我不撵你，我就失掉班干部的责任心了。你要是一定要走，也该跟我回去，给班主任打个招呼……"

我只好跟她走回学校。

自由多么美好

从师范学校的操场上朝南望去，可以看见挺拔雄伟的秦岭的峰峦；从眼前逐渐慢坡增高到山根的广阔的平原上，星散着大大小小的被树木的绿叶笼罩着的村庄；小河川道里，挑着稻捆的农民从木板搭成的便桥上忽闪忽闪走过去；田间小路上，农民拉着装满苞谷棒子的小推车朝邻近的村庄走去。沉到平原西部的太阳，在落沉下去之前，向平原上的人们投射过来热情的最后的一瞥，把瑰丽的红光洒满村庄、田野、河水和挑担拉车的农民的脸上，秦岭陡峭的崖壁上红光闪耀。

我坐在操场边角的草地上，温习算术。我的语文课似乎不成多大困难，算术就吃劲了。因为是速成班，课程相当重。要命的是那些实际并不复杂的算题，我用心算就可以得出正确的结果，可是一用算术的严格的算式计算，就全乱了套。我自然把学习的重点搁在算术上。

"呀！你找了个好清静的地方！"

是田芳，不用抬头也听得出她的声音，不过，我还是扬起头来，而且很快。我慌忙站起，看着她抿着嘴嗤笑着，倒不知该说什么了，该请她在草地上坐下呢，还是就这么站着？我对于女性有一种无法克服的惶恐感，一见着女人，尤其是单独和一个漂亮的女人在一起，我总是感到心里很紧张。

"跟你商量一件事。"她说。

"好的好的。"我诚惶诚恐。

"坐下谈吧。"她先坐下来，"这么站着多难受。"

我在离她三二步远的草地上坐下，拘束得手脚不知该怎么摆着才好。她似乎很自在，双手拘着膝头，坐得很舒服，看着我，像欣赏一只惊疑不安的小兔子。她说："想请你给咱们的'班级生活'板报写字，你愿意服务吗？"

她是班委会的负责宣传工作的委员，编排更换教室后墙上那块"生活园地"板报。我忙说："我……当然愿意服务，只是我的字儿写得欠佳。"

"'欠佳'！只是'欠'一点。"她笑着，没有什么讥诮的意思，抠我的字眼，"我的字写得根本说不上'佳'不'佳'！"

"我写得不好。"我已经注意自己口头用语中那些文绉绉的词句，尽可能和大家一样用生活常用的词儿，一紧张时就又冒出一个半个生涩的词句来，"真的，我的字写得不怎么好。"

"你的字写得多漂亮！"她感叹着，流露出欣然羡慕的神色，"咱们班主任王老师都说，你的字儿比他写得好，在整个师范里，也是首屈一指，你还谦虚什么呢？"

我没有再做谦让的姿态。她真诚地对我的书法的赞扬，尤其是由她传递的班主任王老师的溢美之词，使我很受鼓舞。我的字，从五六岁时起，父亲就有计划地对我进行训练了，先照父亲写下的影格描摹，然后临帖，先柳后欧，先楷后草，常常因为我一捺一竖不像真柳真欧而训斥我。在这个速成班里，我的字是无与伦比的。我说："我尽力为之。"

这件事已经谈妥，我想她该走了。她却坐着不动，忽然盯住我的眼，问："你为啥一天到晚不和我说话呢？"

我的心里又一悸，这样直截了当的问话，使我措辞不及，不知怎样回答。班主任王老师指定我和她同坐在一条长凳上，共用一张桌子，至今有两个月了，我没有主动和她说过一句话。到底是什么原因呢？我自己一时也说不清楚。

"我文化水平低。"她说，"你瞧不起我吧？"

我遭到误解了，连忙说："我……没有没有！"

"那……我是老虎、是魔鬼吗？"她讽讥地说，"怕我吃了你？！"

我的脸轰然发热了，不由得低下头。我想起了在宿舍里听到的那个老和尚和小和尚的故事，老和尚威吓小和尚时把女人说成是魔鬼，我似乎就是那个可怜的小和尚了。我和她坐在一条长凳上，听讲或做作业，我从来也没有敢大胆地扭过头去注视她的脸。她长得太漂亮了，漂亮得使我不敢看她的那双水汪汪的眼睛。我只是在她不在意的时候，装作漫不经心地注视过她的眼睛和脸膛，其实我很想和她说话，和她对视，像她和班里的任何男生一样大大方方交谈或者开玩笑。我不行。越有这样想法，我却越要摆出一副毫不在意毫不动心的神态。我的心里有一道森严的壁垒，坚硬的外壳，对一切异性实行习惯性的排斥与反弹，我只好掩饰说："我这人……不善辞令！"

"好啊！'不善辞令'！"她笑了，"你何必那么拘拘束束呢？你自个儿不觉得难受吗？我呀！一天不笑几场，不唱几场，心里就憋得难受。"

"我太……古板。"我说。她的话正说到我的痛处，其实我比她说的还要痛苦。我被她拉回学校，班主任王老师在班里严肃地批评了那位恶作剧的学生，大伙也不再当面把我当作笑料了，可也没有人和我亲近，我的孤寂的心并没有得到拯救。我说："我不会交际……"

她笑着，恳切地说："咱们速成班，在一块不过两年，大家难得遇在一搭，毕业后就各自东西南北地去工作了，再见面也难了。你甭摆出那么一副老学究的样儿好不好？甭老是做出一派正儿八经的样儿好不好？走路就随随便便地走，甭迈那个八字步！说话就爽爽快快地说，甭那么斯斯文文地咬文嚼字！你看……我心里有话都端给你了！"

我难为情地笑笑，我想象不出，我斯斯文文说起话来和迈着八字步，走起路来的样子究竟可笑到怎样的程度，却明白大伙对我摆出正儿八经的老学究的样子是不屑一顾的。我想告诉她，走惯了八字步倒不会随随便便走路了，咬文嚼字的说话习惯也难于一下子改过来，我的父亲苦心孤诣给我训诫下的这一套，像铁甲一样把我箍起来。我说："改是要改，一下子还是改不掉！"

"先把你的蓝布长袍脱下吧！"她说。

"那我穿什么？"我问。

"'列宁服'，而今时兴。"

"我能穿'列宁服'吗？"

"当然能。"她肯定地说，"你正年轻，身段也好，穿一身'列宁服'，保险好看。"

"有卖现成的吗？"我受到鼓舞，尤其她说我身段好，肯定在她看来，我的身材长得并不难看，"山门镇上能买到不？"

"你把长袍改一改。"她说，"山门镇上有个裁缝铺，花一点钱改成'列宁服'还能省一点。"

"那我现在就去！"

"咱们一块去，我给你参谋。"

三天以后，吃罢晚饭，回到教室，她向我挤一挤眼，使我有一种暗中默契的喜悦。她在和我到裁缝铺去改做衣服回来时，给我说，暂时保密，一俟"列宁服"穿到身上，让速成二班的男女同学大吃一惊吧！我知道她挤眼的意思：今天是取衣服的时限日。我早已按捺不住一种稀奇的心情，就和她走出学校的大门。

那个秃顶的老裁缝，取出改好的衣服，又取出剩余的布头，交给我。

"试试。"她说，"看看合身不？"

我有点难为情，当着她的面脱袍子，不大雅观，就说："我回去试。"

"在这儿试试，有不合尺寸的地方，老师傅看了也好改。"她说。

"试试吧！"老师傅也这样说。

我不好推辞，就背过她，脱下蓝布长袍来，尽管我袍子下有两层衬衣衬裤，心里还是止不住惶惑，似乎这蓝袍一揭去，我的五脏六腑全部暴露无遗了。

她提起那件改制的蓝色"列宁服"，帮我穿上，又帮我结上纽扣，我感觉到了那只灵巧的手指的温柔。我一低头，胸前两排纽扣，一排是扣着的，另一排完全是装饰品，两条宽大的领条分别摆在脖下两边。

"到镜子前头去照照。"师傅说。

我站在穿衣镜前，自己看见了陌生的自己，竟然不好意思了。说真的，我在镜子里第一次发现，我的模样是很俊的，眉骨耸高了，脸上的棱角也明显了，再不是像我父亲骂我的那样一种女子气儿的少年了，只是那个酒窝，在我不好意思的羞怯中又隐隐现出来。我看见她站在我背后，一眨不眨地看着镜子里头的我的脸，她发觉之后，有点惊慌地摆开头去了。

"挺好。"她说，"刚合身。"

我听到她的话，有点不满足，甚至怅然若失。她怂恿我改做衣服时，曾经热烈地赞扬过我穿上"列宁服"一定很好，因为我的身段好。我现在穿上了，自己已经觉得确实很好的时候，她却平淡地只说"挺好。刚合身。"我希望听到她热烈的欢呼，却没有了。

无论如何，我感到一种从来没有过的轻松。我像卸下了钢铸铁浇的铠甲，顿然感到浑身舒展了。天呀！走出裁缝铺的门，踏上山门镇石板铺成的街道，我居然不会走路了！脱掉蓝袍，穿上"列宁服"，那个八字步迈不开了，抬脚举步十分别扭，她刚出门，看着我的走路的样子，扑哧一声笑了，像是压抑了许久似的，我才理会了，她在裁缝面前保持着与我的谨慎的距离，不敢说出太热情的话来。

"呀！衣服换了，路也不会走了！"我也自嘲地说。

"放开走！随随便便走！想蹦就蹦起来！"她说，像是和谁赌着气，"你敢不敢蹦起来？试试你的胆子，徐老先生？"

她在激我，开我的玩笑，我心里一急，伸手在她肩上打了一下，立即就愣住了。天哪！简直不可思议，在这个栈铺拥挤的街镇上，我居然和一个女生打打闹闹！

"好啊！蓝袍先生敢动手打一个女学生了！真是进步了，解放了！"她讥诮地斜过我一眼，使人感到亲切的讥诮呀！她说，"再勇敢一点，蹦起来！"

我鼓了鼓勇气，连着蹦起来三次，蹦起来，挥一下手臂，落到地上的时候，我脸红耳赤，索性不去看街道上那些市民的脸色。我对她说："我今天才解放了！"

"对对对！"她连声附和，也很激动，"为啥不蹦呢？为啥不说不笑不唱呢？旧社会，尽让别人尽性儿蹦了，尽情儿笑了唱了，而今解放了，轮着我们妇女了！"

"我可不是妇女！"我分辩说。

"你比妇女还封建！"她哈哈笑着。

"我究竟是什么且不管，"我也笑着说，"反正我自由了！自由多么好哇！"

"唱歌吧！"她说，"有勇气，跟我唱着走过去！"

"我不会唱……"我不承认我没有勇气。

"跟我顺着溜吧！"她说着就唱起来。我和她并排走着，顺着她唱的音调溜唱：

解放区的天是明朗的天，
解放区的人民好喜欢。
……

临近校门的时候，她突然站住，回过头来，煞有介事地说："你把八字步全忘了！"

我心里一惊，真的，唱着歌走过街道的时候，我的脚步从八字步里解放了，自由了!

第二天，我按照她的吩咐，在教室后边的黑板上换写"生活园地"的内容。她把一篇编成的稿子交给我，我要按照这篇稿子的内容和长短安排版面，在阅读这些稿子时，我发现了一个刺眼的题目：

蓝袍先生穿上了列宁服

我问："谁写的？"
她说："我。"
我不知我为什么要问谁写的！如果不是她写的，我就不愿意让它公之于全班？我自己一时也说不清楚，反正我捏着粉笔走向板报了。整个教室里，为这篇文章欢腾起来。

还俗

田芳一天没有来上课，我的心里很不自在。

她病了，躺在女生宿舍里，一整天也没有进教室的门，也没有到饭堂里去吃饭。我看见班里几个女生在一起，给她打饭，送饭。我问一个女生，田芳怎么了？要紧不要紧？她支支吾吾，只说病了，像是有意回避别人的关心，我也不好意思再问下去。

我感到孤单了。一只长条课桌，过去坐着我和她，两个已经成年的速成班的大学生，感到了拥挤，也感到桌子的面积过于狭窄。现在，我一个人坐在长条凳上，觉得这桌子太宽绰了。

她的书籍和作业本子静静地躺在桌斗里，墨盒儿寂寞地蹲在桌子的右角上，这些被她的手指抚摸、使用过的工具，全都失去了生气，使我看见时就有一种惆怅之感。我挪过那只四方形的黄铜墨盒，打开，垫着的丝绵团儿上留下她用毛笔挤压的坑凹，墨汁干了，我把刚刚磨好的一砚台墨汁便倒了进去，干瘪的丝绵团儿被墨汁泡得膨胀起来。我把墨盒合上，重新放到她自己平常搁置墨盒的固定位置上——桌子靠墙边的右角上。我忽然在桌子与墙的夹缝里发现了一根头发，就用手指轻轻儿抽出来。

头发很黑，像墨，又很柔软，这是从她的头上脱落下来的，她自己大概很不注意，更不可惜，她有那么多的黑乌乌的头发，垂在脸颊和后肩上。我忽然真切地感到了用手抚摸她的脖颈上的头发的印象，就把那根头发悄悄地夹在日记本里。

没有了田芳的速成二班教室里，也显出明显的差别来。往常上课之前，教师走进教室门之前的三分钟的等待中，田芳领大家唱歌。她从我的耳畔唱出一支歌的头一句，叫声一、二，于是教室里就腾地响起歌声来。我分明感觉到她口中掀起的轻柔的气浪对我的耳朵和脸颊的冲击，随之就跟着大家唱起来。今天，第一节课前，因为没有人领唱而默然了，第二节课开始前，由班长临时代替田芳领唱，我总觉得有点别扭，燃不起大家唱歌的热情。纵然唱起来了，歌声却死气沉沉，缺乏生气。

我坐在课堂上，眼睛瞅着在讲台上讲得满头大汗的老师，心里却想，田芳病得一定很重，她那样热情奔放的人，怕是不病到十分厉害的境况，是不会躺下的。宽大的集体女宿舍里，现在只躺着她一个人，一定很孤寂，我要是陪坐在她的床边，肯定会使她的心情宽舒一点。我也乐于坐在她的旁边的。

我决定在午休时去看她。好容易上完四节课，草草吃完午饭，我回到教室，放下碗筷，班级篮球队长拉住我，要我写几张篮球比赛的布告。我只好埋头书桌，拔开毛笔。

球赛是一场校际比赛。由我们速成二班对县中的校队。我们班的篮球队是师范的冠军，威震县城。我们的篮球队队长有一个雄心勃勃的计划，要征服县城里的所有单位的篮球队。我已经迷上篮球运动了，虽然我的球技水平根本不够上场的资格，却是这支生龙活虎的球队的一个不可或缺的成员。我每次写海报，我的字是可资赢人的，即使在藏龙卧虎的古县城里，我写的海报前常常围着一堆并不喜欢篮球运动的遗老遗少，品评我的墨迹，使速成二班的篮球队也增加了半分光彩。我的主要职责是替运动员们当衣服架子，他们上场时，匆匆地脱下衣衫或裤子，甩到我的怀里，我一律搭到肩上，不会弄脏，也不会丢失。我从开场一直看到结束，从不中途退走，让运动员放心。篮球赛结束后，我替他们用网袋背球儿，和他们一边议论着刚刚结束的战斗，走到小镇街道外边的小河里，洗一洗。为此，篮球队长破例吸收我为篮球队的球员，虽然根本不指望我上场。我穿上了一个最大号码——26号的背心，胸膛上有两个用红布轧成的大字"速成"，既是我们班的班名，又意味着在赛场上速战速决的作风，自然是我的笔迹。

写完海报，我就急忙往女生宿舍走去，下午有球赛，我不能不去，缺了我，队员们的衣服搁哪儿去！走到女生宿舍门口，我有点犹豫起来，那个门里是女性的独立王国，即使再开通的人，甚或是冒失鬼，也会在这个门前放轻脚步，思考一下。我从来也没有进过女生宿舍，倒有点丧失勇气了。

"噢呀！慎行，快来！"我们班的王艾艾正好出门来倒水，看见我，快嘴快舌，"田芳刚才还问你哩！"

我的所有顾虑全都在王艾艾的几句话中烟飞云散了，跨上台阶，跟着王艾艾走进门，由她引着我一直走到田芳的床铺边，我却急得说不出一句话。

她倚在被子上，向我笑笑，说其实并不要紧，明天就可以上课了。我已学得稍微聪明了，知道女同学有些不便说出口来的疾病，也就只是关照她按时服药，悉心养息，不问病症。

我坐在她旁边的床边上，看见她的脸色有点黄，眼圈上有一道模糊的晕圈，头发有点散乱地压在被子上，病容的脸颊似乎更加婉丽动人，令人陡生怜惜之情。我忽然想到我早晨拣到的她的那根头发，不由得心悸了一下，竟然觉得鼻腔酸渍渍的，看着左右坐着的本班的几位女同学，我强忍住涌动的眼泪。

"我刚才还问你哩！"她淡淡地笑笑。

"有啥要我做的事吗？"我问。

"离元旦剩下一月时间了，校学生会要各班给元旦晚会准备节目。"她款款地说，忽然眼睛一亮，"咱们班出四个小节目，一个大节目，想排《白毛女》，让你参加演出……"

"啊呀！天爷！我……"我惊慌地摆手。

"其实，你的嗓子挺好的，只是没有训练。"她并不急，似乎早就料到我的反应，依然缓缓地说，"把嗓子练顺了，声音挺好。"

几个女同学也都附和着，说我的嗓门不错。我从来也没想到过登台演戏，很不踏实，仍然推辞。几个女同学七嘴八舌，简直说成了非我莫属的情况。王艾艾问："派他支哪个角儿呢？"

田芳笑笑说："黄世仁，怎么样？"

"不行不行！"我腾地红了脸。

"他不用排就会迈八字步！合适合适！"王艾艾冲着我，在走道上转起八字步，"慎行呀！演吧！"

"这次演出要评奖。"田芳说，"咱们要给速成二班争取荣誉。"

我忐忑不安地垂下头。

"我病好了咱们就开始排练。"田芳说，"你甭怕，我给你排戏！"

我支吾一声，自己也没听清说的什么。我想推辞，又怕她不高兴；接受吧，又实在觉得是笨鸭子上架，太难为了；想到在排戏的较多的课余时间里，我可以和她在一起，又觉得十分快乐，于是就算默认了。

我坐在她的床边，明显地感觉到女生宿舍的异常气氛，比男宿舍干净，整洁，飘着一丝淡淡的粉脂的气味。诚恳地劝慰她安心养病，我就告辞了。

晚自习时，我隐隐得知，田芳的家里大约出了什么事。她的父亲昨天到学校来找她，送走父亲时，有人看见她和父亲憋着气，晚上在宿舍偷偷哭过，今天早晨就起不了床了。究竟发生了什么事，她没有给谁说过，属于一种猜测。

我想不出她会有什么大不了的事。

第二天早晨，她来上课了，我的心里竟是一种急切的期待之情。上早自习了，好多同学从教室里走到外头去，在庭院里的柳树下，在学校的围墙根，朗读或者背诵语文课文。我也喜欢在院子里早读，空气清爽，也不干扰别人。今天早晨，我没有出去，就坐在位子上，我在暗暗等待着田芳来上课。

她来了，走进教室时，屋里的几位同学都和她打招呼，问候她的病情。她笑笑，一律表示感激，说自己今天精神好多了，不要紧了。

她向自己的座位走来，我已经早早站起，像是迎接她归来。她走到我跟前，照例笑着，坐到靠墙的位子上。我忘了问她病况，也随之坐下，心里很踏实了。

"头不疼了吧？"

"不疼了。很好。"

她说她好了，我就再也找不出什么问候的话，不说又觉得心里别扭，很想说上一番热心的关照的话："天气凉了，要注意冷暖变化，甭大意。"

她有那么不长不短的一会儿时间，以一种异样的目光盯着我的眼睛，听我说话，忽而眼睛一闪眨，那种异样的光消失了，又恢复了和一般同学说话时一样普通的神色，那种异样的目光出现的时候，我的心忽闪忽闪跃动了，胸腔里阵阵发热，像一束电石的火光闪灼了一下，我有生以来从未有过的一种奇妙的心灵颤动。

"谢谢。"她说这句话时，虽然是诚恳的，却没有那种撞动我的心灵的目光。

又过了两天，晚饭后，她召开第一次排演会议，所有参与演出的演员和伴奏、服装、道具人员都参加了，四十来名学生的速成二班，几乎人人都派着了用场。伴唱组的女生，伴奏组的拉胡琴的，打大鼓的，敲锣打梆子的，人才应有尽有。那个拉头把胡琴的打大鼓的男同学，原先当过吹鼓手，喇叭和铙钹，全都能来两下，由他负责伴奏组的训练，缺少的人才由他教导。

我被分配演黄世仁，竟然成了真的。田芳饰演喜儿，在剧中我和她处于两个对立的阶级的地位，毫无感情上的共鸣，使我很遗憾。我甚至忌妒起班长刘建国来，他演大春，正面人物，脸上抹红，又有许多和喜儿表示特殊感情的戏剧情节。我还是服从了田芳的分工，使她不致为难，再去调整扮演角色，浪费时间。而要在一月稍多点的时间里排出这一大本戏来，真是够紧张的。

田芳表现出她的对于文娱工作的非凡的组织才能。她要求在五天内全部背过唱词，一周后在一起对词，下来花十天时间排演动作，第四周结合伴奏全面排演。她精神振作，热情极高，同学们都愿意听她的吩咐。

她是够忙的了，既要指挥大家排演，又要自己支角儿，而且是贯穿全剧的主角。我们每个演员，在背会唱词以后，就给她打招呼，向她面背一遍。然后，她一边弹风琴，一句一句给我们教唱词，一句一句纠正音韵不准的唱段。我看不到她自己背诵喜儿的唱词的时候，但我并不担心，似乎整个剧本早就扎在她的脑子里。

黄世仁的唱词儿不多，却有点怪腔怪调儿，唱起来十分拗口。《北风吹》和《红头绳》两段，几乎每个同学都会哼会唱了，而生活中很少有谁喜欢哼一哼黄世仁的腔调的。我对扮演黄世仁这个角儿的兴味提不起来，音调更觉得唱不准了。

"甭急，慢慢来！"

她用脚踩着风琴踏板，双手按着琴键，侧过头来，对我说。大约是看出了我的不耐烦情绪，反倒不厌其烦地和着琴声，唱了一遍又一遍，给我示范，给我纠正。我一边跟着独唱，一边盯着她弹琴的动作，端庄，自然，优美，我的心情很快就稳定下来。

我的热情陡地高涨了，精神异常兴奋，心情特别舒畅，几乎每天晚饭后总是第一个走进学校的小礼堂，这个临时借用的排练场，替她做些组织工作，做些零碎的杂事。由她提议增补我为剧团的副团长，大家一致拍手赞同。我和大伙相处得很好，进入我来到师范学校之后的最佳精神状态。

新年临近了，排练也进入最后的关键时刻。一场意料不及的事发生了，田芳——我们剧团的团长，《白毛女》剧中的灵魂，被什么一时搞不清的野蛮的家伙绑架了，在师范学校酿成了一场严重的"田芳事件"……

拳头之歌

上午的后两节课是作文。王老师在黑板上写下《第一场雪》的题目之后，简单地提示了几句，就走出门去了。

我正在起草稿，忽然看见一个老头走进教室门来，肩头背着褡裢，脸上冻得皱巴巴的。在教室里瞅着一个个男生和女生低垂写字的脑袋。我看他那倔倔的神气有点可笑，这是谁的家长来了呢？他瞅了半天，也没有瞅见要找的对象，就叫道："芳芳！"

田芳猛地扬起头，急忙统了笔，显出慌慌的样子，离开座位，从走道上走到前头，把老头儿引出教室去了。

那老汉大概是她的父亲，我猜测，从他叫她名字的口气儿可以判断出来，村乡里那些老农民，叫自己的亲生儿女时都是这种神气，而且不分场合，一律像是在自家屋里呼儿唤女。他来找她，并不稀奇，班里的同学从四面八方汇拢到这个小镇上，一律住宿，一年半载不回家，常常有这个那个的家长找到学校来，少数是家里出了事，父亲或母亲病重了，需得回去看看；多数是给儿女送衣送钱，借机看看自己可爱的儿子或女儿。

田芳跟她父亲出门以后，我的心里却不安了。她的父亲找她，我有什么好说好想的呢？自己也奇怪了。她抬头看见她父亲的那一瞬间，眼里泻出一道惊恐的神光，随之转换为一种憎恶的气色了，随之一切都消失了。她的父亲，即使猛来乍到，也不应该令人那样惊恐吧？更不应该有憎恶的样子显现。我猜不出其中原因，心里却有点焦躁，有点担心。

我竟而至于不能继续描绘入冬以来第一次降雪的壮丽景色了，越想，心里越加焦躁了。人对于可能发生的祸事是不是有一种先兆性的心理反应，我说不清，反正我心里已经毛躁得难以在作文本的小格子里写字了。

我拿起茶杯，佯装到水房里去打水，走出教室，甬道上没有田芳和她父亲的影子，一排排教室里，传出这个那个教员的讲课的声音。她大概把父亲引到宿舍里去了，我在水房里打了水，慢步朝回走，忽然看见打铃的校工刘大根跑过来，朝我说："你们班的田芳给人拉走了！"

"谁？"我大吃一惊。

"一帮人！"刘大根说，"我从街道上过来，碰见一帮人把她往马车上拉！"

"在哪儿？"我的心里涌起一股火来。

"山门镇南头……"

我甩了水杯，拔脚就跑了。我蒙了，闹不清究竟是怎么回事，那个叫她的是什么人呢？她为啥要跟他走呢？我只觉得她不能被拉走，怎么会有这种事呢？我奔出校门了。

街道上似乎有人已经在议论什么，我直朝小镇南头跑去，果然看见围着一堆人，议论纷纷。我奔到跟前，大车上站着十八条大汉，扭着田芳，田芳在挣扎，又跌倒在车帮上，几个人趁势压住她。我大喊一声："不准抢人！"田芳猛地回头，哭喊："快——慎行……"赶车的人大约感到事不宜迟，"哗"的一声甩起鞭杆，马拉着大车跑起来了。

我追着马车跑。马车跑得并不快，我追到马前头，面对奔马，毫无办法，我自小没有摸过牲畜，更不会驾车，不知怎样才能使奔驰的马车停止下来。那个赶车的汉子，一挥长鞭，我的头顶一声响亮的鞭声，鞭鞘正抽在我的左脸上，火辣辣地疼。在我被抽得晕头转向的一瞬间，马车"哗"的一声跑过去了。

我摸一把脸，继续追，愤怒与急迫中，我从地上摸起一块半截烂砖头，离开马车稍远一点，跑过奔马，回过头来，照准驾辕的红马的脑袋，鼓足全力甩出砖头，一下子击中了马的鼻梁骨，那红马尖叫一声，前蹄腾空跃起，前头挂鞘的两匹马站住不动了。赶车人用鞭杆砸辕马的屁股，红马摇头摆尾，尥起蹄子乱踢，马车停下了。我立即扑上马车，又被一个汉子推下车来。赶车人也跳下车，朝我愤怒地抡起拳头。我已经忘记了危险和孤身无援，迎着他冲上去。这是一位中年汉子，力气很大，却笨拙，我闪过他那沉重的一拳之后，就在他的脸上砸了一下，大约打中了他的眼睛，他立即丢下鞭杆，双手抱住眼睛，蹲在地上了。这是我平生第一次打人，还真的尝到了一点打击对手的痛快。

"打这个野男人！"

听到一声吼，从车上跳下三四个汉子来，从四面包围了我。我不知该怎样对付，头上一下，腰里一下，我被打得无法防备，忽然朝车上喊："田芳！快跑！"就被打倒在地上了。

"打这个野男人！"

我被打倒在地上，有人坐压着我的脊背，我爬不起来。他们在骂谁？野男人？是谁？是把我当田芳的野男人打吗？

街巷里一阵呼喊，一阵杂乱的脚步声。坐在我背上的那个汉子蹦走了，我爬起来一看，速成二班的男女同学赶来，正在大车周围的街道上摆开了打架的阵势。力量对比一下子发生了绝对的变化，那几个汉子被学生包围住，打得乱爬乱滚。

我跑到马车跟前，看见几个女同学已经解开田芳被绑捆着的双手，扶着她从车上走下来，我看见她的泪痕斑斑的脸颊，忽然心里难过了，流下泪来，一句话没说出口，就跌倒在地上，昏迷了……

　　我的手被一只温柔的手攥着，紧紧地攥着，我真舍不得那只手松开，离去。我睁开眼，是田芳握着我的手，周围坐着一伙男女同学，她当着大家的面攥着我的手，似乎没有什么不好意思，我也觉得这本来没什么，就该这么攥着。

　　我依稀记得，我是在山门镇的医疗所里被救醒的。大夫给我包扎之后，又给我吃了几片药，说是催眠的，我就睡到天色傍晚了。

　　我感到口渴，张张嘴，没有说话，她就意识到了，用一只瓷匙给我嘴里喂水。我看到她从盛水的搪瓷缸里舀起一匙水，用嘴吹吹凉，就准确地喂到我的嘴里。我静静地躺着，闭上眼睛，听着那咝咝的吹气声，等待那挨近到嘴唇上来的勺子。我真想抱住她，把头埋在她的胸前，和她痛哭一场。

　　"你知道不？县公安局把狗日的逮了三个！"班长刘建国说，"我们速成二班这下打出威风啰，太不像话嘛！已经解放了，竟敢抢人！"

　　我心里很痛快，抓了他们三个，真是叫人痛快。我坐起来，浑身疼痛，背后垫着被子。

　　"哈呀！了不起，真是了不起！"篮球队长说，"咱们的蓝袍先生会打架了，真是了不起！想想你刚来时的那般斯文……"

　　大伙瞧着我笑。我也笑了。田芳抿着嘴儿，也瞅着我笑，说："他打什么呀！尽挨了打！"

　　我挨了打，被打得头破血流，鼻青脸肿，可我也打了一拳，砸了一砖头。我那一砖头砸得多准！正好击中了辕马的鼻梁骨，使飞奔的马车停住不转了。我仅仅打出的一拳又何等的威风，何等的准确，一下子砸得马车把式蹲到地上，双手捂住眼睛，抢不成鞭杆了。我平生没有跟别人打过架，没有体验过打人的滋味，现在才发觉，打人也有乐趣，特别是当你出于一种卫护弱者（这弱者又是你顶要好的同学）的义愤的时候，用拳头击中对方的身体，就会产生一种无与伦比的痛快的滋味。我久久地回味着那一拳击中马车把式时的情景，而把自己得到的几倍的报复忘记了。

　　"他们怎么敢在光天化日之下抢人？"我问，"田芳，到底是怎么回事？"

　　"那是她婆家来的一帮子蛮汉，要抢田芳回去拜堂——结婚！"一个女同学代替她说，"甭问了，让田芳又难过。"

　　我又忍不住问："到教室来找你的那个老汉是谁？你怎么就跟他走了？"

　　"那是我爸。"田芳说，"我爸在我十岁时就把我许给人家，卖了八石麦子。我而今不愿意这桩事了，他说让我拿出八石麦子还人家。我说我工作以后，逐年还，全部还清。俺爸这一关先打不通，跟人家合在一起，要把我送给人家哩！他不单是粮食问题，还说我丢人丧德，损了他的面子……"

我大致明白了缘由，也不想再细问了，怕引她伤心。这样的婚姻状况，在我们速成二班，不仅是田芳一个人的痛苦，好多男生女生都有类似的遭遇，班里早已有几位学生解除了婚约，还有一些人正在酝酿，两个速成班正在形成一股离婚和解约的风潮。

"打这个野男人！"

那个从马车上跳下来的汉子呼喊着朝我奔来，把我当野男人打，现在想起来，似乎也并不觉得有什么不好意思。当时，田芳被绑在车帮上，不知听到这句恶毒的话了没？

"田芳……"我想安慰她几句，却又不知该说什么好，临到嘴边，却说到其他事情上去，"咱们的戏还排练没有？"

"今天……停了。"田芳说，"你的伤势要是到时不能恢复，就难演出了。现在想调换谁来演，来不及了！"

"你先说你怎么样？"我担心她的精神刺激太重，能不能上台，"能上台吗？"

"我能。"她说，"我才不把他们当回事儿哩！反正甭想我进他们的门！"

"我也能！"我说，"你给大家继续排演吧！我一定能上台！"

元旦晚会通宵达旦，夜半时，食堂里给全体师生准备下一顿丰盛的年饭。《白毛女》是压轴戏，排为最后一个节目，吃过年夜会餐之后再化装也是来得及的。我就坐在大礼堂里，欣赏着各个班里的文娱节目。田芳另有一个独唱，我期待着。

终于轮到她了。她站在台上，穿一件红袄，沉静而大方。几天前，由她引起的轰动一时的打架事件，使她成为全校瞩目的人物。现在，她站在台上，让全校师生瞩目，不知出于什么心理因素，哄哄乱乱的大礼堂里倏地静寂下来。她唱起来了——

旧社会
好比是黑咕咚咚的枯井万丈深
井底下
压着咱们老百姓
妇女在最底层
看不见太阳看不见天

数不清的日月数不清的年

做不完的牛马受不尽的苦

谁来搭救咱

会场里十分静，静得使人感到压抑，压抑得人想喊，想叫，想蹦起来狂呼狂喊！我的眼泪流下来了。我听见有人抽泣。不知是哪个班的女同学，开始附和着田芳在台下唱起来，很快地漫延到各个角落，男生们也唱起来，整个大礼堂里，回荡着这曲《翻身歌》——

共产党，毛泽东

他领导咱全中国走向光明

从此砸断了铁锁链

妇女就成了自由的人

……

我扬起头，张着嘴，忘情地唱着，眼泪从脸颊上流进嘴角里来了，咸涩涩的，我是个先生。我是那个小和尚！我是受压迫的妇女！我是一个被父亲禁锢成了没有七情六欲的木偶！我……今天成了……自由的人……了！

新浪潮拍击下的老农民

积雪覆盖着原野。乡村间的大路上，午间融雪时踩踏得稀烂的泥巴，夜间又冻结成硬块了，路面坑坑洼洼，绊绊磕磕。道路朝南，沿着慢坡而上的原野延伸，在雪地上像一条随意丢下的皮绳，曲曲弯弯。

我们三人——班长刘建国、班主任王老师和我——一行，冒着渭河平原数九隆冬的清晨时分凛冽的寒风，正沿着这条乡村大路朝南走，要赶到一个叫田家寨的村子去，找田芳的父亲田茂荣老汉。我们将交给他四百块钱，由他再交给把田芳许订给的那一方的家长，偿还他接受过的彩礼或者说聘金，从经济上彻底割断捆绑着田芳的绳索，这是怎样一件令人鼓舞的壮举！

四百块钱装在我的书包里，沉甸甸地挂在我的肩上，那无异于几百颗腾腾跳跃着的心，我怎能不感到沉重呢！

新年晚会上，我们的《白毛女》歌剧获得了极大的成功，田芳的名字销匿了，那些认识或不认识她的外班的同学，那些教她或根本没有教过她的老师，见面都亲切地叫她白毛女了，我们班的同学更不用说了。戏剧里的白毛女已经获得了新的生活的权利，获得了幸福自由的爱情，现实生活中的白毛女——田芳，笼罩在心灵上的封建的乌云还没有消散。

虽然发生过轰动小镇的抢劫田芳的事件，她的父亲仍不改口，绝不许她毁弃三媒六证确定过的与大张村的婚约。对她压力最大的不是她的父亲，她说她将永不回家，甚至断绝父女关系，也决不回到"黑咕咚咚的万丈深的枯井"里去了。对她压力最大的是八石麦子，她的父亲把她许订给大张村所接受下的聘礼，早已被全家老少吃掉了，变成粪土，施到田地里去了。八石麦子，一石十斗，一斗三十五市斤，整整两千八百斤，折合人民币三百多块钱哪！

一场募捐活动在师范学校掀起来了！

想起这场募捐活动的前前后后，我至今仍然激动不已。起初，只是我们篮球队几个同学的举动，想不到竟然扩大到整个学校里去了。那天与县武装部的篮球赛结束以后，我和队长何长海回校的路上，闲扯着已经过去的田芳被抢劫的事。我说，我要是有三四百块钱，我就愿意拿出来，解除她心上的债务。何长海说，咱们球队凑一凑，能不能凑够呢？十来个篮球队员在一块凑来凑去，不过几十块钱，远远不够。回到学校后，消息传给班里的男女同学，大家纷纷向我捐款。紧接着，外班的同学也赶到我的宿舍、我的教室里来捐款，甚至有十几位老师也捐了……啊呀！短短的三四天内，我的书包里装进了五百多块钱，超过需要的数目。我和班主任王老师商量之后，决定把多余的一百多块钱退回那些捐数最高的老师和学生，留下四百元足够了。

"为了砸断封建锁链！我捐三块……"

"再不能容忍我们的姐妹做封建婚姻的牺牲品！我捐一块……"

"为了解放，为了自由！我捐……"

……

那一张张男生和女生的脸在我眼前叠印，那一声声慷慨激昂的话在我耳畔响着，永生难忘！大伙不仅是同情田芳的遭遇，而是一种共同的时代要求，刚刚获得解放和自由的新中国的第一代青年，强烈的反封建的意识是共同的要求，这些师范学校的学生，尤其是速成班的学生，来自社会底层，不单是仇恨地主资本家，尤其仇恨封建的婚姻，好多人与田芳有类似的遭遇，离婚和解除婚约，在师范学校不仅不会被人耻笑，而会得到普遍的支持和同情。

"你离婚了？"

蓝袍先生

"离了！"

"完全弄零干了？"

"零干了。你呢？"

"我刚提出来，正离哩！"

"赶紧离了！重新自由去……"

这是公开的交谈，不会令人议论……田芳这样的引人注目的白毛女，得到热烈的募捐就是不奇怪的事了。

我按按书包，四百块人民币正在手心，我的心止不住一阵发热，隆冬原野上清晨凛冽的寒风也不那么厉害了。

我们三人走进田家寨，几经打问，终于找到田芳家的门口。

两间厦屋，连个围墙也没有，一眼就可以看出，这是一家十分贫苦的农民。我们三人站在厦屋门口，一个女人走出来，大约四十出头，一眼就可以断定是田芳的母亲，脸形太相像了，她一看见这三个穿戴不同于庄稼人的陌生人，先愣怔了一会儿，有点惊恐地问："寻谁？"

王老师说明了我们的身份，田芳母亲脸上的惊恐立时消失了，却更加慌乱，把我们让进屋，却无法使我们坐下来。炕上的一张破烂的被子下，围坐着四个娃子和女子，地上竟然没有一个可供人坐下的凳子。她擦擦手，闪身出了门，再进门的时候，端着一条长凳，大约是从邻家借来的。不管怎样，我们三人挨排儿在长凳上挤着坐下了。

她张罗着倒水，取烟，取来了一只装着烟末的木盒子，却找不到烟袋。王老师点燃自己的纸烟卷，劝她再甬麻烦了。她在灶锅下的木墩上坐下，却不知该说什么好。没有经见过世面，也没有和公家的干部打过交道的农家妇女，常常都是这个样子。王老师尽管很和气，问她家里的状况，她头不抬，烧着火，简短地答上一句，半天又没话了。田芳的父亲拾粪去了，她告诉我们，随之就指使坐在炕上的儿子去找。

老汉回来了，头上裹着一条黑布帕子，鼻子冻得红红的，一进门，大声说："三位先生来了！抽烟——"把那个短杆旱烟袋依次让给我们三人，随之在门槛上坐下来。

"三位有何贵干？"他仰头问。

王老师和他谈起田芳的婚事，给他解释新社会婚姻自由的道理。老汉低着头，抽着烟，做出一种耐心听着的姿态。一当王老师停住口，他仰起脸，做出深明大义的神气，说："新社会好，咱农民拥护共产党。儿女的婚嫁之事，应该由家里管，政府和学校管这些事做啥？"

王老师又耐心给他解释学校应该管的原因。

"言而无信，不知其可也。"田芳的父亲说，"你们都是有知识的人，比我懂得多，我跟人家说下一句话，三媒六证，邻里皆知，而今一水冲了，我在田家寨还算不算人？"

我心里暗暗吃惊。这个老农民，一身黑色家织粗布棉袄棉裤，补丁摞着补丁，肘头露出变成黑色的棉花絮子，一脸皱褶，鼻尖上吊着清凌凌的水一样的鼻涕滴子，捉着烟袋的手指像树皮一样裂开着口子，嘴里却吐出一串一串半生不熟的词句。我早已从田芳口里得知，她的父亲是个一字不识的粗笨庄稼汉。一个大字不识的粗笨庄稼汉子，谈起话来，却要讲信义，夹杂些半通不通的古文词。如果是我的父亲这样讲话，也不足怪，而田芳的父亲却叫我奇怪了。

王老师索性问起八石麦子的事。

"有这事。"田芳的父亲一口应承，"家家的女子都卖钱，家家的儿子订媳妇都花钱。我吃了人家的麦子，我不昧良心……"

王老师又讲道理，说那根本不是昧良心的事。我也就一手掏出四百元钱来："这是我们同学和老师的一点心意，目的只有一个，让田芳能安心读书，再甭逼她上轿了……"

老汉瞪大眼睛，瞅着我递到他眼前的一厚沓票子，愣住了。他显然没有料到我们的这个举动。愣了半天，忽然醒悟了似的，猛地伸出双手，把我的手推开，并且站了起来："这不能，这不能呀！"

"我们是为了田芳的前途……"我说。

"为了啥也不能失信！"老汉说。

"你要是不收，我们就——"王老师看看说服不下，就使出我们路上商量好的最后一着，"交给乡政府，由乡政府交给大张村那家人。当然，这样一来，媒人和你难免就不好看了。你知道，上次抢人，县上扣了大张村三个人，刚刚释放……"

"哎呀！"田芳的父亲颓然坐在门槛上，双手抱住头叹息。

王老师示意我把钱放下，我瞅瞅那张破烂的用麻绳扭着腿儿的小桌子，上面摆着盆盆罐罐，把钱放下了。

"我们走了。"王老师站起来说。

田芳的父亲抬起头，看见桌子上的那一摞钱，没有推辞，脸上露出愧疚不堪的神色，张开双手，挡住门："说啥也不能走……不吃饭了，再坐坐……"

我们又坐下了。

"唉，三位同事……"他摆摆头，一脸诚恳的又是慌愧的神色，"解放了，已往的礼性全部不合时了吗？"

王老师笑了："也不是这么说。你，一个贫农，翻身了，扎实种你的地，把日子往好里过，顾那么多臭礼性做啥？"

"解放了好！确实好！不拉兵了，不抽税了，官人不欺百姓了，确实好！可这新社会——"田芳的父亲现在显出一个老庄稼的天真来，说，"全都没大没小了么？男女不分了么？不顾脸面了么？"

王老师哈哈笑着，摇摇头。

"你看——"老汉举出例证来，"俺田家寨，有五个姓氏，田姓是主，其余是后来添进来的。人说，'歪胡家，捣秦家，恶鬼出在刘、李家，仁义礼智大田家'，而今，田家人也不讲礼义了！你看看，那些男男女女，这个离婚呀，那个自由呀！闹得全都乱了套……当然，咱连咱的女子也没管得住！"

"你为啥要管人家哩？"王老师笑着问，"人家年轻人，听啥不听啥，自己有主意了！你拿那些老封建思想管人家，肯定管不住！"

田芳的父亲叹息："咱们人老几辈儿没跟人胡说白道过，穷是穷，可没做下让人指脊背的事……"

"你把我压迫了一辈子！"田芳的母亲说，"而今孩子压不住了……才好！"

"你——"田芳的父亲红了脸，"我看我活不成了！"

"穷得叮当响，臭礼性倒多！"女人更加壮起胆子，"土改时，工作组分给咱一张桌子，两把椅子，他呢？晚上悄悄给人家送回去，让民兵抓住了，审了半夜，说他跟财主有勾搭，他只说……我不能白受不义之财……你们三位听听，这就是他的礼性！"

告别了田芳的父母，我们三人重新返回来。太阳升起在冬日灰蓝的天际，寒气消散了，道路上开始松冻，泥泞布满乡间大道。我们三人回味着刚才和田芳父亲的有趣的谈话，说着笑着，走到慢坡顶上。

眼前是渭河平原的壮丽的原野，坦坦荡荡，一望无际，一座座古代帝王、谋士、武将的大大小小的墓冢，散布在田地里，蒙着一层雪，他们长眠在地下宫殿里，少说也有千余年了，而他们创造的封建礼教却与他们宫廷里的污物一起排到宫墙外边来，渗进田地，渗进他的臣民的血液，一代一代传留下来，就造成了如我的父亲和田芳的父亲这样的礼义之民吗？

归来已觉不是家

接到父亲一封信，我才记起，离开家庭已经四五个月了，父亲关心我的学业，我的身体，问我是否恪守着"慎独"的嘱咐。父亲的很合规范的文言体书信，功夫独到的小草墨迹，把一个遥远的记忆勾回到我的心里来了。那么熟悉，却又那么陈旧。

班级之间的篮球比赛正在进行，我继续履行我的衣服架子的职责，父亲的信装在口袋里，赛场上激烈的竞争牵动着我的神经。有人在拉我的胳膊，我一回头，是田芳。什么事，等不到球赛结束吗？我实在不能从这紧要关头走开。她却拉着我的袖子，硬把我从人窝里拽出来。

"告诉你一件事。"她说，"县宣传部来人通知学校，让我们的《白毛女》歌剧下乡宣传演出。"

"真的吗？"我忙问。

"真的。"田芳说，"王老师刚才告诉我，让我叫你去，商量一下。"

"什么时候演出呢？"我问。

"寒假里。"田芳说，"马上要放假了。"

我和田芳找到王老师的房子，完全证实了这件事。这无疑是一件光荣的任务，王老师也很高兴，问我有什么困难。我说什么困难也没有，只是应该回一趟家，放假后就没有时间了。王老师批给我两天假，让我考试前赶回学校，下周就要期终考试了。

"你这次回去，你爸可能要认不出你了。"王老师笑着说，"你把老先生能吓一跳！"

田芳瞅着我，抿着嘴笑。我也笑了。

从王老师房子出来，我又朝操场走去，仍然惦记着速成二班的最后的胜输。田芳狠狠拽了我一把："那么球迷呀！我还有事儿跟你说。"

我只好站住。

"你把募捐时记下的花名单给我。"她说。

"要那做啥？"我问。

"有用。"

"干啥用？"

"你别管。"

"你不说清楚，我不给你。"

她无奈了，只好说："我要保存下来。待我毕业以后，有了工资收入，我要加倍给每一个募捐的同学偿还！"

"噢！这样——"我说，"这样……不好。"

"为什么不好？"田芳说，"我心里实在过意不去，很不安呀！"

"那样……起码在我，就伤心了！"我说。

"你伤什么心呢？"她问。

"我们募捐，完全是出于一种对封建婚姻的反抗。"我说，"那些外班的同学，有的根本和你连一句话也没说过，你也不认识他们，他们为啥自动捐款呢？你想想……"

"我明白。"她说，"即使这样，我也应该偿还。同学们的心意我明白……"

"当然，怎么处理这件事，由你决定。"我说，"不过，你千万别给我……偿还什么钱！"

"那……好吧！"她沉吟说，"你把那个名单给我，我要保存，比什么东西都珍贵了！"

"这倒好！"我说，"我抄出一份给你，我也保存一份。过多少年，看见这名单的时候，心里会是怎样呢？啊……这是几百颗心呀！"

"你说得多好！"田芳眼里浮出动人的泪光，声音低低的，抖颤着说，"比金子还贵重的心呀！"

从学校吃罢早饭就动身，回到东塬上的我的老家杨徐村的时候，暮云四合了。冬日天短，又是步行，八九十里路走回来，整整用了一天时光。我的心情很好，离家几近半年，家里会是一种什么样子呢？

我站在门口，门楼兀立在寒冷的暮色里，那令整个家族引以为自豪的"读耕传家"的门匾题字，有点孤寂，也有点过时黄历的冷漠。我走进院子里去了。

院子里发生了很多变化。我和我的媳妇住的那间厢房，传出牛粪和牛尿的混合气息，我一探头，就看见一头黄牛正在槽头嚼草舔料。走进上房，父母住的房子从中间隔开了，分成两间住屋了。父亲正在小小的南间屋的火炕上坐着，抽着烟，母亲在炕的另一头坐着。天气寒冷，人都坐在炕上了。

昏黄的煤油灯焰下，父亲伸着脑袋，辨认着我。我叫了他一声。他惊喜地从炕上下来，坐在椅子上，就从头到脚打量着我。母亲也溜下炕来，走出门去，从门外领着我的媳妇进来了。

"先生，你擦擦脸。"她把洗脸水放到我面前。

她还叫我先生，这是结婚以后她对我的称呼，而今我不是先生，是师范学校的学生了，她还那么叫，听来已经恍若隔世了。

"先生，你想用啥饭？"她在身后问。

"随便做点吃的。"我说，听见她又在问母亲，究竟该做什么饭。我的答复反倒使她为难了。母亲总算点出清汤细面的食谱，她轻轻走出屋子去了。我心里清楚，她的言语和行为举措，全是结婚后到我家里养成的。请人洗脸叫"擦脸"，洗手叫"净手"，吃饭也说成"用饭"，全是我父亲的家规。这些我过去司空见惯的东西，现在听来倒有一种好笑的味道了。

父亲在灯下伸着脖子，瞅着我的衣服，我这才想到，我从家里走出去时，穿的是一件蓝袍，小包袱里装着一件备换的蓝袍，头上戴的是礼帽。父亲现在是第一眼看见我穿着的列宁服和头上的八角帽子，就那么狠看。

"你把蓝袍换了？"父亲问。

"换了。"我心里有点忐忑，父亲会生气吗？"我是用蓝袍……改的这身衣服。"

"改了好！嗯，改了好！"父亲笑着点头说，"而今先生不兴穿袍子了。"

我的心里高兴了，父亲也在随着生活的变化而变化。我坐在炕边上，和父亲聊起家常。

在我离家的半年里，家庭分化瓦解了。父亲很伤心，说人心不古了，民风不朴了，连我的两位伯父也在家庭内部捣他的鬼。土改时，兄弟三人感激涕零地抱着我爷爷的神匣儿哭笑一场之后，看看再无什么风险，政府一股劲鼓励庄稼人发展生产，二位伯父把爷爷死时留下的遗嘱统忘记了，要买牛，要置地，要增盖房屋，再不听父亲的指挥了，把爷爷确立的我父亲的主事位置不当一回事了。争论时有发生，矛盾难以掩盖，终于分化瓦解了。

"鼠目寸光！"父亲简单地给我叙述完这种变故，不屑地说，"你大伯、二伯，全是鼠目寸光！"

我一时弄不清家庭里的谁是谁非，不好掺言，也觉得没有多少意思，既然过不下去，各家过各家的日月，也没有什么大不了的事。

"不管怎样，你该去给大伯、二伯问安。"父亲说，"家里分家归家里，你在外边读书，全当过去在一起过那个样子，该走的路要走到，该行的礼要行全，不要跟这些人一般见识。"

我点点头，就去看大伯。

大伯住在上房东边里屋，正在吃晚饭，放下筷子，忙让我坐。一句关于家庭矛盾的话也不提，只是夸赞我出息了，完全像个新社会的干部的模样了。

"这新社会真是好！"大伯说，"国民党的官人一进村，吓得百姓鸡飞狗跳墙，躲的躲了，跑的跑了，跑得丢了鞋子也不敢拾！而今共产党的干部一进村，老百姓一呼啦就围上了，胡拉乱谝，到饭时争着往屋里拉……我的天，那天正在碾子上说闲话，老杨同志顺手从我嘴里拔下烟袋，塞到嘴里就抽！你看看而今的公家干部多亲……"

我也很感动。解放初期，受惯了国民党官匪欺压的老百姓，对共产党干部的作风最敏感，谈论也最多，我虽已不惊奇，却仍然很感动。

"好好念书，日后好好干工作。"伯父说，"你能在外边干事，咱徐家人都光彩！"

我告别大伯父，又走进二伯父的屋门。

二伯父正在给牲口拌草，扔下搅草棍子，把我引到他住的厢房里："屋里地方窄，没处坐，你坐炕边上。"

"你走时咱是一家，回来变成三家了。"二伯父笑着。这样毫不掩饰地说出分家的现实，反倒使我觉得实在。他笑着说："天下水朝东流，弟兄们再好难到头。我看呢，分了也好，免得好多麻烦。谁有啥本事谁就成自家的精去！"

我与二伯的想法很接近，就笑着赞同他。

"二伯一辈子说话不会拐弯。"二伯直着脖子说，"你爸过去管家还管得住。而今管不住了，咋哩？新社会了嘛！他在家里想当家做主哩，人家公家干部大讲大唱男女平等哩！所以，过去你爸在屋里说话，没人不服，而今就不服了！惹得他自己也是一肚子气……我说分了好！"

"分了好！"我附和二伯说，"我爸那些管家的规矩，肯定行不通了，越往后越行不通。"

"对！大侄子，你跟二伯看了一步棋。"二伯说，"比方说，政府派干部到咱村，成天宣传说，要发展生产哩！你爸还是按照你爷爷在世时的主意，'房要小，地要少，养头老牛慢慢搞'。不合党的政策嘛！我也不满意。这不，刚一分家，我就买下一头好母牛，一年生一头牛犊，就是半个家当……"

二伯是个耿直的庄稼汉子，我一向很喜欢他，对他坦诚的说话也特别觉得实在。

"做梦也想不到的太平年月！"二伯父说，"不拉兵，不收税捐，一年交屁大一点公粮，庄稼人做梦也没敢想的好世道呀！大侄子，二伯说句结实话，而今谁再过不好日月，不光得不到邻里同情，反是要被人耻笑！咋哩？肯定是懒家伙！"

我被他的憨气逗笑了。弟弟过来叫我吃饭。

我回到父亲住的上房里屋，坐下吃饭，一碗清汤细面，十分可口。吃罢饭，我向父亲汇报了师范学校的学习情况。父亲也不显出惊奇，他大约对新社会的诸多变化已经习以为常了。他淡淡地说："人家新学堂那样教，你就那样学吧！反正，不管新学堂老学堂，总而言之一句话，还是韩愈说的，'传道授业解惑也！'当学生，求学问，还是要记住'业精于勤荒于嬉，行成于思毁于随。'这话，新学堂不至于反对吧？"

"学校里提倡努力学习，老师抓得很紧。"我说，"我们的学习还是很紧张的。"

"紧张了好。"父亲说，"要成学问，不刻苦不行。"

我问他分家后，忙得过来忙不过来。

"屋里的事都有我撑着，你弟也行了。"父亲说，"你专心念你的书。记住，要处处留心，别胡乱张狂！"

我的心一震。我在学校的生活状况，父亲显然还不了解，还在给我打预防针。

"村子里有些人好张狂！"父亲鄙夷地说，"一个大字不识，满世界跑来跑去开会！有几个年轻女人，黑天半夜跑着开会，张狂得要上天了！前日听说，那个杨发奎入党了！那么一个二杆子货，共产党居然看中那号人……"

我的心里潜入一股冷气。父亲看不惯的人和想不通的事，我却在师范学校也是有过之而无不及。他对于那些满世界跑着去开会的男人和女人的非难，令我反感。我听不顺他对这些人的讥刺，就劝他说："农民刚刚翻了身，高兴……你可是别给人家泼冷水，别说风凉话儿……"

"我说他干什么？"父亲不屑地说，"我只看着这些人张狂，啥也不说！你——"父亲瞅着我，"在学校里，要慎行慎言！我看到村里这些人的疯张劲儿，才提示你……甭张狂！"

我低头喝水，避开了父亲的逼人的眼光。

"我给你写的那张'慎独'的字，还记着没？"

"记着。"

"你去歇息。"父亲说。

我走向自己的住屋。原来的厢房变成牛圈了，我的住屋迁到和父亲一墙之隔的上房西屋的北间。

"先生，你喝茶。"我的媳妇说。

"我自己倒。"我说。

"先生，你洗脚。"

"我自己一会儿再洗。"

我坐下，还是接住她倒下的茶水。她坐在炕边上，又捞起鞋底儿，并不看我。我坐在椅子上，一时也没说话。我忽然想抽一支烟，尽管我从来没有尝过烟味儿，现在却很想抽一支烟。我对她说："你以后不要叫我先生了。"

"那……"她抬起头，旋又低下，"叫什么呢？"

"叫我名字。"我说。

"那像啥话？"她慌然说。

"早就不兴叫先生了！"我说。

"我在屋里叫。"她说。

我不再坚持了，她对我的过分尊敬，甚至带着根深蒂固的畏怯，使我很难受。她自愧貌丑，又没有文化，那种卑怯的眼光使我浑身都不自在。我忽然想到田芳，那手按琴键给我一句一句纠正唱音的姿态，那在师范学校礼堂里唱《翻身歌》的动人情景……一个念头在我脑子里像一道电光闪耀了一下，匆匆消失了，我自己也被震住了：如果我提出和她离婚，她会怎么样？我的父亲会怎么样？这个家庭会怎么样呢？

第二天，我就离开了，而且心情是那样急切，渴求立即回到那个温暖的集体之中去。

六十年里的二十天

短短的二十天寒假里，按照县宣传部安排得满满的演出顺序和路线，我们在乡下演出歌剧《白毛女》。我记忆最深的一件事，是第一场演出，我就挨了一砖头。

那个村子叫歇驾村。传说唐朝一位皇帝打猎跑到这里，人困马乏，在此作过一段休息，进了午餐之后，就奔马追猎到终南山下去了。现在，歇驾村变成薛家村了，其实村子里连一家姓薛的人家也没有。

薛家村住着一位县委的副书记，在那儿搞互助合作的试点工作，群众觉悟高，各项工作都是县上的一面红旗，第一场演出搁在薛家村，是理所当然的。在县委副书记的眼皮下，在这样先进的村子演出第一场，我们演出时的心情是不难想象的，认真极了。

薛家村是个大村，又是一个行政村里的中心自然村。村中间有个年久历深的老戏楼，台下坐着或站着黑压压一片人，临近的房顶上，矮墙上，树杈上，全都趴着观众，这样大的场面，我心里真有点怯场。

整个演出还是顺利的，群众秩序也很好，百十名民兵在维持着哩！事情出在《娘娘庙》那场戏里。当我（黄世仁）和狗腿子穆仁智到娘娘庙里避雨，遇见白毛女，被白毛女追打时，台下骚动起来了，像雷一样滚动着"打！打！"的吼声。我已忘记了自己是徐慎行，我像黄世仁一样胆战心惊，假戏真作了。当我逃到台角时，我听到一声怒吼："打这狗日的！"随之，我的腿上就挨了重重的一击，跌倒了。

事态很快被民兵控制住了。我必须立即爬起来再逃，不然就给白毛女抓住了，抓住了就不好办了，剧情无法往下发展了。我看了一眼脚下的半截砖头，却没有站起来，慌急中，我用手爬着，逃进后台去了。

演出结束后，县委副书记在台上和我们一一握手，他对我说："你挨了一砖头，说明你演得像。这一砖头，是群众对你的最高奖赏！"他的生硬的陕北口音，使我觉得亲切极了。

短短的接见之后，那些给我们管饭的社员已经拥在台前，争着领我们去吃饭，田芳被几个姑娘拉拉扯扯，争着往她们的屋里拉，发生争执了。我是一个恶霸的扮演者，自然不会是受欢迎的角色。这时间，一个小伙子挤上前，问："谁个刚才演黄世仁来？"我一应声，他拖住我的胳膊就走。

黑暗里，我跟他走过陌生的村巷，进入一个小小的独间住屋，只有他的母亲在座。我刚一落座，老人要我把腿伸出来，在一只粗碗里倒下白酒，用火点燃，敏捷地在碗里蘸上燃烧着的酒液，在我的伤口上擦洗。她的指头上带着蓝色的火苗，一下子捂到我的挨过砖头的青疤上，灼烫得我龇牙咧嘴。

"我……"小伙子很难受地说，"我实在忍不住了……扔了一砖头！"

哦呀！原来打我的竟是他！

"你打得好！"我拍拍他的背，"这是给我的最高奖赏！"

他不好意思地笑了，就给我端上饭来。

鸡蛋臊子面，我吃得好香，也确实饿了。

母子二人看着我吃饭，说给我一个令人流泪的伤心事。他的姐姐，给村里一家财东的二少爷糟践了，跳了井了！他的父亲一气之下，卧炕不起，年底也去了……他把戏台上的我当成残害得他家破人亡的薛家村的恶霸打哩！

田芳来了。

蓝袍先生

她看我的伤，用手轻轻按按，问我要不要到邻近的镇卫生所去看大夫，我说大娘已经给我治过了。她不知道这儿刚刚讲述过一个悲惨的往事，随口问："大婶，屋里就你娘儿俩？"

"噢！"大娘应着。

"你媳妇呢？到娘家去了？"田芳问。

"还没哩……"小伙子红着脸说。

"你怎么还不给人家娶媳妇？"田芳笑着说，嗔怪的模样，"你真性凉呀！"

"正……自由哩！"大娘瞅一眼儿子，"我说他，你自由也自由快一点！慢格腾腾的，还不如老早时包办来得快……"

他羞怯地低下头，我和田芳都忍不住大笑了。屋子里洋溢着喜悦的气氛，我的心头十分轻松，田芳坐在哪儿，哪儿就特别欢乐。

"让我看看你的对象，行不行？"田芳问。

小伙子嘿嘿笑着说："俺妈乱说的……"

大娘却抿不住嘴了："刚才跟我在屋做饭，这面……就是人家闺女擀下的……"

"好哇，慎行，你真有福！"田芳冲我笑着，"你吃了那位新人的面条了，肯定香吧？我来晚了……哈哈哈！"

告别了那母子二人，我和田芳往回走。

街巷里很黑，看不见路面，坑坑洼洼的村巷里的道路，夜间走起来，低一脚高一脚，垫得我挨过砖头的腿一阵阵疼痛。我小心翼翼地迈着脚，她走在我的旁边，很自然地用手搀住了我的胳膊。

我没有拒绝，倒希望这段通到我的住处的路更长点，好让那只温柔的手多搀扶我一会儿。我反倒不想说话了，静静地走着。她也没有说话，扶着我的左臂的手抓得更紧了。

她被什么东西磕绊了一下，往前一跪，险乎跌倒，抓着我的手，把我也拽得踉跄两步，黑暗中踩到一块石头上，垫得我的腿伤钻心似的疼痛，疼得我"哦哟"一声，弯下腰去，半天站不起来。

她轻轻地惊叹一声，双手扶住我的胳膊，把我扶起来，就把我的胳膊架到她的肩膀上，另一只手搂着我的腰，几乎背着我往前走。我的腿伤不痛了，却舍不得让她松开手。我感觉到她的腰部的体温了，温馨的气息扑到我的耳根。我的心在胸膛里狂跳，浑身热烘烘的，脚下乱踩乱踏，也不知道疼痛了。我有一种莫名其妙的想法，如果就这样互相抱扶着走向断头台，我会从容得连一丝痛苦都没有。

我抬起左手，大胆地搂住了她的腰。她似乎轻微地战栗了一下，没有说话。我感到呼吸不畅，心要跳出喉咙来了。我猛然折过身，把她搂住了，在我的嘴唇碰到她的嘴唇的时候，我几乎昏厥过去……

我躺在炕上，无法入睡，身下是房主人烧得热乎乎的火炕，同炕挤着的几位演员已经拉起鼾声，油灯下，可以看见鼻尖上沁出的细密的汗珠。我吹熄灯盏上的昏黄的煤油焰火，躺在被窝里，心还在咚咚咚地狂跳。这就是爱情吗？这样的爱情产生的心火，简直要把我熔化了。

我的父亲按照他的家规和独创的理论，给我娶回来的那位媳妇，即使新婚之夜，我们连一句话也没有说，各人抱着各人的胳膊睡到天明，我连一丝"邪念"也没有产生。

有一个倾心的人儿，怎么可能荒废学业呢？怎么可能都变成沉溺于淫乐而失丢江山的商纣王或唐明皇呢？我现在不仅觉得父亲的理论荒谬无稽，简直令人可笑，令人憎恶了！我翻身坐起来，点着了油灯。

我穿着衬衣衬裤，也不觉得冷了，跳到炕下，打开那只小提箱，翻出那张临行时父亲写给我的嘱咐。

慎独！

看见这两个字，我的心里紧缩了一下，昏暗的灯光里，似乎隐现出父亲的严峻的脸色。我最后看了一眼，就把那张书页大小的又细又薄的宣纸提起来，在灯火上点着了。

"折腾啥呀！还不睡——"同炕的王友民咕哝了一句。

"咒符！"我说，"咒符！"

他翻了个身，又呼呼睡去了。王友民早已离婚了，正在跟饰演大嫂的郑王莲恋爱，早已谈妥了，只等两年期满，就去领结婚证。他万事如意，睡得好香。

我看看脚下，那张烧过的宣纸变成一团黑色的纸灰，在地上滚动，滚动，碎了。我的心里松解了，束缚我的心的最后一道咒符粉碎了。

我没有心思入睡，就着煤油灯的灯光，我打开日记本，记下了这个终生难忘的日子。一个结过几年婚的人，爱情却刚刚苏醒……

我翻翻日记，查到了我寄出离婚申请的日子，正好十天了。从家里返回学校的路上，我就在八九个钟头的步行中思索着这件事，而终于下了决心了。回到学校的当天晚上，我就写下了离婚申诉，第二天就从山门镇的邮政代办所发出去，寄给县法院了。我已经得知，法院接到的此类民事案子堆积如山，最快

蓝袍先生

也得两个月以后才能传审，那时候该是第二年春天了。

可怜的媳妇！我再也憋不住，心里唉叹着，要恨，你恨我爸去！要骂，你也该骂他！他不仅苦害了你，也苦害了我！他把你和我塞进一间屋子，就完事了！如果不解放，我和你就糊里糊涂过一辈子了！解放了，兴得自由了，我的心箍不住了，我要是不享受自由的权利，就亏负了这个梦想不到的解放了！但愿你……也能找个可心的男人，俩人都好……

第二天，我们到史家坪去演出。演出结束后，我和田芳走到村后的小山坡前来了，这是我和她头一次有意的约会，而且是她约我来的。

我挨着她的肩膀坐下，搂住她的肩头。

她挣脱我的手："我给你……看样东西。"

她打开手电，从口袋里取出一沓折叠着的格子纸，写满密密麻麻的钢笔字。她只露出末尾一页的名字。我一看，是工工整整的刘建国的三个字，心里一惊，忙问："这是什么？"

"他给我写的信。"田芳沉静地说，"这是第五次了！"

"你……怎么办？"我急忙问。

"你还用问吗？"她瞅我一眼，从口袋里掏出一匣火柴来，划着了。

刘建国的信在燃烧。

我的心也在燃烧。

我高兴得像狂了一样，抱住田芳，我能听见自己的心跳的声音，也听见了她的心跳的声音。我的手叉进她的松软的头发，比丝绸还要柔软的头发。她静静地伏在我的胸前，闭着眼睛，两只胳膊像铁箍一样搂着我的脖子，我才知道这个爱着我的人的手臂，这样有劲。

在这个县所辖属的广阔的平原上和深深的秦岭大山里，都留下我们速成二班演出队员的脚印。每一个演出点的村子里，平原上的大路边，山区的小溪旁，也都留下了我和田芳的亲吻和偎依。压抑得愈久愈重的心，一旦获得自由，就以加倍强烈的热情迸发出来。有几次，我吻过她的脖子上，留下了瘀血的痕，整得她给脖子上围上一条毛巾，遮掩过去，她却并不责怪我吻得太狠，照样把脸颊、脖颈和我偎贴在一起……

二十天寒假的巡回演出，太短暂了。春节也是在陌生乡村的演出中度过的，我也不觉得有什么遗憾，这是我一生中最愉快的时期。当然，你只有了解了我的后来的不幸，才会觉得这二十天时间，事实上是我一生六十年生活中活得真正像个人的二十天！

新中国70年优秀文学作品文库

中篇小说卷

父与子

阴历四月，中午的太阳已经很有力量，我和同学们围蹲在食堂外的浓荫下吃饭，父亲来了。

他站在院子里的阳光下，四下里瞅着，我看见了，连忙跑上前。我要给他打饭，他坚决不要。我引他到宿舍里去歇息，喝水，他也不去，他要我跟他到山门镇上去。

我跟他走出校门，在山门镇的青石铺成的街道上走着，我发现他苍老了，大约刚交五十，鬓发全白了，从见面到进小镇的一家茶棚，他没有露出一丝笑颜。我的心里乱猜测着，出了什么事呢？

叫了一壶茶，他喝了一口，放下茶盅，也不看我，也不说话，直到一壶茶喝完，站起身又走。我问他要到哪里去，他说走走看吧！

走出街道，在小河边的一棵柳树下，父亲站住了脚，从肩上取下布褡裢，放在地上。我也在他旁边坐下来。

"我今日来，只问你一句话。"父亲说。

我没有话说，期待着。

"你要离婚？"父亲直接问。

"嗯。"我觉得没有必要隐瞒，同时又奇怪，法院还没有传禀我，父亲怎么知道了呢？

"不离行不行？"父亲冷静地问。

"爸，你听我说……"我想给他摊开思想。

"不，其他闲话可以不说。"父亲说，"我只要你说声'行'或'不行'。"

"不行。"我只好也直言相告。

"那好！"父亲伸手从口袋里摸出一把剃头刀，拉开锋利的刀刃，"你先收了我的尸首，办了白事，再去离婚，再去办红事！"说罢，就抬起了握着刀柄的手。

我大惊失色，一把抓住父亲捏刀的手，吓得魂飞魄散，连忙说："爸！有话好说……"

他依然不动声色，冷声静气地问："没有多余的话好说！你只说'离'或'不离'！"

"不……离……"我无所选择了。

"不离的话，你跟我到县法院去。"他说。

"做啥？"我问。

"撤回你的状子！"父亲说。

"我不离婚就算了，撤不撤没关系！"我说，"或者改日我写信去，销了案就完了。"

"不！"父亲说，"我要亲眼看着你把状子撤下来，交给我，我好存着。待我死的时候，好做蒙脸纸啊……"

父亲已经"哇"的一声哭了。这是我平生头一次看见父亲的哭。他哭了三声，突然收住，用手帕擦擦脸和眼，从地上背起褡裢，又恢复了素有的冷静，说："走！"已经扯开步子走了。

如果近旁有一口水井，我可能会一扑跳下去！我的脑子里嘣嘣乱响，是绷紧的神经折裂的声音。我想到了田芳，我的心爱的人儿，我不能跳井，也不能一气之下撞死在身旁的柳树上，下来再说下一步吧！我硬着头皮，费了多大劲儿，才跨开了这屈辱的一步。

"咱们父子今日也许是最后一次见面。"父亲说，"我也不是小娃娃，我知道，今日撤回状子，明日你还会再寄，我今日给你把话说透彻，日后不管何年何月何日，一旦我在家接到法院的传票，就是我的丧期死日。我好坏是个懂点文墨的老朽，说这不是吓唬你！"

我的心沉到冰窖里去了。

他说，昨天晌午，县法院两位办案人员到家里调查时，他都要气疯了。等那俩干部一走，他给褡裢里悄悄装进一把剃头刀，就上路了，走了半天一夜，找到学校，本没打算再回去。他说我的离婚案件，把徐家几辈人积下的阴德全给羞辱了，他再没脸在杨徐村见人了！

我信父亲的话不是吓我，他是注重面子的，讲究礼义的，我提出的离婚的事，对他无异于晴天霹雳。我说服不了他，他也觉得无法再说转我，于是就只有拿出剃头刀子来。

我和父亲都搞错了，法院里欢迎自行销案，却不发还诉状，要存档的。父亲看着人家注销了案子，才咂着舌头走出门，他想死时做蒙脸的纸是得不到了。

回到学校，已经放晚学了。

田芳一眼就看出我的神色不好。晚饭后，我和她顺着小河弯曲的河岸散步。夕阳涂金，河岸边齐膝高的麦苗，绿茸的稻秧，叶儿上闪着晚霞的金光，散落在麦田里的桃树，毛桃儿结得蒜瓣儿似的，招人喜欢，我的心里却泛不起诗意来。

"老人来，出了什么事呀？"她着急了，"你说呀！我也好帮你出个主意。"

我说不出口。

"你觉得不好说的事，就不要说了。"她很贤明地说，"我只是劝你一句，无论什么事，都想得开一点，不要愁眉愁眼的。新社会了，还能有多大的事呢？"

她显然没有料到我的困难的严重性。这种局面，迟早要让她知道，再为难也不能不说清楚。我终于向她叙说了今天父亲来的举动。

"哈呀！这么点事，就压得你抬不起头来了？"她撇撇嘴笑笑，嘴角荡出一缕不在乎的神气说，"老封建家长都是这一套办法！我要跟大张村解除婚约，我爸把铡刀提起来，先往我脖子上砍，我跑了。他又砍自个儿，我妈一拉，他就扔下了，谁也没砍！全是这一套……"

"我的父亲，跟一般庄稼人不一样。"我向她说明我父亲的心性和脾气，"那可不是吓人的。"

"动真格的也甭怕！"田芳说，"慢慢来。没有斗争，就没有自由。我来上学时，俺爸就是挡道。他料定我一上学，订下的婚事就毕咧。我跑到我姑家，要了一床被子，就上学来了。现在，我上学了，和大张村的包办婚姻也解决了。要是我无论在哪个节口上一退让，我就被大张村圈住了。"

"我爸的思想，特顽固！"我说，"我没见过他那样顽固的人。"

"慢慢来。"田芳说，"再顽固的人，经得多了，见得广了，会慢慢开窍的。"

"我想毕业以后，咱们就结婚。"我说，"我是一天……也离不得你……"

"你给我念过一句古诗，意思说只要两人心心相印，在不在一块，没啥关系。"她盯着我的眼睛说，"那句诗怎么说？"

"两情若是久长时，又岂在朝朝暮暮。"我说了一遍，似乎觉得憋闷的心里透出一点松活的缝隙来，"我……像一只关在笼子里的鸟儿，好容易飞到蓝天上去了，哪怕被雷电击死在空中，也不会自己重新钻进笼子去！"

"那你愁什么呢？"

"我只怕离开你。毕业后……"

"毕业了，分配了，都在本县，见面有多难呢？"

"我想天天见到你，永不分离！"

"你又来了……又岂在朝朝暮暮！"

……

父亲接连着写来三封信，要我回家，而且要我至少每个月回一次家。我不能忍受了，我找到舅家，向我舅舅说明了原委，我已经向他做出了让步，如果他对我逼得太紧，我也可能拿起剃头刀子的；他的下一封逼我的信，可能就是我的蒙脸纸；他把我逼死了，那个媳妇也就不会在徐家门楼待下去了；把我逼死了，他可能在杨徐村更不好活人了！

舅舅是个胆小人，怕真的酿出人命来，劝了我，又立即跑到杨徐村去找我爸我妈，把我的话传过去……果然有效，父亲再没有来信催逼我回家。

僵局就这样保持着，谁也不退让，也不进攻。任何一方的进攻或退让都可能打破僵局，但谁也没有这样的表示。我相信我会撑到底的，甚至用年龄的优势来等待对方——父亲。一直到我在师范学校修业期满，甚至在我工作了二年的时间，这种僵局一直维持不动。

毕业离校的前一晚，我和田芳难分难离。我们坐在山门镇旁边的小河边的一棵大柳树下，有多少话要说呀，临了却什么也不想说，啰嗦的嘱咐显得毫无必要，彼此完全已经心知了。一切最动人的语言都显得那么不精确，也缺乏力量，都不足以确切地表述我的依恋之情，一切依恋之情都融化在无声的信任之中了。初恋时的心的探询，如山瀑一样迸发的热烈的倾慕的话，颤抖着的感情的波浪，全都归于一种生死相依的明彻的无言状态里。她依偎着我，我偎依着她，亲吻是深沉而强烈的，却不像初恋时那么疯狂和如痴如呆，心的交流要比语言的交流准确得多。

我们挽着手，在河边的沙滩上漫无目地走着；在沙滩的草地上坐下来，仰望星空，倾听河水在夜间发出的清脆的响声，感受大地在夜幕笼罩下的均匀迷人的呼吸……直到黎明的晨曦照亮秦岭群峰当中最高的那座峰巅的时候，我把一条精心写就的纸签送给她，那上面写着她喜欢的一句古词：两情若是久长时，又岂在朝朝暮暮。她送给我的，也是那一句古词，而且是用绿色的丝线绣扎在一块白布上的。那块白布中间，两颗重叠在一起的心的图饰，用的是红色的丝线扎成的。

有这样一件信物揣在我的怀里，父亲怎么能撑持得过我呢？

我没有料到，生活急骤发展的浪潮，一下子把我冲得丧魂落魄，完全陷入灭顶之灾……父亲竟然胜利了！

惶惑

我成了右派。

详细告诉你我怎么当了右派的细枝末梢意思不大。不过，于今想起来我只觉得我当时太傻了！

仅仅只是因为一句话，我说了校长一句"好大喜功"的话，却付出了二十多年的代价——生命的代价呀！

我真是太傻了！那年暑假，县里把小学教师集中在县一中里"鸣放"时，当时报纸上已经对右派进行反击了，我是抱着反击右派的决心去参战的，结果自己被弄成了右派。

我们学校新提拔的校长，就是我在师范进修时的同班同学刘建国，我俩一同分配到县西的牛王砭小学，他在速成二班当班长时，已经是学校里为数不多的几个学生党员之一。毕业后工作了一年就转正为正式党员了，第二年就提拔为牛王砭小学的校长。他鼓励我要大鸣大放，要起带头作用。我很信任他，不仅因为他是我的老同学，重要的是他是我的入党介绍人。我经他介绍，已经获得通过，正在预备期经受考验，他的话我是完全信赖不惑的。我除了猛烈地反击储安平对新社会的污蔑之外，对改进我们学校的工作也鸣放了一些意见，说校长刘建国有些好大喜功的话，就是那些意见中最尖锐的一条，祸就从此惹下了。

我现在也搞不清这是不是刘建国对我设下的圈套？他当时鼓励我"鸣放"是十分真诚的，说我们不仅是老同学，而且是在同一个岗位上战斗，应该把珍贵的礼物——意见，直言不讳地讲出来，帮助他改进牛王砭小学的领导工作，这不仅是老同学的关系，而且是对我的重要考验。我信下了。我和他在速成二班进修时，同学们对他在政治上的坚定，工作上的积极表现，没有不佩服的，只是有点好大喜功，这影响了他在同学中的威信。到牛王砭小学工作以后，尤其是在他当了校长以后的半年中，教师们私下的议论就很明显了，主要还是这一点毛病。我曾经不止一次在和他的闲聊中给他提示过，他也不反感。可是，当我在"鸣放"大会上正式当作一条意见讲出来以后，居然变成了"攻击党的领导"！

刘建国找我谈话，说他冒着风险替我辩解，领导小组才将我定为"中右"，要是搁在其他人身上，有十个我就会定成十个"极右"了。我没有被发落到农场去劳改，而是仍回原单位接受监督改造。

我重新回到牛王砭小学的时候，这所我十分喜欢的小学对我来说变得陌生了。我的预备党员被取消了。我也不能再任高年级毕业班的班主任，而是代一些"地理""自然常识"之类的副课。没有多久，任何课也不能带了，让我打铃，烧开水，扫院子，完全变成工友了。

世界上的许多事，都是第一次留给人的印象最深刻，三五次以至数年累月以后，就习以为常了。我第一次牵着麻绳撞击吊在学校院中那棵槐树上的铜铃的时候，看着一个个男女教师走出办公室，端着教案和粉笔盒走向教室的时候，我想应该立即去自杀！当工友还有一件重要职责，每天给校长和教务主任送三次开水，教员们的开水是自己到开水房里去打。我第一次给校长刘建国送开水的时候，提着水壶，站在门外，又想到了自杀！我硬着头皮推开门，他从办公桌上拧过头来，也有点不好意思，慌忙站起，接住我的水壶，说："我的水……你甭送了！"我的心里感到一种被知的委屈，真想痛哭一场。当我再送去开水的时候，我也自然了，他也自然了，随后就一切都习以为常了，甚至我推开门，放下水壶，直到走出门，他连头都不抬起来。

小学校设备简陋，没有餐厅。我打过吃饭的铃声，教员们就到小灶房里买了饭，围成一个圆圈，蹲在院子里吃饭。这个时候，是学校里教师们之间最活跃的时刻，一边吃一边聊，尽是各班学生中的洋相和趣闻。我没有勇气再和大家蹲到一起去度过这轻松愉快的时刻，我总是等那些熟悉的说笑的声音消失以后，才拉开门，端上碗，到小灶房里去吃最后一份饭，好在炊事员杨师傅总不会忘记我。当我端着已经不那么热乎的饭菜走回自己的住屋的时候，我又想到了应该自杀！

我能得到的唯一安慰，是田芳留给我的那件信物。我晚上打过熄灯铃之后，躺在我的小住房里，趴在枕头上，就摸出那个绣扎着那句动人心魄的古词的白布，眼泪就涌流出来，滴在那两颗重叠着偎依着的心的图案上。

我们最后一次见面，是在县一中的"鸣放"会期间，那是我们毕业以后的又一次难得相聚的机会。后来，当我被宣布为"中右"时，她的惊恐并不在我之下。那天晚上，我被监护着，无法与她相会。我想立即向她诉叙这一切变化的由来，心情十分迫切，却不能单独自由来去了。直到"鸣放"会结束那天，她来到我们小组住宿的地方，帮助我捆被子，却不说话，我看见一滴一滴的泪水滴在捆扎被子的白色线绳上。捆完之后，我没有勇气看她一眼，低着头，懊丧地等待她开口。她没有告别，就走了，当我抬起头来，只看见她闪出门口时的一个背影。

当我回到学校，打开被子，发现有一张小纸条：

我真想打你……你太叫人想不到了！
我永远等你！

我真希望她抽打我，不是用手，而是用皮绳或者木棍，狠狠地抽打我，我在这亲人的抽打中才能得到一点负罪的解脱。

我天不明就爬起来扫地，而且尽量不扫出声响，以免惊醒正在酣睡的教师。我一天不是三次而是不计次数地给主任和校长打水，接着给所有教师都送水到房间。我打扫了院子，又自动去打扫厕所，教员厕所和学生厕所。我拣来好多烂砖头，把小灶房和走道之间的泥路铺接起来，使教师们下雨天来打饭时不踩泥水。我烧完开水，就拣尚未烧尽的煤渣儿，节约开支。我帮炊事员杨师傅洗菜，刷锅。总之，从天不明爬起来到打过熄灯就寝的铃声，我不使自己有一刻钟的闲歇时间。我想向全校一切人，校长，教导主任，男女教员，学生以及炊事员，用我的不懈的努力，证明我改造的诚心。我的老同学刘校长给我谈过，要认真改造，争取重新做人，我要用诚恳的行为，赎回我的原罪。我渴望重新作为一个人的心情越强烈，我表现出来的改造的心意就越诚恳。我甚至觉得这个六七百名师生的学校里的杂务太少了，不够我表现。

过了一年，没有人找我谈一谈我改造得怎样了！我有点急，又不敢流露出来。这天，刘建国把我叫到他的房子，对我说：

"你这一年的表现不错，同志们反映好。"

我的心扑扑直跳，做人的出头之日到来了吗？我按捺不住激动的心情，向他做出一个感激涕零的笑，却说不出话来。

"你的行动表现了你的决心。"刘建国说，"可你心里怎么想的呢？你应该向党表示一下。"

我的心又慌乱了，行动和内心难道不一致吗？我忙说："什么时候表决心呢？"

我知道，这个时候，社会上已掀起一个"向党交红心"的运动，学校里早已刷上大红标语了。教师们每天下午开会，向党交心，我没有资格参加会议，只是埋头杂务。刘建国校长让我向党交心，我终于有了一个向全体教师剖白自己的机会。我一夜没有睡好觉，把那个发言稿看了一遍又一遍。我一定要把自己的错误思想深刻地自我批判，争取早日拿起象征着人的标志的教案本来。

第二天下午，当我把自己狠狠地批了一通，狠得我痛哭起来的时候，我觉得我的确轻松了一下。紧接着是大家的评议，第一个人的发言之后，我就没有眼泪可流了，随之而起的争先恐后的发言，一个比一个激烈。没有一个人提及我做了许多不属于我做的事。没有一个人说我表现过哪怕是一分的改造的诚意，而是对我说过的那句反党言论——好大喜功的话，重新进行批判，甚至比"鸣放"会上定我"中右"时的气氛还要严厉，火力还要猛烈。有人在分析我的反动言论的根源时，说我本身就是一个不纯洁分子，生活作风有问题……

我彻底垮台了。我回到自己的小房子里，一头就栽倒了。我又犯了一个错误，把自己的罪行看得太轻松了，尤其是把时间的概念完全弄错了。想重新做人，远得看不到头哩！我浑身没有一丝儿劲了。人的绝望，就产生于这种迷茫之中。我坚决自杀！

打过熄灯铃儿，我插了门，第一件事就是给田芳写信。我拔开毛笔帽儿，在红格白纸上写下一个"芳"字的时候，眼泪就糊住了眼睛。我听见敲门声，慌忙收拾了纸笔，拉开门扣儿，门外站着刘建国校长。

这是他第一次走进我的"工友室"，坐在一只椅子上，很关切地问："思想压力很大吧？"

我抬起头，看见他很诚恳的关切人的脸色，不过，我觉得实际上已经没有压力了。当我一心想通过无休止的劳作来争得重新做人的权利的时候，我的心头压力很沉重；当我从"交红心"会上走回小房子，觉得永远也难得出头之日的时候，就绝望了；绝望了，反倒没有压力了。我苦笑一下，垂下头。

"同志们的分析，不是完全合乎实际。"刘建国说，"关键是你应该有一个正确态度，有则改之，无则加勉。"

我没有抬起头，又苦笑一下，我该怎样做到"无则加勉"这样纯正的心理修养的境界呢？我现在希望他走开，不要跟我谈话。我要处理我急切处理的事，给田芳写信。我应酬说："我明白。"

"明白了就好，你明天继续'向党交红心'。"他说。

"还……"我猛然扬起头，还没完呀？我只说这就完了，明天还要……我说，"我今天讲了我心里话，明天还讲什么呢？我把自己心里的话都交出来了……"

"同志们不满意啊！意见很大咧！"他用一种假借的口吻说，"比如你的婚姻问题，好多人议论纷纷，你……"

"这与我的罪有啥相干呢？"我打断他的话，"我是包办婚姻，婚姻法上规定过的不合理婚姻。我在师范进修时，你完全了解情况，你当时也支持我离婚……"

"情况在不断地发展变化嘛！"刘建国说，"同志们现在认为你不仅政治上反动，生活作风也有问题，看来任何事情都不是孤立的。生活作风的腐化，必然导致政治上的……你应该在明天'交红心'时，深刻地挖一挖思想根子……"

"怎么能说成生活作风腐化呢？"我说，"田芳，我和她的关系好，可俺们没有……越轨的行为。再说，田芳也是贫农的女儿，她怎么会将我腐化了！我搞不清了。"

"你不了解她。"刘建国说，"这个人，有很多优点，也比较轻浮。她向我……我拒绝了！后来，在她入团时，我到她们村里去了解情况，党支部介绍说，她爸旧社会在西安混荡，收拾下一个没来历的女人，有人说是……窑子！"

我的天啊！田芳的母亲有人说是窑子，田芳被刘建国看成了轻浮的女子，于是就将我腐化成反党的右派了！难道就是要我明天在"交红心"会上这样去揭根子吗？我忽然记起，田芳当着我的面，焚烧刘建国的第五封求爱信的情景，谁更可靠呢？

刘建国走了以后，我再次插上门，掀开墨盒，拿起毛笔。坚决割断和田芳的关系，越早越快越好。我无出头之日的指望，田芳不能真的等我一辈子。我知道，任何劝解她的道理都无济于事，只会招来她对我的更深的依恋。必须找到最狠毒的恶言秽语，骂她一个狗血喷头，才能遏止她朝我跳动的心。我找不出这样一个词来，我想给她安一个不好的毛病也找不到。我忽然想到刘建国刚才的话，只有他才能想到的话，此刻帮了我的忙，我咬着牙，大约把嘴唇都咬破了，血滴在信纸上，却没有感觉到疼痛，信纸上留下一行罪恶的墨迹：

你妈是个窑姐，你把资产阶级思想传给我，将我腐化了……

第二天，在又一次"交红心"会上，我只是机械地重复着一句话："我没有红心。我是颗黑心，反党的狼心狗肺，请大家批判……"我成了一截没有知觉的木桩，任凭四方的污言秽语朝我脸上泼来，而心不惊了。

这天晚上，我用一条捆书的细绳合了几股，使它可以负起我的重量，挂上了房梁，在我把头伸进去的时候，心里竟是安详的。当田芳接到我的信时，也许同时就听到了我的死讯，她会憎恨我；憎恨我，比恋着我好；于她也好。

我没有死，当我恢复知觉时，才知道把我从另一个世界拉回这一个世界的人，竟然又是刘建国。他是一个细心的人，成熟的人，早已看出我"神色反常"，悄悄地防着我了。我不想感激这位救命恩人，倒憎恶他了。

死讯惊动了几十里外的父亲，他惊慌失措地赶到牛王砭小学里来了，一来，先抽了我两个耳光……

这下该信我的话了

父亲推开门，在门口站住了。

我正坐在桌前，抬起头，看见父亲苍白的鬓发，惊急气恨的眼色，就慌忙站起来，去找椅子。我的房子，变成学校的小库房了。办公桌上堆满一摞摞教案本和剩下的课本，垒着粉笔盒子，墙角堆着一捆稻黍笤帚和葛藤编成的簸箕，地上放着两只木箱，装着篮球，杠铃，跳绳一类体育用具。那把椅子上，也搁着前几天刚购置回来的羽毛球拍和跳棋盒儿。整个小房子里，只有我栖身的一块窄窄的床和一把坏腿椅子闲着。我想把那稍好点的椅子腾下来，刚走出一步，父亲的巴掌就抽到我的脸上了——

"啪！啪！"连续两下。

父亲第三次举起巴掌的时候，被陪着他走进门来的刘建国校长拉住了。他按着他的肩膀，使盛怒的父亲在那把坏腿儿椅子上坐下。他说了一席安慰父亲也安慰我的话，就走出门去了。

我在凌乱得像个狗窝的床铺边坐着，垂下头，挨过抽打的脸颊烧辣辣的。我没有料到父亲会以耳光和我见面，却也没有惊慌失措。我第一眼看见他从门口走进来，真慌乱得不知如何是好，该怎么向他说明白我的处境，这一切的由来？他的两巴掌打过之后，我的心反倒安静了，不必再向他作任何解释了。我的父亲，在我的记忆中，很少对我表示过亲昵，微笑都稀少得像旱季的雨星儿，更没有通常家庭里父子间的嘻嘻哈哈了。然而他也没有动过拳脚，没有像一般粗庄稼汉和儿女们亲近时没大没小，生气时又动手动脚，骂出一串串秽言污语。他不苟言笑，也不打骂，常是冷着脸教给我怎么说话和待人。今天，他抽我耳光了，两下。

我坐着，低垂着脑袋，我成了右派，成了打杂的工友，我刚刚被旁人从房梁上的绳套里救下来……我开不得口。父亲也没有开口，我能听见他很粗的喘气声。

父亲端坐在椅子上，没有问我为啥上吊，也没有劝解，用压抑着的口气说："你把我写给你的那两字拿出来。"

慎独！我到师范学校去进修的前一晚，父亲临行时写下的嘱言，我后来当作可笑的废物焚烧了。现在想到这个嘱言，我的心猛然一震，更加抬不起头来，就支吾说："毕业时……弄丢了……"

"丢了！哼！丢了！"父亲悻悻地自问自答，"这下你该明白那两字的意思了！"

我早就明白那两字的意思，要谨慎，尤其是单身独处时，一切都要慎重，时时刻刻都要谨慎从事，包括言，也包括行。我的名字是父亲给起的，慎行就是这意思；我弟弟的名字也是父亲给起的，叫慎言，还是这意思。我在进入师范学校进修以后，父亲自幼给我心理上设起的防护堤，被新的生活的浪潮一截一截冲垮了，我既不慎言，也不慎行了。老师和同学们都说我从封建桎梏下脱胎成一个活泼泼的新人了。现在，父亲，以毫不疑惑的语气说的话，证明了他的正确和我的失败。叫我想，他此刻有更多的话可以说了。譬如说，如果在说话时慎重地考虑一番，什么话该说，什么话不该说，那么今天就不会是这样的局面。如果在决定给新任的刘校长提意见之前，慎重地考虑一下这种行动的不好的后果，那么，今天也就不会落入这种尴尬的局面。如果……那么……父亲完全可以以胜利者的姿态教训我；如果把我的话在心里稍微当一点子事儿，那么也就不会自寻苦吃了。我想，父亲一定想这样说，也完全可以这样说，可他没有这样说，只是问他写下的"慎独"的嘱言，让我自己去想想。

"病从口入，祸从口出。"父亲沉吟着，"谁都明白这道理，谁也难身体力行。图得一时馋嘴而染病，图得一时畅快而招祸……"

我心里痛苦极了，自从遭祸以来，我耳朵里灌进的全是严厉的批判反驳的正言义辞，没有一个人解析我的提意见的真实动机。现在，父亲用他的处世哲学来替我刨根溯源时，我仍然不能服气，心里有一个可怜的声音在叫着"冤枉"。我对父亲说："'鸣放'会上，县长，教育局长，都到会上来作报告，动员我们要'大鸣大放'，'帮助党整风'，'是每个党员和干部的革命责任心强不强的大问题'。我是人民教员，革命干部，又是预备党员，怎能不听党的话呢？我……"我又说不清了。

"我一辈子只求自己善处独身，不问人过。"父亲说，"我管不了别人，哪怕男盗女娼，我也无力管约。我只求自己做一个正人君子……"

"党章上批评的就是这样的思想。"我不能同意父亲的话，抱屈地说，"党要求每个党员要开展积极的思想斗争，不能不是洁身自好，我是预备党员，我听党的话……"

"这个话你该问自己，怎么回事？"父亲并不觉得我有什么委屈，反而直挖我的心底，"我不是预备党员，不懂党的规矩；你是，你也懂，你说为啥？"

我说不清为啥。我虔诚地拥护"大鸣大放"和"反右派斗争"，却没有想到自己会是一个右派。我自己成了右派，也没有丝毫的异议怀疑"反右斗争"的偏颇。这样，我处于痛苦之中。即使处于痛苦之中，也不能重新接受早已听得心烦耳腻的父亲的处世哲学，经从我心里被荡除出去的陈腐发霉的东西了。但是，不管造成我的这种结局和处境的原因如何解释，而结论却正好证明了父亲的正确。

"我也不想再说这事了，说也迟了，无用了，于事无补了。"父亲此刻平静下来，一种世故的平静，"我想过了，君子不吃后悔药。你也甭太难过。不能做先生，那就当农夫。回乡务农，自食其力。'人到无求品自高'哇！"

我苦笑一下，告诉他，新社会的人民教师，是有组织性儿的，不像旧社会做私塾先生，愿意受聘即去，不愿受聘就不干，一切要听从教育局的调拨安排。

"那么，现在安排你做什么事？"

"打铃，扫地……"

"打铃扫地就打铃扫地，总没判你死刑吧？"父亲倒显得不大在乎，"你愿意打铃扫地就在学校打铃扫地，不愿意打铃扫地了回家去务农。你要再想死，先给我招呼一声，让我跟你娘先死，你把俩老人埋葬了，再死不迟。让我跟你娘给你抬棺下葬，你良心上能过得去？"

我的心里阵阵发酸，终于忍不住，哭出声来。我们父子间平时很少这类骨肉情长的交谈。我看见了他的白发，他的苍老的脸，虽然像过去一样严峻而死板，毕竟因为垂暮的神色令我醒悟出自己对家庭责任了。我真想放声痛哭一场，无遮无掩，痛痛快快地放开喉咙大哭一场。

"我没有力气来搬你的尸首了。"父亲淌着泪，却说着这样凄惨绝情的话，"我也不会让杨徐村的乡亲来搬尸。你日后怎样活人，自己想想吧！我的话你不听，'子大不由父'。我也管不上了！"

他要走，我也没有实心挽留。我在学校的这种低下的处境，他也没有脸面再待下去。我送他走上那条爬上东塬的官路时，看着他拄着一根粗劣的手杖——实际是一根树枝——缓缓走去的步态，我可怜起他来了，狠狠地捶打自己的胸脯。我落到一种怎样的地步？学校里把我当作不忠诚分子，父亲也把我当作叛逆者，我算一个什么东西呢？

晚饭以后，校园里呈现出一种松懈下来的恬静的气氛，教师们有的提着水壶，懒洋洋地迈着步子到水房里去打水，或泡茶喝，或屡成温水擦身，再不像上课时那匆匆急急的样子了。有的教师在槐树底下下象棋，有的在井台上洗衣服，谁的舒悦的笛声在一排排教室之间缭绕。我关好开水炉，就提上锨和扫帚，去打扫厕所，这是清除师生们排泄物的最佳时空。

"徐慎行，你出来——"

天哪！田芳在喊我！我手中正在便池里掏挖的铁锨掉在地上，眼前一黑，我差点跌到屎尿池子里去了。我跌倒在墙上，那炸雷一样轰击我耳膜的余音还在回荡，心儿慌乱不止，我几乎被震昏了。

"徐慎行，你出来——"

我无处躲，又无处逃，从再次响起的声音判断，她就堵在男厕所的门口。我自发出那封臭骂她的信以后，就没有再想过还会和她相见，偶然的相遇也许不能排除，有意找我的事，大大出乎我的预料，我揣着良心和为人的道德，向她脸上泼去了多么脏的东西！我无脸见她，也不想再作解释。我要她永远恨我，甚至鄙视我，都比依恋我更好……我惶惶然从厕所门里走出来，做好了挨耳光的精神准备。

我一走出厕所门，就看见一双愤怒的火燃烧得痛苦不堪的眼睛，我立即低下头，再不敢看了。她在看见我的最初一瞬，身子微微颤抖了一下。不容我多想，我就听见一声吓人的呵斥：

"我要批判你！到这边来——"

她的非常举动使我忐忑不安，她要批判我？我当了右派也有一段时间了，她现在才想起来要批判我？我机械地走到那个小花坛前头，随她站住了。这是学校里最显眼的地方，房檐下的墙壁上挂着一只大钟，下面写着四个仿宋红字：按时到校。有几个教师站在远处看着。

"徐慎行，你身为人民教师，预备党员，恶毒反党，攻击社会主义，我坚决要批判你——"

她站在那里，离我有两米远的地方，一本正经地对我进行面对面的批判。我垂下手，低着头，不做任何表示。我听见从两边纷沓而来的脚步声，好多教师围过来看热闹了。

"你想自绝于人民，愚蠢透顶！党和人民花了多大代价培养了你，你不知向人民向党报答恩情，反而反党，自杀，你的良心何在？"

我的心在颤抖，头上冒出汗来，这些司空听惯的批判语言，今天由她对面说出来，我痛苦极了，惭愧极了！周围已经围了许多教师，凡是闻听到消息的人，都来看热闹。我不知道校长刘建国在不在场？我没有抬头的勇气。

"你不服气吗？说你反党，你不服气，用自杀来威胁别人，谁吃你那一套！你要明白，党不是抽象的存在，在学校，代表党的就是校长，你恶毒攻击校长，就是反党——"

"田芳，你啥时间来的？"我听见刘建国校长的声音，稍抬一下头，就看见他走到田芳跟前，一副老同学间热诚的口气，"你胡来啥哩！走，快到我房子坐……"

"我是专门来批判他的坏思想的。"田芳说，"我和你是老同学，和他也是老同学。他和你分配在牛王砭小学，不协助你好好工作，反而攻击党！我看哪，他这个家伙纯粹是想往上爬！借着整党之机，攻击你，自己再爬得高些……"

我的天哪！我想爬高吗？我想借着整风弄倒别人自己往上爬吗？我明白我有许多毛病，却还没有如此恶劣！

"唔！你的心情可以理解……"刘建国说。

"你多虚伪啊！"田芳指着我说，不听刘建国的劝解，而且气更足了，"我们同学两年，我怎么当时就没有发觉呢？你假装积极，实际是想往上爬，不惜攻击同志和领导，踏着别人爬上去，你多虚伪啊！你……速成二班出了你这个右派伪君子，是全班同学的耻辱……"

"行啦行啦！田芳——"我听见刘建国的声音，似乎有点尴尬，不自然，"走吧走吧！到我房子坐坐——"

"我要赶回学校去，没时间坐了。"田芳说，"我以速成二班同学的名义警告你，老老实实交代，老老实实改造，老老实实做人！历史从来不包庇虚伪的人……"

她走了。我听见她的脚步声朝门口走去，才敢抬起头来。她又回过头，给刘建国说："我一有空儿，就来批判他！"说罢，昂起头，走出学校大门去了。

我一回头，看见刘建国有点发黄的脸色，眼里罩着一层憎恨的气色，气憋憋地走了。那些围观的教师们，有的莫名其妙，有的在神秘地交头接耳，不光是在嘲笑我吧？

我又走回男厕所，抓过锨把儿，心里猛然豁开，似乎此刻才完全醒悟，她是在旁敲侧击，痛骂的并不是我。骂我批判我，用不上伪君子这个名词，对这个名词更敏感的人，应该是他——刘建国校长。我竟然有一种从未有过的痛快，好像我骂了我想骂的人一样解气，痛快。我的胳膊上陡然涨起力气来，戳得那装着屎尿的便池�触啷�触啷响……

大约过了十天，她又来了，故伎重演。这次她来时，我正在房子里躺着。她在门外叫我的名字，大喊大叫要我"接受批判"。我慌忙跑出来，又站到挂钟下的小花园旁边。她又把我狠狠地批判一番，痛骂一番，挖苦讽刺，比第一次

新中国 70 年优秀文学作品文库

中篇小说卷

更尖酸了。我低着头，听着她的连挖带损的话，心里舒服极了。

刘建国这回也不客气了："你不能随便来批判人呀！要批也得通过组织……"

"我一看见这个虚伪的家伙，眼都黑了！连组织手续也忘了……对不起！"

她走了，没有去刘建国的房子办组织手续，也没有进我的房子，径自走了。

她又来了两次。几乎所有教师都知道她的举动中的真实含义，刘建国也更是恼恨。这样下去，又怎么办呢？她第五次来的时候，我在房子里听见她的叫我的声音，便从后窗跳出去，逃走了。

她再没有来。

自觉进入

我收到田芳一封信。她只字不提她几次赶到牛王砭小学来批判我的事，既不解释这种举动的真实动机，也不询问后来产生的效果，纯粹是对于我的那封恶毒地骂她的信的答复。

她在信中说，如果不是信的末尾附着我的名字，她会百分之百地判断成刘建国写的呢！在她拒绝了刘建国的求爱信以后，刘建国就说过一句类似的话。狐狸吃不着葡萄，就说葡萄是酸的，甚至说葡萄的祖宗更酸。她不计较我，是因为她认为那恶毒的信并非我的真心……

我实在忍受不了这种感情的折磨。我应该立即奔到她的面前，跪下，说明我的真心，让她抽我，打我。我抓着信纸，贴在脸上，像贴着她的手，饮泣不止。我流够了眼泪，冷静一点之后，我就给她写回信了。

我写道，我仍然坚持前信的看法，解释也没用。而且宣布，从今往后，我再也不写回信，不看来信，接到即投之以炬；我再不和她见面，一切都到此为止……

不要骂我心硬吧！我成了什么人？简直不是人了呀！我怎么能牵连着她跟着我受苦？只有用最冷酷的斧头砍断两人的纽带，除此无法使她和我的心分开。我只能这样做。

她又来过几封信，我咬着牙扔进烧水的炉膛里，连拆也不拆开。她后来又找我两次，我仍是从后窗逃避了……我相信我的举动是为着她好。

她到牛王砭小学来批判我的行动，完全撕开了我和刘建国之间的那一层老同学的关系。即使我当了右派，刘建国表面上仍然是关心我的，他说，要不是他关照，我不会定为"中右"，早该定成右派，发落到农场去劳改了。他说，他并不在意我当众说他"好大喜功"的话，只是我的话说得不是时候，在右派猖狂向党进攻的时候，我的话正投合了右派的需要，性质上就变成右派反党大合唱的一个音符了，并不是对他刘建国本人的威信有何伤害……我最初相信这些话，也相信刘建国，即使我当了右派，我也相信他说的主要是在非常的背景下说了不合适的话。现在，自从田芳来过几次以后，刘建国再也不对我说什么了，他冷着面孔在院子里喊："怎么搞的？院子脏成这样？"那无疑是在大庭广众中谴责我没有尽到扫地的义务。

他对我给他每天送水再也不觉得不好意思，甚至连头也不从报纸上抬起来。

每月一次的改造汇报，他都亲自主持，在全体教师面前，我把自己骂一通，让教师们再批判。尽管我觉得那些污水脏物是自己吐到自个儿脸上的，教师中有几位总是还嫌我吐得少。刘建国过去还要肯定我一点进步，越到后来，反倒一丁点儿也不肯定了，总是强调我思想深处的东西，尚没有触动。我已经从记不清多少次的改造检查中得出一个结论，真诚的检讨和应付差事的检讨得到的实际效果是一样的。你真诚地批判自己，他说你没有"触动思想根子"；你应付差事地乱骂自己一通，他照样说你没有"触动思想深处的肮脏东西"。我索性不再伤脑筋了，居然也能做到面对众人检讨时"脸不改色心不跳"了。

我烧水，打铃，扫地，打扫厕所，替炊事员杨师傅烧火，择菜，洗锅刷碗。我与任何人也不主动说话，而当别人问我一句话时，我竟然感到一种荣幸，似乎我的身价也提高了。久而久之，我完全接受了"右派"的既成事实，自己也没有一丝信心把自己当人看了。过去，有的学生骂我一声"右派"，我心里忐忑一下，现在已经于心不惊了，甚至莫名其妙地对喊着"右派"的学生笑一笑，讨好似的笑一笑。

和我接触得最多的是炊事员杨师傅。本来，帮他添煤看火，洗锅刷碗，是我为了表示改造的诚意而主动承担的额外的事，时日一长，他倒把我当成半个炊事员了。活儿稍一紧，他就叫我，甚至骂骂咧咧地在院子里喊："徐慎行，你狗日的钻到老鼠窟窿去了吗？火灭屎咧！"或者是："徐慎行！没水咧！你不绞水，挠屎去啦吗？"我一听见他的喊声，就去烧火，就去井台上绞水。我也不恼，也不说明我正在忙着其他活儿，好像我真的躲到老鼠洞里偷闲，或者是在做下流的事——挠屎去了。

他也有对我好的时候，那往往是他受了校长的批评的时候，就会对我十分诚恳，把两倍于定量的饭菜塞到我面前，赌气地说："吃！不吃白不吃！你不吃，指望刘建国那个杂种说你的好话吗？妄想！甭那么不顾死活地干！你指望刘建国给你说好话，摘帽子吗？妄想！那个杂种没有人的心肝！狼心狗肺！你怕他，我不怕他……"

他有时对我又十分恶劣，那往往是他受了刘校长表扬的时候，就会对我瞪起三棱子眼睛："你狗日的一天磨磨蹭蹭的，不好好改造，你死到阴司也不是个好鬼！人家刘校长跟你是同班同学，瞧人家而今在啥位位上敬着？你而今在啥洞儿里蜷着？共产党是人民的大救星，你敢反党，真没看出，你后脑勺上长了一根反骨……"

然而更多的是他既没受到刘建国的批评也没受到表扬的时间，他就一边揉着面团，一边斜着眼儿，说着损我的话。他一个人做饭，许是太寂寞；教师们一般不屑于和他有过多的交往，没有共同的语言；他于是就把我当作开心的对象："徐慎行，听说你的本事很大的咧！能写能画，吹拉弹唱，是个全才咧！听说你能倒背《论语》，学问深沉咧！你没事干了，挠挠屄去嘛！怎么就要长嘴长舌地提意见？这下倒好！放着人民教师的位位不能坐，跟我这号下苦人烧锅燎灶，侍候人家。本来该着我这号受苦人侍候你哩！"

他有时又显出很下流的样子："你这家伙艳福不小哩！那个装模作样来批判你的女先生，长得多疼人哪！听说你跟她念书时，'咕咚'在一搭？嗨！你说实话，你跟她 × 来没有！哈呵！甭脸红哇！只要摸她一把奶，死了也值了！"

我要是不能忍受而抽身走掉，他就会大喊大叫："这贼驴日的右派又钻到哪达去了？不看看火都灭咧！真是顽固……"

我索性不说话。无论他骂，他损，我都权当是狗放屁。我最怕火的，是他到刘校长面前对我的揭发。刘校长经常通过他了解我的言行。祸从口出，我记下了这个千古名言。时日一长，我甚至能对着他骂我损我的脸孔傻傻地笑笑，讨好地笑笑。

我的妻子的变化更富于戏剧性。

我自那年暑假成了右派，就没有回家去过。我怕见父亲，怕见杨徐村的父老兄弟，尤其怕见我的妻子淑娥。我不知该怎么办，和田芳断绝了，我更愿意孤身独处。在这种情况下，我觉得最难处理的关系是她。离婚吧，我正是政治上遭难的时候；回去与她凑合着过吧，我心里觉得自己太下贱了，连个人味儿也没有了。

寒假里，我没处去了，想在学校待着。刘建国安排了轮流护校的人员，居然没有我，更不容许我整个一个假期都待在学校了。他不放心我，怕我纵火或爆炸吧？我在寒冷的腊月里，回到了有点陌生的家乡杨徐村。

村子里的临着街巷的墙壁上，有用白灰刷写的大幅标语——"社会主义好"，"保卫社会主义江山，反击右派进攻"。我几乎再不敢东张西望，低着头进了自家的门楼。

我踏进院子，听见小灶房里有啪嗒啪嗒的风箱声。我的妻子淑娥大约听见脚步响，从小灶房里探出头，看见我，站直了身子，问："你找谁？"

她装作不认识我了。我也不知该怎么对付这种局面，避开她的恶恨的眼光，径直往里走。

"噢！这是有名有望的徐老先生的好儿子呀！我这笨人笨眼，倒认不得了！"她在灶房门口拍打着手，拍打着膝盖，大嘘小叹，揶揄着说，"听说你干阔了，从左派升成右派了！真气魄呀！给徐家争下光了！"

我的心像是给扎了一锥子，疼得几乎窒息了。我走进自己的住房，瘫痪似的跌坐在椅子上，脑子里麻木了。

她又赶进房里来，手插在腰里，站在门口，嘲弄地撇着厚厚的嘴唇："你怎么一个人回来了？你的白毛女呢？那个野婆娘呢？"

"你……"我的血一下子冲到脑顶，忽地站起，拳头捶在桌子上，"你再……胡说一句？！"

"在我面前凶，算啥本事？"她根本不怕，反而挺挺腰，"有本事在学校里发凶去！"

我想到我在学校的屈辱，顿然软了，坐了下来。

"你的右派，也不是我给定的，在我跟前凶啥呀！"她得势了，"你压迫了我成十年，欺侮了我成十年，我低声下气跟你快十年了！够了！你而今落下个大右派，跑回老窝儿来了，要是不当右派，你还是钻在野窝儿不回来……"

"那……"我说，"你也用不着这样。你不愿意了，随你的便！"

"离婚！"她随口说，"我找个农民，他也不弹嫌我人丑没文化。我早受够了，离……"

"好，既然离婚，再甭说了。"我说，"明天去办手续，各走各的。"

"谁不离就不是娘养的！"她跳起来，更加不可抑制，"我现在就去社长那儿开介绍信！"

她走出门去了。

屋子里很静，父母亲不知做啥去了。屋里没人，我一个人坐在屋子里，开始抱怨父亲，如果当初不是他用剃头刀威胁，何至于此！这个张淑娥，过去像个绵软的蛾子，总是怯怯地看我，从来也没有高声说过一句气话，开口总是叫我"先生"，像旧戏里的侍女一样低声下气地服侍我。现在，她变成一只凶恶的黑蛾了！扑拉着翅膀，大喊大叫着要和我离婚，从门口沿着街巷喊过去了！我想，这下子，杨徐村人都知道我们的家丑了。

父亲和母亲走进院子，脸色惊恐，问问我和她闹仗的原因，唉叹一声，也不再说谁是谁非，只是母亲连连挥手："快去快去！把她拉回来。让她在街道里大喊大叫，打粪场上的人跟戏台下一样，真是丢尽人了……"

直到天黑，母亲也没能把她拉回来。她在粪场喊，说她坚决要离婚，随之又赶到社主任家，哭一阵子喊一阵子，说要是社主任不给她开离婚介绍信，她就不回家……

连续三天，她从早骂到晚，到社主任家要离婚介绍信。我的父亲是个好面皮的人，这下气得躺下了，茶饭不进。母亲跟前撺后，给儿媳妇说好话，劝解，急得都哭了，仍然不济事。俩老人惊叹：怎么也想不到腼腼腆腆的淑娥，一眨眼变成羞耻不顾的母老虎了。唉唉！

最后只得由我出面，去给社主任说话，我说了话，他才给她开了介绍信。

第二天一早，她洗脸梳头，催我到县法院去离婚，我心里冷冷地跟她上了路。

走进县城，走过一家饭馆，她说："给我买饭，我饿了！"

我忽然有点难受，可怜起她来了。她跟我结婚成十年了，这是第一次进饭馆吃饭。我忽然觉得我过去对她太……我买好饭，炒了几个小饭馆里最好的菜，从窗口取出来，放到桌子上。她倒神气，右腿压着左腿，二郎担山坐在桌旁，等着我端来菜又端来米饭，像是报复似的瞅着我：你来服侍一回我吧！

"给我取盐来！"她支使我。

我从另一张桌子上取来盐碟儿，给她。

吃罢饭，她率先走出去，我在后面跟着。走到县百货公司跟前，她走进去了，站在柜台前，对售货员说："取一双雨鞋。"她试试大小，然后对我说："开钱！"我连忙给售货员开了钱，心里不由得又酸酸地像潮起醋了，这是我跟她结婚以来第一次亲手给她买东西。

"走，你领路。"她出得门来，精神抖擞，"你认得法院的路。"

我走到法院门口，回头一看，不见她的影子，她大约是第一次进县城，该不是在大十字走错路了吧？我慌忙去找，跑遍了县城的东关西关，又跑了南关和北关，没见她的踪影。从午间找到午后，我的两腿酸困，只好往回走。走过十里平川，路经一条小河的时候，我在桥头上看见她冻得发紫的脸。

"你……"我站在她跟前，气呼呼地说不出话，"你……怎么在这儿？"

她缓缓地站起来："我在这儿等你。"

我看见她的脸色不好，说话也柔气儿了，忙问："你不是要我跟你到法院吗？"

"到法院做啥？"她装傻卖呆。

"离婚呀！"我说。

"离婚？我才不干那号傻事！"她说，"我要叫杨徐人都知道，我也敢离婚！这几年你要跟我离婚，女人们都下眼看我，说男人不要我了。现时，我也不要男人了！其实，我哪能真儿去离婚哩！"

我一下子瘫坐在河边的枯草地上，她在村子大叫大喊，到社主任家大哭大闹，原来是为了挽回她的可怜的面子啊！

她哭了，用袖子揩揩眼泪，一甩头，就踏上了木板搭成的独木桥。

我从干枯的草地上站起，走过去，踏上小桥。冬日惨淡的夕阳的红光，在蓝色的河水里投下淡淡的血红……

我的那间小房子

牛王砭小学坐落在一道砭坡下，门前是一条小河，砭坡上排列着大大小小几十个村庄。缓坡上是纵横摆列着的极不规则的田地。陡坡上生长着一岁一枯荣的杂草酸枣棵子。那些随处可见的红石子堆砌的卯坎，一年四季都裸露着干燥的红色，令人看了难受。村庄周围那些低洼的土层厚而水分足的地方，一团团桃杏的花云，象征着这贫瘠砭坡地带四季中最轻松活泼的季节。冬天里有大雪降落的日子，这砭坡也会呈现出刚柔互济的气魄。顶入不得眼的是夏末秋初，一场旷日持久的干旱，把坡地上的草木渴死了，干枯了，树木早早落了叶子，玉米苗儿尚未抽出缨花来，就拔掉喂牛了。整个山坡上，像火烧火燎过一样，看去使人难受。

只有学校门前的这条河川，一年四季里都使人能感受到大自然的美的韵味。即使在干旱炙烤得砭坡上到处冒烟起火的焦灼时节，河川里也生机盎然。

一条条自流灌渠，把河水曲曲折折地引进玉米地、棉花田和瓜园里。一架架黄牛或青骡拉着的叮当叮当响着的解放式水车，把清凉的地下水车上来，灌进刚刚显旱的田地。

我常常打开后窗，坐在我的小房子里，看砭坡和河川四季景色的自然转换。

学校坐南向北，三排土木结构的房舍，用木橼裹打起来的黄土围墙上，春天有小草小蒿冒出来，入夏稍遇干旱，便率先枯死。校园里有粗大的洋槐，阴凉极厚，春五月的洋槐花香透校园的每一个角落，晚饭后常有教师在树荫下品茶或下棋。三排房舍，教室与教室之间夹着教师的寝室兼办公室，因为房舍欠少，皆是三人或四人一室，一人一张床，一张办公桌，中间只留一个走道出入。似乎没有谁嫌太挤，条件限制，只能如此。只有校长刘建国一人一室，因为是一校之长，负有某些秘密的工作责任的需要，大家也没有异议，也更不会说成特殊化。

我最初在后排的一间房子，因为是小学高年级的班主任，所以稍为优待，三人一室。初年级的老师和科任老师，一般是四人聚居。自从我当了右派以后，就搬出了那个三人一室的办公室，颇有点依依不舍。三人虽然拥挤点儿，因为脾气相投，处得挺和睦，早晨不怕睡过头，晚上熄灯后可以聊天听闲话，从来不觉得孤寂。

学校的东边，有一排坐东向西的小房子，不作教室，只让人住的小房间。南头两间是灶房，接住两间是水房，第五间就是我后来搬入的房子。第六间是原来的工友韩民民的住房，他因为我的替代而升为事务员了。最后一间是炊事员的住屋。

韩民民是从农村招聘的工友，只在扫盲班里粗识一些常用字，会拨算盘珠儿，人却极灵聪。除了打铃搞卫生，因为上级没有拨调专职事务员，每逢开学结业的大忙日子，常是韩民民帮助买课本以及教案、粉笔、墨水一类杂物。他最喜欢的是替校长刘建国传达开会或什么临时通知，到各个房子去说一遍。小伙子年轻，有点爱面子，常在上衣口袋里插两根钢笔，小分头用水抿得熨熨帖帖，努力要把自己提高到一个教员的规格，而不致使人觉得他不过是勤杂工。我的落难，使他得到了做梦也想不到的天赐良机。我来打铃、烧水、扫地之后，他就成为专职事务员了。他住在隔壁，杂物却依旧堆在我住的房子里，不腾不挪，每逢给教员发教案、粉笔和笤帚，就到我住的房子里来拿。令我感到安慰的是，他尚相信我这个右派不会破坏公物，也不担心我偷盗。

"徐慎行——"他过去一直称我徐老师，说不上尊敬，这是学校里教师之间的习惯称呼。现在他直呼其名了，我也能想得通，"我在供销社把炭买好了，你去拉回来，这是票据。我还要去……"要去办的事自然很多，他很忙。

我就拉起那辆学校里甚为宝贵的架子车，从牛王砭供销社把炭拉回来。

每一次我作改造汇报的时候，第一个站起来说我交代不彻底的总是韩民民。

他说某日某次我的铃儿晚打了整整一分钟，又说某日我打扫过的厕所里把脏物遗在了站台上，还有某一回的开水没有足滚。他是看见刘校长把鸡蛋冲成了一碗糊汤得到反证的，因为足滚的开水冲出的鸡蛋是呈絮状的。他的揭发往往使刘建国显出不耐烦，大约是他的讨好太显露，又在众人面前，而且讨好讨不到点上。不管怎样，我也无法记清某日某次的铃儿是否准时，水是不是足开，厕所里是否遗落下脏物，我都一律做出诚恳接受的姿态：我一定改正，欢迎大家监督……

出门干活，闭门思过，谁的房子我也不想去，怕因此而玷污别人，于自己也惹是生非。我关住门，躺在窄窄的床铺上，看吊着蛛网的顶棚，看房子里堆得满满的杂物，废弃的粗壮的麻拧的井绳，破了口的蔫瘪的篮球，散了架的克郎球盘，缺杆少珠儿的毛算盘，都从墙壁上，地角里，桌子下朝我瞪着可笑的眼睛。我初来时的寂寞，而今觉得这堆积有用和无用物品的小库房，是我借以安身立命的最恬静的角落了。

如果韩民民推门进来取什么东西，我立即从床上翻起来，站到地上，等着他取到东西走出门去，我再闭上门。他进这间小房，从来也不打招呼，推门而入，端直而出，如入无人之境，我也不觉得他对我有什么不恭。我有一条理由可以排解这种疑惑：房子本来就是韩民民的库房，他进自己的库房，自然不必敲门或打招呼这一套麻烦手续了。

我躺在床铺上，不由得思索回味我的父亲给我起下的这个名字：慎行，由此又联想到弟弟的名字慎言，以及父亲临别时嘱咐我的座右铭：慎独。言语和行为，在一个人单身独处的时候，应该慎而又慎，就是这个意思。这个意思，我只有现在才体味到它的颠扑不破的正确性。回想在师范学校的生活，我真有点不敢相信自己，我多么轻狂啊！想唱就唱，想说就说，想玩就玩个痛快，简直跟疯了一样啊！如果我当时起码在心里给父亲的嘱言保留下一个小小的角落，在"鸣放"会上有一点警策的作用，我就对自己的言论谨慎了，就不至于说出刘建国"好大喜功"的意见来，就不会有今天的这种蹲不下又站不直的难受处境了。

我如果彻底被打成右派，不是"中右"，跟右派们一起劳改，也许猪崽不笑老鸦黑了。唯其因为我是"中右"，比右派在性质上有轻重的差别，倒成了糟事，把我继续留在学校使用，改造，生活在许多好人中间，我就愈加顾影自怜了。我的体会是，站不直也蹲不下的这种屈腿弯腰的姿势，比站着或蹲着都更难忍受，大约是人的姿势中最难耐久的一种姿势了。

我再不能不慎言慎行了。

我取出笔和墨盒，墨盒干涸了，毛笔也干涸了，用水泡一泡。我找到一块书页大小的硬纸蘸了墨，写下了对自己的警告：慎独。我把它贴在床头，使我无论坐着或躺着都能看到。我感到了内心的惶恐，绝对需要这样一张护身护心的神符来佑护我，再甭出乱子。

过后两天，刘建国走进我的房子，一来就瞪着两只煞有介事的眼睛，在我桌边的墙上睃巡，而终于停在床头的墙上。他严肃地看一阵子，并不是欣赏我的书法，转过身说："这个东西给我。"他未经我应诺，已经从墙上撕下来了，一句话也未说，径自走出门去了。

当天晚上，临时召开教师会，提前让我作改造汇报。没有人对我的汇报感兴趣，对"慎独"两字的批判一下子就成为会议的中心主题。我预知，会议之前，教员们早已得到批判的目标了。其余人的分析可以略去，刘建国的分析是校长的水平，自然高了一筹，深了一层——

"'慎'什么'独'？你的错误难道是不'慎'的结果吗？如果不从思想根源，阶级立场上彻底改造，怎么'慎'得住呢？这种封建修养的方法，怎么能救得了你的反动灵魂呢？"

我的头上冒汗了。这些尖锐深刻的批判，使我连喘气的力气都没有。我回到房子，躺在床上，我父亲尊为至明的处世哲学，也不管用了，我想钻在这张护身符下求得安宁，反而招灾惹祸了，怎样才能拯救我的小命？

我清楚记得，这张座右铭贴上床头后，只有韩民民来过我的房子，一定是他报告了。为了这个座右铭，我整整交代了三个晚上……

三四年过去了。

我被通知说，可以任课，按教师对待了。

我竟然感动得热泪盈眶。

不过，半月没过，我就陷入自身的烦恼。为了体现按教师对待的精神，把我从那间小库房调出来，插入一个二人居住的教师宿舍。学校里增添了一些房舍，教员住得稍松了。我在这个宿舍里不仅黑天睡不着，白天也不自在。我总是处于一种高度的紧张状态，惶惶不可终日。莫名其妙地对人家笑，对同宿舍的老师或到这个宿舍来的老师说下的话，一律："对对对！"其实许多话我根本就没听清内容，嘴里却不由自主地"对对对"地应诺着，惹得大伙发笑。我愈发窘了，也愈紧张了。

我去上课，突然觉得我不会说话了。我的脑子里的语言仓库全部关闭了，一个词儿也拿不出来，而且十分紧张。尽管我带的是地理课，也不敢讲，急得头上冒汗，只会照课本往下念，学生已经乱得像一窝雀儿了。

一按教师对待，我就要参加许多会议，这是更难受的时刻。往常，我是右派，一月里作一次改造汇报，坐在一个偏旁的角落。现在，和别人坐得近了，我很紧张；坐得远了，又显出我不太合群，会议室没有我坐的座位了。尤其是非做不可的表态性发言，我未说先流汗，总怕说错了什么⋯⋯

我向校长赵永华提出要求：让我做事务工作，让我再回到我的那间兼作库房的小房子。我再三解释，不是使性儿，也不是有什么不满意见，而是事务工作更适宜于我干，保证干好。

刘建国在一年多以前，调县文教局当人事干部去了。赵永华调来也一年多了，我很少跟他有什么接触，只是偶尔听见韩民民在炊事员杨师傅跟前嘟嘟哝哝新校长的什么话，我就觉得他可能在赵永华跟前不如在刘建国手下感到畅快如意。赵永华听了我的要求，很随便地说："你如果觉得事务工作更合适，你就干，别人还看不上这工作哩！"他告诉我，正好韩民民要调走，到县文教局的物资供应点上去，学校正好缺事务员。

一经赵永华允诺，我当下就把被卷行李搬回了我的那间小库房卧室。一躺下来，我闭上眼睛，浑身都舒适了。我忽然想到了蜗牛，蜗牛钻在它的壳里一定很舒适。要是打碎螺壳，把它牵出来，它可就活不了啦。我刚搬进这小库房时，感到压抑，感到杂乱，感到孤寂，想到和高年级那两位教师同居一室的愉快时光。久而久之，我像蜗牛一样适应了螺壳，蜷缩在螺壳式的小库房里才舒服，到别的房子里反而觉得活不了啦！

我去买煤，买了煤就亲自拉回来，绝不让从生产队里雇来的校工小朱干这些。我常常抢在小朱前一步打了铃，打罢又向小朱道歉，全是我过去打铃打下习惯了。尽管如此，我觉得十分满意，我虽不代课，却是事务员，事务员也是教职工，和教师一般对待。

有一件事伤了我的心。

大伙都去县上听报告，赵永华让我看门。看门其实正适合我的心愿，我怕开会，怕在会上遇见熟人，更怕遇见速成二班的老同学，尤其是怕碰见田芳。可是那天晚上，大伙听完报告回来，我才知道，会上有一个震动全国人民的消息，说我们国家发现了一个"大庆油田"。教师们为猜测这个油田的具体地址而争论不休，谁也说不服谁。我后来才知道，这样重要的报告，上级规定有几种人不能听，以免给帝修反泄密。我自然属于那几种不准听的人中的一种。

我暗暗警告自己，老老实实蜷在螺壳里吧！甭张狂，还是没有资格和一般教师同样对待哩！还要——慎独！

哦！故园，故园

徐慎行同学：

　　定于本月二十日上午在母校举行学友聚会，请您拨冗参加。专此致礼

速成二班

1980 年 8 月 12 日

　　我的手颤抖着，泪水模糊了眼睛，擦一擦，又涌流出来了。速成二班……速成二班……我的那个速成二班啊！像一道急骤的电闪的亮光，把我尘封的脑壳炸乱了，把我的心抖底搅翻了。

　　多么遥远而又亲切的记忆——速成二班！速成二班——多么温暖而又自由的天地！我的心里一闪出这个名称，几乎承受不下它带进我霉腐的心室里的清新温润的春风，要昏厥了。

　　田芳，一想到速成二班，第一个蹦到我面前的就是田芳，那个白毛女，那个从我身上揭掉了蓝袍礼帽的田芳，她肯定要参加这个老同学的聚会的。缺了她，该会多么令人扫兴。不会缺她的，我安慰自己，甚至猜度这个别出心裁的聚会就是她出的点子呢。

　　八月二十日，一年中极其普通的一天，不是新年佳节，也不是纪念性节日，我渴盼这一天的到来，比小时候盼望过年的心情还要焦急。

　　微明中，牛王砭小镇掠过凉飕飕的晨风。我乘头班公共汽车进了县城，又换乘去山门镇的公共汽车，终于站在师范学校的门口了。

　　校史悠久的师范学校已经改为师范专科学校，属于大专建制了。砖拱木顶门楼变成了四方水泥立柱的钢条大门，从大门通到教学区和宿舍楼的窄窄的砖铺甬道，已经改换成水泥路面了。迎面是一幢三层教学大楼，外观十分漂亮，原先的一排排平房大多已拆除。二十五年的时间，毕竟使我感到了惊奇的变化。

　　树杈上挂着一块硬纸板，画着一只箭头，把聚会的地点指向后操场。暑假里没有学生，路道上和花坛里，落着一层树叶，有点荒凉和空寂，而我的心仍然止不住激动起来了。

　　操场的围墙根，高大的洋槐树组成一道屏障，在草地上投下浓密的阴凉，这是我们亲手栽植的，栽时不过酒杯那么细，而今已经桶粗了。草地上，站着

蓝袍先生

或坐着一堆人，在聊着天。我走到跟前，听见有人在叫我的名字，有几个人跑上来，握手，搂肩……老天爷，一个个全都变成老汉老婆了！

我止不住热泪滚滚，和伸到我面前的一双双手紧紧握着，看着一副副皱纹巴巴的脸，我无法与印象中的那些青春焕发的脸膛联系起来，流逝的岁月给我心里留下的巨大的差异无法弥合；他们的心里也是这样感受这四分之一世纪的时间差的吧？我从他们一个个瞧着我的惊异的眼神里看得出来：你怎么老成这样子了？哈呀！瞧你，秃顶多厉害！

我握住了一双手，心里一震，那双细软的手也在用劲儿握着我的手。我相信，闭上眼睛，我也会准确地判断出田芳的手来，她的眼角有细密的几缕纹络，鬓角有几丝银白，而那双眼睛，似乎还是二十五年前的那双眼睛。当我们的眼光相碰的一瞬，我的心似乎一下子沉下去了，脑子里也中止了一切思维。我没有向她问好。她也没有问我好。我们竟然相对无言，默默地呆站着，手却握得粘在一起了。

我和她在草地上坐下。几位同学围住我，问我平反了没有？问我的孩子的安置状况，我也很关心他们的工作和家庭。田芳坐在我旁边，她什么也不问。我也没有问她，丈夫在哪儿工作，几个孩子，工作或是上学。我不问不是因为我了解，其实我什么也不知底，不知底儿也不想知底儿。

"你……身体……好吧？"我终于问。

"还好。"她笑笑，"你也……好吧？"

我点点头，又流泪了。

录音机在播放着优雅的舞曲，篮球队长何长海已经和一位老太婆——二婶的饰演者跳起舞来，又有三五对儿舞伴也跳起来了。田芳对我说："咱们跳跳吧？"

我有点慌乱，连忙摇头摆手。

有几个同学在吆喊，催促我和田芳上场，他们或多或少知道我和田芳的遭遇，催促的意思是很明显的。我涨红了脸，对田芳说："你跟他们跳吧，我上不了场了！"

田芳跳起来，和另一同学跳起来了。我坐在草地上，点燃一支烟，看田芳踏着舞步。

有人又出新点子，让大家每人出一个节目，或唱或说，或演或变魔术，谁也不得脱空儿。

有人提议，让田芳演唱白毛女，她不客气，跳起来，也不扭捏，有点遗憾地说："就我一个人唱？"

我这才想到，饰演大春的刘建国没有来。他没有来，也没有谁提及，我也不想在这个场合提到这个人。这个饰演正面角色的人啊，在生活中几十年来也一直是正面角色，而大伙现在谁也不想问他为什么不来。饰演杨白劳的人儿已经进入另一个世界，听说在七八年前患下了肺癌。大伙也不愿意提及他，因为太令人伤惨了。于是，有人提出，让我和田芳演唱《扎红头绳》一节。我又惶恐万分，连连摇手，多少年来，我连话都说不顺口了，岂能唱歌？

　　"唱吧？"田芳看着我说，"你太拘束了。"

　　我摇摇头，又摆摆手。

　　田芳无奈了，也不勉强，就唱了一段。唱完，她又走回来，坐在我的旁边，说："你太拘谨了！拘谨得……叫我又想到'蓝袍先生'！"

　　我的心里一悸。我身上的蓝袍早已脱掉了，而我的心哪，又被蓝袍罩得死死的了。我苦笑一下，说不出话。

　　有人在接着唱，有人即兴赋诗吟诵。有人说幽默笑话。有人耍小魔术变戏法。喊啊笑啊，气氛热烈极了。轮到我，我什么也拿不出来。有人出恶招："什么也不会，那就学熊猫儿在地上打个滚好了！"

　　我窘迫得六神无主。田芳也笑着，随口说："讲句笑话吧！你真的连一句笑话也不会讲？"她提醒了我，急迫中，我首先想到了《老和尚与小和尚》的笑话故事，那是我在刚到师范学校来的头一晚，在集体宿舍里听到的……我刚讲完，有人在哄笑中大喊：

　　"让老和尚永远寿终正寝！"

　　"小和尚们，去和'魔鬼'拥抱哇！"

　　有几位同学尚未赶来，野炊午餐还得再等一会儿。我已得知，午餐是大伙随意带来的罐头、面包、点心、饮料和各种水果。我是空手来的，想到山门镇上去买点礼物，田芳就和我散步同去了。

　　我和她走进校园，不约而同地走到速成二班的教室前，那里的平房虽然没有拆除，也已经隔间垒墙，分为三室，变成教师宿舍了。门口垒着蜂窝儿煤，火炉上蹲着小锅，吱吱响。我默默地瞅着这座房子的窗户，又想流泪。我的神经变得如此脆弱，简直不能抑制了。

　　田芳敲响了一间房子的门板。

　　门开了，一位年轻白净的小伙儿站在门口。

　　"这儿……原来是我们的教室。"田芳说，"我们想进去再看看……打搅您了。"

那青年初听时有点惊诧，随之就点头笑了，爽快地邀我们进屋。

我们随着主人走进门。屋里一张双人床，一只双人沙发，靠墙的地方支一张桌子，桌上摆着钟表，花瓶，电视机。一个披着长发的女子从沙发上站起，礼让我们坐下。

"我们俩的那张课桌，大约就在这个位置上吧！"田芳站在那个桌子旁，回过头来问我。

"唔……就在那儿！"我应了一声。

"你过来……坐坐……"田芳说着，把一只椅子挪好，自己坐在靠墙的位置上，"让我们再回味一下……当年的学生生活……"

我走到桌前，在椅子上坐下了。我坐得端端正正，扬起头来，却看不到黑板，墙上挂着几张笔迹欠火候的条幅。我的胳臂肘碰到田芳的胳臂肘了。我不由得回过头，看到了她的一汪注满泪花的眼睛，从遥远的天空传来了一声声动人心魄的声音——

……你为啥不跟我说话？

……你的字儿写得多好呀！

我们静静地坐了一会儿，站起来，向男女主人歉意地笑笑，就走出这间屋子。

"再不会重返……当年的情景了！"我说。

"梦……二十五年……"田芳摇摇头。

我和她踏着走道上的落叶，走出校门，进入山门镇街道了。街道依旧狭窄，沿街的破旧的木房子有的拆除了，竖起一座高楼，鹤立鸡群似的。走到一家服装店门口，我和她都停住脚。现在，无论如何比当时那个一间门面，一个裁缝师傅，一台缝纫机的小裁缝铺气魄得多了。

田芳拉着我，到这个小铺店里来，把那件蓝袍脱下来，由裁缝师傅改成了列宁装。我穿上列宁式新装，戴上了八角帽，路也不会走了，八字步全乱了套。田芳和我走着，看着我的样子直笑。她说："跳起来吧！蹦啊！你敢不敢？"我跳起来了，蹦起来了，街巷里的行人把我当疯子看，我也不管，只觉得我轻松了，自由了，再也不能按八字步迈步了，蹦蹦跳跳起来了……

"你现在又拘谨起来。"田芳瞅着我说，"使我又想起你穿着蓝袍时的样子……"

我悲哀地叹口气，说不出话。

"你现在还敢蹦起来不敢？"她笑着问。

我惶惶然连忙摇头。

她没有使我为难，朝前街走去。

我和田芳再回到操场草地上的时候，聚会的主持人宣布午餐开始，各式罐头打开了，糕点包子解开了，酒瓶盖子被咬开了。一切可以临时作为盛酒的瓶盖、水杯全都注上了酒，一齐举起来：速成二班万岁！

主持者向大家宣布了一个数字：

师范速成二班：四十一名学生，死亡四人，其中一人死于"文革"武斗，三人死于疾病。现在本地区工作三十人，另七人随家随夫调外省或外地。聚会通知了三十人，实到二十九人，其中三人抱病赶来。

唯一的缺席者：刘建国。

谁也没问刘建国为什么不来。

主持者在大伙的静默中提议：为死去的四位同学祭酒。

清凌凌的酒液泼在草地上，散发出一股清香。

主持者又进行下一项动议：向县委提出一项意见，请领导人把刘建国从教育局调开，随便调到县委所属的任何一个部门去，只要不在教育系统就行。他现在还在任教育局副局长，有他在那个位位上，我们会觉得心里不舒服。就是这一条要求。至于全县的中小学教师有多少人被他整了，不必计算，应该向前看，不咎前账。但请把他调开，让教员们再不要听见他的令人讨厌的声音……

鼓掌。呼叫。一个个全都签上了名字。

我捉着笔的手在发抖，终于写上了我的名字。二十五年来，我第一次向这个老同学表示了愤怒……

咒符

一觉醒来，老鼠在顶棚上奔马。

一只老鼠跑起来，像野马驰过草原；一群老鼠奔跑起来，追逐起来，拼杀撕咬，就像万马奔腾。

我刚刚从梦里醒来，一身虚汗，月亮照在南窗的窗格上，屋里静得可以听见窗外大地的呼吸，老鼠的追逐和嘶叫把一切都破坏得淋漓尽致。

我在黑暗中摸到烟，摸到火柴，火柴划着的一瞬，顶棚上的老鼠收敛了。我抽着烟，闭眼躺着，等待天明……

我平反以后，孩子顶替我去工作了，女儿早已出嫁，屋里只剩下我和老伴。

老伴早已不再称我为先生，看我也不再是怯怯的神色，她手插在粗壮的腰里，指挥我去种地，干一切过去由她自觉承揽的家务，初时有报复的意味，后来就成了习惯。

"你一天唉声叹气做啥？"她问我，"想那个野婆娘了吗？"

我说我背着右派的包袱，叹气成了习惯了。

"右派怕啥？只要给工资，啥尿派还不是一样叫！"她不在乎地说，"我看当个右派倒不错，你变得规矩了，再不敢跟野……"

我不能发火。我要是一张口分辩，她会大喊大叫，故意让左邻右舍都听见。

"你去洗衣服吧，"她吩咐我，"我腰疼了。"

农村里，男人洗衣服的习惯还不普遍，我抱着衣服走向井台的时候，男人女人都在拿眼睛瞟我。我硬着头皮也就过去了。

"你来擀面吧。"她说。

我学会了做饭。

我明白，她不光是为了享受，其实她倒不是懒女人。她要我洗衣，要我做饭，就会在村人尤其是女人伙儿里提高她的身份，她觉得过去的状况太叫别人瞧不起她了。

我退休回家之后，她也变得好起来了："咱俩种那二亩地，够吃了。你领下的退休钱，够花了。只要你再不想野……我好好待你，咱欢欢乐乐过到死……"

说下这话一年，她突然死了，跌了一跤，心肌梗塞。

我一个人躺在这个祖传的屋子里的炕上，听老鼠奔马。

别人给我介绍下一个女人。连子女都反对，说我快六十岁的人了，难道连面子也不顾了？娃他舅更是怒气冲天，说我败坏了徐家读书识礼的门风……

我的老姐和小妹子看我生活艰难，劝我的儿子和女子，加上你给我大女儿做工作，总算勉强同意了。

我的这件事，按说该办成了。可是，事到临头，要我办这事的时候，我又动摇了。你问为啥？我也说不清……我总觉得我还在牛王砭小学那间小库房里蜷着。那间小库房，容不得旁人进去，打破里面凝结的空气。同样，我也在离开那个小库房以外的其他地方，感到了不自在。尽管我退休回到家里，我的心，似乎还在那个小库房里蜷曲着，无法舒展了。田芳能够把我的蓝袍揭掉，现在却无法把我蜷曲的脊骨捋抚舒展……

我送我的启蒙先生到山坡下。

春风吹绿了河川，也吹绿了塬坡，又是杏花纷谢桃花呈艳的阳春三月。坡地上的麦苗绿色葱郁，愣坎上的杂草蓬蓬勃勃，只有沟壁间的断崖的红石，显露着黄土高原地区残破丑陋的面貌。

他朝坡上走去，回他的塬上那个杨徐村去了。他的背脊躬起来，一步一踩，缓缓地沿着蜿蜒的坡间小路走上去。

我的心似乎也被什么东西箍住了。

原载《文学家》1986 年第 2 期

北极村童话

———

迟子建

假如没有真纯，就没有童年。假如没有童年，就不会有成熟丰满的今天。这是发生在十多年前，发生在七八岁柳芽般年龄的一个真实的故事。

一

大轮船拉笛了。起锚了。船身在慢吞吞地动了。

妈妈走了，还有姐姐和弟弟。我真想哭。妈妈真狠，把我一人留在这儿了。瞧她站在甲板上向我招手，还不时抬起胳膊蹭眼睛。她哭了。

留下我，刚走，就想了？真好玩。我不愿意看她，更不想跟她招手，让她走吧。

狠心的妈妈，我恨你！

记得有一次，妈妈边刷洗毛主席石膏像，边跟邻居王姨唠嗑。我只不过说一句："妈妈，给毛主席洗澡，怎么不打香胰子？"回答我的是一个火辣辣的嘴巴："看我不把你送姥姥家！"

还有一次，我听收音机，乱调一气。猛然，收到了一个很好听的曲子。我听迷了，妈妈和爸爸也都听迷了。后来，里面传出了："莫斯科广播电台，这次……"吓得妈妈啪地关了它，并飞速地拧了调谐钮，冲我道："乱捅！就该把你扔到姥姥家，总也别回来！"

于是，甩下了我这个淘气的、爱说的、不听妈妈话的孩子。好了，现在什么都可以说了。姥姥家里有大空房子，你可以说个痛快了。

船更远了。渐渐地，在我的眼里，它变成了一只小蝌蚪，在奔腾的江里跳着。

一手攥着石子，一手挥舞着柳条棍，在沙滩上玩了一会儿，我又想哭了。鬼知道，我为什么要哭。我使劲抽了一下鼻涕，仰头望着天。

天上缀满了云，雪白雪白的。它们有的像兔子蜷在那儿睡觉，有的像猫在捕捉老鼠，还有的像狗、像鱼。它们自由自在地游着、飘着。天真大！它能容得下那么多的云。云多好啊，它可以睡觉，可以奔跑，可以俯身看到树木花鸟，可以仰头望见星星月亮。对了，听爸爸说，云还可以化作雨、变成雪呢！

天热极了。嗓子要冒烟了。姥姥抹够了眼泪，在喊我了。

姥姥是小脚，一走一摇，像是扭秧歌。我不愿意和她一起走，便挣开她的手，向前跑。跑累了，再停下来。看着姥姥走路的那副样子，我忍不住喊："鸭子鸭子快快走，跩悠跩悠上高楼。高楼有个松树塔，一咬一半拉。"

这话可把她气坏了，她边追边喘着，喊着："骂姥姥，天打五雷轰！"我便又跑，摇晃着柳条棍，东捅捅，西戳戳，好不快活。

糟糕死了，我把蜂子窝给捅了。一个个小黑绒球向我扑来、压来。立刻，嘴肿了，脖子上，屁股上，都火辣辣地疼。

姥姥赶来了，急得直掉泪："看看，当妈的刚走，闺女在这就……咳！"见我哭得凶，她就吓唬我说："快起来，要不天兵天将该来了。收拾了你，姥可不管。"

我害怕，抹干眼泪站起来，顺从地趴在姥姥背上。

一颠一颠地，走啊走啊。我累了，渐渐地睡了。等我睁开眼，迷茫中，我就看见了姥姥家的大木刻楞房子。

二

大木刻楞房子是新盖的，房梁上还拴着红布。姥姥说，那样可以避邪。房子大，进门是厨房，东西各一间屋。西屋门帘上钩着花，炕上有一床猩红色的缎子被，南窗下摆着一张黑漆桌子，上面放着镜子、香粉和雪花膏瓶。这是小姨的住处。我和姥姥住东屋。屋里一溜大炕。炕上油着蓝漆，光滑滑的。躺上去，忍不住要打几个滚。

晚间，我和姥姥睡一个被窝：她给我讲故事，净是鬼和神，可有意思呢！我爱听，听完了又害怕，便把身子缩在姥姥的胳肢窝下，死死地抓住她的肩膀。

尽管这样，我还是喜欢过晚上。左邻右舍的人挤在厨房里，卷着烟，呷着茶，天南海北地聊，我可以支着下巴听个够。

白天的日子就不一样了。姥爷打完更，喝了酒就去菜园；姥姥白天总不着闲，剁鸡食，采猪菜；小舅白天上学，学校离家路远，中午不回来；小姨到队里干活，中午回来，吃了饭就躺在炕上睡。我多么恨白天啊，恨这夏天的白天！

白天太长了，太热了，太让人气闷了。我想念家乡的伙伴。那时，多好啊。有一次，我们好几个人去偷母娘娘家的黄瓜。这个臭婆娘，坏着呢。人家的小鸡进了她家园子，就用石头给砸死，煺了毛，扔进油锅。她家的黄瓜刚坐纽，黄花还没落呢，我们就一人装一兜，跑到小树林，吃个精光。然后再返回去，看母娘娘骂仗："哪个杂种，偷吃了你姑奶奶的黄瓜，让他不得好死！是男的，吃饭噎死；是女的，生孩子憋死！"

她跺着脚，叉着腰，唾沫星子四溅。

可这里呢？整个一条街，只有三个小孩：兰兰、小宝和我。

兰兰跟我同岁，长得比我好看多了：大眼睛，小嘴巴，就连那薄嘴唇，也是红鲜鲜的。她家穷，孩子多，妈妈常年有病。她总要在家看弟弟和妹妹，很少出来找我。我到她家，她妈又不高兴，指鸡骂狗的，说我招她偷懒了。

小宝是李奶奶四十岁时得的独苗。娇得了不得，六七岁了，撒尿还得用人把，动不动就像小姑娘一样哭。李奶奶不让他出来，怕他跌跟头摔了腿，又怕他不小心跌进井里。

他们都不出来，我就一个人玩，到菜园里捉蚂蚱、蝈蝈，把大个的留下来，装到小舅给我编的笼里，塞进倭瓜花给它吃。看腻了，就到房后去做泥人。

姥姥家房后有个小洼兜，一下雨便淤好多水，水泡得边缘的土黏黏的。我把它和面似的揉一堆，我每天可以做好几个泥人。我偷偷用姥爷的小木盒里的西瓜子，给泥人当眼睛；又把小姨的胭脂膏子，悄悄抹在了小泥人的嘴巴上。

听姥姥说，大舅那年回家，带回好几个大西瓜。吃完后，姥爷就把瓜子拾起来，装到那个盒子里。他平常从不动它，每逢家里来了客人，就要打开说："这是大儿抱回的西瓜，吐的子呢！"等到别人连连点头，啧啧夸赞，他才满足地小心翼翼地放好。那样子，就跟他喝酒时，慢慢地端起盅，轻轻地抿，生怕弄洒、喝漏了一样。

就在西瓜子少得不能再少的这一天，他跟人说着说着话，冲我喊："灯子！听见了吗？灯子！把那个瓜子盒拿来！"

我吓得打了个干嗝，憋了好半天，直着眼说不出话。姥姥捶我的背，才顺过一口气来，委屈得我哇的一声哭起来。

"老丧门星！灌够了猫尿，"姥姥咬牙切齿地骂着，"高音喇叭似的，吓死人！"

我就势倒在姥姥怀里，故意大声号哭。

姥爷没趣，晃着身子站起来，对人家说："不看了，不看了。看也没用，没用哇。"他从姥姥怀中把我接过去，慢吞吞地走到菜园。

这是他第一次抱我啊。

三

暖洋洋的太阳，照得菜园泛着一层青光。柿子已经拉红丝了。

他把我放在地上，弯腰摘了个半青半红的，放在我手里。他以为我真的吓着了，摸着我的头发，说："灯子好，姥爷再不大声说话了。吃吧，等到大秋，红透了，都留给你。"

我茫然点点头，赶忙咬了一口。恰巧咬到青的那半上，涩得我直想吐，但最后还是把它吞了。

姥爷不知怎么了，这几天话特别多。小舅说，姥爷是想大舅了，大舅已经三年没回来了。

"爱吃西瓜吗？"他问我。

我慌忙点点头，想想不对，又赶忙摇摇头。他并没在意，只管说："你大舅那次回来，就带回了大西瓜。红瓤的黄瓤的都有。吃起来沙棱棱、甜丝丝的。"他醉了似的，眯着眼，惬意地有节奏地拍着腿。

"东头的老苏联，见过吗？"

"谁？"自从住到姥姥家，我还不曾到东头去过。

"咳，说这些做啥。不说了。"

他扔下我，竟自蹒跚着走了。

气得我把嘴巴噘到鼻孔上。

尽管如此，我还是跑到房后，把小泥人身上的西瓜子都抠出来，用淤水洗好，放到衣襟上搓干净，一粒一粒地摆在小木板上。

谢天谢地！姥爷几天不看盒子，也没有人到房后去。西瓜子不知不觉地干了。趁没人时，我把它们送了回去。

西瓜子的事总算平息了。姥爷又闭紧了嘴巴，不说一句话，阴着脸，闷闷地喝酒。

太无聊了。天气又闷又热，像捂在蒸笼里。除小姨外，其他人都蔫了似的。

小姨好高兴。她吃了饭，就梳那又光又黑的大辫子，往脸蛋上扑粉。打扮好了，就前后左右地照镜子。也不告诉家里人，就偷偷地溜了。小舅告诉我，小姨去找开拖拉机的张舅舅。

天旱了。小泥人被晒裂了身子，烫掉了胳膊。老母猪趴在圈里，一声不响地晒大肚皮，小鸡小鸭都猫到阴凉处。

尤其是傻子狗，晒得更可怜！

姥姥家的门前用铁链子拴着一只狗。它的毛黄黄的、茸茸的、长长的，风一吹，泛着金灿灿的光。它的个头大，腿又粗又壮，一跑起来，抖着满身毛，威风凛凛的。这样一条好狗，却被唤作"傻子"。

傻子可厉害呢。姥姥说，有一次，它把看地的大爷咬得腿肚子直蹿血，因此被揍了个半死，尾巴上的毛也被剪掉了许多，拿去给人家敷伤口。从那以后，它的脖子套上了锁链。

我怕这条狗，不敢接近它。只是远远地站着看，姥姥说，狗是不咬自家人的。可我还是怕，总觉得它的眼睛像冒着火。

天这么热，它也没精打采地趴在柞木障子下，长伸着舌头，呼呼直喘气。我试探着端盆凉水，慢慢地蹭近它。它似乎有要站起来的意思，可只是身子动了动，却没能成功。我把盆放到它旁边，轻轻地蹲下，胆突突地抚摸着它的毛。它得意了，仰着身，斜伸着腿，微闭着眼，缩着头。我便又使劲搓它，搔它，捶它。

它终于被我征服了！我有了新的伙伴。

四

新伙伴跟我是友好的。每天吃饭，姥姥都要蒸暄腾腾的馒头。吃饱了，我也要再拿一半，捏在手里，装作往嘴里塞着向外走，姥姥总要说："吃多少拿多少，糟蹋粮食可伤天害理哪。"我就说："我还没吃饱哪。"不管她怎样唠叨，就倏地跑出屋门，来到大门口。

傻子一见我，一骨碌挺身起来，斜伸着前腿，探着脑袋，狠劲晃着尾巴。我坐在地上，它立刻趴下，把前爪搭在我腿上。我把馒头塞进它嘴里，看着它大嚼大咽，心里禁不住涌起一种从未有过的自豪感和胜利感：傻子是我的！

晚饭后，屋里传出了洗碗的叮当声。姥爷叼着旱烟又蹲到菜园去了；小舅编笼子，好到大江去捕鱼；姥姥拎着猪食桶，一出门就嘎嘎嘎地叫着；我的任务是圈鸡。到仓库的袋子里抓一把小米，把它撒在纸箱里，小鸡就傻乎乎地跳进去，唧唧唧地点头啄着吃。遇到调皮的，站在纸箱边，探头探脑，我就得把它扑下去，蒙上纱布，把纸箱端到大厨房的南墙根。

做完这件事，我可以抱着傻子看天。傍晚的西边天才好看呢！

太阳沉下山了。天边飞着晚霞，深一块，浅一块的。它们有的大红，有的粉红，有的则金黄。那大红的像炉膛的火，粉红的像小猫的舌头，金黄的像大公鸡的尾巴。它们深的颜色变浅了，浅的更淡了，星星就眨着眼跳出来了。星星一跳出来，邻居家的猴姥就大着嗓门来聊天了。

猴姥讲故事最有一套。讲鬼神时，不是眯着眼乱哼哼，就是张着大嘴，捶胸顿足。这样，她常常要把烟头掉在裤子上。好在她的裤子脏得很厉害，铁皮似的，所以也不会烧出眼。

厨房里弥漫着呛人的黄烟味、汗泥味。我听累了，听烦了，就出来透口气。

夏天的夜晚凉爽极了。青蛙在江边不时地呱呱着。满天星星密布，空气真新鲜。傻子知道我出来了，就唔唔地叫着。我跑上去，搔它。

"傻子，你看，天上哪颗星星最亮？"我扳住它的脑袋，让它望天。它乖乖地仰着头。

我又问："傻子，你看哪颗星星像我？"它只管晃了一下身子。"大笨蛋！真是傻子！"我骂它，按它倒下，自己忍不住咯咯地笑。

"黑更半夜，在外面笑什么？快进来。"姥姥倚着门框喊我，我赶忙撒腿往回跑。回到屋里，猴姥那颠三倒四的故事快讲完了，我跳上炕去铺被，待我磨磨蹭蹭地做完，猴姥的大脚片子已经响在院中了。

姥姥一直把她送到大门口，闩上门，拉上窗帘，洗过脚，我们便上炕了。

我睡不着了。我在想姥爷，想那天他到大菜园里对我讲的话。我越想越奇，忍不住推醒姥姥，问她："'老苏联'是谁？"

"东头的。"

"是站在窗前就能望见的，那个种了好多毛嗑的人家吗？"

"嗯。快睡吧，明天还要早起呢。"

姥姥是要早起，姥爷打更回来，才早上五点多钟，她就要做好了饭。我不再问她，等她睡熟了，我从她怀里挣出来，拱出被窝，痛快地大喘了几口。我在想，东头那个大木刻楞房子，里面住的老苏联是什么样呢？

这一夜，我做了一个梦。梦见东头的大木刻楞房子里住着一个老太太，她站在黄灿灿的葵花下，抛给我好多好多的石子。她告诉我说，这些都是黑龙江的石头。她还说，她要把这些石头磨得圆圆的，用锥子扎出眼，给我穿个项圈戴。

五

天大亮了，太阳升得老高。

院子里，飘着鱼腥气，小舅坐在木墩上挤鱼。鳞光一闪一闪的，像星星在跳。他挤完了，拌上盐，串上铁丝，挂在墙上。

小鸡们蹦跳起来了。我把盆子当中肠子之类杂秽东西捞出来甩给它们，剩下的红浆浆的汤倒在猪槽里。然后，再把盆冲得干干净净。

这样做，小舅一高兴夸我，我可以就势要两条小鱼，给傻子吃。

吃了饭，各自忙各自的了。

我沿着干得裂了缝的田埂，向苞米地走去。姥姥家的苞米地紧挨着老苏联的菜园，现在，苞米已经吐出了棕红的缨子，我掰下一截甜秆，塞到嘴里嚼着，吃够了，向那个房子望去。满院子的向日葵，黄泥抹的墙上挂着一串鲜红的辣椒、一串雪白的大蒜和一把留做菜籽的香菜。

房门开着。在我记忆里，它似乎从来没开过。可它今天确确实实开了，不是梦吧？

走出来了，是一个高高的、瘦瘦的、穿着黑色长裙、扎着古铜色头巾的老奶奶！

她一步步地移过院子，推开园门，贴着豆角架过来了。

我站在苞米地，她站在那里，隔住我们的，是一排低矮的、倾斜的、已经朽了的柞木。

我的心打鼓似的咚咚直跳。

“小姑娘，小姑娘。”声音很慢，有些迟钝，“你怎么一个人在这啊？”

“我采猪食。”

“采什么菜啊？”

“灰菜、苋菜、车轱辘菜，还有钉锅儿、朱香芽！”

她咯咯干笑着，嘴不停地动，好像在嚼什么：“采猪食，怎么不拿篮子呢？”

“我先采，放在这儿。中午舅舅来取。”

"几岁了？"

"七岁。"

"上学了吧？"

"没有。"

"愿意识字吗？"

"愿意！"

回答得干脆利索，我想她一定会满意的。

她把着柞木杆子，我也把着。我仰着头，她低着头，我们的眼光相交在一起。我分不清是不是梦，顺嘴说出来："你是老奶奶！我见过你。你不是答应给我穿个项圈戴吗？"

我用手在脖子周围比画着。她先是睁大了一下眼睛，随后拨着障子，伴着一阵咔嚓咔嚓的柞木杆倒下的脆响，她倾着身子过来了，死死地搂住我！

"是奶奶的孙女！是奶奶的孙女！"她的胳膊像把大钳子似的牢牢卡住我，我的脸被她亲得直发烧。可能她听到了我的哼哼声，她松开我，我终于可以大口地喘气了。

"奶奶，黑龙江的石头能磨圆吗？"

"能。能磨圆的。"她肯定地点点头。

"那就好了。"我放心地笑了。

不知不觉，我跟着她，穿过菜园，来到院子，走进屋门。

屋子不大，却很干净。墙粉刷得漂白。正房里，最引人注意的是一个黑色挂钟和钟下面的紫檀色桌子，桌子旁边是一把黑木椅。

她按我坐下，拿出冰糖，摘掉那条古铜色的三角巾，连连转了几个圈，对我说："吃吧，再给你烤毛嗑去。"

她到厨房去了。不一会儿，她用铁片托着毛嗑出来了："吃吧，香，新烤的。"

她兴致勃勃跳起舞来。

我看着她起舞，跳得又快又急，全不像姥姥，就连胸脯也是高高挺着。

"奶奶，你脚大吗？"

"大哟。"

"我姥姥怎么是小脚？走道像鸭子，一扭一扭的。你的脚怎么大？"

"长的呀。奶奶不缠脚。"

她翻出了扑克、跳棋、识字课本、陈年的蚕豆，满满地堆了一桌子。

她说她要教我识字、唱歌、剪窗花、做面人。她跟我说，上她这里来不要对别人讲。

当然，我全部同意了。

回家路上，我看着天也想笑，看着地也想笑。每一片白云，每一片绿叶，都那么亲切。我哼着歌，踩着发烫的土地，蹦蹦跳跳回来了。

傻子迎上来，我像奶奶搂我那样，死死搂住它，贴着它的耳朵，悄悄说："傻子，我告诉你一个秘密，你可不许对别人讲。"

六

午饭后，空气更加燥热、沉闷了。不一会儿，起风了。云变成了淡灰色，挤成一堆，抱成个铅灰色的大团。

风逝了。燕子呢喃而下。细细的雨丝像一根根银色的绣针，一股脑儿地扎向地面。

鸡整齐地排成一溜，哆嗦着翅膀，站在房檐下。傻子却得意地踏着爪，不停地用舌头舔那湿漉漉的毛。

姥姥高兴得磕了三个头，不住地叨叨着："没白求雨，可不，说来就来了呢。"她走到窗前，满心欢喜地瞅。她的眼眶里有水珠。莫非是雨扑打进去的？

我望望窗户：窗子关着，雨水顺着玻璃一道道地往下滴。那么，姥姥是兴奋得落泪了。

我搬了个小板凳，站在上面，把着窗台向外望：雨下得更大了、更急了，地上冒起好多水泡，像我踢毽子用的铜钱。

我在想东头的老奶奶。她现在做什么呢？

对了，她怎么就一个人呢？

我真想立刻就弄明白它。我想问姥姥，可一想起老奶奶的话，立刻打消了那个念头。

大雨停了。草丛中的蚂蚱蹦得欢，蝈蝈也叫得脆生了。傻子满足得直刨蹶子，小鸡们不停地刨着湿乎乎的土。

姥姥抱柴做饭了。厨房里传来烧火的噼啪声和嚓嚓的切菜声。姥爷从炕上爬起来，穿上长筒靴，拿着铁锹，跳到猪圈里起粪去了。

我穿上塑料凉鞋，向老奶奶那跑去。

山雀赶在我的前面蹦着。它们好像刚出窝，还不会高飞，只是贴着地面，吃力地抖动着稚嫩的翅膀。天东北角，扬出一条彩虹，像是一座五颜六色的桥。

我屏住气推开那扇门。我怕老奶奶睡觉。

是开门使屋里亮了，还是我不小心弄出了声？反正，她马上发现了我。

"噢，好大的雨，雨好大呀！"

她奔过来，蹲下身，拍着我的脸蛋。

"奶奶，你的裙子像喇叭花。"我扳着她的肩，对她说。

她努着嘴，紧眨了两下眼睛，端着肩站起来，慢慢转一圈，又突然蹲下，惊叫道："看对了，是像喇叭花！聪明的乖乖！"

她抱起我，推开门，绕到房后，放我到地上。

这回轮到我惊叫了。野草中开着五颜六色的牵牛花。奶奶一种颜色掐了一朵，插在我头上。几只黄蜂嗡嗡着飞到头顶，吓得我一把抱住她。

"咋了？咋了？"

"蜂子！我怕蜂子！"

她笑着，抱起我，用手抚着我的脑门，边走边唱道："黄蜂好，黄蜂好，黄蜂不蜇我的小宝宝。给你花粉吃，给你好花粉，只要你不来，吓我的小宝宝。"

我笑了。见我笑了，她也笑得更厉害了。身子不住地抖着，我趁势滑下地，噔噔地跑进屋。

她端来一盘新煮的蚕豆，一颗颗地把皮剥掉，再把它一颗颗地送到我嘴里。那豆又香又软，我忘了回家。

"奶奶，你家怎么就你自己？"

她略微仰了下头，眼窝里有什么东西亮了一下，又没有了。她往嘴里塞着蚕豆皮，又慢慢吐出来，弄了一裙子。

我这样问，老奶奶怎么会不伤心呢？我打算搂住她的脖子，就势撒个娇。不料，她笑着说了："不早了，看你姥等急了。是吃饭的时候了。"

"哎。"我答应着，站起来，磨磨蹭蹭地向门口走。推门时，忍不住回头看了她一眼。

"倒忘了问了，叫什么名儿啊？"沙哑的、夹着痰的、含糊不清的声音。

"迎灯。我的小名。妈妈说，生我的时候是正月十五，天刚擦黑，还没点冰灯呢，爸爸就给我起下了这个名。"

她又发出一阵骇人的笑声。吓人的老奶奶！我一溜烟跑回家，死死地抱住傻子。

七

"跑哪儿去了？一天不着家！喊你姥爷吃饭。"姥姥把刷锅水倒进猪槽里，尖着嗓子招呼我。我放开傻子，木木地走向菜园。

姥爷光着大脚片子，裤腿挽到膝盖，两手相抱着坐在垄头。风吹来，菜园泛起一层青茵茵的光。姥爷的头发蓬蓬着，随风飘动，阴沉沉的脸上，两只眼睛定定地瞅着什么。

我捂着胸口，迈过昏黄的、摇荡着波纹的小水洼，立在他背后。他全然没有发觉。

"一年了，柱儿。没把你的……死讯，告诉你妈。不怪……我……你妈，她……会受不住哇……"

嘤嘤的泣声，他的身子向前倾着，头不住地低着、低着，一直低到膝盖。

彩虹走了。天空纯净得像一湾清水。

好久，他才抬起头，哆嗦着手，在衣袋里抠摸了好久，才见他捏出一个黑莹莹的东西来。

"西瓜子！"我惊叫道。

他浑身一抖，慢慢地转过身，放下裤脚，说："姥爷种西瓜。等结了果，给你吃。"他蹲起来，抠个坑，让我把子儿放下去。

"还赶趟吗？"我问他。

"赶趟。大秋就成了。"他抓起一捧土，细细地搓着，均匀地撒在坑里。

我和姥爷关上园门，走进屋子，姥姥在里面骂："老的老小的小，哪有一个不叫操心的！赶明儿告诉柱儿，再回来，可别给那老孽障买东西。弄点西瓜子啊，今儿看，明儿摸，真比见着儿子还亲。"

我猛地冲进屋，揪住姥姥的衣襟："谁叫柱儿？"

"'柱儿'也是你能叫的吗？没大没小！"

"他是谁？"

"你大舅！"

柱儿是大舅，大舅怎么会死呢？不敢告诉柱儿他妈，柱儿他妈不就是姥姥吗？

"姥姥，你是柱儿他妈？"

"嗯，咳、咳。"她笑歪了身子，洒了一衣襟粥，"我不是柱儿他妈，谁是呢？生柱儿的时候，难产哟，差点没把命搭上。"她从贴墙的铁丝上拽下抹布，捣蒜般地扑弄着米粒。

"快吃！凉了！什么都好问！"小姨把碗推到我面前，狠狠地瞪我一眼。

"我不饿！我不吃！谁希用你管，管你对象去吧！"

她摔下筷子，跑到西屋，门被砰的一声关上了。

自知闯了祸，我满心不自在地走出屋。

晚霞将要下去，天上变成了灰蓝色，远山被罩在一片水雾之中，显得空旷和迷离。

傻子迎着我走来。我无心理它，径自向前走着。它委屈地呜呜叫着，抗议般地跺着脚。

也不知走了多久，前面是江了。

啊，江，你迅疾地、不停地流，你不觉得累吗？真像个贪玩的野孩子，一躺到这儿，就忘记了吃饭、睡觉。

你已经变野了，不停地卷起一道道波浪，一簇簇水花。即使这样，你还觉得不过瘾，于是，就在自己的胸脯上切下一块块肉，甩到沙滩上，化成五颜六色的石子。

瞧你，是不是看我来了，又播撒出一片亮晶晶的碎光，吐出一朵朵白莹莹的莲花？哦，你点头了，不住地点头了。你这北极村的野孩子！

沙滩多好。又松又软。我怎么才第一次感觉到？五颜六色的石子，圆的、方的、长的，很多，很多……

八

被小舅从江边抱回来的路上，我一直在哭。

天边钩着一弯淡淡的月牙，无数的星星像蜡烛的火苗，不住地跳着。

我的泪把小舅的领口全弄湿了。我羡慕江，甚至有些恨它。它洋洋洒洒，阴天，狂热地亲吻条条雨丝；晴天，悠闲仰望浮游的云彩。

江啊，江，你一定知道奶奶为什么会那样骇人地笑，姥爷为什么会说出那样的话。可你为什么不告诉我呢？

青蛙在江边呱呱地叫了。开始只是零零稀稀的几声，听起来，好像带着铃铛的马车在飞奔。

星啊，星，满天都是。我是哪一颗呢？妈妈不是说过，生我的时候，梦见一颗星星扑到怀里了吗？

哦，太累了。我感到头发沉、胸闷极了。眼前模模糊糊的一片，身上冷得直哆嗦，好像谁给涂了一层冰。我把头无力地搭在小舅的肩膀上，就什么都不知道了。

九

累极了，累极了。

我的眼前是五颜六色的小星星，它们晃啊，摇啊，红了，全是红的了，像新媳妇的盖头，像大公鸡的鸡冠。不，又是紫的了，千万颗的小豆豆。粉的、绿的、白的……最后是满眼的金色，像火星飞迸。

我终于睁开了眼睛。

白的墙，映着明晃晃的阳光，更白了。

荷包蛋和葱花的香味扑鼻而来。姥姥的眼里含着泪，用搓板一样粗糙的手一遍遍地抚弄着我的额头。

"灯子，灯子，起来吃吧。"是姥爷的声音。我把着姥姥坐起来，接过碗。很快，两个鸡蛋进肚了。细细的面丝也吞进去了。

我觉得舒服、轻松了许多。放下碗，我就要出去。我知道，这是中午，自己睡了一宿零半天了。

"哪去？"姥姥拽住我的胳膊。

"去玩。"

"不中。刚要好，夜里发烧才吓人呢！"

"发烧？我都说啥了？"

"你说你变成了星，还说要变成江，又说有个奶奶给了个什么东西……多着呢。"

"我提没提柱儿的事？"

"见天儿叫柱儿，该是想你大舅了吧？"她说完，咳了一声，扯起前襟擦眼睛。姥爷急忙弓着背走开了。

没提柱儿就好。他是怎么死的？我不知道。只听小舅讲过，姥爷挨斗时，大舅抱不平，惹怒了公社书记，把他调到很远的一个地方去了。那年他才十七岁。他死在那个地方吗？

姥爷多可怜，他死了儿子不敢大声哭，姥姥更可怜，她的儿子死了她都不知道，还当他活着，这究竟是怎么一回事啊？

"看看傻子去吧，它一大早就刨土，挣铁链子，疯了似的。"姥姥一边跪在炕上用小抹布来来回回地擦着炕，一边对我说。

我忘记回答，飞快地冲出屋。

果然，傻子在拼命地挣铁链子。它蹬着腿，冲刺般地一蹿，脖子上便勒出了一道深深的沟。没有挣脱，它嗷嗷地叫着，疯了似的又向前扑，铁链子被拉得绷直。

"傻子！"听到声音，它猛地一抖。它的腿由前倾变直了，铁链子也变松了。它迅速仰起头，望着我，烂泥似的瘫在新翻的泥土上。我跳过去，搂住它。它用舌头不停地舔我的手心。

"是不是我来晚了，你发脾气？你挣铁链子，是要找我去吧？"

我问它，它木然不动，毫无反应。等我站起来，要离开时，它又疯了似的又跳又叫。

"不走，我不走。"我揪住它的耳朵，按它到障子边。它明白似的点点头。

太阳由中天向西滑了，猪吃完食蜷着尾巴回圈了。现在，我得去看老奶奶了。

十

"黄蜂好，黄蜂好，黄蜂不蜇我的小宝宝。给你花粉吃，给你好花粉，只要你不来，吓我的小宝宝。"

老奶奶蹲在灶门前捅着火，努着嘴唱着。她的脸被火映得红光光的，深凹的蓝眼睛显得那样好看。

锅里咝咝地冒汽了。白浆浆的米汤顺着锅沿淌下来，滴到她握火钩子的手上。她一惊，慌乱站起来，去掀那锅盖。我倚着门框，把小拇指含在嘴角。她放上碱，画圈儿似的用勺搅着粥。

"奶奶！"

她掉过身，把勺子扔到一边，挓挲着手，想要搂我。见我往后缩，她又垂下手，温和地说："来了。吃饭了吗？"

"吃了。荷包蛋。"我不由咂了咂嘴。

"粥熟了，拌拌糖，再喝碗米汤。"

不等我回答，她径自从橱里拿出一只碗，用毛巾使劲擦蹭着。她把碗放到锅台上，从橱里的瓷罐里舀出满满一勺糖，磕到碗里，撒着米汤。

浮溜浮溜的一碗，黏稠稠的，啜一口，甘甜甘甜，像软软的胶皮糖。她捏着勺喂我。舀起一下，放到唇边，嘬着嘴轻轻地一吹，再送到我面前。

喝完米汤，我就进屋了。

桌子上，堆着一摞小纸片。纸片上有画，也有字。奶奶吃完了，收拾停当了，搬来一把木椅，放到桌旁，与我对面坐下。

"认识吗？"她抽出四张卡片问我。

"鸡、虎、棍子、虫子。"

她笑了。捏着我的鼻子，说："不是棍子，是'棒'；不是虫子，是'虫'。"她点着字教我，她把字样的画片推到我面前，又从抽屉里抽出同样的四张，对我说："现在做游戏。虎吃鸡，鸡鸹虫，虫嗑棒，棒打虎。我出一张，你出一张。背着出，再一起翻过来，看谁赢，记住了？"

"虎吃鸡，鸡鸹虫，虫嗑棒，棒打虎。"我流利地重复一遍，故意把声音拉得长长的。我抽出一张老虎，用手心牢牢地按在桌子上，生怕她看见。

在我的印象中，老虎最厉害。谁能抵得过它？棒能打虎，老奶奶可千万不要出"棒"。万一她出"棒"怎么办，我的老虎不就没命了吗？

这样想着，我真想把它抽回来，再换上"虫"。让虫去嗑老奶奶的"棒"。可她出的若是鸡呢？我的"虫"不也就完了么？

越想越着急。我的头都出汗了。

"奶奶数五个数，数到五时，一起翻。"

"一、二、三、四、五！"

我们一齐翻过来了。她押的是虫，我押的是虎。这怎么算呢？

"虎吃虫！"

"虫搔虎！虫蹦到老虎的屁股上，搔得它直叫唤。"

"才不是呢！虫子那么小，老虎一脚就能把它踩死！"

"瞎说！虫子灵巧，老虎可踩不着它。"她眨着眼睛，好像在气我。

"灵巧个屁吧。我见鸡要鸹它时，它吓得跟小耗子见猫似的。"不知不觉，我的泪流出来了。

她也淌了泪，是因为笑。

"下雨了，雨哗哗，哗哗的雨呀流不停。填满了鼻沟沟，浇湿了小脸蛋。"奶奶用手指弹着桌子，小鸡啄米似的点着头。

我止住了哭，也编排她："眍瞜眼，尖鼻子，长长的下巴肥肥的耳。白了毛还要穿裙子，开朵喇叭花呀，还是个臭黑的！"

她啧啧着嘴，搂着我笑了。我就把嘴贴到她耳朵旁，讲述我心中的秘密。

从这天起，我开始跟奶奶认字了。她每天教我五个，第二天去就考。若答不对，是绝对不准许吃蚕豆、嗑瓜子的。

太阳贴着山下去了，天色渐晚。猴姥的大脚片子又在院中响了。鬼和神的故事对我已经失去了魔力。她们在厨房里讲，我就躺在被垛上，望着房梁，默念着白天学过的字，用手指比画着："马、牛、羊、猪、狗……"

猪，猪字太难写了！怪不得猪那么讨人嫌，原来它的字也烦人哪。

"小舅！"

"干啥？"

"'猪'字怎么写？"

"犬犹儿加个'者'。"他一边说，一边用圆珠笔写在我的手心上，然后把笔往炕里一撒，晃晃荡荡地钻进厨房了。

神气什么？臭美！都那么大了，写个"猪"字也值得这么着？我想着，气得在"猪"字上打了一下。这一下，倒使我记住了它。

我四仰八叉躺着，望着房梁，听着猴姥的说话声，不由想起了那天我跟姥姥说的话："姥姥，猴姥真埋汰。耳窝全是泥，大黄门牙也恶心人。"

"什么都说！可不能叫她听见伤心。她早先可不是这个样儿。"

"早先她干净？"

"是啊，光光溜溜的。别说虮子花，就连个灰星儿都不沾。"

"那她现在咋这样？"

"就打小日本鬼子军官逼她睡了一宿，死了几次没能成，她人呀，就成了这个样子。"

"睡觉怕啥？"

"那可是丢人的事呀。你现在不懂，大了就知道了。"

小日本在漠河采金，霸占侮辱了许多人，花骨朵没开，就被风劫落了。它埋在烂泥里，没有人再辨出它的颜色了。

十一

秋风起了。嫩嫩的苞米粒变硬了，豆角叶变黄了，柿子晒红了脸，沉甸甸的倭瓜坠折了枝蔓。房盖上，红一块绿一块的，晒满了胡萝卜和豆角丝。

我帮姥姥把豆角子和豌豆子摘下来，穿上线，挂在房檐下。

小燕子练习飞了。它们飞累了，就歇在电线上。燕妈妈来来去去地给它们啄食。练硬了翅膀，它们就要跟妈妈回南方去了。燕子要回家去了。北方太寒冷，留不住它。可是，冬天过去，雪一化，春天就来了。春天一到，燕子又飞回来了。

我可不愿意走。我要走了，就难再回来了。我要在这儿，陪着奶奶度过这个寒冷漫长的冬天。我将能学会好多字，学会乘除法，学会剪窗花、做面人。有了希望，心中就舒坦多了。我变勤快了，帮着姥姥洗碗、剁鸡食、采猪菜。在做所有这些活的时候，我都在想：干完活就去奶奶那儿，快干、快干！

秋天过得太快了。土豆起完了，苞米叶子黄了、干巴了。蚂蚱越来越少，就连鸡也不爱下蛋了。早晨起来，还能望见白花花的霜。

姥姥到供销社买了每人两块的月饼，八月十五到了。家里提前圈鸡、喂猪、做饭。晚饭时，我只喝了小半碗粥。我要攒着肚子，吃月饼。整整一年没有见过它了。

我坐在大门口，盼啊，盼啊。夜幕低垂了，月亮在山坳里不停地拱啊，终于拱出了一点，金黄色的、细长的、像是棵豆芽的月亮边。

我乐得一蹦老高，飞快地跑去告诉他们。

姥姥麻利地搬出桌子，把它支在院子里，端上一盘月饼，一盘柿子。姥姥说这叫供月。秋天了，忙活了一年的人们都该歇歇了。收成了一年的东西，拿出来供供月，求得美满吉祥。我听完姥姥的话，不由得想起了在家过八月十五时，与小朋友一起看月亮，边嚼月饼边哼歌谣："蛤蟆蛤蟆气鼓，气到八月十五。杀猪、宰羊，气得蛤蟆直哭。"

我唱给姥姥听，她笑得直揉肚子。我想，别的地方过八月十五一定很热闹吧！杀猪、宰羊，搞得多隆重。我马上想到了老奶奶，谁陪她供月呢？

趁姥姥不注意，我摸块月饼，偷偷跑出去。

月亮全升起来了。它圆圆的大盘上，像是涂满了鸡蛋黄。我踩着零乱凋落的叶子，穿过苞米地，撞进院子，打开屋门。

老奶奶正用胳膊挂着脑门，坐在桌子旁。她见了我，又像疯了一样把我抱起来，抢了一个圈儿，亲得我透不过气来。

她从厨房里给我端来了月饼。那月饼是她自己做的。小小的、圆圆的，馅是青萝卜丝和白糖。月饼印着鱼和花的花纹。

我知道，奶奶只能自己做月饼。至于为什么，我好像明白，又好像不明白。

我把自己的月饼给她，因为买的月饼馅里有花生和芝麻。她捏了一小块，尝了好久。

我们吃完月饼，就手拉手，唱起奶奶编的歌来："月亮升上来哟，宝宝他睡着了。奶奶拿起绣花针，缝啊，缝啊，缝出个小鹿活鲜鲜蹦。太阳出来哟嗨，宝宝他醒来了。奶奶打着哈欠哪，给宝宝穿上带小鹿的新衣裳哟！"

我唱着，晃着脑袋，觉得自己就是那歌中的宝宝。"出去看月亮吧。"唱累了，也跳累了，我想出去玩。她答应着，戴上三角巾，扯着我的手，来到院里。

月亮升高了。它的左右飘着几朵灰蓝色的云。月亮里面绰绰约约的，好像有雾、有烟。

她给我讲嫦娥奔月的故事。说是嫦娥偷吃了长生不老药，带着玉兔上月宫了。

我恨嫦娥。我想，她要是不偷吃那药，地上的人将会有许多长生不老的，包括奶奶。她的头发全白了，牙齿也脱落了。她老了。有一天她会死的。

我伤心得直想哭。

"听着大江的水声了么？"

"听到了。"

"跟奶奶去江边玩玩吧。"

"晚间去，不害怕？"

"怕啥，有大月亮呢。"

我顺从地把她的胳膊拽在肩膀上，向大江走去。

哗哗的水声，又轻又急。晚秋的江面，冷清清的一片。月光泻在江面上，像播撒了许多金子，一跳一跳的。

她给我讲白夜。说是夏至时，在漠河，可以看到北极光。拿一片小玻璃碴，把它浸入水中，可以看到好多色彩。

她告诉我，她的家在江那边很远很远的地方，有绿草地，有很好看很好看的木刻楞房子。她说，她年轻时糊涂，跟着她爹糊里糊涂就走了，说着一个劲儿叹气。她还告诉我，她年轻时是一个很好看的人。还说，她有一个傻儿子，现在在山东，是她男人带走的。运动一到，那人胆小，扔下她一人，跑了。

她又唱歌了，又苦又涩的，唱的什么我听不懂。她说是她们家乡的歌。在这晚秋的江面上，回荡着这样的声音，我打了个寒战。

她拾了好多石子，用裙子兜着。她说，她真的要给我做个漂亮的项圈。

望着大江，我忍不住淌泪了。我悄悄地淌，再偷偷地抹掉。我不愿意让奶奶看见。

十二

供月的桌子已经撤了。院子里泼了水，潮乎乎、湿润润的，看来，姥姥已经洗完了脚。我蹬着木墩闩好大门，定定神才进屋去。

姥姥并没睡。她盘着腿坐在炕上，好像跟谁生气了。

"野够了？她还放你回来了？怪不得呢，昨天观景（做梦）观到结婚唱戏的，可有热闹事了呢！

"也怪不得你妈嫌你淘气，怕惹事，可不就是个让人操心的孩子！

"愣站着干什么？抱屈呀？你小舅亲眼见你去的。还不上炕！"

我狠狠地瞪了舅舅一眼，脱了衣服，把它们扔在板凳上，跳上炕，扯过被子。

"睡、睡，应不应承错了？"

姥姥和我争扯着被，泪花花在眼里打转。

"供你吃，供你穿，可不供出了个小冤家！"

说着说着，声音变抽咽了，好像水流得很平稳，突然受到了阻碍似的。

我的心很难受。我光着脊梁躺到炕角贴墙的地方。想月亮。想星星。想大江。想菜园中的蚂蚱、蝴蝶、蜻蜓和蜜蜂。想牵牛花、蚕豆、梦中的项圈。想清淡淡的月牙。我真想变成其中的一种。

挂钟"嘀嗒嘀嗒"地响着，外面的月色多美。要是奶奶、姥爷、姥姥、小舅、猴姥和我一起围在桌子边，边讲故事边赏月，那该多甜人。可是，我知道，在我没有去奶奶家之前，通向她家的窄窄的小道，就是一具僵尸。现在，这具僵尸只有我一个人敢踩。

嗡嗡地叫着的，是蚊子。秋天的蚊子叮人可真凶。准是姥姥又先开灯，后关窗。姥姥可真是的，连这么简单的先后次序都记不住。她好可怜，她的柱儿死了，可她不知道。

月亮是圆的。我想，在姥爷眼里，它不是圆的。它确确实实缺一块。姥爷在干什么呢？他一定在想柱儿。因为每逢年节，爸爸都要念叨死去的爷爷。也许姥爷正站在月下，手里捧着几粒西瓜子吧？应该刮一阵小风，吹落姥爷眼角的泪，吹起他的一头白发。那白头发向上一绺，拂动着，一定像团烟。让烟上天吧，化成袅袅的云。没了白发，姥爷会年轻的。

这样想着，我爬起来，去翻装瓜子的盒子。

盒子空空的，像一个饿急了眼的大肚罗汉，空着肚子，等待吞噬一切能吃的东西。

我小心地合上它，悄悄缩在姥姥身旁。

她哭倦了，她不舍得揍我，她一声不吭地躺下了。我把头伸在她胳肢窝下，抱着她的腰。

她的皮肤这么松，这么粗，一摸就触着骨头。她也老了。这么些人都老了，我更加相信自己在长大。

我老了会是什么样呢？

十三

中秋节过去了。天气越来越寒冷。霜花凝成了薄冰，嵌在低洼的土地上。

菜园一下子变得苍老了。枝残叶败，果坠花萎。蚂蚱不再蹦了，燕子也离开了北方。干巴巴的豆角架上，只零星盘挂着枯草的叶片。

豆角丝晾干了，收进了仓房；胡萝卜未干透，把它请到炕头去了。

姥爷给小鸡垒了窝。它们的嫩翅膀受不了雪花和寒风的袭击。它们失去了奔跑和自觅食物的权利。它们将要伴着干菜叶，在闷葫芦一样的窝里，度过一个漫长的冬天。

傻子的窝是小舅垒的。用桦木杆支起个架子，苫上干草，再糊上黄泥，留个口儿。看上去，跟个躺倒的泥烟囱一样，别扭极了。

姥姥戴着老花镜，在炕上盘着腿，做起冬天的棉衣来。她给我安排了许多活：择线头、用弓子弹旧棉花、剥饭豆皮。尽管心中一百个不乐意，可我还是耐着性子做了。

难有出去的机会，走一步姥姥都要问。干完活，我就用小舅使剩的铅笔头默写奶奶教过的字。专门预备给猴姥的卷烟纸被我独吞了。

我开始琢磨画画。画奶奶家的烟囱、她房后的牵牛花和那个紫檀木桌子。纸上满是歪倒了的烟囱、没立体感的牵牛花、瘸了腿的桌子、呆若木鸡的燕子和尾巴跟兔子一样短的傻子。

尽管如此，我还是小心翼翼地把它们叠在一起，用一小块塑料布包好，藏在垛子里。这样，它就不怕风吹、日晒、雨淋了。我打算要带这个去看奶奶。

这回，我更精心设计一幅画了。因为姥爷给了我一张玻璃窗那样大的硬纸，让我叠纸飞机玩。纸飞机我玩厌了，我决心在上面画一幅画，我最喜欢的。

趁姥姥去买粮的当儿，我一个人伏在炕上，飞快地动笔了。一个老奶奶，交叉着双手仰头望着天。她的长裙曳地，自然打着旋，像一朵盛开的牵牛花。她的脸上宽下窄，皱纹纵横，前探的下巴上的嘴紧紧地抿着。她望着天，好像在寻找什么，以至于三角巾就要从肩头滑下去了，她的头顶是一颗小星星。

铅笔的黑色总嫌淡，我从灶坑里扒出一块木炭，涂在裙子上。古铜色的三角巾用松树皮擦上了。星星，应该是金黄色的。绞尽脑汁，我猛然想起了豆油。豆油，黄乎乎，黏稠稠，滴上一滴，星星准会眨眼睛的！

我马上奔到厨房，从柜里取出豆油瓶，没等稳好神，就颤巍巍地倾斜了瓶子。

不好，手怎么这么抖，油被倒出了一多半，淹灭了星星，漫了"老奶奶"一脸。

整幅画都油污了。美丽的梦想将要成为现实，竟给人当头一棒。泪水，不住地往外涌。

就在我对着它哭泣不止的时候，猛然觉得辫子被谁揪住了，生疼生疼的。没等我反应过来，骂声就灌进了耳朵："败家子！我的小祖师爷呀，这点油省着吃、省着吃，倒叫你给泼了。什么不好玩，偏偏拿这个？"

我真该死，乖乖地站在墙边，我等待着一切。不抬头，也不看地，把眼眯着。

很幸运，什么也没发生。这大大出乎我意料。

画被烧了。我只好抱着傻子，蹲在障子边。"老奶奶"被烧了。她的小星星也没了。傻子用舌头舔着我脸上的泪，不时地拽得铁链子哗哗响。

十四

连绵几天的秋雨，更增添了寒冷和寂寞。色彩斑斓的远山被笼罩在蒙蒙的水雾之中，闪闪烁烁的，像个躲避挨打的孩子。

天色失却了以往的纯蓝，变得灰白、惨淡。做好棉衣，又腌了咸菜和酸菜，姥姥和小姨又忙着溜窗缝了。万事备齐，单等过冬。

我偷空去找了一次老奶奶。她瘦了许多。不用我解释，她猜到了一切。她很少跟我讲话，只是一边干巴巴地苦笑，一边哆嗦着手给我烤毛嗑。她的手燎起了火泡。我只能咬着嘴唇，扭过脸去。她催我回家，甚至于粗暴地把我推出门。

我走在冷得钻脚心的小路上，久久地望着那座房子。泪水模糊了视线。

秋风住了，秋雨息了。短暂的晴天后，又铺天盖地压来一片更迅猛、寒冷的风。狂风过后，灰云压天，接着，黏黏的雪花飞舞在空中。冬天就这样准时地来了，穿着素洁的衣裳，带着一颗恬静安详的心。

树上结满了棉桃似的花，垄沟里积满了雪。傻子欢喜得狂吠着，搅得雪粉扑了它一脸。雪闷下了一天一宿。第二天清晨起来，太阳出来了。我的眼前是一片银白的世界。分不清哪是天，哪是地，只觉得像掉进了一团大气中，周围满是一色的洁白，尤其是当我仰头望天的时候，

我想起了老奶奶讲过的故事。眼前立刻出现了那个卖火柴的小女孩。可怜的小女孩！奶奶在做什么呢？她在睡觉，还是已经起来看雪了？我真想变成卖火柴的小女孩，也捧着火柴盒，越过每一家门槛，在她的门前站定，深情地喊一声："卖火柴了！"

然而，一切都不可能。我握着铁锹，在院门口堆雪人。堆得高高的，胖胖的，洁白明艳。堆完了，就把舅舅的红钢笔水拿来，涂红嘴唇。眼睛用两块黑泥粘上。眉毛是难描的，我使用两小根弯弯的桦树条代替。在第二场雪没到来之前，它将永远保持它安静的风韵。

炉子里吱吱啦啦地燃着桦木样，火墙烧得直烫手。一进去，冷气立刻消散得无影无踪。

我使劲跺着脚上的雪。可是雪黏，它们全沾在鞋面上。我便用笤帚扫，可是那笤帚好像刚从热锅里捞出来，一扫雪就化了。于是，棉鞋就洇湿了好大一片。姥姥忍不住要叨叨：

"新穿的棉靰鞡，还抗这么造？再下雪时，可不许出去跑。热炕头都烙不住你。"

我也实在有些冷了，就脱了鞋，爬上炕，舒舒服服地倒下来。

窗外寒风刺耳地叫。猫冬了。我真正体会了"猫冬"的含义。一家人围在炕上，讲着讲着话就要打瞌睡。厨房里蒸汽弥漫，熬猪食的气味，呛得人头直晕。火墙上搭满了棉胶鞋和臭鞋垫，肮脏而别扭，没有比这更腻味的了。尤其是当我怀着心事的时候，看着什么都心烦。我时常跟姥姥顶嘴，时常跟小姨使气。

天无绝人之路。就在这万般无奈的情况下，我猛然有了一个新发现，而且这发现很快就使我有了新主意。

那一次我去仓房给鸡抓草籽，看见二层格的零碎东西间，有一个竹笼。我

搬来板凳，又在板凳上加个木墩，好不容易爬上去，取下那个宝贝。

捕鸟，趴在雪地上，看着鸟围着笼子转。我可以把它放在苞米地里，这样，奶奶在窗里就可望见我了。

我把"滚笼"别上谷穗，兴高采烈地拎它回屋去，把捕鸟的事告诉姥姥。她有些不耐烦，对我说："逮去吧，逮去吧。下黑可别喊肚子疼，冰天冻地的。"

这一次，我痛快地答应了，而且抑制不住地笑了。

像是只自由的鸟，我又找到了飞翔的天地。

十五

苞米地一片洁白。枯黄干巴的叶子已被雪蒙在下面，只有零星的秆儿还戳在那，一动不动。

我把笼放在离我十多米远的地方，趴在松软的雪地上。

两个老人同时在注意我。一个是姥姥，一个是奶奶。她们都站在窗下。姥姥从东窗监视我，奶奶从南窗端详我。

如果捕到雀，我首先要侧过头，冲奶奶的方向甜甜地一笑。捕鸟是很有乐趣的。"大家贼"很奸，它从不入笼。家雀也很鬼，它能站在旁边偷吃好些谷粒，而从容飞走。唯有那些灰黑的、红脑门的山雀，一来就会被擒住。

它们自然知道被擒住是件冤屈事。它们就蹦啊，扑啊，想冲出笼子。最后，有的连头都撞出血了。一看见这样，我就会想起套着锁链的傻子。不管我怎么喜欢它们，还是把笼门打开，让它们自由地飞走。

提着空笼子去，又提着空笼子回来。姥姥直嚷今年的山雀少。可我却觉得，在我的周围，飞翔着许多鸟。虽然见不着老奶奶，可我能望见窗前的黑影，望见烟囱上袅袅的炊烟。我相信奶奶还活着。

雪人被第二场暴风雪摧毁了。笼子还是空的。

转眼间，腊月到了。家里忙着过年，刷墙、蒸年干粮、买年画、宰猪。年干粮要蒸好多种。有花卷、豆包、糖三角、菜包、馒头。蒸馒头时，用模子扣花。把面和得硬硬的，塞到模子里，然后翻过来，用力一磕，面就平平稳稳地掉下来了。有鲤鱼的形状，也有荷花、小鱼、公鸡的形态，惟妙惟肖。

我每次都要跟着忙得满头大汗。

这是腊月二十三，过小年。这天要请小姨对象的父母来，会亲家。

一大早，小姨就把我喊起来，给我换上干净衣裳，把被子叠得整整齐齐，刀切似的。

二十三，送灶王爷，按风俗得包饺子。猴姥来帮着忙乎。等到太阳升高，玻璃窗上的霜花化成细密密的水珠的时候，菜码弄好了。

小姨的对象偕同父母上门了。他们带来了两个大包，全是给小姨的东西。姥姥乐得合不拢嘴。猴姥扯出花头巾在头上比画着，和她那黑红的脸庞一衬，简直跟个花脸蘑菇一样。

快要吃饭的时候，姥爷才回来。他的胡子上挂满了霜花。他不住地搓手，红着脸，看不出是高兴，还是不高兴。

大圆桌上摆满了菜。大家说说笑笑，互相谦让着就座了。姥姥抱着我，不时地往我碟子里夹菜。

我吃得很少。我感到这热闹很不协调。我想老奶奶，想吃蚕豆和毛嗑。我脱身下来，谎称吃饱了，溜到炕边去玩。见没有人注意，便一个人走出院子。

不知不觉，就走到了老奶奶的屋里。

我们搂在一起，把漫长时间积攒下的思恋、愁苦的情绪，化作汩汩泪水，交糅倾诉在一起。没有肉，我们包的素馅饺子。也许是极度兴奋的缘故吧，她两颊通红，不住地捶着胸口。

煮饺子了！我蹲在灶门前，念那首在家时爸爸教过的词："灶王爷，本姓张，骑着马，挎着枪。上天言好事，下地降吉祥。"

她默默地重复了后一句，闭了一下双眼，又睁开，朝我努着嘴笑了。

她跟我讲我捕鸟时趴在雪地的情形。她说我跟个小精灵似的。她还考了我学过的字，我获得了一个亲吻。

我告诉她，家里正在会亲家。当然，也讲了爸爸来信要我回去的事。

"回去？什么时候？"

"要我过了年就走。"

"过了年……就走吗？"

"我不走，可偏要我走。"我不肯直说，我留在这儿，是因为有她。

"不能坐船了。"她惆怅地说。

"坐大客。跟大闷罐似的。"

她无力地"咳"了一声。

这一天，我学会了一首歌："啊，似花还似非花，压弯了雪球花树的枝杈。啊，似梦还似非梦，使我把头垂下……"

我虽然不理解歌词的意思，却觉得那曲调很感染人，唱着唱着，不觉眼睛就潮湿了。

　　临走时，她把我用过的识字课本用红绸子系在一起，又给我梳了头。走出去好远，她又把我叫回来，亲手给我戴上那个梦中的项圈：它是由一条粉色丝带相缀成的。每块石子都拦腰紧紧地系一圈，石子与石子之间只有黄豆那样大的空隙。我觉得胸前沉甸甸的，脖子勒得生疼。好沉重啊。

　　左手拎着识字课本，右手托着项圈，我歪歪扭扭地跑回家，用雪把它们埋在夏季做泥人的地方。埋完，登上桦子垛，我见老奶奶还站在那儿，手里扬着古铜色的头巾。

十六

　　腊月二十八了。春节就要来临。家里忙得翻了天。姥姥赶着给我做新鞋，小舅在糊灯笼。我简直成了监督官，这瞅瞅，那转转。

　　"他李婶！他李婶！"突然猴姥风急风火地踹着门进来了，"东头的老苏联死了！"

　　她说得那样吓人，脸全变了色。

　　"咋？"姥姥吓得扎破了手指，血直往外淌。

　　"是老奶奶么，是穿黑裙子的老奶奶么？"

　　我急了。

　　"是。躺在炕上死的。一个人，孤零零的。唉，这几天，我见她的烟囱不冒烟，就犯寻思，偷着扒窗一看，可不就死了！"她落泪了。

　　怎么会呢，我的老奶奶怎么会死呢？该死的猴姥，凭什么乱诅咒人？"造谣精！大黄牙！黑耳窝！"我骂着，一脚踢开门跑出去。

　　奶奶一定在家等着我，一定。穿着长长的黑裙子，戴着古铜色三角巾，凹陷着蓝蓝的眼睛，紧抿着嘴巴。她说不定正在为我烤毛嗑、煮蚕豆呢。

　　"奶奶！奶奶！"我进了屋，站着。

　　奶奶静静地躺在那儿，睁着眼，一动不动。她的枕边散着许多卡片和毛嗑。她依然穿着黑裙子，古铜色的三角巾围在脖子上，头梳得很光、很利索的。她在睡觉、在睡觉，别喊她。奶奶剥蚕豆剥累了，让她歇一歇吧。我坐在板凳上，呆呆地想。

　　姥姥和猴姥是什么时候进来的，她们又是怎样把我弄回了家，我一无所知。我只是想睡，想毛嗑、蚕豆，想她的那双眼睛。

迷迷糊糊中，听姥姥和猴姥在说话。

"老苏联也上年纪了，倒属喜丧。可她死了连眼都闭不上，我揉了半天。你说怪不怪？"

这是猴姥的声音。

"死前没见着那男人和傻儿子，觉着不安生吧？"姥姥分明在掉眼泪了。

"八成是。死人想谁，谁就能让她的眼睛闭上，总不能让她睁着眼入土啊。"

老奶奶会是想那个山东男人么？我不信。奶奶心中只有我。我会让她的眼睛闭上的。可我不愿意。奶奶睁着眼睛多好看，闭了，就醒不过来了。我想这样说，可是觉得浑身没劲，就又睡过去了。

醒来的时候，我强睁着涩涩的眼睛呆呆地望着房梁。我觉得自己连翻身的力气都没有了。我咬紧牙爬起来，一步一摇晃晃悠悠地飘出屋子。太阳还未落山，雪地一片银白。一群雀儿飞过头顶，留下一片吱吱喳喳的叫声。

跑到老奶奶家门前，我拉开门，不由得浑身直打哆嗦。我想起了许许多多这样的时刻，奶奶笑着走过来迎接我，往我的嘴里塞着蚕豆。可现在，老奶奶为什么不过来呢？日头都要落山了，她还在睡，还要睡到什么时候呢？

我怔怔地挨到她面前。抻了一下像喇叭花一样的裙子，又腾地缩回手，蜂子蜇了似的直直盯着她的眼睛。

老奶奶不看我了，她的眼睛里没有一丝亮儿，她在看房梁。房梁上有什么呢？一只小蜘蛛从那里扯下一根丝，紧张地摇摆着。

门吱吱呀呀地开了，是姥姥轻轻地走来了。她默默地站了一会儿，扳住我的肩头，她好像要跟我说好多话，可过了半天，她才努个嘴："灯儿……合上老奶奶的眼睛，让她享福去吧。"

我忽然觉得，老奶奶这样睁着眼睛是让人害怕。我又想了想，走上前，轻轻地合上了她的眼睛。

她合着眼安详地睡了。满屋听不见一丝声响，蜘蛛怯怯地收回丝，一滚一滚地上房梁了。

夕阳的斜晖浓浓地抹在玻璃窗上，金黄金黄的。

十七

老奶奶永远地睡了。她的房子永远上了锁，烟囱也永远不会冒烟了。冬天，苦闷的冬天，我觉得自己一下子长大了几岁。

清明节的前一天，舅舅收到了一封信，是妈妈写来的。信上说：家里的人都很想我，有的时候都想哭了，让我尽快回去……

我也的确想离开这里了。

清明，是传说中的"鬼节"。这天，姥姥早早就起来煮了半锅鸡蛋，一个个地把它们捞到凉水盆里，然后再涂上红钢笔水。姥姥一条胳膊挽着篮子，一只手牵着我，向坟地走去。

时值初春，大江轰轰地跑着冰排，大地又拱出了嫩嫩的草芽。阳光明媚地照着山水田地。

姥姥领我来到一座老坟面前，摆上一碗菜，一碟鸡蛋，用石头压了几张纸钱。她跪下去，低低地说了几句什么。我知道，这是姥姥母亲的坟。

坟地的人很多，人们来来往往的，只听得见轻微的脚步声。我多么想给老奶奶的坟上供一点东西啊，因为老奶奶的面前没有一个亲人，我转过身，朝着坟地最边缘的、无碑的新坟走去。

坟边上长着一排小杉树。坟边，开满了金黄金黄的野花，一眼望去，好像老天撒下的星星。

走到那儿，定眼瞅坟时，我呆了：坟新薅了草，小馒头和红皮鸡蛋排列整齐地摊在坟头、坟顶，压着厚厚的纸钱。

我听见身后响起了脚步声。我回过头，是姥姥，她在望着我，也在望着奶奶的坟。她的脸绷得紧紧的，抽搐得像个干瘪的核桃。忽然，核桃变大了，她那干巴巴的眼睛里有了莹莹的亮色，水汪汪地闪着。

我只觉得鼻子酸酸的，心里也像浮游着许多小蝌蚪。我抽抽咽咽地奔过去，紧紧地搂住姥姥……

十八

大轮船拉笛了，起锚了。船身在慢吞吞地动了。我背着打着补丁的黄帆布背兜，把着栏杆，默默地向岸上招手。

再见了，姥爷，让我永远为你保守心中的秘密吧，虽然你从不曾这样吩咐我。再见了，猴姥，不能从她的肚子里往外掏故事了。再见了，小舅，别忘了把傻子从锁链上解救出来。再见了，小姨，祝你顺利生个可爱的娃娃，给她纯真与活泼。再见了，北极村，我苦涩而清香的童年摇篮！

让自由之子、这曾经让我羡慕和感动得落了泪的黑龙江，连同我的思恋、我的梦幻、我的牵牛花、蚕豆、小泥人、项圈、课本、滚笼、星星、白云、晚霞、菜园，一起奔涌到新生活的彼岸吧！

船加速了。江水拍打着船舷，奏出一曲低沉而雄浑的乐曲，像奶奶教我唱过的那首歌："啊，似花还似非花，压弯了雪球花树的枝杈。啊，似梦还似非梦，使我把头垂下……"

我忍不住又往岸上望了一眼：

黄的！脖子上拖着铁链的狗，是傻子！它骏马般地穿过人流，掠过沙滩，又猛虎下山似的跃进江里。

它凫着水，踩出一道晶莹的浪花。它就要游到船边了。它分明听见了我的呼喊。它张了一下嘴，什么声音也没发出。它在下沉，就在这下沉的一瞬间，我望到了它那双眼睛：亮得出奇、亮得出奇，就像是两道电光！

它带着沉重的锁链，带着仅仅因为咬了一个人而被终生束缚的怨恨，更带着它没有消泯的天质和对一个幼小孩子的忠诚，回到了黑龙江的怀抱。

我默默地摘下背兜，我要把五彩的项圈留给傻子。我掏着，翻着，竟然没有找到。怎么会没有呢？

我把五彩的项圈丢失了！

那美丽的、我心爱的东西，丢在北极村了！

我的眼前一阵晕眩：粉的、红的、金的、绿的、蓝的、紫的、灰的、白的，这不是水中的玻璃碴发出的光吗？

这不是北极光吗？这不是奶奶在中秋之夜讲过的北极光吗？它怎么提前出现了呢？它也该出现了！

原载《人民文学》1986 年第 2 期

红高粱

莫　言

一

一九三九年古历八月初九，我父亲这个土匪种十四岁多一点。他跟着后来名满天下的传奇英雄余占鳌司令的队伍去胶平公路伏击日本人的汽车队。奶奶披着夹袄，送他们到村头。余司令说："立住吧。"奶奶就立住了。奶奶对我父亲说："豆官，听你干爹的话。"父亲没吱声，他看着奶奶高大的身躯，嗅着奶奶的夹袄里散出的热烘烘的香味，突然感到凉气逼人，他打了一个战，肚子咕噜噜响一阵。余司令拍了一下父亲的头，说："走，干儿。"

天地混沌，景物影影绰绰，队伍的杂沓脚步声已响出很远。父亲眼前挂着蓝白色的雾幔，挡住他的视线，只闻队伍脚步声，不见队伍形和影。父亲紧紧扯住余司令的衣角，双腿快速挪动。奶奶像岸愈离愈远，雾像海水愈近愈汹涌，父亲抓住余司令，就像抓住一条船舷。

父亲就这样奔向了耸立在故乡通红的高粱地里属于他的那块无字的青石墓碑。他的坟头上已经枯草瑟瑟，曾经有一个光屁股的男孩牵着一只雪白的山羊来到这里，山羊不紧不忙地啃着坟头上的草，男孩子站在墓碑上，怒气冲冲地撒了一泡尿，然后放声高唱：高粱红了——日本来了——同胞们准备好——开枪开炮——

有人说这个放羊的男孩就是我，我不知道是不是我。我曾经对高密东北乡极端热爱，曾经对高密东北乡极端仇恨，长大后努力学习马克思主义，我终于悟到：高密东北乡无疑是地球上最美丽最丑陋、最超脱最世俗、最圣洁最龌龊、最英雄好汉最王八蛋、最能喝酒最能爱的地方。生存在这块土地上的我的父老乡亲们，喜食高粱，每年都大量种植。八月深秋，无边无际的高粱红成洸洋的血海。高粱高密辉煌，高粱凄婉可人，高粱爱情激荡。秋风苍凉，阳光很旺，瓦蓝的天上游荡着一朵朵丰满的白云，高粱上滑动着一朵朵丰满白云的紫红色影子。一队队暗红色的人在高粱棵子里穿梭拉网，几十年如一日。他们杀人越货，精忠报国，他们演出过一幕幕英勇悲壮的舞剧，使我们这些活着的不肖子孙相形见绌，在进步的同时，我真切感到种的退化。

出村之后，队伍在一条狭窄的土路上行进，人的脚步声中夹杂着路边碎草的窣窣声响。雾奇浓，活泼多变。我父亲的脸上，无数密集的小水点凝成大颗粒的水珠，他的一撮头发，粘在头皮上。从路两边高粱地里飘来的幽淡的薄荷气息和成熟高粱苦涩微甘的气味，我父亲早已闻惯，不新不奇。在这次雾中行军里，父亲闻到了那种新奇的、黄红相间的腥甜气息。那味道从薄荷和高粱的味道中隐隐约约地透过来，唤起父亲心灵深处一种非常遥远的回忆。

七天之后，八月十五日，中秋节。一轮明月冉冉升起，遍地高粱肃然默立，高粱穗子浸在月光里，像蘸过水银，汩汩生辉。我父亲在剪破的月影下，闻到了比现在强烈无数倍的腥甜气息。那时候，余司令牵着他的手在高粱地里行走，三百多个乡亲叠股枕臂、陈尸狼藉，流出的鲜血灌溉了一大片高粱，把高粱下的黑土浸泡成稀泥，使他们拔脚迟缓。腥甜的气味令人窒息，一群前来吃人肉的狗，坐在高粱地里，目光炯炯地盯着父亲和余司令。余司令掏出自来得手枪，甩手一响，两只狗眼灭了；又一甩手，灭了两只狗眼。群狗一哄而散，坐得远远的，呜呜地咆哮着，贪婪地望着死尸。腥甜味愈加强烈，余司令大喊一声："日本狗！狗娘养的日本！"他对着那群狗打完了所有的子弹，狗跑得无影无踪。余司令对我父亲说："走吧，儿子！"一老一小，便迎着月光，向高粱深处走去。那股弥漫田野的腥甜味浸透了我父亲的灵魂，在以后更加激烈更加残忍的岁月里，这股腥甜味一直伴随着他。

高粱的茎叶在雾中嗞嗞乱叫，雾中缓慢地流淌着在这块低洼平原上穿行的墨河水明亮的喧哗，一阵强一阵弱，一阵远一阵近。赶上队伍了，父亲的身前身后响着踢踢踏踏的脚步声和粗重的呼吸。不知谁的枪托撞到另一个谁的枪托上了。不知谁的脚踩破了一个死人的骷髅什么的。父亲前边那个人吭吭地咳嗽起来，这个人的咳嗽声非常熟悉。父亲听着他咳嗽就想起他那两扇一激动就充血的大耳朵。透明单薄布满细密血管的大耳朵是王文义头上引人注目的器官。他个子很小，一颗大头缩在耸起的双肩中。父亲努力看去，目光刺破浓雾，看到了王文义那颗一边咳一边颤动的大头。父亲想起王文义在演练场上挨打时，那颗大头颠成那般可怜模样。那时他刚参加余司令的队伍，任副官在演练场上对他也对其他队员喊：向右转——，王文义欢欢喜喜地跺着脚，不知转到哪里去了。任副官在他腚上打了一鞭子，他嘴咧开，叫一声：孩子他娘！脸上表情不知是哭还是笑。围在短墙外看光景的孩子们都哈哈大笑。

余司令飞去一脚，踢到王文义的屁股上。

"咳什么？"

"司令……"王文义忍着咳嗽说，"嗓子眼发痒……"

"痒也别咳！暴露了目标我要你的脑袋！"

"是，司令。"王文义答应着，又有一阵咳嗽冲口而出。

父亲觉出余司令前跨了一大步，只手捺住了王文义的后颈皮。王文义口里咝咝地响着，随即不咳了。

父亲觉得余司令的手从王文义的后颈皮上松开了，父亲还觉得王文义的脖子上留下两个熟葡萄一样的紫手印，王文义幽蓝色的惊惧不安的眼睛里，飞迸出几点感激与委屈。

很快，队伍钻进了高粱地。我父亲本能地感觉到队伍是向着东南方向开进的。适才走过的这段土路是由村庄直接通向墨水河边的唯一的道路。这条狭窄的土路在白天颜色青白，路原是由乌油油的黑土筑成，但久经践踏，黑色都沉淀到底层，路上叠印过多少牛羊的花瓣蹄印和骡马毛驴的半圆蹄印，马骡驴粪像干萎的苹果，牛粪像虫蛀过的薄饼，羊粪稀拉拉像振落的黑豆。父亲常走这条路，后来他在日本炭窑中苦熬岁月时，眼前常常闪过这条路。父亲不知道我的奶奶在这条土路上主演过多少风流悲喜剧，我知道。父亲也不知道在高粱阴影遮掩着的黑土上，曾经躺过奶奶洁白如玉的光滑肉体，我也知道。

拐进高粱地后，雾更显凝滞，质量加大，流动感少，在人的身体与人负载的物体碰撞高粱秸秆后，随着高粱嚓嚓啦啦的幽怨鸣声，一大滴一大滴的沉重水珠扑簌簌落下。水珠冰凉清爽，味道鲜美，我父亲仰脸时，一滴大水珠准确地打进他的嘴里。父亲看到舒缓的雾团里，晃动着高粱沉甸甸的头颅。高粱沾满了露水的柔韧叶片，锯着父亲的衣衫和面颊。高粱晃动激起的小风在父亲头顶上短促出击，墨水河的流水声愈来愈响。

父亲在墨水河里玩过水，他的水性好像是天生的，奶奶说他见了水比见了亲娘还急。父亲五岁时，就像小鸭子一样潜水，粉红的屁眼儿朝着天，双脚高举。父亲知道，墨水河底的淤泥乌黑发亮，柔软得像油脂一样。河边潮湿的滩涂上，丛生着灰绿色的芦苇和鹅绿色车前草，还有贴地爬生的野葛蔓，支支直立的接骨草。滩涂的淤泥上，印满螃蟹纤细的爪迹。秋风起，天气凉，一群群大雁往南飞，一会儿排成个"十"字，一会儿排成个"人"字，等等。高粱红了，成群结队的、马蹄大小的螃蟹都在夜间爬上河滩，到草丛中觅食。螃蟹喜食新鲜牛屎和腐烂的动物的尸体。父亲听着河声，想着从前的秋天夜晚，跟着我家的老伙计刘罗汉大爷去河边捉螃蟹的情景。夜色灰葡萄，金风串河道，宝蓝色的天空深邃无边，绿色的星辰格外明亮。北斗勺子星——北斗主死，南头簸箕星——南斗司生，八角玻璃井——缺了一块砖，焦灼的牛郎要上吊，忧愁的织女要跳河……都在头上悬着。刘罗汉大爷在我家工作了几十年，负责着我家烧酒作坊的全面工作，父亲跟着罗汉大爷脚前脚后地跑，就像跟着自己的爷爷一样。

父亲被迷雾扰乱的心头亮起了一盏四块玻璃插成的罩子灯，洋油烟子从罩子灯上盖的铁皮——钻眼的铁皮上钻出来。灯光微弱，只能照亮五六米方圆的黑暗。河里的水流到灯影里，黄得像熟透的杏子一样可爱，但可爱一霎霎，就流过去了，黑暗中的河水倒映着一天星斗。父亲和罗汉大爷披着大蓑衣，坐在罩子灯旁，听着河水的低沉呜咽——非常低沉的呜咽。河道两边无穷的高粱地不时响起寻偶狐狸的兴奋鸣叫。螃蟹趋光，正向灯影聚拢。父亲和罗汉大爷静坐着，恭听着天下的窃窃秘语，河底下淤泥的腥味，一股股泛上来。成群结队的螃蟹团团围上来，形成一个躁动不安的圆圈。父亲心里惶惶，跃跃欲起，被罗汉大爷按住了肩头。"别急！"大爷说，"心急喝不得热黏粥。"父亲强压住激动，不动。螃蟹爬到灯光里就停下来，首尾相衔，把地皮都盖住了。一片青色的蟹壳闪亮，一对对圆杆状的眼睛从凹陷的眼窝里打出来。隐在倾斜的脸面下的嘴里，吐出一串一串的五彩泡沫。螃蟹吐着彩沫向人类挑战，父亲身上披着的大蓑衣长毛参起。罗汉大爷说："抓！"父亲应声弹起，与罗汉大爷抢过去，每人抓住一面早就铺在地上的密眼罗网的两角，把一块螃蟹抬起来，露出了螃蟹下的河滩涂地。父亲和罗汉大爷把网角系起扔在一边，又用同样的迅速和熟练抬起网片。每一网都是那么沉重，不知网住了几百几千只螃蟹。

父亲跟着队伍进了高粱地后，由于心随螃蟹横行斜走，脚与腿不择空隙，撞得高粱棵子东倒西歪。他的手始终紧扯着余司令的衣角，一半是自己行走，一半是余司令牵拉着前进，他竟觉得有些瞌睡上来，脖子僵硬，眼珠子生涩呆板。父亲想，只要跟着罗汉大爷去墨水河，就没有空手回来的道理。父亲吃螃蟹吃腻了，奶奶也吃腻了。食之无味，弃之可惜，罗汉大爷就用快刀把螃蟹斩成碎块，放到豆腐磨里研碎，加盐，装缸，制成蟹酱，成年累月地吃，吃不完就臭，臭了就喂罂粟。我听说奶奶会吸大烟但不上瘾，所以始终面如桃花，神清气爽。用蟹酱喂过的罂粟花朵肥硕壮大，粉、红、白三色交杂，香气扑鼻。故乡的黑土本来就是出奇的肥沃，所以物产丰饶，人种优良。民心高拔健迈，本是我故乡心态。墨水河盛产的白鳝鱼肥得像肉棍子一样，从头至尾一根刺。它们呆头呆脑，见钩就吞。父亲想着的罗汉大爷去年就死了，死在胶平公路上。他的尸体被割得零零碎碎，扔得东一块西一块。躯干上的皮被剥了，肉跳，肉蹦，像只蜕皮后的大青蛙。父亲一想起罗汉大爷的尸体，脊梁沟就发凉。父亲又想起大约七八年前的一个晚上，我奶奶喝醉了酒，在我家烧酒作坊的院子里，有一个高粱叶子垛，奶奶倚在草垛上，搂住罗汉大爷的肩，呢呢喃喃地说："大叔……你别走，不看僧面看佛面，不看鱼面看水面，不看我的面子也看在豆官的面子上，留下吧，你要我……我也给你……你就像我的爹一样……"父亲记得罗汉大爷把奶奶推到一边，晃晃荡荡走进骡棚，给骡子拌料去了。我家养着两头大黑骡子，开着烧高粱酒的作坊，是村子里的首富。罗汉大爷没走，一直在我家担任业务领导，直到我家那两头大黑骡子被日本人拉到胶平公路修筑工地上去使役为止。

这时，从被父亲他们甩在身后的村子里，传来悠长的毛驴叫声。父亲精神一振，眼睛睁开，然而看到的，依然是半凝固半透明的雾气。高粱挺拔的秆子，排成密集的栅栏，模模糊糊地隐藏在气体的背后，穿过一排又一排，排排无尽头。走进高粱地多久了，父亲已经忘记，他的神思长久地滞留在远处那条喧响着的丰饶河流里，长久地滞留在往事的回忆里，竟不知这样匆匆忙忙拥拥挤挤地在如梦如海的高粱地里蹿进是为了什么。父亲迷失了方位。他在前年有一次迷途高粱地的经验，但最后还是走出来了，是河声给他指引了方向。现在，父亲又谛听着河的启示，很快明白，队伍是向正东偏南开进，对着河的方向开进。方向辨清，父亲也就明白，这是去打伏击，打日本人，要杀人，像杀狗一样。他知道队伍一直往东南走，很快就要走到那条南北贯通，把偌大个低洼平原分成两半，把胶县平度县两座县城连在一起的胶平公路。这条公路，是日本人和他们的走狗用皮鞭和刺刀催逼着老百姓修成的。

高粱的骚动因为人们的疲惫困乏而频繁激烈起来，积露连续落下，淋湿了每个人的头皮和脖颈。王文义咳嗽不断，虽连遭余司令辱骂也不改正。父亲感到公路就要到了，他的眼前昏昏黄黄地晃动着路的影子。不知不觉，连成一体的雾海中竟有些空洞出现，一穗一穗被露水打得精湿的高粱在雾洞里忧悒地注视着我父亲，父亲也虔诚地望着它们。父亲恍然大悟，明白了它们都是活生生的灵物。它们根扎黑土，受日精月华，得雨露滋润，上知天文下知地理。父亲从高粱的颜色上，猜到了太阳已经把被高粱遮挡着的地平线烧成一片可怜的艳红。

忽然发生变故，父亲先是听到耳边一声尖利呼啸，接着听到前边发出什么东西被迸裂的声响。

余司令大声吼叫："谁开枪？小舅子，谁开的枪？"

父亲听到子弹钻破浓雾，穿过高粱叶子高粱秆，一颗高粱头颅落地。一时间众人都屏气息声。那粒子弹一路尖叫着，不知落到哪里去了。芳香的硝烟迷散进雾。王文义惨叫一声："司令——我没有头啦——司令——我没有头啦——"

余司令一愣神，踢了王文义一脚，说："你娘个蛋！没有头还会说话！"

余司令撇下我父亲，到队伍前头去了。王文义还在哀嚎。父亲凑上前去，看清了王文义奇形怪状的脸。他的腮上，有一股深蓝色的东西在流动。父亲伸手摸去，触了一手黏腻发烫的液体。父亲闻到了跟墨水河淤泥差不多，但比墨水河淤泥要新鲜得多的腥气。它压倒了薄荷的幽香，压倒了高粱的甘苦，它唤醒了父亲那越来越迫近的记忆，一线穿珠般地把墨水河淤泥、把高粱下黑土、把永远死不了的过去和永远留不住的现在联系在一起，有时候，万物都会吐出人血的味道。

"大叔，"父亲说，"大叔，你挂彩了。"

"豆官，你是豆官吧，你看看大叔的头还在脖子上长着吗？"

"在，大叔，长得好好的，就是耳朵流血啦。"

王文义伸手摸耳朵，摸到一手血，一阵尖叫后，他就瘫了："司令，我挂彩啦！我挂彩啦，我挂彩啦。"

余司令从前边回来，蹲下，捏着王文义的脖子，压低嗓门说："别叫，再叫我就毙了你！"

王文义不敢叫了。

"伤着哪儿啦？"余司令问。

"耳朵……"王文义哭着说。

余司令从腰里抽出一块包袱皮样的白布，嚓一声撕成两半，递给王文义，说："先捂着，别出声，跟着走，到了路上再包扎。"

余司令又叫："豆官。"父亲应了，余司令就牵着他的手走。王文义哼哼唧唧地跟在后边。

适才那一枪，是扛着一架耙在头前开路的大个子哑巴不慎摔倒，背上的长枪走了火。哑巴是余司令的老朋友,一同在高粱地里吃过"拤饼"的草莽英雄,他的一只脚因在母腹中受过伤,走起来一颠一颠,但非常快。父亲有些怕他。

黎明前后这场大雾,终于在余司令的队伍跨上胶平公路时溃散下去。故乡八月,是多雾的季节,也许是地势低洼土壤潮湿所致吧。走上公路后,父亲顿时感到身体灵巧轻便,脚板利索有劲,他松开了抓住余司令衣角的手。王文义用白布捂着血耳朵,满脸哭相。余司令给他粗手粗脚包扎耳朵,连半个头也包住了。王文义痛得龇牙咧嘴。

余司令说:"你好大的命!"

王文义说:"我的血流光了,我不能去啦!"

余司令说:"屁,蚊子咬了一口也不过这样,忘了你那三个儿子啦吧!"

王文义垂下头,嘟嘟哝哝说:"没忘,没忘。"

他背着一支长筒子鸟枪,枪托儿血红色。装火药的扁铁盒斜吊在他的屁股上。

那些残存的雾都退到高粱地里去了。大路上铺着一层粗砂,没有牛马脚踪,更无人的脚印。相对着路两侧茂密的高粱,公路荒凉,荒唐,令人感到不祥。父亲早就知道余司令的队伍连聋带哑连瘸带拐不过四十人,但这些人住在村里时,搅得鸡飞狗跳,仿佛满村是兵。队伍摆在大路上,三十多人缩成一团,像一条冻僵了的蛇。枪支七长八短,土炮、鸟枪、老汉阳,方六方七兄弟俩抬着一门能把小秤砣打出去的大抬杆子。哑巴扛着一盘长方形的平整土地用的、周遭二十六根铁尖齿的耙,另有三个队员也各扛着一盘。父亲当时还不知道打伏击是怎么一回事,更不知道打伏击为什么还要扛上四盘铁齿耙。

二

为了为我的家族树碑立传,我曾经跑回高密东北乡,进行了大量的调查,调查的重点,就是这场我父亲参加过的、在墨水河边打死鬼子少将的著名战斗。我们村里一个九十二岁的老太太对我说:"东北乡,人万千,阵势列在墨河边。余司令,阵前站,一举手炮声连环。东洋鬼子魂儿散,纷纷落在地平川。女中魁首戴凤莲,花容月貌巧机关,调来铁耙摆连环,挡住鬼子不能前……"老太婆头顶秃得像一个陶罐,面孔都朽了,干手上凸着一条条丝瓜瓢子一样的筋。她是一九三九年八月中秋节那场大屠杀的幸存者,那时她因腿上生疮跑不动,被丈夫塞进地瓜窖子里藏起来,天凑地巧地活了下来。老太婆所唱快板中的戴凤莲,就是我奶奶的大号。听到这里,我兴奋异常。这说明,用铁耙挡住鬼子汽车退路的计谋竟是我奶奶这个女流想出来的。我奶奶也应该是抗日的先锋,民族的英雄。

提起我的奶奶,老太太话就多了。她的话破碎零乱,像一群随风遍地滚的树叶。她说起我奶奶的脚,是全村最小的脚。我们家的烧酒后劲大。说到胶平公路时,她的话连贯起来:"路修到咱这地盘时哪……高粱齐腰深了……鬼子把能干活的人都赶去了……打毛子工,都偷懒磨滑……你们家里那两头大黑骡子也给拉去了……鬼子在墨水河上架石桥……罗汉,你们家那个老长工……他和你奶奶不大清白咧,人家都这么说……呵呀呀,你奶奶年轻时花花事儿多着咧……你爹多多能干,十五岁就杀人,杂种出好汉,十个九个都不善……罗汉去铲骡子腿……被捉住零刀子剐啦……鬼子糟害人呢,在锅里拉屎,盆里撒尿。那年,去挑水,挑上来一个什么呀,一个人头呀,扎着大辫子……"

刘罗汉大爷是我们家历史上的一个重要的人物。关于他与我奶奶之间是否有染,现已无法查清,诚然,从心里说,我不愿承认这是事实。

道理虽懂,但陶罐头老太太的话还是让我感到难堪。我想,既然罗汉大爷对待我父亲像对待亲孙子一样,那他就像我的曾祖父一样;假如这位曾祖父竟与我奶奶有过风流事,岂不是乱伦吗?这其实是胡想,因为我奶奶并不是罗汉大爷的儿媳而是他的东家,罗汉与我的家族只有经济上的联系而无血缘上的联系,他像一个忠实的老家人点缀着我家的历史而且确凿无疑地为我们家的历史增添了光彩。我奶奶是否爱过他,他是否上过我奶奶的炕,都与伦理无关。爱过又怎么样?我深信,我奶奶什么事都敢干,只要她愿意。她老人家不仅仅是抗日的英雄,也是个性解放的先驱,妇女自立的典范。

我查阅过县志,县志载:民国二十七年,日军捉高密、平度、胶县民伕累计四十万人次,修筑胶平公路。毁稼禾无数。公路两侧村庄中骡马被劫掠一空。农民刘罗汉,乘夜潜入,用铁锨铲伤骡蹄马腿无数,被捉获。翌日,日军在拴马桩上将刘罗汉剥皮零割示众。刘面无惧色,骂不绝口,至死方休。

三

确实是这样,胶平公路修筑到我们这里时,遍野的高粱只长到齐人腰高。长七十里宽六十里的低洼平原上,除了点缀着几十个村庄,纵横着两条河流,曲折着几十条乡间土路外,绿浪般招展着的全是高粱。平原北边的白马山上,那块白色的马状巨石，在我们村头上看得清清楚楚。锄高粱的农民们抬头见白马，低头见黑土，汗滴禾下土，心中好痛苦！风传着日本人要在平原里修路，村里人早就惶惶不安，焦急地等待着大祸降临。

日本人说来就来。

日本鬼子带着伪军到我们村里抓民伕拉骡马时，我父亲还在睡觉。他是被烧酒作坊那边的吵闹声惊醒的。奶奶拉着父亲的手，颠着两只笋尖般的小脚，跑到烧酒作坊院里去。当时，我家烧酒作坊院子里，摆着十几口大瓮，瓮里满装着优质白酒，酒香飘遍全村。两个穿黄衣的日本人端着上了刺刀的步枪在院子里站着。两个穿黑衣的中国人背着枪，正要解拴在楸树上的两头大黑骡子。罗汉大爷一次一次地扑向那个解缰绳的小个子伪军，但一次一次地都被那个大个子伪军用枪筒子戳退。初夏天气，罗汉大爷只穿一件单衫，袒露的胸膛上布满被枪口戳出的紫红圆圈。

罗汉大爷说："弟兄们，有话好说，有话好说。"

大个子伪军说："老畜生，滚到一边去。"

罗汉大爷说："这是东家的牲口，不能拉。"

伪军说："再吵嚷就毙了你个小舅子！"

日本兵端着枪，像泥神一样。

奶奶和我父亲一进院，罗汉大爷就说："他们要拉咱的骡子。"

奶奶说："先生，我们是良民。"

日本兵眯着眼睛对奶奶笑。

小个子伪军把骡子解开，用力牵扯，骡子倔强地高昂着头，死死不肯移步。大个子伪军上去用枪戳骡子屁股，骡子愤怒起蹄，明亮的蹄铁趵起泥土，溅了伪军一脸。

大个子伪军拉了一下枪栓，用枪指着罗汉大爷，大叫："老混蛋，你来牵，牵到工地上去。"

罗汉大爷蹲在地上，一气不吭。

一个日本兵端着枪，在罗汉大爷眼前晃着，鬼子说："鸣里哇啦哑啦里鸣！"罗汉大爷看着在眼前乱晃的贼亮的刺刀，一屁股坐在地上。鬼子兵把枪往前一送，锋快的刺刀下刃在罗汉大爷光溜溜的头皮上豁开一条白口子。

奶奶哆嗦成一团，说："大叔，你，给他们牵去吧。"

一个鬼子兵慢慢向奶奶面前靠。父亲看到这个鬼子兵是个年轻漂亮的小伙子，两只大眼睛漆黑发亮，笑的时候，嘴唇上翻，露出一只黄牙。奶奶跌跌撞撞地往罗汉大爷身后退。罗汉大爷头上的白口子里流出了血，满头挂色。两个日本兵笑着靠上来。奶奶在罗汉大爷的血头上按了两巴掌，随即往脸卜两抹，又一把撕散头发，张大嘴巴，疯疯癫癫地跳起来。奶奶的模样三分像人七分像鬼。日本兵愕然止步。小个子伪军说："太君，这个女人，大大的疯了的有。"

鬼子兵咕噜着，对着我奶奶的头上开了一枪。奶奶坐在地上，呜呜地哭起来。

大个子伪军把罗汉大爷用枪逼起来。罗汉大爷从小个子伪军手里接过骡子缰绳。骡子昂着头，腿抖着，跟着罗汉大爷走出院子。街上乱纷纷跑着骡马牛羊。

奶奶没疯。鬼子和伪军刚一出院，奶奶就揭开一只瓮的木盖子，在平静如镜面的高粱烧酒里，看到一张骇人的血脸。父亲看到泪水在奶奶腮上流过，就变红了。奶奶用烧酒洗了脸，把一瓮酒都洗红了。

罗汉大爷跟骡子一起，被押上了工地。高粱地里，已开出一截路胎子。墨水河南边的公路已差不多修好，大车小车从新修好的路上挤过来，车上载着石头黄沙，都卸在河南岸。河上只有一座小木桥，日本人要在河上架一座大石桥。公路两侧，好宽的两片高粱都被踩平，地上像铺了一层绿毡。河北的高粱地里，在刚用黑土弄出个模样的路两边，有几十匹骡马拉着碌碡，从海一样高粱地里，压出两大片平坦的空地，破坏着与工地紧密相连的青纱帐。骡马都有人牵着，在高粱地里来来回回地走。鲜嫩的高粱在铁蹄下断裂、倒伏，倒伏断裂的高粱又被带棱槽的碌碡和不带棱槽的石磙子反复镇压。各色的碌碡和磙子都变成了深绿色，高粱的汁液把它们湿透了。一股浓烈的青苗子味道笼罩着工地。

罗汉大爷被赶到河南往河北搬运石头。他极不情愿地把骡子缰绳交给了一个烂眼圈的老头子。小木桥摇摇晃晃，好像随时要塌。罗汉大爷过了桥，站在河南，一个工头模样的中国人，用手中持着的紫红色的藤条，轻轻戳戳罗汉大爷的头，说："去，往河北搬石头。"罗汉大爷抹一把眼睛——头上流下的血把眉毛都浸湿了。他搬着一块不大不小的石头，从河南到河北。那个接骡的老头还未走，罗汉大爷对他说："你珍贵着使唤，这两头骡子，是俺东家的。"老头儿麻木地垂着头，牵着骡子，走进开辟通道的骡马大队。黑骡子光滑的屁股上反映阳光点点。头上还在流血，罗汉大爷蹲下，抓起一把黑土，按在伤口上。头顶上沉重的钝痛一直下导到十个脚趾，他觉得头裂成了两半。

工地的边缘上稀疏地站着持枪的鬼子和伪军。手持藤条的监工，像鬼魂一样在工地上转来转去。罗汉大爷在工地上走，民伕们看着他血泥模糊的头，吃惊得眼珠乱颤。罗汉大爷搬起一块桥石，刚走了几步，就听到背后响起一阵利飕的小风，随即有一道长长的灼痛落到他的背上。他扔下桥石，见那个监工正对着他笑。罗汉大爷说："长官，有话好说，你怎么举手就打人？"

监工微笑不语，举起藤条又横着抽了一下他的腰。罗汉大爷感到这一藤条几乎把自己打成两半，两股热辣辣的泪水从眼窝里凸出来。血冲头顶，那块血与土凝成的嘎痂，在头上嘣嘣乱跳，似乎要迸裂。

罗汉大爷喊："长官！"

长官又给了他一藤条。

罗汉大爷说："长官，打俺是为了啥？"

长官抖着手里的藤条，笑眯眯地说："让你长长眼色，狗娘养的。"

罗汉大爷气噎咽喉，泪眼模糊，从石堆里搬起一块大石头，踉踉跄跄地往小桥上走。他的脑袋膨胀，眼前白花花一片。石头尖硬的棱角刺着他的肚腹和肋骨，他都觉不出痛了。

监工挂着藤条原地不动，罗汉大爷搬着石头，胆战心惊地从他眼前走过。监工在罗汉大爷脖子上抽了一藤条。大爷一个前爬，抱着大石，跪倒在地上。石头砸破了他的双手，他的下巴在石头上碰得血肉模糊。大爷被打得六神无主，像孩子一样糊糊涂涂地哭起来。一股紫红色的火苗，这时，也在他空白的脑子里缓缓地亮起来。

他费力地从石头下抽出手，站起来，腰半弓着，像一只发威的老瘦猫。

一个约有四十岁出头的中年人，满脸堆着笑，走到监工面前，从口袋里摸出一包烟，捏出一支，敬到监工嘴边。监工张嘴叼了烟，又等着那人替他点燃。

中年人说："您老，犯不着跟这根糟木头生气。"

监工把烟雾从鼻孔里喷出来，一句话也不说。大爷看到他握藤条的焦黄手指在紧急地扭动。

中年人把那盒烟装进监工口袋里。监工好像全无觉察，哼了一声，用手掌压压口袋，转身走了。

"老哥，你是新来的吧？"中年人问。

罗汉大爷说是。

他问："你没送他点见面礼？"

罗汉大爷说："不讲理，狗！不讲理，他们抓我来的。"

中年人说："送他点钱，送他盒烟都行，不打勤的，不打懒的，单打不长眼的。"

中年人扬长进入民伕队伍。

整整一个上午，罗汉大爷就跟没魂一样，死命地搬着石头。头上的血痂遭阳光晒着，干硬干硬地痛。手上血肉模糊。下巴上的骨头受了伤，口水不断流出来。那股紫红色的火苗时强时弱地在他脑子里燃着，一直没有熄灭。

中午，从前边那段修得勉可行车的公路上，颠颠簸簸地驶来一辆土黄色的汽车。他恍惚听到一阵尖利的哨响，眼见着半死不活的民工们摇摇摆摆地向汽车走过去。他坐在地上，什么念头也没有，也不想知道那汽车到来是怎么一回事。只有那簇紫红的火苗子灼热地跳跃着，冲击着他的双耳里嗡嗡地响。

中年人过来，拉他一把，说："老哥，走吧，开饭啦，去尝尝东洋大米吧！"
大爷站起来，跟着中年人走。

从汽车上抬下了几大桶雪白的米饭，抬下了一个盛着蓝花白地洋瓷碗的大筐。桶边站着一个瘦中国人，操着一柄黄铜勺子；筐边站着一个胖中国人，端着一摞碗。来一个人他发给一个碗，黄铜勺子同时往这碗里扣进米饭。众人在汽车周围狼吞虎咽，没有筷子，一律用手抓。

那个监工又转过来，提着藤条，脸上还带着那种冷静的笑容。罗汉大爷脑子的火苗腾一声燃旺了，火苗把他丢去的记忆照耀得清清楚楚，他记起半天来噩梦般的遭际。持枪站岗的日本兵和伪军也聚拢过来，围着一只白铁皮桶吃饭。一只削耳长脸的狼狗坐在桶后，伸着舌头看着这边的民伕。

大爷数了数围着桶吃饭的十几个鬼子和十几个伪军，心里萌生了跑的念头。跑，只要钻到了高粱地里，狗日的就抓不到。他的脚心里热乎乎地流出了汗。自从跑的念头萌动之后，他的心就焦躁不安。持藤监工冷静的笑脸后仿佛隐藏着什么，罗汉大爷一见这笑脸，脑子立刻就糊涂了。

民伕们都没吃饱。胖子中国人收回洋碗。民伕们舔着嘴唇，眼巴巴地盯着那几只空桶里残存的米粒，但没人敢去动。河北岸有一头骡子嘶哑地叫起来。罗汉大爷听出来了，是我家的黑骡子在叫。在那片新开辟出的空地上，骡马都拴在碌碡或石磙子上。高粱尸横遍野。骡马无精打采地叨吃着被揉烂压扁的高粱茎叶。

下午，有一个二十多岁的小青年，瞅着监工不注意，飞一般窜向高粱地，一颗子弹追上了他。他趴在高粱边缘上，一动也不动。

太阳平西，那辆土黄色的汽车又来了。罗汉大爷吃完了那勺米饭。他吃惯了高粱米饭的肠胃，对这种充满霉气的白米进行着坚决的排斥。但他还是强忍着喉咙的痉挛把它吃了。跑的念头越来越强烈。他惦记着十几里外的村子里，属于他的那个酒香扑鼻的院落。日本人来，烧酒的伙计们都跑了，热气腾腾的烧酒大锅冷了。他更惦记着我奶奶和我父亲。奶奶在高粱叶子垛边给他的温暖令他终生难忘。

吃过晚饭，民伕们都被赶到一个用杉木杆子夹成的大栅栏里。栅栏上罩着几块篷布。杉木杆子都用绿豆粗的铁丝连成一体。栅栏门是用半把粗的铁棍烧成的。鬼子和伪军分住着两个帐篷，帐篷离栅栏几十步远。那条狗拴在鬼子的帐篷门口。栅栏门口，栽着一根高竿，竿上吊着两盏桅灯。鬼子和伪军轮流着站岗游动。骡马都集中地拴在栅栏西边那片高粱的废墟上。那里栽了几十根拴马桩。

栅栏里臭气熏天，有人在打呼噜，有人往栅栏边角上那个铁皮水桶里撒尿，尿打桶壁如珠落玉盘。桅灯的光暗淡地透进栅栏。游动哨的长影子不时在灯影里晃动。

夜渐深了，栅栏里凉气逼人。罗汉大爷无法入睡。他还是想跑。岗哨的脚步声绕着栅栏响。大爷躺着不敢动，竟迷迷糊糊地睡过去。梦中觉得头上扎着尖刀，手里握着烙铁。醒来，遍体汗湿，裤子尿得湿漉漉的。从遥远的村庄里传来一声尖细的鸡啼。骡马弹蹄吹鼻。破篷布上，漏出几颗鬼鬼祟祟的星辰。

白天帮助过罗汉大爷的那个中年人悄悄坐起来。虽然在幽暗中，大爷还是看到了他那两颗火球般的眼睛。大爷知道中年人来历不凡，静躺着看他的动静。

中年人跪在栅栏门口，两臂扬起，动作非常慢。大爷看着他的背，看着他带着神秘色彩的头。中年人运了一回气，猛一侧面，像开弓射箭一样抓住两根铁棍。他的眼里射出墨绿色的光芒，碰到物体，似乎还窸窣有声。那两根铁棍无声无息地张开了。更多的灯光和星光从栅栏门外射进来，照着不知谁的一只张嘴的破鞋。游动哨转过来了。大爷看到一条黑影飞出栅栏，鬼子哨兵咯了一声，便在中年人铁臂的扶持下无声倒地。中年人拎起鬼子的步枪，轻悄悄地消逝了。

大爷好半晌才明白了眼前发生了什么事。中年人原来是个武艺高强的英雄。英雄为他开辟了道路，跑吧！大爷小心翼翼地从那个洞里爬出去。那个死鬼子仰面躺着，一条腿还在抽抽搭搭地动。

大爷爬进了高粱地，直起腰来，顺着垄沟，尽量躲避着高粱，不发出响动，走上墨水河堤。三星正晌，黎明前的黑暗降临。墨水河里星斗灿烂。局促地站在河堤上，罗汉大爷彻骨寒冷，牙齿频繁打击，下巴骨的痛疼扩散到腮上、耳朵上，与头顶上一鼓一鼓的化脓般的疼痛连成一气。清冷的掺杂着高粱汁液的自由空气进入他的鼻孔、肺叶、肠胃，那两盏鬼火般的桅灯在雾中亮着，杉木栅栏黑幢幢的，像个巨大的坟墓。罗汉大爷几乎不敢相信，这么容易就逃出来了。他的脚把他带上了那座腐朽的小木桥，鱼儿在水中翻花，流水潺潺有声，流星亮破一线天。好像什么事也没有发生呀，什么也没有发生。本来，罗汉大爷就可以逃回村子，藏起来，躲起来，养好伤，继续生活。可是，当他走在木桥上时，听到在河南岸，有个不安生的骡子嘶哑地叫了一声。罗汉大爷为了骡子重新返回，酿出了一出壮烈的悲剧。

骡马拴在离栅栏不远处的几十根木桩上，它们的身下，洋溢着尿臊屎臭。马打着响鼻，骡子啃着木桩；马嚼着高粱秸子，骡子拉着稀屎。罗汉大爷一步三跌，抢进骡马群。他嗅到我家那两头大黑骡子亲切的味道，他看到了我家那两头大黑骡子熟悉的身影。他扑上去，想去解救自己的患难的伙伴。骡子，这不通理论的畜生，竟疾速地调转屁股、飞起双蹄。罗汉大爷喃喃地说："黑骡，黑骡，咱一起跑了吧！"骡子暴怒地左旋右转，保护着自己的领地。它们竟然认不出主人啦，罗汉大爷不知道自己身上新鲜的陈旧的血腥味，自己身上新鲜的陈旧的伤痕，已经把自己改变了。罗汉大爷心中烦乱，一步跨进去，骡子飞起一个蹄子，打在了他的胯骨上。老头子侧身飞去，躺在地上，半边身子都麻木不仁。骡子还在撅着屁股打蹄，蹄铁像残月一样闪烁。罗汉大爷胯骨灼热胀大，有沉重的累赘感。他爬起来，歪倒了，歪倒了又爬起来。村里的那只嗓音单薄的公鸡又叫了一声。黑暗逐渐消退，三星愈加辉煌耀目，也辉耀着那亮晶晶的骡子屁股和眼球。

"好两个畜生！"

罗汉大爷，心头火起，一歪一斜地转着，想寻找一件利器。在开挖引水渠的工地上，他找到一柄锋利的铁锹。他毫无拘谨地走，叫骂，忘了百步之外的人与狗。他自由自在，不自由都是因为怕。东方那团渐渐上升的红晕在上升时同时散射，黎明前的高粱地里，静寂得随时都会爆炸。罗汉大爷迎着朝霞，向那两头大黑骡子走去。他对黑骡恨之入骨。骡子静立着不动，罗汉大爷把铁锹端平，对准一头黑骡的一条后腿，猛力铲过去。一道凉凉的阴影落到骡子的后腿上。骡子歪斜了两下，立即挺住，从骡头那儿，响了粗犷豪烈惊愕愤怒的嘶鸣。随即，受伤的骡子把屁股高高扬起，一溜热血抛洒，像雨点一样，淅淅沥沥淋了大爷满脸。大爷瞅准空当，又铲中了骡子的另一条后腿。黑骡叹息了一声，便屁股逐渐堕落，猛然坐在地上，两条前腿还立着，脖子被缰绳吊直，嘴巴朝着已是灰蓝色的苍天呼吁。铁锹被骡子沉重的屁股压住，大爷也蹲了窝。

他用尽全力，把铁锹抽出。他感觉到铁锹刃儿牢牢地嵌在骡子的腿骨里。另一头黑骡，傻愣愣地看着瘫倒的同伴，像哭一样，像求饶一样哀鸣着。

大爷平托铁锹，向它逼过去，它用力后退着，缰绳几乎被拉断，木桩哔哔叭叭地响，它的拳大的双眼里，流着暗蓝的光。

"你怕了吗？畜生！你的威风呢？畜生！你这个忘恩负义吃里爬外的混账东西！你这个里通外国的狗杂种！"

罗汉大爷怒骂着，对着黑骡长方形的板脸铲出一锹。铁锹铲在木桩上，他上下左右晃动着锹柄，才把锹刃铲出。黑骡挣扎着，后腿曲成弓箭，秃尾巴扫地嚓啦有声。大爷瞄准骡脸，啪地一响，正中骡子宽广的脑门，坚固的头骨与锹刃相撞，一阵震颤，通过锹柄传导，使罗汉大爷双臂酸麻。黑骡闭口无言，蹄腿乱动，交叉杂错，到底撑不住。呼隆一声倒下，像倒了一堵厚墙壁。缰绳被顿断，半截在木桩上垂着，半截在骡脸边曲着。大爷垂手默立。光滑的锹柄在骡头上斜立指着天。那边狗叫人喧，天亮了，从东边的高粱地里，露出了一弧血红的朝阳，阳光正正地照着罗汉大爷半张着的黑洞洞的嘴。

四

队伍走上河堤，一字儿排开，刚从雾里挣扎出来的红太阳照耀着他们。我父亲和大家一样都半边脸红半边脸绿，和他们一起观看着墨水河面上残破的雾团。把河南河北的公路连接起来的是跨越墨水河的十四孔大石桥。原来的小木桥在石桥西侧，桥面早断了三五截，几根棕色的桩子兀立在河水中，无可奈何地挡起一簇簇青白的浪花。破雾中的河面，红红绿绿，严肃恐怖。站在河堤上，抬眼就见到堤南无垠的高粱平整如板砥的穗面。它们都纹丝不动。每穗高粱都是一个深红的成熟的面孔，所有的高粱合成一个壮大的集体，形成一个大度的思想——我父亲那时还小，想不到这些花言巧语，这是我想的。

高粱与人一起等待着时间的花朵结出果实。

公路笔直地往南通去，愈远愈窄，最后被高粱淹没。那最远的地方，与铁青色的穹窿边缘连接着的高粱上，也同样地，呈现出日出时动人的凄婉悲壮情景。

我父亲有几分好奇地看着痴呆呆的游击队员们，他们从哪里来？他们到哪里去？为什么要来打伏击？打了伏击以后还打什么？静穆中，断桥激起的水声节奏更加分明，声音更加清脆入耳。雾被阳光纷纷打落在河水中。墨河水由暗红渐渐燃烧成金红。满河流光溢彩。水边有棵孤独的水荇，黄叶低垂，曾经煊赫过的蚕虫状花序枯萎苍白地挂在叶杈间。又是抓螃蟹的节令了！父亲想，秋风起，天气凉，一群大雁往南飞……罗汉大爷说，抓、豆官……抓！螃蟹纤巧的脚爪把细软的河泥印满花纹。父亲从河水中闻到了螃蟹特有的那种淡雅的腥气。我家在抗战前种植的罂粟花用蟹酱喂过，花朵肥大，色彩斑斓，香气扑鼻。

余司令说："都下堤藏好。哑巴放耙。"

哑巴从肩上摘下几圈铁丝，把四盘耙绑在一起。他啊了两声，招呼着几个队员，把连环耙抬到公路与石桥相接处。

余司令说："弟兄们，藏好，等鬼子汽车上了桥，等冷支队的人把退路封住，听我的口号一齐开火，把畜生们打到河里去喂白鳝喂蟹子。"

余司令对哑巴打了几个手势，哑巴点点头，带着一半人枪，到路西边的高粱地里埋伏。王文义跟着哑巴往西走，被哑巴推了回来。余司令说："你别过去，你跟着我。害怕吗？"

王文义连连点头，说："不怕……不怕……"

余司令让方家兄弟把那尊大抬杠在河堤上架好。又对提着一只大喇叭的刘吹手说："老刘，接着火，你什么都别管，可着劲儿给我吹喇叭，鬼子怕响器，你听到了吗？"

刘吹手是余司令早年的伙伴，那时，司令是轿夫，刘是吹鼓手。他双手攥着喇叭筒子，像握着一杆枪。

余司令对大家说："丑话说到前头，到时候谁要草鸡了，我就崩他。咱要打出个样子来给冷支队看看，那些王八蛋，仗着旗号吓唬人。老子不吃他的，他想改编我？我还想改编他呢！"

众人围坐在高粱地里，方六拿出烟袋装烟，摸出火镰火石打火。火镰乌黑，火石褚红，跟煮熟的鸡肝一样。火镰打击火石嚓嚓地响。火星飞迸，每一个火星都很大。一个大火星溅到方六用食指和无名指捏住的高粱秆芯上，方六噘口吹气，火绒上冒出一缕白烟，红了。方六点燃烟袋，吸一口烟。余司令吐一口气抽抽鼻子，说："把烟磕了，鬼子闻到烟味还会上桥？"

方六紧着吸了两口，把烟袋磕了，把烟包装好。余司令说："都到河堤慢坡上趴着，省得鬼子来了措手不及。"

大家都有些紧张，卧在河堤上，手抱着枪，如临大敌。父亲趴在余司令身边。余司令问："你怕不怕？"父亲说："不怕！"

余司令说："好样的，是你干爹的种！你是我的传令兵，打起来别离开我，有什么命令我就给你说，你就给我往西边传。"

父亲点点头。他眼馋地盯着余司令腰里那两支枪。一支大，一支小。

大的是德国造自来得匣子枪，小的是法国造勃朗宁手枪。这两支枪各有来历。

父亲嘴里迸出一个字："枪！"

余司令说："你要枪？"

父亲点点头，说："枪。"

余司令说："你会使吗？"

"会！"父亲说。

余司令从腰里抽出勃朗宁手枪，在手里掂量着。手枪已老，烧蓝退尽。余司令拉动枪机，弹仓里跳出一颗黄铜壳的圆头子弹。他把子弹扔了一个高，伸手接住，又压进枪里。

"给你！"余司令说，"就像老子一样用它。"

父亲把枪抓了过来。父亲握着枪，想起前天晚上，余司令就用这支枪打碎了一个酒盅子。

那时候眉月初升，低低地压着枯树枝桠。父亲抱着一个酒坛子，捏着一柄铜钥匙，遵照奶奶的命令，到烧酒作坊里去盛酒。父亲拧开大门，院落里静悄悄的，骡棚里黑洞洞的，作坊里发散着腐烂酒糟的浊气。父亲揭开一个瓮盖子，借着星月光辉，看到清平的酒面上，自己干瘦的脸。父亲眉毛短促，嘴唇单薄，他觉得自己很丑。他把酒坛子按到瓮里，酒咕嘟咕嘟灌进坛。提坛出瓮时，坛上的酒滴滴答答落入瓮内。父亲改变了主意，他把坛里的酒倒进瓮里。父亲想起了奶奶洗过血脸的那瓮酒。奶奶在家里陪着余司令和冷支队长喝酒，奶奶和余司令都是大量，冷支队长却有些醉了。父亲走到那瓮酒前，见木制的瓮盖上压着一扇石磨。他放下酒坛，用尽全力把石磨掀掉。石磨在地上滚了两圈，撞到另一只酒瓮上，在瓮壁上撞出一个大洞，高粱酒嗞嗞地蹿出来，父亲不去管它。父亲揭开瓮盖，闻到了罗汉大爷的血腥气。他想起了罗汉大爷的血头和娘的血脸。罗汉大爷的脸和娘的脸在瓮里层出不穷。父亲把坛子按到瓮里，装满血酒，双手捧着，回到家中。

八仙桌上，明烛高烧，余司令和冷队长四目相逼，都咻咻喘气。奶奶站在他们二人当中，奶奶左手按着冷支队长的左轮枪，右手按着余司令的勃朗宁手枪。

父亲听到奶奶说："买卖不成仁义在么，这不是动刀动枪的地方，有本事对着日本人使去。"

余司令怒冲冲地骂："舅子，你打出干旅的旗号也吓不住我。老子就是这地盘上的王，吃了十年�饼，还在乎王大爪子那个驴日的！"

冷支队长冷冷一笑，说："占鳌兄，兄弟也是为你好，王旅长也是为你好，只要你把杆子拉过来，给你个营长干。枪饷由王旅长发给，强似你当土匪。"

"谁是土匪？谁不是土匪？能打日本就是中国的大英雄。老子去年摸了三个日本岗哨，得了三支大盖子枪。你冷支队不是土匪，杀了几个鬼子？鬼子毛也没揪下一根。"

冷支队长坐下，抽出一支烟点燃。

趁着机会，父亲捧着酒坛上去。奶奶接过酒坛，脸色陡变，狠狠地看了父亲一眼。奶奶往三个碗里倒酒，每个碗都倒得冒尖。

奶奶说："这酒里有罗汉大叔的血，是男人就喝了，后日一起把鬼子汽车打了，然后你们就鸡走鸡道，狗走狗道，井水不犯河水。"

奶奶端起酒，咕咚咕咚喝了。

余司令端起酒，一仰脖灌了。

冷支队长端起酒，喝了半碗。放下碗，他说："余司令，兄弟不胜酒力，告辞啦！"

奶奶按着左轮手枪，问："打不打？"

余司令气哄哄地说："你甭求他，他不打，老子打！"

冷支队长说："打。"

奶奶松开手，冷支队长把左轮手枪抓过去，挂在腰带上。

冷支队长白净面皮，鼻子周围有十几颗黑麻子。他的腰带上别着一大圈子弹，挂上枪后，腰带垂成一轮下钩月。

奶奶说："占鳌，我把豆官交给你了，后日，你带着他去。"

余司令看看我父亲，笑着问："干儿子，有种吗？"

父亲轻蔑地看着余司令双唇间露出的土黄色坚固牙齿，一句话也不说。

余司令拿过一只酒盅，放在我父亲头顶上，让我父亲退到门口站定。他抄起勃朗宁手枪，走向墙角。

父亲看着余司令往墙角上跨了三步，每一步都那么大那么缓慢。奶奶脸色苍白。冷支队长嘴角上竖着两根嘲弄的笑纹。

余司令走到墙角后，立定，猛一个急转身，父亲看到他的胳膊平举，眼睛黑得出红光。勃朗宁枪口吐出一缕白烟。父亲头上一声巨响，酒盅炸成碎片。

一块小瓷片掉在父亲的脖子上，父亲一耸头，那块瓷片就滑到了裤腰里。父亲什么也没说。奶奶的脸色更加苍白。冷支队长一屁股坐在板凳上，半晌才说："好枪法。"

余司令说："好小子！"

父亲握着勃朗宁手枪，感到它出奇的沉重。

余司令说："不用我教你，你知道该怎么打。传我的令给哑巴，让他们准备好！"

父亲提着手枪，钻进高粱地，跨过公路，走到哑巴面前。哑巴盘腿大坐，用一块绿油油的石头磨着一把修长的腰刀。其他队员坐的躺的都有。

父亲对哑巴说："让你们准备好。"

哑巴斜了父亲一眼，继续磨刀。磨一阵，他撕了几个高粱叶子，把刀口上的石末擦掉，又拔了一棵细草，试着刀锋。小草一碰上刀刃就悄悄地断了。

父亲又说："让你们准备好！"

哑巴把腰刀入鞘，放在身旁。他的脸上绽开狰狞的笑容。他抬起一只大手，对着父亲招着。

"唔！唔！"哑巴说。

父亲蹑手蹑脚地走上前，离哑巴一步远停住。哑巴一探身，扯住了父亲的衣襟，用力一带，父亲伏在哑巴怀里。哑巴拧住父亲的耳朵，父亲的嘴咧到了腮上。父亲用勃朗宁手枪，戳着哑巴的脊梁骨。哑巴又按住了父亲的鼻子，用力一揿，父亲的眼泪噗噗冒出。哑巴怪声怪气地笑起来。

散坐在哑巴周围的队员们齐声哄笑。

"像不像余司令？"

"是余司令下的种子。"

"豆官，我想你娘。"

"豆官，我要吃你娘那两个插枣饽饽。"

父亲老羞成怒，举起手枪，对准那个妄想吃插枣饽饽的就搂了火。勃朗宁手枪里啪哒一响，子弹没有出膛。

那人脸色灰黄，快速跳起，来夺父亲的手枪。父亲怒火冲天，扑到那人身上，连踢带咬。

哑巴立起来，扯着父亲的脖子用力一摔，父亲的身体离地飘行，下落时砸断了几株高粱。父亲打了一个滚爬起来，破口大骂着，扑到哑巴面前。哑巴"唔唔"两声。父亲看着他铁青的脸，被镇在那儿。哑巴拿去勃朗宁手枪，拉动枪机，一粒子弹落在他的手里。他捏着子弹头，看着子弹屁股门上被撞针击出的小孔，对着父亲比画了几下。哑巴把枪插到父亲腰里，拍了拍父亲的头。

"你在那边闹什么？"余司令问。

父亲委屈地说："他们……要和俺娘困觉。"

余司令板着脸，问："你怎么说？"

父亲抬起胳膊擦擦眼，说："我给了他一枪！"

"你开枪了？"

"枪没响。"父亲把那粒金灿灿的臭火递给余司令。

余司令接过子弹，看看，轻松地摔出，子弹滑着漂亮的弧线，落到河里。

余司令说："好样的！枪儿先向日本人身上打，打完日本人，谁要是再敢说要和你娘困觉，你就对着他的小肚子开枪。别打他的头，也别打他的胸，记住，打他的小肚子。"

父亲伏在余司令身边。他的右边是方家弟兄。大抬杠子架在河堤上，枪口对着石桥。枪口堵着一团破棉絮。抬杠的后部翘出一根引信。方七的身边，放着一把高粱秆芯制成的火绒，有一根正在燃烧。方六身边放着一个药葫芦，一个盛铁豆子的铁盒。

余司令左边是王文义。他双手攥着长苗子鸟枪，身体抖成一团。他的伤耳已经和白布凝结在一起。

太阳一竿子高了，雪白的核心外还镶着一圈浅淡的红。河水亮晶晶，一群野鸭子从高粱上空飞来，盘旋三个圈，大部分斜刺里扑到河滩的草丛中，小部分落到河里，随着河水漂流。河水中的野鸭子身体稳住不动，只把灵活的头颈转来转去。父亲身上暖洋洋的，被露水打湿的衣服彻底干了。又趴了一会儿，父亲感到有一粒石子硌得胸痛，便起身坐起，头和胸高出堤面。余司令说："趴下。"父亲又不情愿地趴下。方家老六鼻子里吹出鼾声。余司令抠起一块土坷垃，投到方六的脸上。方六懵懵懂懂地坐起来，打了一个哈欠，挤出两滴细小的泪珠。

"鬼子来了吗？"方六大声说。

"操你亲娘！"余司令说，"不许困觉。"

河南河北寂静无声，宽阔的公路死气沉沉地躺在高粱丛中。河上的大石桥那么漂亮。无边的高粱迎着更高更亮的太阳，脸庞鲜红，不胜娇羞。野鸭子在浅水边，用扁嘴搜索着什么，发出一片呱呱唧唧的响声。父亲的目光停在野鸭子上，研究着它们美丽的羽毛和机灵的眼睛。他端着沉重的勃朗宁手枪，瞄着鸭子平坦的背。他几乎要勾动扳机了。余司令按住他的手,说:"小鳖羔子,你想干什么?"

父亲感到烦躁不安了,公路还是枯死地躺着。高粱更加鲜红。

"冷麻子这个畜生,他要是胆敢耍弄老子!"余司令恨恨地说。河南无声无息,冷支队连个影儿都不见。父亲知道鬼子汽车从这儿路过的情报是冷支队得到的,冷支队怕一家打不了,才来联合余司令的队伍。

父亲紧张了一会儿,又渐渐懈怠。他的目光一次又一次地被野鸭子吸引。他想起跟着罗汉大爷打鸭子的事。罗汉大爷有一只鸟枪,乌红的托子,牛皮的枪带。这支鸟枪正被王文义攥着。

父亲的眼里蒙着泪水,但不到流出眶外的数量。就像去年那天一样。在温暖的阳光里,父亲感到有一阵扎人的寒冷在全身扩散。

罗汉大爷和两头骡子一起被鬼子和伪军捉走,奶奶在酒瓮里洗净了满脸的血。奶奶满脸酒香,皮肤赤红,眼皮有些肿,月白色洋布褂子前胸被酒和血渍湿。奶奶仁立在瓮边,凝视着瓮里的酒。酒里映着奶奶的脸。父亲记得,奶奶扑地跪倒,对着酒瓮磕了三个头。然后,她站起来,双手掬起一捧酒喝了。奶奶满脸的红润,都集中到双腮上,额头和下巴却苍白无色。

"跪下!"奶奶命令父亲,"磕头。"

父亲跪下磕头。

"捧一口酒喝!"

父亲捧了酒喝下。

一道道血丝像线一样,垂直地往瓮底下沉着。瓮里飘着一朵小小的白云,并摆着奶奶和父亲的庄严面孔。奶奶两只细长的眼睛里射出灼人的光,父亲不敢看。父亲的心咚咚跳着,又伸出手,从瓮里掬上一捧酒,酒从指缝下落,打破了青天白云大脸小脸。父亲又喝了一口酒,一股血腥味死死粘在舌上。血丝都沉到瓮底,在凸起的瓮底中间集合成一个拳头大小的混浊的团体。父亲和奶奶看了它好久。奶奶拉上瓮盖,从墙角那儿把一扇磨盘滚过来,用力搬起,压在瓮盖上。

"你不要动它!"奶奶说。

父亲看着磨盘凹槽里潮湿的泥土和蠕蠕爬动的灰绿色潮湿虫,惊恐不安地点了点头。

这一夜,父亲躺在他的小床上,听着奶奶在院子里走来走去。奶奶咯噔咯噔的脚步声和着田野里的高粱悴缘,编织着父亲纷乱的梦境。父亲在梦中听到我家那两头秀丽的大黑骡子在鸣叫。

平明时分，父亲醒了一次。他赤着身体跑到院子里去撒尿，见奶奶还立在院子里望着天空发呆。父亲叫了一声娘，奶奶没答腔。父亲撒完尿，扯着奶奶的手往屋里拉。奶奶软疲疲地随着父亲转身进屋。刚刚进屋，就听到从东南方向传来一阵浪潮般的喧闹，紧接着响了一枪，枪声非常尖锐，像一柄利刃，把挺括的绸缎豁破了。

父亲现在趴的地方，那时候堆满了洁白的石条和石块，一堆堆粗粒黄沙堆在堤上，像一排排大坟。去年初夏的高粱在堤外忧悒沉重地发着呆。被碌碡压倒高粱闪出来的公路轮廓，一直向北延伸。那时大石桥尚未修建，小木桥被千万只脚、被千万次骡马蹄铁踩得疲惫不堪、敲得伤痕累累。压断揉烂的高粱流出的青苗味道，被夜雾浸淫，在清晨更加浓烈。遍野的高粱都在痛哭。父亲和奶奶听到那声枪响不久，就和村里的若干老弱妇孺被日本兵驱赶到这里。那时候日头刚刚升上高粱梢头，父亲和奶奶与一群百姓站在河南岸路西边，脚下踩着高粱残骸。父亲们看着那个牛棚马圈般的巨大栅栏，一大群衣衫褴褛的民伕缩在栅栏外。后来，两个伪军又把这群民伕赶到路西边，与父亲他们相挨着，形成了另一个人团。在父亲们和民伕们的面前，就是后来令人失色的拴骡马的地方，人们枯枯地立着，不知过了多久，终于看到，一个肩上佩着两块红布、胯上挂着一柄拖地钢刀、牵着一匹狼狗、戴着两只白手套、面孔清癯的日本官儿从帐篷那边走过来。在他的身后，狼狗垂着鲜艳的舌头，在狼狗身后，两个伪军抬着一具硬邦邦的日本兵尸体，两个日本兵在最后，押着被两个伪军架着的血肉模糊的罗汉大爷。父亲使劲往奶奶身上靠，奶奶揽住了父亲。

日本官儿牵着狗停在骡马场附近的空地上。五十多只白鸟从墨水河道里扑棱棱飞出来，飞经人群上方青蓝蓝的天，又拐弯向东，飞向那个金子般的太阳。父亲看到骡马场上那些蓬毛垢面的牲畜，看到了躺在地上的我家那两头大黑骡子。一头骡子死了，它头上还斜立着那根铁锨。黑血把地上的碎高粱，把骡子光洁的脸，都弄得肮脏不堪。另一头骡子坐在地上，血糊糊的尾巴拂着大地，两腹厚皮抖得索索有声。两个时开时合的鼻孔里，吹出口哨一样的响声。父亲不知道自己多么喜爱这两头黑骡子。奶奶挺胸扬头骑在骡背上，父亲坐在奶奶怀里，骡子驮着母子俩，在高粱夹峙下的土路上奔驰，骡子跑得前仰后合，父亲和奶奶被颠得上蹿下跳。细细的骡腿腾起一路烟尘。父亲兴奋得吱哇乱叫。稀稀疏疏的农人，立在高粱地头上，手扶锄头或是别的什么农具，盯着高粱作坊女掌柜艳丽的粉脸，满脸嫉妒仇恨。我家那两头大黑骡子，一头倒在地上死了，嘴唇咧开，一排雪白的长方形大牙齿啃着地。另一头坐着，比死了还难受。父亲对奶奶说："娘，咱的骡子。"奶奶伸手捂住父亲的嘴。

日本兵的尸体停放在挂刀牵狗而立的日本官前面。两个伪军拖着血肉模糊的罗汉大爷向一根拴马高桩走。父亲并没有立刻认出罗汉大爷。父亲看到了一个被打烂了的人形怪物。他被架着，一颗头忽而歪向左，忽而歪向右，头顶上的血嘎痂像落水的河滩上沉淀下那层光滑的泥，又遭阳光曝晒，皱了边儿，裂了纹儿。他的双脚划着地面，在地上划出一些曲曲折折的花纹。人群悄悄地聚缩。父亲感到奶奶的手牢牢捏住他的肩膀。所有的人都变矮了，有的面如黄土，有的面如黑土。一时间鸦雀无声，听得清那条大狼狗哈达哈达的喘气声，那个牵狼狗的日本官儿放了一个嘹亮的屁。父亲看到伪军把那个人形怪物拖到一根高高的拴马桩前，一松手，怪物就像一堆剔了骨的肉瘫在地上。

父亲惊叫一声："罗汉大爷！"

奶奶又捂住了父亲的嘴。

罗汉大爷在马桩下慢慢动着，先把屁股高高地撅起来，造了一个拱桥形状，又双膝跪地，双手按地，竖起了头。他的脸肿胀得透亮，双眼成了两条细缝。两道深绿色的光线，从他的眼缝里射出。父亲正对着罗汉大爷，他相信大爷一定看到了自己。他的胸膛里的器官砰砰啪啪地碰撞着，他说不出是惊恐还是愤怒，他想用力嚎叫，但嘴巴被奶奶的手掌牢牢地捂住了。

牵狗的日本官儿对着人群喊了一阵，一个留着小平头的中国人，把日本官儿的话翻给大家听。

翻译说的话，我父亲没听全。他被我奶奶捂住嘴巴，憋得眼冒金花，耳朵嗡嗡响。

两个黑衣中国人把罗汉大爷剥得一丝不挂，拴在木桩上。鬼子官儿挥挥手，又有两个黑衣人把我们村的也是高密东北乡有名的杀猪匠孙五，从木栅栏里，推推搡搡地押过来。

孙五个子矮小，浑身是肉，腆着肚子，头上无毛，脸色通红，一双小眼间距很小，深陷在鼻子两侧。他左手提着一把尖刀，右手提着一桶净水，哆哆嗦嗦地走到罗汉大爷面前。

翻译官说："太君说，让你好好剥，剥不好就让狼狗开了你的膛。"

孙五诺诺连声，眼皮紧急眨动。他用口叼着刀，提起水桶，从罗汉大爷头上浇下去。罗汉大爷被冷水一激，头猛然抬起，血水顺着他的脸、脖子，混浊地流到脚跟。一个监工从河里又提来一桶水，孙五用一块破布蘸着水，把罗汉大爷擦洗得干干净净。孙五擦净大爷，屁股扭动着，说："大哥……"

罗汉大爷说："兄弟，一刀捅了我吧，黄泉之下不忘你的恩德。"

日本官儿吼叫一声。

翻译说："快点动手！"

孙五脸色一变，伸出粗短的手指，捏住大爷的耳朵，说："大哥，兄弟没法子……"

父亲看到孙五的刀子在大爷的耳朵上像锯木头一样锯着。罗汉大爷狂呼不止，一股焦黄的尿水从两腿间一蹿一蹿地滋出来。父亲的腿瑟瑟战抖。走过一个端着白瓷盘的日本兵，站在孙五身旁，孙五把罗汉大爷那只肥硕敦厚的耳朵放在瓷盘里。孙五又割掉罗汉大爷另一只耳朵放进瓷盘。父亲看到那两只耳朵在瓷盘里活泼地跳动，打击得瓷盘叮咚叮咚响。

日本兵托着瓷盘，从民伕面前，从男女老幼们面前慢慢走过。父亲看到大爷的耳朵苍白美丽，瓷盘的响声更加强烈。

日本兵把耳朵端到日本官面前，军官点点头。日本兵把瓷盘放在日本兵的尸体旁，静默片刻，又端起来，放到狼狗嘴下。

狼狗收起舌头，用尖尖的、乌黑的鼻子去嗅那两只耳朵。它摇摇头，又吐出舌头，蹲坐起来。

翻译对孙五说："喂，再割！"

孙五在原地转着圈，嘴里咕咕噜噜地说着什么，父亲看到他满脸油汗，眼睛眨得像鸡啄米一样迅速。

罗汉大爷的双耳底根上，只流了几滴血，大爷双耳一去，整个头部变得非常简洁。

鬼子军官又吼了一声。

翻译说："快点割！"

孙五弯下腰，把罗汉大爷的男性器官一刀旋下来，放进日本兵托着的瓷盘里。日本兵两根胳膊僵硬地伸着，两眼平视，像木偶一样从人群前走过。父亲觉得奶奶冰冷的手指几乎抠进自己肩头肉里。

日本兵把瓷盘放到狼狗嘴下，狼狗咬了两口，又吐出来。

罗汉大爷凄厉地大叫着，瘦骨嶙峋的身体在拴马桩上激烈扭动。

孙五扔下刀子，跪在地上，嚎啕大哭。

日本官儿把皮带一松，狼狗扑上来，两只前爪按着孙五的肩头，一嘴利齿在孙五面前晃。孙五躺在地上，双手捂住脸。

日本官打一个唿哨，狼狗拖着皮带颠颠地跑回去。

翻译官说："快剥！"

孙五爬起来，捏着刀子，一高一低地走到罗汉大爷面前。

罗汉大爷破口大骂，所有的人在大爷的骂声中昂起了头。

孙五说："大哥……大哥……你忍着点吧……"

罗汉大爷把一口血痰吐到孙五脸上。

"剥吧，操你祖宗，剥吧！"

孙五操着刀，从罗汉大爷头顶上外翻着的伤口剥起，一刀刀细索索发响。他剥得非常仔细。罗汉大爷的头皮褪下。露出了青紫的眼珠。露出了一棱棱的肉……

父亲对我说，罗汉大爷脸皮被剥掉后，不成形状的嘴里还呜呜噜噜地响着，一串一串鲜红的小血珠从他的酱色的头皮上往下流。孙五已经不像人，他的刀法是那么精细，把一张皮剥得完整无缺。大爷被剥成一个肉核后，肚子里的肠子蠢蠢欲动，一群群葱绿的苍蝇漫天飞舞。人群里的女人们全都跪到地上，哭声震野。当天夜里，天降大雨，把骡马场上的血迹冲洗得干干净净，罗汉大爷的尸体和皮肤无影无踪。村里流传来罗汉大爷尸体失踪的消息，一传十，十传百，一代传一代，竟成了一个美丽的神话故事。

"他要是胆敢耍弄老子，我拧下他的脑袋做尿壶！"太阳越升越小，发出白炽的光线，高粱上的露水晞了，野鸭子飞走了一批，又飞来一批。冷支队的人还没到，公路上除了偶尔窜过野兔外，再无一个活物。后来又鬼鬼祟祟地跳出来一只火红的狐狸。余司令骂完冷支队长，喊一声："喂，都起来吧，八成是上了冷麻子这个狗娘养的当啦。"

队员们早就趴累了，巴不得这声喊。司令一声令下，就应声爬起，有的坐在河堤上，嚓嚓地打火吸烟，有的站在河堤上，用力往堤下撒尿。

父亲跳上河堤后，还在想着去年的一些情景，罗汉大爷被剥皮后的头颅在他眼前不停地晃动。野鸭子被突然冒出来的人群惊吓，齐飞起，又陆续落到不远处的河滩上，蹒蹒跚跚地行走，翠绿的鸭羽和黄褐的鸭羽在草丛中闪烁。

哑巴提着他的腰刀和老汉阳步枪，来到余司令面前。他面色沮丧，眼珠子发直。抬手指太阳，太阳已东南晌；低手指公路，公路空荡荡；哑巴指指肚子，嗷嗷地叫着，挥动着胳膊，对准村庄的方向。余司令沉思片刻，对路西边的人喊："都过来！"

队员们跨过公路，聚到河堤上。

余司令说:"弟兄们,冷麻子要是敢耍弄咱,我就去把他的脑袋揪来!天还没晌呢,咱再等一会儿,等到过了晌午头,汽车还不来,咱就直奔谭家洼,跟冷麻子算账。大家先到高粱地里歇着去,我让豆官回去催饭。豆官!"

父亲仰脸看着余司令。

余司令说:"回家告诉你娘,让她找人擀排饼,正晌午时,一定送到,让你娘亲自来送。"

我父亲点点头,提一把裤子,插好勃朗宁手枪,飞快地跑下河堤,沿着公路往北跑了一小段,就一头钻进了高粱地,向着西北方向,哧哧溜溜地游动。父亲在海水一样的高粱地里,碰到了几个长方形的骡马头骨。他用脚踢了一下,从骷髅里跳出了两只短尾巴的、毛茸茸的田鼠,并不怎么吃惊地望他一会儿,又钻进骷髅里去。父亲又想起了我家那两头大黑骡子,想起了公路修成后很久了,每逢刮东南风,村子里还能闻到刺鼻的尸臭。墨水河里,去年曾经泡胀沤烂了几十具骡马的尸体,它们就停泊在河边的生满杂草的浅水里,肚子着了阳光,胀到极点,便迸然炸裂,华丽的肠子,像花朵一样溢出来,一道道暗绿色的汁液,慢慢地流进墨水河里。

<h2 style="text-align:center">五</h2>

我奶奶刚满十六岁时,就由她的父亲做主,嫁给了高密东北乡有名的财主单廷秀的独生子单扁郎。单家开着烧酒锅,以廉价高粱为原料酿造优质白酒,方圆百里都有名。东北乡地势低洼,往往秋水泛滥,高粱高秆防涝,被广泛种植,年年丰产。单家利用廉价原料酿酒谋利,富甲一方。我奶奶能嫁给单扁郎,是我曾外祖父的荣耀。当时,多少人家都渴望着和单家攀亲,尽管风传着单扁郎早就染上了麻风病。单廷秀是个干干巴巴的小老头,脑后翘着一支枯干的小辫子。他家里金钱满柜,却穿得破衣烂袄,腰里常常扎一条草绳。奶奶嫁到单家,其实也是天意。那天,我奶奶在秋千架旁与一些尖足长辫的大闺女耍笑游戏,那天是清明节,桃红柳绿,细雨霏霏,人面桃花,女儿解放。奶奶那年身高一米六零,体重六十公斤,上穿碎花洋布褂子,下穿绿色缎裤,脚脖子上扎着深红色的绸带子。由于下小雨,奶奶穿了一双用桐油浸泡过十几遍的绣花油鞋,一走克郎克郎地响。奶奶脑后垂着一根油光光的大辫子,脖子上挂着一个沉甸甸的银锁——我曾外祖父是个打造银器的小匠人。曾外祖母是个破落地主的女儿,知道小脚对于女人的重要意义。奶奶不到六岁就开始缠脚,日日加紧。

一根裹脚布，长一丈余，曾外祖母用它，勒断了奶奶的脚骨，把八个脚趾，折断在脚底，真惨！我的母亲也是小脚，我每次看到她的脚，就心中难过，就恨不得高呼：打倒封建主义！人脚自由万岁！奶奶受尽苦难，终于裹就一双三寸金莲。十六岁那年，奶奶已经出落得丰满秀丽，走起路来双臂挥舞，身腰扭动，好似风中招飐的杨柳。单廷秀那天撅着粪筐子到我曾外祖父村里转圈，从众多的花朵中，一眼看中了我奶奶。三个月后，一乘花轿就把我奶奶抬走了。

　　奶奶坐在憋闷的花轿里，头晕目眩。罩头的红布把她的双眼遮住，红布上散着一股强烈的霉馊味。她抬起手，掀起红布——曾外祖母曾千叮咛万嘱咐，不许她自己揭动罩头红布——一只沉甸甸的绞丝银镯子滑到小臂上，奶奶看着镯子上的蛇形花纹，心里纷乱如麻。温暖的熏风吹拂着狭窄的土路两侧翠绿的高粱。高粱地里传来鸽子咕咕咕咕的叫声。刚秀出来的银灰色的高粱穗子飞扬着清淡的花粉。迎着她的面的轿帘上，刺绣着龙凤图案，轿帘上的红布因轿子经年赁出，已经黯淡失色，正中间油渍了一大片。夏末秋初，轿外阳光茂盛，轿夫们轻捷的运动使轿子颤颤悠悠，拴轿杆的生牛皮吱吱扭扭地响，轿帘轻轻掀动，把一缕缕的光明和一缕缕比较清凉的风闪进轿里来。奶奶浑身流汗，心跳如鼓，听着轿夫们均匀的脚步声和粗重的喘息声，脑海里交替着出现卵石般的光滑寒冷和辣椒般的粗糙灼热。

　　自从奶奶被单廷秀看中后，不知有多少人向曾外祖父和曾外祖母道过喜。奶奶虽然也想过上上马金下马银的好日子，但更盼着有一个识字解文、眉清目秀、知冷知热的好女婿。奶奶在闺中刺绣嫁衣，绣出了我未来的爷爷的一幅幅精美的图画。她曾经盼望着早日成婚，但从女伴的话语中隐隐约约听到单家公子是个麻风病患者，奶奶的心凉了。奶奶向她的父母诉说心中的忧虑。曾外祖父遮遮掩掩不回答，曾外祖母把奶奶的女伴们痛骂一顿，其意大概是说狐狸吃不到葡萄就说葡萄是酸的之类。曾外祖父后来又说单家公子饱读诗书，足不出户，白白净净，一表人才。奶奶恍恍惚惚，不知真假，心想着天下无有狠心的爹娘，也许女伴真是瞎说。奶奶又开始盼望早日完婚。奶奶丰腴的青春年华辐射着强烈的焦虑和淡淡的孤寂，她渴望着躺在一个伟岸的男子怀抱里缓解焦虑消除孤寂。婚期终于熬到了，奶奶被装进了这乘四人大轿，大喇叭小唢呐在轿前轿后吹得凄凄惨惨，奶奶止不住泪流面颊。轿子起行，忽悠悠似腾云驾雾，偷懒的吹鼓手在出村不远处就停止了吹奏，轿夫们的脚下也快起来。高粱的味道深入人心。高粱地里的奇鸟珍禽高鸣低啭。在一线一线阳光射进昏暗的轿内时，奶奶心中丈夫的形象也渐渐清晰起来。她的心像被针锥扎着，疼痛深刻有力。

"老天爷，保佑我吧！"奶奶心中的祷语把她的芳唇冲动。奶奶的唇上有一层纤弱的茸毛。奶奶鲜嫩茂盛，水分充足。她出口的细语被厚重的轿壁和轿帘吸收得干干净净。她一把撕下那块酸溜溜的罩头布，放在膝上。奶奶按着出嫁的传统，大热的天气，也穿着三表新的棉袄棉裤。花轿里破破烂烂，肮脏污浊。它像具棺材，不知装过了多少个必定成为死尸的新娘。轿壁上衬里的黄缎子脏得流油，五只苍蝇有三只在奶奶头上方嗡嗡地飞翔，有两只伏在轿帘上，用棒状的黑腿擦着明亮的眼睛。奶奶受闷不过，悄悄地伸出笋尖状的脚，把轿帘顶开一条缝，偷偷地往外看。她看到轿夫们肥大的黑色衫绸裤里依稀可辨的、优美颀长的腿，和穿着双鼻梁麻鞋的肥大的脚。轿夫的脚踏起一股股噗噗作响的尘土。奶奶猜想着轿夫粗壮的上身，忍不住把脚尖上移，身体前倾。她看到了光滑的紫槐木轿杆和轿夫宽阔的肩膀。道路两边，板块般的高粱坚固凝滞，连成一体，拥拥挤挤，彼此打量，灰绿色的高粱穗子睡眼未开，这一穗与那一穗根本无法区别，高粱永无尽头，仿佛潺潺流动的河流。道路有时十分狭窄，沾满蚜虫分泌物的高粱叶子擦得轿子两侧沙沙地响。

轿夫身上散发出汗酸味，奶奶有点痴迷地呼吸着这男人的气味，她老人家心中肯定漾起一圈圈春情波澜。轿夫抬轿从街上走，迈的都是八字步，号称"踩街"，这一方面是为讨主家欢喜，多得些赏钱；另一方面，是为了显示一种优雅的职业风度。踩街时，步履不齐的不是好汉，手扶轿杆的不是好汉，够格的轿夫都是双手卡腰，步调一致，轿子颠动的节奏要和上吹鼓手们吹出的凄美音乐，让所有的人都能体会到任何幸福后面都隐藏着等量的痛苦。轿子走到平川旷野，轿夫们便撒了野，这一是为了赶路，二是要折腾一下新娘。有的新娘，被轿子颠得大声呕吐，脏物吐满锦衣绣鞋；轿夫们在新娘的呕吐声中，获得一种发泄的快乐。这些年轻力壮的男子，为别人抬去洞房里的牺牲，心里一定不是滋味，所以他们要折腾新娘。

那天抬着我奶奶的四个轿夫中，有一个成了我的爷爷——他就是余占鳌余司令。那时候他二十郎当岁，是东北乡打棺抬轿这行当里的佼佼者——我爷爷辈的好汉们，都有高密东北乡人高粱般鲜明的性格，非我们这些孱弱的后辈能比——当时的规矩，轿夫们在路上开新娘子的玩笑，如同烧酒锅上的伙计们喝烧酒，是天经地义的事，天王老子的新娘他们也敢折腾。

高粱叶子把轿子磨得嚓嚓响，高粱深处，突然传来一阵悠扬的哭声，打破了道路上的单调。哭声与吹鼓手们吹出的曲调十分相似。奶奶想到乐曲，就想到那些凄凉的乐器一定在吹鼓手们手里提着。奶奶用脚撑着轿帘能看到一个轿夫被汗水濡湿的腰，奶奶更多的是看到自己穿着大红绣花鞋的脚，它尖尖瘦瘦，带着凄艳的表情，从外边投进来的光明罩住了它们，它们像两枚莲花瓣，它们更像两条小金鱼埋伏在澄澈的水底。两滴高粱米粒般晶莹微红的细小泪珠跳出奶奶的睫毛，流过面颊，流到嘴角。奶奶心里又悲又苦，往常描绘好的、与戏台上人物同等模样、峨冠博带、儒雅风流的丈夫形象在泪眼里先模糊后湮灭。奶奶恐怖地看到单家扁郎那张开花绽彩的麻风病人脸，奶奶透心地冰冷。奶奶想这一双娇娇金莲，这一张桃腮杏脸，千般的温存，万种的风流，难道真要由一个麻风病人去消受？如其那样，还不如一死了之。高粱地里悠长的哭声里，夹杂着疙疙瘩瘩的字眼：青天哟——蓝天哟——花花绿绿的天哟——棒槌哟亲哥哟你死了——可就塌了妹妹的天哟——我不得不告诉您，我们高密东北乡女人哭丧跟唱歌一样优美，民国元年，曲阜县孔夫子家的"哭丧户"专程前来学习过哭腔。大喜的日子碰上女人哭亡夫，奶奶感到这是不祥之兆，已经沉重的心情更加沉重。这时，有一个轿夫开口说话：

"轿上的小娘子，跟哥哥们说几句话呀！远远的路程，闷得慌。"

奶奶赶紧拿起红布，蒙到头上，顶着轿帘的脚尖也悄悄收回，轿里又是一团漆黑。

"唱个曲儿给哥哥们听，哥哥抬着你哩！"

吹鼓手如梦方醒，在轿后猛地吹响了大喇叭，大喇叭说：

"嗨咚——嗨咚——"

"猛捅——猛捅——"轿前有人模仿着喇叭声说，前前后后响起一阵粗野的笑声。

奶奶身上汗水淋漓。临上轿前，曾外祖母反复叮咛过她，在路上，千万不要跟轿夫们磨牙斗嘴，轿夫，吹鼓手，都是下九流，奸刁古怪，什么样的坏事都干得出来。

轿夫们用力把轿子抖起来，奶奶的屁股坐不安稳，双手抓住座板。

"不吱声？颠！颠不出她的话就颠出她的尿！"

轿子已经像风浪中的小船了，奶奶死劲抓住座板，腹中翻腾着早晨吃下的两个鸡蛋，苍蝇在她耳畔嗡嗡地飞，她的喉咙紧张，蛋腥味冲到口腔，她咬住嘴唇。不能吐，不能吐！奶奶命令着自己，不能吐啊，凤莲，人家说吐在轿里是最大的不吉利，吐了轿一辈子没好运……

轿夫们的话更加粗野了，他们有的骂我曾外祖父是个见钱眼开的小人，有的说鲜花插到牛粪上，有的说单扁郎是个流白脓淌黄水的麻风病人，他们说站在单家院子外，就能闻到一股烂肉臭味，单家的院子甲，飞舞着成群结队的绿头苍蝇……

"小娘子，你可不能让单扁郎沾身啊，沾了身你也烂啦！"

大喇叭小唢呐呜呜咽咽地吹着，那股蛋腥味更加强烈，奶奶牙齿紧咬嘴唇，咽喉里像有只拳头在打击，她忍不住了，一张嘴，一股奔突的脏物蹿出来，涂在了轿帘上，五只苍蝇像子弹一样射到呕吐物上。

"吐啦吐啦，颠呀！"轿夫们狂喊着，"颠呀，早晚颠得她开口说话。"

"大哥哥们……饶了我吧……"奶奶在呃嗝中，痛不欲生地说着，说完了，便放声大哭起来。奶奶觉得委屈，奶奶觉得前途险恶，终生难脱苦海。爹呀，娘呀，贪财的爹，狠心的娘，你们把我毁了。

奶奶放声大哭，高粱深径震动。轿夫们不再癫狂，推波助澜、兴风作浪的吹鼓手们也停嘴不吹。只剩下奶奶的呜咽，又和进了一支悲泣的小唢呐，唢呐的哭声比所有的女人哭泣都优美。奶奶在唢呐声中停住哭，像聆听天籁一般，听着这似乎从天国传来的音乐。奶奶粉面凋零，珠泪点点，从悲婉的曲调里，她听到了死的声音，嗅到了死的气息，看到了死神的高粱般深红的嘴唇和玉米般金黄的笑脸。

轿夫们沉默无言，步履沉重。轿里牺牲的哽咽和轿后唢呐的伴奏，使他们心中萍翻浆乱，雨打魂幡。走在这高粱小径上的，已不像迎亲的队伍，倒像送葬的仪仗。在奶奶脚前的那个轿夫——我后来的爷爷余占鳌，他的心里，有一种不寻常的预感，像熊熊燃烧的火焰一样，把他未来的道路照亮了。奶奶的哭声，唤起他心底早就蕴藏着的怜爱之情。

轿夫们中途小憩，花轿落地。奶奶哭得昏昏沉沉，不觉把一只小脚露到了轿外。轿夫们看着这玲珑的、美丽无比的小脚，一时都忘魂落魄。余占鳌走过去，弯腰，轻轻地，轻轻地握住奶奶那只小脚，像握着一只羽毛未丰的鸟雏，轻轻地送回轿内。奶奶在轿内，被这温柔感动，她非常想撩开轿帘，看看这个生着一只温暖的年轻大手的轿夫是个什么样的人。

——我想，千里姻缘一线穿，一生的情缘，都是天凑地合，是毫无挑剔的真理。余占鳌就是因为握了一下我奶奶的脚唤醒了他心中伟大的创造新生活的灵感，从此彻底改变了他的一生，也彻底改变了我奶奶的一生。

花轿又起行，喇叭吹出一个猿啼般的长音，便无声无息。起风了，东北风，天上云朵麇集，遮住了阳光，轿子里更加昏暗。奶奶听到风吹高粱，哗哗哗啦啦啦，一浪赶着一浪，响到远方。奶奶听到东北方向有隆隆雷声响起。轿夫们加快了步伐。轿子离单家还有多远，奶奶不知道，她如同一只被绑的羔羊，愈近死期，心里愈平静。奶奶胸口里，揣着一把锋利的剪刀，它可能是为单扁郎准备的，也可能是为自己准备的。

奶奶的花轿行走到蛤蟆坑被劫的事，在我的家族的传说中占有一个显要的位置。蛤蟆坑是大洼子里的大洼子，土壤尤其肥沃，水分尤其充足，高粱尤其茂密。奶奶的花轿行到这里，东北天空抖了一个血红的闪电，一道残缺的杏黄色阳光，从浓云中，嘶叫着射向道路。轿夫们气喘吁吁，热汗涔涔。走进蛤蟆坑，空气沉重，路边的高粱乌黑发亮，深不见底，路上的野草杂花几乎长死了路。有那么多的矢车菊，在杂草中高扬着细长的茎，开着紫、蓝、粉、白四色花。高粱深处，蛤蟆的叫声忧伤，蝈蝈的唧唧凄凉，狐狸的哀鸣悠怅。奶奶在轿里，突然感到一阵寒冷袭来，皮肤上凸起一层细小的鸡皮疙瘩。奶奶还没明白过来是怎么一回事，就听到轿前有人高叫一声：

"留下买路钱！"

奶奶心里咯噔一声，不知忧喜，老天，碰上吃抔饼的了！

高密东北乡土匪如毛；他们在高粱地里鱼儿般出没无常，结帮拉伙，拉驴绑票，坏事干尽，好事做绝，结果肚子饿了，就抓两个人，扣一个，放一个，让被放的人回村报信，送来多少张卷着鸡蛋大葱一把粗细的两抔多长的大饼。吃大饼时要用双手抔住往嘴里塞，故曰"抔饼"。

"留下买路钱！"那个吃抔饼的人大吼着。轿夫们停住，呆呆地看着劈腿横在路当中的劫路人。那人身材不高，脸上涂着黑墨，头戴一顶高粱篾片编成的斗笠，身披一件大蓑衣，蓑衣敞着，露出密扣黑衣和拦腰扎着的宽腰带。腰带里别着一件用红绸布包起的鼓鼓囊囊的东西。那人用一只手按着那布包。

奶奶在一转念间，感到什么事情也不可怕了，死都不怕，还怕什么？她掀起轿帘，看着那个吃抔饼的人。

那人又喊："留下买路钱！要不我就崩了你们！"他拍了拍腰里那件红布包裹着的家伙。

吹鼓手们从腰里摸出曾外祖父赏给他们的一串串铜钱，扔到那人脚前。轿夫放下轿子，也把新得的铜钱掏出，扔下。

那人把钱串子用脚踢拢成堆，眼睛死死地盯着坐在轿里的我奶奶。

"你们，都给我滚到轿子后边去，要不我就开枪啦！"他用手拍拍腰里别着的家伙大声喊叫。

轿夫们慢慢吞吞地走到轿后。余占鳌走在最后，他猛回转身，双目直逼吃抔饼的人。那人瞬间动容变色，手紧紧捂住腰里的红布包，尖叫着："不许回头，再回头我就毙了你！"

劫路人按着腰中家伙，脚不离地蹭到轿子前伸手捏捏奶奶的脚。奶奶粲然一笑，那人的手像烫了似的紧着缩回去。

"下轿，跟我走！"他说。

奶奶端坐不动，脸上的笑容像凝固了一样。

"下轿！"

奶奶欠起身，大大方方地跨过轿杆，站在烂漫的矢车菊里。奶奶右眼看着吃抔饼的人，左眼看着轿夫和吹鼓手。

"往高粱地里走！"劫路人按着腰里用红布包着的家伙说。

奶奶舒适地站着，云中的闪电带着铜音嗡嗡抖动，奶奶脸上粲然的笑容被分裂成无数断断续续的碎片。

劫路人催逼着奶奶往高粱地里走，他的手始终按着腰里的家伙。奶奶用亢奋的眼睛，看着余占鳌。

余占鳌对着劫路人笔直地走过去，他薄薄的嘴唇绷成一条刚毅的直线，两个嘴角一个上翘，一个下垂。

"站住！"劫路人有气无力地喊着，"再走一步我就开枪！"他的手按在腰里用红布包裹着的家伙上。

余占鳌平静地对着吃抔饼的人走，他前进一步，吃抔饼者就缩一点。吃抔饼的人眼里跳出绿火花，一行行雪白的清明汗珠从他脸上惊惶地流出来。当余占鳌离他三步远时，他惭愧地叫了一声，转身就跑，余占鳌飞身上前，对准他的屁股，轻捷地踢了一脚。劫路人的身体贴着杂草梢头，蹭着矢车菊花朵，平行着飞出去，他的手脚在低空中像天真的婴孩一样抓挠着，最后落到高粱棵子里。

"爷们，饶命吧！小人家中有八十岁的老母，不得已才吃这碗饭。"劫路人在余占鳌手下熟练地叫着。余占鳌抓着他的后颈皮，把他提到轿子前，用力摔在路上，对准他吵嚷不休的嘴巴踢了一脚。劫路人一声惨叫，半截吐出口外，半截咽到肚里，血从他鼻子里流出来。

余占鳌弯腰，把劫路人腰里那个家伙拔出来，抖掉红布，露出一个弯弯曲曲的小树疙瘩，众人嗟叹不止。

那人跪在地上，连连磕头求饶。余占鳌说："劫路的都说家里有八十岁的老母。"他退到一边，看着轿夫和吹鼓手，像狗群里的领袖看着群狗。

轿夫吹鼓手们发声喊，一拥而上，围成一个圈圈，对准劫路人，花拳绣腿齐施展。起初还能听到劫路人尖利的哭叫声，一会儿就听不见了。奶奶站在路边，听着七零八落的打击肉体沉闷声响，对着余占鳌顿眸一瞥，然后仰面看着天边的闪电，脸上凝固着的，仍然是那种粲然的、黄金一般高贵辉煌的笑容。

一个吹鼓手挥动起大喇叭，在劫路者的当头心里猛劈了一下，喇叭的圆刃劈进颅骨里去，费了好大劲才拔出。劫路人肚子里咕噜一声响，痉挛的身体舒展开来，软软地躺在地上。一线红白相间的液体，从那道深刻的裂缝里慢慢地挤出来。

"死了？"吹鼓手提着打瘪了的喇叭说。

"打死了，这东西，这么不经打！"

轿夫吹鼓手们俱神色惨淡，显得惶惶不安。

余占鳌看看死人，又看看活人，一语不发。他从高粱上撕下一把叶子，把轿子里奶奶呕吐出的脏物擦掉，又举起那块树疙瘩看看，把红布往树疙瘩上缠几下，用力摔出，飞行中树疙瘩抢先，红包布落后，像一只赤红的大蝶，落到绿高粱上。

余占鳌把奶奶扶上轿："上来雨了，快赶！"

奶奶撕下轿帘，塞到轿子角落里，她呼吸着自由的空气，看着余占鳌的宽肩细腰。他离着轿子那么近，奶奶只要一跷脚，就能踢到他青白色的结实头皮。

风利飕有力，高粱前推后拥，一波一波地动。路一侧的高粱把头伸到路当中，向着我奶奶弯腰致敬。轿夫们飞马流星，轿子出奇的平稳，像浪尖上飞快滑动的小船。蛙类们兴奋地鸣叫着，迎接着即将来临的盛夏的暴雨。低垂的天幕，阴沉地注视着银灰色的高粱脸庞，一道压一道的血红闪电在高粱头上裂开，雷声强大，震动耳膜。奶奶心中亢奋，无畏地注视着黑色的风掀起的绿色的浪潮，云声像推磨一样旋转着过来，风向变幻不定，高粱四面摇摆，田野凌乱不堪。最先一批凶狠的雨点打得高粱颤抖，打得野草毂觫，打得道上的细土凝聚成团后又立即迸裂，打得轿顶啪啪响，打在奶奶的绣花鞋上，打在余占鳌的头上，斜射到奶奶的脸上。

余占鳌他们像兔子一样疾跑，还是未能躲过这场午前的雷阵雨。雨打倒了无数的高粱，雨在田野里狂欢，蛤蟆躲在高粱根下，哈达哈达地抖着颌下雪白的皮肤，狐狸蹲在幽暗的洞里，看着从高粱上飞溅而下的细小水珠。道路很快就泥泞不堪，杂草伏地，矢车菊清醒地擎着湿漉漉的头。轿夫们肥大的黑裤子紧贴在肉上，人都变得苗条流畅。余占鳌的头皮被冲刷得光洁明媚，像奶奶眼中的一颗圆月。雨水把奶奶的衣服也打湿了，她本来可以挂上轿帘遮挡雨水，她没有挂，她不想挂。奶奶通过敞亮的轿门，看到了纷乱不安的宏大世界。

六

父亲分拨着高粱，向着西北方向，我们的村庄，飞快地钻。人脚獾沿着高粱垄沟笨拙地逃窜，父亲顾不上理它。父亲上了那条土路，没了高粱的羁绊，跑得像野兔一样快，沉重的勃朗宁手枪把他的红布腰带坠成一牙残月。手枪颠打着他的胯骨，在麻辣的痛楚中，父亲觉得自己已成了举刀跃马的男子汉。村庄遥遥在望，村头那棵郁郁青青已逾百年的白果树，严肃地迎接着父亲。父亲把枪拔出，举在手里，边跑，边瞄着在天空中滑来滑去的优雅的鸟影。

街道上空无一人，不知谁家的一条瘸腿瞎眼的毛驴，拴在一堵灰泥剥落的土墙边上，毛驴垂头而立，一动不动。露天的石碾上，落着两只深蓝的乌鸦。村里的人，都集中在我家烧酒作坊前一个土场上。这场上曾经铺红叠丹，堆满了我家收购的红高粱。那时候奶奶常常手持白尾拂尘，姗姗移动着小脚，看着我家醉醺醺的伙计，用木斗收购高粱，奶奶的脸上染着灿烂的朝霞。场上的人都面向东南方，听着随时可能传来的枪响。一些和我父亲年龄相仿的顽童，虽然手脚发痒，但也不敢打闹。

父亲和去年用杀猪刀把罗汉大爷零割活剥了的孙五从两个方向跑到场内。孙五干了那事后，就精神错乱，手舞足蹈，眼睛笔直，腮上肉跳，胡言乱语，口吐白沫，扑地跪倒，喊着："大哥大哥大哥，太君让我干，我不敢不干……你死后升了天，骑白马，佩雕鞍，穿蟒袍，坠金鞭……"村里人见他这样，也就把恨他的心淡了。孙五疯了几个月，又添了新症候：他在一阵喊叫之后，突然口眼㖞斜，鼻涕口水淋淋滴滴，话也说不清了。村里人说这是上天报应。

父亲手提勃朗宁，气喘吁吁，一头皮高粱上的白粉红尘。孙五衣衫成缕，大肚子上布满皱纹，左腿棒硬，右腿软弱，蹦跶进场子，没人理他。人们都看我英气勃勃的父亲。

奶奶走到父亲面前。奶奶刚过三十岁，扎着盘头髻，刘海五绺，像稀疏的珠帘遮着光洁的额头。奶奶的眼睛里永远秋水汪汪，有人说是被高粱酒酿的。十五年风雨狂心魂激荡，我奶奶由黄花姑娘变成了风流少妇。

奶奶问："怎么啦？"

父亲呼呼喘着气，把勃朗宁手枪插进腰带。

"鬼子没来？"奶奶问。

父亲说："冷支队，狗娘养的，我们饶不了他！"

"怎么回事？"奶奶问。

父亲说："擀拤饼。"

"没听到打呀！"奶奶说。

父亲说："擀拤饼，多卷鸡蛋大葱。"

奶奶问："鬼子没有来？"

"余司令让擀拤饼，要你亲自送去！"

奶奶说："乡亲们，回去凑面擀拤饼吧。"

父亲转身要跑，被奶奶伸手拉住，奶奶说："豆官，告诉娘，冷支队是怎么回事？"

父亲挣开奶奶的手，气汹汹地说："冷支队没见影，余司令饶不了他们。"

父亲跑了。奶奶追着父亲瘦小的背影，叹了一口气。空阔的场上，孙五歪立着，僵着眼望着奶奶，他的手比画着，口水咕噜咕噜地在嘴上流。

奶奶不理孙五，向倚在墙边上的一个长脸姑娘走去。长脸姑娘对着奶奶吃吃地笑。奶奶走到她眼前时，她忽然蹲下身，双手紧紧地捂住裤腰，尖声哭起来。她的两只深潭般的眼睛里，跳出疯傻的火星。奶奶摸着她的脸说："玲子，好孩子，别怕。"

十七岁的玲子姑娘，当时是我们村第一号美女。余司令初挑大旗招兵买马，聚起了一支五十多人的队伍，队伍里有一个穿一身黑制服，穿一双白皮鞋，面色苍白，留着乌黑长发的瘦削青年。据说玲子爱上了这个青年。他操着一口漂亮的京腔，从来不笑，眉毛日日紧蹙，双眉之间有三条竖纹，人们都叫他任副官。玲子觉得任副官冷俏的外壳里，有一股逼人的灼热，烧燎得她坐立不安。那时候余司令的队伍每天上午都在我家收购高粱的空场上练习步伐。吹大喇叭的吹鼓手刘四山是余司令队伍里的号兵，大喇叭权充军号。每次训练前，刘四山就吹喇叭集合队伍。玲子一听到喇叭响，就从家里飞快地跑出来，跑到土场边，趴到土墙上，等着看任副官。任副官是训练教官，他腰扎牛皮宽腰带，皮带上挂着一支勃朗宁手枪。

任副官挺胸凹腹，走到队伍前，喊一声立正，那两行人的脚跟就使劲碰在一起。

任副官说："立正时，要双腿绷直，肚子回收，胸脯挺出，眼睛睁圆，像豹子吃人一样。"

"看你这个屄样！"任副官踢了王文义一脚，说，"看你劈腿拉胯，好像骒马撒尿，揍你都揍不上个劲。"

玲子喜欢看任副官打人，喜欢听任副官骂人。任副官潇洒的神态令她如痴似醉。任副官没事时，常在我家的空场上背着手散步，玲子躲在墙后偷偷看他。

任副官问："你叫什么名字？"

"玲子。"

"你躲在墙后看什么？"

"看你哩。"

"你识字吗？"

"不识。"

"你想当兵吗？"

"不想。"

"噢，不想。"

玲子后来感到后悔，她对我父亲说，要是任副官再问她，她就说想当兵。但任副官没有再问。

玲子和我父亲他们趴在墙头上，看着任副官在空场上教唱革命歌曲，父亲身矮，脚下垫了三块土坯才能看到墙里的情景。玲子把秀挺的下巴支在土墙上，紧盯着沐着朝霞的任副官。任副官教着队伍唱：高粱红了，高粱红了，东洋鬼子来了，东洋鬼子来了。国破了，家亡了，同胞们快起来，拿起刀拿起枪，打鬼子保家乡……

队伍里的人拙嘴笨舌，总学不出正调。趴在墙外的孩子们，把这首歌儿学得滚瓜溜熟。我父亲生前，还牢牢记着这首歌的曲词。

玲子姑娘有一天大着胆子去找任副官，误入了军需股长的房子。军需股长是余司令的亲叔余大牙，四十多岁，嗜酒如命，贪财好色，那天他喝了个八成醉，玲子闯进去，正如飞蛾投火，正如羊入虎穴。

任副官命令几个队员，把糟蹋玲子姑娘的余大牙捆了起来。

那时，余司令落宿在我家，任副官去向他报告时，余司令正在我奶奶炕上睡觉。奶奶已梳洗停当，正准备烧几条柳叶鱼下酒，任副官怒冲冲闯进来，吓了奶奶一大跳。

任副官问奶奶："司令呢？"

"在炕上睡觉哩！"奶奶说。

"叫他起来。"

奶奶叫起余司令。

余司令睡眼惺忪地走出来,伸一个懒腰,打一个哈欠,说:"有什么事?"

"司令,要是日本人奸淫我姐妹,当不当杀?"任副官问。

"杀!"余司令回答。

"司令,要是中国人奸淫自己姐妹,该不该杀?"

"杀!"

"好,司令,就等着你这句话。"任副官说,"余大牙奸污了民女曹玲子,我已经让弟兄们把他捆起来了。"

"有这种事?"余司令说。

"司令,什么时候执行枪决?"

余司令打了一个嗝,说:"睡个女人,也算不了大事。"

"司令,王子犯法,一律同罪!"

"你说该治他个什么罪?"余司令阴沉沉地问。

"枪毙!"任副官毫不犹豫地说。

余司令哼了一声,焦躁地跺着脚,满脸怒气。后来,他脸上又漾出笑容,说:"任副官,当众打他五十马鞭,给玲子家二十块大洋,怎么样?"

任副官刻薄地说:"就因为他是你亲叔叔?"

"打他八十马鞭,罚他娶了玲子,老子也认个小婶婶!"

任副官解下腰带,连同勃朗宁手枪,摔到余司令怀里。任副官拱手一揖,道一声:"司令,两便了!"便大踏步走出我家院子。

余司令提着枪,看着任副官的背影,咬牙切齿地说:"滚你娘的,一个学生娃娃,也想管辖老子!老子吃了十年拤饼,还没有人敢如此张狂。"

奶奶说:"占鳌,不能让任副官走,千军易得,一将难求。"

"妇道人家懂得什么!"余司令心烦意乱地说。

"原以为你是条好汉,想不到也是个窝囊废!"奶奶说。

余司令拉开手枪,说:"你是不是活够了?"

奶奶一把撕开胸衣,露出粉团一样的胸脯,说:"开枪吧!"

父亲高叫一声娘,扑到了我奶奶胸前。

余占鳌看着我父亲的端正头颅,看着我奶奶的花容月貌,不知有多少往事涌上心头。他叹一口气,收起了枪,说:"弄好你的衣裳!"便手提马鞭,走到院里,从拴马桩上解下他那匹精致的小黄马,不及备鞍,骑到了训练场。

队员们懒散地倚在墙上，见到余司令来了，便立正站好，没有一个人吭气。

余大牙被绑住双臂，拴在一棵树上。

余司令跳下马，走到余大牙面前，说："你真干啦？"

余大牙说："鳖子，给老子松绑，老子不在你这儿干啦！"

队员们瞪着大小不一的眼，看着余司令。

余司令说："叔，我要枪毙你。"

余大牙吼叫着："杂种，你敢毙你亲叔？想想叔叔待你的恩情，你爹死得早，是叔叔挣钱养活你娘俩，要是没有我，你小子早就喂了狗啦！"

余司令扬手一鞭，打在余大牙脸上，骂一声："混账！"接着便双膝跪地，说："叔，占鳖永远不忘您的养育之恩，您死之后，我给您披麻戴孝，逢年过节，我给您祭扫坟墓。"

余司令翻身跳上马背，在马腚上打了一鞭，向着任副官走去的方向，飞马追去，嘚嘚嗒嗒的马蹄声，把一个世界都震动了。

枪毙余大牙时，父亲在场观看。余大牙被哑巴和两个队员押到村西头，刑场选在一个积着一汪汪乌黑臭水，孳生着大量蚊虻蛆虫的半月形湾子边。湾崖上孤零零地站着一棵叶子焦黄的小柳树。湾子里扑扑通通地跳着蛤蟆，一堆乱头发渣子边上，躺着一只女人的破鞋。

两个队员把余大牙架到湾崖上，松开手，看着哑巴。哑巴从肩上抢下步枪，拉动枪栓，子弹清脆地上了膛。

余大牙转过身，面对着哑巴，笑了笑。父亲发现他的笑容慈祥善良，像一轮惨淡的夕阳。

"哑巴兄弟，给我松了绑，我不能带着绳子死！"

哑巴想了想，提枪上前，从腰里拔出刺刀，噌噌噌三五下，把细麻绳挑断。余大牙舒展着胳膊，回转身，大喊："打吧，哑兄弟，打准穴位，别让我受罪！"

父亲认为人在临死前的一瞬间，都会使人肃然起敬。余大牙毕竟是我们高密东北乡的种子，他犯了大罪，死有余辜，但临死前却表现出了应有的英雄气概，父亲被他感动得脚底生热，恨不得腾跳。

余大牙面向臭水湾子，望着在他脚下的水汪子里，野生着一枝绿荷，一枝瘦小洁白的野荷花，又望着湾子对面光芒四射的高粱，吐口高唱："高粱红了，高粱红了，东洋鬼子来了，东洋鬼子来了，国破了，家亡了……"

哑巴的枪举起放下，放下举起。

两个队员说："哑巴，向司令说说情，饶了他吧！"

哑巴拄着枪，听着余大牙把那首歌子杂乱无章地唱。

余大牙回转身，怒目圆睁，大叫："开枪呀，兄弟！难道还要我自己崩了自己吗？"

哑巴托起枪，瞄了瞄余大牙瓦块般的额头，勾动了扳机。

父亲看到余大牙的额头像碎瓦片一样迸裂了，紧跟眼见的情景耳朵听到沉闷的枪声。哑巴在枪声中低下头，一缕雪白的硝烟，从枪筒里吐出来。余大牙的身体静止了两眨眼的工夫，就像一截木头，疾速地跌到湾子里。

哑巴拖枪便走，两个队员尾随着。

父亲和一群孩子们，胆战心惊地涌到湾子边，居高临下地看着仰面朝天躺在湾子里的余大牙。他的脸上只剩下一张完好无缺的嘴，脑盖飞了，脑浆糊满双耳，一只眼球被震到眶外，像粒大葡萄，挂在耳朵旁。他的身体落下时，把松软的淤泥砸得四溅，那株瘦弱的白荷花断了茎，牵着几缕白丝丝，摆在他的手边。父亲闻到了荷花的幽香。

后来，任副官搞来了一口黄缎子挂里、外刷了铜钱厚清油的柏木棺材，把余大牙盛装厚葬，坟墓建在湾子边那棵小柳树下。出殡那天，任副官黑衣挺括，毛发灿烂。他的左臂上缠了一块红绸子。余司令披麻戴孝，大声嚎哭。一出村头，他用力把一个新瓦盆摔在砖头上。

那天，奶奶给我父亲缠了一道白孝布——奶奶自己也是披麻戴孝，父亲手持一根新鲜的柳木棍子，跟在余司令和奶奶后边走。父亲亲眼见到瓦盆的碎片从砖头上迸起的情景，接着想起余大牙的脑壳也像瓦片一样迸裂的情景。父亲隐隐约约地预感到这两件极端相似的破碎之间有一种内在的必然性联系。这件事情与那件事情碰到一起，还会出现第三个情景。

父亲一滴眼泪也没掉，冷眼观察着送葬的人。送葬队伍在柳树下围成一个圆圈站定时，那口沉重的棺木，由十六个精壮的小伙子，扯着八根一把粗的麻辫子的两头，轻轻地送下深深的墓穴。余司令抓起一把土，冷酷地打在锃亮的棺盖上，砰然一响，人心动摇。几个持锹的人，扎起大块的黑土，填到墓穴里，棺材愤怒地叫着，渐渐隐没在黑土之中。黑土上长，填平了墓穴，隆出了地面，凸成一个馒头状的大丘。余司令掏出枪来，对着柳树上面的天，连放三响。子弹鱼贯着穿过树冠，冲掉几片细眉般的黄叶，在空中旋转着飞。三颗亮晶晶的弹壳，弹到腐臭的湾子里，一个男孩子跳下湾子，扑扑哧哧地踩着绿色的淤泥，把弹壳捡走了。任副官掏出勃朗宁手枪，断断续续地放了三枪。勃朗宁子弹出膛，打着鸡鸣般的呼哨，冲向高粱上空。余司令与任副官各提着冒烟的手枪，四目对视。任副官点点头，说："是大英雄自风流！"然后就插枪进腰，大步往村里走去。

　　父亲发现余司令提着枪的手臂缓缓地举起来，枪口追踪着任副官的背影。送葬的人惊讶万分，但无人敢吱声。任副官全无知觉，昂首阔步，有条不紊，迎着齿轮般旋转的太阳，向着村子走。父亲看到手枪在余司令手里抖了一下。父亲几乎没有听到这一声枪响，它是那么微弱，那么遥远。父亲看到这粒子弹在低空悠闲地飞翔，贴着任副官乌黑的头发滑过去。任副官头也不回，保持着均匀协调的步子继续前行。父亲听到从任副官那儿，传来噘唇吹出的口哨声，曲调十分熟悉，是"高粱红了，高粱红了！"我父亲热泪盈眶。任副官越走越远，身影愈高大。余司令又开了一枪。这一枪惊天动地，子弹的飞行与枪声的飞行同时被我父亲感知。子弹打在一棵高粱颈上，高粱落地。在高粱穗子落地的缓慢行程中，又一颗子弹把它打碎。父亲恍惚觉得，任副官弯腰从路边揪了一朵金黄色的苦菜花，放在鼻下久久地嗅着。

　　父亲对我说过，任副官八成是个共产党，除了共产党里，很难找这样的纯种好汉。只可惜任副官英雄命短，他在昂首阔步，走出了大英雄八面威风之后三个月，竟在擦洗那支勃朗宁手枪时，自己走火把自己打死。枪弹从右眼进去，从右耳出来，他的半边脸上沾满了钢蓝色的粉末，右耳流出了三五滴黑血，人们听到枪声扑进去，他已经歪倒在地死了。

　　余司令捡起任副官那支勃朗宁手枪，良久不语。

七

　　奶奶挑着一担拤饼，王文义的妻子挑着两桶绿豆汤，匆匆地往墨水河大桥赶。她们本来想斜穿高粱地，直插东南方向，但走进高粱地后，才发现挑着担子寸步难行。奶奶说："嫂子，走直路吧，慢就是快。"

　　奶奶和王文义的妻子，像两只飞翔的大鸟，在非常空虚的大气里，极端充实地移动。奶奶换上了一件深红上衣，头上的黑发用梳头油抹得乌亮。王文义的妻子精悍短小，手脚利索。余司令招兵买马时，她把王文义送到我家，让奶奶帮着说情，留下王文义当游击队员。奶奶一口答应。余司令碍着奶奶的情面，就收留了王文义。余司令问王文义："你怕死不怕？"王文义说："怕。"他妻子说："司令，他说怕就是不怕，日本飞机把俺的三个儿子全炸成了碎块。"王文义天生不是当兵的料，他反应迟钝，不分左右，在操场练习步伐时，不知道挨了任副官多少揍。他妻子帮他出了个主意，让他在右手里握着一节高粱秆，听到向右转的口令时，就往握着高粱秆的手这边转。王文义当兵后没武器，奶奶把我们家那支鸟枪给他。

她们走上弯弯曲曲的墨水河堤，顾不上看堤坡上盛开着的黄花和堤外密密匝匝的血红高粱，一个劲地往东赶。王文义妻子受惯了苦，奶奶享惯了福。奶奶汗水淋淋，王文义妻子一滴汗珠也不出。

父亲早就跑回桥头。父亲向余司令报告，说拤饼一会儿就到，余司令满意地在他头上打了一巴掌。队员们多半躺在高粱地里，对着太阳晒鼻孔。父亲闲得发闷，便转到路西边高粱地里，去看哑巴他们在干什么。哑巴精心地磨着腰刀，父亲手按着腰里的勃朗宁，站在哑巴跟前，脸上挂着胜利者的笑容。看到我父亲，哑巴龇牙一笑。有一个队员睡着了，打着很响的呼噜。没睡觉的人也无精打采地躺着，无人和父亲讲话。父亲又跳到公路上来，公路黄中透出白来，疲惫不堪。那四盘横断了道路的连环耙，尖锐的齿尖朝着天，父亲想它们也一定等得不耐烦了。石桥伏在水面上，像一个大病初愈的病人。后来父亲就到河堤上坐着了。他看一会儿东，看一会儿西，看一会儿河中流水，看一会儿野鸭子。河里的景色很美，每一棵水草都活着，每一朵小小的浪花里，都隐藏着秘密。父亲看到了几堆被特别茂密的水草包围着的不知是骡子还是马的白骨。父亲又想起我家那两头大黑骡子了。春天时，田野里奔驰着成群的野兔子，奶奶骑着骡子，手持猎枪追逐野兔，父亲坐在骡子上，搂着奶奶的腰。骡子把野兔惊起，奶奶开枪把野兔打倒。回家时，骡子的脖子上，总是挂着一串野兔子。奶奶的后槽牙缝里，夹着一粒高粱米粒大的铁砂子，那是吃野兔肉时塞进去的，怎么抠也抠不出来。父亲又看到了堤上的蚂蚁。一队暗红色的蚂蚁，匆匆搬运着泥土。父亲在蚂蚁中放了一块土坷垃，被阻的蚂蚁不绕道，奋力登攀。父亲把土坷垃拿起，投到河里去，河水被土坷垃打破，河水却不响。日头正晌了，河里泛起热烘烘的腥气，到处都闪烁光亮，到处都嗞嗞地响。父亲觉得，天地之间弥漫着高粱的红色粉末，弥漫着高粱酒的香气。父亲一仰身子躺在堤上，就在这一瞬间，他心里一阵猛跳，后来他才明白，原来一切等待都会有结果的，这结果出现时，是那么普通平常，随便自然。父亲发现，被红高粱夹峙的公路上，有四个深绿色的甲虫状的怪物，无声无息地爬过来了。

"汽车。"我父亲含含糊糊地说了一句，没有人理他。

"鬼子的汽车！"我父亲跳起来，怔怔地望着那些像流星一样射过来的汽车。汽车的尾部拖着一条长长的焦黄的尾巴，车头上噼噼啪啪地晃动着白炽的光芒……

"汽车来啦！"父亲的话像一把刀，仿佛把所有的人斩了似的，高粱地里笼罩着痴呆呆的平静。

余司令高兴地吼一声："小舅子们，到底来了，弟兄们，准备好，我说开火就开火。"

路西边，哑巴拍着屁股跳高。几十个队员，都哈着腰，提着武器，趴到河堤慢坡上。

已经听到了汽车嗡嗡的吼叫声。父亲伏在余司令身边，擎着沉重的勃朗宁手枪，手腕灼热酸麻，手掌汗水粘湿，手虎口那儿有一块肉突然跳了一下，接着便突突地乱跳起来。父亲惊讶地看着那块杏核大的皮肉有节奏地跳动，好像里边藏着一只破壳欲出的小鸟。父亲不想让它跳，却因了用力，连带得整条胳膊都哆嗦起来。余司令在他背上按了一下，那块肉跳动猛停，父亲把勃朗宁手枪换到左手，右手五指痉挛，半天伸不直。

汽车飞快地驶近，增大，车头前那两只马蹄大的眼睛射出一道道白光，轰轰的马达声像急雨前的风响，带着一种陌生的、压迫人心的激动。父亲是平生第一次看到汽车，父亲猜想着这种怪物是吃草还是吃料，是喝水还是喝血，它们比我家那两头年轻力壮的细腿骡子跑得还要快。月亮般的车轮飞速旋转，黄尘飞腾。渐渐看到车上的东西了，临近石桥时，汽车慢慢减速，黄烟从车后漫过车头，朦胧地遮掩着第一辆车上二十几个穿杏黄色衣服、头上扣着乌亮铁帽子的人，父亲后来知道了铁帽子名叫钢盔——一九五八年大炼钢铁时，我们家的铁锅被征收走了，我哥哥从钢铁堆里偷回一个钢盔，吊在炭火上烧水做饭。父亲凝视着在烟火中变换颜色的钢盔，绿色的眼睛里，流露出伏枥老马的悲壮神色。中间两辆汽车上，装着小山一样高的雪白口袋，最后一辆汽车上，跟第一辆车一样，站着二十几个头戴钢盔的日本兵。

汽车逼近河堤，缓缓转动的轮子显得高大笨重，方方正正的汽车头，在父亲看来，像一个硕大无比的蚂蚱头。黄尘慢慢淡薄，汽车尾部，一屁一屁打出深蓝色的烟雾。

父亲把头使劲缩着，一种从未有过的冰冷从脚底上升到腹部，在腹部集合成团，产生强大压力，父亲感到尿急，尿水激得鸡头乱点，他用力扭动着臀部，来克制即将洒出的水。余司令严厉地说："兔崽子，别动！"

父亲万般无奈，叫了一句干爹，请求下去撒尿。

父亲得到余司令的允许，退到高粱地里，费劲撒出一泡红高粱颜色、烧灼得鸡头热辣辣发痛的尿。这时他感到轻松多了。他无意中看了一眼队员的脸色，都如庙中塑像一般狰狞可怖。王文义舌头吐出，目光好似蜥蜴，呆板不转。

汽车像警觉的大兽，屏住呼吸往前爬，父亲闻到了它们身上那股香喷喷的味道。这时，汗透红罗衫的我奶奶和气喘吁吁的王文义妻子出现在蜿蜒的墨水河堤上。

我奶奶挑着一担拤饼，王文义妻子挑着一担绿豆汤，轻松地望见了墨水河中凄惨的大石桥。奶奶欣慰地对王文义妻子说："嫂子，总算挨到了。"奶奶出嫁之后，一直养尊处优，这一担沉重的拤饼，把她柔嫩的肩膀压出了一道深深紫印，这紫印伴随着她离开了人世，升到了天国，这道紫印，是我奶奶英勇抗日的光荣的标志。

还是我的父亲最先发现我的奶奶，父亲靠着某种神秘力量的启示，在大家都目不转睛地盯着缓缓逼近的汽车时，他往西一歪头，看到奶奶像鲜红的大蝴蝶一样款款地飞过来。父亲高叫一声："娘——"

父亲的叫声，像下达了一道命令，从日本人的汽车上，射出了一阵密集的子弹。日本人的三顶歪把子机枪架在汽车顶上。枪声沉闷，像雨夜中阴沉的狗叫。父亲眼见着我奶奶胸膛上的衣服啪啪裂开两个洞。奶奶欢快地叫了一声，就一头栽倒，扁担落地，压在她的背上。两笸斗拤饼，一笸斗滚到堤南，一笸斗滚到堤北。那些雪白的大饼，葱绿的大葱，揉碎的鸡蛋，散在绿草茵茵的草坡上。奶奶倒地后，王文义妻子那颗长方形的头颅上，迸出了红黄相间的液体，溅得好远好远，溅到了堤下的高粱上。父亲看到这个小个子女人中弹之后，后退一步，身体一仄，歪在了堤南边，又滚到河床上。她挑来的那担绿豆汤，一桶倾倒，另一桶也倾倒，汤汁淋漓，如同英雄血。铁桶中的一只，跌跌撞撞跳进河，在乌黑的河水中，慢慢地向前漂着，从哑巴的面前漂过，在石桥墩上碰撞几下，钻过桥洞，又从余司令从我父亲从王文义从方六方七兄弟面前漂过。

"娘——"我父亲撕肝裂胆地高叫一声，身体弹到堤上。余司令扯了一把我父亲，没扯住。余司令吼一声："回来！"我父亲没听见余司令的命令，他什么也听不到。父亲瘦小孱弱的身体跑在狭窄的河堤上，父亲身上阳光斑斓，他在弹上堤的同时，就扔掉了手枪，手枪落在一棵叶子折断的金色苦菜花上。父亲张着两只手，像飞腾的小鸟，向奶奶扑去。河堤上安静，落尘有声，河水只亮不流，堤外的高粱安详庄重。父亲瘦弱的身体在河堤上跑着，父亲高大雄伟漂亮，父亲高叫着："娘——娘——娘——"这一声声"娘"里渗透了人间的血泪，骨肉的深情，崇高的原由。父亲跑完东边的河堤，跳过连环的铁耙，攀上西边的河堤。堤下，哑巴们化石般的面孔从父亲身边擦过。父亲扑到奶奶身上，又叫一声娘。奶奶平卧堤上，脸贴着堤边的野草。奶奶背上，有两个翻边的弹洞，一股新鲜的高粱酒的味道，从那洞里涌出来。父亲扳着奶奶的肩头，把奶奶翻过来。奶奶脸上没有受伤，面容整肃，头发纹丝不乱，五绺刘海下，两条眉梢儿下垂，奶奶半睁着眼，苍翠的脸上双唇鲜红。父亲抓住奶奶温暖的手，又叫一声娘。奶奶睁开眼，满脸绽开天真的笑容。奶奶又伸出一只手，交给父亲。

鬼子汽车停在桥头，马达高一阵低一阵轰鸣着。

一个高大的人影在河堤上一闪，我父亲和我奶奶被拉下河堤，是哑巴干得好事。父亲未及思想，又一阵狂风般的子弹，把他们头上的无数棵高粱，打断了，打碎了。

四辆汽车紧挨着，在桥外不动，第一辆车上和最后一辆车上，八挺歪把子机枪，射出的子弹，织成一束束干硬的光带，交叉出一个破碎的扇面，又交叉成一个破碎的扇面，时而在路东，时而在路西，高粱齐声哀鸣，高粱的残破肢体成直线下落成弧线飞升，钻到堤上的子弹，激起一泡泡黄烟，发出一串串噗噗声。

堤慢坡上的队员们身体紧贴着野草和黑土，一动不动。机枪扫射持续了三分钟，突然停止，汽车周围布满了金灿灿的弹壳。

余司令压低声音说："不许开枪！"

鬼子沉默着。河面上一缕缕淡薄的硝烟，随着轻俏的小风向东飘去。

父亲告诉我，在这片刻的宁静里，王文义摇摇晃晃地走上河堤，他站在河堤上，手提长筒子鸟枪，目瞪口张，痛苦万分，高叫一声："孩子他娘！"不及挪步，就被几十颗子弹把腹部打成了一个月亮般透明的大窟窿。那些沾带着肠子的子弹从余司令头上淅淅沥沥地飞过去。

王文义一头栽下河堤，也滚到了河床上，与他的妻子隔桥相望。他的心脏还在跳，他的头完整无缺，他感到一种异常清晰的透彻感涌上心头。

父亲告诉过我，王文义的妻子生了三个阶梯式的儿子。这三个儿子被高粱米饭催得肥头大耳，生动茂盛。有一天，王文义和妻子下地锄高粱，三个孩子在院里玩耍，一架双翅日本飞机，嗡嗡怪叫着，从村子上空飞过。飞机下了一蛋，落在王文义家院子里，把三个孩子炸得零零碎碎，弃置房脊，挂胃树梢，涂之墙壁……余司令一树起抗日旗，王文义就被妻子送去……

余司令咬牙瞪眼，恨恨地瞅着半个头颅扎进河水的王文义，又低吼一声："不要动！"

飞散的高粱米粒在奶奶脸上弹跳着，有一粒竟蹦到她微微翕开的双唇间，搁在她清白的牙齿上。父亲看着奶奶红晕渐褪的双唇，哽咽一声娘，双泪落胸前。在高粱织成的珍珠雨里，奶奶睁开了眼，奶奶的眼睛里射出珍珠般的虹彩。她说："孩子……你爹呢……"父亲说："他在打仗，我干爹。""他就是你的亲爹……"奶奶说。父亲点了点头。

奶奶挣扎着要坐起来，她的身体一动，那两股血就汹涌地蹿出来。

"娘，我去叫他来。"父亲说。

奶奶摇摇手，突然折坐起来，说："豆官……我的儿……扶着娘……咱回家、回家啦……"

父亲跪下，让奶奶的胳膊揽住自己的脖颈，然后用力站起，把奶奶也带了起来。奶奶胸前的血很快就把父亲的头颈弄湿了，父亲从奶奶的鲜血里，依然闻到一股浓烈的高粱酒味。奶奶沉重的身躯，倚在父亲身上，父亲双腿打颤，趔趔趄趄，向着高粱深处走，子弹在他们头上屠戮着高粱。父亲分拨着密密匝匝的高粱秸子，一步一步地挪，汗水泪水掺和着奶奶的鲜血，把父亲的脸弄得残缺不全。父亲感到奶奶的身体越来越沉重，高粱秸子毫不留情地绊着他，高粱叶子毫不留情地锯着他，他倒在地上，身上压着沉重的奶奶。父亲从奶奶身下钻出来，把奶奶摆平，奶奶仰着脸，呼出一口长气，对着父亲微微一笑，这一笑神秘莫测，这一笑像烙铁一样，在父亲的记忆里，烫出一个马蹄状的烙印。

奶奶躺着，胸脯上的灼烧感逐渐减弱。她恍然觉得儿子解开了自己的衣服，儿子用手捂住她乳房上的一个枪眼，又捂住她乳下的一个枪眼。奶奶的血把父亲的手染红了，又染绿了；奶奶洁白的胸脯被自己的血染绿了，又染红了。枪弹射穿了奶奶高贵的乳房，暴露出了淡红色的蜂窝状组织。父亲看着奶奶的乳房，万分痛苦。父亲捂不住奶奶伤口的流血，眼见着随着鲜血的流失，奶奶的脸愈来愈苍白，奶奶的身体愈来愈轻飘，好像随时都会升空飞走。

奶奶幸福地看着在高粱阴影下，她与余司令共同创造出来的、我父亲那张精致的脸，逝去岁月里那些生动的生活画面，像奔驰的走马掠过了她的眼前。

奶奶想起那一年，在倾盆大雨中，像坐船一样乘着轿，进了单廷秀家住的村庄，街上流水洸洸，水面上漂浮着一层高粱的米壳。花轿抬到单家大门时，出来迎亲的只有一个梳着豆角辫的干老头子。大雨停后，还有一些零星落雨打在地面上的水汪汪里。尽管吹鼓手也吹着曲子，但没有一个人来看热闹，奶奶知道大事不妙。扶我奶奶拜天地的是两个男人，一个五十多岁，一个四十多岁。五十多岁的就是刘罗汉大爷，四十多岁的是烧酒锅上的一个伙计。

轿夫、吹鼓手们落汤鸡般站在水里，面色严肃地看着两个枯干男子把一抹酥红的我奶奶架到了幽暗的堂房里。奶奶闻到两个男人身上那股强烈的烧酒气息，好像他们整个人都在酒里浸泡过。

奶奶在拜堂时，还是蒙上了那块臭气熏天的盖头布。在蜡烛燃烧的腥气中，奶奶接住一根柔软的绸布，被一个人牵着走。这段路程漆黑憋闷，充满了恐怖。奶奶被送到炕上坐着。始终没人来揭罩头红布，奶奶自己揭了。她看到在炕下方凳上蜷曲着一个面孔痉挛的男人。那个男人生着一个扁扁的长头，下眼睑烂得通红。他站起来，对着奶奶伸出一只鸡爪状的手，奶奶大叫一声，从怀里摸出一把剪刀，立在炕上，怒目逼视着那男人。男人又萎萎缩缩地坐到凳子上。这一夜，奶奶始终未放下手中的剪刀，那个扁头男人也始终未离开方凳。

第二天一早，趁着那男人睡着，奶奶溜下炕，跑出房门，开开大门，刚要飞跑，就被一把拉住。那个梳豆角辫的干瘦老头子抓住她的手腕，恶狠狠地看着她。

单廷秀干咳了两声，收起恶容换笑容，说："孩子，你嫁过来，就像我的亲女儿一样，扁郎不是那病，你别听人家胡说。咱家大业大，扁郎老实，你来了，这个家就由你当了。"单廷秀把一大串黄铜钥匙递给奶奶，奶奶未接。

第二夜，奶奶手持剪刀，坐到天明。

第三天上午，我曾外祖父牵着一匹小毛驴，来接我奶奶回门，新婚三日接闺女，是高密东北乡的风俗。曾外祖父与单廷秀一直喝到太阳过晌，才动身回家。

奶奶偏坐毛驴，驴背上搭着一条薄被子，晃晃荡荡出了村。大雨过后三天，路面依然潮湿，高粱地里白色蒸汽腾腾升集，绿高粱被白汽缭绕，具有了仙风道骨。曾外祖父褡裢里银钱叮当，人喝得东倒西歪，目光迷离。小毛驴蹩着长额，慢吞吞地走，细小的蹄印清晰地印在潮湿的路上。奶奶坐在驴上，一阵阵头晕眼花，她眼皮红肿，头发凌乱。三天中又长高了一截的高粱，嘲弄地注视着我奶奶。

奶奶说："爹呀，我不回他家啦，我死也不去他家啦……"

曾外祖父说："闺女，你好大的福气啊，你公公要送我一头大黑骡子，我把毛驴卖了去……"

毛驴伸出方方正正的头，啃了一口路边沾满细小泥点的绿草。

奶奶哭着说："爹呀，他是个麻风……"

曾外祖父说："你公公要给咱家一头骡子……"

曾外祖父已醉得不成人样，他不断地把一口口的酒肉呕吐到路边草丛里。污秽的脏物引逗得奶奶翻肠搅肚。奶奶对他满心仇恨。

毛驴走到蛤蟆坑，一股扎鼻的恶臭，刺激得毛驴都垂下耳朵。奶奶看到了那个劫路人的尸体。他的肚子鼓起老高，一层翠绿的苍蝇，盖住了他的肉皮。毛驴驮着奶奶，从腐尸跟前跑过，苍蝇愤怒地飞起，像一团绿云。曾外祖父跟着毛驴，身体似乎比道路还宽，他忽而擦动左边高粱，忽而踩倒右边野草。在倒尸面前，曾外祖父喃喃连声，嘴唇哆嗦着说："穷鬼……你这个穷鬼……你躺在这里睡着了吗……"奶奶一直不能忘记劫路人南瓜般的面孔，在苍蝇惊起的一瞬间，死劫路人雍容华贵的表情与活劫路人凶狠胆怯的表情形成鲜明的对照。走了一里又一里，白日斜射，青天如涧，曾外祖父被毛驴甩在后面，毛驴认识路径，驮着奶奶，徜徉前行。道路拐了个小弯，毛驴走到弯上，奶奶身体后仰，脱离驴背，一只有力的胳膊挟着她，向高粱深处走去。

奶奶无力挣扎，也不愿挣扎。三天新生活，如同一场大梦惊破，有人在一分钟内成了伟大领袖，奶奶在三天中参透了人生禅机。她甚至抬起一只胳膊，揽住了那人的脖子，以便他抱得更轻松一些。高粱叶子嚓嚓响着。路上传来曾外祖父嘶哑的叫声："闺女，你去哪儿啦？"

石桥附近传来大喇叭凄厉的长鸣和机枪分不清点儿的射击声。奶奶的血还在随着她的呼吸，一线一线往外流。父亲叫着："娘啊，你的血别往外流啦，流完了血你就要死啦。"父亲从高粱根下抓起黑土，堵在奶奶的伤口上，血很快洇出，父亲又抓上一把。奶奶欣慰地微笑着，看着湛蓝的、深不可测的天空，看着宽容温暖的、慈母般的高粱。奶奶的脑海里，出现了一条绿油油的缀满小白花的小路，在这条小路上，奶奶骑着小毛驴，悠闲地行走，高粱深处，那个伟岸坚硬的男子，顿喉高歌，声越高粱。奶奶循声而去，脚踩高粱梢头，像腾着一片绿云……

那人把奶奶放到地上，奶奶软得像面条一样，眯着羊羔般的眼睛。那人撕掉蒙面黑布，显出了真像。是他！奶奶暗呼苍天，一阵类似幸福的强烈震颤冲激得奶奶热泪盈眶。

余占鳌把大蓑衣脱下来，用脚踩断了数十棵高粱，在高粱的尸体上铺上了蓑衣。他把我奶奶抱到蓑衣上。奶奶神魂出舍，望着他脱裸的胸膛，仿佛看到强劲慓悍的血液在他黝黑的皮肤下川流不息。高粱梢头,薄气袅袅,四面八方响着高粱生长的声音。风平、浪静,一道道炽目的潮湿阳光,在高粱缝隙里交叉扫射。奶奶心头撞鹿,潜藏了十六年的情欲,迸然炸裂。奶奶在蓑衣上扭动着。余占鳌一截截地矮,双膝啪哒落下,他跪在奶奶身边,奶奶浑身发抖,一团黄色的、浓香的火苗,在她面上哔哔剥剥地燃烧。余占鳌粗鲁地撕开我奶奶的胸衣,让直泻下来的光束照耀着奶奶寒冷紧张、密密麻麻起了一层小白疙瘩的双乳上。在他的刚劲动作下,尖刻锐利的痛楚和幸福磨砺着奶奶的神经,奶奶低沉喑哑地叫了一声:"天哪……"就晕了过去。

奶奶和爷爷在生机勃勃的高粱地里相亲相爱,两颗蔑视人间法规的不羁心灵,比他们彼此愉悦的肉体贴得还要紧。他们在高粱地里耕云播雨,为我们高密东北乡丰富多彩的历史上,抹了一道酥红。我父亲可以说是秉领天地精华而孕育,是痛苦与狂欢的结晶。毛驴高亢的叫声,钻进高粱地里来,奶奶从迷荡的天国回到了残酷的人世。她坐起来,六神无主,泪水流到腮边。她说:"他真是麻风。"爷爷跪着,不知从什么地方抽出一柄二尺多长的小剑,噌一声拔出鞘,剑刃浑圆,像一片韭叶。爷爷手一挥,剑已从高粱秸秆间滑过,两棵高粱倒地,从整齐倾斜的茬口里,渗出墨绿的汁液。爷爷说:"三天之后,你只管回来!"奶奶大惑不解地看着他。爷爷穿好衣。奶奶整好容。奶奶不知爷爷又把那柄小剑藏到什么地方去了。爷爷把奶奶送到路边,一闪身便无影无踪。

三天后,小毛驴又把奶奶驮回来。一进村就听说,单家父子已经被人杀死,尸体横陈在村西头的湾子里。

奶奶躺着,沐浴着高粱地里清丽的温暖,她感到自己轻捷如燕,贴着高粱穗子潇洒地滑行。那些走马转篷般的图像运动减缓,单扁郎、单廷秀、曾外祖父、曾外祖母、罗汉大爷……多少仇视的、感激的、凶残的、敦厚的面容都已经出现过又都消逝了。奶奶三十年的历史,正由她自己写着最后的一笔,过去的一切,像一颗颗香气馥郁的果子,箭矢般坠落在地,而未来的一切,奶奶只能模模糊糊地看到一些稍纵即逝的光圈。只有短暂的又粘又滑的现在,奶奶还拼命抓住不放。奶奶感到我父亲那两只兽爪般的小手正在抚摸着她,父亲胆怯的叫娘声,让奶奶恨爱湮灭、恩仇并泯的意识里,又溅出几束眷恋人生的火花。奶奶极力想抬起手臂,爱抚一下我父亲的脸,手臂却怎么也抬不起来了。奶奶正向上飞奔,她看到了从天国射下来的一束五彩的强光,她听到了来自天国的,用唢呐、大喇叭、小喇叭合奏出的庄严的音乐。

奶奶感到疲乏极了,那个滑溜溜的现在的把柄、人生世界的把柄,就要从她手里滑脱。这就是死吗？我就要死了吗？再也见不到这天，这地，这高粱，这儿子，这正在带兵打仗的情人？枪声响得那么遥远，一切都隔着一层厚重的烟雾。豆官！豆官！我的儿，你来帮娘一把，你拉住娘，娘不想死，天哪！天……天赐我情人，天赐我儿子，天赐我财富，天赐我三十年红高粱般充实的生活。天，你既然给了我，就不要再收回，你宽恕了我吧，你放了我吧！天，你认为我有罪吗？你认为我跟一个麻风病人同枕交颈，生出一窝癞皮烂肉的魔鬼，使这个美丽的世界污秽不堪是对还是错？天，什么叫贞节？什么叫正道？什么是善良？什么是邪恶？你一直没有告诉过我，我只有按着我自己的想法去办，我爱幸福，我爱力量，我爱美，我的身体是我的，我为自己做主，我不怕罪，不怕罚，我不怕进你的十八层地狱。我该做的都做了，该干的都干了，我什么都不怕。但我不想死，我要活，我要多看几眼这个世界，我的天哪……

奶奶的真诚感动上天，她的干涸的眼睛里，又滋出了新鲜的津液，奇异的来自天国的光辉在她的眼里闪烁，奶奶又看到了父亲金黄的脸蛋和酷似爷爷的那两只眼睛。奶奶嘴唇微动，叫一声豆官，父亲兴奋地大叫："娘，你好了！你不要死，我已经把你的血堵住了，它已经不流了！我就去叫俺爹，叫他来看看你，娘，你可不能死，你等着我爹！"

父亲跑走了。父亲的脚步声变成了轻柔的低语，变成了方才听到过的来自天国的音乐。奶奶听到了宇宙的声音，那声音来自一株株红高粱。奶奶注视着红高粱，在她蒙眬的眼睛里，高粱们奇谲瑰丽，奇形怪状，它们呻吟着，扭曲着，呼号着，缠绕着，时而像魔鬼，时而像亲人，它们在奶奶眼里盘结成蛇样的一团，又呼啦啦地伸展开来，奶奶无法说出它们的光彩了。它们红红绿绿，白白黑黑，蓝蓝绿绿，它们哈哈大笑，它们嚎啕大哭，哭出的眼泪像雨点一样打在奶奶心中那一片苍凉的沙滩上。高粱缝隙里，镶着一块块的蓝天，天是那么高又是那么低。奶奶觉得天与地、与人、与高粱交织在一起，一切都在一个硕大无朋的罩子里罩着。天上的白云擦着高粱滑动，也擦着奶奶的脸。白云坚硬的边角擦得奶奶的脸猝綮作响。白云的阴影和白云一前一后相跟着，闲散地转动。一群雪白的野鸽子，从高空中扑下来，落在了高粱梢头。鸽子们的咕咕鸣叫，唤醒了奶奶，奶奶非常真切地看清了鸽子的模样。鸽子也用高粱米粒那么大的、通红的小眼珠来看奶奶。奶奶真诚地对着鸽子微笑，鸽子用宽大的笑容回报着奶奶弥留之际对生命的留恋和热爱。奶奶高喊：我的亲人，我舍不得离开你们！鸽子们啄下一串串的高粱米粒，回答着奶奶无声的呼唤。鸽子一边啄，一边吞咽高粱，它们的胸前渐渐隆起来，它们的羽毛在紧张的啄食中参起，那扇状的尾羽，像风雨中翻动着的花序。我家的房檐下，曾经养过一大群鸽子。秋天，奶奶在院子里摆一个盛满清水的大木盆，鸽子从田野里飞回来，整齐地蹲在盆沿上，面对着清水中自己的倒影，把嗉子里的高粱咕噜咕噜吐出来。鸽子们大摇大摆地在院子里走着。鸽子！和平的沉甸甸的高粱头颅上，站着一群被战争的狂风暴雨赶出家园的鸽子，它们注视着奶奶，像对奶奶进行沉痛的哀悼。

奶奶的眼睛又蒙眬起来，鸽子们扑棱棱一起飞起，合着一首相当熟悉的歌曲的节拍，在海一样的蓝天里翱翔，鸽翅与空气相接，发出飕飕的风响。奶奶飘然而起，跟着鸽子，划动新生的羽翼，轻盈地旋转。黑土在身下，高粱在身下。奶奶眷恋地看着破破烂烂的村庄，弯弯曲曲的河流，交叉纵横的道路；看着被灼热的枪弹划破的混沌的空间和在死与生的十字路口犹豫不决的芸芸众生。奶奶最后一次嗅着高粱酒的味道，嗅着腥甜的热血味道，奶奶的脑海里忽然闪过了一个从未见过的场面：在几万发子弹的钻击下，几百个衣衫褴褛的乡亲，手舞足蹈躺在高粱地里……

最后一丝与人世间的联系即将挣断，所有的忧虑、痛苦、紧张、沮丧都落在了高粱地里，都冰雹般打在高粱梢头，在黑土上扎根开花，结出酸涩的果实，让下一代又一代承受。奶奶完成了自己的解放，她跟着鸽子飞着，她的缩得只如一只拳头那么大的思维空间里，盛着满溢的快乐、宁静、温暖、舒适、和谐。奶奶心满意足，她虔诚地说：

"天哪！我的天……"

九

汽车顶上的机枪持续不断地扫射着，汽车轮子转动着，爬上了坚固的大石桥。枪弹压住了爷爷和爷爷的队伍。有几个不慎把脑袋露出堤面的队员已经死在了堤下。爷爷怒火填胸。汽车全部上了桥，机枪子弹已飞得很高。爷爷说："弟兄们，打吧！"爷爷啪啪啪连放三枪，两个日本兵趴到了汽车顶上，黑血涂在了车头上。随着爷爷的枪声，道路东西两边的河堤后，响起了几十响破烂不堪的枪声，又有七八个日本兵倒下了。有两个日本兵栽到车外，腿和胳膊扑动着，直扎进桥两边的黑水里。方家兄弟的大抬杠怒吼一声，喷出一道宽广的火舌，吓人地在河道上一闪，铁砂子、铁蛋子全打在第二辆汽车上载着的白口袋上，烟火升腾之后，从无数的破洞里，哗哗啦啦地流出了雪白的大米。我父亲从高粱地里，蛇行到河堤边，急着要对爷爷讲话，爷爷紧急地往自来得手枪里压着子弹。鬼子的第一辆汽车加足马力冲上桥头，前轮子扎在朝天的耙齿上。车轮破了，哧哧地泄着气。汽车轰轰地怪叫着，连环铁耙被推得咔嗒咔嗒后退，父亲觉得汽车像一条吞食了刺猬的大蛇，在痛苦地甩动着脖颈。第一辆汽车上的鬼子纷纷跳下。爷爷说："老刘，吹号！"刘大号吹起大喇叭，声音凄厉恐怖。爷爷喊："冲。"爷爷抢着手枪跳起，他根本不瞄准，一个个日本兵在他的枪口前弯腰俯背。西边的队员们也冲到了车前，队员们跟鬼子兵搅和在一起，后边车上的鬼子把子弹都射到天上去。汽车上还有两个鬼子，爷爷看到哑巴一纵身飞上汽车，两个鬼子兵端着刺刀迎上去，哑巴用刀背一磕，格开一柄刺刀，刀势一顺，一颗戴着钢盔的鬼子头颅平滑地飞出，在空中拖着悠长的嚎叫，扑通落地之后，嘴里还吐出半句响亮的鸣叫。父亲想哑巴的腰刀真快。父亲看到鬼子头上凝着脱离脖颈前那种惊愕的表情，它腮上的肉还在颤抖，它的鼻孔还在抽动，好像要打喷嚏。哑巴又削掉了一颗鬼子头，那具尸体倚在车栏上，脖颈上的皮肤突然褪下去一截，血水咕嘟咕嘟往外冒。这时，后边那辆车上的鬼子把机枪压低，打出了不知多少发子弹，爷爷的队员像木桩一样倒在鬼子的尸体上。哑巴一屁股坐在汽车顶上，胸膛上有几股血蹿出来。

父亲和爷爷伏在地上，爬回高粱地，从河堤上慢慢伸出头。最后边那辆汽车吭吭吭吭地倒退着，爷爷喊："方六，开炮！打那个狗娘养的！"方家兄弟把装好火药的大抬杠顺上河堤，方六弓腰去点引火绳，肚子上中了一弹，一根青绿的肠子，刺溜刺溜地钻出来。方六叫了一声娘，捂着肚子滚进了高粱地。汽车眼见着就要退出桥，爷爷着急地喊："放炮！"方七拿着火绒，哆哆嗦嗦地往引火绳上触，却怎么也点不着。爷爷扑过去，夺过火绒，放在嘴边一吹，火绒一亮。爷爷把火绒触到引火绳上，引火绳嗞嗞地响着，冒着白烟消逝了。大抬杠沉默地蹲踞着，像睡着了一样。父亲想它是不会响了。鬼子汽车已经退出桥头，第二辆第三辆汽车也在后退。车上的大米哗哗啦啦地流着，流到桥上，流到水里，把水面打出了那么多的斑点。几具鬼子尸体慢慢向东漂，尸体散着血，成群结队的白鳝在血水中转动。大抬杠沉默片刻之后，呼隆一声响了。钢铁枪身在河堤上跳起老高，一道宽广的火焰，正中了那辆还在流大米的大米车。汽车下部，刮剌剌地着起了火。

那辆退出大桥的汽车停住了，车上的鬼子乱纷纷跳下，趴到对面河堤上，架起机枪，对着这边猛打。方六的脸上中了一弹，鼻梁被打得四分五裂，他的血溅了父亲一脸。

起火汽车上的两个鬼子，推开车门跳出来，慌慌张张蹦到河里。中间那辆流大米的汽车，进不得退不得，在桥上吭吭怪叫，车轮子团团旋转。大米像雨水一样哗哗流。

对面鬼子的机枪突然停了，只剩下几只盖子枪在叭哽叭哽响。十几个鬼子，抱着枪，弯着腰，贴着着火汽车的两边往北冲。爷爷喊一声打，响应者寥寥。父亲回头看到堤下堤上躺着队员们的尸体，受伤的队员们在高粱地里呻吟喊叫。爷爷连开几枪，把几个鬼子打下桥。路西边也稀疏地响了几枪，打倒几个鬼子。鬼子退了回去。河南堤飞起一颗枪弹，打中了爷爷的右臂，爷爷的胳膊一蜷，手枪落下，悬在脖子上。爷爷退到高粱地里，叫着："豆官，帮帮我。"爷爷撕开袖子，让父亲抽出他腰里那条白布，帮他捆扎在伤口上。父亲趁着机会，说："爹，俺娘想你。"爷爷说："好儿子！先跟爹去把那些狗娘养的杀光！"爷爷从腰里拔出父亲扔掉的勃朗宁手枪，递给父亲。刘大号拖着一条血腿，从河堤边爬过来，他问："司令吹号吗？"

"吹吧！"爷爷说。

刘大号一条腿跪着，一条腿拖着，举起大喇叭，仰天吹起来，喇叭口里飘出暗红色的声音。

"冲啊，弟兄们！"爷爷高喊着。

路西边高粱地里有几个声音跟着喊。爷爷左手举着枪，刚刚跳起，就有几颗子弹擦着他的腮边飞过。爷爷就地一滚，回到了高粱地。路西边河堤上响起一声惨叫。父亲知道，又一个队员中了枪弹。

刘大号对着天空吹喇叭，暗红色的声音碰得高粱棵子索索打抖。

爷爷抓住父亲的手，说："儿子，跟着爹，到路西边与弟兄们会合去吧。"

桥上的汽车浓烟滚滚，在哔哔叭叭的火焰里，大米像冰雹一样满河飞动。爷爷牵着父亲，飞步跨过公路，子弹追着他们，把路面打得噗噗作响。两个满面焦煳、皮肤开裂的队员见到爷爷和父亲，嘴咧了咧，哭着说："司令，咱们完了！"

爷爷颓丧地坐在高粱地里，好久都没抬起头来，河对岸的鬼子也不开枪了。桥上响着汽车燃烧的爆裂声，路东响着刘大号的喇叭声。

父亲已经不感到害怕，他沿着河堤，往西出溜了一段，从一蓬枯黄的衰草后，他悄悄伸出头。父亲看到从第二辆尚未燃烧的汽车棚里，跳出一个日本兵。日本兵又从车厢里拖出了一个老鬼子。老鬼子异常干瘦，手上套着雪白的手套，腚上挂着一柄长刀，黑色皮马靴装到膝盖。他们沿着汽车边，把着桥墩，哧溜哧溜往下爬。父亲举起勃朗宁手枪，他的手抖个不停，那个老鬼子干瘪的屁股在父亲枪口前跳来跳去。父亲咬牙闭眼开了一枪，勃朗宁嗡的一声响，子弹打着呼哨钻到水里，把一条白鳝鱼打翻了肚皮。鬼子官跌到水中。父亲高叫着："爹，一个大官！"

父亲的脑后一声枪响，老鬼子的脑袋炸裂了，一团血在水里噗啦啦散开了。另一个鬼子手脚并用，钻到了桥墩背后。

鬼子的枪弹又压过来，父亲被爷爷按住。子弹在高粱地里唧唧咕咕乱叫。爷爷说："好样的，是我的种！"

父亲和爷爷不知道，他们打死的老鬼子，就是有名的中岗尼高少将。

刘大号的喇叭声不断，天上的太阳，被汽车的火焰烤得红绿间杂，萎萎缩缩。

父亲说："爹，俺娘想你啦，叫你去。"

爷爷问："你娘还活着？"

父亲说："活着。"

父亲牵着爷爷的手，向着高粱深处走。

奶奶躺在高粱下，脸上印着高粱的暗影，脸上留着为我爷爷准备得高贵的笑容。奶奶的脸空前白净，双眼尚未合拢。

父亲第一次发现，两行泪水，从爷爷坚硬的脸上流下来。

爷爷跪在奶奶身旁，用那只没受伤的手，把奶奶的眼皮合上了。

一九七六年，我爷爷死的时候，父亲用他的缺了两个指头的左手，把爷爷圆睁的双眼合上。爷爷一九五八年从日本北海道的荒山野岭中回来时，已经不太会说话，每个字都像沉重的石块一样从他口里往外吐。爷爷从日本回来时，村里举行了盛大的典礼，连县长都来参加了。那时候我两岁。我记得在村头的白果树下，一字儿排开八张八仙桌，每张桌子上摆着一坛酒，十几个大白碗。县长搬起坛子，倒出一碗酒，双手捧给爷爷。县长说："老英雄，敬您一碗酒，您给全县人民带来了光荣！"爷爷笨拙地站起来，灰白的眼珠子转动着，说："喔——喔——枪——枪"我看到爷爷把那杯酒放到唇边，他的多皱的脖子梗着，喉结一上一下地滑动，酒很少进口，多半顺着下巴，哗哗啦啦地流到了他的胸膛上。

我记得爷爷牵着我，我牵着一匹小黑狗，在田野里转。爷爷最喜欢去看墨水河大桥，他站在桥头上，手扶着桥墩石，一站就是半个上午或半个下午。我看到爷爷的眼睛常常定在桥石上那些坑坑洼洼的痕迹上。高粱长高时，爷爷带我到高粱地里去，他喜欢去的地方也离着墨水河大桥不远，我猜想，那儿就是奶奶升天的地方，那块普普通通的黑土地上，浸透奶奶的鲜血。那时候，我们家的老房子还没拆，爷爷有一天抄起一把镢头，在那棵楸树下刨起土来。他刨出了几个蝉的幼虫，递给我，我扔给狗，狗把蝉的幼虫咬死，却不吃。"爹，您刨什么？"我的要去公共食堂做饭的娘问。爷爷抬起头，用恍若隔世的目光看着娘。娘走了，爷爷继续刨土。爷爷刨出了一个大坑，斩断了十几根粗细不一的树根，揭开了一块石板，从一个阴森森的小砖窑里，搬出了一个锈得不成形的铁皮匣子。铁匣子一落地就碎了。一块破布里，露出了一条锈得通红的、比我还要长的铁家伙，我问爷爷是什么，爷爷说："喔——喔——枪——枪。"

爷爷把枪放在太阳下晒着，他坐在枪前，睁一会儿眼，闭一会儿眼，又睁一会儿眼，又闭一会儿眼。后来，爷爷起身，找来一柄劈木柴的大斧，对着枪乱砍乱砸。爷爷把枪砸成一堆碎铁，然后，一件件拿开扔掉，扔得满院子都是。

"爹，俺娘死了？"父亲问爷爷。

爷爷点点头。

父亲说："爹！"

爷爷摸了一下父亲的头，从屁股后掏出一柄小剑，砍倒高粱，把奶奶的身体遮起来。

堤南响起激烈的枪声，喊杀声和炸弹爆炸声。父亲被爷爷拽着，冲上桥头。

桥南的高粱地里，冲出一百多个穿灰布军衣的人。十几个日本鬼子跑上河堤，有的被枪打死，有的被刺刀捅穿。父亲看到，腰扎宽皮带，皮带上挂着左轮手枪的冷支队长在几个高大卫兵的簇拥下，绕过着火的汽车，向桥北走来。爷爷一见冷支队长，怪笑一声，持枪立在桥头不动了。

冷支队长大模大样地走过来，说："余司令，打得好！"

"狗娘养的！"爷爷骂。

"兄弟晚到了一步！"

"狗娘养的！"

"不是我们赶来，你就完了！"

"狗娘养的！"

爷爷的枪口对准了冷支队长。冷支队长一使眼色，两个虎背狼腰的卫兵就以麻利的动作把爷爷的枪下了。

父亲举起勃朗宁，一枪打中了撕掳爷爷那个卫兵的屁股。

一个卫兵飞起一脚，把父亲踢翻，用大脚在父亲手腕上跺了一下，弯腰把勃朗宁捡到手里。

爷爷和父亲被卫兵架起来。

"冷麻子，你睁开狗眼看看我的弟兄！"

公路两侧的河堤上，高粱地里，横七竖八地躺着死尸和伤兵。刘大号断断续续地吹着喇叭，鲜血从他的嘴角鼻孔往外流。

冷支队长脱掉军帽，对着路东边的高粱地鞠了一躬，对着西边的高粱地鞠了一躬。

"放开余司令和余公子！"冷支队长说。

卫兵放开爷爷和父亲。那个挨枪的卫兵手捂着屁股，血从他的指缝里滴滴答答往下流。

冷支队长从卫兵手里接过手枪，还给爷爷和父亲。

冷支队长的队伍络绎过桥，他们扑向汽车和鬼子尸体，他们拿走了机枪和步枪、子弹和弹匣、刺刀和刀鞘、皮带和皮靴、钱包和刮胡刀。有几个兵跳下河，抓上来一个躲在桥墩后的活鬼子，抬上了一个死老鬼子。

"支队长，是个将军！"一个小头目说。

冷支队长兴奋地靠前看了看，说："剥下军衣，收好他的一切东西。"

冷支队长说："余司令，后会有期！"

一群卫兵簇拥着冷支队长往桥南走。

爷爷吼叫一声："立住，姓冷的！"

冷支队长回转身，说："余司令，谅你不会打我的黑枪吧！"

爷爷说："我饶不了你！"

冷支队长说："王虎给余司令留下一挺机枪！"

几个兵把一挺机枪放在爷爷脚前。

"这些汽车，汽车上的大米，也归你了。"

冷支队长的队伍全部过了桥，在河堤上整好队，沿着河堤，一直向东走去。

夕阳西下。汽车烧毕，只剩下几具乌黑的框架，胶皮轱辘烧出的臭气令人窒息。那两辆未着火的汽车一前一后封锁着大桥。满河血一样的黑水，遍野血一样的红高粱。

父亲从河堤上捡起一张未跌散的抃饼，递给爷爷，说："爹，您吃吧，这是俺娘擀的抃饼。"

爷爷说："你吃吧！"

父亲把饼塞到爷爷手里，说："我再去捡。"

父亲又捡来一张抃饼，狠狠地咬了一口。

谨以此文召唤那些游荡在我的故乡无边无际的通红的高粱地里的英魂和冤魂。我是你们的不肖子孙，我愿扒出我的被酱油腌透了的心，切碎，放在三个碗里，摆在高粱地里。伏惟尚飨！尚飨！

原载《人民文学》1986 年第 3 期

中国作家协会 1985—1986 年全国优秀中篇小说

红
高
粱

鬈毛

陈建功

一

我他娘的当时也不知怎么了，大概在这么一副脸蛋儿面前想显一显老爷们儿的大方，什么事也没发生似的，向她摆摆手，让她走了。

别以为往下该讲我的什么"桃花运"了。是不是我又在哪个舞会上碰到了她，要不就在什么夜大学里与她重逢。我才没心思扯这个淡呢。直到今天我也没再见她一面。之所以要从这儿说起，是因为这一下子太坑人啦，她倒好，脸一红，眼一闪，扬扬手，龇龇牙，骑上车，走了。说不定一路上还为有那么个小痞子向她献了殷勤而扬扬得意。我呢，往下你就知道了，活得那叫窝囊，全他娘的从这儿开始的。

我没想到那架放音机会被摔得那么惨。尽管它被用得挺远，可它好像是顺着地面出溜过去的。我戴的耳机的引线还拽了它一下。它落地的声音也不大。外面还套着皮套。等我把它捡回来打开一看，我傻眼了：机器失灵了还不算，外壳上裂开了好几个大口子。看来，即便送进修理部，也很难恢复原状了。

这玩意儿是我从都都那儿借来的。

"你真土得掉渣儿了！就会听邓丽君、苏小明。听过格什温吗？"这兔崽子考上大学才三个月，居然也要在我面前充"高等华人"了。

我说，为了领教被他吹得天花乱坠的格什温，也为了领教同样使他得意扬扬的微型放音机，我得把它们一块儿借走。

"这是我爸爸刚刚送我的。"他显然为自己得意忘形招来的麻烦感到懊悔。

"放心！弄坏了，赔你！"我在他可怜巴巴的目光下戴上了耳机，又故意把他的宝贝放音机搁在自行车前的杂物筐里。格什温响起来了。"咣咣……咣咣……"破自行车在胡同小路上颤着，铁丝筐哆哆嗦嗦。回头看看这小子忍着心疼，还在装出一副满不在乎的样子，真他妈开心。

现在倒好，离我折腾他的时间也不过十几分钟，格什温的"美国人"还没在巴黎定下神儿来哪。别他妈"开心"啦，想办法，弄八十块钱，赔吧！

我推起车子，这才发现前轱辘的瓦圈被撞拧了，转起来七扭八歪的像个醉汉。我把它靠在隔离墩上，身子站到远一点的地方，平伸过一只手去攥着车把，屁股一拧，踹了它一脚。大概这姿势太像芭蕾演员扶着把杆儿练功了，在停车线后面等绿灯的人都笑起来。我看也没看他们，把前轱辘扭过来，打量了一眼，"咣"，又是一脚。这回总算可以推着走了。不过，要想骑上它，还是没门儿。好在离家不远了，就让它这么醉醺醺地在大马路上逛荡逛荡得嘞，这也算他娘的一个乐子呢。

瘸腿老马一样的自行车，在人行道上一扭、一扭。西斜的阳光，把人和车的影子推成长长的一条，投到身前的路面上，一耸一耸，一摇一摆，"吱吱……吱吱……"前轱辘蹭在闸皮上，发出耗子似的尖叫。身旁人来车往，急急匆匆。正是下班的时间，北京的马路上，就跟他娘的临下雨之前蚂蚁出洞的架势差不多。

"……就你妈？就你妈？……"自行车的队伍里，一个娘儿们在训她的爷们儿。蹬辆破车，赔着小心，和她保持着两尺距离的，是一个脸像苦瓜似的男人。

"噢——"等公共汽车的人们兔子一样东奔西窜，在汽车的门口挤成了大疙瘩。售票员故意把车门关关开开，嗞嗞放气，人们越发伸长了胳膊，拥来挤去，好像都淹在了河里，拼命争抢一根即将漂走的木头。

"嘿，瞧一瞧，看一看……"稍稍宽敞点儿的人行道上，"倒儿爷"们开始拿着竹竿，挑起连衣裙，招蜻蜓一样挥舞起来，"瞧一瞧，看一看，坦桑尼亚式鲁梅尼格式大岛茂菲利普娜塔莎玛莉亚花色繁多款式新颖您没到过坦桑尼亚您穿上这坦桑尼亚式您就到了坦桑尼亚啦您当不了大岛茂菲利普玛莉亚您穿上这大岛茂菲利普玛莉亚式您就盖了大岛茂菲利普玛莉亚娜塔什卡安东尼斯啦——"

你要是真的相信我在这中间逛荡能有点儿什么"乐儿"的话，那才叫冒傻气呢。

实话说吧，我和我们家老爷子干架已经有年头儿了。现在，我们之间简直就是"两伊战争"，停停打打，打打停停。

当然，这不挡吃，也不挡喝。即使一个小时之前我们吵得天昏地暗，一个小时之后，我也照样理直气壮地坐到饭桌前，吃他娘，喝他娘。说不定还更得拿出一副大碗筛酒、大块儿吃肉的神气。是你把我带到这个世界上来的，不管饭行吗！可是，要让我向他开口要八十块钱，那可有点儿"丢份儿"啦。

唉，这一路我就没断了发这个愁，我怎么能弄出八十块钱来。

"下个月，你想着上电视台报到去。"

中午的时候，我已经"栽"了一回了。

老太太正在厨房里指挥煎炒烹炸，客厅里只有我们两个人。这突如其来的一句，显然是对我说的。可他既没叫我的小名儿，也不叫我的大名儿，甚至连看都没看我一眼。他弓着背，探着身子，坐在沙发的前沿儿，十指交叉，胳膊支在大腿上，脚下那双做工精细的轻便布鞋的前掌一掀、一掀。他脸上什么表情也没有，目光始终停在劈开的双腿中间，好像他吩咐的不是我，而是他裤裆里的那个玩意儿。

我正倒在沙发里哗啦哗啦地翻报纸。我才不上赶着搭理他呢。磨磨蹭蹭看完了一段球讯，这才隔着报纸问他："干吗？"

"去当剧务。先算临时的，以后再转正。"

说真的，没考上大学，真他妈待腻了。我已经考了两次，看来，和那张文凭也绝了缘分。这时候要说这差使不招人动心，那是装孙子哪。大概就因为这个原因，我没像往常那样找茬儿噎他。我没说话，算是认可了。

可紧接着他就来劲儿了。

"不过，得管管自己那张嘴。电视台的人都认识我。别给我丢脸。"

我差点儿没跳起来，把这个"临时工"给他扔回去。可我还是忍了。细想起来，我也不能算个"爷们儿"。有种儿——玩蛋去！别说一个破"临时工"了，给个"总统"也不能受这个！

我不应该把老爷子想得太坏。他再不喜欢我，也是我爸爸。我得相信他是为了我着想的。不过，我敢说，他更为了他给我的"恩德"而得意扬扬。在他的眼里，我不过是一条等着他"落实政策"的可怜虫。

"爸，给我八十块钱。"

我要是再求他这么一句，我可真成了不折不扣的可怜虫啦！

瘸马似的自行车，一拐，一拐。

太阳已经西沉了，天色还挺亮。今天也不知道是什么日子，路边的小妞儿净跟她们的相好撒娇使性儿。我已经看见他娘的不下三对儿了。拉她她不走，推她她晃悠。傻小子们一个个束手无策。我也不明白为什么心里偏偏要生出这种管闲事的念头——我几乎想走过去，一人给她一个耳刮子，把兔崽子扇到马路对面去。

过人行横道的时候，我又捅了个娄子。你说我怎么就这么倒霉！当然，我敢肯定，这是我的过错，因为我太一门儿心思算计着和老爷子之间的事情了。可是直到现在，我也没明白自己犯的是"交通管理条例"的哪一款、哪一条。

顺着人行横道的斑马线，都快走到马路中心的"安全岛"了，忽听一个懒洋洋的声音从交通岗楼顶上的大喇叭里传过来：

"那——辆——破——车——"

"那——辆——破——车——"

在北京的十字路口上，你听去吧，岗楼里发出的这种半睡半醒似的声音多啦，我哪儿知道是喊我哪！我又走了几步，那声音突然机关炮一样炸响了：

"说你哪说你哪说你哪……"

我站住了，抬头向四周望去。岂止是我，恐怕这远近百十米的司机、行人都吓了一跳，疑心喊的是自己。我和那些被吓坏的左顾右盼的人一样，愣头愣脑看了半天，总算明白了，他喊的原来是我。

"你活腻歪了！"他骂了一句，算是总结。那口气像在他们家厨房里训儿子。不过，有这么一句，别人总算踏实了。冤有头，债有主。没冤没仇的各奔前程。

"你才活腻歪了呢！"我都不知道哪儿来的这么大的火儿，梗起脖子回敬了一句。

我敢说，他不会听见我嘟囔了些什么，我们隔着几十米哪。事情大概坏在我的脖子上了——用警察们的说法儿，这叫"犯滋扭"。我还没有走到人行横道的那一头，他已经站在马路牙子上等着我了。

"姓名。"黑色的拉锁夹子被打开了。这小子比我大不了多少，不过那模样可真威风，穿着新换装的警服，戴着美式大檐儿帽。关键是颧骨上有不少壮疙瘩。

"姓名。"又问了一遍。

"卢森。"

"哪个'卢'？"

"呃——"还挺伤脑筋，"卢俊义的'卢'。"

"哪个'卢俊义'？"

"水泊梁山的卢俊义呀。"

他翻了我一眼，写上去了。他写成了"炉子"的"炉"。

"在哪儿上班哪？"

"在家。"

"嗨，你这'班儿'上得够舒坦啊。"他的嘴角撇了撇，"我看你也像在家'上班'的。"

身后已经围过人来了，呵呵笑着，看耍猴一样。

"家庭住址。"

"柳家铺小区。报社大院。"

"噢——"他打量着我，微微点头，"还是个书、香、门、第。"他一定很为找到了这么个词儿而得意，所以要高声大嗓、一字一顿的，演讲一般。他很帅地把夹子合上了，双手捏着，捂在裤裆上，腆起肚子，前后摇晃。"知道犯了什么错误吗？"

"不知道。"我不由自主地扭脸看了看刚刚走过的斑马线，苦笑着说，"我……我好像没惹什么事吧。"

"照你的意思，是民警叫你叫错了？是吗？！我们吃饱了撑的，没事找事，是吗？……"义正辞严。

"没有没有没有。我没那意思。绝对。没那意思。您……叫得很对。"

"那就说说吧，对在哪儿啊。"

这不拿我开涮哪吗！我默默地呆了一会儿，咽了口唾沫，说："我不该跟您梗那下脖子。"

"轰——"周围的人都笑了。

本来，我才不愿意跟民警废话呢，能过关就得了，废话多了有你的好吗？！谁想到他跟我这儿来劲了，我也只好跟他贫一贫啦。还挺管用，这小子不再逼我回答那个混账问题了。他踮起脚后跟，朝人群外看了一眼，好像是想看看马路上是不是还有人应该拉来"陪绑"。然后，他沉住了气，又捂着裤裆，腆着肚子摇晃起来。

"知道咱们国家什么形势吗？"

"形势大好。"我说。

"北京呢——""呢"字，一、二、三，拖得足有三拍长。

"形势大好。"我说。

"唔，你还挺明白。"他歪着脑袋，把围观的人扫了一圈，左脚一伸，稍息，"说说吧，你是什么行为？"

"害群之马。"我说。

"啧啧，到底是书、香、门、第！"他又高声大嗓地宣布了一遍。

"我爸在报社大院烧锅炉。"

"是吗？"他微笑了，"怪不得。我看你也像个烧锅炉的儿子。"

周围的人又笑起来。说实在的，我要是告诉他我是副总编的儿子，他得再高八度把他娘的"书、香、门、第"说上八遍。不过，我认一个"烧锅炉"的爸爸也没认出个好来。他算是找着个人把那点儿学问好好抖搂抖搂啦。他由"改革"扯到"打击刑事犯罪"，由"中日青年大联欢"扯到"清除精神污染。"

"你他娘的总不会扯到越南进攻柬埔寨吧！"我一边点头，一边在心里暗暗骂起来。

"你笑什么？"

"您挺忙。"我说，"我们报社大院儿里净是报纸。别耽误您的工夫，让我回去自己学学得啦。"

"知道自己需要学习就好。"他大概也累了，"那你就说说吧，认罚不认罚？"

"认罚。"我说，"您辛苦，收入也不高，罚点儿是应该的。"

"我一分也落不着！全上缴国库！"他火了，"就你这种态度，还得给你上一课！"

"噢，误会了误会了，那，也好，支援四化。"

"行啦，别贫嘴啦！"看得出来，他有点儿想笑，可还在故意板着脸，"掏钱吧，两块。"

"两块？不瞒您说，一块也没有哇。"我把衣兜裤兜翻给他看，愁眉苦脸地说，"得嘞师傅，我这辆车破点儿，您要不嫌弃，先扣下得啦。"

"得啦得啦，我下了岗还想早点儿回家呢！"他看着我那拧了"麻花"的前轱辘，忍不住笑了。他这一笑我就明白：两块钱省了。

"走吧走吧，下次再有胆儿犯横，想着带钱！"

"您圣明！"昨天晚上我刚在电视里看了《茶馆》，我觉得这句台词挺棒。

他瞪了我一眼，分开众人，爬回交通岗楼里去了。

我跟在他后面，探着脖子看了看岗楼里的电钟，把车子又支起来。我抬腿坐在后货架上，�’起嘴吹了几句"啊，朋友再见"。我吹得不响，长这么大了永远也吹不响，这可真让人垂头丧气。

"喂，怎么还不走？！""壮疙瘩"从岗楼里探出脑袋来，"不是让你走

髻
毛

1345

了吗？"

我故意看了看人行横道，苦起脸说："受了您这半天儿教育，咱们也得长进不是？您得让我在这儿好好总结总结，看看自己到底错在哪儿啦。"

"嗬，倒是没白费我的唾沫啊。"他心满意足地把脑袋缩了回去。

我他娘的倒真有这个瘾！

其实，我是成心要在这儿磨蹭磨蹭。

今天晚上，老爷子好像要去参加一个什么宴会。这会儿，说不定还没有走。

二

"卢森，怎么站在这儿？你爸爸好吗？"

"馄饨侯"骑着车从学校的方向过来，大概是刚刚下班。还是穿着那件皱巴巴的绸衬衣，哆里哆嗦的凡尔丁长裤。"弱不胜衣。什么叫'弱不胜衣'呢？"我一辈子也忘不了他站在讲台上，用瘦嶙嶙的手指揪起衬衣第三颗纽扣的样子。衬衣里面，仿佛只戳着一根竹竿。"这就叫'弱不胜衣'，明白了？也可以说'骨瘦如柴''憔悴枯槁''病骨支离'，再老点儿，就可以说'鹤骨鸡肤'啦。当然喽，好听的也有——'仙风道骨'！……"

他还是那个毛病，老远的，第一句话就是"你爸爸好吗？"或者是"你爸爸挺好的吧！"我真替他难过。

三年前，我从城里转学到柳家铺中学。他教我们班语文。当着那么多同学，老远走过来，他的第一句话老是这个。好像他跟我爸爸不是哥们儿，也是师生。巴结我们家老爷子的嘴脸我见多啦，还没见过这么傻的，我真替他害臊。可是后来，当我们老爷子写了那篇混账文章以后，一听他提起老爷子，我只有替他难过的份儿啦。

"你们呀，一点儿也不知道争气，学好。大米白面吃着，读书呢？一肚子臭大粪！……我读书那会儿怎么读的？我告诉你们——"他从黑板的下槽里抓出一把粉笔末，唰啦唰啦地翻开书，每隔几页往页缝儿里撒上一溜，"六一年那会儿，我在师院，饿得我呀，一天到晚凄凄惶惶的。弄了点炒面，就这么撒在书缝儿里，看几页，举起书，对着嘴，磕巴磕巴吃一口。有点儿好吃的，都得就着学问吃下去！……"

只要他来上课，课堂上就有笑声。这一段一段的"单口相声"，乐得我们一个个都要抽筋儿。

有一次上作文课。

"九十分钟。照这个题目写吧！我也写。明告诉你们，我搞点儿自搂。给人家写小人书的脚本。你们不少人也知道，当老师的嘛，家庭不富裕，有的下了班，老婆孩子齐上阵，糊火柴盒！我不用。作文学好了，至少有这点好处。写这一页，一碗馄饨。不是我瞧不起你们，就你们中间，比我出息的嘛，当然有。可能吃上这碗馄饨的嘛，也不多。争口气，写吧！"

他姓侯。"馄饨侯"的外号，就是这么来的。我们班同学里，"能人"多啦。报社大院儿里的孩子，只有三个，都是报社迁来柳家铺以后，转学来的。其余的净是家住柳家铺北里的扛大个儿的、蹬三轮儿的后代。他们学习不行。嘎七杂八的事可懂得不少。我也就是这一次才知道王府井八面槽那儿有那么一个卖馄饨的老字号，叫"馄饨侯"。这帮王八蛋给我们的老师安上啦！

我长这么大干的顶混蛋顶混蛋的事，就是把"馄饨侯"之类的事情告诉了老爷子。那会儿，我还是个少见多怪的"小傻帽儿"，回到家里，没完没了地学舌。

"格调太低了。你们的老师，格调可太低了！"听了这些事情，老爷子非但没露过一次笑脸，反而总是沉着脸，皱着眉，说这一类庄严而伟大的废话。

我从来也不认为我们这位侯老师能当上什么李燕杰。他不过就是一个爱说点实话，爱开点玩笑，还有点可怜巴巴的"馄饨侯"就是了。所以，老爷子根本犯不着这么认真，把这件事写进他的文章。

那篇文章的题目好像叫他娘的什么《"师道"小议》，登在他们报纸的第二版右上角，还用花边儿给框了起来。开头就由"某位老师"的"馄饨故事"说起，然后就"由此想到我们的老师应该……"然后又"由此想到"古代的一个什么鸟人的一句什么"经师人师"的鸟话。然后就"教育事业是关系到育人育材的百年大计"。然后就"是不是值得每一位老师深思呢"。

这篇混蛋文章整个儿把我给气晕了。老爷子的笔名叫"宋为"，班里的同学没有不知道的。本来，班里那些小痞子们背地里没少了拿我们的"馄饨侯"开心，这会儿，倒全他娘的骂上我啦！

"髦毛儿！"他们给我起了这么个外号，因为我的头发天生有点卷儿，"你丫挺的怎么这么不地道！你们老爷子装他妈什么孙子啊！"

"要是把你平常的胡扯八道整理整理送公安局，也够你狗日的一个反革命了！"

"假模假式的，还'深思'呢，没劲！"

　　我敢说，这帮兔崽子可逮着一个"臭"我的机会啦。活该，谁让你在大伙儿的眼里一直是个牛气烘烘的总编的儿子呢。搬运工的儿子们、抹灰匠的儿子们也该挤对挤对你，撒撒气啦。再说，我们老爷子也是真他娘的没劲！没劲透了！

　　最让我受不了的是，那天下午我又见到了"馄饨侯"。那是个星期一，算算我们倒是有两天没见面了，可我恨不能把脑袋扎裤裆里溜过去。可气的是，他老远就看见了我，还是那么和颜悦色，满面春风："卢森，星期天上哪儿玩去啦？你爸爸挺好的吧！"

　　唉，可怜的"馄饨侯"，您饶了我行不？

　　"卢森，我还挺想你哪！"这会儿，我的"馄饨侯"老师从自行车上下来了，他很费劲儿似的把自行车搬上了人行道。他大概有点感冒，声音瓮声瓮气的，让人觉得充满了悲痛，"听说这次又没考取？"

　　他教的是毕业班。我上的是补习班。高考以后，我们没见过面。

　　"怎么搞的，是哪门儿没考好？"

　　他可真婆婆妈妈。这会儿还提出这个被一千个人提过两千次的问题。不过，我还是听得出来，这第两千零一次的提问是真诚的，不像好多人那样假惺惺。

　　"哪门儿都没考好。"

　　我懒得告诉他，考"政治"的那天早晨，我怎样和老爷子吵得一塌糊涂。一怒之下，我根本就没进考场。

　　"怎么能说是'敲门砖'？这是你一辈子受用不尽的东西！"

　　"是吗！我只知道我背了八个大要点，八十个小要点，八百个小小要点。还'一辈子'呢，出了考场就忘掉一半。"

　　"就你这态度，政治就不能及格！"

　　"那好那好。那我还去费这个劲儿干吗？"

　　"好好温温书，再考一年吧。""馄饨侯"伸过瘦嶙嶙的手，帮我按了按翘起的衣领。他的每一个动作都让我想起老爷子那篇鸟文章，让人觉得心里真不落忍。他又想起了什么似的说："哦，对了，你们班的李国强，在闹市口卖牛羊肉哪，你们家缺羊肉，只管找他，挺仗义的。那个金喜儿，就在学校门口卖瓜。每回看见他，我都忘不了叮嘱两句：'你可别学那伙小流氓，拿把刀子劫人家老农的瓜车去……'"顿了顿，他看着我，笑着叹了一口气，说："你要是他们，也就罢了。现在虽说不讲'子承父业'了，可总不能让你也去卖牛羊肉吧。不能给你爸爸丢脸不是……"

"您还别跟我提他。"我受不了了，要不是看在他的面子上，听见这种"子承父业"之类的陈词滥调，我早他娘的掉屁股走了，"他有我哥那么一个儿子就足够了。知足吧他。"

"怎么，你们爷儿俩还别扭着？"

"他有他的活法儿。我有我的活法儿。"说完，我找了个借口，推起我的车，走了。说真的，我真怕听他没完没了地说下去，跑不了又是那一套大大良民的处世之道，我早就听腻了。

要是"子承父业"就是让我去学他那种活法儿，我还真不如去卖牛羊肉或者去卖瓜哪。

自打"馄饨侯"事件以后，老爷子的那套活法儿就已经让我给总结了两个字——没劲！

就不用说他写的那些文章，作的那些报告了。说得倒挺冠冕堂皇。净是"共产主义"啦，"不计报酬"啦，我可知道，要是稿费开低了，讲课费给少了，他是个什么德行。

我要是再把那天偶然看到的，老爷子和那位年轻的女记者谈话时发生的事说出来，你就会知道我们老爷子多没起色了。

那天他们坐在临窗那对紧靠着的小沙发上。那个小妞郑重其事地向他汇报工作，一只手搭在靠他一侧的沙发扶手上。当时我正在客厅里接电话，一眼瞥见了那只手。不知怎么，我的心里升起一种不祥的预感。我真怕老爷子干出一些可笑的事来。你说怎么就这么灵，我的电话还没有打完，老爷子果然把他那又肥又厚的大手放在人家那又细又白的小手上去啦！还往人家的手上一下一下地拍着，笑吟吟地说："不错，不错！小秦哪，干得不错。再努努力，革命工作很需要业务尖子脱颖而出嘛……"我几乎气挺了。没劲，连他妈沾点儿骚都这么没劲！有胆儿你另找个地方，搂着，抱着，亲嘴儿，上床，谁管你啦？干这种没劲的事，还他娘的忘不了嘴里念叨"革命"，更他妈没劲！

前天晚上，宣传部长来了，和老爷子研究什么"宣传要点"，研究了两个小时。宣传部长走了，老爷子和老太太也接着"研究"开啦，不少于两个小时！研究什么？研究部长的脸子：对什么提法感兴趣啦，对什么栏目冷淡啦。还真他娘的上瘾。

"我一辈子也不当官。"我站在客厅门口向他们宣布。

"你说什么？"他们莫名其妙地盯着我。

"当你们这号官儿也太难点儿啦。"我说。

"唉，森森，看看你！真不该让你转学来柳家铺。看你学出了一副什么鬼样子！"每到这时候，老太太就这样抱怨。照她的意思，她的儿子是让柳家铺中学里那些野小子们拐带坏了。

"怨不着人家。这是他们这一代人的时代病！"老爷子总是冷冷地反驳她。他对我早就彻底失望了，好像我只是他一个可悲的研究对象。他总要居高临下，高深莫测地总结个一二三。

我才不巴望着他对我抱什么希望呢。不过，我得承认，我这满不在乎，动不动就想寻开心的"鬼样子"，确实至少有五十次险些把他气得背过气去。在他对我彻底失望之前，有一次，他偏要拉我一起去看什么"青年演讲比赛"。"青年导师"嘛，他也想给他的儿子"上一课"。可这叫他娘的什么"演讲"呀，"啊青春""啊理想""啊人生""啊幸福"……一色儿让人起鸡皮疙瘩的陈词滥调。叫"背报纸"差不多，叫"朗诵"也凑合。有什么话你就说。有什么屁你就放。磕磕绊绊都不要紧，演讲嘛。你他娘的一个劲儿"啊"什么呀！"你跟谁学的这么玩世不恭？"他对我在台下撇嘴大为不满。你不满，我心里也不那么痛快。我受的罪过大了。你不明白我为什么"玩世不恭"，我还不明白你干吗要为这些傻里傻气的"演讲"鼓掌、龇牙、磕头虫似的点头呢！……

每当到了这个时候，老爷子就几乎"背过气"去了。他开始一言不发，板着脸，眼睛直看前方，眼镜片上闪着冷光，胸脯却像皮老虎似的一掀一掀。说实在的，这时候我可真觉得过意不去了。甭管怎么说，老爷子养我一场不容易，年近花甲，又有冠心病，生起气来呼哧呼哧的，真"弯回去"了，可不是好玩的。不过，我得声明，我可没成心气他。这简直好像没什么办法。越在家里待着，不顺心的事越多，看着老爷子活得越没劲。憋不住的时候，你总得让我说两句，开开心吧？连开开心的权利都没有，还有活头儿吗？

……

<h1 style="text-align:center">三</h1>

老爷子离开报社去参加什么活动，老太太总是要亲自送出门来的。当然，我们家住在一层，说两句话就跟着出来了。可我知道，这要不是老太太过去当演员当出的"毛病"才怪呢。看着老爷子钻进那辆奶白色的"皇冠"车，要是这会儿能碰上个熟人，她更来劲儿啦。她会没完没了地跟人家瞎扯：老头儿下个月要去北欧访问了，可什么东西都没置办哪。老头子呀，血压又高了，人家

说吃老玉米须子能降压，他死活不信。怎么说他好！……好像全中国的人都巴不得知道她的老头儿怎么吃，怎么喝，怎么拉，怎么撒。

我他娘的简直见不得我们家老太太和那些老娘儿们站到一块儿胡咧咧。就跟自从看见老爷子摸人家手以后，一见有小妞儿和老爷子坐在一块儿，立马心率过速一样。不过，今天我可一点儿没脾气——全他妈是那八十块钱闹的。憋了一路了，我也没憋出个更有味儿的屁来。看来，也只有趁老爷子不在，跟老太太伸手这一条道儿啦。

八十块钱对于我们家来说，是算不了什么的。老爷子和老太太的工资加起来就有三百多。老爷子发表的那些破文章，三天两头来钱。不定什么时候他又把它们剪剪贴贴，凑那么一本《和青年朋友谈人生》什么的，虽说在书店里搁臭了也没人买，千儿八百的稿费还是照拿的。再说，老太太也正巴不得有个机会为我掏腰包呢。和老爷子吵翻的时候，我老爱说："在这个家待着可真他妈没劲，没劲，没劲透了！"大概为了让我收回这念头，她今天塞给我两张内部电影票，明天又塞给我几盒"蜂乳"。只要我能感到自己是老太太的"幸福家庭"的"幸福儿子"，别说掏八十块，掏八百也行。

"哎呀森森，你这是去哪儿啦？车子怎么摔成这个样子？"

老太太的眼睛还真尖，老远就看见我了，撇开一块儿闲扯的人们，嚷嚷着迎过来。这一惊一乍的架势可真让人受不了。

"人摔着没有？……"

"年轻人哪，可得当心！"

"现在街上的交通也真成问题。"

"我过十字路口，从来是下车推着走……"

真的假的呀？那帮老娘儿们也凑过来七嘴八舌地添乱。

我没理她们，推车进了楼门。老太太也紧跟着回来了。

"唉，别管车摔成什么样儿，没伤着你算便宜啦！"她帮我扶着自行车，好让我从横七竖八的自行车中间腾出地方来，"儿子，什么时候才能让妈妈省点心呀……"

听听，我都觉得，要是不张口跟她要这份钱，倒怪对不起她的啦。

可谁又敢保险，她不会借着这事，再把老爷子和我往一块儿扯？

"爸爸儿子喝点儿啤酒吧。"

今天中午，老爷子刚刚把电视台那个破差使"赏"给了我，她就举着炒勺，从厨房里跑出来。她腰间围着蓝色的蜡染围裙，站在客厅门口，笑眯眯地看着我们。

"爸爸"和"儿子"谁也没答腔。

午饭端上来了：豆豉鲮鱼、烧排骨、西红柿汤。老太太简直和当年在舞台上跳芭蕾一样起劲儿：她不再问我们，拿过玻璃杯，倒好了啤酒，一杯、两杯，放在我们面前。连平常只会怯生生低头上菜的安徽小保姆，都抬起了眼皮，奇怪她怎么这么欢实。

"来，为淼淼到电视台好好干，干杯！"

我他娘的几乎顶不住她这死乞白赖的生拉硬拽啦。可"爸爸"和"儿子"看着眼前的杯子，还是连摸都没摸。

在我和老爷子中间，老太太好像永远在扮演一个费力不讨好的角色。有时候，我真有点可怜她。别看在整个报社大院的人眼里，老太太永远是个活得滋润、性情随和的总编夫人，在我看来，她活得才叫窝囊呢。她心里怎么想的，我可不知道。不过，我知道老太太当年可是个露过脸的人物。在她认识老爷子之前，已经在好几出舞剧里演过主要角色了。她还去莫斯科学习过。当年当记者部主任的老爷子怎么擒住她的，那又不是我能知道的事啦。反正老太太因此就急急忙忙结了婚，生了我哥，改了行，心甘情愿地当"夫人"了。细想起来，她现在的活法儿也自有她的道理。当年和她一块儿的那些姐妹儿们，后来不是成了大明星，就是当了舞蹈学院的副教授。老太太要是连个体面舒坦的日子都混不上，这辈子整个儿白活啦！

想到这一层，我也觉得自己好像是有点儿"不是东西"了。——给电影票，照看；给蜂乳，照喝；八十块钱，照要。可我能规规矩矩地给老太太当他娘的"幸福家庭"的"幸福儿子"吗？扯淡！

"她有她的活法儿，我有我的活法儿！"

最后能让我心里踏踏实实的，又他妈是这句哪儿都用的废话！

跟老太太一起进了家门，我暗暗庆幸，幸好没在楼道里急急忙忙把要钱的事对她说出来——我哥回来了。他大概也就比我早回来一步，正在客厅里一边吃饭，一边看电视。茶几上摆着他吃了半截儿的饭菜。对面的电视机屏幕里，正在跳芭蕾舞，大白萝卜似的大腿抢来抢去。

"淼淼，留点儿神，别把鸡骨头弄到地毯上。"

老太太和小惠端着给我留的饭菜，送到客厅里来。走过电视机前面的时候，"啪"，她随手把频道换了。

"……老程，改革需要你，四化需要你呀！"特写：一个大老爷们儿在号，鼻涕眼泪抹了一脸。

"啪",又一下。

"马克思主义哲学最鲜明的两个特点是什么呢?……"又是那个穿中山装戴眼镜的副教授,面有菜色,听声音总让人觉得他只有半边肺。

"看看,看看,党的知识分子政策不落实怎么行?!"我曾经指着他跟老爷子说。

"还是看芭蕾舞吧。"我哥说。

"啪",频道又换回去,"大白萝卜"又抢起来。老太太回自己的卧室去了。

"妈要找什么节目?"

"不知道。"

其实,我大知道啦。老太太才不找什么节目呢。她就见不得芭蕾舞。不要说上剧场看演出了,就是电视上的,她也受不了。这大概跟我考大学落榜那几天差不多,简直听不得人提起关于大学的事。哪怕电视上有一个镜头,心脏都"呼"的一下,跟他娘的被什么东西咬了一口似的。

唉,妈妈,我又开始替你难受啦。

"怎么着,买卖亏了还是赚了?"我接过小惠送来的碗筷,和我哥坐到一条长沙发上。

"有亏有赚。"他在龇着牙抻鸡腿上的一根筋。

"别蒙我啦。别人有亏有赚,我信。区委组织部办的公司能亏了?再说,那些顾问伯伯都是干什么吃的?"

"嘀,我还以为你就会跟老爷子骂骂咧咧呢,看来,你还挺门儿清啊!"他瞥了我一眼,龇牙一乐,"你还别生这份气。这年头,靠老爷子赚钱的人多啦,我算什么。"

他总算说了句实话。要说有时候我还能和他聊两句的话,也就因为他在我这儿还时不时有几句实话。

"见着老爷子了吗?"我问他。

"没有。我没事。"

"光蹭饭?"

"也不是。"他的下巴往酒柜那边一挑。我这才看见,那上面放着一盒新侨饭店定制的生日蛋糕。

我哥回来,跑不了就是两件事。要么就是买卖上有什么难处了,得求老爷子给办办。要么就是误了饭,回来"蹭"一顿。反正家里搁着一位任劳任怨的小保姆，比回他自己那套小单元房里，让老婆忙活强多了。这可不是我说的。这是他自己说的。他的脸皮厚了去啦。不过他今天还算例外，给老爷子送生日蛋糕来了。要说也不例外，他就这么会"来事儿"，老爷子放个屁，他都三孙子似的接着，时不时还来块生日蛋糕什么的，把老爷子哄得团团转。

"想干点什么事，不把老爷子哄转了行吗！中国还是老爷子们的天下。"这也是他对我说的。

我得承认，这又是实话。可惜我不想"干点什么事"。更没那个瘾在老爷子面前装王八蛋。不然，从我哥这儿倒能学到不少糊弄老爷子们的诀窍。

"用现今时髦点儿的说法吧，这么着，老爷子更得把你'扶上马，送一程'啦。"我又朝那盘花蛋糕看了一眼，笑着。

"我知道我在你的眼里不是个东西。"我哥满不在乎地嘻嘻笑起来，"可你这一套也算不得什么英雄。中国人要是都像你，也早亡国啦。"

"没错儿。咱们俩都不是东西。"我说。

我们俩你看看我，我看看你，突然都笑了。我不知道他在笑的时候想到了什么，我只是觉得他笑得开心透了，只有厚颜无耻的人才能在这么一句话面前发出这样的笑。我虽然也在笑着，在他的笑声面前却感到了一种自卑。因为一边笑着，一边觉得自己的鼻子里、嗓子眼儿里有一股热烘烘的、酸酸的东西漾上来。

他吃完饭就走了，我也正盼着他走。他一出门，我就到卧室找老太太要钱去了。

"啧啧啧，你呀你呀！"老太太的反应是预料之中的。她当然少不了拿出责怪的口气叨唠几句，可更多的的确是有点儿兴奋。不过，让人心里起急的是，接下来她开始东一句、西一句和我闲扯，就是不开抽屉给我拿钱。我真疑心她是不是故意耗时间，等老爷子回来。

"妈，要是方便，快点把钱给我。我还打算今晚给都都送去哪。"我实在忍不住了，好在又找着了一个借口。

"瞧你！"她看了一眼挂钟，"再急，也得等明天早上上银行取吧？"

我没词儿了。明天？八个明天都行！可我他娘的早看出她要算计我什么啦。

"好吧。"想了想，我说，"那，把存折给我，明天，我自己去取算啦。"

老太太犹豫了一下，把存折找出来，递给了我。我回自己的房间去了。

老爷子是十点多钟回来的。皮鞋踩在地板上，"吱吱"响着。他接了个电话，又到盥洗间去洗澡。洗澡出来，老太太和他在客厅里嘀嘀咕咕。

本来，回到房间里，把存折放在桌上，这心里已经踏实了，说实在的，甚至还有点得意。靠在被子垛上，看《风流女皇》看得挺上劲儿。这时候外面就传来老太太和老爷子嘀咕的声音。我简直不知道从哪儿冒出来了一种不妙的预感，飞快地把书扔到桌上，脱衣，铺被，关灯。

我的手拽着灯绳正要拉的时候，老爷子来了。我把手松开了。

老爷子穿着白地蓝条的睡衣睡裤，脚下趿拉着拖鞋，身子几乎把房间的门堵严了。他面无表情，手里捏着一沓钞票。

"森森，爸爸这儿正好有现钱！"在他的身后，传过来老太太的声音。

"够吗？"

"够了。"

这回他倒没废话，趿拉着拖鞋，沙沙沙，走了。

"森森，这么晚了，就别给都都送啦，明天再说吧！"

老太太笑眯眯地走进来，帮我抻了抻床单，拿起《风流女皇》翻了翻，又帮我把灯绳拉了。临关门的时候，她又冲我说："好好睡吧。"

睡个屁！我到底让你给算计啦！

这倒还在其次。要命的是，我又一次在老爷子面前"栽"了。"栽"得可真他妈惨。

四

我正蜷在毛巾被里胡思乱想。我要是把想的什么都说出来，那可太流氓啦。当然，这也没什么了不起。二十岁啦。"年轻人嘛"，老爷子爱说的半句话。啊前途。啊理想。啊四化。啊人生。你也得容忍一个小光棍儿望着对面阳台上晾挂的乳罩想入非非。

总的来说，我还是个"好孩子"。可这绝不是因为我见了小妞儿不动心。在我们那个高考补习班里，至少有三个小妞儿给我递过飞眼儿。我他娘的哪儿招她们喜欢啦？其说不一。有的说，喜欢我有"幽默感"。有的说，喜欢我这鬈毛儿。也有一位，简直什么都喜欢。"卢森，你的作文写得可真好。我……我都有点儿崇拜你了！"杜小曦就这么说过。她是一个挺有味儿的小妞儿。两条长腿又直又匀，爱穿宽宽松松的红色套头衫，苗实的小乳房在里面时隐时现。为了她这么一句，我几乎晕在她面前啦。可事情就坏在她"什么都喜欢"上面。"你爸爸这篇文章写得可真好！卢森，你准能当他的接班人。"这就开始让我反胃了。"卢森，你这一瘸一拐的架势都那么潇洒！"活见鬼，那几天，我正为扭伤了右脚踟牙咧嘴。高考的前一天晚上，上完辅导课回家，她好像特意藏在路边等我。她穿上一件淡黄色的套头衫，精致的小乳罩清晰地从里面显现出来。"卢森，亲我一下吧！把你的灵感给我一点吧！"走到一片阴影下面，她的声音绵软得让人腿杆子打晃。更是活见鬼了，我有什么"灵感"呀，"馄饨侯"叫起来当场读作文的不是我，正是她杜小曦！再说，想玩玩就玩玩，这和他娘的"灵感"有什么关系？本来我还有点儿情绪，全让她这么一个"灵感"给搅没啦。"哟！"我愁眉苦脸地说，"那我可不亲你了，我的灵感就那么点儿，挺少的。再给你点儿，我怎么办？""真傻假傻呀！"最后她哭着跑了。想起那情景，如今又怪让人遗憾的。我推着她的背往前走时，触着了她乳罩的挂钩，现在右手食指上好像还留着这感觉呢。不过我要是真的"啃"了她再和她扯上什么"灵感"之类的混账话，那罪过说不定就受大啦。"我怎么能够把你比作夏天？你不单比他可爱，也比他温婉。"她会这样对我说。"你的甜爱，就是珍宝。我不屑把处境，和帝王对调。"我得这样对她说。我就什么也甭干，整天揉着胸脯子，捏着嗓门子，跟她对着背莎士比亚吧。

　　唉，这些小妞们中间，哪怕有一个不像杜小曦这样，我也早就不是"好孩子"啦。

　　"森森！"老太太又叫了。

　　"听见啦听见啦！"我懒洋洋地爬起来。

　　我们家吃饭都在过厅里。这过厅有一间房子那么大。除了饭桌以外，还可以摆下冰箱、食品柜和碗橱。小惠正站在食品柜前，往配餐面包上抹果酱，烤三明治。老爷子已经坐在饭桌前了。还是穿着那身白地蓝条的睡衣裤，一边看"大参考"，一边呷着牛奶。厨房里传出来鸡蛋下油锅的"刺啦"声。炸荷包蛋，老太太从来是要亲自动手的，她嫌小惠掌握不好火候。

　　我刚在饭桌前坐下，老太太就把一小碟一小碟的荷包蛋端出来了。

　　"一人两个，爸爸儿子别打架。"

　　咯咯的笑声。小碟子推到每一个人面前。我却觉得这一点儿也不幽默。

　　"老头儿，今天总算没事儿吧？"

　　"呃……"

　　"呃什么？今天你是寿星老儿，午饭时淼淼和肖雁还回来呢。"肖雁是我哥的老婆。

　　"不会耽误午饭的。只是……团委有个同志上午来谈点工作。"

"森森，你今天也……"

"我还得给都都买放音机去哪。"

"那还用得了多长时间啊。回来的时候，上自由市场给我带捆葱回来。你可别像昨晚似的。我还等着葱使哪！"

老太太的心情好极了。当然，家里的气氛不坏嘛。"幸福的生活幸福的生活比哟比蜜甜喽。"

吃完早饭，我就骑着老太太那辆旧女车上百货大楼去了。花七十五块钱买下了那个混账的放音机，送到了都都家。都都这小子还一个劲儿装王八蛋——"哎呀，这是何苦！坏了就坏了，何必这么认真！这可真不够哥们儿啦，我真想骂你兔崽子啦！干吗把这当回事呀……"

"那好那好。也是，哥们儿一场，就别让你不好意思啦！"我故意把放音机装回书包里。

兔崽子嘴角倒还咧着，颧骨上的肉已经他娘的冻住啦。

"别装了，看你丫挺的这份难受劲儿！"我又把放音机拿了出来。

他骂了我一句，给我拿苹果去了。

"我得跟你打听个人。"放下苹果，他又跑去关上了通往堂屋的门。他们家老爷子正在那儿给一个小柜上油漆。

我已经猜到他要打听的是谁了。说实在的，我时不时到都都这儿来臭聊一会儿，好像也有从这儿听到点儿她的消息的愿望。她和他都考上了师范学院走读班，一个在中文系，一个在历史系。我就这么贱！谁让我的右手食指上，还留着她脊梁背儿上那个小挂钩的感觉呢。

"你们班的杜小曦，怎么样？"

"挺好。瞧你小子削苹果的这个笨劲儿！"我说。

"你来你来。其实我在咱们学校就知道她啦，只是没说过话。这回上了一个大学，再说，我不是在作文比赛里得了个二等奖嘛。她也得了个奖，表彰奖……"

"她就噘起嘴巴给你伸过去啦——啊都都，我可真崇拜你。亲亲我，给我点灵感吧！"

"你是听谁说的？"都都的眼睛瞪圆了，"李伟这小子真不是东西，我只告诉了他一个人，不许他传的！"

"根本不是李伟说的。我猜的。"我嘻嘻笑着，"你作文二等奖，她表彰奖，再往下……这不是明摆的事吗！"

这傻小子想了想，说："是得服你。"

"你小子艳福不浅。"我说，"拿着你的苹果。"

他接过苹果，一边嚼，一边想着什么。

"嘿，不瞒你说，我还是第一次啃一个小妞儿的脸蛋儿哪。我的牙关都磕磕绊绊地打冷战。"

"啊都都，我……我晕……她一准儿瘫在你怀里啦。"

"哎呀，你怎么说得这么准！好像你小子也干过这事一样。"

"她要是不晕，就是早被人啃过啦。"

都都的眼珠子都他娘的放出亮儿来了！

"走啦。"我把给自己削好的苹果塞到嘴里啃了一口，"我还得上自由市场给我妈买大葱去哪。"

"森森，森森，你再坐会儿，再坐会儿，我还得请教请教你。哪怕你吃完了苹果再走呢。"

我又坐了下来。

"你说，我们之间，我们之间还会怎么样？我……我怎么，怎么和她……"

"这他妈还用问。她说：'啊，你的眼睛像星星！'你就说：'啊，你的嘴唇像月亮！'你干这一套还不跟玩儿似的？再不行，预备一本《莎士比亚十四行诗选》，够使的啦。"

他眯着眼睛，一下一下地晃着脑袋，跟他娘的晕在了一支曲子里一样。

这小子还没听够。送我出门的时候，也张罗着换鞋，找车钥匙。他一定要跟着我去买那捆大葱。

这一路就全是他娘的没完没了的"杜小曦"啦。我要是把杜小曦跟我来过的那一套告诉他，他准保得连人带车翻在马路上。可我才没这心思呢。"啊，我晕！"杜小曦就是跟一百个老爷们儿玩一百遍这一套，我管得着吗？不过，有时候我也觉得自己是有点儿怪。当年杜小曦求我啃她之前，我可挺迷过她一阵儿的。我的座位就在她后面，我甚至时不时斜眼偷看她后脖颈上那淡淡的茸毛。可到了关键时刻，我他娘的一点儿情绪都没啦。现在呢，想到她倒在了别人的怀里，心里又有点儿不是滋味儿。

"……瞧一瞧，看一看，这小葱儿长得多聪明啊！""您哪儿找去？哪儿找去？这么便宜的大白萝卜，哪儿找去？！……""这是青口菜！您嫌老？您找嫩的去吧！""别捅！别捅！您一个一个给我捅了，我还怎么卖？"……听听自由市场里的吆喝声、讨价声、骂街声，都比听他娘的一口一个"杜小曦"中听多啦。

"听说她爸爸在报社当记者?"

"唔。"

"我老有点儿自卑。我爸是工人。我们家,底儿太潮。"都都提着那捆大葱,追着我,在人群里挤着。

"全看你自己能不能唬住她啦!"没法子,有时候还得没精打采地应付他一句。

"猪头肉!猪头肉!一块九一斤的猪头肉!不好吃不要钱的猪头肉!"

"口条,口条,酱口条!誉满球的酱口条……"

"你说她够多少分?九十。有吗?……"

"敢情!你看她那两条腿!"

"嗨——嫩黄瓜,嫩黄瓜,一掐一股水儿的嫩黄瓜!"

"嗨——一把抓的小笋鸡儿啊,一把抓,一把抓,一块钱一只的小笋鸡儿!"

我们好不容易才挤到了一个松快地方。

"行啦,今儿一上午,整个儿给你兔崽子的'杜小曦'搭进去啦!"我把他手里的那捆大葱接过来。

"把你当成哥们儿,聊点儿私事嘛,"他看了我一眼,"瞧你这不耐烦劲儿。你他娘的一点儿也不替我高兴。"

我说:"谁他妈替我生气呀?我的'杜小曦'还不知道在哪个丈母娘肚子里揣着哪。"

他一愣,看了我一眼,嘿嘿笑起来:"别装可怜相。我可知道,不光你们班,就连我们班那些小妞儿们,都公认你是一个真正的男子汉。"

"你别他妈骂我啦!"我可一会儿也没忘了昨天晚上在老爷子面前的那个臭德行,这会儿跟我提什么"男子汉",可不跟他娘的骂我差不多。

"也是。"他想了想,叹了一口气,这假惺惺的样子可真让人讨厌,"你在事业上是得解决呀。男儿当立志。只要事业有了着落,就不愁没妞儿追你。"

瞧兔崽子这份德行!好像考上个破大学再加上那个二等奖,也算成了什么"事业"了,丫挺的就成了有一万个美人儿追着跑的英雄似的。

不过,如今我也确实就这么整个儿地完蛋啦,谁他娘的都有资格在我面前摆谱儿,跟都都这小子还生不起这份气。不信把杜小曦叫来试试,别看当年她上赶着求我"啃"一口,现在,她用眼皮子夹我一下就不错!

鬈
毛

自由市场的围墙外面还像是市场。马路两边摆满了卖金鱼的、卖鱼虫儿的、卖马掌花肥的、卖耳挖勺的、卖竹衣架的……各式各样的小摊。蹬着平板三轮送货的"倒儿爷"们横冲直撞。"老农"们推着后货架上挎有两只大荆条筐的自行车，伏下身子，在马路当中晃晃荡荡。我和都都一起，顺着人流朝外走着。

"嘿，朝那边走，顺便看看倒腾摩托车的，怎么样？"

我知道那边有个摩托车交易市场，可不知道倒腾摩托车有什么好看的。不过，顺这条路拐上大街，好像倒清静一点。

"你可不知道，倒腾车倒是次要的，那儿成了老爷们儿抖威风的地方啦！"

都都说的不假。马路边的那片草坪上，早已不是两年前的景象了。那时候上面稀稀落落地停了几辆"嘉陵""铃木 50""铃木 80"，每辆车前围着三三两两看热闹的人。现在倒好，一过来我就看出名堂了，这他娘的哪儿是买车卖车呀，这是比谁的车子棒，再比车子后面驮的那个妞儿哪！

草坪上横七竖八地停了一片红红绿绿的摩托车。男男女女们，除了我和都都这号看热闹的，也除了那些可怜巴巴地开着"幸福"啦，"嘉陵"啦，这会儿缩在一边没脸臭显的傻小子们，一个个的神气不是像王子，就是像公主。"突突突突……""川崎 125"开来了。"突突突突……""铃木 AX100"开走了。搂着老爷们儿腰身，像风一样飘来飘去的，是一个个身材苗条、充满了弹性的小妞儿。

"嘿，这哥们儿又来啦，真够狂的！"

"'本田 400'！小妞儿也镇啦！"

人群中卷过一片赞叹声。一辆黑亮亮的"本田 400"轰轰轰轰地开过来。戴着雪白"飞翔"头盔的爷们儿把右脚往地上一支，穿着牛仔裤、天蓝色绸衫的小妞儿一撅屁股，来了一个体操动作：修长的双腿向后一甩，双脚一并，跳下车来。她戴着一副蝴蝶形茶镜，一条浅灰色的皮带活像美国大兵的子弹带，松松垮垮地耷拉在胯上，双手拇指扣在裤腰里，野味儿十足。看热闹的、玩摩托车的，狼似的盯着这辆"本田 400"和这位小妞儿，眼珠子都他妈绿啦！

"听听，听听人家那辆的声音，轰轰的！您这辆可好，梆梆的。趁早，换一辆。我跟您这么说吧，非'250'以上的不行！"看热闹的人中间，一位三十岁上下的瘪脸儿好像特别在行，拍着一辆"铃木 100"，递一根烟给它的主人。

"哥们儿，怎么自己不弄一辆玩玩？"

"谁说不想呢，这就是老爷们儿的玩意儿嘛！可……您给我钱？"

"轰——"大伙儿全乐了。

"完了完了，那您老在这儿干看、干说可太没劲了。"一个十五六岁的孩子不知好歹。

"兄弟，那你可错了。其实，你不也在这儿干看着哪？"

看来，瘪脸儿爷们儿是想给这位"小兄弟"上一课了。

"看不看足球？"

"看呀。"

"完了。你怎么不进国家队踢呀？"

"……"

"爱不爱看……大草原上骑马？"

"凑合。"

"完了。你哪儿弄马去？"

"……"

"看的是一种活法儿！爷们儿的活法儿！"他一伸手，"啪"的一声，打火机蹿起了火苗，他给"铃木100"递过去了。点上烟，斜愣了小孩儿一眼，拿着腔调说："兄弟，你见过的世界还小！"

这回轮到大伙儿给小孩儿"一大哄"了。

"听过车间主任训话没有？"瘪脸儿更来劲了。

"瞧您说的，我是学生。"小孩子吧唧了一下嘴，摇头。

"每月月底，从会计那儿领四百二十大毛的滋味儿您就更没尝过啦。"

"……"

"要问你怎么跟老婆打埋伏，省出烟钱，您还是整个儿一个'傻乎乎'吧？！"

"废话。"

"完了完了，说你见过的世界还小不是？……活吧！"

"活吧"，不知道是冲谁说的，好像是冲小孩儿，又好像是冲他自己，因为那以后他长出了一口气，那眼神里满是悲哀。

其实我不喜欢摩托车，要是真有辆特棒的摩托车，我也没这个瘾——驮个小妞儿来臭显。不过，瘪脸儿感觉是一点儿没错的。这些骑士们的活法儿可刺激人啦，这比都都那神气活现的模样更令人垂头丧气。

"怎么样，带劲吧？"都都说。

"没什么带劲的。"

"再看一会儿。"

"再看，我更觉得自己白活啦！"

我拍了拍都都的后背，一个人走了。

我还得回家去送大葱。

在五颜六色的摩托车群里，推着一辆旧女车，车后驮着一捆大葱，算是把我的德行全散出来了。

当然，我的伤心才不在于这捆大葱呢。

要命的是，我忽然间发现，我的活法儿也不过是我给老爷子总结的那两个字——"没劲"！

五

"轻点儿。报社新调来的团委书记。"

"研究什么？五讲四美三热爱？三学二批一端正？"

"轻点儿不行？你呀，要是跟你爸说这些，又该把他惹火啦！"

通往客厅的门是那种对开的大玻璃门。在过厅里就可以看得见客厅里的一切。

老爷子坐在迎门的长沙发上，短而粗的手指夹着一支香烟。新来的团委书记是一个二十五六岁的大妞儿，穿着一身深灰色的西服套装，双腿并拢，身板儿笔直，稍稍向老爷子坐的方向扭着身子，坐在东侧一只单人沙发的前沿儿上。沙发扶手上搁着打开的笔记本。

"卢书记，除了不准留披肩发外出采访这条以外，您还有什么指示吗？"

这声音好熟悉。我又朝玻璃门里看了一眼。哟，怪不得，这不是上个月在人民大会堂的晚会上跟我跳过舞的那一位吗！

"你多大了？"

那天她那模样儿可真浪，穿着一条紫红色的金丝绒长裙，领口开得很低，脖子上还挂着金项链。那天她梳的就是披肩发，好像是怕跳舞时弄乱了头发，所以又用一条暗红的发带从头顶上拢下来。跳舞的时候，她的头发上散着玉兰花香。后来我发现，那是那条发带上散出来的。

其实，我顶不喜欢这种慢悠悠的交谊舞了，它老使我觉得那么装模作样。要不是和我同去的几个小子"将"我，和我打赌，我他娘的才不去请她跳舞呢。一边跳着，我还一边跟那帮小子们使眼色，不管怎么说，这支曲子完了，他们就得到冷饮室请我的客啦。

我们使眼色的时候，她一定发现了，不然她不会提出这么一个不太礼貌的问题。

"我？二十岁。"我说。

"哦——那你还是个孩子哪。"她咯咯笑着，腰肢一颤一颤。不过她很快就看出我有点儿恼火，说，"可你的舞跳得这么好，真少见。"

她怎么找补也没用。这句混账话简直让我恨不能扔下她就跑。至少当时我难受了老半天，玩的兴致全没了。我不记住她才怪！

现在，她那点儿浪劲儿都不知上哪儿去啦，扎着暗红发带的披肩发梳成了盘头辫儿，正正经经地坐在我们家客厅里，和党组书记讨论"不准留披肩发外出采访"的问题。当个屁大的官儿也得有这一"功"，你不服还不行。

我也不知道从哪儿冒出了一股"恶作剧"的念头。推开客厅的门，大模大样地进去了。我还故意冲着她，客客气气地点了点头，坐到屋子西侧的角落里，"咔咔咔"地拨电话。

老爷子瞪了我一眼，不过，他大概正好想去"方便方便"，起身出去了。

"在讨论'披肩发'的问题，是吗？"我把话筒挂了回去。

"是呀。"她看着我，那眼神似乎是努力在记忆中寻找什么。

"干脆，连舞会上的'披肩发'也给禁了算啦！"

"噢，是你呀！"她想起来了，脸也渐渐红起来，"真没想到！真没想到！"

"您这身衣服，比那天晚上的可差多啦，像个妇联的女干部。"我故意粗声大嗓地说，"发式也是。还是披肩发好看。"

"去去去！"她的脸更红了。

厕所的水箱响了。

"你的头发，也快成'披肩发'啦。"她看了看我，突然咯咯地笑起来。

老爷子推门回来了。

"你这种精神面貌可差点劲儿。"她瞟了他一眼，对我说，"你别腻烦我。其实，大人都是为了你好！"

天哪，她笃定是我们家老爷子最理想的接班人啦！

临近午饭的时候，老爷子送走了他的"接班人"，回到客厅里来。他又摆出了我早已熟悉的那副模样：弓着背，探着身子，两肘戳在大腿上，胸脯一起一伏。他打量着我，半天没言语。我在削苹果。看了他一眼，我猜到了他会干什么。

"如果你以为自己那个脑袋还挺美的话，以后最好回自己的房里美去。"

还是既不叫我的小名儿，也不称我的大名儿，连看也不看我一眼。还是什么表情也没有，吩咐着他的裤裆。

我他娘的早料到会有今天啦。当然，我倒没想到他的废话来得这么快，刚过了一宿，他就来劲儿啦。这还只是赏了我一个破临时工再加上八十块钱呢，再多点儿，你说，我还有活头儿吗？

这回我可只是粗了脖子红了筋跟他嚷嚷，那才丢"份儿"呢。

"我这脑袋怎么了？"我胡噜了一下长发，从沙发上欠起身来，也弓起背，探着身子，也把两肘戳到大腿上，把拖鞋的前掌一掀一掀。我同样不看他，同样面无表情地说："我怎么长了这么个德行脑袋，我还得问您哪。"

"我说的不是你那鬈儿。我说的是你头发的长度！"

"长度？长度怎么了？多长是革命的？多长又成反革命了？你们报纸上发过社论吗？"

他"呼"地站起身，出去了。

他走到客厅的门口，正赶上我哥和肖雁进门。

"爸爸，万寿无疆！万寿无疆！"肖雁和我哥真是天生一对儿，她一进门，管保能叫老爷子老太太眉开眼笑。当然，这一切都是在嘻嘻哈哈中进行的，决不会让人感到肉麻。

可今天肖雁算是撞上啦，老爷子正在气头儿上，整个儿白干！老爷子理都没理她，一扭身，回他的书房去了。

"爸爸怎么了？"

"不知道。"

她撂下挎包，立刻到厨房拜老太太去了。

"哼，要不是你又气老爷子了，砍我的脑袋。"我哥把西服挂到衣架上。

"没有没有没有。"我瞥了他一眼，慢吞吞地告诉他，"他嫌我的头发长，我向他请示，让他给个尺寸。"

我哥看着我，长长地吹出一口气。他在我对面的沙发上坐下来。

"妈妈，熟了。您尝尝……"厨房里，传过来肖雁和老太太嘻嘻哈哈的声音。

"大生日的，你把老爷子气死了，对你有什么好处？"我哥点上了一支烟。

"我根本没想气他。他自找。"

他还是默默地抽着烟。

"我不跟你废话。我知道，废话对你早他妈没用啦。"

要说我哥比老爷子可聪明多了。他承认现实，所以我们永远不会急眼。和他谈话，我甚至时不时会想起在月坛公园见过的两个拳师。他们才不像《少林寺》的傻小子们那样，喊得乌烟瘴气，打得天昏地暗呢。他们不言不语，站得很近，你推过来一把，我揉过去一下，有时还面露微笑。我知道他们俩谁都摸谁的底，可又谁也不服谁。所以在这推来揉去中渐渐地都有点儿乐在其中的味道了。

"你说得可太对了。"我说，"所以，咱们家全指望你啦。你就好好伺候着老爷子万寿无疆吧，有搂钱的机会就搂钱，有搂官儿的机会就搂官儿。放心，我不眼馋，也不生气。"

"唔，你这话倒像个爷们儿说的。不过，你干的事就未准有这份志气啦。"他有点儿得意，"真有种儿，你什么也别靠老爷子呀。弄不好，咱们哥俩儿也就是五十步笑百步。"

"没错儿。"我笑了。我知道他会用这一套来嘲笑我的，"谁让爹妈给了我这么一副骨头呢。不过，明说吧，就那个破临时工，就那八十块钱，我后悔死啦。要是不'栽'这么一回，我也不知道自己活得这么没劲。不过，你放心，我这就换一种活法儿啦。"

他不再说了，靠到沙发背儿上，又抬起眼皮瞟了我一眼，那眼神里的轻蔑劲儿真让人受不了。

"你说得倒挺好。看来，还想再发愤一年，考个大学？"他把烟头儿拧进烟缸里。

"说不定。"我说。

"哼，你是读书的材料吗？"

"没准儿。"我说。

他又重新点上一支烟，抽了几口。

"说不定你还想当个满街嚷嚷'瞧一瞧，看一看'的倒儿爷吧？"

"你别以为不可能。"我还是微微笑着。

"你拉得下那个脸皮吗？"

"看吧。"我说。

……

如果不是他的轻蔑拱得我心里一阵一阵冒火，我也不至于在老爷子的生日喜宴上翻脸。"白斩鸡""香酥鸭""红烧鲤鱼""东坡肉"；"双沟大曲"、标着V.S.O.P的法国白兰地、五星啤酒……我还没那么混蛋。

可是现在，我心里真他娘的受不了了。到了这个份儿上，我要是不找个正儿八经的地方把老爷子的"赏"扔回去，在他们面前，就永远甭想扬眉吐气地当个爷们儿。

"来，爸爸万寿无疆！"肖雁总算又找到一个机会发挥她的才华了。

"万——寿——无——疆！万——寿——无——疆！"我哥那两片红红的厚嘴唇无耻地咧着。

"妈妈永远健康！"甜甜的，再加上一点儿不知是真是假的胆怯。地道的中国儿媳妇给婆婆的媚眼儿。

"永——远——健——康！永——远——健——康！"哥哥的喊声和老太太的笑。

"爸爸。"我站起来，满盛着白酒的酒杯递过去。

老爷子一怔，看了我一眼，迟迟疑疑地把面前的酒杯举起来。

"您的儿子要有点儿出息啦！"我说，"您把电视台的那个差使拿回去，还人家吧。哦，还有，昨儿晚上那八十块钱，我也还您……"

"森森，你胡说什么！"老太太截住了我的话头。

我没理她，一仰脖儿，把酒杯里的酒全灌到嗓子眼儿里，"可您也别再没完没了地把我当可怜虫，一会儿嫌我嘴臭，一会儿嫌我的头发长啦……"

说完了，我转身回到了自己房里。"咣"，撞上门，"咚"，倒到床上。这回，浑身上下真他娘的舒坦透了！

六

我找到了一张《北京交通图》。对着它，使劲儿回忆半个月以来走过的路线。我坐 103 路无轨电车到美术馆看过展览。不过那天可是个大晴天，根本不是那种阴沉沉的、随时要下雨的天气。我也坐过 108 路到和平里的二姨家玩。可顺着和平里、兴化路、蒋宅口……一站一站地想下来，也不觉得这条路上有我要找的饭馆。我还到过哪儿呢？我没有记日记的习惯，要一次不漏地把半个月走过的地方都想起来，也太难点儿了。

于是，我又换了一招儿，大概还能回想起那饭馆的名字吧？那个招牌挺唬人。本色的大匾额，墨绿色的字。什么字来着？到了嘴边，说不出来了。反正当时一看那字我就乐了：门脸儿不大，口气不小。可到底是哪三个字呢？完蛋。死活也想不起来了。幸好家里又有一本全市的《电话号码簿》，查到了"饭馆"

一栏："一条龙羊肉馆""二龙路包子铺""三源里小吃店""四道口饭庄"……查了半天才恍然大悟：既然招牌挺新，又在招"工作人员"，肯定才开张不久，就算是安了电话，也来不及上《电话号码簿》呀。

我他娘的这辈子还没费过这份劲呢。

我已经先把家里存的报纸翻个底儿掉了——当然，都是趁他们午饭后到院子里照相时搬过来的。广告栏上，隔十天半个月的，才能查着一份"招聘启事"。不是招翻译，就是招记者；不是要"大专文凭"，就是要"本科学历"。这简直故意寒碜我哪。

我也想过是不是找人先借点钱。找谁？找亲戚，老爷子是不可能不知道的。再说，人家大概也不愿意掺和这种事，弄不好还他妈给我"上一课"。找同学？都都这号穷鬼就甭想了。"馄饨侯"告诉过我的那几位——卖肉的李国强啦，卖瓜的金喜啦，我跟人家也没这交情。

最后，我才想到了这家饭馆。

说来也荒唐。那家饭馆的"招聘启事"，是我在电车上看见的。我还没读完，电车开了，它就被甩到后面去了。它好像贴在饭馆的一扇门上。大意是说，本饭馆招聘工作人员，有愿应聘者，前来洽谈，条件面议。当时，我可没想到有那么一天，去给一家个体户当"店小二"。当然，就算现在我找到那家饭馆了，我也没打算这辈子吃这碗饭。干个十天二十天，弄到八十块钱，理直气壮地往老爷子面前一拍，出了这口气，拍屁股走人。

"招聘启事"已经是半个月前的事了。我也实在没当回事。现在，早把那地点忘得一干二净。我他娘的上哪儿，找谁"面议"去？

第二天起床的时候，迷迷瞪瞪听见窗外的新闻广播，说一九八四年国际马拉松赛，今天上午在北京工人体育场举行。我这才想起两周前去体育场看过一场球。噢——想起来啦，那家混蛋饭馆，就在体育场东路！人的脑袋可真怪，不开窍的时候，能把你憋死。开了窍，什么都想起来啦。我立刻又想起它的名字叫"冠北楼"，没错儿，挺狂的一个名字，再说也实在不是什么"楼"，所以我当时才忍不住笑了起来。

我着实为我的发现傻乎乎地高兴了一会儿，胡乱抹了把脸，跑到了110路无轨电车站。今天等车的人还特多，都是去看"马拉松"的。挤上车，没多一会儿就出了一身臭汗。幸好下车没走多远，果然看见了"冠北楼"那威风十足的匾额。可走近一看，那张贴在门前的"启事"呢，早他娘的让"新添涮羊肉"五个大字盖上啦！

我在门前站了一会儿，不知道是再进去问问好呢，还是干脆一走了之。

"要问我爱你有多深，我爱你有几分……"棕色的对开门儿，门框上高挂着两个大音箱，嗲声嗲气地唱着。唱歌的妞儿大概让她爷们儿搂着唱哪，不然干吗老像是喘不上气来。初秋的阳光，晃得人睁不开眼睛。身后乒乒乓乓从电车上蹦下来的一群小哥们儿，吆三喝四地朝工人体育场那边走。"……我的情也纯，我的爱也真，月亮代表我的心……"曲子拖着哭腔，和那令人麻酥酥的声音一道儿，驴似的嚎。

我得承认，现在我想起肖雁的话来啦。

"唉弟弟，你可真是个傻弟弟！"肖雁大概是我们老太太心中最合适的"说客"了。她永远让你觉得她是为你着想，"我要是你呀，老爷子的便宜，照占。他爱啰嗦几句，从这个耳朵进去，那个耳朵出去不就行了？"

她探着脖子，闪着眼睛，两手的食指分别指着两侧的耳朵，这使我忽然想起幼儿园里哄过我的阿姨。

"老爷子的便宜可不是白占的。"我说，"至少，他得认为他到底还是我的老爷子。"

"他本来就是你的'老爷子'呀！"肖雁咯咯地笑起来。

"我就受不了他那'老爷子'劲儿！"

我吼得太凶了。她不笑了，半天没吭声儿。

"至少，你没必要把话说得那么绝。"临走的时候，她说，"工作啦，钱啦。除非你能捡个钱包，不然，弄八十块钱对于你来说，比开开心、逗逗乐、昏天黑地骂一通可难多啦！"

"我不会后悔的。"我说。

……

现在，我当然没有后悔。不过心里确实有点儿发毛。这个混账的"冠北楼"，也确实是我能想到的最后一招儿啦。

我正犹犹豫豫，胡思乱想的时候，马路上过来一辆平板三轮车，车上放着三个鼓鼓囊囊的大麻袋。蹬车的是个穿着棕色枪手服的黑脸汉子，乱蓬蓬的寸头，络腮胡子也挺重。特别引人注目的是那大腮帮子，好像能嚼得动铁。他在离我不远的地方下了车，想把三轮车推上人行道。车的前轱辘倒是上去了，后轱辘却卡在马路牙子上，他怎么也推不动。

"哥们儿，帮帮忙！"

我走了过去。"一、二、三！"在车后帮他推了一把。

"谢谢您嘞！"

他把三轮车停在"冠北楼"的门口。

"哥们儿，买卖是你的？"

"唔。"他把麻袋挪到板车的沿儿上。那里面装的都是木炭，黑末子漏了出来。

"听说你这儿要找个帮忙的？"

"是啊。"他从头到脚打量了我一通，"那可是八百年前的事了。"

"别逗了。顶多半个月。"我说。

"哥们儿是头一回出来弄钱花吧？"他递我一支烟，我摆摆手，他叼到自己的嘴上，"你可不知道，这是什么年头？为了一个差使，能打出活人脑子来。再说，别看到我这儿干累点儿，挣的不比高干少。谁他妈能把这便宜留到半个月以后，等你来捡？实话跟你说，没出半天，我就找着主儿啦。"

他扛起了麻袋，朝门口走去。一个挺漂亮的妞儿出来替他开门。

过了一会儿，他又回来了，挪第二个麻袋，拿起刚才塞在车把钢管里的半截香烟，抽了几口。"看见没有？就是那个妞儿。不过，每月二百块钱可不好挣噢。没白天没黑夜地干。"他故意把"干"字说得很重，说完，又吸了一口烟，眯起眼睛，突然嘿嘿嘿笑起来，整个脑袋变成了一只七窍喷烟的香炉。

看着这紫茄子似的大腮帮子，我他娘的一个巴掌扇过去的心思都有。

"哥们儿，实在抱歉啦您哪，这儿可真没您的饭辙。"扛完了麻袋，他出来收拾三轮车，见我还没走，大概以为我还指望着他开恩，"其实，赚钱的路子野了去了，您可别在我这一棵树上吊死。"

"放心。现在，您请我，我也不干啦。您那'活儿'，老爷们儿干不了。"我微微一笑。

"没错儿！"他嘎嘎笑起来，"老爷们儿都得干大买卖，黄的、白的、黑的。"

"我还想好好活哪。"我还是笑着。这小子唬不了我。"黄的"是黄金，"白的"是银圆，"黑的"是烟土。我早从我们班同学那儿知道些"倒儿爷"的黑话了。

"没胆儿？""紫茄子"又咧开了。想起了什么似的，他从裤袋里摸出一张纸片来，"哥们儿，你要是真的没胆儿，也就配玩玩这个啦！"

这是一张印得很像邮票小型张的票子，我认得出来，这就是这场马拉松比赛的彩票。这两天，北京人为了能买到这么张玩意儿，差点儿出了人命。

"拿着，别不好意思！你帮我推了车，不报答报答你也不落忍不是？"他朝工人体育场那边看了一眼。那边，人们像蓄洪坝前的洪水，被拦在栅栏门前，人头乱拱，"跟你说，这半年来我的手气可不赖，这回，看看你有没有这个运气啦！"

"谢谢您嘞！"我接过了彩票，学着他刚才谢我的腔调还了他一句。然后，走到几步外的一个果皮箱前，"嘶啦嘶啦"，把它撕个粉碎，"啪"，朝果皮箱里一摔，头也不回就走了。

我的身后一点儿声音都没有。让兔崽子自己琢磨去吧。我知道他不是故意寒碜我的，不然我早把彩票的碎片儿摔他娘的脸上啦。不过，他这个德行已经够他妈流氓的了。你阔，你买得起婊子，跟你那婊子狂去。我要是个臭着脸求人家赏的玩意儿，犯得着跑这儿来？躺在我们家沙发上，早他娘的就有人赏我啦！

我躲闪着那些直奔体育场去的人们，横穿过马路，到了110路电车站牌下面。这可真逗：过来一个瓦刀脸的小哥们儿，问我要不要彩票。

"多少钱一张？"我还咂巴着刚才在果皮箱前来的那一手，看着这小子手里也举着彩票，忽然觉得挺开心。

"四块。"他把价码儿抬高了三倍。

"你可真敢开牙！宰人宰得太狠啦！"

"您知道咱玩了多大命吗？"他装出一副委委屈屈的样子，撇了撇嘴，"说了也不怕您笑话，排了一宿的队，还挨了两警棍，现在想起来还哆嗦哪。要不是多了一张，四块？四十我也不卖。弄不好，还就您这张，换了个大冰箱回去呢！"

"得了得了，我送你一张——那边，果皮箱那儿，我刚撕了一张。你捡回来，拼巴拼巴。能换回冰箱的，说不定是那一张！"我笑起来。

"嗬，真看不出，您还有这份谱儿哪。""瓦刀脸"沉了下来，他根本不顺着我指的方向往果皮箱那边看，架起两只胳膊，抱在胸前，上下打量着我，"您要是掏不起四块钱，您就明说，咱哥儿俩各奔东西，谁也碍不着谁。犯不着跟我这儿穷狂——没劲！"

这可把我"将"在这儿了。就跟"紫茄子"赏我彩票时的架势一样。我要是不掏这四块钱，不真的让人看成"穷狂"了？说真的我有点儿后悔，干吗偏跟这小子开这个心。我的口袋里倒是有四块八毛五——这是昨天买放音机剩下的钱。刚才买车票花了一毛五——让这小子再坑走四块，我可就剩几毛钱啦。

不过再一想，倒也没什么可心疼的了。"大数"弄不来，算计这四块钱管蛋用。更何况今天是星期天，老爷子正在家，我刚才还发愁这么早回去干什么呢。

"你就甭费这心思算计我啦，不就是四块钱吗？"我一把从裤兜里把剩下的钱抓出来，又是票子又是钢镚儿，抓在手里还显得挺"派"。我从中间拣出四张"壹元"的，递给了"瓦刀脸"。

"哥们儿，您这才算个爷们儿哪！"他把彩票递给我，晃头晃脑地走了。

"哥们儿真的过去瞧瞧去！我撕的那张，就在果皮箱那儿哪，骗你是孙子！"我可没忘了冲着他的背影喊一嗓子。

七

工人体育场我可太熟悉了。我可以算个足球迷。当然，我不算最高级的球迷。混到那份儿上，得知道国家队直到北京队每一个队员的老爹老妈兄弟姐妹家庭住址女友相貌。看球的时候你就听吧："祥福，走着！""尚斌，给呀！"听听，那关系至少都是迟尚斌、沈祥福的表弟。我也就算个凑凑合合的球迷——看球决不在电视旁，非体育场不可。所以，一看看台号，我就知道我从东门入场正好。可是我到门口的时候，栅栏门已经关上了。组织马拉松赛这帮家伙可真会算计——比赛开始前半小时关了大门，只能从西门入场。比赛开始后，干脆就不让入场了。要是不用这一招儿，我敢说，得有一大半人等到开彩的时候才露面哪。可这一招儿害苦了我了。我得从东门绕到西门。足足有三站远。入了西门，又到了体育场东边。走到看台上一看，观众们果然都满满当当、规规矩矩地坐好了。

"我操！哥们儿真沉得住气啊。"我的座位左边，一个小哥们儿在吃蛋卷。单眼皮绷着一对小眼珠子，怎么也掰扯不开似的。"地包天"的下兜齿。好像老是龇着牙、瞪着眼惊讶一切。他爱说"我操"。这是北京的小痞子们大惊小怪时的惯用语。"我"，说成长长的一声"沃——"，惊讶程度的大小，可以从"沃"的长短听出来。"我——操！您大概是全场最后一位啦。"

"哪儿呀！"我指了指身边还空着的一个位子。

"这是我媳妇的位子。她不来了。"我的右边，坐的是胖乎乎的三十出头儿的老爷们儿，他从怀里拿出两张彩票来一晃，"我一人代表就成啦。"

"您看看人家，谁不是两口子一块儿来。您说，您要是真中了个大冰箱，一个人怎么抬回去？"后排有人跟他逗乐子。

馨毛

1371

"哥们儿，您这可错啦。我早打听好了，冰箱、彩电的，人家包给送上家门儿。"看来胖爷们儿也是个爱开心的人，"跟您说实话，我们家住的，窄巴点儿。所以我跟我媳妇儿说了，你别去，你就在家里，把搁冰箱的地方腾出来吧！"

大伙儿哈哈笑起来。和看球时一样，找个话荏儿，哈哈一笑，顿时都成了老熟人，接下来就可以凑一块儿"穷侃"了——四川人大概叫"龙门阵"，贵州人大概叫"吹牛"，北京人叫"穷侃"。"十亿人民九亿'侃'。"我也忘了是我们班哪个坏小子说的了。

"我——操！您还真盼着中个大冰箱哪？我他妈能中一双球鞋就知足！买彩票的时候，我新买的盖式皮鞋都让人踩掉了一只，回头再找，您猜怎么着，好嘛，踩成鱼干儿啦！"

"你在哪儿买的？红桥吧？是乱！那罪过受大了！那帮小流氓真可气，乱挤！你没听见警察拿着警棍骂：'你们他妈的这么没起色，一张彩票把你们折腾成这个德行！'"

"我买彩票的时候，还见着俩瞎子去买哪。警察把他们领前边去了。"

"您别说，体委这招儿还真灵，连瞎子都来看'马拉松'啦！"

"可那帮小子们也不知道玩不玩'猫儿腻'。受这么大罪过倒另说，别把咱们给'涮'了。"

"未准敢吧。"

"那可没准儿。这年头儿谁管谁呀，我们家那边有个商店，也卖彩票。开了彩您猜怎么着？他娘的净他们自己中。"

"得了得了，您又外行了。我早打听好了，这回，由法律顾问处、各界代表，还有国际友人当众抽彩。"

"我——操！还有'国际友人'？不就是'老外'吗？中国人都不信中国人了嘿！"

……

听这帮家伙这么"穷侃"，真是一件挺够味儿的事。他们说的全是实话，决不假模假式地装孙子。不过，看这一张彩票闹腾得他们这疯魔劲儿，也太惨点儿啦。

工人体育场是这次马拉松比赛的起点和终点。看着那些五颜六色的运动衣在草坪上凑成一片，又像一群扑扇着翅膀的蝴蝶，一耸一耸地从绿色的草坪上飞起来，从体育场的东门飞出去，倒是把人们的注意力吸引过去了好一会儿。不过，接下来就是辽宁队和意大利队上场踢足球了，这可完蛋了。这日子口，谁还有心思看足球呀，再说还是女子足球。

"这帮小子，怎么还他妈不跑回来？""地包天"最先沉不住气了。

"真这会儿跑回来，那可太邪门儿啦。才出去个把钟头。你知道马拉松世界纪录是多少？我打听了，两小时八分五秒……"

"行，哥们儿这回露一手。我以为您只会打听电冰箱怎么往家运呢。"

"我——操！还得熬一个钟头哪！"

"美得你！等最后一名跑完了，再加上一个钟头也不行！"

"唉，这罪过，一点儿也不比买彩票受得少！"

……

我敢说，这会儿要是有人敢宣布说抽彩停止了，这帮小子就敢把工人体育场给拆了。

两个小时以后，运动员们终于跑回来了，几乎全场观众——包括我身边的这帮哥们儿——全站了起来，有的还嗷嗷叫着，鼓了一通掌。要说他们全是憋得难受，等得心焦，为马上能开彩而鼓掌，也太损点儿了。因为当人们看清了跑在第三名的是个中国人以后，那掌声越发欢实起来。

"中国，加油！"

"曾朝学，加油！"

……

"我操！真他妈不易，咱们中国的哥们儿还跑了个第三名。""地包天"说。

"瞧你丫挺的这个志气！十亿中国人，就出了个第三名，还有什么牛的？"

"那也不易，人家吃什么长大的？牛奶面包巧克力。咱们吃什么长大的？窝头咸菜棒儿粥。"

"倒也是。看来，希望全搁咱儿子一辈儿身上啦。他们倒是从小牛奶面包巧克力填着哪！"

"去去去，别外行了，根本不在这儿！人家非洲那儿也出赛跑冠军。那地界，连棒儿粥都没有！"

接下来，就是争论非洲吃得上吃不上"棒儿粥"了。再接下来，也不知道怎么又扯到赞助比赛的"三得利公司"上来。然后呢，又他娘的拉回到彩票上来啦。

"快抽彩呗，肚子饿嘞！"看台的最高处，不知是谁在那儿吆喝。

"哥们儿，我要是中不了彩，帮助抬我一把啊！"前排一个小哥们儿高声大嗓地吩咐他的同伴。

这可把大伙儿全逗乐了。他们前面坐着的一个妞儿，笑着回头瞟了一眼。

"啧啧啧，瞧你这点儿出息！"他的同伴也故意高声大嗓地回答他，"幸亏这儿没妞儿，有妞儿，人家可就不跟你啦！……"

那个妞儿这回可不敢回头了。不过我可太知道她们了，她一准儿在偷偷抿嘴儿乐呢。

"观众同志们请注意，观众同志们请注意，'发展体育奖'马上就要开始抽奖了。现在广播注意事项，现在广播注意事项……"

本来闹闹哄哄的看台突然静了下来。

说真的，我是从来听不得什么"注意事项"的。特别是看球的时候，一会儿教给你"发展友谊是我们的愿望，讲究文明是首都人民应有的美德"，一会儿号召你"观众同志们，让我们为某某队的精彩表演鼓掌"。好像我们都是一群没妈的孩子，至少也是没妈跟来，她得替一会儿。不过今天的"注意事项"也不知是哪位高人写的，绝了！

"……同志们，同志们，您中奖以后，千万要沉着，不要激动，也不要声张，以免发生意外……

"……每个看台上都有民警和工作人员随时帮助你们，你们可以找他们，求得他们的帮助……"

播音员念得庄严，认真，像是读《人民日报》的社论。越是这样，越显得那么滑稽。跟他娘的第三次世界大战要在这儿爆发似的。

抽奖也不知道是不是在主席台上进行的。远远看见一群人在那里走来走去。过了一会儿，终于宣布中奖号码了："19904。"

体育场南面的灯光显示牌上，"19904"立即被打了出来。

几万人在一秒钟之内大概全他娘的昏过去啦。除了报号码的声音，除了民警走来走去的脚步声，什么声儿都没有。这会儿不管谁在哪个旮旯儿打个喷嚏放个屁，大概都会响彻二十四个看台。

"哥们儿，您还别这么大模大样的，就不怕人家给你抢了？""地包天"轻声轻气地捅了我一下。

"我对号码哪。"

"您看看，谁像您？"他往四周一指。

还真没人像我这么大大咧咧：双手抱着膝盖，彩票摊在腿上。人们都不看自己的彩票，瞪着眼睛只往灯光显示牌上看。原来一个个早把自己的彩票号码背得烂熟了。有几个年岁大点儿的呢，撩开衣襟，往内衣的胸兜儿里看，恨不能把脑袋扎进胳肢窝儿里去。我忍不住笑起来。

"63156。"

电光显示牌又是一闪。

"我——操！""地包天"这冷丁儿的一嗓子，差点儿没吓死谁。

"中了？"

"唉，差一点儿，差一点儿，它……它怎么是'56'！我的是'651'。"

"兄弟，您别这么一惊一乍的吓人玩儿行不行？"胖爷们儿喘出了一口粗气，探过脑袋对"地包天"说，"我这儿够堵心的啦，别再让您给吓出病来。"

"堵心？堵去吧，您看看那个女的，人家可真的中啦！""地包天"往前一指，那边果然有个女的站了起来。"我——操！没跑儿，她中了嘿！"

"真的！有一位中的！"后边有人跟着嚷嚷。

"哥们儿，向她祝贺祝贺去呀！"不知是谁成心捣乱。

"谁？谁中了？""那个女的！""哪一个？""那个那个！"……看台上，"呼啦"一声站起来了一大片。再他娘的没人管，过不了一分钟，那女的说不定还真得让起哄的人给劈啦。

"坐下！都坐下！……"民警们提着警棍，"腾腾腾"地冲过来。

"我没有！真的没中！"那个女的满脸通红，一边嚷嚷着，一边夹着一个孩子，跟着警察，分开众人，过街老鼠一样顺着台阶向上跑，"这死孩子！这死孩子！他……他非要撒尿！……"

疯了，都疯了，而且，一直疯到散场。

这回，谁也别看着人家警察有气啦，要没警察拎着电警棍镇唬着，还不得出人命？

"噢——"当灯光显示牌上把"五等奖"的中彩号显示出来以后，整个体育场看台上一片"噢"声。远远近近的，扬起了一团一团的碎纸片儿，没中彩的，撕了彩票解气哪。"唰——唰——"下雪一样。

"我操！它怎么就愣是'56'？真他妈冤！""地包天"还在为他的"65"难受。

"行啦行啦，知足吧你，你还沾点儿边儿哪。我这还两张——连点儿毛儿都不沾！"

……

夹在人群里，朝看台外挤着。"唰——""唰——"一团一团的碎纸片儿，还是没完没了地向天上扬。

鬈毛

"我他娘的再花这冤钱，都不是人！"

"生这份气干吗？只当逛窑子啦。"

"别这么损嘿！大丈夫能伸能屈，能亏能赚！"

"现在要是立刻再开一场，还得爆满。我就得再买它十张八张的！"

……

我这四块钱花得值当不值当，连他娘的我自己都不知道，要说带劲，这一上午过得是够开心的。除了这儿，哪儿找这热闹看去？要说没劲，也真他妈没劲，倒不是因为没这份运气。我一想起自己在看台上的模样就垂头丧气。我还不至于把脑袋扎进胳肢窝儿里去对奖号，可就这副德行——把彩票捂在手心儿里，时不时往里瞄两眼，巴望着能和显示牌上的数码撞上一个，这也够他娘的恶心的啦！

老爷子、我哥他们要是知道那八十块钱闹腾得我走到这一步，非得笑折了裤腰带不可。

走出看台的大门，门前的空场上，停着一排排蓝白色相间的三轮摩托警车。不少人围在四周看热闹。

"让开！让开！……"三四个民警拥着一个老头儿走过来，让他坐进挎斗里。

"突突……突突……"摩托车发动了，警笛"呜呜"叫起来，车子从人们闪避开的通路中间冲出去。

"让开！让开……"又有一个爷们儿被警察们拥了过来。

"哥们儿，都犯了什么事儿了？"我拍了拍一个看热闹的小哥们儿的肩膀。

"哪儿的话！这是中奖的。护送着领奖去！"

"哦——上哪儿？"

"不知道。"

"突突……突突……"摩托车又发动了。警灯又"呜呜"地转起来。

你没见着这辆警车里坐的这位哪，眼睛都有点儿发直了。哪像是去领奖呀，说是去蹲大狱也有人信。

八

我把书夹在胳肢窝儿里，到停在体育场外的一辆平板三轮车前，从那个穿着脏大褂的老娘儿们那儿买了四两肉包子。说来也真他妈惨，开始我还没敢买，站在旁边看。看好几个人先买了，算计出这玩意儿是一块八一斤，这才从剩下的八毛五分钱里拿出了七毛二。老娘儿们见我没粮票，又加收了我八分钱。现在我他娘的可就剩五分钱啦。

我一边往前溜达，一边吃着带有一股烂大葱味儿的肉包子。这叫什么"猪肉包子"呀，那老娘儿们不知从哪儿捡了点烂葱叶儿，剁巴剁巴就给包进去了。不过这倒给了我一个主意。我们柳家铺菜站外面，烂大葱、蔫菠菜的多啦，我要是还想折腾折腾老爷子，办法倒有的是。扛两筐回家，剁吧！总编的儿子这回可要给老爷子争气啦，"第三产业"嘛，"广开就业门路"嘛。我会不会真的这么干得再说了，想到我还能有好多这样的招儿，想让我们家客厅里四散着烂葱味儿，它就肯定有烂葱味儿，想让它散鱼腥味儿，它也肯定有鱼腥味儿，这又让我开心起来。

走到体育场南侧的栅栏墙边上，我发现这地方不错，树荫挺密挺浓，行道树外的马路上，来往的车辆也不多，还真是个看书的舒坦地方。我在栅栏墙的基座上坐下来。不是还想找个地方打发这一下午吗？就这儿得嘞！

东翻西翻，看完了这本《希特勒和爱娃》，太阳已经西沉了。我只好回家。

我拿最后的五分钱钢镚儿买了一张车票。上车前我还犹豫了一下，因为我知道靠五分钱的车票顶多也就能坐到东单，我想这还不如干脆不买。过去我们班那些小子们净跟我吹，说他们都是"百日蹭车无事故"的"标兵"。我从来也没敢试一回，真他娘的让人逮住，那可太现眼啦。这回，没辙了，咱们也尝尝蹭车的滋味儿吧。可是一上车，我还是乖乖儿地把最后一枚钢镚儿掏了出来。这辆110路无轨大概是从东大桥发的车，我上车的时候，车上只有稀稀落落的几个人，漂亮的售票小妞儿还看了我几眼，不知为什么，这不仅使我打消了蹭车的念头，而且我都有点儿遗憾没有足够的一毛五分钱递到她的面前啦。接过她递来的车票，我甚至还沉下了嗓子，假模假式地说了一声"谢谢"。我猜这大概都是那本书——《希特勒和爱娃》——闹的。车到东单，我又规规矩矩地下了车，一站也没敢多"蹭"，尽管这儿离柳家铺还他娘的远着哪！

如果不是遇上了李薇，说不定我会一路溜溜达达，看着街景走回家去了，也说不定我会等一趟挤满人的车，"蹭"回去。可就当我在站牌下转悠，拿不定主意的时候，李薇来了。

"卢森！"她拎着黑色的琴盒，从一辆刚刚进站的电车上跳下来，"我可有半年没见着你啦。"

李薇比我大四岁，她爸爸过去是我们家老爷子的顶头上司。听说最近她结婚了。

"你忙啊。"我说。

"我真的忙。"

"我也没说你假忙啊。"

"你真贫。"她笑起来，"结婚能花几天呀，前前后后，也就是一个星期。我天天晚上得去演出，一散场就半夜啦。"

我挺爱看李薇的笑。她笑起来主要是眼睛好看。她一笑，眼睛就亮。她还特爱在我面前笑。"卢森，我可真爱听你胡说八道。"她笑出眼泪以后，总爱说这么一句。她考上音乐学院之前，老到我们家来玩。我妈妈有一把特棒的意大利小提琴，是我外公传给她的。"阿姨，拉您这把琴可真过瘾。"她也总爱说这么一句。老太太说过，几乎想认她做干女儿了，还想把小提琴送给她。可后来怕我姨和我舅舅不高兴，只好算了。每次到我家，她肯定要求老太太拿出那把提琴给她拉一拉。我才不管什么梅纽因不梅纽因呢，我只是觉得她拉得好，拉得挺棒，好几回听得我莫名其妙地流下了泪水，那时候我才十五六岁。我挺盼着老太太认她做干女儿，甚至觉得我哥要是和她结婚才合适呢。当然这都是傻小子的想法，现在才明白，这真是个混账念头，她要是嫁给我哥，算是把她给糟蹋啦。

"怎么，又是去演出吗？"我指了指她手里的提琴盒。如果在以前，我应该叫她"李薇姐姐"的。不知为什么，半年不见，有点儿叫不出口了。

"演出。"她点了点头。

"在哪儿？"

"那边。"

"青艺剧场？"

她摇头。

"哦，儿童剧场。"

她又摇头，微微笑了。

那边不再有什么剧场了呀。

"东、单、菜、市、场！"一字一字地说完，她还是微微笑着看我，像是等着听我说些什么。

"别瞎说了。"我举手揉了揉鼻子，"我倒听说过对牛弹琴能让它们长膘，可我还没听说过给冻鱼冻肉来一段儿也长膘呢。"

"你还是那么逗。"她"扑哧"乐了，"人家菜市场办的音乐茶座。"

音乐茶座我知道，这一夏天，北京的音乐茶座都他妈臭街了。可菜市场也开起茶座来，这还是头一回听说。

"卖多少钱一张票？"

"五块吧。"

"疯了，真他娘的疯了。"我说，"不知道火葬场、骨灰堂办不办音乐茶座。"

"你就胡说八道吧！"

"嘿，那也保不齐，这年头什么邪事没有哇。就说火葬场吧，前几天我从八宝山路过，你知道往火葬场去的路口上立着一块什么标语牌？……"

"什么？"

"'有计划地控制人口'。"

李薇一边弯着腰笑，一边掏手绢。大概又笑出眼泪来了。

"唉，我怎么也想象不出来，和一扇一扇的冻牛冻羊冻猪，一个一个大猪头一块儿听'多瑙河圆舞曲'是什么滋味儿。再说，那地面上黑乎乎、油腻腻的，跳舞时脚板儿下面还不得拉黏儿呀？"

"没你说得这么惨啊。不信你也去看看。我带你进去，反正不用花钱。"

其实我已经饿了。肚子里装的净是烂葱，换谁也受不了。可我还真想跟着去见识见识，那乐子比起在体育场看抽彩来，说不定也不相上下呢。

一起朝前走的时候，我心里忽然觉得有点不是滋味儿。

"我可没想到你会来这儿演出。"我扭脸儿瞟了李薇一眼，她那扬头挺胸走路的姿态，吸引了不少来往行人的注意，"我一直以为，给茶座儿演出的，都是那些'玩票'的家伙。"

"可我们，堂堂的大乐团，失身份，是吗？"

"……有点儿。"

"算了算了，我们有什么身份？演员，也就是听起来唬人。要不，就是这身衣服，这个琴盒，走大街上挺招人。我们那五六十块钱工资，还不够个体户们一天挣的。"

"别哭穷啦，我不跟你借钱。"我知道她爸爸挣得一点儿也不比我们家老爷子少，再说，她那位公公还是一位将军，"至少，你还没惨到这一步，为了东单菜市场的几块钱'外快'，每天熬到半夜。"

她看了我一眼，笑了笑，没再说什么。

"我要是跟你细说，也没意思。你们男子汉才没心思听那些家长里短呢。"又往前走了一会儿，她突然站住了，"这么跟你说吧，有钱人的家里，不见得人人都有钱。更不见得人人都乐意去花那份钱，明白了？"

我没话说了。

看来，活得窝囊的，绝不仅仅是我一个。

东单菜市场里，已经够热闹的了。

我来这儿的次数不多，只记得春节时被派来买过一次笋干。大概是那时候在脚板子底下留下了一个黏糊糊的印象。这次却发现，在这儿办音乐茶座并不像我想象的那么糟。至少猪头猪脚都老老实实地缩到一块大苫布底下去了。脚底下的感觉当然跟人民大会堂没法儿比，倒也不"拉黏儿"。头顶上挂着一串串彩灯，音箱里还放着基蒂尔比的那支《在波斯市场上》。"这曲子搁这儿放还真他娘的正合适。"我想。围着菜市场中央那个卖鱼卖虾的"回"字形瓷砖池子，摆了一圈一圈的圆桌。圆桌上还铺了塑料台布。不少桌子已经坐满人了，大多是一对儿一对儿的，也有哥儿几个、姐儿几个一起来的。来这儿的人可真敢花钱，他们比赛似的往自己的桌上端啤酒、汽水、"可口可乐"和冷盘。奇怪的是，麦克风前面的一溜桌子，按说是最好的位置了，现在却只是稀稀落落地坐了一两个人，有的桌子干脆空着。这让人想起有时候剧场里留出的"首长席"。

"这是包座儿。"李薇说，"你就在这儿随便坐吧，他们不会每天都来的。"

我走到一张没人的桌子前，拉出椅子坐了下来。不知怎么了，周围的男男女女好像挨着个儿扭过脸来看我。过了一会儿我终于明白，原来他娘的把我也当成"包座儿"的阔主儿啦。

"包一个月至少得一百多。"一个小妞儿在悄悄嘀咕。

"哪儿打得住啊！你算吧，一天五块，三十天就得一百五。"另一个小妞儿的声音。

"得了得了，别外行了。包座儿就便宜多啦！"陪她们来的一个小哥们儿显然腻烦这个话题。

"烧包！再便宜管蛋用！能天天来吗？包子有馅儿不在褶儿上！"另一个小哥儿们简直有点儿怒气冲冲了。

"那劲头儿就是不一样。甭管早晚，来了就得有人家的座儿，还得是正儿八经的好座儿。看，又来了一对儿。看人家！看人家！……"

"就是！人家可不像咱们这么受罪：头没梳完，脸没洗完，就催得你像是火上房了——'快他妈走哇，去晚了可没座儿啦！'……"

像是成心要拱那两个小哥们儿的火儿，两个小妞儿你一言，我一语，最后搂到一块儿，哧哧地笑起来。

你要是以为我还挺乐意坐在这儿充"大料豆",那可错了。口袋里有个十块八块的嘛,倒还差不多。到小卖部那边端个冷盘,拎瓶啤酒过来,也可以人五人六的装装洋蒜。可我他娘的镚子儿没哇!更让人受不了的是,没过一会儿,我的桌前来了一个小妞儿。这小妞儿长得倒一般,不过,她的发型得把全场的妞儿们都给镇个一溜跟头。我也说不出这叫什么发型,只见那乌黑油亮的头发打着旋儿,一耸一耸就上去了,到了顶儿上,又像无数曲曲弯弯的溪水,"哗"地流下来。如果她穿的不是兔毛套裙,而是露膀子的晚礼服的话,我敢说,那模样和普希金的老婆差不离。我家有本《普希金传》,书我没看过,普希金老婆的照片,我可仔细琢磨过。我倒不觉得她美在哪儿,不过,她也是,那头发闹得人糊里糊涂的。这位小妞儿走到桌前,看了我一眼,就在我的对面拉出了两把椅子。然后她又到小卖部去了,来来回回好几趟,烧鸡、酱牛肉、松花蛋、啤酒、汽水……摆了一桌。她坐下来,把小拎包"啪"地甩到另一张椅子上,像是完成了一件多么艰巨的任务。她倒了一杯"可口可乐",慢慢地喝起来。看那样子,她在等她的爷们儿。

这简直是到我鼻子底下寒碜我来啦。

我扭过身子,把臂弯儿搭在桌沿儿上,手指头随着音箱里正放的《轻骑兵序曲》一弹一弹。我故意不看她,可他娘的肚子和腮帮子不争气呀。肚子咕噜咕噜地叫起来,腮帮子也开始流口水。越是怕它叫,它还越叫,越是想着别咽口水,口水还越是往外流。我后悔透了,干吗偏听了李薇的,坐在这么个倒霉地方?早知这样,缩到哪个旮旯儿待着不好?

"卢森!"李薇一手提着她的提琴,一手端了杯橘子水,兴冲冲地给我送了过来,"喝吧,这是给演员预备的。喝完了自己去打,就是那个白搪瓷桶。"

她倒大大方方,没事儿似的。我知道自己的脸肯定红了。接过橘子水,偷偷瞥了对面那个小妞儿一眼。她也正斜着眼睛瞟我,抿嘴儿乐着。我他娘的就差没晕过去了。

九

"噢——"他们突然异口同声地欢呼起来。

原来是一个穿着雪白拖地纱裙的小妞儿出来演唱了。

"来个甜的!"

"来个香的!"

馨
毛

"来个软的！"

"来个嫩的！"

"包座儿"们较着劲儿地吆喝。临时买票入场的人们也跟着"嗷嗷"、鼓掌、吹口哨。不跟着折腾折腾，大概觉得对不起那五块钱。

我要是那个唱歌的，早他娘的把麦克风当手榴弹扔出去啦。

"抽风！"旁边的桌上，刚才怒气冲冲骂"烧包"的小哥们儿，又赌起气来。

"要的就是这个劲儿！你还戳不住这个份儿呢！"看来他的小妞儿今晚成心跟他过不去。

"有什么用啊！有什么用啊！"另一个小哥们儿替老爷们儿帮腔。

"图个痛快！平常老是'瞧一瞧，看一看'，这三孙子还没当够啊？有钱了，就得拔个'头份儿'！像你们？"

"像我们怎么了？"

"顶没起色的就是你们啦！"

两个小妞儿又搂到一块儿，咔咔笑了个够。

"……"两个小哥们儿屁也没再放一个，又蔫头耷脑地喝他们的去了。

"《美酒加咖啡》！唱《美酒加咖啡》！"

"《橄榄树》！《橄榄树》！"

"包座儿"们吆喝得更上劲了。

我真为这个唱歌的小妞儿难受。当然也包括了坐在那儿"锯"着小提琴的李薇。在他娘的这么讨厌的吆喝声、口哨声里，还得强作笑脸——"谢谢。谢谢。"这跟卖唱也差不了多少。那个小妞把话筒摘了下来，攥在手里，故作潇洒地迈着碎步，娇声娇气地唱起了那支顶顶没劲的《美酒加咖啡》。我没想到，她怎么还能装出一副自得其乐的样子。她把麦克风凑到嘴边，唱得寻死觅活。我却觉得她更像是一边溜溜达达，一边啃着一块烤白薯。

不过，我比他们也强不到哪儿去。我为他们难受，还不知道谁为我难受哪。

你想吧，咱们好歹也算个爷们儿，端着一杯"蹭"来的橘子水，一点儿一点儿地在同桌那个小妞儿的眼皮子底下抿着。不端起杯子抿两口吧，总觉得自己像个木头木脑的"傻帽儿"，可还不敢动真的，真喝光了它，再跑到那个白搪瓷桶前接，没完没了地白喝，让她看见了，我的"出息"就更大啦。

不知怎么了，越是不愿意在这小妞儿面前出丑，就越是不由自主地想端起杯子来抿。抿得再少，也架不住一次接一次。没多长时间，杯子就见底儿了。

我还不能拔腿就走——李薇正在那儿伴奏，我倒不讲究打招呼告别这一套，可我得从她那儿拿几毛钱。现在，乘公共汽车的"高峰"已经过去了，连"蹭"车的机会都耽误了。

"您不喝点儿别的吗？""普希金的老婆"看着我，微微笑着，漫不经心地挪了挪面前的啤酒瓶。

"我只爱喝橘子水。"我翻了翻眼皮，又向她龇了龇牙，"再说，我也该走了。"

我为自己直到这会儿还充"大料豆"感到好笑。其实，我猜这小妞儿早把我的尴尬样儿看够了！想来也真惨，甭管怎么说，今天上午我还能在"紫茄子""瓦刀脸"面前镇唬一气呢，现在，连他娘的一个小妞儿都可以出来可怜我啦！

"噢——"不知为了什么，"包座儿"们又哄了起来。

这帮小子这股子臭狂劲儿，从一开始就拱得我心头一阵一阵冒火。我得承认，这多半是因为他们叫我越发觉得自己活得太惨了点儿的缘故。你想吧，今天这一整天，为了去弄那八十块钱，我可就差没吐血了。也不知道这帮小子那钱都怎么挣的，好像全他娘的遍地捡来的一样。八十块钱，还不够他们在这儿定一个座儿的哪。搁谁身上也得憋一肚子气。不过，好像我也生不起这份气。人家有钱，人家愿花，人家拿去打水漂儿，你管得着吗？再说，隔桌那个小妞儿说的倒是这么回事儿，这帮"倒儿爷""板儿爷"们活得也不易，就甭说今儿得哈着工商检查员，明儿得拍着卫生警察了，对哪个买主儿不得龇龇牙呀？也就剩这么个地方能耗耗财、拔拔"份儿"啦。他们需要这么一溜"包座儿"，我呢，需要八十块钱，往老爷子面前一拍。说实在的，这心劲儿大概还都差不多呢。

可他们到底还是有这份钱，订得起这个座儿，到底还是有这么个地方显显他们活得那么带劲儿。我呢，比起他们，确实惨了去啦！

……

李薇仍然坐在乐队席上，扛着她的提琴，没完没了地"锯"着。

这时候，对面小妞儿等了好半天的爷们儿来了。

我可万万没想到，来的是他娘的"盖儿爷"！

"卢森！"

"蔡新宝！"

他没叫我"鬈毛儿"，我也没叫他"盖儿爷"，要是在两年前，我们早一个

鬈
毛

1383

比一个上劲儿地叫起外号了。不过，人家现在也确实不能说是"盖儿爷"了。他穿着一身深灰色的西装，领带嘛，俗一点儿，屎黄色的，上面还绣着一条花里胡哨的龙。可他的脑袋是真争气了——一丝不乱的偏分头。

"这可太巧啦！""盖儿爷"惊讶地看了看他的小妞儿，又看了看我。他还是老毛病——一说话就挤眼睛，"陆小梅，这就是我老跟你提的，我们班的小文豪卢森啊！他爸爸是报社的副总编，就是那个叫……叫宋为的。前天报上还登了他爸爸的名字了哪！"

他的嗓门儿可真大，像是恨不能让全场都知道。

"哦——"小妞儿抿嘴儿笑着，跟我点头。一看那神情我就知道，"盖儿爷"这小子没少在人家面前瞎吹。从我吹到我们家老爷子。

其实，我们家老爷子那些文章，他大概一篇也没看过。甚至连那篇拿"馄饨侯"开刀，几乎惹翻了全班同学的《"师道"小议》，说不定他也没看过。当然，即使他看了，也跟着一块儿把我"臭"个够，完了也碍不着他跟人家继续吹牛，说他跟报社总编宋为的儿子在一个班，混得还挺哥们儿。

有他这种毛病的人，在我们班还有好几个。这倒都不愧是"馄饨侯"的学生。不过，即便是今天，我也不觉得他们惹人讨厌。并不是因为我还拿他娘的这个"儿子"当回事儿，而是因为我知道，他们吹吹牛，也就是为了在别人面前挺挺腰杆儿就是啦。

比如这位"盖儿爷"蔡新宝，听人说，他老爹犯过什么事，给发配到大西北去了。他妈跟他爸离了婚，又改了嫁，很小就把他扔给了他爷爷。他爷爷是个老剃头匠。蔡新宝的脑袋当然是从来不进大理发店的。他的发型就永远是老剃头匠给剃的"盖儿头"了。直到高中二年级，蔡新宝圆溜溜的脑瓜子上，还像是扣着一个黑漆漆的锅盖。光这个脑袋就不知招来那些女生多少嘀嘀咕咕、嘻嘻哈哈了。蔡新宝还整个儿一个傻乎乎。有一回他甚至不自量力，给班里的一个妞儿写了情书。那个妞儿挨了奸似的把情书撕得粉碎。"瞧丫挺的那个'盖儿'！"听说她还对别的妞儿骂了起来。大概蔡新宝这才发现，自己整个儿让这个"盖儿"给糟蹋啦。从这以后，他留起了分头。可"盖儿爷"的外号，是无论如何也抹不掉了。

在同学们眼里，特别是在那些妞儿们的眼里，我的运道和"盖儿爷"正相反。原因嘛，不说谁都知道。倒也不光因为我的鬈毛。说实话，能让小妞儿们多瞥两眼，倒是挺开心的事。可有时候我能凭直觉感到，她们净他娘的故意把我和"盖儿爷"摆一块儿，拿人家穷开心。有一次我和"盖儿爷"一起打乒乓，那帮妞儿们不知咬着耳朵说了些什么，看看我，看看他，捂着肚子，笑个没完。这可太他妈不把人当人啦。我就是打这儿开始，死看不上我们班那些妞儿了。大概这也是我和"盖儿爷"后来混得确实挺"哥们儿"的原因。

"嘿，别干看着，给我哥们儿拿双筷子去呀！"

看得出来，"盖儿爷"见了我格外高兴，一会儿又吩咐他的小妞儿去添酒菜，一会儿又让她给点烟，支使得她团团转。

"哥们儿，没想到能在这儿碰上你。真有缘啊！""盖儿爷"举起了啤酒杯。

"你是不是搬家了？怎么在柳家铺北里总没见着你？"

"唔。搬东单这儿来了。三间换两间。"

"铺面房？噢，你开买卖了？发财了吧？"

"发什么财呀！"他点着一支烟，笑了笑，"喝呀，喝完了自己倒。先当了一年'倒儿爷'，弄点儿钱开了个理发铺子。凭手艺吃饭呗。丽美发廊。不远。出门奔南，再向西拐。"

"哦——"我怎么就忘了，这是人家的家传。难怪他那个妞儿往这儿一坐，那发型就镇了一片。"行。有你爷爷给你坐镇，你就干吧，现在这比他娘的'倒儿爷'还来钱哪！"

他瞥了我一眼，一下一下地点头。他好像有点儿什么事想告诉我，话到了嘴边，却又咽回去。拿过一只空碗扣在桌上，专心地把烟灰往碗底上蹭着。

"嘿，瞧我，刚才就想问你，一打岔儿，就忘啦。"他忽然抬起头，看着我，眼睛又开始挤上了，"一见你，我差点儿以为自己看错了人了。说实在的，我这心里还纳闷着哪，你跑这儿干什么来了？这儿，不是你来的地方啊。"

"哪儿是我去的地方？"

"你要想玩玩，哪儿不能去啊。人民大会堂，民族饭店。让老爷子给弄张票，还不是一个电话的事？那才是你们去的地界哪。可你……明跟你说吧，来这儿找找乐子的，全是咱这号的。但凡有点儿权、有点儿势的人就不来这儿，人都嫌这儿丢份儿！你可是邪门儿的一个！"

"盖儿爷"到底还是"盖儿爷"，直到现在，他还死心塌地在我面前。我没理他，不言不语地在一边儿剥茶鸡蛋，闷头闷脑地喝酒。这时候，他的小妞儿被另外一桌上的熟人叫走了。

"既然问到这儿了，我也正好有件事，不知你能不能帮上忙。"我说。

"求我？"他的眼睛挤得更凶了。

"是啊。"

"什么事？"

"帮咱找个路子。咱也想挣点儿钱。"

"你……该不是，该不是成心骂我吧？"他疑惑地盯着我，老半天没言声，终于忍不住嘿嘿笑起来，"你用得着求我找路子？你们家老爷子什么路子没有哇！……再说，你挣什么钱！老爷子还养不活你？再吃一年闲饭，明年考上个大学，一辈子都齐啦！你还要出来挣钱？求我？别逗啦！……"

"我可是正正经经跟你说的。"

他不笑了。

"这么跟你说吧，"我咽了咽唾沫，抬头看了看还在那儿"锯"琴的李薇，"老爷子有钱，不见得我也有钱，更不见得我乐意去花那份钱。老爷子有路子，也不见得我乐意去走那条路子。明白了？"

"什么什么什么？"

我又说了一遍。

"不明白。"他挤了好几下眼睛，想了半天，还是苦笑着摇头，"老爷子有钱，你干吗不花？有路子，你干吗不走？我这一辈子，还就恨没赶上你那么一个老爷子哪。"

要跟这小子说通这件事可真他娘的费劲！

"再说明白点儿，我跟老爷子闹翻啦。"

"嗨，再闹翻，他也是你老爷子不是？""盖儿爷"满不在乎地摆手，"来来来，喝酒喝酒。这下我倒明白点儿了，是不是跟老爷子闹翻了，又等着钱花？"

"差不离儿。"

"这好办。"他撩开西服，从里面的胸兜里摸出一沓票子来，拍在桌上，"这一百，拿着！够不够？要不再来一百？不管怎么说，咱哥们儿也不能让你到店里当伙计呀。那可太不地道了。再说，你也不是干活儿的材料啊。"

"你还是把钱收起来吧。"我说，"白花你的钱，我可不干。"

"我说'鬈毛儿'，你他娘的怎么这么'轴'啊？这不就是互相帮忙的事吗！你还能跟老爷子掰一辈子了？指不定哪天，我还得求着你，指望你们老爷子给咱们撑撑腰呢！"

"那你还甭指望。这么说，你更该把这钱收回去啦。"

"盖儿爷"挺起腰，靠到椅背上，举起交叉的双掌，向上画了一个弧，把双掌扣在后脑勺上。臂弯儿像两只三角形的翅膀，随着音乐声一扇一扇。

"我就缺八十块钱。你能帮忙找点活儿，我自己挣。没活儿，就算了。"

"你过去不这样。"他迷迷瞪瞪地看着我，像看一个怪物。

他又点着了一支烟，一言不发地抽着。他拱起嘴，舌尖在嘴唇中间像蛇信子似的一闪一闪，青烟一缕一缕地飘出来。他还时不时抬起眼皮瞟我一眼。这小子还真挺仗义。他一定在想着能让我干点儿什么，好让我收下他的钱。

"你的头发可真不赖。"冷不丁儿的，他来了这么一句。

"怎么，要我给你那个发廊当模特儿去？"这倒也他娘的算个活儿。不过，话一出口，我心里已经有点儿不是滋味儿了。

"哪能让你受这委屈呀！"他笑了起来，又想了想，说，"这么得了，一百块钱，你先拿去，算我帮了你个忙。你呢，也不白要，也帮我一点儿忙，行不？"

"明天就开始吗？"

"行啊。"

"什么活儿？"

"有个地方，还非得找个人替我去一趟不可。你要是能去，那可太好了。"

"什么地方？"

"正好，你的头发也该理理了。明儿就去我爷爷那个剃头铺理一回吧。回来跟我说说老头儿怎么样了。别让他知道是我让你去的就成。"

"怎么……你爷爷的剃头铺？"

"老头儿没跟我在一块儿。落实私房，辘轳把胡同口上的那间小破房还他了。他回那儿开他的铺子去了。"

"这干吗？爷儿俩还开了两个店？"

"没法儿说！""盖儿爷"苦笑着摇摇头，"按说老爷子这一辈子也不容易，我把他养起来不齐了？可他非要干呀。让他跟我一块儿干吧，也不行，老得听他的。他就会剃三毛钱一位的大秃瓢，四毛钱一位的小平头儿，女活儿一点儿不会，还充内行。这还赚钱哪？连粥都喝不上！"

没想到这小子跟他爷爷也闹得这么僵，各开各的店不说，连去照一面的胆儿都没有。不过，他是得找个人去看看。他是他爷爷带大的。

"好吧，我去。"我说，"光干这点活儿可赚不来一百块，还要干点什么？"

"你回来再说吧。"他不以为然地摆摆手。

"你爷爷不会把我也推成个'盖儿爷'吧？"我胡噜胡噜自己的脑袋，嘻嘻笑起来。

"那倒不至于，你又不是小孩儿。""盖儿爷"也乐了，"老头子手艺还是挺棒的。再说，哪儿不满意了，我的'丽美发廊'还给你'保修'哪。"

"你刚才说的，那剃头铺子在哪儿？"

他告诉我，在辘轳把胡同一号。

"你顺着老头子一点儿。夸夸他的手艺。用好话填他几句。""盖儿爷"一边使劲儿挤着眼睛，一边想着还有什么可叮嘱的。看得出，他有点儿不放心，可又不太好意思吩咐得过多，"记着，千万别把我'卖'出去就行啦！"

十

可是，我仍然觉得心里的什么地方总有点别扭，好像丢了件什么重要的东西，却又想不起来，没着没落的。其实什么也没丢。一百块钱揣得好好的，就连那本捡来的《希特勒和爱娃》，也还装在裤兜儿里。渐渐地我才明白，这别扭劲儿说不定也正是"盖儿爷"那副贼头贼脑、可怜巴巴的模样招来的。这模样一下子使我想起他在柳家铺中学时的倒霉样儿。有一次，我给他一张人民大会堂春节联欢晚会的票，他足足美了一天。而如今，不管他怎么继续在我面前可怜巴巴，不管他怎么用"互相帮忙"来哄我，我他娘的也明摆着成了这小子花一百块钱雇来的"小厮"啦。

我一点儿也不怀疑"盖儿爷"对我的真诚，他连半点盛气凌人、志得意满的神色都没露。可事情就是这么一回事。我还没傻到连这个火候都看不出来。还真的让我哥说着了，从小爹妈给了这么一张脸皮，想到自己怎么就成了个"打短工"的，而且还是给"盖儿爷"打"短工"，心里还真他娘的不是味儿呢。

这把我弄到了钱以后心里升起的那一点点得意冲得一干二净。回到了家，老爷子正在客厅里看报纸，这倒是把八十块钱拍还他的机会。可我哪儿还有这份心思。我一声没吭，进了自己的房间。我把钱扔进了抽屉里。

第二天早上，我还是到辘轳把胡同去了。

不知是昨天夜里还是今天清晨下过了一场雨，现在天空还是灰蒙蒙的，太阳被融化成惨白惨白的一片，路面湿漉漉。行道树下，落着薄薄一层橘黄的叶子。

那家剃头铺子就在珠市口大街拐进辘轳把胡同的把角儿处。按照"盖儿爷"说的路线，坐20路汽车在珠市口下车，沿大街照直走，果然一眼就可以看见胡同口上那两间窗玻璃、门玻璃上写满了"理发"红漆大字的小破房了。窗台下，戳着一只孤零零的煤球炉子，半死不活的样子，看不出是不是还生着。暗红色的小门歪歪扭扭，我琢磨着它一开一关时，整间屋子都得颤悠。门把手周围黑乎乎一层油垢，刮下来称称，不够二两，我死去。要是以前，让我钻进这儿来理发，您宰了我得啦！

　　走到门口，我犹豫了一下。因为我听见里面怎么还有人唱戏。

　　　　将酒宴摆置在聚义厅上，
　　　　我与同众贤弟叙一叙衷肠。
　　　　窦尔敦在绿林谁不尊仰？
　　　　河间府为寨主除暴安良。
　　　　黄三泰老匹夫自夸志量，
　　　　指金镖借银两压豪强……

　　我对京戏一窍不通。不过，我们家老爷子爱听。所以我也还能听懂几句。特别是听他唱"窦尔敦""黄三泰"什么的，跑不了是《连环套》《盗御马》呗。从半敞的小门往里看去，屋里很暗，中间摆着一把也不知哪朝代的理发椅子。这椅子全是木料，敦敦实实，大概使到驴年马月也还是这副样子。椅子旁站着一个驼了背的老头儿。这老头儿又矮又瘦，眼睛凹陷了，腮帮子也瘪了，身上挂着一条皱巴巴油腻腻的白围裙。没错儿，这肯定就是"盖儿爷"他爷爷啦。戏不是他唱的。他拿了块抹布，没完没了地在理发椅子的前前后后擦来抹去。唱戏的人在窗户底下坐着，从外面只能看见一个剃得油光光的大秃瓢在得意扬扬地晃着。屋里不定哪个旮旯里还坐着另一位，因为当"秃瓢儿"唱完了以后，另外还有一个声音和剃头匠你一言、我一语地捧起场来。

　　"够味儿啊。"剃头匠的瘪腮帮子吧唧了两下，跟真的把这点"味儿"咂巴进去了似的。

　　"老喽！没底气喽！""秃瓢儿"还挺谦虚。

　　"您客气！"声音里夹着咕噜咕噜的痰声。就凭这，那一位恐怕也是七十岁都打不住的主儿。"谁不知道你们辘轳把胡同的'双绝'呀，一是蔡大哥的剃头手艺，一是您忠祥大哥的二黄。今儿我算没白来。头也剃了，唱也听了，'双绝'，全了……"

　　"您可别这么说。我这两嗓子，跟蔡师傅可没法儿比。我这是玩票，人家是正经的手艺！"

　　"手艺？"剃头匠"哼"了一声，他继续拎着抹布，找他的椅子缝儿，"您

　　　　　　　　　　　　　　　　　　　　　　　　　　　　　　髻
　　　　　　　　　　　　　　　　　　　　　　　　　　　　　　毛

就别提什么'手艺'啦。也就是你们老哥儿几个拿我当回事儿。去别处，没人给你们掏耳朵底子、剪鼻毛呀。"

老头儿们一起"嘎嘎"地笑了。

我拉开门。剃头匠上下打量了我一眼，说了声"来啦"，又打量了我一通。他不再看我，和老头儿们交换了一道疑惑的目光，他们又接着聊起来。

"我看，您就别为您的手艺生气啦。"那位叫"忠祥大哥"的红脸老头儿一副乐呵呵的开通样儿，"再说，我可听文化站的人说了，明年正月，要在地坛开庙会了。白塔寺的'茶汤李'都预备好他的大铜壶啦。您就预备着您的剃头挑子吧，说不定还请您出山哪！……"

"别逗了。没人请我！茶汤儿有人喝，大串儿的糖葫芦有人吃。这年头儿，谁还上庙会剃头去？"

"不管怎么说，您还时不时有个仨亲的、俩近的，就认您这一路手艺，非得求您给剃剃不可呢。我的手艺呢？我的手艺哪儿使去？这会儿，北京还有抬棺材出殡的吗？"

敢情这位"忠祥大哥"是抬棺材的！

"实话，实话。"一说话就痰喘的老头儿坐在一个小板凳儿上，背靠着一根立柱，立柱上挂着两条油亮油亮的趟刀布，他脸上的肉耷拉着，脑袋呢，一样的亮锃锃，"您不是够花了吗？孙子也给钱不是？您就拿您的手艺当个玩意儿得啦。有老哥们儿来了，剃一个。剃完了，扯扯淡，听一段儿，乐呵乐呵，还落个闲在呢！"

"对对对，闲在我可不怕，待着谁还有个够呀？"剃头匠无可奈何地点头。他悄没声儿地收拾了一会儿推子剪子，又看了我一眼，嘟嘟囔囔地说："可有的事也真让人看着有气。您说，我那孙子，弄了个门面，摆上两瓶冷烫水儿，贴上一张美人头，就开上什么'发廊'了。他那两下子，别人不知道，我还不知道吗？也邪了门儿了，这人还上赶着奔他那儿去。烫个脑袋您猜他要多少？十二块！好嘛，我剃了一辈子头了，打死我也不敢这么干呀！"

老头儿们又"嘎嘎"地笑起来。

在一旁听听他们闲扯，倒也挺开心。所以，我才不打断他们呢。不过"盖儿爷"说得不假，要是每天跟着这位剃头匠当好孙子，给老头儿们掏耳朵、剪鼻毛，剃大秃瓢，听他们唱"窦尔敦""黄三泰"，那是让人受不了。看来，我要是不来，今天这一上午也就是这俩主顾啦。大概平常是没什么年轻人来坐那把敦敦实实的椅子的，不然，他们怎么根本不拿我当回事，也不问问我是不是要推头。他们一准儿把我当成路过这儿看热闹的啦！想到这些，老头儿们的笑声里，倒好像更透着一种冷清凄凉的味道了。

我还是不跟他们搭腔，在一旁等着，听着。

"小伙子，不是来剃头的吧？""盖儿爷"他爷爷终于发现我有点儿怪了。

"可不是来剃头的！"

"您？"

"我怎么了？"

"哟，慢待了，慢待了！"他慌里慌张地拿过一条白单子，往理发椅子上"啪啪"地抽着。一边把我往椅子上让，一边还是像看什么怪物似的打量我。

"您看我面熟？"

"不不不。来，您往下坐点儿，再往下坐点儿。"他把单子围在我的身前，"您推分头？大点儿小点儿？……像您这辈儿人，到这儿剃头的，可有日子没见啦。嘿嘿，少见就多怪不是？"

我说："萝卜青菜，各有所爱。您还别老自觉着冷清了。手艺搁在这儿哪。要不，大老远的，怎么就知道了您的铺子？怎么就奔您来了？"

反正"盖儿爷"也嘱咐了，咱挣着那份钱哪，就拣他娘的好听的，足给他招呼吧！

"您听听，您听听！我骗没骗您吧？"抬棺材出身的那位"忠祥大哥"先来劲了，"艺不压身。有认主儿！"

"实话，实话。"那口痰还在另一位的嗓子眼里咕噜着。

"盖儿爷"他爷爷没言语，脸上也没反应。可你得看他捏小梳子的那只手。手背上虽说爬满了青筋，这会儿，手指却像个花旦一样张成了兰花形。右手呢，袖口撸得高高的，胳膊弯儿也举得高高的，悬着腕子捏着那把推子。"嚓嚓嚓嚓嚓……嚓嚓嚓嚓嚓……"他探着脖子，不错眼珠地盯着我的头发梢儿。这姿态就像个大书法家在那儿运腕行笔，擘窠大书。

"啧啧啧，您瞧，从这镜子里看您这姿势，比看电影还带劲！"我也够坏的，越是这时候，越想成心跟老头儿开逗。

"您过奖。我能多活十年。"老头儿终于绷不住劲儿了，晃了晃脑袋，吧唧了几下嘴，又咧开来，露出一个黑洞，发出呵呵的笑声。

"盖儿爷"算是没找错人，哄哄这老头儿还不跟玩儿似的？几句话就把他揉搓得像只脱骨扒鸡了。对我来说，这事嘛，干着也还有点儿意思——解闷儿呀。把老头儿逗开了牙，坐这儿就听吧。他从民国三十年怎么从宝坻老家进京当学徒说起。"学来这点手艺可不易。我住的那地界,虮子多得能把人抬起来!"说到他的"剃头挑子",他索性撇下我,回到里屋捣腾了好一会儿,真的把他的剃头挑子给我捣腾出来啦,"不容易呀小伙子,不信您挑挑看,这么沉的一挑儿家伙儿,寒冬天儿,三伏天儿,走街串巷……"我越是时不时给他一句"敢情!""没错儿!"哼哼哈哈地顺杆儿爬,他就越上劲。他还一点儿也听不出来我在跟他逗。其实,他这手艺呀,怎么说呢,味儿事!至少现在,让他理这个发我罪过受大啦。也不知道是因为他眼神儿不济了呢,还是因为这次总算逮着一个毛儿多点儿的脑袋了,有心理得好一点,露一手,反正他抱着我的脑袋,跟他娘的抱着一个象牙球在那儿刻差不多。"嚓嚓嚓嚓",剪了一茬儿,"嚓嚓嚓",又剪了一茬儿,东找补一剪子,西找补一剪子,剪得我满头头发渣子。他还有支气管哮喘,呼哧呼哧,我觉得自己的耳朵就跟贴在一个大风箱上一样。

要说我多么腻烦他,那倒没有。我只是觉得好笑。再说,跟老头儿这一通穷逗,我还真长了不少嘎七杂八的见识呢。我算是明白为什么老说"剃头挑子一头热"了,原来这"一头",是个烧洗头水的小炉子。我又知道了戳在炉子边上的木棍叫"将军杆",是清兵入关时,"留头不留发,留发不留头",挂脑袋用的!我还知道过去来剃头的人都得端那个小筐箩,接着剃下来的头发,免得让人踩了,给自己找倒霉……

你还别说,我这个脑袋还真他娘的挺值钱。老头儿抱着它,足足摩挲了半个钟头。他总算把剪子放下来了,又把它按在一盆温水里涮了涮,拿过那只铝壳的大吹风机给我吹风。要说老头儿全是老剃头匠那一套,倒也不对,人家到底有这么一个吹风机呢。"呼——呼——"他那只手在我的头发上捋来捋去,这手刚刚在水里泡了一会儿,所以手指头像一根根鼓胀的胡萝卜。这使我忽然间想起了在自由市场上见过的那个捏面人儿的老头儿。经他这么三捋两捋,我真的像一个"面人儿"似的被"捏"出来啦。"行嘞,您还是少劳这个神吧!"我心里暗暗发笑。他还没罢手,我已经发誓,一出门就得把这脑袋给胡噜了。不然,这也太他娘的像个"傻青儿"啦。

老头儿关上吹风机,解开我胸前的布单子,"啪啪"一抖,歪着脑袋朝镜子里左右端详。看那眼神儿,我还真成了他这辈子捏得最漂亮的一个面人儿。

"怎么样?"他像只缩脖鹦鹉似的把脑袋一抖。

"那还用说吗?您的手艺——誉满全球!"

我可没想到,逗他这么一句,又把麻烦招来啦。

"取取耳吗？"

这意思好像是问我是不是挖挖"耳底子"。这可挺悬——就他那哆哆嗦嗦的样儿，他要是往我的耳膜上捅那么一下子，那我可完了。

"朝阳取耳！"嗓子眼儿里老转着一口痰的老头儿先替他吹了，"小伙子，这还不取？！我可是奔着蔡师傅这一手来的。"

"不够交情，我可不敢给您取。您要是上卫生局奏我一本呢？"剃头匠眯起眼睛，笑着对他的老主顾说。

照这意思，老头儿这还算是给我面子呢。得啦，您不就是高兴了，想在我这儿露一手吗？也该着我倒霉，谁让我把你那点儿得意劲儿煽起来了呢。取吧。

老头儿把理发椅子挪到窗边，让我坐好，然后，揪着我的耳朵找窗户外面透过来的亮光。敢情就他娘的这么"朝阳取耳"啊！他拿过一把三棱刮刀似的玩意儿，探在我的耳朵眼儿里转来转去。

"哎哟，您这干吗，镟耳朵？"

"傻小子！我得先用铰刀把耳朵里的毛铰净！嘿嘿……"他那黑洞洞的嘴巴里扑出一团热气，喷在我的脸上。

先是铰，再是掏，最后用一把毛茸茸的"耳洗子"把耳朵眼儿刷干净。我这耳朵也真他娘的给他作脸，让他掏出了一大堆。两个捧臭脚的老家伙又像欣赏珍珠玛瑙一样，盯着这堆耳屎，"啧啧"了半天。

"瞧你刚才犹犹豫豫的，还不想掏呢。"剃头匠背着手，弓着背，在屋里来回走着。不知这是休息，还是成心等着我们把他的"战果"欣赏个够。

"蔡师傅，有句话不知该问不该问。"那位"忠祥大哥"说，"您年轻那会儿，当然是没有拿不起来的活计了。可这会儿，不知有的活计还干得了干不了……"

"您说的是'放睡'？那是咱的饭辙。"蔡老头儿不当回事地笑了笑，"有什么干不了的。您没看我每天都揉搓那两个保定铁球？"

"嘿，那可真够意思了啊！"

"够意思！我也早想问您啦，可看您也呼哧带喘的了，就没敢开口……"

这回的麻烦可不是我招的了。我他娘的连"放睡"是什么都不知道哪。可这麻烦还是落我身上了。其实，拿这俩老头儿中间的任何一位练一练，他都得美得屁颠儿屁颠儿的。瞧他们那个巴望劲儿。可这蔡老头儿大概对我的光临格外高兴，所以他特别问我乐意不乐意"放放睡"。

"敢情！"我也豁出去了，跟他逗闷子逗到底了。我装得和真的一样，"您

馨
毛

没问问，我奔什么来了呀！"

"哦？你哪儿疼？"他的眼皮子耷拉下来。

"哪儿都疼。"

他扯过一把小板凳，让我坐了下来。又搬过来一只高点儿的方凳，坐到了我的背后。抬起一只脚蹬在我坐的小板凳上。"靠过来！"话音没落，他已经拉着我靠在他的腿上了。这叫他娘的什么"放睡"呀，就是晃胳膊捏膀子！哎哟哎哟哎哟，这老头儿手劲儿还真大。

"不使点劲儿，病能好吗？"老头儿得意地一笑，眯起眼睛，像在专心听着我的骨节儿的声音。他一会儿揪着我的胳膊没完没了地抡圈儿，一会儿又把这胳膊抓起来，一屈一弹。"小伙子，放心！闪腰岔气，落枕抻筋，包好！"

"家伙！我还以为您没这气力了哪！"

"现今的大理发馆里，可见不着您这一手喽！"

"年轻的干不了哇，您不信问问蔡师傅，他孙子干得了吗？"

"他？他见都没见过！"

……

"怎么样？松快了没有？"

把我浑身上下捏捏捶捶了一大通，他总算松开我，站了起来，长长出了一口气。

"松快了！松快了！松快多啦！"

我赶快站了起来，咧着嘴向他点头。我出的那口气一点儿也不比他短。

"谢谢您啦，真是太谢谢您啦！"

"您还别客气！今儿我是高兴了。不是我夸你，这年头，遇上个知好知歹的年轻人还真难得哪……"

没错儿，全北京也没第二个人像我这么"知好知歹"了，心甘情愿把您这点儿"绝活"全领教一遍。理了个"傻青儿"脑袋还不说，本来我他娘的哪儿也不疼，让您这么一通捶打，骨头架子都差不离酥了。不"难得"怎么着！

"你笑什么？"

我真该向他宣布：要不是你们家"盖儿爷"让我来哄哄你，我才不受这份洋罪呢！——假如真的来这么一下子，那可太逗了，老头子还不得当场"弯"回去！

当然，我不会真的这么干。甚至连老头儿左瞄右瞄理出的"傻青儿"脑袋，我也没按原来想的给胡噜了。因为我脑子里突然冒出了一个念头——我得留着它，让"盖儿爷"看看，他爷爷把咱哥们儿糟蹋成了什么模样。

我立刻坐上20路汽车，奔东单去了。

十一

我推开发廊的茶色玻璃门，"盖儿爷"正在里面忙着。昨天在"音乐茶座"上见到的那个小妞儿，也穿着一件白大褂，走来走去帮忙。我用手指在玻璃门上弹了几下，他扭过脸，朝我扬了扬手，随后走了出来。

"去过了？"他看着我的脑袋，嘻嘻笑起来，然后有点后悔地摇摇头，说，"忘了叮嘱你一句：让老头儿少推点儿，留大点儿呀……现在，底下推得太干净，想找补都难了。"

我说："行了行了老板，用不着您可怜我。不是让我去哄哄老头儿吗？哄完啦，老头儿活得挺好，您就放心吧！"

"卢森，你可真够哥们儿！"他没听出来我的话里有气，还在嘻嘻笑着，"老头儿提起我了没有？气儿还挺大吧？"

"没气儿啦。我他娘的一个劲儿给他上好听的。他觉得自己的手艺誉满全球，美着哪。"

"对！就是这路子！老头儿我可太清楚了。鬈毛儿，真有你的！"

"行了行了老板，"我苦笑了一声，"您还别夸。我倒要谢谢您呢，什么'朝阳取耳''剃头放睡'的，老头子搂着我的脑袋，像是搂着个宝贝蛋，把那点儿绝活儿全给我用上啦，他还只要我三毛钱，多给他死活不收。咱落个省了钱，还享了福，他娘的福分不浅呢！您哪，还有什么活儿，快吩咐得了。"

"盖儿爷"的眼睛又开始一挤一挤的了。

"哥们儿，你今天是怎么了？左一声'老板'，右一声'老板'，叫得人怪难受的。"他迟迟疑疑地看着我，"咱哥们儿可没有花一百块钱雇你干活儿的意思。你要是这么说，可就见外了。"

他说的倒也是。可我他娘的这点火儿都不知道找谁撒去！

"您是没这意思，没这意思。"我说。

好半天，我们俩谁也没说话。

"昨天晚上我就说了，缺钱花，拿去。哥们儿不乘人之危。再说，你也不是干活的材料。你不干呀，非拿个要自己挣这份钱的架势。说实在的，老同学了，你放得下架子，我还拉不下这张脸呢，哪能真把你当雇来的小工儿使唤！'"盖

鬈毛

儿爷"把一包"万宝路"凑到嘴边，从里面叼出一支来，眯着眼睛，慢慢地抽着，"咱哥们儿没对不住你的地方呀，可你倒好……"

他越说，我也越觉得自己是有点儿不算个东西了。白送你钱吧，你不干。给你找点儿活儿吧，你又干不来。也真够难为这兔崽子的了。这哪是我给人家干活哪，纯粹是人家侍候着我哪。

想到这些，心里的火儿倒好像压下去点儿了。

"你他娘的怎么这么多心！我刚才说啦，你没那意思，我也没什么不痛快的。"我一扬手把他嘴里叼的烟摘下来，叼到自己的嘴里，"别废话了，派活儿派活儿！"

"你他妈的回家待着去吧，没活儿！"他又嘻嘻地把嘴咧开了。

"那你说，今儿这一趟，值多少吧。剩下的钱，还你！"

"值一百！回家待着去吧！"

"哦，变着法儿'赏'我啊。"我冷笑了，"等着，我回家拿去，钱还没动哪，全还你！"

"我操你姥姥！你丫挺的怎么还这么'轴'啊！""盖儿爷"一副哭不得、笑不得的模样儿，眉头皱着，眼睛挤着，嘴巴咧着，"我还没受过这份罪哪。都说挣钱不容易，谁想到往外扔钱也这么难。比他娘的养活孩子都难！"

他长长地呼出了一口气，又从那包"万宝路"里叼出了一支。

"你要是偏要较真儿，那也行。"他看着我，想了想，说，"活儿嘛，还是这个。每月帮我拿一百块钱，上邮局去，寄给老头子。然后，去辘轳把胡同理一回发，哄哄他。报酬嘛，每月二十块吧，你再去四次，行不？说定了，你他妈也别老觉得我是成心'赏'你啦！"

我看着他，没说什么。那个小妞儿从发廊里出来，催他回去。他弹了弹烟灰，朝我点点头，把手向天上一扬，做了个告别的手势，匆匆忙忙钻回那间玻璃房子里去了。

我站在"丽美"发廊的门口，老半天没运过气来。逞了半天强，却落下了这么一个结果——合算我成了兔崽子每月给他爷爷送去的那盒点心啦！他还觉得挺照顾了我的自尊心了呢！

这盒"点心"当的，我还他娘的一点儿没脾气——再拽着"盖儿爷"，说我干不了吧，他非得以为我得了精神病不可。真的每月就这么去挣"二十块钱"？今天去这么一回，我还只是因为当了"盖儿爷"的"短工"，脸上有点儿挂不住，别的我还没怎么多想。要是真的每月专职就是赔着笑脸，去哄老头子，这就跟"盖儿爷"他们家养的婊子差不了哪儿去啦。

……

我顺着脚下的水泥路，朝公共汽车站的方向走着。

我是一个命里注定的可怜虫。

今天是星期一，街上的人还是这么多。这儿靠近王府井。谁都他妈比我活得滋润。

一个小妞儿，穿着高筒小马靴，挎着个亮晶晶的小皮包，小屁股一扭，一扭。一对老夫老妻，一人一根拐棍儿，四只脚板子，在路面上一蹭，一蹭。枯落的杨叶，还夹杂着几片冰棍纸，可怜巴巴地蜷在马路牙子下面，挤在树根窝窝儿里，窸窸窣窣地响着。

我助跑了两步，摆出马拉多纳罚点球的姿势，甩开右脚，"啪"，朝一块冰棍纸踢去。膝盖抻得生疼，我却只是蹭着它小小的一个角。"金房子"服务中心门口那个推冰棍车的老太太，咧着鲇鱼一样的嘴巴，无声地笑起来。

"你这玩世不恭的态度真让人讨厌！"老爷子如果在边上，他又得这么说了。

"森森，你什么时候才能学学你爸爸，认认真真地做人啊！"老太太也少不了当应声虫。

这年头儿，不管活得是不是真的那么庄严，那么伟大，那么认真，大概都得拿出那么一点子认认真真的神气。

其实，依我看，像我们老爷子这样的，倒未必活得认真。别看我这副德行，我比他们活得可认真多啦。他娘的甚至太认真了，不然我也不会闹得这么惨。但凡有那么一点儿不认真，我也早他娘的像我哥似的，在老爷子面前装王八蛋啦。至少，我犯不着为八十块钱拍这个胸脯。犯不着拍了胸脯还真的要去争这口气。犯不着非得撕了那张彩票，也犯不着非得买下那张彩票。犯不着在人家"盖儿爷"面前充好汉。当然，也犯不着觉得每月去一次辘轳把胡同哄哄老头子有什么不好……

我得承认，顺着这路子想下来，有那么一小会儿，我算是他娘的想开了。折腾了好几天，原来全是我自己跟自己过不去！其实，除了昨天中午在体育场外面吃的那顿烂葱包子以外，我哪天在家里也没少吃。我倒真拿拍了胸脯当回事儿呢。那八十块钱，不给了又怎么着？不要说老爷子不可能追着我要，就假使他借着这事开口笑话我，我给他龇龇牙，他又有什么办法！不是说我"玩世不恭"吗？来真的，就这个！"盖儿爷"那一百块钱呢，照拿。不拿白不拿。

馨毛

这小子发的财还少啊？有便宜不占，王八蛋！让我给他爷爷当"点心匣子"？玩蛋去！我才不侍候呢！……不是嫌我活得"不认真"吗，这回，我可真的要当一个彻头彻尾、彻里彻外、死皮赖脸的混蛋啦！

这念头让我舒坦透了，透快透了。我发现我这几天整个儿在干傻事。我甚至奇怪自己干吗要没完没了地算计，那笔钱是拍给老爷子，还是扔还"盖儿爷"。最妙不过的法子是：替我自己也买个放音机呀。想到这些，我有点儿庆幸昨晚没把其中的八十块拍还老爷子了。

回到家，打开我的抽屉，取出了那一百块钱，揣在兜儿里，去王府井！我还非买那种放音机不可！哪怕出了百货大楼的门儿就摔成八瓣儿了呢，也出了这几天憋在我心头这口窝囊气啦。

这可真巧，出楼门的时候，看见了我们家老爷子。

"砰"，他甩上了那辆"皇冠"车的车门，抱着一堆文件、材料，朝我这边走来。

想躲开，已经来不及了。

一抬头，他看见了我。

"森森，你妈在家吗？"

这可少见，真是太少见啦。他居然叫起了我的小名儿——"森森"，他的眼神不再像以往那样，斜愣愣的懒得瞥我，反而温柔得像一只老山羊，还没完没了地盯着我。

"森森，别走别走，先回来一下，先回来一下。"他用空出的那只手扳我的肩膀，简直是搂着我回到家里的。

他把我按在同一条长沙发上，微笑着从皮包里拿出一小听"雀巢咖啡"，他说这是外宾刚送他的，我要是爱喝，尽管拿去。这可真他娘的让人奇怪透了。他这股子热乎劲儿，总不会只是为了送我一听咖啡吧？想变一变"思想工作"的方法了，怀柔怀柔？我爱搭不理地任他在那儿跟我套近乎。我拿起那听咖啡，看那上面的说明。

"你的头发是在哪儿理的？不错。这精神状态就对头啦。"

噢，怪不得他这么热乎，怪不得他老盯着我看，原来是为了我的头发。他以为我这头发是为了他剃的哪。

"其实，你们这一代人本质是好的。"他开始发表"社论"，"……火气嘛，大一点。我也是从年轻的时候过来的，谁没有一点火气？没有火气了，还叫年轻人吗？……"

新中国 70 年优秀文学作品文库

中篇小说卷

我翻了他一眼，突然想笑。我绷起嘴唇，磕头虫似的点头。我想起了他在演讲比赛的主席台上点头的样子，我想试试学得像不像，他点头不像一般人那样，是"点"头，他"点头"不如说是探着脖子在"扬下巴"，一下一下的，显得那么"深思熟虑"。

我这一"点头"，他更来劲儿啦。

"就说你的头发吧。前天批评了你，你还不通嘛。当然，我也有缺点，态度急躁。不过，火气一下去，你还是能分清是非美丑的嘛，这就证明……"

本来，我只是觉得好笑，这乐趣大概和上午哄那位蔡老头儿时的感觉差不多。可是，看着他这神气活现的劲头儿，我可笑不出来了。这些日子憋在心里的那股火儿，又"呼"地冒起来。

"行啦行啦行啦，您别这儿没完没了了……"我站起来，到他对面的一个小沙发上坐下来，从兜儿里摸出那沓钞票，一张一张地数着。我把八张"拾元"的票子捻成了一个扇形，按在茶几上。"我可真纳闷儿，您干吗老跟我这头发过不去？您瞧，这是八十块钱，给您搁这儿啦。前天，我已经说过了，往后，脑袋，是我的脑袋，头发，是我的头发，我是梳大辫儿还是剃秃瓢儿，您都免开尊口吧……"

他一声没吭，坐在那儿发呆。

"您呀，整个儿的，'猴吃麻花'——满拧！"我胡噜了几下脑袋，笑嘻嘻地说，"我要是一五一十地告诉您，我怎么就剃了这么个脑袋，那得另找工夫，得等我高兴了。反正这么跟您说吧，至少，这和您那些废话没有一点儿关系！"

说完，我就走了。看来，我还是当不了彻头彻尾、彻里彻外、死皮赖脸的混蛋。

我还是活得太认真。尽管这个世界上说不定只有我一个人这么看。

唉，那么，"盖儿爷"那儿呢？下个月还去不去辘轳把胡同一号剃脑袋了？

明儿再说吧。

原载《北京文学》1986 年第 3 期

第三届《十月》文学奖

鬈
毛

军歌

周梅森

早就知道有个徐州喽。我们营有个大个子连长是徐州人，老和我谈徐州，还背诗哩："九里山前古战场，牧童拾得旧刀枪。"说那里自古便是兵家必争之地。没想到，还真的争上了呢！和日本人争。民国二十七年三月，最高统帅部一声令下，咱五六十万人马"呼啦"上去了，先在徐州郊外的台儿庄打了一仗，揍掉日本人两三万兵马。哦，这就是轰动一时的"台儿庄大捷"。接下来，糟啦，被九个师团的日本人围住了。徐州防线崩溃，成千上万的弟兄成了日本人的俘虏。这大多数俘虏的情况我不清楚，只知道其中有千把号人被日本人押到一个煤矿挖煤，那个煤矿在苏鲁交界的地方，离徐州城大许百十里吧？！

那年，我二十九岁，被俘时的军职是第二集团二十七师机枪连连长，战俘编号是"西字第 1012 号"……

一

哨子响了，尖厉的喧叫把静寂的暗夜撕个粉碎。战俘们诈尸般地从铺上爬起，屁股碰着屁股，脑瓜顶着脑瓜，手忙脚乱地穿衣服、靸鞋子。六号大屋没有灯，可并不黑，南墙电网的长明灯和岗楼上的探照灯，穿过装着铁栅的门窗，把柔黄的光和雪白的光铮铮有声地抛入了屋里。铁栅门"呼啦"打个大开，战俘们挨在地铺跟前，脸冲铁门笔直立好，仿佛两排枯树桩。

六十军五八六旅一〇九三团炮营营长孟新泽立在最头里，探照灯的灯光刺得他睁不开眼，耳旁还老是响着尖厉的哨音。每当立在惨白的灯光下，他总会产生一种错觉，以为那哨音是探照灯发出的。他的身影拖得很长，歪斜着将汤军团的一个河南兵田德胜遮掩了。田德胜一只脚悄悄勾着铺头草席下的鞋子，两手忙着扎裤子。不知谁放了一个屁，不响，却很臭，立在身后的王绍恒排长骂了声什么。

狼狗高桥打着贼亮的电棒子，引着两个日本兵进来了。电棒子的灯柱在弟兄们脸上一阵乱撞。后来，高桥手一挥，两个日本兵把一个弟兄拉了出去。孟新泽认出，那弟兄是耗子老祁。老祁在川军里正正经经做过三年排长，民国二十七年四月在台儿庄打得很好，升了连长，五月十九日徐州沦陷，做了俘虏。他那连长前后只当了十八天。

孟新泽心头一阵发紧，突然想尿尿，身后的王绍恒排长扯了扯他的衣襟，压低嗓门说了句：

"怕……怕要出事！"

声音仿佛是从遥远的天边飘来的。

孟新泽没作声，只把一只脚抬起，用脚跟在王绍恒脚尖上踩了一下。

高台阶上，高桥在叫：

"六号的，通通出来站队！"

孟新泽看看站在另一排头里的汤军团排长刘子平，二人几乎同时机械地迈着脚步，跨出了六号大屋的窄铁轨门槛。

院子里已站满了人。一号到五号的弟兄，已在他们前面排好了队，他们也驯服地走到固定的位置上站好了。孟新泽站在斜对着高台阶的水池旁边，前方三步开外的地方立着一个端三八大盖的矮胖鬼子，那鬼子在吸烟，一阵阵燎人的烟雾老向他鼻孔里钻。

院落一片明亮，不太像深夜。高墙电网上的一圈长明灯和岗楼上的四只探照灯，为这二百多名马上要下井干活的战俘制造了一个不赖的白昼。

高台阶上站着狼狗高桥，高桥一手扶着指挥刀的刀柄，一手牵着条半人多高的慓壮的狼狗。狼狗不住声地对着弟兄们吼，身子还一挣一挣的。台阶下，站着许多端枪的日本兵，其中，有两个日本兵夹着耗子老祁，嘴里叽里咕噜咒骂着什么。老祁驼着背，歪着扁脑袋，嘴角在流血，显然已挨了揍。

高桥不说话，塑像似的。这个痨病鬼喜欢用阴险的沉默制造恐怖，战俘们对他恨个贼死。

狼狗疯狂地叫。

狼狗的叫嚣加剧了溢满院落的恐怖气氛。

每到这时候，孟新泽便觉着难以忍受，他宁愿挨一顿打，也不愿在这静默的恐怖中和高桥太君猜哑谜。

一只黑蚂蚁爬上了脚面，又顺着脚面往腿杆上爬，他没看到，是感觉到的。他挺着脖子，昂着光秃秃的脑袋，目视着高桥，心里却在想那只黑蚂蚁。他想象着那只黑蚂蚁如何在他汗毛丛生的腿上爬，如何用黑黢黢的身子拱他腿上的汗毛，就像他被俘前在坟头林立的刺槐林里乱冲乱撞似的。刺槐林是他三十五岁前作为一个军人的最后阵地，他就是在那里把双手举过了头顶，轻而易举地完成了一个军人很难完成的动作。这个动作结束了他十八年军旅生涯的一切光荣。他从此记下了这个耻辱的日子。这个日子很好记，徐州是二十七年五月十九日失守的，他二十上午便做了俘虏。

简直像梦一样，五十万国军说完便完了，全他妈的被日本人装进了大口袋。陇海、津浦四面铁路全部被日本人切断，事前竟没听到一点风声，最高统帅部和战区长官部实在够混账的！长官们的混账，导致了他的混账：他这个扛了十八年大枪的中国军人竟在日本人的刺刀下举起了双手。

做这个动作时，他几乎没来得及想什么。蹲在坟头后面的王绍恒排长把手举了起来，他便也举了起来。那时，他手里还攥着打完了子弹的发热的枪。

耻辱、愧疚，都没想到，他当时想到的只是面前那个日本兵的枪口和刺刀。生的意念在那一瞬间来得是那么强烈，那么自然，那么不可思议。他举起了手。

他在举起手的时候，看到那日本兵黢黑的刀条脸上浮出了征服者高傲的微笑，半只发亮的金牙在阳光下闪了一下。

他自己杀死了自己。

他由此退出了战争，变成了战俘营里的苦力。

他由此陷入了无休无止的悔恨中……

小腿肚上痒痒的。黑蚂蚁还在爬，他想抬起腿，抓住黑蚂蚁将它捻个稀烂，可抬腿抓了一下没抓住。他又极力去想黑蚂蚁，借以忘掉高桥太君和他的狼狗。

高桥太君得了痨病是确凿的，没病没伤，他的长官不会把他派到这里来。到这里看押战俘的，除了一小队日军，大都是从作战部队里剔下来的废物。高桥有肺痨，那战俘营最高长官龙泽寿大佐也断了一条胳膊，据说是在南京被守城国军的炮弹炸飞的。龙泽寿今夜没露面。没有大事，龙泽寿不会露面。

孟新泽由此断定：他们的计划日本人并不知道，倘若知道了，眼前的阵势绝不会这么简单。

身后的王绍恒却吓得不轻，他又扯了扯孟新泽的衣襟，似乎想说什么。孟新泽悄悄地但却是狠狠地将王绍恒的手甩脱了。

面前那个矮胖的鬼子兵把一支烟抽完了，烟屁股摔到了身边的水池里，发出了一声"刺啦"的响声。立在高台阶上的高桥以一阵按捺不住的咳嗽，结束了这刻意制造出的沉寂。

"你们的，要逃跑，我的知道，通通的知道！有人向我报告的有，我的知道！"

高桥抽出指挥刀，刀尖冲着台下的耗子老祁：

"他的，就是一个！我的明白！我的，要给你们一点颜色瞧瞧！"

高桥牵着狼狗从台阶上走下来，把狗交给孟新泽面前的矮胖子牵着，独自大踏步走到老祁跟前，用指挥刀挑起了老祁的下巴：

"你的说：要逃跑的还有什么人？"

老祁被雪亮的指挥刀逼着，仰起了脑袋，脖子上青筋凸得像蚯蚓：

"没逃！没！"

"你的昨夜在井下，哪里去了？"

"拉……拉屎！"

"拉屎的，一个钟头？嗯？大大的狡猾！"

孟新泽心中一惊，一下子断定：他们当中确有告密者！否则，高桥不会了解得这么清楚。昨夜，老祁确是从煤窝里出去了一趟，他是去寻找那条秘密通道的，出去的时间确有一个多钟头。他出去的时候，刚放落大顶上的第一茬煤，回来时，这茬煤已装了一大半。

"我……我没逃！拉过屎，我在老洞里眯瞪了一会儿！"

高桥恼了，指挥刀在手上打了个滚，刀尖逼到了老祁的脖子下：

"你的逃跑，我的明白！你们的逃跑，我的通通的明白！抵赖的不行！说，你的和什么人的联系？"

刀刃割破了老祁的脖子，一股鲜红的血像出洞的蛇似的，缓缓爬到了指挥刀的刀面上。老祁向后倾斜的身子抖动起来，身上那件破军褂的衣襟像旗一样"呼嗒""呼嗒"地飘。

孟新泽又想尿尿。

小腹中的液体几乎要从那东西里迸出来。红蛇在他眼前动，一股夹杂着汗气的淡腥味直往他鼻孔里钻。他闭上眼，又认真地去想黑蚂蚁——真他妈的怪，黑蚂蚁不见了，他感觉不到黑蚂蚁的存在了。

闭合的眼睛依然亮亮的，仿佛一片沸沸腾腾的红雾。高桥的面孔在红雾中时隐时现。

"说！通通的说出来！要逃跑的还有什么人！嗯？"

高桥话音刚落，狼狗又凶恶地狂叫起来。

老祁依然在徒劳地狡辩。

眼前的红蛇变成了浑身血红的大蟒，大蟒恶狠狠地向他跟前扑。他听到了老祁骤然爆发出的哀号。他的精神顷刻间几乎要崩溃了，他一下子竟悲观地认定：老祁完了。他们蓄谋已久的计划又要泡汤了！

这时，老祁却叫了起来：

"我日你祖奶奶！大爷就是想逃！想……逃！你……你狗日的杀了大爷吧！"

高桥一见老祁认了账，反倒把指挥刀从老祁的脖子上抽了回来。

"你的，要逃跑的！"

"大爷活够了，杀不死就逃！"

"就你一个？"

"就我一个！"

"嗯！明白！明白！"

高桥手一挥，狼狗狂吠着扑向了老祁。老祁惊恐地转过身往后跑，没跑出两步就被狼狗压倒在地上。

老祁屁股上的一块肉被狼狗撕了下来，惨叫着死了过去，身下一摊血。

高桥又走到高台阶上训话。

"你们的听着，逃跑的通通的一个样！你们的，逃不出去！乔锦程和何化岩的游击队通通完蛋了，你们的，只有好好挖煤，帮助帝国政府和皇军早日结束东亚战争，才能得到自由！现在，通通的下井干活！"

青石门楼下的钢板门拉开了，在刺刀和枪口的威逼下，战俘们幽灵似的通过门外的吊桥，踏上了通往四号大井的矸石路。从他们栖身的这座阎王堂到四号大井的工房门口，共计是一千三百多步，孟新泽数过。

在四号井工房门口，阎王堂的鬼子看守和矿井队进行了交接。上井的七至十二号的二百余名弟兄被鬼子看守押走了。他们却在几十个矿警的严密监视下，领了柳条帽和电石灯，排队在罐笼前站好，等候下井。

孟新泽和他身后六号大屋的弟兄排在最后面，他在跨进泥水斑驳的罐笼时，听到了西严炭矿锅炉房深夜报时的汽笛。这是半个月以来他在地面上听到的唯一的一次夜笛。狼狗高桥突然制造出的恐怖，使今夜下井晚了半个钟头，使得他们在地面上度过了中华民国二十九年六月十七日的零点。

开采方法是陷落式的。这种开采法不需要大量的坑木支架，不需要精心设计，更不需要高昂的成本，只要有充足的人肉便行。黑乌乌的煤窝子，像野兽的贪婪的大嘴，平均三五天嚼掉一个弟兄。煤层下的洞子是他们自己打的，野兽的贪婪大嘴是借他们的手造出的，而他嚼起他们来竟毫不留情！近两年来，有一百二十多个弟兄被冒落的煤顶砸死、砸伤。在井上是狼狗、皮鞭、刺刀，在井下是冒顶、瓦斯、透水、片邦，简直看不到生路在哪里。从今年三月开始，便有五个弟兄尝试着逃跑。在井上逃的两个，一个被挂在电网上电死了，一个被狼狗咬断了喉咙。三个在井下逃的，两个出去被抓住，一个钻进老洞子里被脏气憋死了。

弟兄们没被吓住，他们还是要逃，于是酿出了一个集体逃亡的计划。里外一个死，与其在这阴暗的煤洞里一个一个慢慢地死，倒不如轰轰烈烈地闹腾一番，痛痛快快地死。大家都赞成逃，串连在秘密进行着。然而，谁都不知道领头的是哪一个，还不敢问，怕别的弟兄怀疑自己不安好心。也是，人落到这种份上，没一个靠得住！谁不想活？保不住就有人为了自己活，不惜让许多弟兄死！

王绍恒排长也想活。在被俘之前自由自在活着的时候，他没意识到活着是件难事，进了战俘营，才明白了，为了活下去，他必须躲避一些东西，争取一些东西，付出一些东西。眼睛变得异常灵活，鼻子变得异常敏锐。他能迅速捕捉到不利于自己生命存在的环境、气氛、场合，机警而又不动声色地逃得远远的。他变成了一个好窑工。他凭着自己的谨慎、细心和超人的感觉，躲过了一次又一次灭顶的灾难。

他有活下去的充分根据。

集体逃亡的计划他是知道的。是营长孟新泽告诉他的。他张口气喘激动了几天。他当然要逃的，他做梦都在想着收回自己生命的主权。只要能成功，他一定逃。他认为这一回有成功的希望，听说外面有游击队接应哩！可当耗子老祁被拉出去时，他怕老祁供出孟新泽，孟新泽再供出他。他怕高桥的指挥刀也架到他的脖子上。他知道，只要高桥的指挥刀也架到他脖子上，一切秘密他都会供出来的，他受不了那种折磨，他压根儿不是条硬汉子。若不是抗日口号烧沸了他的热血，若不是他表姐夫在一〇九三团当团长，他不会投笔从戎的。

走过坑木支架的漫长井巷，又爬了大约三百米上山的洞子，那张着大嘴的野兽又出现在他面前了。矿警孙四把枪往怀里一搂，擦着洋火点着一支烟。悬在棚梁的大电石灯太阳般的亮，孙四额上的每一条皱纹都照得彤红。

孙四吐着烟圈对着弟兄们结结巴巴地嚷：

"干……干活！都……都他姥姥的干……干活！完不成定额，日本人教……教训你们！"

转眼瞅见了刚爬上来的监工刘八爷，孙四又嚷：

"八爷，你……你他姥姥的还……还到窝里去……去看着，有……有事给我讲……讲一声！"

刘八爷显然不高兴，手里玩蛇也似的玩着鞭子。

"孙四，你也太舒服了吧？按皇军的规定可该你进窝管人，老子管筐头、管出炭！"

孙四挺横，小眼睛一瞪：

"皇……皇军要日你姨，你……你狗日的也……也叫日？！"

一个弟兄憋不住笑了。

又短又粗的刘八爷抄起鞭子在那弟兄胸前甩了一鞭，气恨恨地骂：

"笑你娘的屄！干活！通通进窝干活！谁他娘要滑头，八爷就抽死他。"

都进去了。

王绍恒排长不动声色缩在最后头，每向窝里走一步，眼睛总要机灵地转几圈，把窝子上下左右的情况迅速看个遍。他的耳朵本能地竖了起来，极力捕捉着夹杂在纷乱脚步声、浓重喘息声和工具撞击声中的异常声响。手中的灯拧得很亮，雪白的光把一层层黑暗剥掉了抛在身后。鼻子不停地嗅，仔细分辨着污浊空气中的异常气味，他知道，瓦斯气体有些甜，像烂苹果。

一切都正常。

他放心了。

这煤窝的代号是二四二○，为什么叫二四二○，王绍恒不清楚。弟兄们也都不清楚。在二四二○窝子里干活的弟兄，共计二十二人，全是六号的，正常由五个弟兄装煤，十几个弟兄拉拖筐。窝口，短而粗的刘八爷监工；煤楼边，矿警孙四验筐。一切都是日本人精心安排好的，他们的一举一动，都逃不脱日本人的眼睛。但是，矿警孙四不错，据说这小子当年也当过兵，日本人过来，队伍散了，才干了矿警。他对弟兄们挺照应的，不像那个刘八爷！刘八爷偏又怕他，八爷使皮鞭，孙四使枪，就凭这一条，八爷也没法不怕。孙四爱睡觉，八爷也爱睡觉；孙四自己睡，也怂恿八爷睡；两人常倒换着睡。一人睡上半班，一人睡下半班，反正日本人也瞧不着！刘八爷一睡觉，弟兄们的日子就好过了，一些密谋便半公开地在煤窝中酝酿了。

王绍恒记得很清楚，昨日耗子老祁出去探路时，刘八爷已到避风洞的草袋堆上睡觉去了，孙四不会向日本人报告的，那么，向日本人报告的必是窝中的弟兄！可又奇怪：既然向日本人告密了，为什么不把集体逃亡的计划都端给日本人呢？为什么只告了一个老祁？

斜歪在煤窝里，机械地往拖筐里装着煤，王绍恒还不住地想。

不知装了几筐煤之后，他突然想通了！这告密者是个狡猾的家伙！他不一下子把所有的秘密都出卖给日本人，是有心计的。他是在投石问路，看看告密以后，日本人能给他什么好处。好处给得多，他就全卖；好处给得少，他就和弟兄们一起逃，里外他不吃亏！

卑鄙的混蛋，应该设法找到他，掐死他！他在拿弟兄们的生命和日本人做交易哩！

他王绍恒不会这么干，他希望自己活下去，活得尽可能好一些，可却决不会主动向日本人告密。

这个告密者是谁？是谁？

几乎人人都值得怀疑。

窝子里的浮煤快装完的时候，营长孟新泽将拖筐向他脚下一摔，用汗津津的膀子碰了他一下，悄悄说：

"弄清楚告密的家伙了！"

"谁？"

"听说是张麻子！"

"听……听谁说的？"

他很吃惊。

"这不用问，回头等刘八睡觉时，咱们——"

孟新泽做了一个凶狠的手势。

没等他再说什么，孟新泽营长又从他面前闪过去，往别的弟兄面前凑。

王绍恒吃惊之余，觉出了自己的冒失，最后那句会引起孟新泽怀疑的话，他不该问孟新泽从哪儿弄来的消息，他不应该知道。这里的事情就是如此，一切来得都有根据，一切又都没有个来源，谁也不能问，谁也不敢问，孟新泽向他讲什么，都是"听说"，鬼知道他听谁说的！

这听说的消息都蛮可靠的。三月里，听说八路乔锦程的游击大队从鲁南窜过来了，四月下旬的一天夜里，日本西严炭矿的炸药库升了天，轰轰隆隆的爆炸声响了大半夜。后来又听说点炸药库的事不是乔锦程的游击大队干的，是原国军团长何化岩的游击总队干的，说是何化岩司令手下的人马有一千三，光机枪就有十几挺哩！他们由此知道了，这矿区周围的山区里还有乔锦程和何化岩的游击队。他们由此酝酿了集体逃亡的计划，决定分头和乔锦程、何化岩的游击队取得联系，里应外合，一举捣毁四号井和阎王堂两座战俘营，挣脱日本人的魔爪！

偏偏在这时，张麻子向日本人告了密！除掉张麻子是极自然的！他们不除掉张麻子，下一步，张麻子一定会借日本人的手除掉他们！

有关杀人的热辣辣的念头闪过之后，冷静下来一想，王绍恒又本能地感觉到事情有些不对头。他突然发现，自己又站在一个陷阱边缘上了，只要一不小心，他就可能落入这个陷阱中被日本人吃掉！日本人不是傻子，昨天有人向他们告了密，今天告密者突然死掉了，他们不会不怀疑！孟新泽他们干得再漂亮、再利索，日本人也要追查的！他不能逃跑不成，先把自己的命送掉，更不能在高桥滴血的刀刃下供出逃亡的秘密。

他从心里感到冷。

他揣摩了半天，还是决定不参加这次正义的谋杀。

刘八爷到煤窝外的避风洞迷迷糊糊搂婊子的时候，他弯着腰，捂着肚子，跑出了煤窝，对坐在煤楼守护洞里的孙四说，要去拉屎。

田德胜拉完最后一筐煤，把电石灯灭了，拖筐往筐帮一竖，身子一缩，双手抱膝，猴儿似的蹲到筐里去了。这是他自己发明的安全打盹法。他得趁着弟兄们用钢钎放落煤顶上一茬煤的工夫，美美眯上一会儿。眯觉之前，照例蛮横无理地摔了一句话在筐外：

"都听着噢，谁要向日本人告状，爷爷就砸断他狗日的腿！"

那口气，仿佛他不是日本人的苦力，而是什么了不得的大英雄似的。

"哎，田老二，今个儿该你放顶！"

田德胜被俘前的排长刘子平提醒说。

刘子平是个高高瘦瘦的山东人。

田德胜压在胳膊上的冬瓜头抬了起来，两只肉龙眼一眨，不怀好意地笑了：

"哦，该我放顶？难为你刘排骨想得起！既然想起了，你狗日的就辛苦辛苦吧！"

刘子平极委屈地叫：

"凭什么？老子凭什么代你放？！老子是你的排长！想当初……"

田德胜邪火上来了，"腾"地从竖着的拖筐里弹将出来，炮弹似的。

"排长！屌毛！这里还有长？呸！通通都他妈的屌毛！"

竟然从破裤裆里摸出了两根，放在嘴边吹了口气，在手上捻着：

"喏，就是这种撸不直、带弯儿的！"

"你……你……你田老二又是什么东西！"

"我？嘿嘿，我——"

田德胜咧着螃蟹似的大嘴，展露着一口东倒西歪的黄板牙，无耻地道：

"我他妈的是屌，单操你娘！"

刘子平闭了气，不敢作声了。他知道，再骂下去，田德胜这畜生就要动武了。他退到了煤帮的另一侧，将电石灯的柱火捻小，悄悄蹲下了。

身边的桂军排长项富广低声安慰了他一句：

"老刘，别理他，越理他，他越犯邪！"

刘子平不理田德胜，田德胜却还不罢休，他又悻悻地走到刘子平面前，抬腿踢了踢刘子平的屁股：

"咦，爷爷刚才不是说了么？今日放顶的差使你顶了！你狗日的咋坐下了？起来！起来！"

刘子平仰着长方脸，大睁着一双细小的眼睛，费力地咽着吐沫：

"我……我凭什么替你干？"

田德胜胳膊一撸，拳头一攥，胳膊上的肌肉聚到了一起，凸暴暴的，仿佛趴着一只蛤蟆。他胳膊一曲一伸，那蛤蟆便在皮下兴奋地搏动起来，似乎要从胳膊上跳将下来。

"凭什么？你说呢？"

又撩开小褂，将灯笼也似的拳头死命在厚实的胸肌上砸，砸得"咚咚"响。

"凭什么！爷爷就他妈的凭这个。你狗日的不服气，就和爷爷比试一下！日他娘！还排长，团长也他妈的屌毛！"

煤窝中的弟兄都愣愣地看着，没有人劝阻，也没有人出面应战。田德胜的这套把戏他们看得多了，见惯不惊了，田德胜瞄上了谁，谁只好认倒霉。田德胜有力气，又邪得吓人，自然有资格称爷爷的。

今日，算刘子平倒霉。

刘子平却赖在地上死活不起身。

"咦，你狗日的咋闭气了！起来！妈的，起来！"

灯笼也似的拳头在刘子平脑袋上方晃，刘子平屁股上又吃了两脚。

军
歌

1409

孟新泽过来了，向刘子平使了个眼色：

"老刘，走吧！我们一起去！老田累了，让他歇一会儿吧，都是自家弟兄！"

刘子平这才慢吞吞地站了起来。

田德胜却眼皮一翻：

"歪子，你瞎扯什么？我不累，就他妈的犯困，想眯一会儿！"

敢叫孟新泽歪子的，六号里只有田德胜一个。孟新泽的嘴确有一些歪，且一抽一抽的，据说是在徐州战场上被大炮震的，谁知道呢？！

孟新泽并不介意，又对田德胜道：

"困了就睡一会儿吧！刘八过来时，我们喊你！"

田德胜笑了，大模大样地拍拍孟泽新的肩头：

"行！还是孟哥体贴人！"

说毕，将小褂一掖，将胸前那两块绝好的肌肉掩了，旁若无人地往自个儿的拖筐跟前走，到了跟前，身子一缩，又进去了。

得意自不必说的。汤军团的普通大兵田德胜凭着一身令人羡慕，又令人胆怯的肌肉，赢得了又一次生存竞争的胜利。

田德胜算个极地道的兵油子，三年之中卖过四次丁，最后一次，进了汤恩伯军团的新兵团，台儿庄战役爆发之后本想拔腿的，不料，没逃成，差一点挨枪毙。大撤退的时候，他又逃了一次，运气更糟，竟被日本人活拿了，押到阎王堂当牲口。在阎王堂里，他发现了自己的价值，一阵乱拳，把国军军营里固有的一切秩序都砸了个稀烂，他所憎恶的那些长儿们、官儿们，通通毫无例外地变成了屌毛！他从不掩饰他对这些长儿们、官儿们的蔑视，他也不怕他们的报复。有一次，刘子平、孟新泽几个人抱成团教训他，按在煤窝里揍他，也没把他揍服。他倒是单对单地让他们都领教了他的老拳，逼着他们承认了他的权威。

六号里的弟兄们认定他是畜生。

他认定弟兄们都是屌毛。

弟兄们对他自然是信不过的，一切秘密都尽可能地瞒着他，他也不去问，似乎根本没想过要从这座地狱里逃出去，他仿佛找到了最合乎自己生存的土地，打算一辈子待在这儿！

蹲在拖筐里，沉重的大脑袋压在抱起的手臂上，他想睡，可却睡不着。他不傻，他知道弟兄们正酝酿着一个什么计划，只瞒着他一个人。他有些不平，感到不合理。他不去问，可心里极想知道它。他要闹清楚：这计划是否会触犯他的利益，他关心的只是这一点，他是为自己活着的，只要不触犯他的利益，他便不管，反之，则不行。

今日的事有些怪。孟歪子一会儿蹭到这个面前叽咕两句，一会儿挪到那个人面前叽咕两句，大约又要玩什么花头了。尤其可疑的是：他竟怂恿他去睡觉，那必是想趁他睡着时干点什么！

他突然想到了自己：

他们该不是要对他下手吧！

不敢睡了。两只肉龙眼一下子睁得很大，脑袋在胳膊上偏了过来，透过拖筐的破洞和缝隙向煤窝深处看。煤窝深处一片昏黄迷蒙的灯光，灯光中飞舞着的煤屑、粉尘像一团团涌动的浓雾。钢钎捅煤顶的声音和煤顶塌落的声音响个不停。

没发现什么异常情况。

没有人向他这里摸。

他还是不放心，悄悄将拖筐边的电石灯点亮了，拧亮灯火，对着煤窝照。

他这才发现了一个秘密：

几个弟兄压着一个什么人在满是煤块的地下扑腾，另几个弟兄装模作样在那里捅煤顶，其实是想把煤尘扬得四处飞舞，遮掩住煤窝深处杀人的内幕！

妈的，他们要杀人！

他们今日敢杀那人，明日必然敢杀他田德胜！他不能不管！他得显示一下自己的力量！

他悄悄将柳条帽戴了起来，把电石灯咬在嘴上，抄起身边的一把大锹，狼一般蹿了过去。

"妈的，你们在干什么？！"

压在那受害者身上的孟新泽转过了铁青的脸，歪斜的嘴角下意识地抽颤了一下，极严厉地低吼了一声：

"没你的事，走开！"

他不走。

几个弟兄全扑了上来。

他抄起铁锹，抡了一个大圈儿。

几个弟兄站住了。

那个受害者在地下挣，挣了半天，从一个弟兄的手指缝里憋出了一句话：

"二哥，救……救我！"

是张麻子！

"放开麻子！"

"没你的事，走开！"孟新泽再次重申。

"放开！"他又喊。

就在这时，一个挪到他身后的弟兄，恶狠狠地搂住了他的后腰，他手中的铁锨落到了地上。

几个弟兄一拥而上，把他压倒了。

他突然意识到：他完了。

一只汗津津的臭牛皮似的手死命捂住他的嘴，几只拳头冰雹也似的落到他头上、腰上、大腿上。他叫不出，也挣不动。

这时，孟新泽又说话了，他叫大伙儿住手。

孟新泽半蹲半跪着俯在他身边，对他说：

"老田，你听着：今日的事与你无关！你什么也没看见！什么也不知道！张麻子是自作自受！懂吗？！"

他睁着迷茫的眼睛，身子向上挣：

"张……张麻子怎么了？"

"他向日本人报告，说耗子老祁要逃跑，老祁才被高桥折腾得死去活来！"

"妈的，你……你们咋不早和我说一声！"

按在他身上的手松了，他"腾"地爬起来，抄起锨，蹿到张麻子面前，将压在张麻子身上的人拨开，狠狠对着被掐个半死的张麻子的脑袋砸了一锨。

张麻子身子向上一挺，死了。

一个人死起来竟那么容易。

田德胜把沾着鲜血、脑浆的铁锨在煤堆里搓了几下，又打了个嘹亮的哈欠：

"孟大哥，你们忙你们的，我他妈的真得眯一会儿了！咱啥也不知道，啥也不知道！"又旁若无人地走了。仿佛刚才只是捻死了一只蚂蚁。

再一次蹲到拖筐里，没几分钟，煤顶轰隆隆落了下来，咆哮的煤尘像黑龙一样向窝外冲。田德胜身边的电石灯灭了。

就在这工夫，田德胜看到，一盏晃动的灯从窝子外面钻了进来。近前一看，提着那盏灯的，是王绍恒排长。

发生这一切的时候，王绍恒排长不在现场，他闹肚子，拉屎去了，矿警孙四可以作证。

这一般很正常，包括煤顶冒落，砸死一个苦力，通通属于正常——正常的生产事故。大日本皇军的圣战煤，每万吨支付三条性命的成本，今日只是把应该支付的成本支付进了去，一点也不值得惊奇。

事故发生的时候，是六月十七日三时四十五分。矿警孙四做了当班记录，并在十七日十二时上井交接时，把那具砸得稀烂的尸体在井口工房里完整无缺地交给了阎王堂的日本人……

阎王堂的名是我们给起的。我们还编了顺口溜唱："上井阎王堂，下井鬼门关，圣战瞎扯，皇军快完蛋……"这类顺口溜编了不少哩，日本人都不知道，他们要是知道，我们就得吃苦头喽！

当时，千余号弟兄被分押在两处，阎王堂一处，四号井护矿河内还有一处。这四号井原是西严炭矿——早先叫中国煤矿股份有限公司——开拓的，后来，徐州沦陷，开矿的资本家炸掉西严镇的主井颠了，日本人才接收过来，在护矿河外又筑了高墙把它和外面隔开了。

西严镇距我们阎王堂只有四里地，距四号井也不到五里，听说镇西的山里有咱的游击队，弟兄们都梦想着搞一次暴动。不管日本人盯得多紧，还是有人在暗中活动，主事人是谁，至今我也不知道……

二

狼狗高桥歪斜着身子倚在竹凉椅上吃刨冰，铁勺把搪瓷茶缸里的刨冰屑搅得沙沙响。两个日本兵没吃，他们电线杆似的立着，上了刺刀的三八大盖对着弟兄们的胸脯子。高桥瘦弱的身子完全浸在高墙投下来的一片阴影中，他脸上、脖子上没有一丝汗。两个日本兵也站在阴影的边缘，只有头顶微微晒了些太阳。

是中午一点多钟的光景，太阳正毒。

六号大屋的弟兄全在火毒的太阳下罚站，仿佛一群刚从地狱里爬出来的黑鬼。他们回到阎王堂，连脸也没捞着洗，就被高桥太君瞄上了。

高桥太君不相信张麻子死于煤顶的冒落，认定这其中必有阴谋。

在高桥太君的眼里，这个被高墙电网围住的世界里充满了阴谋，每个战俘的一举一动、一言一行，都带有某种阴谋的意味。而他的责任，就是通过皮鞭、刺刀、狼狗等等一切暴力手段，把这些阴谋撕碎、捅穿、消灭！

张麻子昨日通过监工刘八向他告密，今日就被砸死了，这不是阴谋还会是什么？他们怎么知道告密者是张麻子呢？谁告诉他们的？他要找到这个人，除掉这个人，他怀疑战俘中有一个严密的地下组织，而且在和外面的游击队联系，随时有可能进行一场反抗帝国皇军的暴动。

这怀疑不是没有根据的。四月里，西严炭矿的火药库炸了，战俘中间便传开了一些有关游击队的传奇故事，一些战俘变得不那么听话了。这迫使他不得不当众处决一个狂妄的家伙。那家伙临死前还狂呼："你们这些日本强盗迟早得完蛋！乔锦程、何化岩的游击队饶不了你们！"他们竟知道矿区周围有游击队，他竟能叫出乔锦程和何化岩的名字！这都是谁告诉他们的？！

吃完了刨冰，身子倚在凉椅上换了个姿势，阴阴的脸孔正对着那群全身乌黑、衣衫褴褛的阴谋家们，高桥太君脸上的皮肉抽动了一下，极轻松地规劝道：

"说嘛！唵？通通的说出来，我的，大皇军的既往不咎！说出来，你们的，通通回去睡觉！"

没人应。

站立在暴烈阳光下的仿佛不是一个个有生命的人，而是一根根被大火烧焦了的黑木桩。

高桥太君从凉椅上欠起了身子，按着凉椅的扶手，定定地盯着众人看。看了一会儿，慢慢站了起来，驼着背，抄着手，向阳光下走。

他在王绍恒排长面前站住了：

"你的，你的说，张麻子的不是被冒顶砸死的，是有人害他，嗯？是不是？你的，大胆说！"

王绍恒垂着脑袋，两眼盯着自己的脚背，喃喃道：

"太君，我的不知道！窝子里出事时，我的不在现场，跟班矿警可以作证！"

"你的，以后也没有发现什么可疑的事吗？你的不知道有谁向你们通风报信吗？唵？"

王绍恒艰难地摇了摇头：

"我的不知道！什么也不知道！太君明白！井下冒顶，经常发生！昨夜，是张麻子放顶，想必是他自己不小心……"

"八格牙鲁！"

高桥太君一声怪叫，一拳打到王绍恒的脸上，王绍恒身子晃了晃，栽倒在地上，鼻孔里出了血。

高桥两只拳头在空中挥舞着，一阵歇斯底里的咆哮：

新中国70年优秀文学作品文库

中篇小说卷

"你们的阴谋，我的通通的明白，你们的不说，我的晒死你们！饿死你们！困死你们！"

高桥太君又回到凉椅上躺下了。

一场意志力的较量开始了。高桥太君要用胜利者的意志粉碎战俘们的阴谋。战俘们则要用他们集体的顽强挫败高桥的妄想。

战争在他们中间以另一种形式进行着。

他们做了战俘却依然没有退出战争。

刘子平排长希望这一切早些结束。

当高桥走到王绍恒面前，逼问王绍恒时，他的心骤然发出一阵狂乱的跳荡。他忘记了悬在头上火炉般的太阳，忘记了身边众多弟兄的存在。他觉得自己是俯在一间密室的门口，窃听着一场有关自己生死存亡问题的密谈。王绍恒站在孟新泽后面，距他只有不到一大步。他斜着眼睛能瞥到王绍恒半边脸膛上的汗珠，能看到王绍恒小山一样的鼻梁，他甚至能听到王绍恒狗一样可怜的喘息。高桥的脚步声在王绍恒身边停下时，他侧过脸，偷偷地去瞧高桥脚下乌亮的皮靴，他希望这皮靴突然飞起，一脚将王绍恒踢倒，然后，再唤过凶恶的狼狗，那么，今日的一切便结束了，他的一桩买卖就可以开张了。

他知道王绍恒的怯弱，断定王绍恒斗不过高桥太君和他的狼狗。他佩服高桥太君的眼力。高桥这王八别人不找，偏偏一下子就瞄上了王绍恒，便足以证明他窥测人心的独到本事。

他不恨王绍恒，一点也不恨。他和王绍恒没有冤隙，没有成见，在很多时候，很多场合，他甚至可怜他。他决不想借日本人的手来折磨一个怯弱无能的弟兄。当那个恶毒的念头突然出现在脑际的时候，他自己都感到吃惊！其实，按照他的心愿，他是极希望高桥太君好好教训一下田德胜的。田德胜那畜生不是玩意儿，依仗着力气和拳头经常欺辱他。可他很清楚，田德胜是个不怕死的硬汉子，高桥太君和他的狼狗无法粉碎他顽蛮的意志！高桥太君从那畜生嘴里掏不出一句实话！

突破口在王绍恒身上！

王绍恒应该把那个通风报信者讲出来！

他揣摩王绍恒是知道那个通风报信者的。王绍恒和孟新泽都是一〇九三团炮营的，素常关系很好，孟新泽的一些谋划和消息来源必然会多多少少暴露在王绍恒面前的，他只要把这个人供出来了，事情就好办了……

王绍恒竟不讲。

愚蠢的高桥竟用一个拳头结束了这场有希望的讯问。

王绍恒混账！

高桥更混账！

这一对混账的东西把本应该结束的事情又没完没了地延续下去了，他被迫继续站在这杀人的烈日下，进行这场徒劳无益的意志战。

身上那件沾满煤灰的破褂子已被汗水浸透了，黑乎乎的脸上，汗珠子雨似的流。汗珠流过的地方露出了白白的皮肉，像一条条弯弯曲曲的小河沟。脚下干燥的土地湿了一片。头上暴虐的烈日继续烘烤着他可怜的身躯，仿佛要把他躯体内的所有水分全部榨干，使他变成一条又臭又硬的干咸鱼。那种生了黑虫的干咸鱼他们常吃，有时会连着吃一两个月呢。

够了！

他早就受够了！

他不愿做干咸鱼，也不愿吃干咸鱼！他要做一个人，做一个自由自在的人，以人的权利，享受生活中应有尽有的一切。

咽了口吐沫。

听到身后"扑通"响了一声，闷闷的。

他判定，是一个弟兄栽倒了。

响起了皮鞭咆哮的声音。他大胆地扭头一看，栽倒的弟兄被皮鞭逼得摇摇晃晃立了起来。

那弟兄没有开口的意思。

看来，高桥太君今日要输。高桥太君知道有阴谋，却不知道阴谋藏在哪里。他为高桥太君惋惜，也为自己惋惜。

逃亡计划刘子平是知道的，他认定不能成功。在地面逃，有日本人的电网、机枪、狼狗。在井下逃，更属荒唐，竖井口，风井口，斜井口，日夜有矿警和日本人把守，连个耗子也甭想出去。说是有游击队，他更不相信。共产党乔锦程的游击队不会冒着覆灭的风险来营救国军战俘的——尽管国共合作了，他们也不会下这种本钱。何化岩究竟有多大的可能前来营救，也须打个问号。高桥不是一再说游击队全被消灭了么？！五月之后，不是再没听说过游击队的事情么？退一步讲，即使有游击队，有他们的配合，弟兄们也未必都能逃出去。倘或双方打起来，最吃亏的必是他们这些手无寸铁的弟兄！如果他吃了一颗流弹，送了命，这场逃亡的成功与否，便与他一点关系也没有了。

世界对他刘子平来说，就是他自己。他活着，呼吸着，行动着，这个世界就存在着，他死了，这个世界就不存在了，这是个极明确极简单的道理。

得知大逃亡的秘密，他心中就萌发了和日本人做一笔买卖的念头。他认为做这笔买卖担的风险，要比逃亡所担的风险小得多。他只要向日本人告发了这一重大秘密，日本人就会把他原有的自由还给他，他的生命就将得到最大限度的升值。

这念头使他激动不已。

希望像一缕诱人的晨曦，飘荡在他眼前。

然而，他是谨慎的，他要做的是一笔大买卖。买卖成交，他能赚回宝贵的自由；买卖做砸了，他就要输掉身家性命，他不能急，他要把一切都搞清楚，把一切都想好了，在利箭上弦的一瞬间折断箭弓，这才能在日本人面前显出自己的价值。

张麻子竟走到了他前面，竟把耗子老祁告了。他感到震惊：原来，想和日本人做这笔人肉买卖的并不是他一个！他拿别人的性命做资本，别人也拿他的性命做资本哩！

张麻子该死，他参加了处死张麻子的行动。在田德胜砸死张麻子之前，他和两个弟兄死死压在张麻子身上。他用一双手捂着张麻子的嘴。他对张麻子没有一点怜悯之情——事情很清楚，张麻子是他的竞争对手。

过后想想，却觉出了张麻子的可怜。张麻子是替他死的。如果他刘子平在张麻子前面先走了一步，那么，死在田德胜铁锹下的就该是他了。

他吓出了一身冷汗。做这笔大买卖也和逃亡一样要担很大的风险哩！他打消了向日本人告密的念头。他不愿死在日本人的枪口下，自然，也不愿死在自己弟兄的铁锹下。

任何形式的死，对生命本身来说都是相同的。

他原以为日本人对张麻子的死不会过问，不料，日本人竟过问了！站到了烈日下，那死去了几个小时的告密念头又顽强地浮出了脑海，他希望日本人找到那个通风报信者，为他的买卖扫清障碍。

这个通风报信的家伙会是谁呢？矿警孙四？监工刘八？送饭的老高头？井口的老驼背？都像，又都不像。其实，送饭的老高头，井口的老驼背，与他都没有关系。他告密也不会去找他们。他要知道的，是矿警孙四和监工刘八是不是靠得住，他没有机会向日本人直接告密，却有机会向孙四和刘八告密。只要这两个人靠得住，他的买卖就能做成功……

脑袋被纷乱的念头搅得昏沉沉的。

这时，西严炭矿的汽笛吼了起来，吼声由小到大，持续了好长时间。炽热的空气在汽笛声中震颤着，身边的弟兄都不约而同地抬头看太阳。太阳偏到了西方的天际上，是下午四点钟了。这不会错！西严炭矿的汽笛历来是准确的。西严炭矿的窑工们是八小时劳动制，每日的早晨八点，下午四点，深夜零点放三次响，这三次放响，唯有深夜零点那次与他们有关。他们是十二小时劳动制，深夜零点和中午十二点是他们两班弟兄交接的时刻。

不错，是放四点响。

这就是说，他们在六月的烈日下曝晒了三四个钟头！这就是说，一场徒劳无益的意志战快要结束了，是的，看光景要结束了。

刘子平排长一厢情愿地想。

王绍恒斜长的身影被牢牢压在脚下的土地上动弹不得。四点钟的太阳依然像个脾气暴烈的老鳏夫，挥舞着用炽热的阳光织成的钢鞭在王绍恒和他的弟兄们头顶上啸旋，阳光开始发出嗡嗡吟吟的声响，王绍恒觉着自己挺不住了，脑门上一阵阵发凉，眼前朦朦胧胧升起旋转飞舞的金星。

仍没有结束的迹象。

高桥躺在竹凉椅上吃第三茶缸刨冰，他干瘦而白皙的脸上依然没有一丝汗迹，几个日本兵将三八大盖斜挎在肩上，悠然自得地抽烟。南面一至五号通屋里的弟兄已发出阵阵鼾声。

这一切强烈地刺激了他，他一次次想到：这不合理！这太不合理！他不该在这六月的烈日下罚站！出事的时候，他不在现场嘛！日本人不该这么不讲道理！他感到冤枉，感到委屈，真想好好哭一场。

高桥是条没有人性的狼！是个该千刀万剐的混蛋，如果有支枪，他不惜搭上一条性命，也要一枪把这混蛋崩了。

其实，他早就知道高桥不讲道理，早就知道这电网、高墙围住的世界里不存在什么道理，可他总还固执地按照高墙外那个自由世界的习惯思维方式进行思维，还固执地希望高墙外的道理能在这片狭小的天地里继续运行。狼狗高桥的思维方式和战俘营里的野蛮秩序，他都无法适应。他不断地和他们发生冲突，又不断地碰得头破血流，每当碰得头破血流时，他就变得像落入陷阱中的狼一样，绝望而烦躁，恨不得猛然扑向谁，痛痛快快咬上几口。

只有这疯狂的一瞬，他才是个男子汉。然而，这一瞬来得快，退得也快，往往没等他把疯狂的念头变成行动，涌上脑门的热血就化成了冰冷的水，他也就顺理成章地变成了怯弱的娘儿们。

他时常为自己的怯弱感到羞惭。高桥站到他身边时，他怕得不行，两眼瞅着自己的脚背，不知咕咕噜噜说了些什么，仿佛鼻子下的那张嘴不是他自己的，仿佛他的大脑已丧失了指挥功能。高桥的拳头落到他脸上，把他打倒在地了，他才意识到：他并没讲什么对弟兄们不利的话，他才感到一阵欣慰。

他不能出卖弟兄们，不能把逃亡的计划讲出来！他出卖了别人，也就等于出卖了自己！逃亡计划流产，对他没有任何好处，他生命的希望、自由的希望是和那个逃亡计划连在一起的！

他却无法保证自己不讲出来。拖着疲惫不堪的身子走到阳光下，已是三四个钟头了，这三四个钟头里，他不止一次地想到，他挺不住了！挺不住了！他两条干瘦的腿发木、发麻，青紫的嘴唇裂开了血口，体内的水分似乎已被太阳的热力蒸发干净。被高桥打倒在地时，他真不想再爬起了，他真希望就这样睡着，直到高墙外的战争结束……

恍惚之中，两团旋转的黄光扑到了他身边，两只从半空中伸下来的铁钳般的手抓住他肩头，抓住他的胳膊，将他竖了起来，他听到了高桥野蛮无理的叫喊：

"……晒死你们！饿死你们！困死你们！"

不！他不死！决不死！活着，是件美好的事！再艰难、再屈辱的活也比任何光荣的死更有意义，更有价值！活着，便拥有一个世界，拥有许多许多美好的希望和幻想，而死了，这一切便消失了。

他要活到战争结束的那天。

面前的金花越滚越多，像倾下了一天繁星，高墙、房屋和凉椅上的狼狗高桥都腾云驾雾似的晃动起来，耳鸣加剧了，仿佛有成千上万只蜜蜂同时飞动起来，嗡嗡吟吟的声音响成一片……

眼前骤然一黑，维系着生命和意志的绳索终于崩断了，他"扑通"一声，再一次栽倒在被阳光晒热了的地上，沉沉地睡了过去。

扑来了两个日本兵。他们试图把他重新竖起来。却没有成功。

"抽！用鞭子抽！装死的不行！"高桥吼。

两条贪婪的噬血黑蛇一次次扑到了他的脊背上，他不知道。昏迷，像一把结实可靠的大锁，锁住了他心中的一切秘密。

他挺住了。

后来，从昏睡中醒来，他自己都有点不相信：他竟熬过了这顿毒打，竟做了一回硬铮铮的男子汉。

他感动得哭了。

最终下令结束这场意志战的，是阎王堂最高长官龙泽寿大佐。

龙泽寿大佐是在王绍恒排长被抱到六号通屋台阶下的时候，出现在弟兄们面前的。他显然刚从外面的什么地方回来，刻板而威严的脸膛上挂着汗珠，皮靴上沾着一层浮土，军衣的后背被汗水浸透了，一只空荡荡的袖子随着他走动的身体，前后飘荡着。

他走到高桥面前时，高桥笔直地立起，靴跟响亮地一碰，向他鞠了一个躬。

他咕噜了一句鬼子话。

高桥咕噜了一串鬼子话。

孟新泽听不懂鬼子话，可能猜出高桥和龙泽寿在讲什么。他脑子突然浮出了一个大胆的念头：拼着自己吃一顿皮肉之苦，立即把前面的一切结束掉。

不能再这么拼下去了，再拼下去，他们的逃亡计划真有可能在烈日下晒得烟消云散！这僵持着的每一分钟、每一秒钟都潜伏着可能爆发的危险。

他要向龙泽寿大佐喝一声："够了！阴谋是莫须有的！逃亡是莫须有的，大佐，该让你的部下住手了！"

在整个阎王堂里，孟新泽只承认龙泽寿是真正的军人，龙泽寿不像管他们的高桥那么多疑、狡诈，又不像管七号到十二号的山本那么阴险、毒辣。龙泽寿喜欢用军人的方式处理问题。有一桩事情给孟新泽的印象极深：去年五月间，龙泽寿刚调到阎王堂时，有一次和孙连仲集团军某营营长章德龙谈高墙外的战争。谈到后来，双方都动了真情，都忘记了自己的身份，章德龙竟毫无顾忌地把龙泽寿和帝国皇军痛骂了一通。龙泽寿火了，冷冷抛过一把军刀，要和章德龙决斗。决斗就是在他们脚下的这块土地上进行的，弟兄们都扒着铁栅门向外看。章德龙是条汉子，军刀操在手里，马上变成了一个地地道道的军人。他挥着刀，扑向龙泽寿，头一刀就划破了龙泽寿的独臂，龙泽寿凶猛反扑，终于在一阵奋力的拼杀之后，将章德龙砍死。后来，龙泽寿在高墙内为章德龙举行了葬礼，他对着那些日本士兵，也对着站成一片的战俘们说了一通话：

"他不是俘虏！不是！他是一名真正的军人，他死于战争！献身战争，是一切军人的最终归宿。"

龙泽寿大佐脱下帽子向章德龙营长的遗体鞠了躬。

那些日本士兵也鞠了躬。

孟新泽从那儿开始，认识了龙泽寿。他恨他，却又对他不无敬佩。龙泽寿敢于把军刀抛给章德龙，让章德龙重新投入战争，便足以说明他的胆识、勇气和军人气质！其实，他完全可以用高桥的手法，像掐死蚂蚁似的将章德龙掐死，他没有这样做。

高桥还在那里用鬼子话啰嗦。

龙泽寿的眉头皱了起来，极不耐烦地听。一边听，一边在高桥面前来回踱步，间或，也用鬼子话问两句什么。

后来，事情发生了奇迹般的变化。

没等孟新泽从人群中站出来，高桥绷着铁青的脸走到了弟兄们面前，极不情愿地喊道：

"通通的回去睡觉！以后，哪个再想逃跑，通通的枪毙！回去！回去睡觉！"

直到这时候，孟新泽才长长吐了口气，那颗悬在半空中的心放到了实处，他不无自豪地想：他和他的弟兄们又胜利了。

回到屋中，见到了耗子老祁。老祁血肉模糊的屁股已不能着铺了，他像条被打个半死的狗，屈腿趴在地铺的破席上，身上叮满了苍蝇。

孟新泽俯到老祁面前，老祁费力地昂起了脑袋，昂了一下，又沉沉地落下了。

老祁显然有话要说。

孟新泽嘱咐弟兄们看住大门，把耳朵凑到了老祁的嘴边：

"老祁，你要说啥？"

老祁低声问：

"和……和外面联系上了么？"

孟新泽摇了摇头。

"得……得抓紧联系！不能再……再拖下去了！咱们中间有鬼！"

孟新泽悄悄说：

"鬼抓到了，被弟兄们送到阴曹地府去了！"

"是谁？"

"张麻子！"

老祁点点头，又说：

"今日下窑，再派个弟兄到……到上巷看一下，我估摸那个露出的洞子能……能走通！我……我进去了，摸了几十米，感觉有风哩！"

"老祁，你吃苦了，弟兄们谢你了！"

老祁脸上的皮肉抽动了一下，说不上是笑还是哭：

"这些话都甭说了！没……没意思！"

这时，守在门口的弟兄大叫起来：

"饭来了！饭来了！弟兄们，吃饭了！"

老祁和孟新泽都住了口。

送饭的老高头将一筐高粱面饼子和一铁桶剩菜汤提进了屋，弟兄们围成一团，狼吞虎咽吃了起来。

咬着铁硬的高粱饼子，喝着发酸的剩菜汤，弟兄们都在想着那条洞子……

"那是一条什么样的洞子，它的准确位置在什么地方？它能把井下和地面沟通么？"躺在地铺上的刘子平排长一遍又一遍问着自己。他凭着两年来在地层下得到的全部知识和经验，竭力想象着那洞子存在的意义和价值。那洞子的存在，是毋庸置疑的了，耗子老祁已道出了一个秘密：洞口在上巷。然而，上巷有五六个支支叉叉的老洞子，究竟哪个洞口能通向自由？这是亟待搞清的。另一个亟待搞清的问题是：这条有风的洞子是否真的通向地面？倘或它只是沟通了别的巷道，老祁的努力就毫无意义了……

兴奋和欣喜是不言而喻的，被囚禁着的生命在这突然挤进来的一线光明面前变得躁动不安了。他怎么也睡不着，睁着眼睛看灰蒙蒙的屋顶。

屋顶亮亮的。夏日的太阳把黄昏拉得很长，已是六点多钟的样子了，挂在西天的残阳还把失却了热力的光硬塞到这间青石砌就的长通屋里来。屋顶是一根根挤在一起的大圆木拼起来的，圆木上抹着洋灰、盖着瓦，整个屋子从里看，从外看，都像一个坚固的城堡。黄昏的阳光为这座城堡投入了一线生机，给刘子平排长带来了许多美好的联想。他想起二十几年前做木材生意的父亲带他在长白山原始森林里看到的一个湿漉漉的早晨。做了俘虏，进了这间活棺材，那个早晨的景象他时常忆起。那日，他和父亲从伐木厂的木板屋中钻出来，整个大森林浸泡在一片白茫茫的雾气中，突然间，太阳出来了，仿佛一只调皮的兔子，一下子跃到了半空中，银剑似的光芒透过参天大树间的缝隙，齐刷刷地照到了远方那一片密密麻麻、城墙般的树干上。他惊奇地叫了起来，仿佛第一次看到太阳！

那是永远属于他的自由的太阳！

升起那轮太阳的地方，如今叫"满洲国"了。

作为一个中国军人，作为一个有血气的男子汉，他在国民政府最高统帅部的指令下，在众多长官的指令下，也在自己良心的指令下，参加了这场由"满洲国"漫延到中国腹地的战争。随整个军团开赴台儿庄战役前线时，他从未想过会做俘虏，更没想过，有一天，他会向日本人告密。在台儿庄会战中，他和他所在的队伍没打什么硬仗，但，台儿庄的大捷却极大地鼓舞了他，他认定他和他的民族必将赢得这场正义的战争。

然而，接踵而来的，是灾难的五月十九日。那日半夜，徐州西关大溃乱的情景，给了他永生难忘的、刻骨铭心的记忆。

那日夜，一切都清楚了，可怕的消息一个接一个传来，日军业已完成对徐州的大包围。徐州外围的宿县、黄口、萧县全部失守。丰县方面的日军攻势猛烈。津浦、陇海东西南北四面铁路全被日军切断。最高统帅部下令撤退……五十余万被围在包围圈里的国军相继夺路逃命，溃不成军，徐州陷入了空前混乱之中。堆积如山的弹药、粮秣在轰轰烈烈的爆炸声中熊熊燃烧，火光映得大地如同白昼。日本人的飞机在天上狂轰滥炸，一颗炸弹落下，弟兄们倒下一片。突然而来的打击，把一切都搅得乱七八糟，各部的建制全被打乱了，连找不到营，营找不到团，团找不到师。从深夜到拂晓，崩溃的国军组成了一片人的海洋，一股脑儿向城外涌……

他也随着人的海洋向城外涌。长官们找不到了，手下的弟兄们找不到了，他糊里糊涂出了城，糊里糊涂成了俘虏。

他被俘的地方在九里山。那是徐州城郊外的一个小地方，据说是历史上著名的古战场。和他同时被俘的，还有孙连仲第二集团军的一百余名弟兄。

民国二十七年五月十九日，是他的精神信念大崩溃的日子。从这一日开始，战争对他来讲已不存在什么实际意义了，求生的欲念将他从一个军人变成了一条狼。

他要活下去，活得好一些，就得做条狼。

五月十九日夜间，当那个和他一起奔逃了几个小时的大个子连长被飞起的弹片削掉半个脑袋时，他就突然悟到了点什么，他要做一点狼的念头，大约就是从那时候开始萌发的。谁知道呢？反正他忘不了那个被削掉半个脑袋的苍白如纸的面孔。那时，他一下子明白了：生命对生命的主人来说就是一切，而对偌大世界来说，简直就不值一提！因此，对自己生命负责的，只能是你自己！你绝不要去指望那个喧闹叫嚣的世界！那个被许多庄严词藻装饰起来的世界上，充满了生命的陷阱。

为了对自己的生命负责，不管是做一条狼还是做一只狗，都没有什么不合情理的。这是一条世人之间彼此心照不宣的密约和真理。

脑子里又浮现出那一串固执的问号：

"那条洞子走得通么？它是不是通向一个早年采过的老井？老井有没有出口？"

是的，要迅速弄清楚，要好好想一想。告密，并不是目的，告密只是为了追求生命的最大值，如果不告密也能得到这个最大值，他是不愿去告密的！他并不是坏人，他决不愿有意害人，他只是想得到他应该得到的那些东西。

外面的天色暗了下来，夕阳的余晖像潮水一样，渐渐退去了。漫长的黄昏被夜幕包裹起来，扔进了深渊。高墙电网上的长明灯和探照灯的灯光照了进来，屋子里依然不太黑。

他翻了个身，将脸转向了大门。

他看到了一个日本看守的高大背影。

这背影使他很不舒服，他又将身子平放在地铺上，呆呆地看圆木排成的屋顶。他还想寻到那个湿漉漉的布满自由阳光的早晨。却没寻到。

在靠墙角的两根圆木中间，他看到了一个圆圆的蜘蛛网，蜘蛛网上布满了灰，中间的一片软软地垂了下来，要坠破似的。挂落下来的部分，像个凸起的乌龟壳。他又很有兴致地寻找那只造成了这个乌龟壳的蜘蛛，寻了半天，也未寻到。

几乎失去希望的时候，却在蜘蛛网下面发现了那只蜘蛛，它吊在一根蛛丝上，一上一下地浮动着，仿佛在做什么游戏。

他脑子里突然飞出一个念头：

"蜘蛛是怎么干那事的？"

没来由地想起了女人，饥渴的心中燃起了一片暴烈的大火，许多女人的面孔像云一样在眼前涌，一种发泄的欲望压倒了一切纷杂的念头……

他将手伸到了那个需要发泄的地方，整个身子陶醉在一片美妙的幻想之中。他仿佛不是睡在散发着霉臭味的破席上，而是睡在自家的老式木床上，那木床正发出有节奏的摇晃声，身下那个属于他的女人正呻呻吟吟地哼着。

手上湿了一片。

没有人发现。

将手上黏糊糊的东西往洋灰地上抹的时候，他无意中看到，靠墙角的铺位上，两个挤在一起的身影在动。遮在他们身上的破毯子悄无声息地滑落在脚下，半个赤裸的臀在黑暗中急速地移来移去。

他明白他们在干什么。

他只当没看见。

不知过了多长时间，他睡着了。他在梦中看到了耗子老祁说的那个洞子，那洞子是涌向广阔的原野的，他独自一个人穿过漫长的洞子，走到了原野上，走到了自由的阳光下，他又看到了二十几年前长白山里那个湿漉漉的早晨。

被尖厉的哨音唤醒的时候，他依然沉浸在幸福的梦境中，身边的项富广轻轻踢了他一脚，低声提醒了他一句：

"老刘，该你值日！"

他这才想起了：在出工之前，他得把尿桶倒掉。

他忙不迭地趿上鞋，走到了两墙角的尿桶边，和田德胜一人一头，提起了半人高的木尿桶。

倒完桶里的尿，田德胜照例先走了。

他到水池边刷尿桶。

就在他刷尿桶的时候，狼狗高桥踱着方步从北岗楼走了过来，仿佛鬼使神差似的，告密的念头又猛然浮了出来，他大声咳了一声。

高桥在他身边站住了，定定地看他。

他几乎未假思索，便低声叫道：

"太君，高桥太君……"

正要说话时，三号的两个弟兄抬着尿桶远远过来了。他忙把要说的话咽到了肚里。

高桥产生了疑惑：

"嗯，你要说什么？"

那两个弟兄已经走近了。

没有退路了。他做出失手的样子，猛然将湿淋淋的尿桶撞到了高桥面前。

"八格牙鲁！"

高桥一个耳光极利索地劈了过来。

显然，高桥已悟出了些什么，打完之后，又叫道：

"你的良心的坏了坏了的！我的要给你点颜色看看！"

高桥将他带进了北岗楼。

一进北岗楼，他跪下了：

"太君，高桥太君！我的，我的有事情要向你报告！"

高桥笑了：

"明白！明白！你的说！说！"

他想了想，却不知该怎么说，一瞬间，他觉得很惶惑。他是怎么了？他原来并没想到要告密，怎么一下子竟主动找了高桥，他该讲些什么呢！那个洞子，他是不能说的！那个洞子是属于别人，也是属于他的，别人的东西，他可以拿来送给日本人，他的东西，却是不能送给日本人的。他要说的，应该是与他无关的事——与他无关，而又能使他获得好处的事！一时间，这种事却又想不出来。说弟兄们要逃跑？怎么跑？有什么证据？

他无疑犯了一个聪明的错误。他一直寻求一种稳妥的告密方式，却忘了自己在逃亡的弟兄身上押下的赌注。

他有些后悔。

"嗯！你的说，快说！"

"太君！太君！他……他们……他们要逃！我知道，我听到了他们的议论。"他含含糊糊地说。

高桥很高兴，搓着手，踱着步。

"说，说下去！"

"具体情况，我……我还没弄清楚，只是听他们议论过，说……说是要和外面的游击队联系，在通往井口工房的路上逃！"

他编了一个逃亡的方案。

"哦？谁在和游击队联系？"

"不……不……知道！"

高桥端着瘦削的下巴，想了一下：

"好，你的大大的好！你的回去，弄清楚，向我报告！嗯，明白？"

"明白！明白！太君！"

他站起来，正要向高桥鞠躬的时候，高桥一脚将他踢到了门外……

捂着被踢疼的肚子，站在出工的队伍中，他不再后悔了，他兴奋地想：今日这突然而来的机会，他利用的不错，他没暴露逃亡的真正秘密，为自己留下了一条退路，又向日本人讨了好，如果那条洞子走不通，他就甩开手做这笔大买卖。

院子中，月光很好。

高桥太君照例在月光下的高台阶上训话。

一切全和往常一样……

身陷囹圄，我却老是想着二十七年五月间徐州战场上的事，做梦也净做这样的梦。有一次，在井下倚着煤帮打了个盹，一个噩梦就跳出来了。

我梦见日本飞机扔的炸弹把我炸飞了，脑袋像红气球一样在空中呼噜噜地飘。我吓醒了……

人呀，落魄到那种地步，真没个人模样了。要说不怕，那是瞎话！要说没有点别的想法，那也是瞎话！那工夫，有的人真当不了自己的家哩！脑瓜要滚蛋不知哪一会儿。日本人越是发狠，弟兄们就越想逃，可能不能逃出去，都挺犯嘀咕的。逃不成怎么办，半道送了命怎么办？命可只有一条哇！有人想告密，想讨好日本人，也是自然的。

这时候，弟兄们都听说了那条洞子的事，都一口咬定那洞子是通向地面的，那个洞子给弟兄们带来了多少热辣辣的希望哟，可没想到……

三

和往常一样，出完了第一茬煤，监工刘八爷到避风洞睡觉去了，矿警孙四睁着红丝丝的眼睛守着煤楼直打哈欠。

这照例是一天之中最懒怠的时候，弟兄们活动筋骨的机会又到了。

孟新泽营长将二四二〇窝子里的弟兄拢到身边说：

"都知道了吧？咱们这窝子上面有一个老洞子，老祁摸着了，说是有风，估摸能走通……"

孟新泽未说完，蹲在孟新泽对面的田德胜就低声嚷了起来：

"老孟，你们他妈的真要逃？！"

孟新泽瞪着田德胜：

"能逃为啥不逃？你不想逃么？你想一辈子在这儿做牲口么？"

田德胜冬瓜脑袋一歪，黄板牙一龇：

"歪子，你小子说话甭这么盛，你们逃？你们逃得了么！老子只要不逃，你们他妈的一个甭想逃！老子说不准也学学那张麻子，向日本人报告哩！"

"你敢？"

黑暗中，一个弟兄吼。

田德胜把披在身上的破小褂向身后一摔，灯笼似的拳头攥了起来，胳膊一伸一曲的，又玩起了那吓唬人的把戏。

"不敢？我操！这世界什么都有卖的，还没听说有不敢卖的哩！爷爷迟早逃不了一个死字，爷爷就是告了你们，死在你们手里，也没啥了不起的！"

孟新泽忍不住吼了起来：

"姓田的，你他妈的还像中国人么，你是不是我们的弟兄？！"

"咦，我姓田的还是你们的弟兄，你们他娘的还知道这一点？"

田德胜眼睁得很大，面前的灯火在他红红的眼睛里燃烧着、跳跃着：

"你们什么时候把我看作你们的弟兄了，你们什么事都瞒着我一人，你们不瞒张麻子，光瞒着爷爷！你们狗眼看人低！"

孟新泽一下子明白了田德胜愤怒的原因，笑道：

"我们什么事瞒你了！这不都和你说了么？！"

田德胜依然不满，眼皮一翻：

"你们给我说啥了！里外不就是一条破洞子么！这还要你孟歪子说！老祁在号子里说时我就听到了！"

"我们想摸通这个洞子，逃出去，明白么？"

"算不算我？"

"当然算！"

田德胜又问：

"听说有游击队接应，真的么？"

孟新泽点了点头：

"有这事！"

"他们什么时候来？"

"不知道，还没联系上哩！"

田德胜并未泄气，冬瓜头向孟新泽面前一伸，大拳头将厚实的胸脯打得"咚咚"响，两只肉龙眼极有神采：

"不管咋说，我干！日他娘，里外逃不了一个死，与其在日本人手里等死，不如逃一回看看！"

竟恭恭敬敬叫了声营长：

"孟营长，你甬信不过我，日他娘，我田德胜坏，可就有两条好处：不怕死，不告密！不像王八蛋张麻子，看起来斯斯文文，人五人六的，可他妈的一肚子坏水！"

孟新泽受了感动，攥住田德胜的手说：

"老田，说得好！弟兄们信得过你！"

"那，老孟，你说咱咋办吧！"

孟新泽放开田德胜的手，将目光从田德胜脸上移开去，对着弟兄们道：

"今儿个，咱们得把那个老洞子的情况摸清楚。"

田德胜自告奋勇道：

"好！老盂，我去摸吧！"

孟新泽想了一下，应允了：

"要小心，时间不能耽误得太长。听老祁说，老洞子的洞口在咱窝子上面三百米开外的地方，洞口有红砖砌的封墙，墙下有个缺口，墙上还挂着带人骷髅的危险牌。"

"知道了！"

田德胜披上小褂，要往外走。

孟新泽将他叫住了：

"等一下，这样出去不行！"

看了看煤顶，孟新泽交代道：

"刘子平、项富广，你们准备好，用炸药炸煤顶，其余的弟兄通通随我出来，到煤楼避炮！"

借着避炮的混乱，田德胜溜了，顺着二四二〇窝子，爬到了上巷，上巷方向没有出井口，阎王堂的日本人没设防。日本人不知道那条令战俘们想入非非的老洞子。

炮闷闷地响了两声，巷道里的污浊空气骤然膨胀了一下，一股夹杂着煤粉、岩粉的乳白色气浪从窝子里涌了出来。鼓风机启动了，吊在煤楼旁的黑牛犊似的机头，用难听的铁嗓门哇哇怪叫起来。黑橡胶皮的风袋一路啪啪作响的凸涨，把巷道里的风送进了二四二〇煤窝。

弟兄们在矿警孙四的催促下，没等炮烟散尽，便进了窝子。几个当班弟兄站在炸落的煤块上，用长长的钢钎捅炸酥了的煤顶，让一片片将落未落的煤落了下来。

放炮不是经常性的，日本人对炸药的控制极为严格，能用钢钎捅落的煤顶，决不许使用炸药。用完的炸药纸和带编号的封条还要向矿警孙四交账，上井之前必得搜身。想在炸药上做文章实属妄想。

孟新泽却老是想着要搞一点炸药。炸药总是情不自禁地把他引入了一个神圣庄严的境界。听到煤炮的爆炸声，他就想起战场上的火炮声，他眼前就耸起了一门门怒吼的火炮，那首他和许多弟兄一起高唱过的军歌就会隐隐约约在他耳畔响起。

窝里捅放煤顶时，他和一帮拉煤拖的弟兄倚在煤帮上看，朦胧之中，他把窝子里那跃动的电石灯灯火，想象成了闷罐军列上马灯的灯火。他总以为自己不是蹲倚在狭长黑暗的巷道里，而是蹲倚在狭长、黑暗而又隆隆前进着的军列上。

耳畔的军歌声越来越响了。仿佛由远而近，压过来一片隆隆呼啸的雷声……

> 我们来自云南起义伟大的地方，
> 走过了崇山峻岭，
> 开到抗日的战场。
> 弟兄们用血肉争取民族的解放，
> 发扬我们护国、靖国的荣光。
> 不能任敌人横行在我们的国土，
> 不能任敌机在我们领空翱翔。
> 云南是六十军的故乡，
> 六十军是保卫中华的武装！

民国二十七年春天，他就是唱着这支军歌，由孝感、武昌开赴台儿庄战役前线的。据孟新泽所知最高统帅部原已把他们军编入了武汉卫戍部队系列，准备让他们在武昌、孝感训练一个时期，参加保卫大武汉的会战。不料，二十七年四月中旬，台儿庄一战之后，日军大举增军鲁南，图谋攻取战略重镇徐州，驻守徐州战线的五战区吃紧。五战区司令长官李宗仁电请最高统帅部并蒋中正委员长，要他们军火速增援。最高统帅部遂调他们开赴陇海线的民权、兰封一带集结待命，暂归程潜的一战区指挥，情况紧急时，向徐州靠拢，增援五战区。四万多人的队伍，四月十九日分乘军列向民权、兰封开拔，嘹亮的军歌声响了一站又一站……

军列抵达民权以后，站台上突然拥来了一些五战区的军官士兵。孟新泽清楚地记得，一个白白净净的年轻军官跑上前来，向他敬了一个漂亮的军礼：

"你是一〇九三团炮营的孟营长吗？"

他点了点头。

那年轻军官口齿清楚地向他传达了最高统帅部的命令：

"孟营长，奉蒋委员长电令，贵部直开徐州，向五战区报到，中途一律不许下车，违令者军法从事！"

他对面前年轻的军官颇有些瞧不起的意思，斜着眼睛盯着他白白净净的脸孔看，冷冷说了一句：

"最高统帅部的命令是下给军部的，我得知道我们团长、军长的命令！"

那年轻军官立即呈上了军长的命令。

他接过来一看，见上面写着：

"接蒋委员长急电，我军所属各部直开徐州，中途不得下车，此令！"

下面，是他熟悉的签名。

徐州这个古老的城市，就这样和他的命运、和他们军的命运紧紧连在一起了。

河南民权车站月台上的那一幕，是他一生道路上的一个转折点。他当时并没有意识到这一点。他更没想到，他会在军列前方那个叫作徐州的北方古城结束他作为一个中国军人的战斗生涯。

他问那个年轻的军官：

"台儿庄不是大捷了么？李长官会真吃不消么？"

那年轻军官叹了口气，俯在他耳边低声道：

"情况不妙哇！老兄！台儿庄一战之后，日军又集中八九个师团的兵力在鲁南，板垣的五师团、矶谷的十师团、土肥原的十四师团，都来了；另外还有刘桂堂、张宗援等部的伪军，总计投入兵力估计已有十万以上。台儿庄再次吃紧，老兄，看光景要大打一场了，蒋委员长这一回是下大决心了。"

他的热血一下子冲到了脑门，脱口叫道：

"妈的，早该好好打一仗了，伙计，瞧我们怎么用大炮轰他们吧！"

站在缓缓启动的列车上，他还在向那个年轻军官招手哩！

军车开到东福山车站停下了，那是四月二十二日深夜。拂晓，部队奉命渡过运河，其时，东南方向枪声大作。随即，他们团在一个叫陈瓦房的小村前不期与攻入之敌相遇。由于没有准备，仗打得不好，弟兄们伤亡不少。后来，他才知道，那工夫，汤恩伯军团所属各部已在日军攻势之下向大良壁东南溃退，左翼陈养浩部已退到了岔河镇，整个五面防线形成了一个大缺口。为了堵住这个缺口，继陈瓦房之后，邻近之邢家楼、五圣堂又展开了激战。

激战初期，他和他的弟兄们情绪是高昂的，他们都下定了作为一个中国军人以死报国的决心。因为，他们知道，他们进行的这场战争，是关乎国家命运、民族命运的大搏斗。

他曾在陈瓦房看到过一个牺牲了的连长的遗书，那遗书上的话使他久久不敢相忘。

遗书是写给新婚妻子的，其中写道：

> 倭寇深入我中华国土，我华夏民族危在旦夕，身为军人，义当报国，如遭逢不幸，望你不要悲伤，如我们已有孩子，不论男女，取名抗抗；只要我中华民族众志成城，万众一心抵抗下去，则中国不亡，华夏永存！纵然是打上五十年，一百年，最后的胜利必是我们的！

血与火的考验就这样开始了。

从四月二十二日的遭遇战打响，到六月十九日徐州失守，他们团在几场激战中伤亡过半，死神两次扑到了他身边。一次是在禹王山，一颗炸弹落到了前沿火炮阵地上，在前沿指挥所指挥战斗的一位连长在他身边壮烈殉国，他被炸起的黄土埋了起来，侥幸没有中弹。一次是在那个被俘的刺槐树林，日本人的机枪组成了一道密不透风的火力网，呼啸的子弹雨点般地飞，身边许多弟兄都倒下了，他军帽和裤腿上被弹头穿了两个洞，竟又没中弹！

二十七年的五月十九日对于参加徐州会战的五十万中国军人来说，是一个灾难的日子，而对他个人来说，则又是一个侥幸的日子。

其实，五月十九日他不该留在徐州，他们军也不该留在徐州，在台儿庄、禹王山一线的长达二十七天的战斗结束之后，他们军伤亡惨重，从云南拉出的四万多人，只剩了两万人，部队必须休整，五战区长官部下令交防，五月十四日，全军撤出防线，由贵州新编第一四〇师接防。不料，五月十八日，五战区长官部突然下令，要他们奔赴徐州，参加守城之役，并掩护鲁南兵团撤退。就这样，他们陷入了日军的重围。

他们是五月十九日拂晓进入徐州的，这一日，战争这部机器在徐州古老的土地上高速运转着，千万人的性命在这部机器的辗压下化作了尘埃。空中是日军飞机的轮番轰炸，地面是火炮、机枪、坦克的铁壁合围，聚在徐州的所有部队全陷入了一片混乱之中。五月十九日的阴影从他们踏入徐州市区就朦朦胧胧感觉到了。

这是一个地地道道的战争陷阱。五战区长官部已经撤退，徐州处于弃守状态，鲁南二十几万大军挤在徐州市区至宿县的公路上、麦地里汹涌南流，像泛滥的黄水。市区的路边到处摔着废弃的火炮，砸坏的枪支，烧焦的被服，发臭的死尸，整个徐州古城都在轰轰烈烈的爆炸声中震颤。

五战区司令长官李宗仁，为了向最高统帅部做最后的交代，令他们于徐州不守时进行游击战，并将徐州中央银行未能搬走的钞票二十二万元法币拨给他们作为军饷。长官部吹嘘徐州防线固若金汤，徐州九里山国防军事坚不可摧。不料，实地探视的结果却令人失望，军部决定弃守徐州，减少无谓的牺牲。他们的军长在徐州近郊的一个村庄找到了未及撤走的第二集团军总司令孙连仲。这时，孙连仲和他的随行人员已换上了便衣，准备夺路逃命。孙连仲说："撤吧！局势已坏到了这样，徐州反正是守不住了！"他们这才遵命突围。

后来，他从武汉之役后被俘的弟兄那里，听说了孙连仲的情况。这位曾指挥着千军万马取得了台儿庄大捷的集团军总司令，是在徐州失守的当天下午化装成商人，从东线雇民船到江苏淮阴的。其后，又由江苏省主席韩德勤设法护送到上海，辗转香港，才回到武汉向最高统帅部报到。

战争是个神奇的魔术师，任何显赫的元帅、将军在它手里都只是道具！战争制造奇迹，也制造幻觉，它是最大的赐予者，又是最残忍的剥夺者！

他对着乌黑的煤壁曾这样感慨地想。

而他的命运远远不及这位集团军总司令。这位集团军总司令虽说在十几天中丢掉了近十万人马，成了光杆司令，可总有一天，他还会成为将军的。他却不行，他成了俘虏，变成了战争的垃圾，战争的弃儿，他们生命的主权已被胜利者没收了。

五月十九日是一团乌云，是一片黑烟，是一群停落在坟头上的乌鸦……

然而，也就是这个灾难的五月十九日，使他对战争有了刻骨铭心的认识，他的生命，他的悟力才突然跨到了一个高度。这个高度是他十八年行伍生涯都没有跨越过的。十七岁那年的秋天，一个细雨蒙蒙的早晨，他穿着一身土布衣衫跨进了云南讲武堂的门槛，成为一名军人。在其后的十余年中，他打过许多仗，甚至负过两次伤，可战争的真实气氛却从未领悟到，他是在五月十九日的徐州市区懂得战争的。

战争原来可以打成这个样子！

从事战争的军人原来可以变得这么无可奈何！

也许这令人沮丧的心理从根本上影响了他，最终促使他在那个刺槐林举起了握枪的手，谁知道呢！

带着纷杂的思绪，他迷迷糊糊睡了过去，在那匆忙、短暂的梦中，他又把那场逝去了的灾难重度了。

他的记忆永远停在了五月十九日这个普普通通的日子上。

五月十九日对他来说是永恒的。

军歌

田德胜又怎能忘记五月十九日呢？那日，他不是发了昏，就是中了魔，迷迷糊糊跑了快一天，在十九日夜里进了徐州。他们的汤恩伯司令那时并不在徐州，汤司令一看战况不妙，一溜烟颠了，连师长都不知道他颠到了什么地方。汤司令的滑头是人所共知的。

他跑到了徐州。他是趁日本飞机的一次轰炸溜掉的，他怕不溜掉，迟早要被那猴脸刘连长枪毙。日军的空袭过后，他躲到了齐腰深的麦地里，硬是在麦地里趴了一上午，等到蝗虫般的队伍全过完了，才爬起来搓了些麦穗吃，吃完稀里糊涂上了路。

一路上没瞅着多少人，只见队伍像决了口的水一样，一阵阵往他走过的大路上漫，只要一碰上队伍，他就躲到河沟旁、麦地里，反正不和他们照面。凭他三次成功的和一次不成功的逃跑经验，他认定和大部队反方向走，不会有大错。在他看来，日军和国军对他的性命都存在着威胁，来自国军方面的威胁似乎更大一些，这一回若是被抓住，猴脸刘连长一定不会饶他！两个月前，他已逃过一次，被抓住了。他打定主意搞一套便服，化装成老百姓，拔腿回云南老家。

肩上的枪没扔，他要靠它换钱。

在徐州近郊王庄的一条小河边，他大枪一横，把一个蹲在河边解手的老头给吓了个半死，老头差一点栽到了河里。

"老头，把褂子脱了！"

老头从河边爬起来，规规矩矩脱了。

"裤子！"

借着昏暗的星光，发现老头只穿了一条大裤衩。

老头直向他作揖：

"脱了裤衩，我可咋回家见人，老总……老总，您行行好，饶了我吧！"

裤衩不要了，军褂扔给了老头，自己将老头的褂子穿上了：

"喂，老头，要枪不，三块大洋就卖！"

老头直拱手：

"老总，你白送我，我也不敢要！"

他火了，枪栓一拉：

"妈的，老子想卖，你就得买！三块大洋，多了不要，回家拿钱去！老子在这儿候着！"

老头极不情愿地道：

"我……我回家商量一下。"

"快去快来！"

"好！好！"

老头一走，他马上觉得不对头！这老王八说不准回村叫人，他独自一人，闹得不好准吃亏！

不敢等了，自愿舍弃了一笔军火生意，枪一夹，继续赶路。

这是五月十九日晚上九点多钟的事。

十一点多，他从西关段庄进了徐州城，徐州城里的国军大部分已撤走了，他站在西关大街上转，依然想着找个地方弄点盘缠。

就在这时，六十军的一个当官的和几个弟兄把他叫住了：

"哪部分的？"

"我……我……自家弟兄！自家弟兄！"

"和队伍走散了？"

"哎！哎！"

"到底是哪部分的！"

他装傻，翻着白眼，很卖力地说：

"我们连长姓王，脸上有麻子！"

"饭桶！哪部分的都不知道么？"

他眼睛一闭，信口开河道：

"第二集团军三十五师的！"

第二集团军有没有三十五师，他根本不知道，他料定那帮云南兵也不会知道。

果然，那帮云南兵被他唬住了！

"走吧，跟我们走，徐州守不住了，大部队都撤了！"

他只好跟着那帮云南人走，走到一家炸塌了门面的饭馆门口，黑暗的空中突然响起了轰轰作响的飞机马达声，他刚趴到地上，一颗颗炸弹就在他身旁炸响了，他眼前一黑，失去了知觉。

醒来的时候，已是二十日中午，他听到了一声尖厉的枪声，仿佛就是对着他脑门打的，他本能地抓起了枪。

手却被一个沉沉的东西压住了，他趴在地上，抬起头，看到了一双沾着黄泥巴的黑皮靴！压着他那握枪的手的，就是那沾着黄泥巴的黑皮靴！他顺着皮靴往上看，又看到了一只悬在空中的指挥刀刀鞘，那刀鞘在悠悠地晃，刀鞘的顶端包着黄铜皮。

是个日本官!

他叫起来:

"太……太君……我的……我的……我的老百姓! 良民的! 良民的大大的! "

日本军官一脚把他踢了个仰面朝天,操在手中的刀举了起来,腥湿的刀刃上跃动着一缕五月的阳光。他身子缩成一团,又叫:

"我投降! 我……我的投降! "

那缕凝聚在刀刃上的五月的阳光终于没跳到他的身上,日本官手腕一转,指挥刀在半空中划出了一个漂亮的弧。

不知从什么地方跑来了两个端长枪的日本兵。

日本官将指挥刀插入刀鞘中,向两个日本兵讲了几句鬼子话,两个日本兵用长枪上的刺刀逼着他,要他站起来。

他摇摇晃晃地站起来了,当天下午被押到了邻近的一个小学校里,后来,又被押到郊外一个战俘营里,最后,进了日本西严炭矿的阎王堂,成了给日本人挖煤的牲口。

他的胸前从此便佩上了一个战俘标记:"西字第 0514 号"。

这是他一生五次逃跑中最悲惨的一次,比根本没成功的第四次逃跑还要悲惨! 第四次逃跑虽说没有成功,虽说吃了一顿军棍,可总还保住了一个自由的身子,这一回,一切都完了! 落入了日本人手中,而且又是手中抓着枪被日本人活拿的! 这实在是不幸之中的大不幸。他不是在十几个小时前就退出战争了么? 他不是已将军褂换作粗布小褂了么? 咋又想来抓枪? 如若不去抓那杆值三块大洋的钢枪,日本人或许不会把他编为"0514 号"战俘。

这他妈的都是命!

如今想来,最后一次了,无论如何不该卖的,为了八十块大洋,顶着人家田德胜的名字,到日本人手里送死,实在是太不划算了! 这笔买卖从一开始就不公道,现今是彻底做砸了!

一条命卖八十块大洋,真他娘笑话!

得扳本! 无论如何也得把本扳回来! 得把这条值八十块的性命从日本人手里偷走! 否则真他妈的赔血本了! 自打进了阎王堂,他就在井上、井下悄悄算计了,随时随地准备拔腿走人。然而,严酷的现实令他沮丧,高墙、电网、刺刀、狼狗,把他那想入非非的念头一个个粉碎了,他几乎看不到偷盗的机会。

以往逃跑的经验完全用不上了，他像个第一次做贼的傻里傻气的新手，根本不知道该怎么把自己颤抖的手插入人家的腰包。

突然，机会送到了面前，耗子老祁竟探到了一个老洞子！孟新泽竟将再度摸索这条老洞子的差使交给了他！他一爬上上巷，脑子里就及时地爆出了一个热辣辣的念头：日他娘，现在不走，更待何时？！

那些弟兄们他管不着了，他只能管他自己，只能保证自己在这笔人肉买卖中不亏本！他独自一人悄悄逃，人不知、鬼不觉的，成功的把握就大；而若是和孟新泽他们一起逃，动静闹大了，搞不好准会一败涂地，甚至连命都送掉！他可不是傻瓜，他才不上这个当哩！

他想得入情入理，坦荡大方，心头根本没有丝毫的愧疚。在他看来，面前这个混账的世界上根本不存在愧疚一说！有力气，有本事，你打垮他；没力气，没本事，他压扁你！谁对谁都说不上什么愧！在军营里挨军棍，他活该！给猴脸连长倒尿壶，也他妈的活该！在阎王堂他揍了谁，谁认倒霉，如今，他骗了孟新泽这帮杂种，他们也只能认倒霉！

这年头，谁顾得了谁？！

踩着泥泞的风化页岩路面，张口气喘地向巷道的顶端爬，眼前已升起了一轮飘荡的太阳。他仿佛看到那轮太阳悬在白云飘浮的空中，火爆爆地燃着，村头成熟的高粱地上环绕起一片蒸腾的雾气。

想起了家乡的高粱地。

想起了在高粱地里和他睡过的嫂子。

嫂子图钱。他几次卖丁的钱，一半多被嫂子的温存哄去了。

买来的温存也他娘的怪有滋味的！他睡在阎王堂的地铺上不止一百次地想起过嫂子，大手只要往那东西上一放，嫂子黑红亮堂的笑脸准他妈的从高粱地里蹿出来。

日他娘，只要能逃成，能逃到家中去，第一个目标：高粱地！

——自然，得拉着嫂子！

一脚踩入了个脏水凹里，身体突然失重，扎扎实实跌了一跤，头上的柳条帽沿着坡道往下滚，在身后的一根长满霉毛的棚腿前停住了，电石灯摔落到地下，灯火跳了一跳，灭了。

还好，没摔伤。

他从满是泥水的地上爬起来，先从灯壁的卡子上取下用油纸包着的洋火，将灯点了，然后，又被迫转身向下走了几步，拾起沾着泥水的破柳条帽戴到头上，继续向上爬。

上面是死头，不通风，整个巷道温吞吞的。

一路爬上去，他看到了两个挂着骷髅标志的密封墙，那墙都是砖石砌的，墙下没有洞。他记得孟新泽说过的话：那条要找的老洞子密封墙下是有洞的。

一直找到尽头，也没找到那个老洞子，他只好往回走。往回走时，他变得不那么自信了，他被迫将许多奢侈的念头排除在脑外，一心一意去寻他的自由之路。

他估摸自己摸出来有二十分钟了。

又往下走了不到三十米，他在巷道的另一侧发现了那条令人神往的洞子。那洞子的密封墙下面果然有一个半人高的缺口，缺口处有一股哗哗作响的水在向巷道里流，他想，那堵密封墙可能是被洞子里的老水冲破的。

他的心一阵狂跳，几乎没来得及做更仔细的判断，便将脑袋探入了密封墙的缺口里，手举着灯，对着老洞子照。

灯光照出了五步开外，他看到了一条布满褐黄色沉淀物的弯弯曲曲的水沟，看到了一堆堆冒落下来的煤块和矸石，看到了顶板上的淋水在水沟里溅起的水花。老洞子又窄又矮，像一条用了许多年没有打扫过的歪斜的烟囱。

他像狗一样钻了进去。

他把电石灯噙在嘴上，用长满老茧的手掌和被矸石磨硬了的膝头在洞子里爬。他爬得极为小心，每向前爬一步，总要先上上下下看一下，他怕冒落的顶板和倒塌的煤帮把他压在地下。他的蒜头鼻子不停地嗅，小心翼翼地防范着那不动声色的杀人凶手——脏气。

现在，他不急了。他认为至少已把大半个生命掌握在自己手中了，他的偷窃已有了八分成功的把握。他不能输在日本人手里，也不能输在这条深不可测的老洞子手里，他要把他们都打垮，而不能被他们压扁！

希望在前面，在上面，在那重重黑暗的后面！越向里爬，他的信心越足了！这条一路上坡的老洞子无疑是通向地面的！它是向上的！不是向下的，这一点至关重要！

浑身都湿透了，汗水、淋水、身下的流水，把他变成了一个水淋淋的两栖动物。不断碰到水星的灯火在噼噼啪啪炸，他那湿漉漉的眉毛，被爆起的灯火烧焦了一片。

爬了有三四十米，洞子依然弯弯曲曲向前上方伸着。他不敢爬了。他想起了风，他觉得这条老洞子里似乎没有风。

没有风准有脏气！

脏气能把人憋死！

他依着煤帮坐下来，大口喘着气，脸上、额上的汗珠雨一样地落。

就这么坐了一会儿。

他没感到头昏，也没看到面前的灯火一蹿一蹿地跳，他判断至少到这个地段为止，洞子里的脏气不重。

又向前爬。爬了大约二三十步，他呆了！他爬到了头！爬到了一个平坦的地段上！一个接着洞顶的水仓切断了他的求生之路！他身下的水就是从那个漫顶的水仓里溢出来的！

混账的老祁骗了他，孟新泽这杂种骗了他！命运之神骗了他！他一下子从幻觉的天堂跌入了现实的地狱。他的高粱地，他的渺小的春梦，他的自由，全他妈的闷在这个翻腾着黑水的水仓里了。

价值八十块大洋的生命依然不属于他自己，依然属于大日本皇军，他依然是"西字第0514号"战俘。

这是一次不成功的偷窃。

他狼嗥似的哭了起来，哭得放肆，大胆，无拘无束，几乎失去了人腔。

他要尽情地发泄，他要把自己的怨愤、不满、绝望通通摔在这个老洞子里，然后再去寻找新的偷窃机会！

哭了一阵子，他连滚带爬往下摸，"0514号"战俘的身份又明确地记了起来，他不能懈怠，他要赶在混账的刘老八进窝之前，赶回二四二〇煤窝。

一身泥土溜到煤楼旁时，看到刘子平和几个弟兄正拖着沉重的煤筐从窝子里挣出来，矿警孙四正在叽叽咕咕说着什么。他灭了灯，闪在黑暗中向刘子平和那几个弟兄打了个手势，几个弟兄把拖筐里的煤往煤楼里一倒，围着孙四讨筐牌，他借这机会急速溜进了窝子。

他刚进窝子，孙四也进来了。

孙四扯着嗓门结结巴巴喊：

"弟……弟兄们，得……得抓紧点啦！现在八……八点了，定额可还没……没完成一半，日本人那儿，我……我可交不了差呀！你们挨了罚，可甭……甭怪我孙某人！"

孟新泽说：

"四哥，你放心！弟兄们不会让你为难！"

孙四哼哼唧唧走了。

弟兄们这才一下子将他围住了：

"怎么样？"

"能走通么！"

"那老洞有多长？"

……

他把头上的破柳条帽向地上一摔，吵架似的恶狠狠地道：

"走他娘的屄！那洞子是死的！"

喧闹的煤窝陷入了死一般的沉寂中。

许多凶恶的眼睛在盯着他看，一盏盏聚到他脸上的灯光照得他睁不开眼，他突然有了一丝怯意，又叹了口气道：

"老祁上次没走到头，我他娘的这回为着弟兄们，拼死爬到了头，是死洞子！迎头是个水仓，大许是日本人开巷时存老塘水的。"

"你不会走错吧！"孟新泽问。

他又莫名其妙地烦躁起来：

"怕我走错，你屄操的自己再去摸一趟！"

彻底绝望了。孟新泽铁青的脸膛剧烈地抽动起来，歪斜的嘴角几乎要扯到耳朵根。刘子平脸变得苍白，两眼痴痴地望着手上的灯发呆，仿佛刚挨了一闷棍。

不知是谁在黑暗中呜呜咽咽地哭……

前一阵子看了部电影，日本的，内部片，叫什么名字想不起了。电影说到了徐州，那些横枪列队开进徐州的日本兵在唱："徐州，徐州好地方。"我看了怪心酸的！当年的徐州对几十万参加会战的弟兄，对我们这些战俘，可不是好地方啊！

我说到哪儿了？噢，说到了那条洞子，那条洞子不通，又派人摸了一次，还是不通，弟兄们只好另想办法。约莫三四天之后，又一个消息传来了，说是和外面山里的游击队联系上了，井上井下一齐暴动。井下的弟兄通过风井口冲向地面，上面有游击队接应；井上的弟兄在游击队炸毁了高墙后往外突。

两个战俘营的千余号弟兄又一次紧急串连起来，只等着那个谁也不知道的指挥者确定暴动时间……

四

"这烟不坏！"刘子平想。

坐在棕褐色猪皮蒙面的高靠背椅上，刘子平贪婪地抽着烟，两只眼睛眯成了一道缝。眼前的景状因此变得模糊起来，大办公桌后的高桥太君，太君身后墙上的太阳旗，办公桌上的电话机，都和他拉开了距离，仿佛一个遥远的旧梦中的景物。

他一口接一口地抽烟，那支和三八步枪子弹差不多长的小白棍，从放到干裂的嘴唇上就再也没拿下来过，灰白的烟灰竟没有自己掉下来。

这烟确实不错。

刘子平抽完了一支，将烟头扔到了地下，用趿着破布鞋的脚踩灭了，一抬头，又看到了放在桌上的那盒烟。他的眼睛不自觉地在那盒烟上多停了一会儿。

托着下巴坐在桌后的高桥太君笑了笑，很友好地说：

"抽吧，你的，再抽一支，客气的不要！"

他冲着高桥太君哈了哈腰，点了点头，又哆嗦着手去摸烟。

第二支烟点着的时候，他不无得意地想：自由对他来说，只有一步之遥了，只要他把那桩巨大的秘密告诉面前这位日本人，这位日本人定会把应有的报偿支付给他。以后，他想抽什么烟，就能抽什么烟，想抽多少，就能抽多少，想什么时候抽，就能什么时候抽。

秘密在他心中。这无疑是一笔财富，是一笔任何人也抢不走的财富。他要靠这笔财富换取生命的自由，在做这笔交易之前，他得弄清两点：第一点是买主的诚意，第二点是能索取的最高价钱。

对第一点，他不怀疑。面前这位高桥太君无疑是有诚意的，高桥太君一直在这高墙下面搜索阴谋，他出卖给他的，本是他所需要的阴谋，这交易他自然愿意做。高桥一般不会卸磨杀驴的，若是他卸磨杀驴，日后谁还会和他合作？自然，必要的提防也是少不了的，得小心谨慎，蹚水过河似的，一步步试着来。

第二点很难说。闹得好，日本人或许会将他放掉，再给他一笔钱；闹得不好，他还得留在阎王堂里给日本人当差。给日本人当差他不能干，那样，迟早要把性命送在自家弟兄手里。张麻子留给他的教训是深刻的。

他打定主意，不到最后关口，决不把真正的秘密端出来！卖东西就要卖个俏，卖得不俏，没人要。他要做的是一笔一回头的大生意，一锤头砸下去，没有反悔的可能，他不得不慎而又慎，他要和自己的弟兄们斗，也得和日本人斗哩！

第二支烟抽了一半的时候，高桥太君说话了：

"你的，搞清楚了？有人要逃？"

他慌忙点点头，极肯定地道：

"是的，太君！他们要逃！好多人要逃！"

"有人在战俘里面，唵，串连？"

"有的！有的！"

这都是些无关紧要的话，是买卖开张前的吆喝，旨在吸引日本人来和他做这笔买卖，根本不涉及买卖本身，说多说少，说轻说重，都是无害的。

高桥像乌龟似的，把瘦脖子伸得老长，小眼睛炯炯有神：

"谁在串连？"

想了一下，决定先把那秘密扳下一点给高桥太君尝尝：

"是孟新泽，六号大屋的！"

高桥太君皱了皱眉头：

"孟——新——泽？孟……"

太君站了起来，走到身边的柜子旁，顺手拉开了一个抽屉，取出一沓战俘登记册和卡片。

他知道高桥太君要干什么，讨好地道：

"太君，孟新泽的战俘编号是'西字第 0542'号！"

高桥太君一下子将那张 0542 号卡片抽了出来，看了看，用手指弹着说：

"姓孟的，做过连长？"

"不！他是营长，是六十军一〇九三团炮营营长！被俘时，他欺骗了太君，现在又是他在战俘中串通，唆使战俘们不给皇军出煤，通通的逃跑！"

高桥攥起拳头，在桌上猛击一下：

"我的，今夜就让狼狗对付他！"

他慌忙扑到桌前：

"太君，高桥太君！这……这样的不行！"

"嗯？"

高桥太君瞪大两眼盯着他看。

他更慌了，探过身子，低声下气道：

"太君，据我所知，战俘中有个反抗大皇军的组织，我只知道一个孟新泽，其他人还没弄清楚，另外，这些人还在和外面联系哩，那个联系人也没找到。

我……我想都弄清楚了，再向太君报告！"

高桥太君点了点头，鸡爪似的手压到了他肩头上：

"你的，大大的好！你的，帮助我的，我的，不会亏待你！我的，把他们一网打尽，把你放掉！放掉，明白？"

"明白！明白！太君！"

这点秘密渣儿，高桥太君一尝，就觉着不错哩！

高桥太君慷慨出了价。出了价，自然想看看下面的货色，高桥太君又开口了：

"他们的，串连了不少人，四号井的战俘，他们串没串过？他们要什么时候逃？"

这些问题，他确乎不知道，但，他不能说自己不知道，做买卖不能这么老实：

"太君，他们串连了不少人，各个号子都串了，四号井也串了！什么时候逃，外面的游击队什么时候来，我还不知道！估摸就在这几天吧！"

高桥太君吃惊了，叫道：

"这不是逃跑，是暴动！我的，要把他们通通枪毙！"

"是的，太君，是该通通枪毙，不过——"

高桥太君笑道：

"你的放心，现在的，我的不会动他们，大皇军要把他们和外面的游击队一网打尽！"

"太君高明！高明！"

高桥又问：

"来接应暴动的，是哪一支游击队？是共产党乔锦程，还是那个何化岩？"

"这个……这个，我的不知道！"

"和外面游击队联系的人是谁？你的，也不知道吗？"

他想告诉高桥太君：他怀疑井下二四二〇窝子的矿警孙四，甚至想一口咬住孙四，然而，转念一想，又觉得不妥：倘或孙四真是秘密联络员，那么，抓了孙四，暴动就不会按计划进行了，游击队就不会来了，他的秘密也就卖不出好价钱了。

他痛苦地摇了摇头：

"太君，我的，真的不知道！"

高桥太君显然很失望，但脸上却堆着笑。

军
歌

"那么，回去以后，你的，要把这个联络人找到！要尽快把暴动的时间告诉我，明白？"

"明白！明白！太君！"

他转身回去了，临走时，又向桌上的烟看了一眼。

高桥太君让他把烟拿着，他想了想，还是忍住没拿。那一瞬间，他猛然想起了一句挺高明的话："小不忍则乱大谋……"

刘子平被提走时，六号大屋的弟兄们都在睡觉；刘子平回来时，六号大屋的弟兄们依然在睡觉。然而，孟新泽却没有睡，他眼看着刘子平心慌意乱被提走，又眼看着刘子平满面愁容地走进来。刘子平在地铺上躺下时，孟新泽轻轻咳了一声。

刘子平立即在黑暗中轻轻叫了起来：

"老孟，孟大哥！"

孟新泽应了一声：

"老刘，爬过来！"

他们的地铺是并排的，当中隔着条一米左右的过道，已是晚上九点多钟的光景了，过道上没有灯光，黑乎乎一片，刘子平狗一样爬过来了，两只脚一下子伸到孟新泽的面前，自己的身子贴着孟新泽身子躺下了。

刘子平没敢将头凑到孟新泽面前，他怕孟新泽嗅出他嘴上的烟味。

孟新泽只得把身子曲起来，头抵着刘子平的膝头，低声问：

"怎么回事？日本人突然把你提出去干啥？"

刘子平极忧虑地道：

"老孟，怕有人告密，日本人仿佛知道了点啥！高桥这老王八老逼问我：张麻子是怎么死的？谁给我们通风报信的？他说，有人向他报告了，说咱们要组织逃跑！"

"这痨病鬼是唬你的！他要真知道了，还问你干啥？！"

"我没说，啥也没说！高桥让我再想想，说是给我两天的时间，两天以后，就要用狼狗对付我！老孟，孟大哥，可得快拿主意了！"

正说着，铁门又响了一下，靠门边的项富广被提走了，提人时，日本看守竟没注意孟新泽的铺上挤着两个人。

"看，老项又被提走了！保不准又是问那事的！孟大哥，咱们得行动了！说啥也得行动了！不是和外面联系上了么？咋还不把日子定下来！"

孟新泽道：

"这事不能急，得准备充分些，要不，没把握！"

"具体日子你不知道么？"

"不知道！我只负责给六号的弟兄传个信息，谁他妈领头，我也不清楚！这日子要是我能定，我他妈今夜就干！"

刘子平叹了口气：

"完了，两天以后，我非落个老祁的下场不可！"

"你也得像老祁那样挺住！"

刘子平怯弱地道：

"我……我……我不敢说这硬话……"

孟新泽恶狠狠地道：

"你想做张麻子么！"

刘子平狡猾地撇开了话题，近乎哀求道："孟大哥，快逃吧！再拖下去，弟兄们可都他妈玩球了！"

竟嗡嗡嘤嘤哭了两声。

孟新泽开始安慰他，两人又悄悄讲了许久，刘子平才又溜到自己的铺位上睡了。

这夜，一切正常，十一点钟，哨子照例响了，号子里的弟兄照例匆匆忙忙地趿鞋，穿衣。十一点二十分，高桥训话。十一点半，门楼下的钢板门拉开了，十一点五十五分，阎王堂二百多名战俘和四号井的二百多名战俘全挤进大罐下了井，他们当中的绝大多数人都不知道：暴动将在今夜举行……

这一切来得都很突然。

最初，煤窝子好像有人叫，声音短促，尖厉，矿警孙四警觉地从煤楼边的守护洞里钻了出来，支着耳朵听。那短促尖厉的声音却消失了。通往煤窝的洞子是黑沉沉的，静悄悄的。孙四以为是幻觉，又把枪往怀里一搂，缩到了守护洞里。

坐在笆片支起的铺上，他还是不放心，总觉着今夜有些怪。战俘们的神气有些不对头哩！他们似乎是酝酿着什么重大事情，从东平巷往二四二〇窝子爬的时候，有些人就在那里交头接耳，尤其是0542号孟新泽，一会儿走在前面，一会儿拖到后面，老和人叽咕什么。

他们莫不是想闹事吧？

他不禁打了个寒战，搂在怀里的枪一下子横了过来，黑乌乌的枪口正对着黑乌乌的煤洞子。

他想：只要有人从煤洞子里扑出来，他就开枪，他知道，他的枪一响，守在东平巷的日本人和矿警就会赶来救援，任何捣乱的企图都会被砸得粉碎！

其实，不到万不得已，他真不愿开枪。他对这些战俘蛮同情的，平常对他们也不坏。他和刘老八不一样，从未向日本人报告过什么，也从未打过哪个兄弟，他认定他们没有理由和他为难。

往好处一想，脑瓜中那根绷紧了的弦又松了下来，长枪往肩上一背，挂在棚梁上的灯往手上一提，径自向洞里走去。

他得看看，煤窝子里究竟发生了什么没有。

弯着腰在通向煤窝的洞子里走了二三十米，两盏晃动的灯迎着他跳过来了。他停住脚，把灯往地上一放，枪横了过来：

"谁，干什么！"

迎面传来一个惊慌的声音：

"不好了！片邦了！埋进去三个，刘八爷也埋进去了！"

"哦？快去看看！"

孙四说着，提起灯，加快步子往煤窝里去，刚走到煤窝里，就看到了刘老八摊在地上的血肉模糊的脸。他突然觉着不对劲，刚要把枪从肩上取下来，几个人已拥到他身边，一下子将他摔倒在地上，枪也被夺走了。

他吓慌了，挣扎着喊：

"干……干什么！你……你们要干……干什么？"

0542 号孟新泽蹿到了他面前：

"四哥，你甭怕！弟兄们不会害你的，弟兄们要逃。懂吗！"

"逃……逃……逃？你……你们逃了，我……我咋向日本人交……交账！你……你们甭害我……我了！我……我可从没做对……对不起你们的事哇！"

孟新泽极热情地道：

"四哥，你也和我们一起逃吧！"

孙四越急，结巴得越厉害了：

"逃……逃得……得掉……掉……掉吗？日……日本人在……在上面，咱在……在……在下面！"

孙四提出了一个反建议：

"老……老孟，还……还是甭……甭逃了吧！你……你们甭……甭逃，我……我也不……不向日本人报……报告！咱……咱们还是……好弟兄！刘老八死……死了活该！"

孟新泽脚一顿，恶狠狠地否决了孙四的反建议：

"四哥，你的好心我知道，可我们弟兄受够了！这一回，非逃不可！"

王绍恒也在孟新泽身后嚷：

"老孙，别怕，上面有咱们游击队接应哩！"

孙四还是不同意，他认定孟新泽他们不会杀他，便躺在洞口道：

"你……你们真……真要逃，就……就先……先杀……杀了我吧！你们不……不杀我，日……日本人也……也要杀我的！"

不曾想，孙四话刚落音，黑暗中突然有人扬起煤镐，恶狠狠一镐头砸到孙四脸上，孙四一声惨叫，身子剧烈地抽颤起来，砸开了花的脸上，白糊糊的脑浆和殷红的血搅成了一片。

他两腿拼命一蹬，身子一挺，死了。

"谁？谁干的？"孟新泽吼。

黑暗中的杀人者慢慢站到了孟新泽面前。孟新泽借着灯光一看，那人竟是刘子平！

"老刘，你……你咋能这样干？"

刘子平有些惶恐地说：

"我……我也不知道！我怕……怕耽误时间，老孟，快……快行动吧！晚了，日本人知道就麻烦了！"

"对，孟大哥！快干吧！不能磨蹭了！"

"孟营长，你快说，咱们怎么走？"

……

身边的弟兄们也跟着嚷。

孟新泽这才将目光从孙四血肉模糊的脸上收回来，对着众人道：

"弟兄们，事情已经闹到这个份上了，逃是个死！不逃也是个死！今夜，咱们拼死也得逃！咱们走风井口，风井口有乔锦程和何化岩的游击队接应，约好的时间是夜里三点。"

孟新泽将抓在手上的那块原本属于刘八爷的怀表举到灯前看了看，又说：

"现在是一点十五分，离约好的时间还有一小时四十五分钟，咱们二四二〇窝子距风井下口只有二十分钟的路，时间很宽裕，现在咱们要协助其他窝子的弟兄，把矿警队除掉，把井下的电话线全掐断，封锁暴动消息。那些在生产区的日本人、矿警，一个也不能让他们溜到井口去！只要咱们能将消息封锁到三点，大伙全聚到风井下口，事情就算成功了！听明白没有？"

"明白了！"

黑暗中响起一片闷雷般的应和声。

"下面，我来分一下工：项富广、王绍恒你们带三个弟兄去对付东平巷的那两个矿警和一个日本人！田德胜、赵来运、王二孩跟我一起到二四二二、二三四八两个窝子去！"

刘子平自告奋勇道：

"老孟，不是要掐电线么？我去！干掉东平巷的那三个小子后，我就把通往井口的电话线掐了！"

孟新泽想了一下：

"再给你配两个人！钱双喜，李子诚，你们跟着老刘去！"

分完工后，孟新泽再次交代：

"记住，要小心谨慎，无论如何都不能开枪！也不能让鬼子和矿警开枪！不要怕，咱们有一个半小时，有四五百号人，生产区的矿警、鬼子，统共不过二三十，他们不是咱们的对手，千万不要怕！"

煤窝里的弟兄们纷纷抓起煤镐、铁锹，三五成群地沿着下坡道向东、西两个平巷摸，蓄谋已久的暴动开始了。

这是民国二十九年六月二十九日深夜一点二十三分。

一点三十五分，守在巷口的两个矿警和一个日本人被利利索索地干掉了。担负此项任务的项富广挺聪明，他把孙四的矿警服套在了身上，又提上了孙四的大电石灯，电石灯的灯光很亮，照得巷口的那个日本人睁不开眼。那日本人没怀疑，他知道用这种大电石灯的都是监工、矿警，又见来人穿着矿警服，背着枪，就更没在意。不料，走到近前，项富广突然枪一横，枪上的刺刀捅进他的胸膛，没费劲就敲掉了一个。两个矿警是在东平巷口的防风洞里堵住的，他们根本没来得及把枪抓起来，就被突然拥到洞里的几个弟兄压倒了，一人头上吃了几镐。

东平巷的警戒线被破除……

刘子平是在东平巷警戒线破除之后，冲出东平巷的。

在东平巷口，刘子平对手下的两个弟兄说：

"你们往里跑，把里面的电话线全扯了，我扯外面的！"

两个弟兄应了一声，去了。

刘子平却站在东平巷口愣了一会儿，他不知道自己究竟该往哪里走！狡猾而又混账的孟新泽把他的一切计划都打乱了：把他和高桥太君谈妥了的一笔买卖搞砸了!

孟新泽的狡猾是确凿的,他明明知道今夜暴动,在井上却偏偏不和他说,硬是把他裹到了这场旋涡中,逼迫着他和他们一起干!他认定孟新泽是这场暴动的指挥者和策划者!他刘子平不管怎么聪明、怎么机警,最终还是被孟新泽骗了!

生活真可怕!

这些叫作人的玩意儿真可怕!

现在,他要做最后的选择了,或者继续去和高桥太君做买卖,或者铁下一条心,和孟新泽他们一起干。他得最后揣摩一下,把赌注压在哪头上算!

现在看来,暴动有成功的希望了,地下四五百号弟兄全动起来了,上面又有游击队接应,铁着心干下去,也许能捡得一条命来!地下的情况看来不错,地上怎么样呢?游击队不会变卦吧?日本人不会加强防范吧?

突然有了些后悔,他真不该在地面上向高桥太君讲这么多!倘或高桥听了他的话,加强了地面防范,调来了驻防西严镇的日军大队,那么,今夜的暴动必败无疑!他自己就把自己卖掉了!他不死在日本人的枪弹下,也得死在高桥的指挥刀下。

和高桥做买卖的念头又固执而顽强地浮了出来……

恰在这时,躺在巷道口水沟盖板上的那个日本人动了一下,他跑过一看,发现那日本人竟没有死。他胸前湿漉漉一片,手上,脖子上糊着血,他弯下腰时,那日本人挺着上身想往起爬。

他灵机一动,打定了主意:还是和高桥太君做这笔买卖!他要用这个受了伤的日本兵来证实他做买卖的诚意!

"太君!太君!"

他看看巷道两头都没有人,急切地叫了起来,一边叫,一边扶起了日本兵:

"太君!太君!他们的暴动了!暴动了!我的,我送你的上井!"

那日本兵点了点头,咧嘴笑了一下。

他架着日本兵,疾疾地向主巷道走。

不料,刚走了大约百十米,他就听到了身后的脚步声。他心中一紧,知道不好,认定是几个窝子的弟兄把矿警和日本看守干掉后,赶来封锁巷道了,他带着一个行走不便的日本兵,非落到他们手里不可!

他心中一慌,把那日本兵一下子推倒在巷道一侧的水沟里,拔腿便往井口跑。

生命比诚意更重要！

跑到井口时，是二时零五分，井口的日本总监工吉田正为和里面的煤窝联系不上而犯疑。

他扑到吉田面前，张口气喘地道：

"太君！太君！他们……他们的暴动了！我的……我的要见高桥太君！要见龙泽寿大太君！"

吉田呆了，怪叫一声，狂暴地用一双大手抓住他的肩头摇撼着：

"暴动？你说他们的暴动？他们的敢暴动？！多少人！什么时候？你的快说！"

他执意要见高桥太君和龙泽寿大佐，他要把这桩秘密卖给他们，卖出一个公道的价钱：

"太君，我的……我的要向高桥太君和龙泽寿大太君报告……"

一个沉重的大拳头很结实地击到了他脸上，他身子一歪，几乎栽倒在地。可没等他倒到地上，又高又胖的吉田再次抓住他瘦削的肩头：

"说！快说！"

鲜红的血从鼻孔和嘴里流了出来，嘴里还多了一颗硬硬的东西，他吐出一看，是颗沾着血水的牙齿。

他不说。

吉田像疯狂的狗熊，围着他转来转去，用拳头打他，用脚踢他，用鬼子话骂他，他凄惨地号叫着，就是不说。他是硬汉子，他不能把自己拼着性命搞出来的秘密拱手让给面前这个大狗熊！

他固执地大叫：

"我要见高桥太君！哎哟！我要见龙泽寿大佐！哎哟！你……你打死我，我也要见高桥太君！"

吉田没有办法了，只好先让井口料场、马场的几十名战俘和十几名矿警、日本兵撤离上井，同时挂电话给井上的高桥和龙泽寿。

这时，是二时十二分。

十分钟后，迅速升降的罐笼将大井下口的人全拽到了大井上口，吉田总监工和两个日本兵押着浑身是伤的刘子平挤进了最后一罐。

在大井上口，先见到了龙泽寿大佐。刘子平结结巴巴向龙泽寿大佐报告的时候，高桥太君也从阎王堂赶来了，他马上向高桥扑去，扑到高桥面前，他自己也不知道怎么竟哭了。他中断了极为重要的报告，满脸是泪，指着吉田对高桥说：

"高桥太君，他……他打我，我……我要向你，向龙泽寿大太君报告，他……他就打我！"

龙泽寿大佐鄙夷地看着他，仿佛看着一条落魄的丧家狗：

"嗯，你的，说！接着说下去！"

他可怜巴巴地看了看高桥太君。

高桥阴沉沉地点了点头：

"你的，大大的好！我的明白，说，暴动的，多少人？游击队什么时候来？他们的，从哪里上井？"

他想都没想，便滔滔不绝道：

"井下的战俘全暴动了！全暴动了！——除了我！总共有四百多人，他们想从风井口出去，游击队三点钟在风井口接他们，井下的皇军和矿警全被他们干掉了，他们手里有了枪，太君，大太君，我们的，要赶快赶到风井去，晚了就来不及了！"

龙泽寿吼道：

"你的，为什么早不报告？嗯？"

他慌了，脸孔转向高桥：

"我的……我的向高桥太君报告过！"

高桥以怀疑的目光打量着他，不怀好意地道：

"暴动时间，你的没说！"

"太君，高桥太君！下井前我……我不知道啊！他们信不过我，他们没告诉我！太君，这件事……太君……"

他急于想把事情解释清楚，可却终于没能解释清楚，龙泽寿大佐冷冷地扫了他一眼，走了，到井口电话机旁摇电话去了。高桥也抛下他，跑到那帮闻讯赶来的日本兵面前，哇里哇啦讲起了鬼子话。

他们都忘记了他的存在。

他一下子感到很悲凉，有了一种堕入地狱的感觉，他的聪明、机警全用不上了，他的命运从此开始，不是他自己能够支配的了。他一下子明白了，在和日本人做这笔人肉交易的时候，他把生命的能量全挥霍干净了，他在短短几天里走完了遥远而漫长的路，现在，他正慢慢死去……

龙泽寿大佐和高桥太君在忙活……

二时五十二分，驻守在西严镇的两个中队的日军开了过来守住了风井井口和大井井口，二时五十五分，两个战俘营里的探照灯全打亮了，岗楼上的机枪支了起来……

暴动在短短一小时内陷入了绝境！

这意外的变化事先谁也没料到！后来，弟兄们才知道有人告密！告密的那家伙听说是个排长，山东人，姓啥叫啥记不得了，暴动过后，再也没见到过他，有人说被日本人砍了，也有人说被日本人放了，当了韩老虎伪军大队的小队长，民国三十二年春上，被何化岩游击队打死了……

窝在地底下的四五百口子弟兄可遭大罪了，要吃的没吃的，要喝的没喝的，硬饿也得饿死！想冲上井？没门！日本人架着机枪候着哩！不过，刚暴动那一阵子，弟兄们并不知道，都以为顺着风井口能冲上去哩！以为风井口有咱抗日英雄接应哩！

五

东平巷车场挤满了人，无数盏跃动的灯火从各个煤窝汇拢来，沿着双铁道的宽阔巷子，组成了一条光的河流，沉重的喘息，兴奋的叫嚣，疑虑重重的询问和毫不相干的歇斯底里的咒骂，嗡嗡吟吟混杂成一团。骚动的气浪在灯光的河床上，在众人头顶上啸旋着、滚动着，把一轮希望的太阳托浮在半空中。

地层下的整个暴动过程异乎寻常的顺利，从一时十五分二四二〇煤窝动手，到二时零二分二三四八煤窝的弟兄们走出来，暴动只用了一个小时十五分钟。在这一小时十五分钟里，四名矿警和五名日本兵被击毙，余下的十八名矿警和五名日本兵做了暴动者的俘虏。四百七十余名被迫从事奴隶劳动的战俘们重新成为军人，再度投入了战争！

行动中，矿警们还是开枪了，三个参加暴动的弟兄在矿警的枪口下毙命，另外还有几个受伤。

然而，不管怎么说，暴动是成功了。现在，那十八名矿警和五名日本兵被捆了起来，他们手中的枪，已转到了暴动者手中。

缴获的枪共计三十二杆。

一〇九三团炮营营长孟新泽抓了一杆，他背着那杆枪，挤在煤楼底下，和一些人商量着什么。后来，他爬到一个被推翻在地的空车皮上，对着弟兄们讲话。

这时，是二时三十五分。

"弟兄们，静一下，静一下！听我说！都不要吵了……"

孟新泽喊了好一阵子，巷道里的声音才渐渐平息下来，弟兄们盯着孟新泽看，看不到的，就待在那里静静地听。

"弟兄们，我们成功了！从现在开始，我们不是日本人的俘虏了，我们是军人，就像二十七年五月十九日以前那样，是打日本的中国军人！军人要讲点军人的规矩！现在我宣布，我，孟新泽，一〇九三团炮营营长，对这次行动负责！我要求弟兄们听我指挥，大家能不能做到？"

也许这话问得多少有点突然，聚在车场巷子里的弟兄们沉寂了一下，没有回答。

孟新泽有些失望，他愣了一下，嘴角抽了抽，又说：

"如果弟兄们信不过我，也可以另选一个弟兄负责，但是……"

孟新泽一句话没说完，站在门楼前不远处的田德胜先吼了起来：

"老孟，别啰嗦了，听你的！都听你的，谁狗日的不服，爷爷崩了他！"

"对，听孟营长的！"

"孟营长，你发话吧！"

"听孟营长的！"

"听孟营长的！"

……

应和之声骤然炸响了，巷道里仿佛滚过一串轰隆隆的闷雷。

孟新泽感激地笑了笑，双手张开，向下压了压，示意弟兄们静下来。

手势发挥了作用，巷道里再一次静了下来。

孟新泽又说：

"弟兄们，马上，我们就从风井口冲出去，大家不要乱，还是以原来的窝子为单位，一队接一队上！三十二杆枪，二十杆由老项——项富广带着，在前面开路，十二杆我带着，在末了断后，不管出现什么情况，都不要慌，不要乱！听明白没有？"

"明白了！"

又一片应和声。

"好，下面还要说清一点……"

这时，人群中，有人叫：

"姓孟的，你他妈少啰嗦两句好吗？"

孟新泽一怔，费力地咽了口吐沫，又说：

"伙计，不要急，等我把话说完！"

不料，下面叫得更凶：

"甭听这小子扯淡！咱们走！"

"对！快走！"

……

巷道里出现了骚动。

孟新泽火了，脚板在车皮上一跺，厉声喝道：

"谁敢乱动，老子毙了他！我再说一遍，咱们是军人！是他妈军人！弟兄们，给我瞅一瞅，看看谁在那里捣乱！"

那些急于逃命的家伙不敢乱动了，小小的骚动转眼之间平息了下来。

"现在我还要说清一点，地面的情况，咱们不知道，乔锦程和何化岩的游击队来了没有，来了多少人，都没有把握！如果地面情况有变，我们也得拼命冲出去！看守风井口的日本人不会多，充其量十几个。出去以后，趁黑往西严镇后撤，进了山，日本人就没辙了。"

有人大声问：

"不是讲定地面有人接应么？"

孟新泽被迫解释道：

"是的，是有人接应！我们是怕万一！万一他们不来，我们也得走！事情已闹到了这一步，我们没有退路了！现在，突击队前面开路，出发！"

孟新泽发布完命令，从煤车皮上跳下来时，已一头一脸的汗水。他撩起衣襟，胡乱在脸上抹着，眼见着一股股人流顺着身边的巷道向风井下口拥。他和他身边的十余个背枪的弟兄依着巷壁站着没动，他们要在这支逃亡大军的后面打掩护，他们要用他们手中的枪，用他们的热血和忠诚来对付可能从大井口扑过来的敌人。

逃亡的弟兄在孟新泽面前走了大约两分钟。

在队伍之尾，孟新泽看见了步履踉跄的耗子老祁，老祁伤还没好，就被日本人逼着下井了。昨日夜里上了第一个班。这也是不幸之中的万幸，日本人的残酷给老祁提供了一次求生的机会。这或许就是命，老祁命不该绝。暴动之前，孟新泽怕老祁行动不便，曾私下做了安排，让六号里的两个弟兄逃亡途中照顾他。现在，那两个弟兄却不见了。

老祁走过孟新泽身边时，孟新泽抓住老祁的手问：

"只有你一人，他们两个呢？"

老祁叹了口气：

"到啥辰光了，谁还顾得了谁？"

孟新泽火了：

"混账，抓住那两个混账小子，我非掐死他们不可！"

老祁艰难地笑了笑：

"老孟，我还行！"

孟新泽没去理老祁，两眼只瞅着从身边拥过的人流。

突然，他从人流中拉出了两个弟兄：

"你，还有你，你们别只顾自己逃命！祁连长为弟兄们受了伤，你们一路上照应一下！"

那两个弟兄连连答应着，扶着老祁疾疾地走了。老祁被那两个弟兄架着，向前走了好远，还扭过头对孟新泽喊：

"老孟，你们可要小心啊！看着情况不对就赶快撤！被堵到地下可……可就完了！"

孟新泽自豪而又自信地喊了一声：

"走你的吧，兄弟！我孟新泽这两年的营长不是白当的！"

望着滚滚涌动的灯火，望着手中的枪，孟新泽觉得自己又回到了炮火隆隆的战场，仿佛民国二十七年那个灾难的五月十九日刚刚从他身边溜走。

是的，从现在开始，他又是军人了！他手中又有枪了！他可以用战斗来洗刷自己的耻辱了！他想：只要这四百七十多名弟兄能成功地冲出地面，只要他能活下来，他一定永远、永远做一名战斗的军人，再也不投降，再也不放下手中的枪，他一定要率着这帮死里逃生的弟兄们，和日本人拼出个最后的输赢来，那个壮烈殉国的连长说得对："只要我中华民族众志成城，万众一心抵抗下去，则中国不亡，华夏永存！纵然是打个五十年，一百年，最后的胜利必是我们的！"

端着三八大盖在泥泞陡滑的回风道上爬的时候，项富广还在回味着捅死东平巷的那个日本兵时的感觉。那个日本兵真他娘傻×，他走到面前了，枪刺横过来了，那王八还没犯过想来。那时不知咋的，他竟一点也不害怕，腿没软，手没抖，抓着枪的手向前一送，那个从东洋倭国来的大日本皇军便见阎王了。大皇军的身子骨也他娘的是父精母血肉做的，也那么不经扎哩！他把刺刀捅进去的时候，觉着像扎了一个麦个子，软软的，绵绵的，又重重的——那王八挣扎着用手抓住枪管的时候，整个身子的重量都压到了枪上。他拼命往下拔刺刀，还用脚踩了那王八一下。一股血溅到了他脸上，热乎乎的，挺瘆人的，他当时就用手揩去了，现刻儿想起来，还是觉得没揩净。

抬起手，又在汗津津的脸上揩了一下，而后，把手放在鼻子下嗅了嗅。

没有血腥味，没有。

这是他第一次用刺刀杀人，而且，是杀一个日本人。杀日本人，也是第一次。被俘前，他是庞大勋部的一个排长，被俘时，他有些糊涂，他当时大腿受了伤，流了好多血，昏过去了，眼一睁就落到了日本人手里。他原以为自己必死无疑，后来在战俘营，被俘的李医官给他胡乱换了几次药，伤口竟好了，而且，没落下什么残疾。从此，他对属于自己的生命就倍加爱护，倍加小心了，为了对自己的生命负责，他对许多弟兄的生命都不那么负责了。他向日本看守告过密，这事任何人都不知道，若是知道，他早就没命了。

三月里，三排长李老二和机枪手张四喜伙他逃跑，他想来想去，没敢。他瞅着空子，把信儿透给了日本看守山本，山本报告了高桥，高桥这个阴险的坏蛋，有意不去制止这次可以制止的逃亡事件，有意给了一个空子让李老二和张四喜逃。结果，李老二让狼狗咬死，张四喜被电网电死。他好一阵子后悔，暗地里把自己骂了个狗血喷头。

高桥从此便瞄上了他，动不动提他去问话，要他把战俘中的情况向他报告。他再也不干了，只说自己不知道。开初，高桥还信，后来，高桥不信了，每次被提出去，总要挨一顿打。

这就是告密的报偿。

同屋的弟兄们见他挨打，对他都很同情，好言安慰他。弟兄们越是这样，他的心越不踏实，越是觉着欠下了一笔沉重的良心债。

暴动前的这几天，高桥又提了他两次。他都没说。高桥的指挥刀架到他脖子上，他也没说。后一次有点玄，最后一瞬间，他几乎垮了，高桥说道，给他两天的时间考虑，如果还不把知道的情况说出来，就把他三月份告密的事向全体战俘公开。

这比指挥刀和狼狗更可怕！

他被迫答应考虑！

不料，偏偏在几小时之后，暴动发生了，那令他胆战心惊的事情根本不存在了！他毫不犹豫地投身到暴动的行列，孟新泽一声令下，他就和田德胜两人按倒了监工刘老八，一镐刨死了那王八，紧接着又杀死了那个日本兵。

愧疚和不安随着两条生命的消失而消失了，他的心理恢复了平衡，这才觉着不再欠弟兄们什么东西了。端着死鬼孙四的三八大盖在回风道爬着，他心里充满了一个军人的自豪感。

他心中的秘密别人永远不会知道了。

他用勇敢的行动证实了他的忠诚。

回风道里的风温吞吞湿漉漉，却又很大。风是从下面往上面吹的，仿佛有一只无形的手推着他的后背。他被风推着向前、向上爬，每爬一段距离，就停下来四下看看，听听动静，他不知这段通往地面的回风道有多长，对地上的情况，他心中也没有数。

他爬在最头里，身后三五步，就是突击队的队员，突击队后面十几米处，是没有武装的逃亡者。他和手下的那些突击队员手中的枪，不仅仅担负着保护自己生命的职责，也担负着整个行动成败的职责，担负着保护四百七十余条性命的职责。

他不能不谨慎小心。

他总觉着快到井口了，井口却总是不出现，面前的回风道仿佛根本没有尽头似的。他想：也许在夜间，井口的位置不好判断——地上、地下一般黑，走到井口也不会知道的。万一他突然冲到了井口，而井口上又有日本人守着，事情可就糟透了。

他又一次扶着歪斜的棚腿，举着灯向巷道上方看。

一个突击队的弟兄跟了上来：

"老项，还有多远？"

项富广摇摇头：

"不知道！"

"咱总爬了千把米了吧！"

"不止！"

"看光景该到了！"

项富广抹了把汗：

"我也这么想！"

"上面不知道是个啥情况哩！若是那帮王八蛋不来，咱们就叫坑了！"

项富广道：

"不论上面是什么情况，咱们都得小心！给后面传个话，让后面的弟兄们和咱们的距离再拉开一些！"

"好！"

待身后突击队的弟兄都跟了上来，项富广又摸着一根根棚腿，向上攀，攀了不到二十米，一道紧闭的风门出现在面前了。

原来，回风道上还有风门哩！这倒是项富广没想到的。

几个弟兄上前一扛，把风门扛开了。

举灯对着风门里一看，上面还有一道风门。

弟兄们又要去扛那道风门。

项富广将弟兄们拦住了：

"小心，这道风门外面，大许就是井口，成败就在此一举！大家都把灯灭了，轻轻把风门扛开，扛开后，都守在门口不要动，我先摸上去看看。情况不好，我把灯点上，你们就准备打，听明白了吗？"

"明白了！"

弟兄们纷纷把手中的灯火拧灭了，继而，把身子贴到了第二道风门上，暗暗一使劲，将风门慢慢推开了。

前上方二十米处朦朦胧胧有些亮光——井口终于出现了！

项富广跨出风门时，又做了最后一次交代：

"把枪准备好，看见灯光就准备打！若是井口被咱游击队拿下来了，我会下来告诉你的，注意，千万不要莽撞！"

说毕，他端着枪猫着腰，身子几乎贴着泥泞的坡道，悄悄向上爬了。他爬得很慢，很小心，尽量不让自己的身体发出什么声响。

一步，两步……五步……八步……

他在心中暗暗数着。

数到第十九步时，他的眼睛已能看清井口边的东西了。他发现了一道障碍物，障碍物有半人多高，恍惚是装满了沙土的草袋。他心中一惊，忙卧倒在地，又睁大两眼看，支起耳朵听。

地面的风机嗡嗡响着，什么都听不见。

井口周围很黑，也没有看到有什么人影。

他想：也许是一场虚惊。汛期到了，码在井口的草袋大约是为了防水的——防备雨水、洪水灌入井中。

他站起来又向上爬。

一步，两步，三步……

突然，草袋后面飞出了一些什么东西，那东西将他击中了，他身剧烈一颤，跌倒在地下。

没听到枪声，轰轰作响的风机声把枪声遮掩了……

身子像是被撕裂了，四处都痛，却不知道哪里中了弹。他试图站起来，可挣了几次，也没挣起来。突然间，他想起了自己的使命，他将手伸到了腰间，在腰间摸到了那盏电石灯，电石灯上湿漉漉的，不知是汗还是血，他顾不得分辨了，曲着腿，勾着身子，紧紧护住灯，而后，哆嗦着手从灯盏旁的卡子上抠出油纸包着的洋火。

他得把危险告诉弟兄们。

手抖得厉害，他划了五根洋火，才将面前的灯点着。

他将灯拧到最大亮度，举起来，对着身后下方的巷道摇晃着，喊出最后一句话：

"弟兄们，打……打呀！"

又飞来一片弹雨，他高高昂起的脑袋被几粒子弹同时击中了，脑袋上的破柳条帽滚到了地下，又顺着坡道滚到了风门前。手中的灯跌落了，灯火在巷风中跳了几跳，终于灭了。

项富广死了。

一盏生命的灯火熄灭了。

连同那生命的灯火一齐熄灭的，还有与这生命有关的许多秘密。

没有人想到他曾经是个告密者！

没有人相信他会是一个告密者！

守在风门口的弟兄当即明白了自己和自己身后那几百名弟兄的处境，绝望地开了火。霎时间，在从风井口到出井口的二十几米长的斜坡巷道里，一场激烈的争夺战打响了！

交战双方都无法使用更多的人和更多的枪，恶劣的自然条件，限制了战斗的规模，井上的日本兵架着一挺机枪向井上打；井下，十余个战俘用手中的三八步枪抗击。战俘们的劣势是明显的，交火没几分钟，就被迫退到了后面那道风门里面。

头一道风门外抛下了三具尸体。

这时，孟新泽闻知交火的消息，带着断后的人马赶了上来，狂暴地发布了命令：

"打！拼着一死也得打，不打下这个井口，咱们通通完蛋！"

弟兄们只得在孟新泽的带领下，冒着机枪的强大火力网，拼命向上冲。

又有一些弟兄送了命。

孟新泽自己也受了伤，一粒子弹将他的胳膊打中了，腥湿的血糊了一身，直到中弹倒地时，孟新泽才明白了一个血淋淋的现实：

暴动失败了！

是夜四时十分，拥在风井回风道里的四百余名弟兄被迫放弃了攻下风井口的幻想，绝望而愤怒地返回了东平巷……

东平巷被一片阴冷而恐怖的气氛笼罩着。

聚在东平巷的人们处于骚动不安之中。

弟兄们无论如何不能接受面前这严酷的事实：他们无路可走了，或者饿死，或者被日本人杀死！他们觉着这不合情理！他们的暴动最初不是成功了么？不是说上面有游击队接应么？这些混蛋都跑到哪儿去了？日本人咋会用机枪堵住风井口？哪个王八蛋向日本人告了密？

弟兄们用最恶毒的字眼咒骂起来，骂乔锦程，骂何化岩，骂那些将他们置于绝境的人们。有些人一边骂，一边还大声号啕。死亡的恐怖像瘟疫一样迅速漫延开来，那轮曾经高悬在他们心里的希望的太阳，一下子坠入了无底深渊。

事情坏到了无法收拾的地步。

几个持枪的弟兄冲到关着矿警和日本人的工具房门口，睁着血红的眼睛大叫：

"毙了这些狗操的！毙了他们！就是死，也得拉几个垫底的！"

更多的人反对这样做，他们拥在工具房门口，拼命保护着工具房里的十八名矿警和五个日本兵，对着那几个持枪的弟兄吼：

"不能杀他们！不能杀！咱们得用这些家伙来和井上的日本人谈判！"

"对！不能杀！"

"不能杀！"

站在最外面的一个大个子东北人干脆拍着胸脯说：

"日他娘！要杀你们先杀我！来，冲着这儿开枪！"

"砰"地响了一声。

竟然真的有人对着他的胸脯打了一枪。

"揍！揍死这王八羔子！他打咱自己人！"

"揍啊！"

"揍啊！"

聚在工具房门口的人被激怒了，怒吼着向开枪者面前逼，一盏盏发昏的灯光晃动着。不料,没等他们逼到那开枪肇事者面前,那弟兄已将上身压到枪口上,自己对着自己胸膛搂了一枪!

另外几个持枪的弟兄被扭住了,一些失去理智的家伙在拼命打他们。工具房面前的巷道里乱成了一团。

孟新泽听到枪声,从里面的巷道里挤过来,对着那些兽性大发的人们吼:

"住手!都他妈的住手!咱们是军人,是军人!就是死,也得死出个模样来!"

一个瘦瘦高高的小子竟将枪口对准孟新泽的胸脯:

"滚你娘的蛋吧,老子们用不着你教训!"

孟新泽冷冷地命令道:

"把枪放下!杂种!"

"放下?老子毙了你,不是你,弟兄们走不到这份上!"

"老子再说一遍:把枪放下!"

那小子反倒把枪口抬高了。

孟新泽上前一步,在那小子脸上猛击一拳,一把将枪夺到了手上,抓住枪管的时候,那小子勾响了枪机,一粒子弹擦着孟新泽的耳朵,打到了巷道的棚梁上。

那小子被两个弟兄扭住了。

孟新泽将缴下的枪顺手抛给了身边的一个弟兄,镇静而威严地道:

"弟兄们!咱中间有人没安好心!他们想拿咱们的脑袋向日本人邀功领赏,保自己的狗命!这帮混蛋是一群吃人的狼,咱们千万不要上他们的当!咱们今日暴动的失败,就是他们造成的!一定是我们中间有人向日本人告了密,日本人才在风井口架上了机枪!"

有人大声问:

"那么,咱们现在咋个办?就窝在地下等死么?你姓孟的有啥高招?你他妈的不是说对这次行动负责、对弟兄们负责么?"

孟新泽道:

"我是说过,现在,我还可以这样说!该我孟新泽担起的责任,我是不会推的,要是砍下我的脑袋能救下四百多弟兄,我马上让你们砍!我也想过和日本人谈判——我去谈……"

孟新泽话还没说完,黑暗中,又一个声音响了起来:

"好!姓孟的说得好!弟兄们,你们还愣在这干什么?上啊!快上呀!把姓孟的捆起来，咱们去和日本人谈判！暴动不是咱们发起的，咱们是在他的胁迫下参加的，日本人不会不讲道理！"

"对！把姓孟的捆起来！"

"上，上啊！"

七八个人叫嚣着，一下子拥到孟新泽面前。孟新泽没有动，只定定盯着他们的脸孔看。他内心极为平静，似乎早就等着这一刻了。

这七八张脸孔中，有一张竟是他熟悉的，一瞬间，他几乎有点不相信自己的眼睛。

他又盯着那张熟悉的脸孔看了半晌，凄惨地笑了笑道：

"老王，王绍恒，你，你也想把我捆起来送给日本人么？"

王绍恒垂着头，喃喃道：

"不……不是我要捆，是……是你自己说的！我……我……我也是没办法！"

孟新泽又说：

"老王，还记得二十七年六月的那桩事么？"

王绍恒怔了一下，马上想起来，二十七年六月，伪军旅长姚伯龙到战俘营招兵买马，他曾和孟新泽肩并肩站在一起，做了一回颇具英雄气的选择。那时，他们还没到阎王堂来，战俘营在西郊的一个村庄上，一大早，哨子突然响了，日本人招呼集合，弟兄们站在一座破庙前的空场上，听姚伯龙训话。姚伯龙把蒋委员长和武汉国民政府大骂了一番，又大讲了一通中日亲善的道理，然后说："愿跟老子干的，站出来；不愿跟老子干的，留在原地不要动。"大多数兄弟都站了出来，他看了看孟新泽，见孟新泽没动，自己也没动。

为此，他一直后悔到今天。

后来，他无数次地想，他当时的选择是错误的，他不应该留在原地，而应该参加姚伯龙的队伍，在队伍里，逃跑的机会会很多。他当时慑于孟新泽的威严，逞一时的硬气，失去了一次逃生的机会。

是孟新泽害了他。

这一回，他不能再这么傻了，暴动已经失败，不把孟新泽交出来，日本人决不会罢休的，为了自己，也为了这几百号弟兄，必须牺牲孟新泽！

他怯怯地看了孟新泽一眼，吞吞吐吐地说：

"过去的事，还……还提它干啥！"

孟新泽却道：

"我想让你记住，你老王曾是一条汉子！现在，我还希望你做一条英雄好汉！我姓孟的不会推脱自己的责任，可我劝你好自为之，多少硬气点！"

王绍恒突然发作了，直愣愣地盯着他，粗野地骂道：

"硬你娘的×！你他妈的少教训我！不是你，老子不会到这儿做牲口，不是你，老子不会走到这一步！明说了吧，地面上究竟有没有人接应，我他妈的都怀疑！"

"对！这狗操的坑了咱们！"

"别和他啰嗦了，先捆起来再说！"

"捆！"

"捆！"

王绍恒和他身边的七八个人将孟新泽扭住了。他们不顾孟新泽一只胳膊已经受伤，不顾孟新泽痛苦的呻吟，硬将他按倒在潮湿的地上。

孟新泽被这污辱激怒了，本能地挣扎起来，身子乱动，腿乱踢，嘴里还喊着：

"弟兄们，别……别上他们的当！我们当中有……有人告密！"

有人用脚狠狠踢他脑袋，有人用手捂他的嘴，他怎么挣也挣不脱那牢牢压住他的手和脚。他大口喘着气，被迫放弃了重获自由的努力。

就在这时候，他听到有人在和这帮人交涉。

"放了老孟吧！这事也不能怪他，他也没逃出去么！"

"是呀，何化岩他们混蛋，与老孟没关系！"

……

然而，交涉者的声音太微弱了，太微弱了！他们已很难形成一种威慑的力量。

他的精神一下子垮了，他突然明白了人的阴险可怕！人，实际上都是狼！在某种程度上，比狼还要凶，还要狠，还要毒！人为了自己活下去，不惜把自己的同类全剁成肉泥！他是上了他们的当了，他完全没有必要为他们做什么牺牲。

撤到东平巷以后，他就想到了这场悲惨事件的收场问题。他确乎想过挺身而出，为弟兄们承担起这沉重的责任。他不怕死。他早就准备着轰轰烈烈死上一回，为救弟兄们而死，死得值！

现在，他觉得自己受了污辱，他后悔了，他不愿为面前这帮想置他于死地的混蛋担什么责任了！他想，倘或日本人问他的话，他一定把这帮混蛋全扯进去——包括王绍恒！这帮混蛋没有资格，没有理由活在这个剽悍的世界上。

巷道里越来越乱，那帮急于向地面上日本人讨好的家伙虽然已控制了局势，有人跳到他曾经站过的煤车皮上发表讲话，要求弟兄们把那些杀死过矿警和日本人的弟兄指认出来。关在工具房里的五个日本人和十几个矿警被那些家伙放了。他听到一个刚刚被松了绑的矿警头目在叫：

"弟兄们，不要怕，只要你们走出矿井，向地面的皇军投降，弟兄我包你们无事！弟兄我叫孙仲甫……"

突然响了一枪。

那个刚刚跳到煤车皮上的孙仲甫被击毙。

"谁开的枪？"

"抓，抓住他！"

"哎哟，不……不是我！"

"砰！"

又是一枪。

充塞着肮脏生命的巷道里鼓噪着生命的喧叫，那些喧叫的生命在绝望与恐怖中冲撞着，倾轧着……

巷道里更加混乱。

没人敢往那车皮上站了。

孟新泽一阵欣喜，他看到了一线希望：并非所有人都想向日本人投降，真正的男子汉，不愿屈服的生命还顽强地存在着！

泪水从眼眶里涌了出来。

聚在孟新泽身边的那帮卑鄙的家伙已发现了潜在的危机，他们拉起孟新泽，把他往原来关押矿警和日本人的工具房门口推。

工具房门前突然挤过来几个人，为首的是耗子老祁和田德胜，老祁提着把煤镐，田德胜手里抓杆枪。

田德胜拦住了王绍恒：

"把姓孟的这王八交给我！"

王绍恒说：

"先关起来，先关起来！"

田德胜又犯了邪，抬起手，恶狠狠打了王绍恒一个耳光，破口骂道：

"王绍恒，你他妈的充什么圣人蛋！在这地方能轮得到你说话么！现在，弟兄们推举老子去和日本人谈判，老子要把姓孟的押到井口去！"

王绍恒愣了，畏畏缩缩往后退，他有些惶惑，他不明白，究竟是谁推举了田德胜做谈判代表？这刻儿，一切都乱糟糟的，谁能代表得了谁？

人类自己制造出来而又制约着人类自己的一切秩序，在这里都不起作用了。权威已不复存在了，野蛮的生存竞争的法则最大限度地支配着这帮绝望的人们。每个人都有权力宣称他代表别人，而每个人实际上都只代表他自己。

在这种时候，每条生命的主人只能对他自己的生命负责！

王绍恒是最聪明的，他不再去和田德胜争执，悄悄退缩到人群中，耳朵又支了起来，鼻子又嗅了起来。他要判明那些危险的气息，迅速躲开去。从田德胜凶光毕露的脸膛上，他想到了侥幸逃生后的漫长日子，他不能做得太过分，不能落得一个张麻子的下场！

扭着孟新泽的几个家伙都在和田德胜争：

"你是什么人，你凭什么代表我们？"

"对，谁推举了你？"

"反正我们没推举你！"

"揍，揍这王八蛋！"

……

田德胜将小褂一扒，露出了厚实胸脯上的凸暴暴的肌肉，大吼着：

"揍！来呀！爷爷倒要瞧瞧，谁他妈的敢揍爷爷，不孝顺的东西！"

他恶毒地一笑，手一挥：

"老祁，老周，你们都给我上，缴了这几个小子的械，把他们也送给日本人去！"

田德胜话音未落，一场混战旋又开始了，双方扭到一起，拳打脚踢，乱成了一锅粥，叫骂声、哭喊声和肉与肉的撞击声响成一片。

在混战之中，田德胜、老祁一帮人将孟新泽抢到了手。他们撇开手下那帮依然在混战的弟兄，拖着孟新泽沿着东平巷向外走了几十米，而后，钻进了通往二四二〇煤窝的上山巷子。

孟新泽这才明白了他们的意图，不无感激地道：

"老祁，老田，今日可多亏了你们……"

田德胜道：

"别说这些没用的屁话了！快！找个地方猫起来，别让那帮王八蛋发现了！"

老祁也说：

"对，快，起来，从现在开始，你不能露面了！日本人不杀你，那帮杂种也得杀了你！"

"走！咱们快走！"

他们爬上山，穿过二四二〇煤窝，来到了老祁和田德胜摸过的老洞前。

田德胜道：

"老孟，你就躲在里面不要出来，我和老祁还是出去，日本人不会把我们都杀了！只要我们再到二四二〇窝子下窑，我们就来找你，给你送吃的，不论是一天、两天，还是三天、五天，你都得挺住，千万不要自己出来！"

孟新泽搂住田德胜哭了：

"老田，好兄弟！我对不起弟兄们！你……你一枪打死我吧！"

田德胜狠狠打了孟新泽一个耳光：

"姓孟的，别他妈的这么没出息！你狗日的是条汉子！不因为你是条让老子佩服的汉子，老子才不救你哩！"

老祁也说：

"对，就是死，咱们也得硬硬生生！你要真这么窝窝囊囊地死了，就是孬种，我姓祁的也要咒你！"

孟新泽道：

"可我躲在这里，这四百多号弟兄怎么办？你们怎么办？"

老祁道：

"这你不要管！车到山前必有路，你没看到那帮混蛋已经打算向日本人投降了么！！！他们的狗命才用不着咱们操心哩！"

"真的哩，这年头谁能顾得了谁？"田德胜也说。

孟新泽不禁想起了工具房门口的一幕，长长叹了口气，最终被老祁和田德胜说服了。

老祁和田德胜双双告退，临走时，二人又把身上的小褂脱了下来，交给了孟新泽。老祁手中的煤镐也留下了。

老祁又说：

"饿得受不了的时候，小褂也能吃！"

孟新泽沉重地点了点头，他猛然明白了他面临着一个比死更困难的问题，那就是活下去！

井上？哦，井上没有暴动。想想呗，探照灯亮着，岗楼、哨卡的机枪支着，井上手无寸铁的弟兄哪个敢动？！游击队又没有来，硬着头皮往外冲，那不是白送死么！井上两个战俘营都没人动，这事我知道。

天亮以后，日本人开动绞车，将一块贴着告示的牌子挂在罐笼里，放到了大井下口，敦促暴动的战俘们投降。告示说：只要战俘们保证井下矿警和日本人的生命安全，并交出暴动的领导人，日本皇军宽大为怀，既往不咎。井下大多数人早已准备投降，一看到这告示，马上动作起来，要把那些积极参加暴动的骨干分子抓起来。结果，又一场惨祸发生了：一个不愿意向日本人投降的硬汉子，把井下的炸药房给点爆了……

六

炸药房是意外而又突然地出现在老祁面前的。安在炸药房门框上的那扇涂着黑漆的沉重铁门，支开了一道大约半米宽的缝，铁门上方的拱形青石巷顶上悬着一盏昏黄的电灯。门口没有人。老祁一步一拐跑到门口的时候，没顾着多想，就一头钻了进去。开初，他并不知道是炸药房，也没想到要把炸药房里积存的炸药全部引爆。

事情的发生完全是偶然的。

当时，他只顾着逃命。大巷里，有人追他，起先是两个提着煤镐的家伙，后来，又多了两个端枪的矿警。这四个家伙也许是看到了挂在罐笼上的日本人的告示，想把他捆起来，送给日本人。

其实，一回到东平巷，他就明白了自己面临的危险，在没有看到日本人的告示之前，东平巷里那些卑鄙无耻的家伙已经开始四处搜捕他了，他们认定：这次暴动是孟新泽和他领导的。一个好心的朋友劝他也像孟新泽那样躲起来。他没躲，他只把破柳条帽的帽檐拉低，把手中的电石灯灯火拧小，还试图蒙混上井。

最初的混乱时刻，那些想抓他的人，还没法子下手，井下四百多口子弟兄中，认识他的没有多少。后来，那些恢复了统治权威的矿警、日本人要弟兄们按原来的煤窝子，在巷道里分段集合，准备上井。他发现不对劲了，才沿着东平巷向主巷道逃跑。不料，在东平巷和主巷道的交叉口被发现了，他被追到了那条通往炸药房的矮巷子里，这才意外地发现了炸药房，发现了炸药房无人看守。

跨进炸药房大门的时候，脚下踩到了一个软软的东西，他身子一歪，差点栽倒，定下神，用手上的电石灯一照，才发现那是一具日本兵的尸体。那具尸体周围散落着不少炸药块——显然，在暴动发生的时候，有些弟兄打死了这个炸药房看守，可能还拿走了一些炸药。

炸药房里很黑，悬在巷顶上的那盏电灯只把光线照到炸药房的二道门门口。二道门也是厚铁板做的，铁板上还密密麻麻铆着许多钢钉。

他进了二道门以后，想起了那盏昏黄的灯火。他觉着那盏灯的存在对他是不利的，他想把那盏灯灭掉。四下瞅了一下，在门口的一堆沙子上发现了一柄军用小铁锹。他抓过锹，举起来，把灯打碎了。

这时，那几个追他的家伙冲了过来。

他拼出全身的力气，扛动了头道铁门，"咣"一声，将铁门关上了，继而，又从里面闩上了钢销子。

销子刚插死，枪托、煤镐击打铁门的声音就响了起来，"咣咣当当"的击打声中，还夹杂着一些恶毒的咒骂：

"姓祁的，开门！快开门！"

"狗日的，再不开门老子就用炸药炸了！"

"让日本人用机枪来扫，把这杂种打成肉泥！"

"看，地下有炸药，就用这炸药炸！"

……

是门外那帮卑鄙的家伙提醒了他，他一下子想到了炸药的用途！那帮家伙可以用炸药来炸门，他不是也可以用炸药来干一些他想干的事么？！

他哈哈大笑了，对着咣咣作响的大门吼：

"狗操的，你们炸吧！老子就等着你们炸哩！你们不炸老子也要炸哩！"

吼过之后，他不再搭理他们，径自跨进了第二道铁门，不慌不忙地提着灯进了炸药房。他想弄清楚，这炸药房里究竟有多少炸药？他能不能把这座地狱炸个粉碎，一举送上西天？！

引爆这些炸药的念头是在这一瞬间产生的。

他像个将军一样，在炸药房里巡视。

巡视的结果，他很满意，房内的炸药整整齐齐码了三面墙，足有二百箱，导火线也不少，一盘压一盘，堆得有一人高。

他把电石灯往炸药箱上一放，用肩头把盘在一起的导火线扛倒了，而后，扯开其中的一盘，插到了炸药箱的缝隙间，接下来，又扯开了第二盘，第三盘，第四盘。他还打开了一箱炸药，将箱内用油纸包着的炸药块全倒了出来，每盘导火线顶端插了一块。干这一切的时候，他很欢愉，仿佛早年在自家的地里干活似的，几乎没感到死的恐惧。

死的恐惧对老祁来说已不是陌生的东西了，战场上的事不去说，光在这阎王堂，他就经历了三次——一次是二四二○煤窝的冒顶，一次是东小井老洞透水，最后一次是在地面上面对着高桥的指挥刀和狼狗。实际上，他应该算是死上三次了！死才不是什么新鲜的玩意儿哩！这一次，他只不过是给从前已经历过的死做个彻底的总结罢了！

把炸药、导火线摆弄好之后，老祁似乎有些累了。他盘腿坐在干燥的洋灰地上，眼盯着面前的炸药和导火线，不无自豪地想：

这一回，他将气气派派、轰轰烈烈地死！他的死将不受任何人控制，不被任何人打搅，他夺得了生命的裁决权和自主权！这样的死，对于一个军人，对于一个男子汉来讲，是值得骄傲的！

门外那帮卑鄙的家伙似乎觉着不对劲了，他们不再恶狠狠地砸门，不再恶毒地咒骂，也不敢再用炸药和机枪进行恐吓，他们软了下来，像娘儿们一样求他：

"老祁！老祁！出来吧！不要再干傻事，你可千万别干傻事！"

"是的，老祁，不为自己，您也为我们大伙儿想想！"

"老祁，开门吧，我们去向日本人求情！"

"老祁哇，我求您啦，弟兄们求您啦！"

老祁慢慢将脸转向了大门，身子却没立起来。他没发火，他的声音平静得令人恐惧：

"伙计们，想开点，人活百岁，总免不了一死，今日里咱们的大限到了，命该如此，谁也甭埋怨谁了！"

门外一个家伙竟哭了起来！

"老祁，你想想我们！想想井下的弟兄们，这些炸药只要一炸，弟兄们就全完了！"

"你们……弟兄们？你们算是什么东西？你们为了自己活下去，不惜把偌大个世界推进地狱！你们都是些不知礼义廉耻的混账王八蛋！你们没有资格活下去！"

这恶毒而凶狠的话，他说得极为平静。

没人能说服他。

没有任何理由能说服他。

那帮只顾自己的无耻之徒该死；那些不愿反抗，甘心跟着他们跑的家伙该死！而剩下的那些硬汉子，那些不愿做牲口的中国军人一定会同意他的决定，轰轰烈烈地死上一回。这样轰轰烈烈的死，是军人的绝好归宿，它将证明一种属于军人的不屈精神！

他镇静地提起电石灯，点燃了摆在面前洋灰地上的五根导火线。霎时间，导火线"嗞嗞"燃烧起来，乳白色的烟雾在炸药房迅速弥漫开来……

导火线烧了一半的时候，烟雾从铁门的缝隙钻了出去。

门外的几个家伙吓慌了，他们放弃了一切自以为是的念头，拔腿往大巷里跑，老祁清楚地听到了他们一路的惊叫声和急匆匆的脚步声。

老祁又一阵开怀大笑。

笑毕，他取下钢销，"咣当"拉开了大铁门。他对着大铁门，对着他想象中的贵州高原，对着他无限怀念的老家跪下了：

"父母大人，古来忠孝难两全，今日里，不孝儿为咱这苦难的国家先走一步了……"

面颊上，泪水双流……

是日八点三十八分，大爆炸发生了，聚集在大井口和主巷道里的二百余名第二次投降的战俘大部丧生。主巷道和大井口附近的马场、料场被彻底毁坏，炸药房周围两里内的所有巷道和煤窝全被震毁，远离地下的大井架也损坏了，爆炸后呈十二度倾斜。大井附近的地面仿佛闹了一场地震，许多建筑物上的玻璃都被震破了……

爆炸发生的那一瞬间，王绍恒刚跨出罐笼。他走下了井台，先是发现脚下的地面在震颤，没过多大工夫，又看到了从井口里喷出来的浓烟气浪。他一下子吓傻了，竟软软瘫在地下起不来了。

两个日本兵提起他的胳膊，将他摔到了井口旁的那堵矮墙边。矮墙边已聚了不少人，大约有三四十个。最早上来的百十口人被押走了，他们也等着押解。矮墙上站着日本兵，矮墙对面的绞车房平台上支着机枪，周围的高大建筑物上布满了矿警和日本兵。

龙泽寿大佐和高桥太君都来了。龙泽寿提着指挥刀站在距他不到二十米的井台上，高桥正忙着向那些刚上井的日本人和矿警了解下面的情况。高桥不时地大声喊叫着，用鬼子话骂人。

这时，地面又剧烈地颤动了一阵子，大井口的烟雾涌得更凶，仿佛那深深的地下躺着一只吞云吐雾的巨兽。

大家一时都没意识到那是井下炸药房的爆炸，不但王绍恒和他的弟兄们没有意识到，就是龙泽寿大佐和高桥太君也没有意识到。龙泽寿大佐和高桥太君都跑到井口张望。他们还用询问的目光互相打量着，叽里咕噜说些什么。

困惑持续了大约五六分钟。

在龙泽寿大佐和高桥太君想到炸药房爆炸之前，王绍恒已想到了这一点，他认定自己完了！

他被人出卖了！

他被井下的那帮亡命之徒出卖了！

那帮傻瓜不想活，竟也不让他活！他们根本不应该这样做！可他们竟做了！这帮丧尽天良的东西！

他料定这是孟新泽干的事，孟新泽是他的克星，是他命运的对头，这个混蛋又臭又硬，只有他能干出这种不顾后果的事，他真后悔在井下没能一枪打死他。他想，如若那时候趁着混乱打死他，面前的事情会结束得很漂亮。到现在为止，日本人确乎没杀一个战俘哩！日本人多少总还是讲些道理的！

他想活。他真想活。进了阎王堂之后，活下去成了他全部行动和一切努力的目的。他凭着自己的谨慎小心，机警地躲过了一次次灾难，万万想不到，最终却还是被灾难吞没了……

明晃晃的太阳在对面的矸子山上悬着，把矸子山顶的那个钢铁笼架照得白灿灿的。铺在山上的铁轨像两根闪光的绳子，把山顶上的钢铁笼架和脚下的大地连在一起。一只苍鹰在迎着太阳飞，无拘无束，自由自在。几个孩子在矸子山上抬炭，他们在向这边看哩。

这一切多好！他的太阳，他的苍鹰！

然而，再过十分钟，或者五分钟之后，这一切都将从他眼前消失！他将因为井下那帮亡命之徒的亡命之举，成为大日本皇军枪下的冤魂！他会像一个落在石头上的鸡蛋一样让生命的浆汁流到一片陌生的土地上。

他又抬头看太阳。

他把太阳想象成鸡蛋的蛋黄。

"活着，该多么好！"他又一次想。

可是，究竟是谁不让他活？除了井下那帮亡命之徒，除了他生命的克星孟新泽，还有谁不让他活？他顺理成章地想到了面前的日本人，想到了他曾经参加过的现在还在进行的这场战争，归根结底是凶残的日本人害了他，是这场战争害了他……

就在这时，高桥站在井台上叫了一声。

就在这时，龙泽寿的指挥刀举了起来，又落了下来。

就在这时，迎面架在绞车房平台上的机枪响了……

他突然意识到：他生命的蛋正在向一块坚硬的石头落去。在对面平台上的机枪响起来的一瞬间，他突然像个真正的男子汉那样举起了握紧的拳头，声嘶力竭地叫道：

"打倒……"

许多声音跟着吼了起来：

"打倒……"

机枪声把这最后的吼声淹没了。

当整个地层在轰轰烈烈的爆炸声中瑟瑟发抖的时候，孟新泽醒来了。他惊异地发现，自己的大半个身子浸入了泥水中，一只肮脏发臭的死老鼠正在他胸前漂。这有些怪哩！他原来不是躺在煤帮边一片干燥的煤屑上的么？他怎么会躺在黑水里？这黑沉沉的地下又发生了什么灾难？

他带着本能的恐惧向煤帮边爬，两手四下摸索着他的灯。当湿漉漉的脑袋碰到了煤帮的时候，灯摸到了。

灯又一次点亮了。跃动的灯火像一轮缩小了好多倍的太阳，把许多关于光明的记忆一股脑儿推到了他面前。他的神志出奇的清醒起来，马上意识到了自己的危险处境。他想：也许日本人正在这地层下进行着大屠杀，也许日本人已进了东平巷，也许日本人就在二四二〇煤窝附近搜索他！是的，他们绝不会这么轻易地放过他，他们一定要找到他——不找到他的人，也得找到尸体！

他当即决定向上爬，爬得离洞口远一些。

他看了看掖在腰间裤带上的怀表，判明了一下时间，然后，把灯往嘴上一咬，把老祁留给他的煤镐一提，猫着腰往老洞子上方走。

走了大约五六十米，洞子变矮了，有些地方的煤帮还倒塌下来，猫下腰也过不去了，他就趴在地上爬。他知道这洞子不会有什么大危险——耗子老祁和田德胜都到这洞子里来过，如果洞子里有脏气，他们早就把命丢了。

他爬了好一会儿，当中还歇了两次，最终爬到了洞顶的缓坡上，缓坡上果然有个黑沉沉的水仓，水仓里的水接着顶。他拨开浮在水面上的煤灰、木片，俯下身子喝了一通水，而后，仰面朝天在缓坡上躺下了。

他看到了头上的顶板。顶板是火成岩的，很光滑，顶板下，没有任何支架物。他把脑袋向两侧一转，又注意到：煤帮两侧也没有任何支护物。他一下子认定：这段洞子不是今天开出来的！

他翻身爬了起来，颤抖的手里提着灯，沿着煤层向下摸，摸了一阵子，又转回头往上摸，一直摸到水仓口。煤层在这个地段形成了一个不起眼的"m"状，水仓恰恰在那个"m"的下凹处！这说明这条洞子是沿煤层走向打的，下凹处的积水如果放掉的话，道子也许可以走通！

他一下子振奋起来，浑身发颤，汗毛直竖，眼中的泪夺眶而出。他一边抹着脸上的泪，一边想：只要他在这不到五米长的缓坡上开一道沟，把洞顶的水放下去，洞口或许就会像一轮早晨的太阳似的，从一片黑暗之中跳将出来。

这念头具有极大的诱惑力！

他戛然收住了弥漫的思绪，只用心灵深处那双求生的眼睛死死盯住他幻想着的太阳。他要在他的太阳照耀下，创造一个生命的奇迹。他不能放走他的太阳！

小褂一甩，电石灯往煤帮边上一放，他抢起救命的煤镐，在脚下的缓坡上刨了起来，动作机械而有力，仿佛整个生命都被一个不可知的神灵操纵着，在连续不断的煤镐与矸石的撞击声中，他的意识一点一滴消失了，就像一盆泼到地上的水，先是顺着地面四处流淌，继而，全部渗进了肮脏的泥土里……

不知刨了多长时间，他累趴下了。

他趴在他开掘出的水沟上睡了一觉。

醒来的时候，他看了看表，看完马上又把时间忘掉了——时间对他来说已没有任何意义了。

他又弯下腰在地下刨。

他像兔子一样，用手把刨松的矸石渣向煤帮两边扒。

手扒出了血。

他终于刨到了水仓边上，水仓里那漫了顶的黑水"哗啦"一声，瀑布般倾泻下来，一路喧叫着，顺着他开掘出的水沟流到了下面的老洞子里。

黑水在他身边流了好一会儿，仿佛一条欢快的小溪流。后来，在水沟里的水渐渐又浅下去的时候，他感到一阵冷风的吹拂。

风！

有风！

他猛然站了起来，戴着柳条帽的脑袋撞到了硬邦邦的顶板上。

他昏了过去。

还是那清凉的风把他吹醒了。他爬起来，在水沟边潮湿的地上坐了一会儿，然后，举起灯对着水仓照。他看到水仓的水离开了顶板，那凉风正是从水面和顶板之间的缝隙中吹过来的！

他毫不犹豫地跳到水里，迎着风向前走，开始，黑水只没到他的腰际，继而，黑水升到了他的胸脯，他的脖子，几乎没到他的嘴。灯点不着了。他把它拧灭了，高高举在头上，让灯盏贴着顶板。大约走了不到十米，水开始下落，整个洞子开始上升。

他重又爬到了干松的地上。

他用身子挡住风，点亮了灯。

炽白的灯光撕开了一片沉寂而神秘的黑暗，一块完全陌生的天地展现在他面前了——他先是看到一只他从未见过的大箩似的煤筐，那煤筐就在他身边不到两尺的地方，筐里还有一些煤，大拇指般粗的筐系子几乎拖到他跟前。他本能地用手去抓那筐系子，万没想到，抓到手里的竟是一把泥灰。

他吓得一抖，身子向后缩了缩。

身后是水，是地狱，他没有退路，他只有向前走。

他像狗似的向前爬，爬到煤筐边，用脚在煤筐上碰了碰，煤筐一下子无声无息地散了。

他由此认定，他已从日本人统治的矿井里爬了出来，进入了一个前人开过的小窑中。这种事情并不稀奇，西严镇的土地上清朝末年开过无数小窑，他们挖煤时就常碰到当年的一些采空区。

他又举着灯向前看，就在这时，他看见了那具他再也忘不了的骨骼，那具骨骼倒卧在距他五步开外的一片泥水中，圆凸凸的脑壳上绕着一团辫子，仿佛一只乌龟趴在一条盘起来的蛇身上。骨骼完好地保持着爬的姿势，它的一条腿笔直，脚骨蹬到了泥里，另一条腿骨弯曲着；两只手，一只压在胸骨下面，一只向前伸着，五个已经分离了的手指抠进了煤帮里，白生生的指骨像一串白色的霉点。

他断定这骨骼的主人是一条男子汉，是一条属于久远年代的男子汉！他在这里开窑，在这里下窑。在这里遇到了死神，又在这里和死神进行了较量！他能用一个男子汉的思维方式推导出这个已化作永恒的男子汉的故事！他一下子觉着，他从这具年代久远的男子汉的骨骼上窥透了生命的全部秘密！

他爬到了那个男子汉跟前，在他身边坐下了。他把电石灯的灯火拧得很大，悬在那个男子汉的脑袋上照。

"伙计！伙计！"

他痴迷地喊，仿佛面对着的不是一具骨骼，而是一个活生生的人！

他自己也不知道他在喊什么。

那骨骼似乎在动，一些骨节在咯咯响。

他又向后退了一步。

突然，一阵风把灯吹灭了，这条原本属于历史的老迈煤洞重又陷入了无边无际的黑暗中。

骨骼在黑暗中响得更厉害，仿佛一个暴躁不安的男人在抡着拳头骂人。

他却一点不害怕。他完全麻木了。

擦洋火点灯的时候，洋火烧疼了他的手，他身子一颤，才从恍恍惚惚的境界中醒了过来。

他最后在那具骨骼上看了一眼，一步步向外走去。

他从历史的地层，向现实的地面走。

他从黑暗的地狱，向希望的太阳走。

那些属于历史的物件全部被他远远抛在了身后，抛在一片永恒的黑暗与平静中。他不属于过去的历史，不属于永恒的黑暗，他只属于今天，他那骚动不安的生命在渴望着另一场轰轰烈烈的爆炸。

爆炸声接连不断地在他耳边响着，机枪在哒哒哒叫，飞机的马达声像雷一样在空中滚，身边的空气发热发烫。"五·一九"，灾难的"五·一九"啊！活下去！活下去！狼狗在叫。机枪，注意机枪！只要万众一心抵抗下去，则中国不亡，华夏永存……

头脑乱哄哄的，精神又变得恍恍惚惚。他什么时候把灯咬在了嘴上，在地上爬，他自己都不知道；他手上、腿上磨出了血，竟也没觉着疼。

当头脑清醒的时候，他觉着很危险，他想，他应该唱支歌，大声唱，用这支歌来控制自己的思维和判断能力。

他扯开喉咙唱那支熟悉的军歌：

> 我们来自云南起义伟大的地方，
> 走过了崇山峻岭，
> 开到抗日的战场，
> 弟兄们用血肉争取民族的解放……

妈的，唱不下去了！下面的歌词，怎么也想不起来了！

又从头唱：

> 我们来自云南起义伟大的地方，
> 走过了崇山峻岭，
> 开到抗日的战场，
> 弟兄们用血肉争取民族的解放……

还是唱不下去。

"混蛋！混蛋！混蛋……"他尽情而放肆地大骂。

他又唱，像狼嗥似的唱。

依然是那四句。

他料定自己的脑袋出了点什么问题，他不愿和自己的脑袋为难了。他就唱那四句，唱完一遍又一遍，头接着尾，尾连着头，唱到最后，他也弄不清哪是头，哪是尾了。

他唱着这支被记忆阉割得残缺不全的军歌，爬了一段又一段。

他唱着这支残缺不全的军歌，刨开了一堆又一堆冒落的矸石。

他唱着这支残缺不全的军歌，爬到了一堵倒塌了半截的砖墙前。

他木然地从砖墙上爬了过去。

砖墙外是一片乱坟岗子。一些跳动的磷火在破败的坟头上飘。远方是迷迷茫茫的大地，是一片充满希望、充满生机的大地。

他爬过砌在窑口的那堵砖墙，栽倒在一个长满杂草的坟堆上。一块从黄土、杂草下凸暴出的棺木硬硬地硌着他搓板似的肋骨。两只乌鸦被惊起了，扑腾着翅膀向空中飞。

突然飞起的乌鸦，将他从麻木的状态中唤醒了，他这才意识到，他创造了一个生命的奇迹，他从地狱中爬上来了。

他一阵欣喜，几乎不相信这是事实！

他笑着，头在坟头上拱着，像个饥饿的羊似的，用嘴啃坟堆上的青草。他从青草苦涩的汁水中嚼出了自由的滋味，继而，他默默地哭了。他突然觉着真正的他并没有从地狱里走出来，他的躯体，他的血肉，他的情感，他的仇恨……他的一切的一切，都留在了那座地狱里，留在了那段已成为历史的永恒的沉寂中。走出来的不是他，而是那具骨骼，那具没有血肉，没有感情，没有幻想的骨骼。

生生死死，死死生生，生者死，死者生，生与死并没有明确的界限。阴阳轮回，反反复复，颠来倒去，谁也说不清谁何时生，谁何时死，生就是死，死就是生……

他带着这些纷纷杂杂的关于生死的念头，倒在坟头上睡着了，枕一片黄土，盖一天繁星——其实，他并不想睡，他是想走的，然而，他混账的脑子已指挥不动混账的躯体了。

醒来的时候，从那眼破窑里又爬出了一个人，那人一身污泥，满脸漆黑，像个鬼，他没去仔细辨认那人的面孔，就扑上去抱住了他。

那人大叫：

"老孟，真是你，真的是你呀！你狗……狗日的命真大！"

他这才认出，那人是田德胜。

"老田，你！你也活着！"

"对！对！我也是福大命大造化大！那帮混蛋要抓我，我东躲西躲最后躲到你这儿来了，哈哈，唔，快走吧，天一亮就走不掉了！"

他又问：

"那些弟兄们呢？"

田德胜叫道：

"滚他妈的弟兄们吧，你活着，我活着，这他妈的还不够么？！"

他默然了，拍拍田德胜的肩头，从牙缝里挤出了一个字：

"走！"

旷野茫茫，一片静寂，夜风在坟头上，在草棵间，在黑沉沉的大地上荡来荡去。一些早凋的枯叶在脚下滚。他们判定了一下方向，走出了坟地，走上了田埂，走向了田埂尽头的黄泥大道。

这时，他眼前又浮现出民国二十七年五月十九日的景象，他蛮横地告诉自己：明天，将是中华民国二十七年的五月二十日！

远方的大道尽头，隐约出现了一个小村庄。一条狗在叫……

游击队？嘿！哪来的游击队呀！有人说暴动的时候根本没和游击队联系，还有人说，联系了，游击队没来，谁知道呢？！暴动过后，日本人花了半年时间才恢复了矿井。他们对炸死在井下的战俘蛮敬重的，对我们这些幸存者的态度也好多了。他们不能不承认：中国人不是好欺负的！中国军人中也有不少硬汉子哩！后来，太平洋战争爆发了，阎王堂被汪伪政府接收，这时候，我们才听说，那次暴动还是跑出去了几个人，就是从那条老洞子跑出去的。这几个人在当地老百姓的掩护下，进了山，此后，几经辗转到了重庆，重庆当时的报纸登过他们的事……

原载《钟山》1986 年第 6 期

中国作家协会 1985—1986 年全国优秀中篇小说